Martin Österdahl
Der Adler

MARTIN ÖSTERDAHL

DER ADLER

Thriller

Deutsch von Leena Flegler

blanvalet

Die Originalausgabe erschien 2017 unter dem Titel
»Tio svenskar måste dö« bei Bokförlaget Forum, Stockholm.

FSC www.fsc.org
MIX
Papier aus verantwortungsvollen Quellen
FSC® C014496

Verlagsgruppe Random House FSC® N001967

1. Auflage

First published by Bokförlaget Forum, Schweden
Published by arrangement with Nordin Agency AB, Schweden

Redaktion: Nike Müller
Umschlaggestaltung: © www.buerosued.de
Umschlagmotiv: © plainpicture/miguel sobreira
JaB · Herstellung: SaM
Satz: Vornehm Mediengestaltung GmbH, München
Druck und Bindung: CGP Media GmbH, Pößneck
Printed in Germany
ISBN 978-3-7341-0492-3

www.blanvalet.de

Für Margareta, meine Mutter

Der Raum der geliebten Mara
Ist voller kleiner Wellen
Wenn eine in Bewegung gerät
Wogen alle anderen mit

aus den Dainas, traditionelle lettische
Volkslieder und Gedichte

Prolog

Kapitän Ljomkin ließ den Blick durch den Kontrollraum schweifen. Aus der hundertsieben Mann starken Besatzung hatten sich so viele um ihn geschart, wie Platz gefunden hatten; einige knieten am Boden, andere saßen auf Bänken, wieder andere standen.

»Sergei«, hob Ljomkin an. »Uns ist zu Ohren gekommen, dass du eines Tages Admiral der russischen Flotte werden willst. Stimmt das?«

»Ja, Kapitän«, antwortete Sergei, ohne mit der Wimper zu zucken.

Der Kamerad, der neben ihm stand, klopfte ihm auf die Schulter.

»Stimmt, deine Frau hat auch echt überzeugend geklungen, als ich sie im Dezember spätabends im Offiziersclub Widjajewo getroffen hab.«

Die Männer brachen in lautes Gelächter aus. Sergei schüttelte den Kopf und lächelte.

»Und deshalb, Admiral in spe, ist dieser Tag in deinem Leben auch so ein überaus wichtiger Schritt. Fangen wir an.«

Ljomkin drückte Sergei einen großen Blechbecher in die Hand und schubste dann einen rostigen Hammer an, der unter der Decke hin- und herpendelte.

»Bitte.«

Sergei hielt sich den Becher an die Lippen und ließ jetzt seinerseits, wie Ljomkin sehen konnte, den Blick über die Kameraden schweifen. Sie alle sahen ihn erwartungsvoll an: mit festem Blick aus klugen Augen und einem warmen

Lächeln auf den Lippen. Auch Ljomkin hatte diesen Initiationsritus bei seiner ersten U-Boot-Fahrt über sich ergehen lassen.

Brüder. Freunde fürs Leben.

Heute wurde Sergei in die Nordflotte und deren unbesiegbare, unbezwingbare U-Boot-Besatzung aufgenommen. Die Männer, die um ihn herumstanden, waren nicht allein aufgrund ihrer Fähigkeiten ausgewählt worden; sie waren außerdem imstande, füreinander einzustehen und während langer Wochen auf engstem Raum tief unter der Wasseroberfläche Hand in Hand zusammenzuarbeiten.

»Heute werde ich Teil dieser U-Boot-Besatzung«, hob Sergei an. »Ich trinke Wasser aus der Barentssee aus achtzig Metern Tiefe – in einem Zug und ohne Atempause.«

Er sah zu seinem Kapitän.

Mit einem Nicken gab Ljomkin ihm zu verstehen, er möge fortfahren.

»Ich tue dies, auf dass alles gut gehe.«

Er schloss für einen Moment die Augen. Dann kippte er das eiskalte Wasser hinunter. Sobald der Becher geleert war, schlug er die Augen wieder auf und stellte ihn vor seinem Kapitän ab.

Er drehte sich zu dem hin- und herschwingenden Hammer um, ging leicht in die Knie und beugte sich nach vorne. Unter lautem Gejohle und Applaus der Kameraden prallte der Hammer gegen seine Lippen. Der Kuss des Hammers besiegelte Sergeis Beitritt zur legendenumwobensten, heldenhaftesten Gemeinschaft innerhalb des russischen Militärs.

Sowie der Initiationsritus beendet war, trat ein technischer Offizier auf Ljomkin zu.

»Kapitän, wir haben die Order erhalten aufzutauchen. Oben kommen via Hydrophon weitere Instruktionen.«

Was ist denn jetzt schon wieder?, dachte Ljomkin. Neue Instruktionen – unmittelbar vor dem Manöver? Er sah auf die Uhr. Die Initiation hatte ein paar Minuten länger gedauert als geplant, aber so etwas war wichtig für die Moral der Truppe. Doch jetzt war Eile geboten, ehe er seine Leute in den Torpedoraum schicken würde. Die Vorbereitungen, die vom Oberkommando der Flotte angeordnet worden waren, hatten sich als so dilettantisch erwiesen, dass Ljomkin sich nicht mal mehr wunderte. Trotzdem verspürte er die altbekannte Enttäuschung. Es waren einfach andere Zeiten angebrochen.

Er schluckte seinen Verdruss hinunter, wandte sich zu seinem Steuermann um und befahl, auf Periskoptiefe zu gehen. Dann rief er dem Offizier zu, er könne schon mal zum Funkraum vorgehen und die Masten ausfahren.

Unter zwanzig Metern Tiefe funktionierte die Kommunikation nur mittels Längstwellen und via ZEVS, der streng geheimen Fernmeldeanlage des russischen Militärs. ZEVS galt als stärkster Sender Europas und stand mitsamt dem Kraftwerk, das eigens hatte gebaut werden müssen, auf der Kolahalbinsel, die sie gerade verlassen hatten. Das System hatte allerdings zwei Haken: Zum einen konnte das U-Boot nicht auf Meldungen antworten, sondern nur Signale empfangen – und genau das dauerte zum anderen ewig, weil mit derart niedrigen Frequenzen die Datenübertragungsrate pro Minute äußerst gering war. Ljomkin kam nicht umhin, sich zu wundern, wann genau die eingehende Nachricht losgeschickt worden war. War der Absender sich überhaupt im Klaren darüber, in welcher heiklen Lage sich das U-Boot befand?

Sobald der Kollege ihm ein Zeichen gab, setzte er sich und nahm den Hörer des Unterwassertelefons ab.

»Iwan Ljomkin hier«, meldete er sich, »Kapitän ersten Ranges und Kommandant der K-141 *Kursk.*«

»Ljomkin, ich weiß, es ist gerade furchtbar schlecht«, sagte der Mann am anderen Ende der Leitung.

Er hörte sich nicht an wie jemand aus der Admiralität der Nordflotte.

»Mit wem spreche ich? Und von wo rufen Sie an?«

»Aus der russischen Botschaft in Stockholm.«

Stockholm? Der Mann hatte weder seinen Namen genannt noch seinen Dienstgrad, was nur bedeuten konnte, dass er jenem Teil der russischen Streitkräfte angehörte, dem auch Ljomkin selbst früher angehört hatte und in dem niemand je seinen Standort oder seine Identität preisgab. Dass der Mann Zugang zu den U-Boot-Koordinaten und ZEVS hatte, bedeutete allerdings, dass er Befugnis von oberster Stelle hatte.

»Was kann ich für Sie tun?«, fragte Ljomkin.

»Sie haben 1984 an einer geheimen U-Boot-Operation in der Ostsee teilgenommen. Landgang und Transport einer Waffe, die an einen geheimen Ort ausgebracht wurde ... auf schwedischem Territorium.«

Unwillkürlich bekam Ljomkin eine Gänsehaut, als wäre er es gewesen und nicht der junge Sergei, der gerade einen Becher eiskalten Meerwassers in sich hineingekippt hatte. Ljomkin hatte sein Bestes gegeben, um die Operation, auf die der Mann anspielte, zu verdrängen – eine der dunkelsten Stunden in seinem Leben. Was sie damals getan hatten, war der reinen Verzweiflung geschuldet gewesen. Und hätte schreckliche Folgen nach sich ziehen können.

Er legte die Hand über die Sprechmuschel und bedeutete dem Funkoffizier mit einem Nicken, sich außer Hörweite zu begeben.

»Sprechen Sie weiter«, sagte er, als er allein war.

»Sie haben damals Order erhalten, einen Schlüssel bei sich zu führen.«

Ljomkins Hand wanderte zu seinem Kragen. Er tastete nach der silbernen Kette.

»Die Order lautete damals, den Schlüssel für fünf Jahre am Körper zu tragen und ihn mit meinem Leben zu verteidigen. Fünf Jahre! Seither sind noch mal elf vergangen!«

»Die Zeiten ändern sich«, erwiderte der Mann.

Ljomkin schloss für einen Moment die Augen und versuchte zu begreifen, worum es hier gerade ging. Dieser Mann aus Stockholm sprach ruhig und monoton, bar jeder Gefühlsregung. War das Teil ihrer Übung? Hatten sich die Sadistenhirne vom Nachrichtendienst eine Art Belastungstest für ihn ausgedacht? Oder war das der Ernstfall?

Die Glieder der Kette fühlten sich warm an. Ganz ruhig antwortete er: »Ich verteidige ihn immer noch mit meinem Leben.«

»Dann stimmt es also, was ich über Sie gehört habe«, sagte der Mann am anderen Ende. »Auf Sie kann Mütterchen Russland sich verlassen. Komme, was wolle.«

Ljomkin war nicht so dumm, sich von Schmeicheleien einwickeln zu lassen.

»Was ist passiert?«

»Das Objekt wurde bewegt.«

Ljomkin blieb die Luft weg.

Das ist unmöglich!

»Wie?« Mehr bekam er nicht heraus.

»Wir haben das Stress-Signal empfangen, das unser Objekt sendet, wenn es von seiner Energiequelle getrennt wird.«

Dieselbe Energiequelle, mit der er – Ljomkin – es verkabelt hatte. Irgendwo mitten in den schwedischen Wäldern. Das konnte doch nicht wahr sein.

Ljomkin hatte munkeln hören, dass die Streitmacht seines Landes die Kontrolle über den Großteil jener Waffen verloren hatte. Sie waren als derart gefährlich eingestuft worden – sowohl für die eigene Nation als auch für den Weltfrieden –, dass sich die Sowjetunion und die USA darauf geeinigt hatten, sie für alle Zeiten zu verbieten. Ein Pakt, den mindestens eine der beiden Parteien gebrochen hatte. Ljomkin persönlich hatte dabei seine Finger im Spiel gehabt.

Dass das Objekt jetzt von seiner Energiequelle getrennt worden war, hieß im Klartext, dass es auf eine Batterie zurückgriff – die mittlerweile Jahre auf dem Buckel hatte. Ljomkin hatte keine Ahnung, wie lange sie das Objekt versorgen würde. Wenn aber derjenige, der das Objekt bewegt hatte, in der Absicht handelte, es einzusetzen, dann stand ihnen ein Weltuntergangsszenario bevor. Ein Szenario, das schlimm genug wäre, um einen dritten Weltkrieg vom Zaun zu brechen.

Ich hab den Schlüssel, mit dem die Waffe entschärft werden kann. Aber ich war 1984 nicht der Einzige.

»Wir waren zu zweit«, sagte Ljomkin.

»Ja, ich weiß. Nach dem anderen, nach Ihrem Kollegen, suchen wir noch. Ich vermute mal, Sie wissen nicht, wo er sich zurzeit befindet? Oder was er in den letzten Jahren gemacht hat?«

In den letzten Jahren? Herr im Himmel, dachte Ljomkin, es stimmt also, was man hört – wir haben komplett die Kontrolle verloren.

Seine Gedanken wanderten zu jenem anderen, dem zweiten Agenten, der dort im Wald in Schweden mit dabei gewesen war. Der finstere Gesichtsausdruck ... dieser kleine, kompakte, drahtige Körper. Wie er sich durch das dichte Gestrüpp bewegt hatte – wie eine Gazelle, trotz der schweren Last, die sie geschleppt hatten.

»Nachdem die Operation abgeschlossen war, hab ich von ihm nichts mehr gesehen oder gehört.«

»Verstehe. Dann war's das fürs Erste. Wir hören voneinander, sobald Ihr Manöver beendet ist. Aber jetzt ist da ein U-Boot, das Sie befehligen müssen, Kapitän Ljomkin.«

Das Manöver soll drei Tage dauern. Bis dahin könnte es zu spät sein.

Aber er sagte nichts. Stattdessen legte er den Hörer vorsichtig zurück an seinen Platz auf dem Funktisch. Er starrte darauf hinab, meinte fast, den Abdruck seiner schweißfeuchten Hand auf dem schimmernd roten Plastik zu sehen. Dann schüttelte er den Kopf, als wollte er die jäh zum Leben erweckten Erinnerungen verjagen, stand auf und sah erneut auf die Armbanduhr. Höchste Zeit, das Gespräch mit diesem Gespenst zu vergessen und sich wieder mit der Realität zu beschäftigen. Er winkte den Funker zu sich.

»Das kann ich genauso gut von hier aus machen – schalten Sie mich auf sämtliche Abteilungen auf.«

Der Funker nickte und drückte Ljomkin ein Mikrofon in die Hand.

Über Lautsprecher war erst der Befehl »klar Schiff« zu vernehmen, dann sagte Ljomkin durchs Mikrofon: »Übungsalarm. Torpedoangriff.«

Zurück im Kontrollraum hörte er über die Lautsprecher, die auf die Zentralkonsole montiert waren, die Antwort aus dem Torpedoraum.

»Dobro.«

Gut. Grünes Licht für Übungstorpedo eins. Ziel: der zweihundertfünfzig Meter lange nukleargetriebene Raketenkreuzer *Pjotr Weliki.*

Im nächsten Moment erschütterte ein so heftiger Stoß das U-Boot, dass er backbords gegen die Instrumententafel geschleudert wurde. Hätte er nicht in letzter Sekunde den linken Arm hochgerissen, hätte er sich garantiert das Genick gebrochen.

Ein Augenblick verstrich, bis er wieder zu Atem kam. Was war da passiert?

Im orangefarbenen Schein der Notbeleuchtung sah er ein paar Männer reglos am Boden des Kontrollraumes liegen. Bewusstlos. Oder schlimmer. Was immer nicht an der Wand oder Decke festmontiert gewesen war, war quer durch den Raum geschossen. Um ihn herum herrschte Totenstille.

Er kroch zur Mitte des Raumes. Er hatte sich den linken Arm gebrochen, und sein Schädel dröhnte.

Sind wir von einem scharfen Torpedo getroffen worden? Oder gab es eine Kollision? Aber womit?

Vor ihm am Boden lag der junge Sergei.

Ich tue dies, auf dass alles gut gehe …

Ein Stress-Signal aus dem schwedischen Wald …

»Admiral in spe?«, rief Ljomkin.

Er kroch auf Sergei zu und versuchte, ihn mit ein paar Knuffen mit dem unverletzten Arm wieder zurückzuholen. Der junge Mann stöhnte.

»Sergei!«

Er hatte die Augen aufgeschlagen. Ljomkin konnte sehen, wie sich der Brustkorb hob und senkte. Er lebte, stand aber unter Schock. Ljomkin packte ihn am Kragen und schüttelte ihn.

»Sind Sie unverletzt, Unteroffizier?«

Sergei nickte.

»Gut. Kommen Sie mit.«

Gemeinsam krochen sie los. Das Atmen fiel ihnen schwer; Ljomkin mutmaßte, dass sich an Bord Kohlenmonoxid ausbreitete. Wenn sie das Gas nicht sofort abstellten, wären sie im Handumdrehen tot. Endlich hatten sie den Durchlass im Boden erreicht, durch den sie über eine Leiter ein Deck tiefer in Richtung Torpedoraum gelangten.

»Seien Sie vorsichtig, wenn Sie runtersteigen, und rufen Sie mir zu, was Sie sehen. Ich muss achtern zu den Reaktoren und in den Maschinenraum.«

»Ja, Kapitän.«

Geduckt lief Ljomkin weiter auf das runde Schott zu, das zu den hinteren Abteilungen führte. Kurz bevor er hindurchschlüpfte, drehte er sich noch einmal um.

Der Unteroffizier griff nach dem Handlauf, und Ljomkin sah gerade noch, wie dessen Hände auf dem Metall förmlich schmolzen. Keine Sekunde später platzten Ljomkins Trommelfelle aufgrund einer Detonation. Er wurde von gleißend weißem Licht geblendet, und dann wurde er von derselben Druckwelle nach hinten geschleudert, die auch Sergei durch die Luft wirbelte.

In Abteilung neun saß Ljomkin gemeinsam mit den zweiundzwanzig Besatzungsmitgliedern, die noch am Leben waren, mit dem Rücken zur Wand im Maschinenraum. In den Sekunden, die auf die Explosion gefolgt waren, war das U-Boot wie ein Stein gesunken und auf dem Meeresboden aufgeschlagen. Weil die Schleusen hinter den Schrauben das Wasser nicht länger abhalten konnten, jetzt da das Fahrzeug sich nicht mehr vorwärtsbewegte, stieg der Wasserspiegel in der Abteilung unaufhaltsam an. Die Männer zitterten vor Kälte. Der Druck stieg kontinuierlich. Allmählich ging der Sauerstoff zur Neige, die ersten Symptome einer Kohlenmonoxidvergiftung waren schon spürbar.

Sie hatten überlegt, welche Alternativen sie hatten. Achtern gab es ein Ausstiegsluk, und theoretisch konnten sie zur Wasseroberfläche auftauchen, aber die Wahrscheinlichkeit, auf diesem Weg zu überleben, war gleich null. Entweder starb man an der Taucherkrankheit, oder aber man erfror im eiskalten Wasser, wenn man nicht sofort herausgefischt wurde, und ohne Notbojen würde es an ein Wunder grenzen, wenn Rettungskräfte bei ihrem Auftauchen vor Ort wären.

Am Ende beschloss Ljomkin, im U-Boot zu bleiben. Immerhin waren sie Teil eines umfangreichen Manövers, die ganze Nordflotte war draußen unterwegs, inklusive Rettungsfahrzeugen und Tiefseetauchern. Die Chance zu überleben, wenn eins der Rettungs-U-Boote an ihr Wrack andockte, war zwar nicht übermäßig groß, aber immer noch größer, als wenn sie an die Oberfläche tauchten. Ihnen blieb also nichts weiter übrig als herumzusitzen und zu warten.

Ljomkin hielt den alten, rostigen Hammer in der Hand, den Sergei geküsst hatte. In regelmäßigen Abständen schlug er damit gegen die Außenwand, um die anderen Fahrzeuge auf sie aufmerksam zu machen. Schall breitete sich unter Wasser hervorragend aus, und die russische Marine verfügte über die weltbeste Sonarausrüstung.

Trotzdem ging es ihm aufgrund der dünnen Luft zusehends schlecht. Er schloss die Augen. In seiner Erinnerung sah er Sergeis junge Ehefrau am Kai in Widjajewo vor sich. Die vier Monate alte Tochter in Sergeis Arm, der er einen Kuss auf die Stirn gedrückt hatte. Er hatte regelrecht den Duft des Babyhaars in der Nase.

Er schob die Hand in sein nasses Uniformhemd. Ballte die Faust um den Schlüssel, der um seinen Hals baumelte. Hörte erneut die monotone Stimme des Gespensts.

Wir hören voneinander, sobald Ihr Manöver beendet ist.

Samstag, 12. August 2000

1

Er stürzte auf die Wand zu, an der sie angekettet war. Es war so kalt. *Sie* war so kalt. Sie war tot, da war er sich ganz sicher. Er war zu spät gekommen, konnte Paschie nicht mehr retten.

Sowie Max Anger die Augen aufschlug, war er hellwach. Sein Puls raste, als wäre er jenseits der feindlichen Linie ausgesetzt worden.

Erst im nächsten Augenblick spürte er die Wärme des Körpers, der neben ihm lag. Er war lediglich im Traum zu spät gekommen. Paschie lag neben ihm, die rot-weiß gestreifte Decke bald anderthalbmal um den Leib gewickelt. Nur die nackten Waden und ein Teil des Rückens waren zu sehen.

Er strich über ihr Bein. Ihre Haut fühlte sich warm an. Sie atmete mühsam, als wäre die warme, stickige Sommerluft zu schwer für sie.

Er musste an den Kampf denken, den sie im vergangenen Jahr ausgefochten hatten. Den Kampf ums Weiterleben. Um eine eigene Familie. Einen Kampf, den sie gerade zu verlieren drohten.

Es war einige Zeit ins Land gegangen, bis Paschie den Schamanen aufgesucht hatte. Am Vorabend hatte sie ihn endlich getroffen, und sie hatte bis ins Mark erschüttert ausgesehen, als sie nach Hause gekommen war. Als Max sie gefragt hatte, was passiert war, hatte sie bloß den Kopf geschüttelt.

Manchmal verstand er sie ganz einfach nicht.

Sie hatte ihm erklärt, dass ein Schamane sich weder der Wissenschaft noch irgendwelchen politischen Strömungen verpflichtet fühlte. Die alte russische Tradition war gar nicht allzu weit entfernt von derjenigen, die er als Kind auf Arholma kennengelernt hatte. Arholma, das Inselchen weit draußen in den Stockholmer Schären, wo das Leben vom Wechselspiel der Natur gekennzeichnet war. Max war sich nicht sicher, ob er derselben Ansicht war wie sie, aber im Grunde spielte das auch keine Rolle.

Er warf einen Blick auf das schwarze Zifferblatt seiner Armbanduhr, einer Sonderanfertigung von UTS aus München. Damit konnte er theoretisch bis auf viertausend Meter Tiefe die exakte Zeit ablesen, auch wenn er sie bislang nie tiefer als im Eriksdalsbadet getestet hatte. Er drückte auf einen der Knöpfe, und die hell türkisfarbenen Ziffern bedeuteten ihm, dass es an der Zeit war aufzustehen. Von der Sparringsrunde im Boxclub Narva am vergangenen Nachmittag tat ihm alles weh, aber das war es nicht, was ihn aus dem Bett trieb.

Jetzt regte sich auch Paschie. Sie streckte sich nach ihrer Nachttischlampe, rollte herum und drehte ihm das Gesicht zu. Irgendwie hatte sie es geschafft, die Decke noch ein weiteres Mal um ihren Körper zu wickeln.

»Du siehst aus wie ein Schuljunge am letzten Tag der Sommerferien.« Sie lächelte ihn an.

Max lächelte zurück.

»Hau schon ab, bevor Sarah unten auf der Straße anfängt zu hupen. Ich bin morgen früh auch noch hier, versprochen.«

Immer war etwas, schoss es Max durch den Kopf. Nur sonntagmorgens waren sie nie in Eile – weder in Sachen Job noch wegen irgendetwas anderem.

»Da denk ich dran, wenn ich jetzt duschen geh und dann raus in den Asphaltdschungel«, sagte er und stemmte sich von der Bettkante.

Sie musterte ihn, wie er in seiner weißen Boxershorts vor ihr stand, maß ihn von Kopf bis Fuß mit Blicken.

»Lass mir ein bisschen kaltes Wasser übrig.«

Max nickte ihr zu. *Schon klar, Mädchen.*

»Und nicht vergessen: Wir sind heute Abend bei den Marklunds eingeladen.«

»Wie könnte ich das vergessen?«

Paschie schüttelte den Kopf und drehte sich wieder um. Als Max das Schlafzimmer verließ, hörte er, wie sie die Lampe wieder ausknipste. Dann sagte sie: »Versuch zumindest, nett zu sein.«

Mit einem Mal fühlte sich der bevorstehende Sonntagmorgen ungewisser an denn je.

Geheimnisse sind das eine, dachte er. Ein spezielles Versprechen ist was ganz anderes – etwas viel Bedeutsameres.

2

Als Max auf die Köpmangatan hinaustrat, hörte er aus Richtung Skeppsbron das Hupen eines Wagens. Ein BMW.

Etwa auf Höhe des Birka-Cruises-Terminals fuhr draußen auf dem Wasser ein gigantisches Schiff herein. Im Vergleich zur *Seas of the World* sahen die Finnlandfähren aus wie Freizeitboote. Oberhalb der orangefarbenen Rettungsboote entlang der Reling konnte er die Balkone der Kabinen erkennen – fast schon Wohnungen für wohlhabende Weltenbürger, die allmorgendlich mit Meerblick und dem Status steuerbefreiter Seeleute wach wurden.

Vielleicht sollten wir das auch so machen, Paschie, dachte Max. Wir könnten jeder in einer eigenen Wanne sitzen, mit dem Blick zum Horizont, und die Ungerechtigkeiten dieser Welt an uns vorüberziehen lassen.

Er überquerte die breite Straße, auf der sonst niemand unterwegs war, und zog die Beifahrertür auf.

»Morgen«, sagte er. »Du siehst echt unverschämt wach aus, Chefin.«

»Ja, nicht wahr?«, erwiderte Sarah. »Spring rein und schnall dich an.«

Sarah Hansen war Geschäftsführerin von Vektor, dem Stockholmer Thinktank, der sich mit Demokratisierungs- und Sicherheitsfragen im Ostseeraum beschäftigte. Die beiden arbeiteten mittlerweile seit fast sechs Jahren zusammen – seit er seinen Dienst beim Militär quittiert hatte. Kennengelernt hatten sie sich bei einem Russischkurs der Armee. Sarah hatte von dort einen lukrativen Umweg über den Finanzsektor eingeschlagen und ein Vermögen verdient, während er beim Militär geblieben war und mit angesehen hatte, wie die schwedischen Streitkräfte zusehends abgebaut worden waren und die Kollegen das Verteidigungsbudget quasi mit heimgenommen hatten.

Sarah hatte sich mal wieder die Haare färben lassen: platinblond, wie es viele Osteuropäerinnen schick fanden. Ihre eigentliche Haarfarbe bezeichnete sie gern als straßenköterblond. Der Kontrast zu ihren dunkelbraunen Augen und den schwarzen Augenbrauen verlieh ihr eine gewisse Härte, als hätte ein Industriedesigner ihren Look entworfen. Das grazile schwarze Brillengestell tat sein Übriges.

Ohne sich auch nur einen Deut um die durchgezogene Linie zu scheren, wendete sie und fuhr in Richtung Strömbron und dann weiter nach Östermalm auf den Valhallavägen. Um sie herum waren das Einzige, was sich an diesem frühen Samstagmorgen regte, die Sturmmöwen über dem Saltsjön und ein paar leere McDonald's-Pommesschachteln, die der Wind von der Slussen vor sich hertrieb. Im Kungsträdgården war ein Turm mit einer Uhr aufgestellt worden, die bis zur Mir2000-Eröffnung herunterzählte: ein Projekt, bei dem Paschie im Auftrag von Vektor mitarbeitete. Die digitalen Ziffern blinkten auf und verharrten kurz in ihrem Countdown: noch acht Tage, drei Stunden und fünf Minuten.

Heute würde die russische Marine in der Barentssee ihre umfangreichste Militärübung seit zehn Jahren starten. Seit dem Zerfall der Sowjetunion hatte es kein so großes Manöver gegeben. Jelzins demokratischer Kreuzzug war für die russischen Streitkräfte eine Katastrophe gewesen, doch jetzt wollte der neue, junge Präsident Wladimir Putin die Ehre der Nation wiedererrichten und die Armee wieder zum Stolz des Volkes machen. Für Sarah und Max stellte das Manöver eine willkommene Abwechslung dar, nachdem diesen Sommer im Büro bislang Flaute geherrscht hatte. Das Einzige, worüber sie sich während der Ferien ausgetauscht hatten, war in der vorigen Woche ein Sprengstoffattentat in der Rigaer Shoppingmall Centrs gewesen, und das spannendste Telefonat hatte von den Planungen einer Überraschungsparty für den Vektor-Vorstandsvorsitzenden Charlie Knutsson gehandelt, dessen siebzigster Geburtstag bevorstand.

Die Uhr am Armaturenbrett des BMW zeigte zehn nach acht.

Sarah ging vor einer roten Ampel vom Gas und massierte sich die Schläfen.

»War's anstrengend gestern?«, fragte Max.

»Kann man wohl sagen. Lisette hat angerufen.«

Max zog die Augenbrauen hoch.

Sarah hatte nicht mehr mit ihrer Exfrau gesprochen, seit sie über ein Foto von ihr mit einem unbekannten Mann gestolpert war. Nach einer heftigen Auseinandersetzung war Lisette nach Namibia abgehauen, und zwar mitsamt dem Typen, der offenbar auf harte Frauen und reiche Chinesen mit einem Faible für die Großwildjagd stand. Das war inzwischen gut sechs Jahre her.

»Was wollte sie denn?«, fragte Max.

»Die Kinder treffen. Kannst du dir das vorstellen? Verdammte Schlampe.«

»Na ja, es sind immerhin auch ihre Kinder.«

Sarah schluckte trocken.

»Können wir darüber ein andermal reden? In einem anderen Leben?«

»Okay ...«

Sarah sah ihn müde an.

»Hör auf damit, bitte.«

»Was sagst du immer zu mir? Man muss demjenigen verzeihen, der einem was angetan hat, um selbst weitermachen zu können?«

Er lächelte sie an, doch Sarah schüttelte bloß den Kopf. Dann verebbte sein Lächeln, als er an den vergangenen Abend dachte. Er wusste nur zu gut, dass man mit einem anderen Menschen zusammenleben und trotzdem mit einem Mal das Gefühl haben konnte, wie vor verschlossenen Türen zu stehen, als wäre der Partner ein Fremder. Manchmal war es da wohl am besten, gewisse Dinge einfach bleiben zu lassen.

Als sie im Büro angekommen waren, stellte Sarah die Alarmanlage ab. Irgendwie fühlte sich ihr Arbeitsplatz an einem Samstag merkwürdig an, wie ein komplett fremder Ort und nicht so, als hätten sie am Vortag noch hier gesessen und vor sich hin gearbeitet. Die Luft schien stillzustehen.

Im Besprechungsraum steuerte Max die Wand mit den Fernsehern an. Er schaltete CNN, BBC World und Channel One Russia ein. Die englischsprachigen Sender berichteten bereits vom Nordpolarmeer, brachten allerdings noch keine Bilder vom bevorstehenden Manöver. Der BBC-Reporter stand auf irgendeinem graubraunen Betonkai im Wind. Es hätte ebenso gut Portsmouth wie Murmansk sein können. Auf CNN lief das »Breaking News«-Textband, während eine Expertenrunde in Atlanta über die Stärke der russischen Flotte debattierte. Im russischen Sender war eine attraktive junge Frau in schwarzen Tights und blauem Bikinioberteil zu sehen, die sich einen sogenannten Abflex auf den Bauch presste, mit dessen Hilfe sie sich ein schickes Sixpack antrainiert hatte. Den Abflex konnte man per Nachnahme telefonisch bestellen.

»Dein Telefon klingelt«, rief Sarah aus dem Flur.

Max kehrte den Fernsehern den Rücken, lief in sein Arbeitszimmer und nahm den Hörer ab.

»Max?«, sagte eine Stimme, die er nur zu gut kannte. »Habt ihr in Stockholm auch davon gehört?«

Hein Espen Hovland war am Apparat. Vor Jahren war er

während einer Tauchübung in Lebensgefahr geraten, und Max hatte ihn gerettet.

Ein Lächeln breitete sich auf seinem Gesicht aus. Dass Hein Espen anrief, konnte nur bedeuten, dass er nach seiner langen Krankschreibung endlich zurück war.

»Was hätten wir denn hören sollen?«

»Vardø hat sich gemeldet. Nicht nur dort – bis rüber nach Alaska haben sie seismische Schockwellen registriert.«

»Ein Beben?«

»Nein, kein Beben. Wir glauben, es kam aus der Barentssee.«

3

Paschie lief durch den offenen Bereich zwischen Küche und Wohnzimmer auf die Badezimmertür zu. Sarah hatte sie nicht zu dem Meeting dazu gebeten. Nach allem, was ihrem Vater widerfahren war und was sie selbst erlebt hatte, hasste Paschie Militärs und Polizisten aus tiefster Seele. Vor allem, wenn sie aus ihrer Heimat stammten – Russland. Ein besseres Leben für die Menschen dort würde man einzig und allein erreichen können, indem man sowohl der Armee als auch der Polizei weniger Aufmerksamkeit schenkte und Budgets und Machtbereiche eindampfte. Und indem man all dies an *Frauen* umverteilte. Diese Hälfte der Menschheit, die dazu auserkoren war, neues Leben in die Welt zu setzen, verfügte schlicht und ergreifend über ein anderes Verständnis für Lebensnotwendigkeiten als diejenigen, die einfach nur untätig zusahen, sobald sich ein solches Wunder vollzog. Frauen konnten auch nicht töten wie Männer, und das war nur einer von zahlreichen Gründen, warum sie an den Hebeln der Macht sitzen sollten.

Bei Vektor hatte sie sich im vergangenen Jahr hauptsächlich um das Mir2000-Projekt gekümmert. Mit der Großveranstaltung sollten dem schwedisch-russischen Verhältnis im neuen Jahrtausend neue Impulse gegeben werden, vor allem in Sachen Bildung, Umwelt und Kultur. Paschie war für den Kontakt zur russischen Botschaft und zum Außenministerium verantwortlich. Sie hatte sogar einen kleinen Vortrag vor Schülern der Russischen Schule gehalten, die dann zur Ausstellung in der Stockholmer Touristinformation beigetragen hatten, die am Vorabend des Kick-offs im Kungsträdgården eröffnet werden würde. Noch eine Woche bis dahin. Selbst ihr Outfit hatte sie sich schon zurechtgelegt. Alle nannten das Projekt ihr Baby.

Eine unglückliche Formulierung.

Sie schob die Badezimmertür auf und ließ den schwarzroten Morgenmantel auf den Boden fallen. Nur mit ihrem Slip bekleidet, musterte sie sich hüftaufwärts im Spiegel. Sie war der Empfehlung der Ärzte nachgekommen und nicht mehr ganz so spindeldürr. Tatsächlich gefielen ihr die kleinen Pölsterchen, sie unterstrichen ihre Weiblichkeit, und sie wusste, dass Max sie ebenfalls mochte.

Unwillkürlich musste sie daran denken, was der Schamane gesagt hatte.

»Verurteile ihn nicht. Der Wille der Seele ist nicht leicht zu deuten.«

Sie zog den Medizinschrank auf und warf einen Blick auf das Arsenal aus Pappkisten mit Tablettenschachteln und Plastikdöschen.

In Schweden musste alles wissenschaftlich sein. Das war der größte Unterschied zwischen dem Leben hier in Stockholm und ihrer Kindheit in einer armen Dorfgemeinschaft am Schwarzen Meer. Stockholm war eine pulsierende Hauptstadtmetropole, die von Jahr zu Jahr größer wurde, die von Hightech, Wundern der Ingenieurskunst und einer übertriebenen Gläubigkeit an das System und an Zahlen und Fakten angetrieben wurde.

Seit sie und Max beschlossen hatten, sich Hilfe zu suchen, um das Kind zu bekommen, nach dem Paschie sich so sehr sehnte, war sie auf eine Nummer reduziert worden, auf einen Code in einer Patientendatenbank, und jeder Schritt in ihrer Behandlung wurde von Statistiken bestimmt. Niemand hatte je von ihr wissen wollen, wie es ihr dabei eigentlich ging. Weder Erfahrungen noch Empfindungen – nichts hatte Einfluss auf die Entscheidungen der Ärzte. Sie hatte sich die Diagnose angehört und eingeprägt, wie sie es mit allem anderen tat. Doch auf eine Art Versuchsobjekt reduziert zu werden war nichts für sie. Es wäre für keine Frau etwas gewesen.

Sorgfältig wusch sie sich die Hände mit heißem Wasser und Seife. Dann kramte sie alles hervor, was sie brauchte, und setzte sich auf die Klobrille. Eine winzige abrupte Bewegung, und die altbekannten bohrenden Bauchschmerzen waren wieder da. Sie streckte den Rücken durch und atmete ein paarmal tief ein, damit die Schmerzen abklangen. Sie fühlte sich bleischwer. Angeblich hatte das mit ihrem Flüssigkeitshaushalt zu tun.

Immerhin hatten die Ärzte eine HIV-Infektion ausschließen können. Allerdings war der Hepatitis-B-Test noch nicht aus dem Labor zurück.

Sie wickelte das Tuch auf ihrem Schoß auseinander, brach die Ampulle auf und zog den Inhalt auf eine Spritze. Dann gab sie ein Pulver auf einen Löffel, leerte die Spritze hinein, damit sich das Pulver auflöste, und zog die Mischung wieder auf, ersetzte die Nadel durch eine dünnere, drückte die Luftbläschen raus, kniff sich in die Haut unter dem Nabel und drückte die Nadel senkrecht hinein.

So sah ihr Leben mittlerweile aus. Jeden Tag Spritzen. Als wäre sie drogenabhängig.

Sie schloss die Augen und lehnte sich zurück. Spürte die schmerzhaft kalte Toilettenkeramik auf der Haut. Von unten hörte sie ein leises Geräusch, schlug die Augen auf und sah auf ihren Morgenmantel hinab. Eine Tasche blinkte. Das Handy. Weg waren Stille und Müdigkeit, was ihre Enttäuschung nur mehr verstärkte.

Zum Trost rief sie sich in Erinnerung, worin die Ärzte und der Schamane sich einig gewesen waren.

»Niemand ist perfekt.«

4

Sofia Karlsson fuhr über den gewundenen Simpnäsvägen auf Skeppsmyra auf die Insel Björkö zu. Kein einziges Mal war die Rede davon gewesen, dass jemand sie begleiten sollte. Es hatte sich nicht einmal jemand die Mühe gemacht, mit ihr darüber zu sprechen. Womöglich weil alle gewusst hatten, dass es ohnehin nicht zur Diskussion stand.

Seit sie von der Polizei Norrmalm zur Rikskrim gewechselt war, hatte sie mit dem Mythos gelebt: dass sie eine Art einsamer Wolf war. Allerdings tat sie auch nichts, um die anderen vom Gegenteil zu überzeugen.

Die Region Roslagen war für sie ein weißer Fleck auf der Landkarte. Ein einziges Mal war sie hier gewesen, mit einem Freund, der ein romantisches Wochenende in Grisslehamn vorgeschlagen hatte. Es war das erste und letzte Mal gewesen. Exakt fünfundvierzig Minuten lang war sie in dem Hotel geblieben, hatte den Typen dann im Spa-Bereich ohne ein Wort des Abschieds stehen gelassen und war in den Bus zurück nach Stockholm gestiegen.

Erst jetzt, allein hinterm Steuer und mit Oscar Petersons Musik im Ohr, glaubte sie die Faszination zu verstehen. Roslagen war schon in Ordnung – solange man es bloß durchs Autofenster sah. Sie fuhr an Pferdekoppeln und Buchten vorbei, an einem Bullerbü nach dem anderen: rote Holzhäuser mit weißen Giebeln und grünen oder braunen Türen. Ihr Vater hatte ihr mal erklärt, dass dieses spezielle Grün Jägergrün heiße und das hellere Braun, in dem die meisten Stalltore gestrichen waren, Roslagenmahagoni – eine Mischung aus Teer, gekochtem Leinöl und Terpentin.

Stellenweise war der Simpnäsvägen so schmal, dass ihr Wagen kaum Platz auf der Spur hatte. Was, wenn jetzt Gegenverkehr käme? Oder wenn ein gewisser Straftäter auf dieser Strecke mit Vollgas das Weite suchte, ohne sie kommen zu sehen? Wie konnte man nur so weit draußen wohnen?

Der Einsatz war in aller Frühe auf ihrem Tisch gelandet. Ihr Vorgesetzter, Per Carpelan, hatte sie angerufen und ihr eine kurze Zusammenfassung gegeben. Ein brutaler Mord. Er war vom Staatssekretär im Justizministerium, Tomas Schiller, persönlich informiert worden, und Schiller war derart nachdrücklich gewesen, dass Per Carpelan glatt wie von einem neuen Interimschef gesprochen hatte.

Dass Schiller und damit die Regierung involviert waren, bedeutete, dass die Sache oberste Priorität hatte und sie den Fall würde aufklären müssen, ehe sich die Pressegeier darauf stürzten. Die Leiche weise *Markierungen* auf – genau so hatte sich Per Carpelan ausgedrückt –, die »verdammt besorgniserregend« seien, trotzdem aber nachrangig behandelt werden sollten, weil sie ansonsten »eine Menge verdammter Spekulationen« nach sich ziehen könnten. Mordfälle würden mittels konkreter Beweise gelöst, und die finde man, indem man den Tatort genau in Augenschein nehme.

»Gründliche, solide Ermittlungsarbeit, das können Sie doch. Von Spekulationen will ich nichts hören.«

Die Polizei Norrtälje hatte sie um Verstärkung gebeten. Irgendeine Leuchte dort hatte zu allem Überfluss auch bei der Säpo angerufen, weil das Opfer in der Vergangenheit mal Personenschutz gehabt hatte, und in dieses Durcheinander mussten die Chefs jetzt erst wieder mühsam Ruhe hineinbringen. Carpelan zufolge waren auch genau deshalb das Justizministerium und Schiller involviert – wäre das nicht der Fall, hätten sie sich den Fall wahrscheinlich ohne unnötige Einmischung vornehmen können.

Die klassische Kausalkette bis hin zur Ratte auf dem Seil. Nur dass sie die Ratte in der Kanalisation war. Aber das kannte sie schon, und sie beschwerte sich nicht. Dort unten konnte sie immerhin etwas ausrichten. Trotzdem fragte sie sich, wer das Seil am anderen Ende wohl hochhielt. Doch auf die Leute, die auf den Stockholmer Fluren der Macht hin- und herhuschten, war sie nicht im Geringsten neidisch. Da war selbst Roslagen im Regen besser.

Dennoch war es ungewöhnlich, dass die hiesigen Behörden so schnell um Hilfe angesucht hatten. Allerdings glaubte Sofia den Grund zu kennen. Das Risiko, dass die Medien hier einfielen, war einfach zu groß. Keine Stunde nachdem Carpelan sich bei ihr gemeldet hatte, war sie auch schon gewarnt worden, dass der erste Nachrichtensender auf dem Weg sei.

Das Opfer war aber auch kein Niemand. Während seiner Dienstzeit hatte er aus den unterschiedlichsten Richtungen Drohungen erhalten. Nach Einschätzung der Sicherheitsbehörden war die Bedrohungslage irgendwann nicht mehr akut gewesen. Bestimmt hatten diese Markierungen an der Leiche die Nachrichtenleute aufhorchen lassen. Sofia hatte das Gefühl, dass ihr Chef mehr wusste, als er erzählt hatte. Aber auch daran war sie gewöhnt. Sie hatte kurzerhand für sich beschlossen, dass er als guter Vorgesetzter wollte, dass sie sich ein eigenes Bild machte.

Am alten Skeppsmyra-Gehöft, einem großen schwedenroten Gebäudekomplex, das aussah wie Hunderte andere, an denen sie vorbeigekommen war, bog sie ab und parkte den Wagen. In der Nähe hing ein handgeschriebenes Schild am Zaun: *Roslagsauktion: Freitag, 11. August, 17–20 Uhr.*

Dicke graue Wolken schoben sich über den Himmel. Sie sahen schwer aus; unter Garantie würde es noch mehr Regen geben. Die Kollegen aus Norrtälje hatten den Hof bereits mit blau-weißem Absperrband gesichert. Zwei Kriminaltechniker nahmen auf dem lehmigen, zerfurchten Fußweg zum Haupteingang Fußabdrücke. Hier musste es wirklich aus Kübeln gegossen haben. Sofia war wie immer in ihre weißen Adidas Stan Smith geschlüpft – definitiv die falschen Schuhe für diesen Einsatz.

Filip Eriksson, der verantwortliche Beamte aus Norrtälje, kam ihr entgegen und berichtete, was sie bislang in Erfahrung gebracht hatten. Eine halbe Stunde nach Beginn der Veranstaltung sei Objekt 14 aus dem Auktionskatalog dran gewesen, eine alte schwedische Brauttruhe. Der Auktionator habe die Truhe geöffnet, und die Besucher seien wie vom Donner gerührt gewesen. Dann sei Panik ausgebrochen.

Die Truhe war leicht geneigt aufgebockt worden, damit die Besucher hineinsehen konnten. Direkt daneben stand das Pult des Auktionators, dahinter lagerten auf Tischen weitere größere und kleinere Objekte, die nicht unter den Hammer gekommen waren. Sowohl diese anderen Gegenstände als auch die Truhe standen genau im Licht, das von draußen durch die großen Sprossenfenster hereinfiel. Staub tanzte schwerelos unter der hohen Decke. Sofia fragte sich, ob das Gebäude ursprünglich als Freikirche oder Versammlungsort der hiesigen Guttempler vorgesehen gewesen war.

Aus einiger Entfernung sah sie sich das Ganze an, und je länger sie hinsah, umso mehr beschlich sie der Eindruck von Religiosität oder vielmehr Ritualität. Ob das bestialische Arrangement in der Truhe daran schuld war oder ob es einfach aus diesen kahlen Bretterwänden sickerte, hätte sie nicht sagen können, aber das Ganze fühlte sich an wie eine Begräbnis-, wenn nicht sogar Opferszene. In der Truhe lag ein toter Mann. Was ihr als Erstes durch den Kopf schoss: Für einen erwachsenen Mann war das Möbelstück doch gar nicht groß genug.

Irgendjemand hatte das hier präzise arrangiert, so viel stand fest. Sie hatten es nicht mit einem Mörder zu tun, der seine Tat vertuschen wollte, im Gegenteil, er wollte ihnen etwas damit sagen. Die Frage war nur, was.

»Was wissen wir über das Opfer?«, fragte Sofia.

»Claes Callmér, geboren 1942. Wurde also achtundfünfzig Jahre alt. Chef der Einwanderungsbehörde.«

Sofia nickte. Filip hatte die Sache im Griff und kam direkt zur Sache. Chef der Einwanderungsbehörde. Kein Wunder, dass die Medien sofort hellhörig geworden waren.

»Und die Truhe?«, wollte sie wissen.

»Stammt von einem älteren Herrn hier aus der Gegend. Er hat sie vor elf Jahren ebenfalls bei einer Auktion erstanden, damals in der Gemeinde Östhammar. Wir haben ihn befragt, aber soweit ich es sehe, gibt es zwischen den beiden keine Verbindung. Die Truhe hat er vor zwei Wochen hier abgeliefert.«

»Wer hat die Medien informiert?«

»Ein Junge hat ein Video gemacht und es einer Reporterin geschickt. Er ist gerade mal siebzehn. Inzwischen ziemlich zerknirscht.«

Filip zuckte mit den Schultern. Viel mehr hatten sie in der Sache nicht tun können. Sofia war klar, dass ihre Vorgesetzten versuchen würden, auf den Sender einzuwirken und die Berichterstattung noch einen Tag hinauszuzögern, aber sobald sie erführen, dass noch andere von dem Mord Wind bekommen hatten, würden sie den Clip des Jungen ausstrahlen.

Sie sah zurück zu der Truhe.

»Haben Sie ihn schon untersucht?«

»Nein, wir haben weder ihn noch die Truhe bewegt, die Techniker meinten, ein Rechtsmediziner …«

»Kommen Sie. Wir gehen ein Stück näher heran.«

Filip zog ein Taschentuch heraus und hielt es sich vors

Gesicht. Der Mann musste unmittelbar vor der Auktion umgebracht worden sein, sonst hätte sich der Verwesungsgestank ausgebreitet. Die Besucher hatten immerhin eine halbe Stunde hier gesessen, bevor die Truhe nach vorn gebracht worden war.

Als sie direkt vor der Leiche standen, sah Sofia sich erst einmal nur die Truhe an. Sie sah alt aus, aber nun war Sofia keine Antiquitätenexpertin. Die Innenseiten waren mit einem handgemalten Blumenmuster und stilisierten Booten, Sonnen und anderen Symbolen in Hellblau, Lila und Rosa verziert. Das Holz hatte gelitten. Der Deckel war gut zwei Zentimeter hoch. Alles in allem war die Truhe sicher nicht breiter als einen Meter dreißig.

Zu guter Letzt sah sie sich die Leiche an, oder genauer: den Oberkörper. Auf Höhe von Claes Callmérs Hüftknochen verlief ein brachial ausgeführter Schnitt. Sofia nahm an, der Unterleib war nirgends aufgefunden worden und sollte wohl auch nicht gefunden werden. Sie sah sich den Schnitt genauer an. Wenn das irgendeine Klinge gewesen war, dann musste sie stumpf gewesen sein. Es sah fast aus, als wäre der Mann entzweigerissen worden. Erst jetzt, da sie direkt davorstand, nahm sie den beißenden Verwesungsgeruch wahr. Die Arme waren unter den Oberkörper gequetscht worden, damit der Rumpf in der Truhe Platz hatte. Wenn er ohnehin schon zerstückelt worden war – warum nicht auch gleich die Arme abhacken? Sie musste sich zusammenreißen, um sich nicht nach der Leiche auszustrecken und sie herumzuwuchten, damit sie die Hände in Augenschein nehmen konnte. Die Techniker hätten sich beschwert, sie würde ihnen die Arbeit erschweren.

Ihr Blick wanderte weiter zum Kopf des Toten, wurde regelrecht angezogen von jenem Detail, das ihr Chef mit ernster Stimme erwähnt hatte. Derlei Markierungen wollte man an einem Mordopfer nur ungern sehen.

Mit einer vergleichbaren Inszenierung war sie noch nie konfrontiert worden. Ihr wollte einfach nicht aus dem Kopf, dass es sich hierbei um eine Art Ritual handeln musste. Die Verstümmelung – das sollte irgendetwas aussagen. Nur was? Und an wen war die Aussage gerichtet?

In Claes Callmérs Hals direkt unter den Adamsapfel hatte der Mörder vermutlich mit einem Messer ein Zeichen eingeritzt, das aussah wie ein spiegelverkehrtes C.

In die Stirn war eine Ziffer geschnitten worden.

Eine Neun.

5

Charlie setzte sich an seinen angestammten Platz am Ende des langen Besprechungstischs. Er hatte immer noch seinen braunen Regenmantel an. Paschie nahm neben Sarah Platz und warf Max einen Blick zu. Seit sie von ihrem Termin bei dem Schamanen zurückgekommen war, hatte er das Gefühl, als würde sie ihn irgendwie anders ansehen.

Sarah bedeutete Max mit einem Nicken loszulegen.

»Also, wir haben euch direkt nach Hein Espens Anruf reingerufen«, hob Max an. »Aber vielleicht erst kurz zum Hintergrund dieses Manövers in der Barentssee.«

Er räusperte sich.

»In den Neunzigern haben wir erlebt, wie die weltgrößte Seemacht verrostet und in den Hafenbecken von Murmansk und Seweromorsk auf Grund gesunken ist. Auf ihrem Zenit hat die Sowjetflotte über mindestens dreihundert U-Boote verfügt. Heute sind davon vielleicht gerade vierzig noch voll funktionstüchtig. Trotzdem will Russland beweisen, dass mit ihnen zu rechnen ist.«

»Und internationale Medien stehen daneben, als wäre das eine Art Unterhaltungsshow?«, warf Paschie ein.

Max nickte.

»Es gab im Vorfeld schon Spekulationen: Würden die Russen mit scharfen Waffen üben? Haben die U-Boote Kernwaffen an Bord?«

»Was könnte da also passiert sein?«, mischte sich Charlie ein.

»Im Augenblick wissen wir gar nichts. Angeblich ist die

Nordflotte mit sämtlichen großen Fahrzeugen ausgelaufen – mit der *Pjotr Weliki* beispielsweise, einem Kreuzer der Kirow-Klasse, aber auch mit diversen U-Booten der OSCAR-II-Klasse, unter anderem der *Kursk.* Womöglich wollten sie ein bisschen Katz und Maus spielen.«

»Was heißt OSCAR II?«, fragte Sarah.

»Das ist ein U-Boot von fünfzehntausend Tonnen Verdrängung. So hoch wie ein fünfstöckiges Wohnhaus und über hundertfünfzig Meter lang.«

»Hundertfünfzig?«, ging Charlie dazwischen. »Das ist doppelt so lang wie eine Boeing 747!«

Max nickte.

»Die U-Boote sind nukleargetrieben und mit Marschflugkörpern ausgestattet, die Flugzeugträger versenken können.«

»Aber kann eine Explosion wirklich so heftige seismische Wellen erzeugen?«, hakte Charlie erneut nach. »Oder könnte es sich nicht doch um ein Beben handeln?«

»Wenn wir unseren norwegischen Freunden Glauben schenken, dann hatte der Ausschlag keine natürliche Ursache«, erklärte Max. »Es handelt sich darüber hinaus genau genommen um zwei isolierte Ereignisse. Keins davon war stark genug, als dass es ein Erdbeben hätte sein können; auf jeden Fall nicht das erste. Das zweite war schätzungsweise fünfzigmal stärker. Es ist mehr als wahrscheinlich, dass es sich um zwei Explosionen gehandelt hat.«

»Atomwaffen?«, fragte Charlie.

»Womöglich.«

Charlie lehnte sich vor.

»Ihr wisst, was General Lebed vor ein paar Jahren im US-Fernsehen gesagt hat? Kompaktbomben könnten quasi überallhin mitgeführt werden.«

»Ja, daran erinnern wir uns noch«, erwiderte Max.

Lebed hatte sich in Russland mit schmissigen Zitaten einen Namen gemacht. *Ich bin nicht liberal, ich bin Gene-*

ral war nur eines davon. Letztlich hatte seine Wahlempfehlung 1996 die Präsidentschaftswahl entschieden, und er war zum Sekretär des Sicherheitsrats der Russischen Föderation ernannt worden. In einem überraschend offenherzigen Interview für *CBS 60 Minutes* hatte er später erklärt, das russische Militär habe seine gefährlichsten Waffen nicht mehr unter Kontrolle. Dabei hatte er auf Kernwaffen angespielt, die in herkömmlichen Aktenkoffern verwahrt wurden und über eine Sprengkraft verfügten, die die komplette Londoner Innenstadt dem Erdboden gleichmachen und bis zur Ringautobahn M25, die rund um die gigantische Hauptstadt führte, eine Evakuierung erzwingen würde.

»Ich hab durchaus auch schon munkeln hören, dass diese Aktentaschen in russischen U-Booten stehen sollen«, sagte Charlie.

»Von wem hörst du denn so was?«, fragte Max. »Viel wahrscheinlicher ist doch, dass mit den Torpedos irgendwas schiefgegangen ist.«

Sarah räusperte sich.

»Aber feuert man die während eines Übungsmanövers ab?«

»Nicht die mit Gefechtsköpfen«, antwortete Max. »Und genau das gibt mir zu denken. Insofern klingt es für mich fast nach Beschuss.«

»Vonseiten ihrer eigenen Leute?«, hakte Charlie nach.

Keiner sagte etwas.

»Du willst doch verdammt noch mal nicht andeuten, dass jemand anderes involviert sein könnte?«

»Wir wissen momentan gar nichts«, sagte Max. »Es könnte sich genauso gut um eine Havarie handeln. Ein explodierter Torpedo an Bord eines U-Boots …«

»Also die *Kursk*?«, fragte Paschie, und Max nickte.

»Ja, die *Kursk*. Möglicherweise.«

»Der Stolz der russischen Flotte?«, warf Sarah ein. »Wenn man den Russen glauben will, ist sie unsinkbar.«

»Scheiße«, murmelte Charlie. »Wenn es wirklich die *Kursk* ist, sind das verdammt schlechte Nachrichten.«

Paschie nahm eine aufrechtere Sitzhaltung ein.

»Die Nordflotte hat sich ein geschlagenes Jahr lang auf diese Übung vorbereitet«, sagte sie. »Wir haben einen Brief von beunruhigten Angehörigen bekommen. Der Zustand der Fahrzeuge und die Ausbildung der Besatzung sind eine Katastrophe. Es gibt Berichte, dass die Kräne, die ausgerechnet die Torpedos auf die U-Boote verladen oder runternehmen, nicht mehr funktionstüchtig sind. Folglich können sie die Torpedos auch nicht mehr hinreichend warten. Sofern sie mit Atomsprengköpfen üben, könnten die natürlich ebenso defekt sein. Der neue Präsident hat alles darangesetzt, das Manöver voranzutreiben. Und mal abgesehen von den Torpedos, die Max erwähnt hat, gibt es da noch einen neuen, den *Schkwal*, der …«

Ein Blick auf Paschie, und Max war in Gedanken woanders. Ihre Augen loderten. Es waren ihre Landsleute, die es getroffen hatte. Was immer dort oben in der Barentssee passiert war, hatte für sie mehr Gewicht als für die anderen.

Paschie stand dem russischen Regime alles andere als unkritisch gegenüber, vor allem wenn es um den Umgang mit Minderheiten ging. Und jetzt saß sie hier und sprach mit einem Nachdruck, den er seit jenen schrecklichen Ereignissen vor vier Jahren nicht mehr bei ihr erlebt hatte. Nicht seit er sie beinahe verloren hatte.

Sie war ein Kraftpaket aus Klugheit, Fleisch und Blut, mit großen Sympathien für die Abgehängten in ihrem Heimatland und einer unschätzbaren Sensibilität für die Gefahren, die jenen Menschen jetzt drohten.

»… und diese jungen Matrosen setzt der russische Staat unmenschlichen Belastungen aus.«

Als sie fertig war, fing sie Max' Blick auf.

»Trotzdem immer noch kein Mucks vom schwedischen Militär?«, hakte Charlie nach. »Oder vonseiten der NATO?«

»Nichts, nein«, antwortete Sarah.

»Wir können nur beten, dass es ein Unfall war«, murmelte er.

»Wir sollen beten, dass es einen *Unfall* gegeben hat?«, kam es von Paschie.

»Nein, natürlich nicht – aber verdammt noch mal, es darf einfach kein NATO-Torpedo sein. So war das gemeint.«

»Aber die NATO ist vor Ort?«, hakte Sarah nach.

Niemand antwortete.

»Warum sollte sie vor Ort sein?«, fragte Paschie.

Charlie seufzte.

»Keine Ahnung. Keine verdammte Ahnung. Aber das hier fühlt sich nicht gut an.«

»Also doch ein Unfall«, sagte Max und sah Paschie an.

Er wusste, dass sie gerade das Gleiche dachten. Und er ließ ihr den Vortritt.

»Es ist August.«

»Was soll das heißen?«, fragte Charlie.

»Unglücke passieren in Russland gehäuft im August«, erklärte sie. »Es gibt Leute, die behaupten, das hätte mit der Planetenkonstellation zu tun. Andere geben der Wärme die Schuld oder der Regierung, die im Urlaub ist und die Zügel aus der Hand gegeben hat …«

»Was denn für Unglücke?«, wollte Charlie wissen.

»In der jüngeren Vergangenheit der Putschversuch von 1991«, antwortete Max. »Der Ausbruch des zweiten Tschetschenienkrieges im vergangenen Jahr. Die Bombenanschläge auf Wohnhäuser in Moskau.«

»In Russland nennen wir das den August-Fluch.«

»Wo hält sich Putin zurzeit auf?«, fragte Sarah.

»Der ist im Urlaub«, antwortete Paschie. »Liegt am Schwarzen Meer in der Sonne. Was nur zeigt, wie sehr er sich dafür interessiert, was in der Barentssee passiert.«

6

Max schob die schwere Tür zu ihrer Wohnung in Gamla stan auf. Paschie hatte noch ins Fitnessstudio gehen wollen, und Max war heimgefahren, um sich für das Abendessen auf Östermalm umzuziehen. Hätte er die Wahl gehabt und zu Hause bleiben können, hätte er es getan. Aber mit Paschie hatte er keine Wahl. Und er wusste, dass sie sich von den Marklunds Unterstützung erhoffte.

Versuch einfach, nett zu sein.

Er warf seine Schultertasche auf den Esstisch. Mit einem Mal war ihm schwindlig, und er blieb abrupt stehen. Derlei Schwindelanfälle hatten ihn im vergangenen Jahr immer häufiger heimgesucht, und oft waren Kopfschmerzen damit einhergegangen. Es hatte angefangen, als er die Benzodiazepine abgesetzt hatte. Anfangs hatte in schöner Regelmäßigkeit die linke Hand gezittert, als wäre er irgendwie hyperaktiv. Paschie hatte es natürlich mitbekommen, und Feliz aus dem Boxclub hatte seine Witze darüber gerissen und ihn nachgeäfft. Nach einem Becher starkem Kaffee oder einer anständigen Sparringsrunde war es meistens wieder gut gewesen.

Er angelte die Tageszeitungen aus der Tasche, die er aus dem Büro mitgenommen hatte, und legte sich auf das Svenskt-Tenn-Sofa, ihre bislang größte gemeinsame Anschaffung. Josef Franks Blumenmuster sah wirklich hübsch einladend aus, aber im Vergleich zu dem Vorgängersofa aus seiner Junggesellenbude war dieses im Rücken verdammt hart. Obwohl inzwischen volle zwei Jahre vergangen waren, fühlte er sich hier immer noch nicht annähernd so zu Hause wie im Sveavägen – zumindest nicht, wenn Paschie weg war. Sie hatte ein paar von Carl Borgenstiernas verschlissensten Möbelstücken ausgemustert und sie durch helle Ikea-Sessel ersetzt, die zusammen mit dem neuen Sofa um den Fernseher im Wohnzimmer herumgruppiert waren. Auf dem Couchtisch stand eine Orrefors-Vase, die Paschie von Sarah geschenkt bekommen hatte. Darin war ein Strauß hochwertiger und täuschend echter Plastikblumen arrangiert – Paschies geheime Leidenschaft. Die Landkarte der Sowjetunion, die in seiner alten Wohnung über dem Sofa gehangen hatte, war in Stücke gerissen im Abfall gelandet. Stattdessen hingen jetzt zwei Aquarelle mit Schärenmotiven an der Wand.

Er hätte nicht recht sagen können, woher dieses mulmige Gefühl kam, das sich in ihm festgesetzt hatte. War es ihre Unterhaltung am Vorabend gewesen? Oder waren es die Nachrichten vom russischen Manöver, die sich irgendwie schicksalhaft anfühlten, jetzt da er wusste, dass dort oben im Eismeer etwas Ernstes passiert war?

Er überflog die Infos über die Flottenübung, die er schon kannte, und suchte nach neueren Nachrichten. Las einen halben Artikel über die Regierungsempfehlung, eine Schwedin zur UN-Flüchtlingskommissarin zu ernennen, und blieb schließlich an einer *Dagens-Nyheter*-Meldung über ein mysteriöses Signal hängen, das einem Informanten zufolge in der russischen Botschaft in Stockholm registriert worden war. Ein FRA-Sprecher habe dies nicht kommentieren wollen, aber so wie der Journalist es formulierte, war klar, dass die Abhörspezialisten des schwedischen Geheimdiensts die Entwicklung hochalarmiert verfolgten.

Max legte die Zeitungen beiseite und sah auf die Uhr. Wann waren sie gleich wieder verabredet? Er streckte sich nach der Fernbedienung und schaltete den Fernseher ein.

In den Nachrichten hatte man versucht, Stellungnahmen

vonseiten der russischen Marine und der Botschaft in Stockholm einzuholen, was selbstverständlich zwecklos gewesen war. Kein Offizieller würde derzeit etwas dazu sagen. Doch unbestätigten Angaben zufolge befanden sich tatsächlich auch westalliierte Kräfte in der Gegend.

Dann waren sie also vor Ort. Was interessierte sie eine russische Übung?

Max drückte den Rücken durch, als im Fernsehen die USS *Memphis* und die USS *Toledo* eingeblendet wurden. Die beiden riesigen, reaktorgetriebenen U-Boote bildeten das Rückgrat des US-Jagd-U-Boot-Programms. Eine britische Quelle, die anonym bleiben wollte, gab an, die Amis seien vor Ort, um die Übung und überdies einen potenziellen Waffentest zu beobachten, den die Russen mit ihrem Superkavitationstorpedo *Schkwal* geplant hätten.

Der Hochgeschwindigkeitstorpedo, den Paschie erwähnt hatte. Für den die Besatzung nicht hinreichend ausgebildet war. Vor dem sie regelrecht Angst hatten. Klar, dass da die USA vor Ort waren: um die Waffe zu studieren, die schneller durchs Wasser schoss als alles andere.

Der Sender hatte auch versucht, eine Stellungnahme von amerikanischer Seite einzuholen, doch von offizieller Stelle war lediglich verlautbart worden, die USA suche den Kontakt mit einem Vertreter der russischen Flotte.

In seiner Tasche vibrierte das Handy. Max ging ran, ohne den Blick vom Fernseher abzuwenden.

»Wo bleibst du denn?«, fragte Paschie. »Wir warten schon auf dich.«

»Irgendjemand Lust auf Nachtisch?«, fragte Malin Marklund und stand auf, um das Geschirr abzuräumen.

»Komm, ich helf dir«, sagte Paschie und lief mit den restlichen Tellern hinter ihr her in die Küche.

Die Wohnung lag in der Torstenssonsgatan auf Östermalm nur ein paar Häuser vom Strandvägen entfernt – die teuerste Wohngegend Stockholms. Nachdem Paschie aus Sankt Petersburg zurückgekehrt war und sich nur mühsam von den dortigen Ereignissen erholt hatte, die jetzt vier Jahre zurücklagen, hatte sie sich anfangs eher zurückgezogen. Was sie damals hatte erleiden müssen und die Angst, erneut entführt zu werden, hatten ihr lange im Nacken gesessen. Sie hatte niemandem über den Weg getraut und abends kaum je die Wohnung verlassen wollen. Als Max jetzt sah, wie sie sich in diesem wohlsituierten schwedischen Haushalt um das Geschirr kümmerte, wurde ihm warm ums Herz. Sie war wieder in der Normalität angekommen. War wieder da. So richtig.

Paschie hatte Malin vor knapp anderthalb Jahren nach dem Fitnesstraining in der Umkleide kennengelernt. Malin hatte telefoniert und, als sie auflegte, Paschies neugierigen Blick aufgefangen. Dann hatte sie kurz gezögert, mit sich gehadert und schließlich erzählt, dass sie und ihr Mann gerade alles unternähmen, um ein Kind zu zeugen. Paschie hatte Malin zu verstehen gegeben, dass sie und Max das Gleiche durchmachten, und Malin hatte sofort einige gute Ratschläge zur Hand gehabt. Hatte ihr Trainings- und Ernährungstipps und ein paar Hinweise zum Menstruationszyklus gegeben. Wie bei einem Job-Briefing hatte Paschie zugehört und sich im Geiste Notizen gemacht.

In der kurzen Zeit, die sie jetzt miteinander befreundet waren, hatte Paschie immer wieder zwischen Hoffnung und Verzweiflung geschwankt, war um Malins Unterstützung froh, über manche Aussage aber auch erschrocken gewesen.

»Ich bin ein Mensch, keine Maschine, die man auf einen bestimmten Termin programmieren kann.«

Und dann hatte sie Paschie regelrecht zum Arzt geschleift. Paschie hatte in der Sankt Petersburger Klinik eine »Weißkittelphobie« entwickelt, wie sie selbst sagte. Ihre Organe arbeiteten einfach schlechter, sobald sie einen Fuß in ein Krankenhaus setzte oder jemanden in Weiß vor sich sah. Max wusste, dass das keine Einbildung war.

»Noch Wein?« Ola Marklund saß ihm am Tisch gegenüber. »Soll ich noch eine Flasche aufmachen?«

Sie hatten bereits drei geleert. Trotzdem nickte Max.

»Gerne.«

Ola verschwand in der Küche, wo Paschie und Malin sich leise unterhielten. Unter Garantie redeten sie über Paschies Treffen mit dem Schamanen. Er wusste, dass sie Malin von dem bevorstehenden Termin erzählt hatte.

Max schlenderte in den Flur und zog sein Handy aus der Jackentasche. Keine neuen Nachrichten. Weder von Sarah noch von Charlie. Am liebsten hätte er von Hein Espen gehört. Er fragte sich, ob die Norweger wohl inzwischen mehr darüber wussten, was während des Manövers der Nordflotte passiert war. Kurz dachte er darüber nach, ihn anzurufen.

Dann fiel sein Blick auf sein Gesicht im Garderobenspiegel. Seine Augen waren bereits blutunterlaufen. Er hatte viel zu viel Rotwein getrunken.

Ola durchforstete immer noch seinen Weinschrank, während Paschie und Malin sich in das kleine Zimmer zurückzogen, das sie sechs Jahre zuvor eingerichtet hatten. Vor dem ersten von insgesamt fünf Schicksalsschlägen. Max wusste genau, was er hören würde, wenn er sich ihnen jetzt anschlösse, und wappnete sich innerlich. Der Abend ist ohnehin bald zu Ende, dachte er. Nur noch ein paar Stündchen. Noch ein paar Fläschchen. Dann nehmen wir uns ein Taxi.

»Max?«, rief Paschie. »Komm, das musst du dir ansehen.«

Er trat an die offene Zimmertür. Auf dem Boden im Kinderzimmer saß Paschie auf dem apricotfarbenen Teppichboden neben einem weiß gestrichenen Gitterbett. Sie winkte ihn zu sich. Mit der anderen Hand hatte sie nach etwas gegriffen, was auf dem leeren Bett gelegen hatte.

»Wenn man hier draufdrückt, spielt das Schlaflieder aus der ganzen Welt.«

Max beugte sich nach unten und strich ihr über die Wange. Ihre Haut war wärmer als sonst, vom Wein, der Unterhaltung und ihren Emotionen befeuert. Zum ersten Mal, seit er verspätet zu ihrer Verabredung dazugestoßen war, lächelte sie ihn an, ein schiefes Lächeln, in dem sich widerstreitende Gefühle spiegelten.

»Wie schaffen die beiden das?«, wisperte sie.

Max schüttelte stumm den Kopf.

»Und dann dieses bescheuerte Teil hier. Ausgerechnet das geht mir total nah.« Paschie wischte sich über die Schläfe. »Hast du das hier schon mal gehört? Stammt aus dem Baltikum, glaub ich, aber ich kenne das noch aus meiner Kindheit in Russland. Eins der schönsten Lieder der Welt.«

Aus der kleinen Spieldose kam die Melodie von *Aija zuzu*.

Max nahm ihre Hand.

»Das kenne ich auch«, sagte er. »Maj-Lis, meine Lehrerin auf Arholma, war Bootsflüchtling aus Estland. Das Lied hat sie manchmal gesungen.«

7

Sofia Karlsson lehnte an ihrem Wagen. Die Fahrertür stand offen. Sie wartete auf den Kriminaltechniker Benjamin Thornéus, der immer noch drinnen mit dem Rechtsmediziner und Claes Callmér beschäftigt war. Es war nicht ungewöhnlich, dass der Rechtsmediziner sich die Mühe machte, die Leiche noch am Fundort gründlich zu untersuchen und nicht bloß die ärztliche Leichenschau im Sektionssaal vorzunehmen. Dies hier war zudem kein normaler Fall, wie ihr Chef Per Carpelan schon gesagt hatte, und der Mediziner wollte sicherstellen, dass er sämtliche Spuren vom Fundort in sein Urteil mit einbezog. Bei diesem Opfer sowie dem Tathergang war klar, dass auf höchster Ebene ermittelt würde – und die Sache würde Orkanstärke annehmen.

Im Auto lief die CD, die ihr Vater ihr im vorigen Jahr zum Dreiunddreißigsten geschenkt hatte: der Soundtrack eines Films mit Fred Astaire und Bing Crosby in den Hauptrollen. Bings volle Bassstimme entführte sie aus diesem Drecksloch in eine Welt, in ein Leben, das anders war als das reale. Ursprünglich war es ihre Mutter gewesen, die sich für diese alte amerikanische Musik interessiert hatte. Seit sie gestorben war, fühlten Sofia und ihr Vater sich der Mutter durch die Musik verbunden. Die Illusion eines Lebens, das besser war als der Alltag – genau das vermittelten Musikfilme, und genau darin liege deren Stärke, hatte ihre Mutter immer gesagt. Und darum ging es doch.

Blue skies smiling at me, nothing but blue skies do I see.

Es war für sie alle ein langer Tag gewesen. Sie hatte früher selbst Forensikkurse belegt und sich die Grundlagen erarbeitet, irgendwann aber eingesehen, dass es einer besonderen Langmut bedurfte, um sich tagelang mit dem Sichern von Fuß- und Fingerabdrücken zu beschäftigen und nach Spuren irgendwelcher Körperflüssigkeiten oder Textilfasern zu suchen. Und eine solche Langmut besaß sie nicht.

Mit Thornéus hatte Sofia schon häufiger zusammengearbeitet. Er hielt sich aus dem Hahnenkampf heraus, in den andere Forensikexperten zogen, die auf den Frühstücksfernsehsofas um die besten Plätze rangelten. Thornéus' einziges Interesse bestand darin, die Geschichte hinter jedem einzelnen Fall offenzulegen. Deshalb war er auch so verlässlich, fand sie, einer der Besten, und er war es wert, dass sie auf ihn wartete, auch wenn es bereits nach Mitternacht war. Nachdem dies in mehrfacher Hinsicht ein besonderer Fall war, hatte Sofia ihn gebeten, alles andere links liegen zu lassen. Er würde von nun an nur noch mit den Kollegen aus dem Labor zusammenarbeiten und wäre ihr Ansprechpartner in sämtlichen Forensikfragen.

Benjamin Thornéus zog die Eingangstür zum Auktionssaal hinter sich zu. Wie üblich trug er eine braune Fjällräven-Hose und rote Hosenträger über einem Jeanshemd. Mit diesem Geschmack wäre jeder Mann einfach nur schlecht gekleidet gewesen.

»*High Society*?«, fragte er und zeigte auf ihr Auto.

»Fast. *Blue Skies*«, erwiderte sie. »Und, was sagt der Mediziner? Du weißt, dass ich nicht warten kann, bis er ihn auf dem Tisch gehabt hat.«

»Nein, schon klar. Ich hab vorhin die erste Reporterin gesehen – das ging ja schnell. Du ahnst sicher schon, dass wir noch nicht mal sagen können, wann genau er gestorben ist.«

»Aber vielleicht könnt ihr ja grob schätzen? Ist er anschließend verstümmelt worden?«

Benjamin schüttelte den Kopf.

»Warte auf den Bericht. Allerdings bin ich mir ziemlich sicher, dass er noch gelebt hat, als er in zwei Teile geschnitten wurde.«

Sofia musste schlucken. Was sollte das alles, verdammt?

»Und diese eingeritzte Markierung auf der Stirn und unter dem Adamsapfel?«

»Ich nehm an, dass auch das Zeichen auf der Stirn vor Eintritt des Todes eingeritzt wurde.«

»Wie kommst du darauf?«

»Dem Mediziner zufolge gibt es extreme Stresssymptome an der Leiche, und die wären nicht so deutlich erkennbar, wenn er schon tot gewesen wäre.«

»Was denn für Symptome?«

»Zum Beispiel hat er sich einen Backenzahn ausgebissen.«

Sofia runzelte die Stirn. Sich einzunässen war das eine. Das war normal. Aber sich einen Zahn auszubeißen? Was musste passieren, dass man sich einen Zahn ausbiss?

»Da wollte wohl jemand, dass das Opfer im letzten Moment noch so viel leidet wie nur möglich. Warum? Der Mann hätte doch sowieso sterben müssen.«

»Davon verstehe ich nichts«, sagte Thornéus. »Aber in Sachen Spuren weiß ich immerhin so viel, dass ich mir sicher bin: Das hier kannst du nicht allein mithilfe wissenschaftlicher Fakten lösen.«

Sofia schenkte ihm ein schiefes Lächeln. Sie hätte gern etwas anderes gehört. Dann fiel ihr wieder ein, was Carpelan gesagt hatte: dass die Markierungen Spekulationen nach sich ziehen würden. Dass sie darüber hinwegsehen solle. Und sich auf die Fakten konzentrieren.

»Was glaubst du?«

»Die meisten Morde finden unter chaotischen, fast hysterischen Umständen statt, die sowohl beim Opfer als auch beim Täter enormen Stress verursachen. Hier deutet alles darauf hin, dass der Täter kalkuliert und kontrolliert vorgegangen ist.«

»Und was lernen wir daraus?«

»Der Täter hat sich gründlich vorbereitet und will uns etwas mitteilen.«

Sofia nickte.

»Hat er Spuren hinterlassen – trotz der Kontrolle?«

»Dafür ist es noch zu früh«, erwiderte Thornéus. »Meine Leute sammeln alles ein, was wir im Labor untersuchen können.«

»Auf einer Skala von eins bis zehn – wie sorgfältig war unser Täter? Was meinst du?«

»Wir haben es mit jemandem zu tun, der genau weiß, was er tut. Wenn wir im Labor irgendwas finden, schicken wir es durch die Datenbank – sowohl Fingerabdrücke als auch DNA. Mit ein bisschen Glück wissen wir bald, mit wem wir es zu tun haben.«

Die zweite Eigenschaft, die sie an Thornéus schätzte, war sein Optimismus. Um den Täter mithilfe der Datenbanken zu finden, musste er schon zuvor mindestens mal verdächtig gewesen und hier in Schweden erkennungsdienstlich behandelt worden sein. Daran hatte sie so ihre Zweifel. Aber sie wusste mit immer größerer Sicherheit, warum die Chefs und die Politiker so alarmiert gewesen waren.

Arholma, im Mai 1945

Die Frühlingsnacht hatte die Landschaft verschluckt. Nur die Klippen und Baumwipfel waren von Westen her noch schwach orangefarben beleuchtet. Er ging auf Nummer sicher, holte das Segel ein und ruderte das letzte Stück bis zum steinigen Ufer. Die Bucht hieß Skvallerhamn, das wusste er, er kannte hier Leute, und er hatte sich die Sprache beigebracht, auch wenn er zuvor nie auch nur einen Fuß auf ihren Boden gesetzt hatte. Allerdings wusste er nicht, wie sie ihn empfangen würden.

Das kalte Wasser der Ålandsee reichte ihm bis zu den Knien, als er mit letzter Kraft sein Boot auf den Strand zog. Er hatte eine Nacht und einen Tag gebraucht, um die Ostsee zu überqueren. Bis zuletzt hatte er gewartet, den Moment sorgsam abgepasst und es dann tatsächlich geschafft, ohne dass ein einziger Schuss in seine Richtung abgefeuert worden war.

»Ahlström?«, rief er in Richtung des stockfinsteren Gehölzes.

Die Inselbewohner hielten in einem fort Ausschau nach fremden Fahrzeugen und nach den Patrouillen ihrer eigenen Polizei. Ahlström war ihr Anführer, mit ihm hatte er Geschäfte gemacht, als er im Hafen von Tallinn gearbeitet hatte.

Es dauerte nicht lange, bis die Schlepper sich ihm zu erkennen gaben. Schnelle Schritte über einen Waldweg. Eine Lampe näherte sich, sie schwang hin und her. Er streckte den Rücken durch, stopfte das Hemd in den Hosenbund und rückte die Uniform zurecht.

Zwei Männer blieben vor ihm stehen. Er kannte keinen

von beiden. Sie waren ein gutes Stück jünger, Späher, die ausgeschickt worden waren, um Wache zu halten. Er war sich sicher, dass die beiden im Leben nicht der Besatzung der *Triin* oder einer anderen Schlepperbande angehörten, die er getroffen hatte. Einer der Jungs führte ein Gewehr. Der andere – der die Lampe hielt – kam näher und beleuchtete das Wappen, das die Uniform zierte.

Sie führten ihn zu einem Bootsschuppen auf den Klippen im äußersten Inselnorden. Rundherum Sanddornbüsche, Wacholder, Krüppelkiefern. Im Schuppen standen ein Tischchen und vier Stühle, in einem gusseisernen Ofen knisterte ein Feuer.

»Warten Sie hier«, befahlen sie ihm.

Sowie sie verschwunden waren, überfiel ihn die Müdigkeit. Er schob den Tisch und die Stühle zur Seite, um am Ofen Platz zu haben.

Kaum hatte er sich davorgelegt, als sein Kopf zur Seite fiel. Er zitterte am ganzen Leib. Seine Gedanken wanderten zurück zu jenem Sommer vor zwei Jahren, zum letzten friedvollen Moment, ehe das rote Grauen einen Belagerungsring um den Finnischen Meerbusen gezogen hatte. Er glaubte fast wieder die lauten Stimmen zu hören, das Dröhnen der Motoren, die Schüsse. Der Geruch von Benzin, Ölfässern, in denen Autoreifen brannten, Zigarettenrauch und Schießpulver stieg ihm in die Nase. Er sah vor sich, wie Männer schwedische Schnapsflaschen auf den Kai direkt neben die Füße derer stellten, die dem Krieg den Rücken kehren und nach Schweden in die Freiheit fahren würden. Schnaps für Menschen. Das geheimste aller Abkommen zwischen Hitlerdeutschland und den Schweden. Als die Männer auf der *Triin* das Segel hissten, wurde das Abzeichen der schwedisch-deutschen Hilfsorganisation sichtbar, das ihnen freies Geleit aus dem Tallinner Hafen garantierte. Ein Wikingerschiff mit einem Hakenkreuz über dem Segel.

Dort hatte er sie zum ersten Mal gesehen. Rebeka, die Frau, die seine Welt aus den Angeln heben sollte.

»Das ist das Schwedenboot, oder?«, hatte sie gefragt.

Er war einen Schritt auf die junge Frau zugegangen. Hatte sich sofort von ihr angezogen gefühlt, war ihr so nah gekommen, dass er ihren Duft riechen konnte.

»Warum fragst du?«

»Ich glaube, meine Freundin ist auch mit so einem Boot rübergefahren. Welche Papiere braucht man, um an Bord zu kommen?«

»Den Mitgliedsausweis. Der bedeutet, man hat mindestens fünfundzwanzig Prozent schwedisches Blut.«

Die Tür zum Schuppen schlug auf, und er riss die Augen auf. Der Mann in der Tür war verhältnismäßig klein und wie ein Fischer gekleidet, graue Hose, Schulterklappen. Er hatte ihn mal an Deck gesehen – runter ins Gatt und wieder hoch – und wusste, dass er flink war, schnell wie ein Wiesel. Er hielt sein Jagdgewehr eng am Körper.

»Was haben Sie hier zu suchen, Ozols?«

Ozols nahm sich einen Stuhl.

»Es war an der Zeit für einen Gegenbesuch, Ahlström. Nur dass ich diesmal keinen Schnaps von Ihnen brauche und auch keine menschliche Fracht bringe.«

Ahlström zog einen Stuhl heran und setzte sich neben ihn. Seine Familie lebte schon seit zig Generationen auf Arholma und gehörte zu den stolzen einstigen Reederfamilien der Insel, die noch immer bei fast allem mitmischten, was in der Dorfgemeinschaft vonstattenging.

»Sie können nicht hierbleiben.«

Ozols wusste genau, woher der Wind wehte, jetzt da sich das Kriegsglück gegen ihn und seine Kameraden gewendet hatte. Mittlerweile wollten die Schweden weder von der geheimen Absprache noch von der Odalwehr mehr etwas wissen. Es gab niemanden, der besser begriff, was dort draußen vor sich ging, und sein Fähnchen geschickter in den Wind hängte. Trotzdem stand die Rückkehr nicht mehr zur Debatte. Da hätte er genauso gut Ahlström um das Gewehr auf dessen Schoß bitten und sich die Mündung in den Mund stecken können. Wohin hätte er denn fliehen sollen? Die ganze Ostsee stand in Flammen.

»Ich hab hier Familie«, sagte Ozols. »Ich will, dass Sie mir helfen.«

»Und Sie glauben, ich könnte das?«

»Sie wissen, von wem ich rede. Sie haben uns im Hafen gesehen.«

Ozols stand auf und knöpfte die Uniformjacke auf.

Ahlström richtete den Gewehrlauf auf ihn. Sein Blick fiel auf das Eiserne Kreuz, das an der Uniformbrust hing, dann auf die doppelte Sig-Rune am Kragen, die im Schein des Feuers aufblitzte. Ozols schob die Hand in die Hosentasche.

Ahlström tippte mit der Mündung des Gewehrs auf dessen Handgelenk. Dann führte er den Lauf unter dem Ärmel langsam nach oben.

»Wo haben Sie denn Ihr wertvolles Silberarmband gelassen, Ozols?«

»Hab ich verloren.«

Ahlström sah ihn unverwandt an. Dann nickte er, und der Druck des Gewehrlaufs ließ nach.

Endlich konnte Ozols das Bild hervorholen, das einzige, das er besaß. Er hielt es Ahlström hin.

Der Schlepper zog die Augenbrauen hoch.

»Rebeka ist bei Ihrer letzten Überfahrt mit der *Triin* an Bord gewesen. Insofern dürften Sie wissen, wo sie jetzt steckt«, sagte Ozols. Er legte Ahlström eine Hand auf die Schulter. »Sie hatte unseren Sohn entbunden, kurz bevor Sie in Tallinn abgelegt haben. Ich muss sie sehen, und wenn es das Letzte ist, was ich im Leben tue.«

Sonntag, 13. August

8

»Ich habe mit Molander, dem Büroleiter aus dem Verteidigungsministerium, gesprochen«, sagte Charlie Knutsson.

Mit dem Handy am Ohr rollte Sarah sich auf dem Bett herum. Sie zog das Rollo neben dem Kopfende hoch und kniff die Augen zusammen, um von der gleißenden Morgensonne über dem Kalvfjärden nicht geblendet zu werden.

»Die *Pjotr Weliki* hat die *Kursk* auf hundertacht Meter Tiefe geortet«, fuhr er fort. »Und sie haben Geräusche registriert, anscheinend ein Klopfen gegen die Bootshülle.«

Die unsinkbare *Kursk*.

Da lagen sie nun gut hundert Meter tief im pechschwarzen eiskalten Wasser und klopften gegen diese Metallröhre. Ein Hilferuf. Sarah konnte nur ahnen, welcher Tumult, welche Panik bei der Besatzung herrschen musste. Die armen Teufel.

Und mit so einer Nachricht geweckt zu werden …

»Verdammt, Charlie, das ist echt das Schlimmste, was ich je gehört hab.«

»Die beiden Explosionen, die aufgezeichnet wurden, haben aller Wahrscheinlichkeit nach an Bord der *Kursk* stattgefunden.«

»Wie lange können sie da unten überleben?«, wollte Sarah wissen.

Charlie seufzte.

»Schwer zu sagen. Es hat allein schon sieben Stunden gedauert, bis die Russen vor Ort waren. Da ist wichtige Zeit verloren gegangen.«

»Und was machen sie jetzt?«

»Offenbar sind NATO-Fahrzeuge ganz in der Nähe, und sie wollen den Russen ihre Hilfe anbieten. Ein britisches Rettungs-U-Boot, das derzeit in Aberdeen liegt, wird in diesen Minuten für den Transport nach Nordnorwegen vorbereitet.«

»Haben die Russen das Hilfsangebot angenommen?«

»Nein, aber die Briten fahren trotzdem. Wohl eine Art Ehrenkodex unter U-Boot-Fahrern. Ganz gleich wo ein Boot sinkt – sie wollen ihren Kameraden helfen.«

»Und kommen sie an die *Kursk* heran?«

»Ich persönlich glaube nicht, dass die Russen die Hilfe akzeptieren, und der Meinung ist Molander ebenfalls.«

Konnten die nicht ein einziges Mal ihre Prinzipien und ihren verfluchten Stolz beiseiteschieben? Sarah musste daran denken, wie Max die Lage eingeschätzt hatte. Der verletzte Nationalstolz, der wieder aufpoliert werden musste. Die Spekulationen um einen neuen Torpedotyp, der weltweit am fortschrittlichsten, aber eben auch am gefürchtetsten war. Natürlich würde Russland nicht zulassen, dass die NATO sich das aus nächster Nähe ansah. Aber was jetzt, da so viele Menschenleben auf dem Spiel standen? Sie musste wieder an die Männer denken, die gegen die Bootshülle klopften. Sie bekam eine Gänsehaut und zog sich die Decke bis unters Kinn.

»Wie viele sind an Bord?«

»Die Russen haben immer noch keine Liste veröffentlicht, aber die Standardbesatzung besteht aus hundertsieben Mann. Allerdings ist bei solchen Übungen sicher auch noch der eine oder andere Beobachter dabei.«

»Dann sollen die alle geopfert werden?« Sie wartete die Reaktion ihres Vorstandsvorsitzenden gar nicht erst ab. »Wir sind wieder im Kalten Krieg.« Sie hatte einfach gesagt, was ihr durch den Kopf ging. »Was können wir tun, Charlie?«

»Die Infos sind via Armee an die Staatskanzlei und den Staatsrat gegangen. Die Marine will ein URF, ein U-Boot-

Rettungsfahrzeug, mitsamt Rettungsteam losschicken. Der Ministerpräsident hat die Verantwortlichkeit für die Entscheidung an den Staatssekretär im Verteidigungsministerium, Torbjörn Lindström, delegiert. Er will erst mehr Vorschläge hören, auch von außerhalb der üblichen Ministerial- und Behördenkanäle, und, so Molander wörtlich, kreative Lösungen vonseiten einer eigens zusammengesetzten Expertenrunde.«

»Du hast uns doch wohl einen Platz am Tisch gesichert?«, hakte Sarah nach.

»Berga ist jederzeit startklar. Hast du eine Ahnung, was das für ein Triumph wäre, wenn ein schwedisches Rettungsteam diese russischen Seeleute vom Grund des Eismeers heraufholen würde?«

»Wir sollten unsere Rolle als neutrale Instanz nutzen – vielleicht sind die Russen ja zugeneigter, wenn das Angebot von uns kommt?«

»Meine Rede.«

Wenn sie die Chance bekämen, auf einen solchen Beschluss einzuwirken, müssten sie bestens vorbereitet sein. Aber das war kein Problem, Sarah würde bloß jemanden organisieren müssen, der auf die Kinder aufpasste. Es wäre eine glänzende Gelegenheit für Vektor, sich zu profilieren.

»Ich leg sofort los. Aber, Charlie … Hat Molander irgendeine Ursache erwähnt, die dazu geführt haben könnte, dass die *Kursk* gesunken ist?«

»Nein. Genau darüber zerbrechen sich gerade alle den Kopf.«

9

Als er aufwachte, brummte ihm der Schädel. Trotzdem stemmte Max sich aus dem Bett. Er reckte die Arme über den Kopf, stieg die Wendeltreppe nach unten in die Bibliothek, lief durch den weitläufigen Salon mit den alten Gemälden von Sankt Petersburg und von Nachfahren der Borgenstiernas und weiter in die Küche. Dort riss er ein Fenster auf. Die Luft von draußen war warm und kein bisschen erfrischend.

Ola Marklund hatte ihm mit seinen Frettchengeschichten das Ohr abgekaut, und die Schlaflieder aus dieser Spieldose hatten Erinnerungen an seine Kindheit wachgerufen.

Aija zuzu.

Schon bemerkenswert, wie Synapsen funktionierten.

Mit seiner Lehrerin Maj-Lis hatte Max jahraus, jahrein seine Schultage im Båkbergsgården zugebracht, dem alten Versammlungsheim auf der Westseite von Arholma. Nur sie beide. Maj-Lis hatte ihn am Morgen in Empfang genommen, ihm einen Becher Tee gemacht und dann mit dem Unterricht begonnen. Am Ende jedes Schultages hatte Maj-Lis sich in ihr Ruderboot gesetzt und war über den Björköfjärden nach Skeppsmyra gerudert, während er selbst meist zur Bake hinaufgelaufen war, sich in Felsspalten und Höhlen und hinter Baumstämmen versteckt hatte und dann nach einer Weile zurück in Richtung der Bootsschuppen der Fischer und über die Weiden gelaufen war. Hier und da entdeckte er einen Nerz, der lautlos über die Felsen am Ufer huschte. Da wurde das Spiel zur Jagd.

Max sehnte sich nach dem Meer. Nach den Inselchen und

Klippen der äußeren Schären, wo er aufgewachsen war. Dort ging es niemals hektisch zu – außer vielleicht im Juli an der Bootstankstelle.

Ihm war klar, dass es die chemischen Prozesse in seinem Körper waren, die ihn nach höchstens vier Stunden Schlaf geweckt hatten. Er hatte mal gelesen, dass der Alkohol mit Abstand Ursache Nummer eins für menschliches Leid darstellte. Was privaten Kummer, Probleme in der Familie und Kosten für die Gemeinschaft anging, kam nichts an den Alkohol heran. Das hatte auch Gorbatschow erkannt. Dass er es gewagt hatte, dem grassierenden Alkoholismus der Russen Einhalt zu gebieten, hatte ihm das Genick gebrochen.

»Verhandle meinetwegen mit den Yankees über Abrüstung, aber lass die Finger weg von meinem Wodka.«

Max wusste nur zu gut, was Alkohol mit Familien machte. Auch wenn es nicht unmittelbar zu dessen Tod geführt hatte, war Max' Mutter doch überzeugt gewesen, dass der Schnaps ihnen den Vater genommen hatte.

Wenn er selbst nur ein bisschen zu tief ins Weinglas schaute, schlief er schlecht und wachte in aller Herrgottsfrühe auf. Hätte Paschie nicht urplötzlich beschlossen, dass es an der Zeit war zu gehen, würde er wahrscheinlich jetzt noch mit Ola dasitzen und Barolo trinken. Und den Geschichten über das faszinierende Leben von Iltissen lauschen. Olas Forschungsarbeit kam einer absurden Parabel gleich und handelte in Wahrheit einzig und allein von dem Kind, das ihm und Malin verwehrt geblieben war.

Vielleicht wärt ihr besser dran, wenn ihr mehr wie Karnickel wärt und weniger wie Frettchen?, dachte Max, holte Milch aus dem Kühlschrank und goss sich ein Glas ein. Das hätte er ihnen zum Abschied sagen sollen.

Auf dem Frühstückstisch lag der Fragebogen aus dem Krankenhaus. Der nächste Termin im Sophiahemmet wäre am folgenden Tag, frühmorgens. Er konnte mittlerweile nicht mal mehr sagen, wie oft Paschie ihn schon daran erinnert hatte, dass er das Formular noch ausfüllen musste. Er fragte sich, ob Paschie es ihm gestern Nacht noch rausgelegt hatte, nachdem sie von den Marklunds heimgekommen waren.

Die ersten Schritte hatten sie unternommen, kurz nachdem Paschie Malin kennengelernt hatte. Max hatte in der Kinderwunschstation des Sophiahemmet angerufen und dort mit einer Hebamme gesprochen. Bei dem darauffolgenden Termin hatte sich der Arzt zunächst auf Paschie konzentriert. Er hatte ihr Hormone verschrieben, um den Eisprung auszulösen. Der Arzt hatte empfohlen, es erst mal so anzugehen und es einfach weiter zu probieren. *Manchmal dauert es ein bisschen länger.* Inzwischen dauerte es schon ein halbes Jahr.

Name, Anschrift, Familienstand, Beruf, Körpergröße, Gewicht.

Max zog eine Schublade auf, angelte einen Kugelschreiber heraus und fing an, das Formular auszufüllen.

Max Anger, Själagårdsgatan 2, 111 31 Stockholm, Analyst, 190 cm, 95 kg.

Er überflog den Rest des Blattes. Die Fragen weiter unten auf dem Bogen schlugen ihm wie Feliz' Jabs im Boxclub entgegen.

Medikamente?

Familiäre Vorbelastung?

Eltern und Großeltern.

Er warf einen Blick durchs Fenster auf die große Kastanie unten am Brända tomten.

Was interessierte die, wie seine Großeltern geheißen hatten? Eigentlich hatten Paschie und er sich geschworen, all das für alle Zeiten hinter sich zu lassen – doch ausgerechnet dorthin wanderten seine Gedanken jetzt zurück. In jene Vergangenheit, die mit so grässlichen Qualen verknüpft war.

Sein Handy, das zum Laden auf der Anrichte lag, fing an zu klingeln.

»Wir wissen jetzt, was die seismischen Signale von gestern verursacht hat«, sagte Sarah ohne Vorrede. »Die *Kursk* ist tatsächlich gesunken und liegt am Grund der Barentssee.«

Max schloss die Augen. Während seiner Zeit bei der schwedischen Marine war er als Kampftaucher bei ähnlichen Manövern dabei gewesen. Nur wenige Dinge griffen die menschliche Psyche derart an wie unter Wasser in der Falle zu sitzen. Sobald der Atemluftvorrat beschränkt war, brach Panik aus, und Menschen wurden zu Monstern.

»Sind russische Rettungsfahrzeuge und Tiefseetaucher vor Ort?«, fragte er.

»Dazu gibt es keine Angaben«, antwortete Sarah. »Aber anscheinend bereitet die NATO einen Rettungseinsatz mit einem britischen Rettungs-U-Boot vor. Allerdings glauben Charlie und ich nicht, dass die Russen die Hilfe annehmen.«

»Nein«, sagte Max. »Glaub ich auch nicht.«

»Wir stehen in Kontakt mit dem Verteidigungsministerium. Mit ein bisschen Glück können wir die Regierung dazu bringen, dass sie von schwedischer Seite Hilfe anbietet. Das URF ist einsatzbereit und kann von Berga aus in die Barentssee geflogen werden. Die schwedischen Rettungskräfte stehen in den Startlöchern.«

»Wissen wir, wie das U-Boot auf dem Meeresboden liegt und ob die Ausstiegsluken beschädigt sind?«, erkundigte sich Max.

Am anderen Ende der Leitung warf Sarah ihre Kleiderschranktüren zu.

»Nein, wir kennen immer noch keine Details. Aber unsere Rettungssysteme sind Weltklasse. Das URF kann pro Tauchgang bis zu fünfunddreißig Mann hochholen, und technisch dürfte es keine Probleme geben, damit an das russische U-Boot anzudocken. Aber du hast natürlich recht, die Bedingungen dort unten könnten schwierig sein.«

»Was können Paschie und ich tun?«, fragte er.

»Könnte Paschie vielleicht Kontakt mit der russischen Botschaft aufnehmen? Du fährst morgen Vormittag nach Berga und checkst, was sie dort außer dem politischen Go noch brauchen. Charlie und ich sind in eine Taskforce berufen worden und sehen zu, dass die Regierung sämtliche relevanten Informationen bekommt.«

»Bis morgen sind es achtundvierzig Stunden seit der Havarie. Hier ist gerade jede Stunde entscheidend. Diese Taskforce sollte sich auf der Stelle zusammensetzen.«

Sarah seufzte schwer.

»Es geht leider nicht schneller. Ich höre überall nur, dass kein nationaler Notstand herrscht. Wir haben getan, was wir konnten.«

Max schüttelte den Kopf. Da stand ihnen gerade nicht nur der russische Stolz im Weg, sondern allem Anschein nach auch noch die schwedische Bürokratie.

»Ich fahre morgen als Erstes nach Berga und sehe dann ja, worauf es hinausläuft«, sagte er. »Ob wir über eine Rettungsaktion sprechen oder über die Bergung von wer weiß wie vielen Toten.«

Als Max ins Schlafzimmer zurückkam, saß Paschie aufrecht im Bett. Ihr Blick wanderte zu dem Gesundheitsfragebogen, den er in der Hand hielt.

»Willst du den ausgerechnet jetzt ausfüllen?«

Max nickte.

»Ist etwas passiert?«

Max erzählte ihr von Sarahs Anruf.

»Und wie stehen die Chancen, dass sie überleben?«

Max legte den Fragebogen neben seine Nachttischlampe, setzte sich neben sie und nahm sie in den Arm.

»Wir können nur aufs Beste hoffen. Es ist nicht das erste Mal, dass ein U-Boot untergeht. Wir haben es mit Topleuten zu tun, insofern besteht immer noch Hoffnung.«

Paschie schob sich ein paar Strähnen aus der Stirn.

»Was glaubst du, was passiert gerade dort unten?«

»Wer immer da drin noch am Leben ist, geht durch die Hölle. Wenn außerdem diverse wichtige Funktionen gestört sind, laufen sie Gefahr, dass die Beleuchtung ausfällt, dass die Temperatur sinkt und Wasser eintritt.«

»Im Wasser überleben sie nicht. Und wenn es eine Explosion gegeben hat, dann wird wahrscheinlich auch der Sauerstoff knapp?«

»Ja, möglich. Andererseits ist die *Kursk* riesig. Die Wände sind aus Titan und sieben Zentimeter dick.«

Sie verstummten. Waren in Gedanken bei der russischen Besatzung.

»Ich muss dir was sagen«, flüsterte Paschie nach einer Weile. »Und ich hätte es dir schon gestern sagen müssen. Tut mir leid.«

Sie errötete. Max wusste nicht, ob es der Kater war oder ihr Gespräch über die Matrosen auf der *Kursk*. Sie zwirbelte sich das Haar zu einem Knoten. Entblößte ihren geraden, zierlichen Hals.

»Was ist, Paschie?«

»Der Brief, von dem ich gestern bei der Sitzung im Büro erzählt hab, war an mich persönlich adressiert«, sagte sie. »Nadja – die den Brief geschrieben hat – hat eine Frauenhilfsorganisation gegründet, die sich für die Witwen russischer Soldaten einsetzt … die WORM.« Sie legte eine kurze Pause ein. »*Widows of the Russian Military.* Nadjas Mann ist an einem ganz normalen Arbeitstag in Seweromorsk tödlich verunglückt. Ich weiß, ich muss Privates und Berufliches auseinanderhalten … aber Nadja ist meine Cousine. Und ihr verstorbener Mann war der Bruder von Iwan Ljomkin, dem Kapitän der *Kursk*.«

10

In ihrer kleinen Wohnung auf Södermalm schaltete Sofia Karlsson die dröhnende Abzugshaube über dem Herd in der Küchenecke aus, sowie die *huevos rancheros* gar waren. Meistens ließ sie das Frühstück ausfallen, doch an den Wochenenden machte sie sich gern die Mühe und bereitete das einzige Frühstück zu, das sie wirklich gern mochte. Das ihre Mutter immer zubereitet hatte.

Sie nahm die Pfanne von der Herdplatte und schüttelte beim Anblick des Inhalts den Kopf. Was dort auf der Teflonfläche vor sich hin brutzelte, hatte wenig Ähnlichkeit mit einem Omelett. Aber genau wie früher ihrer Mutter misslang Sofia in der Regel das Wenden: Entweder war die Pfanne zu heiß oder zu wenig Öl darin oder beides. Das Ergebnis war eine Art Rührei mit Brandflecken.

Sie gab Chilisalz aus einem Gläschen darüber, das sie fertig gemischt gekauft hatte, rührte sich einen Becher Instantkaffee an und setzte sich an ihren Rechner am Fenster zum Innenhof. Dort frühstückte sie, während sie die E-Mail des Rechtsmediziners überflog, die am Morgen eingegangen war. Er musste die ganze Nacht durchgearbeitet haben.

Dann griff sie nach ihrem Handy.

In der Mordkommission der Rikskrim waren sie zu siebt. Per Carpelan hatte die Leitung ungefähr zur selben Zeit übernommen, als Sofia dazugestoßen war – 1996. Damals war man der Ansicht gewesen, dass Sofia bei der Spezialeinheit keine operative Verantwortung mehr übernehmen sollte; sie war gewissermaßen degradiert worden, auch wenn das außerhalb der Behörde niemand bemerkt hätte. Es war ein kluger Schachzug gewesen. Sie hatten sie nicht loswerden wollen, so weit war ihr das klar. Sie gehörte immer noch zu den zuverlässigsten und erfolgreichsten Mitarbeitern.

Es klingelte viermal, ehe Carpelan ranging. Sie stellte sich vor, wie er in seinem Reihenhaus in Sollentuna auf Socken herumschlich, um die Familie nicht zu wecken, und den Zeigefinger an seine runde Brille legte, damit sie ihm nicht von der Nase rutschte.

»Schiller hat schon wieder angerufen«, sagte er.

Sofie runzelte die Stirn. Der Staatssekretär mischte sich doch sonst nicht in ihre Arbeit ein. Weshalb also bei diesem Mord? Hoffentlich gab ihr Chef bei diesem Hin und Her zwischen Polizei und Ministerium die Kontrolle nicht aus der Hand.

»Und was sagt er?«

»Er will ein schlankes Ermittlerteam, damit so wenig wie möglich an die Medien durchsickert. Keine Kreuz-und-quer-Besetzung aus sämtlichen Abteilungen. Sie leiten die Ermittlung und haben ein kleines, aber feines Team unter sich, das Sie in Sachen Background-Checks, Telefonverbindungen und so weiter unterstützt. Den kompletten Überblick haben nur wir beide, und ich stimme mich regelmäßig mit dem Staatssekretär ab. Für externe Berater mit speziellen Fachkenntnissen hab ich grünes Licht, aber die dürfen nur so viele Infos kriegen wie unbedingt nötig und nicht komplett ins Bild gesetzt werden.«

»Okay, geht klar«, sagte Sofia. »Der Rechtsmediziner hat bei der Obduktion unserer Leiche weder Spuren von Alkohol, Medikamenten noch Drogen gefunden. Dafür hochgradige körperliche Stressanzeichen unmittelbar vor Eintritt des Todes.«

»Gab es am Fundort verwertbare Spuren?«

»Massenhaft Fußabdrücke. Die Auktion war gut besucht.

Ich hab gesehen, wie die Techniker rund um die Truhe Spuren gesichert haben, anscheinend waren die interessant, insofern werden wir sehen. Der Täter war auf alle Fälle bestens vorbereitet. Ist kaltschnäuzig und sauber vorgegangen.«

»Was wissen wir über die finanzielle Situation unseres Opfers? Hatte er Schulden?«

»Callmér scheint jemand gewesen zu sein, der seine Sachen bereinigt. Privat war diesbezüglich alles in Ordnung, allerdings war er nicht reich. Er hat im Öffentlichen Dienst gearbeitet, da macht man kein Vermögen.«

»Weiß Gott nicht.«

Carpelan schwieg eine Weile und hing seinen Gedanken nach.

»Glauben Sie, der Mörder hatte eine persönliche Verbindung zum Opfer?«, fragte er schließlich.

»Da bin ich mir in diesem Fall nicht sicher.«

»Es deutet alles auf einen Täter hin, der ein persönliches Motiv hatte.«

»Kann schon sein, ja. Trotzdem müssen sie einander nicht gekannt haben, damit es für den Täter etwas Persönliches war. Allerdings schwingt in diesem Übermaß an Gewalt noch etwas anderes mit, so viel ist sicher.«

»Kontrolle, eine starke Motivation und enorme Kraft«, mutmaßte Carpelan.

»Und eine ausgeklügelte Planung.«

»Dann war es kein Verrückter.«

Dem Himmel sei Dank, der Chef war nicht auf einen durchgeknallten Täter aus. Das hätte noch gefehlt, dass sie sich den Teufel schnappten und der Richter dann beschloss, Paragraf sieben zu zücken, um zu sehen, ob eine umfängliche rechtspsychologische Untersuchung nötig war.

»Verstehe ich Ihren Deal mit dem Staatssekretär richtig – wir werden keine Profilergruppe bilden?«

Carpelan gab ein müdes Schnauben von sich.

Eine Ermittlung, die an einem Besprechungstisch mit einem Kriminologen, einem Verhaltenswissenschaftler und einem Psychologen stattfand, war das Schlimmste, was sie beide sich vorstellen konnten. Da konnten sie auch gleich zu einer Hellseherin gehen. Neunzig Prozent der Täterprofile, die sie im Lauf der Jahre gelesen hatte, waren alles andere als wissenschaftlich fundiert gewesen, und keins davon hatte je zur Lösung eines Falles beigetragen. Aber solange sie mit Fingerabdrücken und DNA-Material keine Treffer erzielten und auch sonst keine technischen Beweise wie etwa einen Revolver mit Schmauchspuren hatten, würde es fürs Erste allein um das Motiv des Mörders und seine Vorgehensweise gehen. Um der Lösung des Falles näher zu kommen, würde Sofia sich in das Täterhirn hineinversetzen und verstehen müssen, anhand welcher Kriterien er sich sein Opfer ausgesucht und warum er es mit einem spiegelverkehrten C und einer Neun markiert hatte.

»Ich glaube, wir sollten unseren Fokus auf das Opfer richten«, sagte Carpelan. »Durchleuchten Sie Callmérs Background. Finden Sie irgendwas, womit wir arbeiten können.«

Etwas war mit Carpelans Stimme – er klang angestrengter als sonst. Sie konnte nur ahnen, unter welchem Druck er stand. Sie dachte wieder an die Neun, die in die Stirn des Opfers geritzt worden war. Eine Zahl ... Warum erwähnten sie die eigentlich nicht?

»Gibt es irgendetwas, was Sie mir noch nicht erzählt haben?«

»Claes Callmér war Generaldirektor der Einwanderungsbehörde, Sofia. Er wurde verstümmelt und *nummeriert.* Begreifen Sie, was das heißen könnte?«

»Auch wenn unsere Klatschblätter seit Jahren das Gegenteil behaupten, gab es in Schweden nie einen Serienmörder, der diesen Namen verdient gehabt hätte«, stellte sie fest. »Zumindest nicht die Sorte, die man aus dem Kino kennt.«

»Nein, aber womöglich ist es jetzt so weit. Dass der Täter sein Opfer nummeriert hat, deutet doch wohl darauf hin, dass er das Spiel eröffnet hat. Dass er den Knopf auf seiner Schachuhr gedrückt hat und die jetzt runtertickt, bis es zum nächsten Zug kommt. Wir müssen sicherstellen, dass wir den nächsten Zug machen und nicht er.«

11

Seinen Spitznamen – Kandinski, nach dem berühmten russischen Künstler – hatte er von den Männern verliehen bekommen, mit denen er mehr oder weniger sein komplettes Erwachsenenleben verbracht hatte.

Im Moment stand er hinter dem Tresen der Cage Bar am Kornhamnstorg in Gamla stan. Er blickte von der Eisbox auf und sah zu Elias Skagerlind, der vor ihm am Tresen saß. Elias wirkte aufgeregt wie ein ungeduldiges, neugieriges Kind, trommelte mit seinen fetten Fingern auf die Thekenkante und schwadronierte in einer Tour vor sich hin.

Kandinski reagierte nicht darauf. Er hatte sich angewöhnt, nie mehr zu sagen als unbedingt nötig. Es hatte Jahre gegeben, in denen er kein einziges Wort gesprochen hatte. Sein Schweigen hatte so lange angedauert, dass es sich angefühlt hatte, als hätten die Muskeln in seinem Kiefer und in der Zunge den Dienst quittiert und nie wieder zu ihrer vollen Funktionalität zurückgefunden, als er zu guter Letzt wieder gesprochen hatte. Aber das war ihm egal. Wenn er sprach, dann eben langsam und bedächtig, wie seine Vorbilder es ihm beigebracht hatten. So erntete man Respekt, ja sogar Furcht. Kandinski konzentrierte sich auf diesen Schweden an der Bar. Blendete alles andere aus.

Winzige Schweißperlchen auf Stirn und Geheimratsecken. Dunkle Schweißflecke unter den Armen, ein ungebügeltes beigefarbenes Hemd, das er nachlässig zugeknöpft hatte und das seinen körperlichen Verfall nicht verbergen konnte, auch wenn es eine Nummer zu groß war. Ein Mann, der alle Würde eingebüßt hatte.

Wie lange hättest du es in meiner Welt geschafft?, dachte er. Nicht einen Tag.

Elias Skagerlind war einerseits Türsteher im Engelen direkt neben der Cage Bar, jobbte andererseits aber auch als Security bei einer Handvoll militärischer Einrichtungen. Genau wie Kandinski war auch er über fünfzig, alleinstehend, hatte sich seit seiner Scheidung vor zehn Jahren mehr oder minder mit Gelegenheitsjobs über Wasser gehalten. Er war Reserveoffizier und während des Wehrdiensts auch für den Sicherheitsdienst beim Militär ausgebildet worden. Und sein Durst war von Jahr zu Jahr stärker geworden.

Elias legte die Hand flach zwischen sie beide auf den Tresen.

»*This one.*« Er nickte hinauf zu den Lautsprechern. »*This one is* really *good.*«

Das Gitarrenriff aus »Born in the USA« von Bruce Springsteen dröhnte durch die Bar. Kandinski nickte. Ohne gefragt zu haben, stellte er Elias den nächsten Jameson's Whisky im Shotglas hin und machte einen Strich auf seinem Block. Dann stellte er ein Bass Pale Ale neben das Whiskyglas. Die Kombination hatte Elias schon den ganzen Abend bestellt.

Er griff zu seinem Whisky und kippte ihn hinunter. »*To go and kill the yellow man.*« Er lachte und donnerte das leere Shotglas auf den Tresen.

Das letzte Mal, als Kandinski jemanden das Wort *kill* hatte brüllen hören, war während einem der schlimmsten Aufstände im sowjetischen Knast gewesen. Der Mann, der die Revolte angezettelt hatte, war sein Freund gewesen. Er hatte ihn nie wiedergesehen. Die Einzelhaft, die auf den Aufstand gefolgt war, gehörte zum Schlimmsten, was er bis dahin erlebt hatte. Solange er wach gewesen war, hatte er sich weder hinlegen noch setzen dürfen, sondern hatte mit hinter dem Rücken gefesselten Händen und unter Dauerbewachung in seiner vier Quadratmeter großen Zelle in einem fort an der Bettkante auf- und abmarschieren müssen, bis ein Gong ertönte und die Nacht einläutete. Wenn er sich hinlegte, tat ihm alles weh, doch mit der Zeit gewöhnte sich Kandinski daran. An der Verwandlung, die er dort drinnen in der winzigen Zelle durchlief, erstaunte ihn am meisten, dass die Zeit so schnell verging. Am Ende fühlte es sich an, als wäre der Tag gerade mal eine Stunde lang.

Den ganzen Abend über waren lediglich Stammgäste in der Bar gewesen. Die meisten von ihnen arbeiteten selbst in der Gastronomie und hatten ihren freien Abend. Inzwischen aber waren sie allein.

Elias hatte ihn gefragt, warum er immer dieses Halstuch trage, selbst jetzt im August, wo es doch so verdammt warm sei. Kandinski hatte sich keinerlei Mühe gemacht und bei der Antwort einfach auf Sprachverwirrung gesetzt. Er trage das Halstuch, »um seine Aura zu schützen«. Damit war das Thema erledigt gewesen.

Wenn ich dir die Wahrheit gesagt hätte, hättest du nachts nicht mehr schlafen können. Egal wie viel Schnaps du in dich reingekippt hättest.

Elias nahm einen großen Schluck Bier, stand auf und nickte in Richtung der Toiletten, die sich am rückwärtigen Ende der Bar befanden. Er wankte davon, und Kandinski wusste: Dies war die Gelegenheit, auf die er gewartet hatte. Elias hatte seine graue Leinenjacke über dem Barhocker hängen lassen. Sie dort zu lassen – mit dem Dienstausweis in der Innentasche – kam einem Dienstvergehen gleich. Aber wahrscheinlich hatte Elias gesehen, dass sie nur noch zu zweit übrig waren, und immerhin kannten sie sich. Oder womöglich hatte sein Urteilsvermögen einfach nur ausgesetzt. Ganz gleich was dahintersteckte – es war ein unverzeihlicher Fehler.

Kandinski umrundete den Tresen und schob die Hand in die Innentasche der Jacke, nahm sich, was er wollte, kehrte zurück und goss einen neuen Whisky ein. Dann angelte er ein Fläschchen aus seiner Jeanstasche, schraubte es auf und leerte ein Pulver ins Glas, das aussah wie Kristallzucker.

Auf den Straßen Stockholms war es als Vergewaltigungsdroge bekannt. Doch Kandinski hatte nicht die Absicht, sich an Elias zu vergehen.

Was er vorhatte, war unendlich viel schlimmer als das.

Skeppsmyra, im Mai 1945

Mit dem Foto in Händen saß Ozols allein auf dem Vorderdeck und ließ den Blick über die Spiegelungen der Sonne im Wasser schweifen. Die Klamotten, die er von Ahlström bekommen hatte, saßen zu eng und waren unbequem, aber auf der Fahrt durch die Stockholmer Schären immer noch besser als eine deutsche Uniform.

Wie Rebeka wohl reagieren würde, wenn sie ihn sähe? Sie hatten sich damals im Sommer über Monate regelmäßig in seinem kleinen Kabuff am Tallinner Hafen getroffen. Rebekas Mutter hatte den Kampf gegen die Tuberkulose verloren und ihr Vater den Verstand, und der Kriegsalltag hatte sämtliche Spielregeln außer Kraft gesetzt. Sie hatte nie ein Geheimnis daraus gemacht, dass sie sich von Ozols Hilfe bei der Flucht erhoffte.

Sie hatte immer behauptet, die Götter hätten drei Aufgaben: zu geben, zu bewahren und über den Tod zu entscheiden. So sei der Lauf der Natur. So etwas wie Sünde gebe es nicht.

Als Ozols in Skeppsmyra vom Boot auf den Anleger sprang, drehte er sich zu Ahlström um, der an der Reling stand und das Ende des Schiffstaus festhielt, und nickte ihm zum Dank zu.

»Viel Glück«, sagte Ahlström, legte wieder ab und manövrierte das Boot in Richtung Arholma. »Und kommen Sie bloß nie wieder.«

Ozols zog sich eine Mütze auf und hielt den Blick gesenkt, als er den schmalen Pfad vom Anleger dorthin hinauflief, wo Ahlström zufolge die estnische Siedlung lag. Eine der Fischerhütten, die vielleicht fünfzig Meter vom Anleger entfernt stand, war gelb gestrichen. Dort, hatte Ahlström gemeint, wohnte sie.

Ein auf Hochglanz poliertes schwarzes Auto stand ein Stück oberhalb am Straßenrand. Ozols stellte sicher, dass ihn niemand beobachtete, und lief quer über die Wiese auf ihr Haus zu.

Rebeka.

Nachdem die Russen im Herbst 1943 ihre Insel besetzt und ihr Haus in Brand gesteckt hatten, hatte er sie nicht mehr gesehen. Er hatte monatelang das Schlimmste befürchtet – bis er sie ein geschlagenes Jahr später plötzlich im Hafen entdeckt hatte. An der Landungsbrücke. Unmittelbar vor der letzten Überfahrt der *Triin.*

Er war schon drauf und dran gewesen, sie in die Arme zu schließen, als sie ihm mit erhobener Hand Einhalt gebot.

»Das hier ist dein Sohn«, sagte sie und reichte ihm ein Foto.

Ozols blickte auf das Bild eines Säuglings im Arm eines Fremden hinab.

»Und wer ist das? Warum ist mein Sohn nicht hier bei dir?«

Rebeka schüttelte den Kopf.

»Ich habe ihn weggegeben.«

Ozols verstand nicht, was sie ihm damit sagen wollte.

»Was meinst du damit? Warum hast du das getan?«

Rebeka warf einen Blick auf die *Triin.*

»Ich erzähle dir alles, sobald ich einen Platz auf dem Boot habe.«

»Aber du hast doch gar nicht die richtigen Papiere und kannst die Sprache nicht. Die werden dich verraten!«

»Ich habe ein bisschen gelernt, das reicht schon, damit sie mir glauben. Du kümmerst dich um den Rest.«

Er sah wieder auf das Foto.

»Warte kurz.«

Dann sprang er an Bord und rief nach Ahlström. Steckte ihm alles Geld zu, das er besaß, und nickte in Rebekas Richtung.

Noch während er über die Landungsbrücke lief, kam mit dem Nebelhorn das Signal, dass der Moment gekommen war auszulaufen. Von allen Seiten versuchten Leute, an ihm vorbei auf das Boot zu kommen, doch er hielt sie mit seinen kräftigen Armen zurück.

»Rebeka, beeil dich!«, rief er über das Gedränge hinweg.

Eilig schlüpfte sie durch die Lücke, die er für sie freistemmte. Als sie sich Auge in Auge gegenüberstanden, konnte er ihren warmen Atem auf seinen Wangen spüren. Er streifte das Armband ab.

»Mehr hab ich nicht«, sagte er und stopfte es in ihre Manteltasche. »Verkauf es im Notfall.«

Sie nickte ihm zu.

»Der Junge lebt im Jesuiten-Kinderheim in Riga. Der Leiter heißt Cilpa.«

Vor der Tür in Skeppsmyra warf Ozols einen letzten Blick auf das Foto und schob es in die Tasche. Er schloss die Augen.

Seither hatte er nur mehr eines getan: Er hatte versucht, seinen Sohn zu finden und ihn zu sich zu holen.

Er schwankte leicht, als er anklopfte. Ein breit gebauter Mann in Schwarz zog die Tür auf. Noch ehe Ozols reagieren konnte, hatte der Mann ihn am Arm gepackt und presste ihn gegen die Wand. Ein Kollege – ebenfalls schwarz gekleidet – trat auf sie zu und legte Ozols Handschellen an.

Das blank polierte Auto.

Ahlström. Dir reiße ich eigenhändig die Eingeweide heraus!

»Mitkommen«, sagte einer der Polizisten auf Deutsch.

»Ich spreche Schwedisch«, entgegnete Ozols, doch die beiden schüttelten bloß den Kopf und stießen ihn grob nach vorn.

Binnen einer Hundertstelsekunde hatte er sie wiedererkannt. Nach ihrer Reaktion zu urteilen war er selbst nicht ganz so leicht wiederzuerkennen, aber sie hatte ihn auch nie anders als in SS-Uniform gesehen.

»Dieser Typ hier behauptet, er wäre der Vater Ihres Kindes. Stimmt das?«

Statt zu antworten, starrte Rebeka auf ihre Hände, die sie im Schoß verschränkt hatte. Hatte sie auch nur die leiseste Ahnung, was ihn als Nächstes erwartete? Er war der Sicherheitspolizei ins Netz gegangen.

»Unserem Informanten zufolge sind Sie beide ein Paar«, sagte der Polizist. »Außerdem behauptet er, Ihr Name sei Rebeka.«

Sie sah zu ihm auf.

»Ich habe diesen Mann noch nie im Leben gesehen.«

»Was soll das?«, schrie Ozols in ihrer Muttersprache.

Dann dämmerte es ihm. Sie war illegal nach Schweden gekommen und wollte jetzt nichts riskieren, nicht mal um seinetwillen.

Der Polizist nickte seinem Kollegen zu. Sie verstärkten den Griff um seine Arme und zerrten ihn aus der Hütte. Ozols wehrte sich nach Kräften.

»Die liefern mich den Sowjets aus! Die verurteilen mich zum Tode, weil ich für die Deutschen gearbeitet habe – oder noch schlimmer: Ich komme ins Lager! Das habe ich doch alles nur für unser Land getan! Für das Baltikum! Und für den Sohn, um den ich kämpfe!«

Es bedurfte dreier kräftiger Kerle, um ihn unter Kontrolle zu bringen.

»Ich kann beweisen, dass es wahr ist«, rief er auf Schwedisch. »Fragt sie nach dem Armband, das ich ihr gegeben habe!«

Einer der Polizisten boxte ihm in den Bauch, und ihm blieb die Luft weg. Inzwischen war er an Händen und Füßen gefesselt und konnte nicht mehr verhindern, dass sie ihn aus der Hütte trugen.

Derselbe Mann, der ihm den Schlag versetzt hatte, packte ihn am Schopf und riss seinen Kopf in den Nacken, beugte sich zu ihm hinunter und flüsterte ihm ins Ohr: »Wir haben genug über dich gehört, Ozols. Du wirst für deine Verbrechen bezahlen, genau wie alle anderen Nazis auch.«

Montag, 14. August

12

Max sah zu dem Fernseher, den sie an der Küchenwand montiert hatten, und schmierte sich ein Butterbrot. Es liefen Nachrichten, und erstmals seit der Havarie war nicht mehr das Manöver im nördlichen Eismeer die erste Meldung, sondern ein ungewöhnlich brutaler Mord.

Er griff nach der Fernbedienung und stellte lauter.

»Während einer Auktion auf einem Hof in Skeppsmyra auf Björkö in den nördlichen Stockholmer Schären wurde in einer Truhe ein Toter entdeckt«, sagte der Moderator. *»Nach allem, was wir vor Ort in Erfahrung bringen konnten, handelt es sich zweifelsfrei um einen Mord.«*

In Skeppsmyra?, dachte Max. Das lag von Arholma aus am gegenüberliegenden Ufer der Bucht. Dort hatte seine Lehrerin Maj-Lis in der estnischen Siedlung gewohnt.

War da ein Nachbarschaftsstreit eskaliert? War einer der Sommerurlauber im Suff in ein Handgemenge geraten? Aber dafür klang das Ganze doch zu heftig.

Ein Mann, über dessen Identität sich die Polizei bislang ausschwieg, war verstümmelt aufgefunden worden. Ein Standbild wurde eingeblendet; nicht dass es viel ausgesagt hätte, aber der Reporter vor Ort berichtete, dass in die Stirn des Opfers irgendetwas eingeritzt worden sei.

Der Reporter und sein Kameramann versuchten, sich Zutritt zum Auktionssaal zu verschaffen, wurden aber von der Polizei nicht durchgelassen.

Stattdessen hielt der Reporter eine Polizistin auf dem Hof vor dem Gebäude an. Dem eingeblendeten Namen zufolge handelte es sich um Sofia Karlsson von der Mordkommission der Rikskrim in Stockholm.

»Was können Sie uns über das Opfer sagen?«

»Zum jetzigen Zeitpunkt noch gar nichts«, antwortete Sofia.

»Stimmt es, dass wir es mit einem Ritualmord zu tun haben?«

Sofia Karlsson blieb stehen und drehte sich zu dem Reporter und zur Kamera um.

»Habe ich mich wirklich so unklar ausgedrückt?«

Dann sah Max zu, wie sie ruhig und beherrscht weiterlief. Sie trug eine hellbraune Lederjacke, modische hellblaue Jeans und weiße Sneakers.

Vor vier Jahren hatte Sofia Karlsson mit ihm Kontakt aufgenommen, als ein russischer Agent auf dem Hubschrauberlandeplatz des Södersjukhuset tot aufgefunden worden war. Paschie hatte damals aufgrund schwerster Infektionen um ihr Leben gekämpft. Max hatte Sofia versprochen, sich zu melden, es aber nie getan.

Stattdessen hatte sich der Vektor-Vorstandsvorsitzende, Charlie Knutsson, mit ihr ausgetauscht. Er hatte Max auch erzählt, dass sie im Zuge des Falles mit dem russischen Agenten versetzt worden war – wegen inakzeptabler Ermittlungsmethoden, wie es die Verantwortlichen innerhalb der Behörde genannt hatten. Max hatte sich immer wieder gefragt, ob sie ihnen tatsächlich verschwiegen hatte, was dort oben auf dem Hubschrauberlandeplatz wirklich passiert war.

Hatte sie ihn damit schützen wollen?

Jetzt war sie also Mordermittlerin bei der Rikskrim. Dass sie so früh am Morgen am Fundort einer Leiche in Skeppsmyra war, legte den Schluss nahe, dass es sich nicht um einen x-beliebigen Fall handelte.

Max blätterte im Handy seine Kontakte durch, um zu sehen, ob er ihre Nummer noch hatte. Da war sie. *Sofia Karlsson.*

Er musste sich bei ihr melden. Das war er ihr schuldig. Er kannte sich schließlich in der Gegend aus wie kein anderer.

Die Tür zum Bad ging auf.

»Hast du mir auch ein Brot gemacht?«, rief Paschie aus dem Flur.

Max starrte auf den Namen, der auf dem Display aufleuchtete. Er hatte Paschie versprochen, all das für alle Zeiten hinter sich zu lassen, und wollte die Erinnerungen daran auch nicht wieder heraufbeschwören. Nicht jetzt. Nicht vor dem Gespräch, das ihnen bevorstand. Er schob das Handy in die Tasche und schaltete den Fernseher aus, als Paschie in die Küche kam.

13

Sarah und Charlie durchquerten die Lobby des Bürogebäudes an der Regeringsgatan. Sie nahmen den Aufzug in den vierten Stock. Der Empfang sah aus wie die Eingangshalle eines frisch renovierten Jugendzentrums. Der Rezeptionstresen und sämtliche Wände waren kreideweiß verputzt, und von der Decke hingen Industrielampen. Neongelbe Zierleisten säumten verglaste Besprechungszimmer. Junge Leute mit Kopfhörern auf den Ohren, in zerrissenen Jeans und Karohemden schlenderten an ihnen vorbei. Das Einzige, was hier noch fehlte, dachte Sarah, waren die Skateboards, die sie irgendwo hervorzauberten.

»Was soll das hier sein?«, fragte Charlie.

»Inkubator – eine Art Bürogemeinschaft. Hier sitzen diverse B2C-Start-ups und …«

»Verschleudern Risikokapital.«

»Vermutlich.«

Vor einem der Glaskästen stand ein Mann und sah in ihre Richtung.

»Da«, sagte Charlie. »Das ist Robin Molander.«

Sie eilten auf den Mann im Sakko zu.

»Was ist denn heute im Verteidigungsministerium los?«, fragte Charlie. »Warum konnten wir uns nicht dort treffen? Ich kann mir kaum vorstellen, dass es derzeit noch wichtigere Themen gibt als unseres.«

Er legte sein typisch herausforderndes Lächeln auf.

Robin lächelte zurück.

»Eine Besprechung wie diese hier – mit externen Beteiligten – findet schlicht und ergreifend besser in der Innenstadt statt.«

»Okay ...« Charlie spähte in den Besprechungsraum. »Fangen wir gleich an?«

Sie ließen sich am Besprechungstisch nieder und stellten sich einander kurz vor. Robin Molander war die rechte Hand des Staatssekretärs und hatte das Meeting einberufen. Zwei weitere Teilnehmer arbeiteten im Außenministerium: Elisabeth Vogel aus der Abteilung für Abrüstung und Rüstungskontrolle sowie Kurt Stenman, der die Osteuropa- und Zentralasien-Ausschüsse leitete. Von ihm munkelte man, dass er einer der einflussreichsten Menschen im Ministerium sei. Die vierte Person am Tisch war eine gealterte Schönheit, die sofort sämtliche Blicke auf sich zog. Sie sah aus, als wäre sie direkt aus einem Beautysalon in der Sturegallerian hierhergekommen. Sie hieß Anastasia Friedenberga und war von der Staatskanzlei gebeten worden, die Interessen der baltischen Staaten zu vertreten.

Sarah eröffnete das Treffen mit einem Überblick über die Informationen, die Vektor hinsichtlich des russischen Manövers in der Barentssee hatte einholen können. Sie drückte ihr Mitgefühl für die Seeleute aus, die derzeit am Grund des Eismeers festsaßen, und verlieh deutlich ihrer Enttäuschung darüber Ausdruck, dass Russland jegliche Hilfe der NATO-Staaten abgelehnt hatte. Dann ergriff Charlie das Wort. Er setzte die anderen über eine potenzielle schwedische Rettungsaktion ins Bild. Anschließend stellten sie sich den offenen Fragen.

Stenman vom Osteuropa-Ausschuss meldete sich als Erster.

»Wir stehen in den Startlöchern. Natürlich wollen wir den Russen unsere Hilfe anbieten, allerdings müssen wir die Kollegen von den Finanzen mit einbeziehen. Das Ganze riecht nach einer teuren Angelegenheit, und ich weiß nicht, wie sie im Verteidigungsministerium über die Kosten denken.«

Charlie ging sofort dazwischen. »Diesen Punkt haben wir bei Vektor ebenfalls diskutiert, als wir uns der Sache angenommen haben. Möglicherweise könnte man zumindest einen Beitrag vonseiten des Hilfsfonds beantragen, der wiederum Teil unserer schwedischen Fördergelder für den russischen Reformprozess ist.«

»Als eine Art Katastrophensoforthilfe?«, hakte Stenman nach.

»Genau«, antwortete Charlie, und Sarah nickte.

Sie hatte mit Charlie bislang nicht darüber gesprochen, in welchem Umfang die Staatskasse sich an der Aktion beteiligen müsste. Darum hatte sich Charlie gekümmert und in der Vorbereitung mit seinen Freunden aus Militärkreisen diskutiert. Ein Rettungseinsatz durfte nicht zulasten des ohnehin knappen Militärbudgets gehen.

»Wir haben den Beginn des Manövers mit großem Interesse und natürlich mit einem gewissen Unbehagen verfolgt«, mischte sich Elisabeth Vogel aus der Abteilung für Abrüstung und Rüstungskontrolle ein. »Die Hinweise verdichten sich, dass Russland seine militärischen Aktivitäten hochfährt – und zwar nicht zuletzt in unserer unmittelbaren Nähe. In den vergangenen vierundzwanzig Stunden haben wir Äußerungen vernehmen müssen, die an Kalte-Kriegs-Zeiten erinnern. Dass die größten NATO-U-Boote vor Ort sind und die Russen deren Hilfe zurückweisen, ist wirklich keine wünschenswerte Entwicklung – in keinerlei Hinsicht. Fakt ist aber doch, dass wir immer noch nicht wissen, was die Havarie der *Kursk* verursacht hat. Allerdings gibt es Anzeichen dafür, dass sich ein neuerlicher Konflikt anbahnen könnte.«

»Leider empfangen wir ganz ähnliche Signale«, sagte Anastasia Friedenberga. »Und die Spannungen sind nicht allein auf das beschränkt, was in der Barentssee vor sich geht.«

Sarah sah die Frau beunruhigt an. Worauf wollte sie hinaus? Würde sie sich gegen eine schwedische Rettungsoperation aussprechen? Würde sie darauf plädieren, dass es zu früh sei, um einen solchen Beschluss zu fassen?

»Was können wir zum jetzigen Zeitpunkt also feststellen?«, fragte Molander. »Dass wir warten müssen, bis die Ursache für die Havarie feststeht?«

»Uns läuft die Zeit davon«, warf Sarah ein. »Mit jeder Stunde, die wir untätig verstreichen lassen, wächst das Risiko, dass die Rettungsaktion zur Grabplünderung verkommt.«

Kaum hatte sie das Wort ausgesprochen, war ihr klar, dass sie zu weit gegangen war. Ihre Geduld war schon jetzt strapaziert.

»Trotzdem müssen wir das hier erst mit der anderen Seite besprechen«, wandte Elizabeth Vogel ein.

Mit der anderen Seite?, schoss es Sarah durch den Kopf. Meinte diese Frau etwa, Schweden müsste sich erst mit den USA abstimmen, ehe man Russland seine Hilfe anbieten sollte? Das konnte doch nicht ihr Ernst sein.

Sarah schloss die Augen, als ihr die Antwort dämmerte. Die Staatssekretäre und Ministerien würden sich so lange zurückhalten und das Fußvolk Vorschläge erarbeiten lassen, bis niemand mehr vor den Kopf gestoßen würde. Unterdessen würden ein paar russische Seeleute in einer Konservenbüchse in hundert Metern Tiefe die letzten Luftmoleküle teilen, so gut sie eben konnten. Aber niemals würde Schweden deshalb irgendwo anecken.

»Robin, die Frage nach der Ursache des Unglücks muss doch bei Ihnen im Verteidigungsministerium diskutiert worden sein«, fuhr Elizabeth fort.

Sarah wusste, dass Charlie den ganzen Sonntag mit seinen

dortigen Kontakten gesprochen hatte. Und jetzt saß er tatenlos da und sah zu, was sich an diesem Tisch tat, ohne auch nur einen Mucks von sich zu geben. Wieso hielt er sich derart bedeckt? Wusste er irgendetwas, was sie nicht wusste?

»Was Charlies Vorschlag angeht, gibt es mehr zu bedenken als bloß die Budgetfrage«, erklärte Molander. »Selbst wenn wir hier von einer Operation zugunsten russischer Marinesoldaten sprechen, ist das hier doch immer noch ein humanitärer und kein militärischer Einsatz. Wir stellen unsere Ressourcen in Berga gerne zur Verfügung, aber vielleicht sollten wir die Besatzung mit orangefarbenen Westen ausstatten und sie als zivile Rettungskräfte rausschicken?«

Kurt Stenman nickte.

»Genau darüber haben wir gestern im Außenministerium auch schon gesprochen.«

Sarah starrte den jungen, aalglatten Mann an. Hatten sie sich schon vor ihrer Sitzung auf diese Lösung geeinigt? Nachdem der Einsatz ja durchaus heikel werden könnte, wäre die Zivilistenlösung sicher besser. So würde sich weder das Außen- noch das Verteidigungsministerium die Hände schmutzig machen.

»Und wie soll dieser zivile Rettungseinsatz aussehen?«, fragte sie.

»Darum kümmert sich Staatssekretär Torbjörn Lindström«, antwortete Molander. »Er ist für die Vorbereitungen zuständig.«

»Und wo ist Lindström jetzt?«

»Er dürfte in diesem Moment in Berga sein, dort hatte er ohnehin schon länger einen Besuch geplant«, sagte Molander. »Er wurde gestern Nachmittag gebrieft, sowie die Telefone heiß liefen. Er will die Frage direkt mit dem Rettungsteam vor Ort diskutieren.«

Gut, dachte Sarah. Max fährt ebenfalls nach Berga. Da soll er sich Lindström schnappen. Sie warf Charlie einen Blick zu. Er nickte. Am liebsten hätte sie sich auf der Stelle entschuldigt und Max angerufen, um ihn auf die Begegnung mit dem Staatssekretär vorzubereiten.

»In Ordnung«, sagte sie. »Humanitäre Rettungskräfte und Militär arbeiten Hand in Hand.«

»Manchmal ist die Grenze schwer zu ziehen«, warf Anastasia ein, »zwischen einem militärischen und einem humanitären Einsatz.«

Sarah bereute sofort, was sie zuletzt gesagt hatte. Sie hätte die Sitzung einfach beenden müssen. Jetzt musste sie gegen den Impuls ankämpfen, die Frau anzuschreien: *Wer bist du, verdammt?* Diese Anastasia strahlte eine solche Unterkühltheit aus, dass die Raumtemperatur um einige Grad sank, sobald sie auch nur den Mund aufmachte. Eine echte Eiskönigin.

»Tja, womöglich ist es nicht ganz so leicht«, sagte Robin. »Vielleicht gibt es in dieser Angelegenheit gar kein Richtig oder Falsch.«

Charlie fing Sarahs Blick auf und schüttelte kaum merklich den Kopf. Sie zuckte mit den Schultern. Was treibst du hier eigentlich?, dachte sie. Warum sagst du denn nichts?

Dann wandte sie sich an Anastasia.

»Unser Rettungs-U-Boot ist Weltklasse. Wir könnten es binnen weniger Stunden an den Einsatzort fliegen. Das URF ist in zweieinhalb Stunden einsatzbereit – was doch bedeutet: Würden wir der Regierung den Einsatz nachdrücklich empfehlen, hätten wir bis zum Abendessen die russischen Seeleute mit ihren Familien wiedervereint. Schweden und all die anderen verdammten Organisationen, die wir repräsentieren, würden in den Himmel gelobt werden. So wäre es richtig! Falsch ist einzig und allein, die Jungs aus Berga so lange warten zu lassen, bis die Russen erstickt sind.«

Alle starrten sie an – die Polin von Vektor, *der* sicherheitspolitischen Beratungsinstanz in Schweden. Ihr war klar, dass nicht jeder in der politischen Administration die Vorstellung eines privat finanzierten Thinktanks guthieß. Würde sich ihr Engagement als Wasser auf die Mühlen ihrer Gegner erweisen? Zu hitzköpfig, zu impulsiv, als dass sie von Nutzen wäre? Sie hatte das Gefühl, dass auch Charlie K mit ihrem letzten Redebeitrag nicht sonderlich glücklich war.

»Sie haben natürlich recht«, sagte Kurt Stenman. »Ich rede persönlich mit Staatssekretär Lindström. Diese Seeleute sollen verdammt noch mal zum Abendessen zu Hause sein.«

Charlie legte die Hände flach auf den Tisch und lächelte in die Runde.

»Wir stehen in ständigem Kontakt mit Vardø«, sagte er. Dort am nördlichen Ende Norwegens war die NATO stationiert. »Unser Mitarbeiter Max Anger hat einen heißen Draht zur Befehlsebene. Von dort kam auch der Aufruf, wir mögen uns an der Initiative beteiligen. Die NATO würde es nicht als Provokation verstehen, so viel sei Ihnen versichert.«

Endlich hatte er sich zu Wort gemeldet. Aber hatte er geblufft? Sarah wurde aus ihm einfach nicht schlau. Sie blickte in die Runde, hoffte, dass die Zweifler unter ihnen Charlie abkauften, was er gesagt hatte – und in welchem Ton. Niemand klang so vertrauenerweckend wie Charlie.

»So was sagt sich leicht«, ging jetzt Anastasia dazwischen, »wenn man kein Mandatsträger ist. Aber den baltischen Nachrichtendiensten zufolge sind die Vorkommnisse in der Barentssee nur ein kleiner Teil einer wesentlich größeren Aktion. Russland bringt sich wieder in Position, und da will Moskau natürlich auch die Interessen der eigenen Minderheiten im Ausland stärken. Mittelfristig will sich die Russische Föderation die baltischen Länder wieder einverleiben. Es spricht einiges dafür, dass auch das vermeintliche Attentat in Riga in der vorigen Woche ein erstes Anzeichen dafür war, was uns da noch alles bevorsteht. Die Bombe in der Centrs-Shoppingmall haben russische Agenten gelegt. Es gab ein Todesopfer, fünfunddreißig Menschen wurden schwer verletzt. Agenten werden in den skandinavischen Ländern positioniert – vor allem an Åland und Gotland haben sie Interesse. Sie werden in einem Maß in eure Hoheitsgewässer vordringen, wie ihr es noch nie erlebt habt. Und jetzt sag du mir, Charlie: Willst du diesem Staat und diesem Präsidenten etwa auch noch helfen?«

»Eure Botschaft hat immer ihr Äußerstes getan, um an einer potenziellen russischen Bedrohung dranzubleiben. Was du da gerade sagst, überrascht doch keinen, der dich länger kennt«, erwiderte er.

Der dich länger kennt? Mit einem Mal dämmerte Sarah, was hier vor sich ging. Charlie wusste genau, wer diese merkwürdige Frau war – dies hier war nicht ihre erste Begegnung.

»Vielleicht sollten wir uns ja die Frage stellen, warum dieser junge russische Präsident derart kaltschnäuzig jede Hilfe abgelehnt hat, die ihm bis jetzt angeboten wurde«, fuhr Anastasia fort, »sogar von denen, die bereits vor Ort sind und die – bei allem Respekt – besser ausgestattet sind als Berga.«

»Irgendwas sagt mir, dass du die Antwort auf diese Frage schon kennst«, entgegnete Charlie.

»Ist das nicht sonnenklar? Er *will* sie nicht retten.«

»Warum sollte er das nicht wollen?«

»Deine Kollegin hat es doch selbst angedeutet. Sie waren miserabel vorbereitet. Schlechte Ausbildung, marodes Equipment. Vielleicht *sollte* genau so etwas passieren?«

Anastasia warf Sarah einen flüchtigen Blick zu.

»Du meinst, der russische Staat wendet sich gegen sich selbst, gegen die eigenen Leute?«, bohrte Charlie nach.

»Wäre doch nicht ganz unwahrscheinlich. Und gleichzeitig lassen sie den Rest der Welt wissen, dass es durchaus ein amerikanisches U-Boot gewesen sein könnte, das die Explosion herbeigeführt hat. Du und ich, wir wissen beide, dass die Russen ihren eigenen Leuten schon wesentlich schlimmere Dinge angetan haben. Da heiligt der Zweck eben sämtliche Mittel.«

»Aber warum? Und warum ausgerechnet jetzt?«

»Um Reformen durchzudrücken.«

»Warum sagst du nicht geradeheraus, was du wirklich denkst?«, grollte Charlie. »Was du meinst, ist ein *casus belli.*«

Anastasia enthielt sich einer Reaktion, trotzdem meinte Sarah, den Hauch eines Lächelns in dem neutralen Gesichtsausdruck zu erkennen.

»Ein *casus* was, bitte?«, fragte Elizabeth Vogel.

»*Casus belli*«, wiederholte Sarah. »Eine Handlung, die den Grund liefert, um einen Krieg vom Zaun zu brechen.«

14

Kandinski befestigte Elias Skagerlinds ID-Marke an der Brust und nahm seinen Platz im Wachhäuschen der Marinebasis Berga ein. Er war stolz, wie geschickt er das Foto und die Laminierung ersetzt hatte. Allerdings hatte er auch eine Menge Zeit gehabt, sich eine solche Fertigkeit anzueignen. Jahrzehnte, in denen er sich im Beisein engagierter Kameraden ungestört hatte vorbereiten können.

Die Sicherheitsstandards auf der Basis waren hoch, hatten aber einen Schwachpunkt. In den vergangenen Jahren waren aus den Reihen ehemaliger Luftwaffen-Jägerregimenter Freiwillige angeheuert worden, die das feste Personal im äußeren Sicherheitsbereich entlasten sollten. Diese Aushilfen wurden zwar durchleuchtet, aber nicht so gründlich, wie angemessen gewesen wäre. Die schwedische Streitmacht begnügte sich damit, sich mit der jeweils zuständigen regionalen Polizeibehörde darüber auszutauschen, ob der Kandidat im Polizeiregister auftauchte – was auch jeder beliebige private Sicherheitsdienst mit seinen Bewerbern machte. Eine weiterreichende Eignungsprüfung hätte im Fall von Elias Skagerlind und seinesgleichen ergeben, dass sie als Wachpersonal an einem der wichtigsten Stützpunkte des Landes nicht mehr tauglich waren – ganz gleich wie kräftig, vernünftig und beherzt sie mit Anfang, Mitte zwanzig gewesen waren.

Der Typ vom Verteidigungsministerium schlug die Wagentür hinter sich zu und kam auf den Wachposten zugelaufen. Seine dunkelblaue Limousine wendete und fuhr zurück zum Parkplatz. Nachdem er seinen Namen genannt hatte, trat Kandinski aus der Hütte und zog die Tür zu dem kleinen Verschlag auf, der sonst als Abstellraum diente. Allerdings war er leer geräumt und aller Plunder beseitigt worden. Der Boden war mit Baupappe ausgelegt, und nur ein Tisch und ein einziger Stuhl standen in der Mitte. Auf dem Tisch, der mit Plastikfolie überzogen war, lagen ein angespitzter Bleistift und ein Messer.

Kandinski knurrte dem Mann das einzige schwedische Wort zu, das er in Perfektion aussprechen konnte: »Sicherheitskontrolle.« Dann bat er ihn mit einem freudlosen Lächeln in den Raum.

Torbjörn Lindström, Staatssekretär im Verteidigungsministerium, trat über die Schwelle, und Kandinski schloss die Tür.

15

Auf dem Tischchen neben Max lag ein Stapel Zeitschriften. *Sköna Hem*, *Damernas Värld* und *Motorsport*. Drei Paare ungefähr im gleichen Alter wie Paschie und er, saßen ebenfalls im Wartezimmer. Er sah auf die Uhr. Schon bald würde er sich ins Auto setzen und nach Berga fahren. Sarah hatte ihm per SMS mitgeteilt, dass auch der Staatssekretär des Verteidigungsministers dort sein und zuvorderst über den schwedischen Rettungseinsatz entscheiden würde.

Paschie saß auf dem Stuhl neben ihm. Sie sah blass und erschöpft aus, gar nicht wie die Frau, die gerade erst vor ein paar Stunden aus dem Bad gekommen war. Sie hielt ihre dünne, perlmuttfarbene Nylon-Bomberjacke in der einen Hand umklammert, die Handtasche in der anderen und starrte mit leerem Blick vor sich hin. Max nahm ihr die Jacke ab und drückte ihr die Hand.

»Wie geht's?«

»Nicht besonders.«

»Wir müssen das hier nicht machen.«

Sie schüttelte den Kopf.

»Wir *werden* das hier machen«, sagte sie leise. »Wir sind jetzt auch mal dran.«

»Schön, dass Sie wieder da sind«, sagte der Arzt, ein gewisser Rutger Axelsson. »Dr. Kruger hat den Job gewechselt, aber ich hab Ihre Unterlagen hier.«

Was soll das denn bitte?, dachte Max. Ein neuer Arzt? Paschie tastete nach seiner Hand.

Axelsson saß hinter einem höhenverstellbaren Schreibtisch und starrte auf seinen Bildschirm. Dann wandte er sich ihnen zu und legte entspannt die Hände auf die Knie.

»Irgendwelche Fragen oder Überlegungen vorweg?«

Max sah zu Paschie, die mehrmals schluckte. Keiner von ihnen sagte etwas.

»Sie wissen, dass Sie damit nicht allein sind, bei Weitem nicht«, sagte der Arzt. »Die Wahrscheinlichkeit, bei ungeschütztem Geschlechtsverkehr schwanger zu werden, liegt bei gerade mal ein paar Prozent. Bei einem ganzen Monat ungeschütztem Verkehr wird nur eine von vier Frauen schwanger.«

Max wusste, dass Paschie es grässlich fand, wenn ein Arzt auf diese Weise über ihr Problem redete. Klinisch, kühl, schnörkellos. Das nannte sie dann gern *die schwedische Ingenieurskultur*, die in dieser Gesellschaft vorherrsche. Wer wollte denn nach so einem Vortrag noch an Sex denken? Nach ihrem ersten Termin beim Fertilitätsspezialisten hatte sie erwähnt, dass sie sich gefühlt habe, als hätte sie nackt vor ihm gesessen. Dass das Sophiahemmet mitten in der Untersuchungsphase ihren behandelnden Arzt ausgetauscht hatte, machte alles nur schlimmer. Hier würden sie zu nichts und niemandem ein persönliches Verhältnis, ein Miteinander aufbauen können. Das Ganze war Max' Schuld, er hatte vorgeschlagen, es im Sophiahemmet zu versuchen.

»Die Statistik ist uns bekannt«, sagte er. »Es sind bei uns inzwischen allerdings schon sechs Monate.«

»Richtig«, sagte der Arzt mit einem neuerlichen Blick auf den Bildschirm. »Dann ist Ihnen vielleicht auch bekannt, dass hierzulande eins von fünf Paaren unter einem unerfüllten Kinderwunsch leidet. Aber da können wir noch eine Menge machen. Hormonelle Stimulation, Insemination, In-vitro-Fertilisation, Eizellspende und so weiter und so fort. Das alles durchzustehen kann allerdings zu einer psychischen Herausforderung werden, deshalb gibt es auch einen Verband, der sich ...«

»Auch den kennen wir bereits«, ging Max dazwischen.

Irgendetwas störte ihn an diesem Arzt – an der Art, wie er nur Allgemeinplätze von sich gab, als wollte er Zeit schinden. Und er störte sich auch an der Begrifflichkeit an sich. Unerfüllter Kinderwunsch? Als säße irgendwo ein beleidigtes Gör, das zum Geburtstag nur Bauklötze statt einen Hundewelpen bekommen hatte. War es wirklich zu viel verlangt, vor dem Termin ihre Unterlagen durchzusehen?

Sag einfach, dass wir unfruchtbar sind, dachte er. Damit können wir leben. Alles ist besser als diese Ungewissheit.

»Sind wir mit den Untersuchungen nicht langsam am Ende?«, fragte Paschie.

»Ja, wie war das gleich wieder? Sie hatten beide keine sexuell übertragbaren Krankheiten?«

Obwohl der Arzt keinen von ihnen direkt ansah, war klar, an wen die Frage gerichtet war.

»Nein«, antwortete Paschie.

»Keine Chlamydien oder Gonorrhoe?«

»Verdammt noch mal«, platzte es aus Max heraus. »Haben Sie nicht gehört, was sie gesagt hat? Das alles haben wir längst mit Ihrem Vorgänger geklärt.«

Der Arzt wurde leicht blass, als er zu Max hinübersah.

»Ja, natürlich. Verzeihung. Ich versuche nur, alles auszuschließen. Ich hab hier allerdings einen Vermerk über eine schwere Infektion?«

Paschie legte eine Hand auf Max' Oberschenkel.

»Ich wurde vor vier Jahren gekidnappt. Der Entführer hat mich in einer Grube angekettet, die mit Wasser gefüllt war, und die Bakterien und Mikroorganismen haben sich bis in die Gebärmutter, Eileiter und Eierstöcke gefressen. Das war alles hochgradig entzündet. Aber Geschlechtskrankheiten habe ich nie gehabt.«

Axelsson starrte Paschie mit offenem Mund an. Dann schluckte er.

»Das tut mir wahnsinnig leid, bitte entschuldigen Sie, dass Sie all das noch mal erzählen mussten. Das erklärt allerdings, was hier in Ihren Unterlagen steht – auch wenn mir lieb gewesen wäre, wenn Kruger …«

»Dr. Kruger hat meine Eierstöcke und die Gebärmutter per Vaginalultraschall untersucht. Ich bin geröntgt worden. Keine Polypen, keine Zysten. Seither bekomme ich Hormone.«

»Ja, das steht hier«, sagte Axelsson. »Wir brauchen trotzdem eine neue Blutprobe von Ihnen, Pascha.«

»Können wir das jetzt sofort machen? Dann wäre dieser Termin beendet. Und ich heiße Paschie, mit ie.«

»Entschuldigung, Paschie. Die Blutentnahme ist gleich erledigt. Ich bitte eine Krankenschwester, sich darum zu kümmern. Und Sie«, wandte er sich an Max, ohne ihn dabei anzusehen, »bei Ihnen hat das Spermiogramm gute Ergebnisse erzielt. Aber Ihren Gesundheitsfragebogen habe ich noch nicht bekommen.«

»Den habe ich dabei.«

Max zog das Blatt Papier aus der Tasche.

Noch während Axelsson das Formular überflog, klopfte es an der Tür. Eine Krankenschwester steckte den Kopf herein.

»Paschie, wollen Sie kurz mitkommen?«

»Wir sehen uns draußen«, sagte Paschie und drückte Max' Hand, bevor sie das Sprechzimmer verließ.

Max ballte die Faust, während Dr. Axelsson das Formular auf seinem Schreibtisch fertig las.

Dann sah er zu Max auf.

»Ich muss noch einmal um Entschuldigung bitten.«

»Wären wir dann hiermit fertig?«

»Stimmt das, was Sie hier eingetragen haben?«

»Ja«, antwortete Max.

»Nach allem, was hier steht, brauchen wir auch von Ihnen eine neue Blutprobe, und ich müsste …«

»Ich habe die Benzodiazepine – das Präparat heißt Alprazolam – verschrieben bekommen, als ich aus Bosnien zurückkam«, erklärte Max. »Wenn es das ist, was Sie sich gerade fragen.«

Dr. Axelsson nickte und senkte den Blick wieder auf Max' Fragebogen.

»Ihr Vater ist am selben Tag zur Welt gekommen, an dem Ihre Großmutter starb? Ist sie im Kindbett gestorben?«

»Ja.«

Dr. Axelsson sah ein letztes Mal von dem Blatt Papier auf.

»Und der Großvater …?«

»Wie es da steht«, erwiderte Max. »Er ist unbekannt.«

16

Sarah Hansen warf den alten Kaffeefilter ein wenig zu energisch in den Müll, sodass der Kaffeesatz über den Rand des Müllbeutels lief. Sie war sich nicht sicher, was genau sie mehr aufregte: Anastasia Friedenbergas Widerborstigkeit, die dazu geführt hatte, dass die morgendliche Besprechung gescheitert war, oder dass sie selbst sich außen vor fühlte, seit sie begriffen hatte, dass die überraschende Wendung gegen Ende des Meetings an Charlie Knutssons undurchsichtigem Verhältnis zu dieser fremden Person gelegen hatte.

Sie hasste es, außen vor zu sein; bestimmt lag es an diversen Kindheitserlebnissen, aber sie war nicht willens, irgend so einem bescheuerten Therapeuten ein Vermögen hinterherzuwerfen, nur um zu der einen erhellenden Schlussfolgerung zu gelangen. Sie hatte eigentlich gedacht, dass sie und Charlie Freunde wären. Während ihrer katastrophalen Ehe mit Lisette hatte sie sich ausgerechnet ihm anvertraut; all die Zweifel, dass sie als Lesbe Kinder hatte haben wollen und die als *geschiedene, lesbische alleinerziehende Mutter* und *Ausländerin* obendrein nur umso nagender geworden waren .... Ohne Charlie wäre sie angesichts der vorherrschenden Vorurteile und des Gegenwinds, der ihr entgegenschlug, wahrscheinlich in die Knie gegangen.

Um Anastasia selbst und ihre mutmaßliche Agenda, die im Widerspruch zu den Vektor-Leitsätzen stand, scherte sie sich einen Dreck. Was ihr zu schaffen machte, war Charlie – dass er Geheimnisse vor ihr zu haben schien. In welchem

Verhältnis stand er zu dieser Eiskönigin? Und warum hatte Sarah nie zuvor von ihr gehört?

Sie knickte die Kanten eines frischen Kaffeefilters um, damit es keine Überschwemmung gab, nur weil sie schon wieder zu große Filter gekauft hatte, und löffelte Kaffeepulver hinein. Den Wasserhahn ließ sie laufen, nachdem sie Wasser in die Maschine gefüllt hatte, hielt ein Glas darunter, als es endlich kalt genug war, und kehrte dann vom Röcheln der Kaffeemaschine begleitet in ihr Arbeitszimmer zurück.

Anastasia war eine auffallend attraktive Frau. Verdammt, sie stellte Sarah in den Schatten, obwohl sie doppelt so alt war. Sarah hatte andere Frauen schon häufiger sagen hören, dass sie beim Anblick von derart gut aussehenden, sexy älteren Frauen einen gewissen Trost verspürten. Anastasias Anblick hatte bei Sarah den gegenteiligen Effekt gehabt. Diese alternde Schönheit hatte ihren Groll nur noch stärker befeuert. War Charlie in diesen Drachen verknallt? Hatten die zwei mal was miteinander gehabt? War es *das*, was dort drinnen die Dynamik bestimmt hatte?

Sie setzte sich an ihren Rechner und gab den Namen der Frau bei Netscape ein. Während der Besprechung war klar geworden, dass es zur *Kursk*-Frage durchaus unterschiedliche Ansichten gab. Welche Rolle Anastasia bei dem Ganzen spielte, war unklar geblieben. Hatte irgendwer dem Ministerpräsidenten geflüstert, dass die Balten unbedingt mitreden müssten, nachdem Russland ihr direkter Nachbar war?

Anastasia Friedenberga war Angestellte der lettischen Botschaft und schien überdies diversen internationalen Mittlerorganisationen mit Fokus auf Nordeuropa und das Baltikum anzugehören. Sarah fand sogar ein Foto, das sicher zwanzig Jahre alt war, wenn nicht älter. *Die hat ja mal verflucht gut ausgesehen!*

Anfang der Woche hatte Sarahs alter Bekannter aus Militärzeiten, Peter Tillberg, einen Artikel veröffentlicht, in dem er unter anderem Anastasia zitiert hatte. Sie griff zum Telefon und wählte die Nummer der *Dagens-Nyheter*-Redaktion.

»Du, ich hab heute eine Frau getroffen, von der ich mehr wissen will«, sagte Sarah, sobald Peter dran war. »Du hast sie in deinem Artikel im Zusammenhang mit dem russischen Manöver in der Barentssee zitiert. Anastasia Friedenberga – was weißt du über sie?«

»Warte kurz«, sagte Peter. »Der Name ist mir doch kürzlich noch in einem anderen Zusammenhang untergekommen.« Er summte leise vor sich hin. »Da wollen wir doch mal sehen ... Also, sie ist im vergangenen Jahr und auch dieses Jahr schon ein paarmal in der Zeitung erwähnt worden ... Ende Mai.«

»Und worum ging es da?«

»Um das Gipfeltreffen in Washington im letzten Jahr ... und im Mai um die sogenannte Vilnius-Gruppe.«

»Washington? Wir sprechen von der NATO?«

»Ganz genau.«

Vor dem Treffen in der US-Hauptstadt waren die Tschechische Republik, Ungarn und Polen im Eilverfahren der NATO beigetreten.

»Und was hatte Friedenberga damit zu tun?«, wollte Sarah wissen.

»Sie war eine der Wortführerinnen auf lettischer Seite. Bei dem Treffen wurden die NATO-Richtlinien für den Beitritt einer Reihe weiterer Länder festgezurrt – im Großen und Ganzen Osteuropa und eben auch die baltischen Staaten.«

»Und diese Vilnius-Gruppe ist die Interessenvertretung, die eine NATO-Vollmitgliedschaft vorantreibt?«

»Richtig. Anastasia sitzt im Leitungsgremium. Eine patente Frau.«

»Für die Russen hat sie nicht viel übrig, was?«

Peter lachte.

»Nein. Aber Russland hat ja nun auch nicht viel für die

Vilnius-Gruppe übrig. Diese Länder – und wir reden von allen zehn – sind zum nächsten NATO-Gipfel nach Prag eingeladen worden, insofern finden dort sicher die ersten Beitrittsverhandlungen statt. Präsident Putin hat sich klar dagegen geäußert.«

Gut hundert Seemänner, die dem Tod geweiht waren, schienen Anastasia indes nicht zu stören. Bestimmt verrechnete sie die mit den Tausenden Letten, die, seit sie denken konnte, von Russen interniert, gefoltert und ermordet worden waren. Sie würde niemals einen Einsatz befürworten, bei dem den Russen geholfen oder der zu einer Wiederaufnahme der Beziehungen zwischen den westlichen Ländern und der einstigen Besatzungsmacht führen würde. Sie wollte, dass ihr Land schleunigst der NATO beitrat und damit der Eiserne Vorhang so weit wie irgend möglich gen Osten verschoben wurde, nichts weiter.

Dass der Kalte Krieg wieder aufflammte, konnte ihr insofern nur recht sein.

17

Kandinski beugte sich über die plastikbezogene Tischplatte im Lagerraum. Er hatte sich Latexhandschuhe übergestreift und war von der Hüfte aufwärts nackt. Er warf einen Blick auf das Blatt Papier, auf das er immer wieder dasselbe Symbol gemalt hatte, während Torbjörn Lindström, der hinter ihm an seinen Stuhl gefesselt war, hilflos zusah.

Dasselbe Symbol hatte er im Gefängnis auf unzählige Leiber gemalt. Jeder kannte es; Kandinski bezweifelte jedoch, dass der Staatssekretär wusste, was es *wirklich* bedeutete.

Er hörte, wie Torbjörn Lindström hinter ihm immer verzweifelter keuchte, und konnte dessen Blick im Rücken spüren. Auch dort waren Symbole zu sehen – rund um ein achtarmiges Kreuz standen sie stellvertretend für die Geschichte seines Landes, wie sie in den alten Versen niedergeschrieben worden war, die sogar Lenin gerühmt hatte. Die Symbole schienen Lindström Angst einzujagen, es ging ihm dreckig, als hätte er tief in seinem Innern die Bedeutung endlich verstanden – und auch, was all das für ihn selbst bedeutete.

Kandinski fing den stieren Blick des Staatssekretärs auf. Seine Wangen waren tränennass. Jetzt huschte der Blick aus den rot unterlaufenen Augen über Kandinskis Gesicht und hinab zu Brustkorb und Bauch, wo Nadel und Tinte ebenfalls Zeichen eingeprägt hatten.

Er hatte das Panzerband so fest auf dessen Mund geklebt, dass der Mann keinen Mucks hervorbrachte. Menschen in einer solchen Situation stellten ja doch immer die gleichen Fragen: Warum? Wer sind Sie?

Ich bin Lietuvens. Der Leben in ewigen Schlaf verwandelt. Der hier ist, um Gerechtigkeit zu üben. Ich habe mein Schicksal akzeptiert, und jetzt bist du an der Reihe, dein Schicksal zu akzeptieren. Du bist aus einem ganz bestimmten Grund ausgewählt worden.

Kandinski nahm das Messer in die starke rechte Hand. Lindström flennte, dass sein ganzer Körper bebte.

Langsam umrundete Kandinski den Stuhl und stellte sich hinter den Staatssekretär. Mit der freien Hand drückte er Lindströms Kopf nach vorn.

Dann fing er an, ihm das Symbol in den Nacken zu schneiden. Blut floss an den Linien entlang und verteilte sich wie feiner roter Regen über die kurzen, dünnen Härchen auf Nacken und Rücken.

Als er fertig war, ließ er den Kopf los und betrachtete sein Werk. Ein Messer funktionierte genauso gut wie Nadel und Tinte, wenn man jemanden markieren wollte.

Jetzt prangte ein Donnerkreuz auf dem Nacken des Staatssekretärs.

Kandinski baute sich wieder vor ihm auf und ließ das Messer zu Boden fallen, was Torbjörn Lindström zu beruhigen schien, der jetzt zu ihm aufblickte, als wollte er fragen: *Was hat das alles zu bedeuten? Wolltest du mir wirklich nur etwas in den Nacken ritzen?*

Im nächsten Moment nahm Kandinski den Bleistift vom Tisch und sagte in seiner Muttersprache: »Du wirst leiden, so wie wir gelitten haben.«

Die fremde Satzmelodie jagte dem Staatssekretär erneut Angst in die fest an den Stuhl gefesselten Glieder.

»Was siehst du in dieser Spitze?«, fragte Kandinski auf Englisch.

Lindström schüttelte den Kopf. Versuchte, hinter seinem Knebel zu kreischen.

»Sieh genau hin.«

Er kam mit dem Bleistift näher, sodass er damit fast Lindströms Nase streifte.

»Siehst du das Sonnenlicht?«

Er packte Lindströms Haar und hielt den Bleistift direkt vor dessen Auge. Lindström starrte die Spitze an.

»Siehst du deine Familie? Deine Kinder?«

Lindström unternahm einen letzten Versuch, seine Hände zu befreien, doch die Kabelbinder, die ihn an den Stuhl fesselten, gaben keinen Millimeter nach.

»Sieh ganz genau hin.«

Kandinski führte den Bleistift über Lindströms linkes Auge und ließ die Spitze über der Hornhaut schweben. Lindström kniff die Augen zusammen.

»Sieh hin, hab ich gesagt.«

Mit Daumen und Zeigefinger zwang Kandinski Torbjörn Lindströms Augenlid auf. Dann drückte er den Bleistift langsam hinein, sah zu, wie die Hornhaut riss, der Augapfel platzte, und weiter durch das herauspulsierende Blut bis in die dahinterliegende Gehirnmasse. Er hatte seine Linke um Lindströms Nacken gelegt, während der Mann am ganzen Körper zuckte und sein geknebelter Schrei in dem kleinen Schuppen widerhallte.

In der darauffolgenden Stille flutete Wärme über Kandinski hinweg. Wie jedes Mal.

Er lockerte den Griff um den Nacken, schob die Hand in Lindströms Hemd und verschmierte das Blut, das immer noch aus den Schnittwunden an dessen Hals lief.

Mit der blutigen Hand trat er an die Wand und malte darauf eine große rote Ziffer.

Eine Acht.

18

Paschie schob ihre Bürotür bei Vektor hinter sich zu. Sie hatte sich unten am Valhallavägen von Max verabschiedet. Seit ihrem Besuch im Sophiahemmet hatten sie kein Wort miteinander gewechselt. Sie würden sich am Abend unterhalten, doch in der Zwischenzeit würden sie sich um andere Dinge kümmern müssen.

Sie streifte die Jacke ab, stellte sich vor den Spiegel neben der Garderobe und sah sich in die Augen.

Fick dich, Sophiahemmet. Fick dich, Dr. Axelsson, mit deiner verdammten Untersucherei! Ich brauch euch nicht. Ich hab die Antwort schon bekommen.

Sie kickte die Pumps von den Füßen, drehte sich zu ihrem Schreibtisch um und setzte sich. Zeit, etwas Sinnvolles zu tun.

Paschie hatte ihre Cousine Nadja und deren Mann bei Verwandten in Molodischne getroffen, als sie zuletzt in der Heimat gewesen war. Das war inzwischen zwei Jahre her. Nadja hatte im Jahr zuvor geheiratet und eine Tochter bekommen, die sie auf den Namen Almas getauft hatten – das russische Wort für »Diamant«. Das Mädchen hatte Paschie an sich selbst als kleines Kind erinnert – die Haut- und Haarfarbe und die Gesichtszüge, die von den tatarisch-russischen Eltern zeugten, von der Kreuzung aus Europa und Asien. Der Vater war kein Jahr nach ihrem Kennenlernen verunglückt. Und jetzt, da dieses U-Boot am Meeresgrund lag, bestand die Gefahr, dass den Bruder des Mannes, Almas' Onkel, und viele andere das gleiche Schicksal ereilte. Welten, die zusammenbrachen, dachte Paschie, und das ganz ohne dass irgendein Scheißkrieg tobte.

Almas und Tausende andere russische Mädchen warteten auf ihre Väter, die nicht mehr heimkehrten, genau wie einst Paschie, nur weil der russische Staat und die politische Agenda auf Menschen wie sie keine Rücksicht nahmen.

Wann war Schluss mit diesen Tragödien? Wann nahmen diese Männer endlich Vernunft an?

Sie nahm den Hörer ab, um das Telefonat zu führen, um das Sarah sie gebeten hatte. Sie hatte Denis Sinowjew von der russischen Botschaft in ihrer Zeit als Aushilfslehrerin an der Russischen Schule kennengelernt. Denis' Sohn war auf der Schule gewesen. Er selbst hatte damals seit gerade zwei Jahren im Dienst der Botschaft in Stockholm gestanden, stammte ursprünglich aus Sankt Petersburg, sah gut aus, war weltoffen und westlich orientiert, wie so viele, die in der Administration des neuen Präsidenten arbeiteten. Paschie hatte sich ein paarmal mit ihm unterhalten, und er war immer gleichbleibend freundlich und ehrlich gewesen – und ganz ihrer Meinung, was ein Europa anging, das ohne Russland nicht funktionieren würde, genau wie Russland umgekehrt nicht ohne gute Beziehungen zu seinen Nachbarn – und nicht zuletzt Schweden – klarkäme.

Während sie darauf wartete, dass es klingelte, versuchte sie, sich in ihn hineinzuversetzen und ihre eigenen Überzeugungen beiseitezuschieben.

»Hier ist Paschie Kowalenko«, sagte sie, als er ranging. »Haben Sie eine Minute Zeit für mich?«

»Ich hab gerade *Anders von der Polizei Norrmalm* verabschiedet«, sagte er auf Schwedisch, um seinen Gast zu imitieren, »und warte auf mindestens einen wichtigen Anruf aus Moskau. Aber für Sie hab ich natürlich Zeit. Was kann ich für Sie tun?«

Ein Schmeichler war er immer schon gewesen, allerdings

dezent und geschmackvoll, wie es sich für einen klugen, verheirateten Mann gehörte, der wusste, dass auch sie liiert war, aber einen kleinen Flirt durchaus nett fand.

Paschie wusste genau, wer dieser Anders gewesen war: Er gehörte der Abteilung an, die sich um die ausländischen Vertretungen kümmerte. Bestimmt war er auf Routinebesuch gewesen, um die Sicherheitsmaßnahmen rund um die Botschaft in Augenschein zu nehmen. Denis hatte dieses Arrangement mal als »parodistisch« bezeichnet. In der russischen Botschaft war man sich einig, dass die Schweden sie im Blick behalten wollten und sich in Wahrheit keinen Deut um ihre Sicherheit scherten. Paschie fragte sich allerdings, ob die heutige Stippvisite im Hinblick auf die derzeitigen Ereignisse nicht sogar eigens angeordnet worden war.

»Wir haben einen Vorschlag für eine Hilfsaktion für die *Kursk* von schwedischer Seite ausgearbeitet«, sagte sie. »Wir stehen mit dem Marinestützpunkt Berga in Kontakt. Berga könnte ein Rettungs-U-Boot mitsamt Besatzung in die Barentssee fliegen und der russischen Marine zur Verfügung stellen.«

In der Leitung blieb es still. Paschie konnte hören, wie im Hintergrund andere Telefone klingelten und Leute einander zuriefen.

»Auf einmal eilen sie uns alle zu Hilfe«, murmelte Denis nach einer Weile.

»Es sind auch meine Landsleute«, rief sie ihm ins Gedächtnis.

»Ich weiß. Ich nehme Ihren Vorschlag mit in unsere Mittagsbesprechung. Kann ich Sie später zurückrufen?«

»Natürlich, ich wollte nur, dass Sie von unseren Plänen wissen und direkt von uns davon erfahren, damit sie nicht erst über Umwege zu Ihnen gelangen.«

»Umwege scheinen sich gerade großer Beliebtheit zu

erfreuen, insofern weiß ich es zu schätzen, dass Sie mich persönlich angerufen haben. Dass wir überhaupt direkten Kontakt haben können. Wie wär's mit einem Abendessen?« Er hielt einen Moment inne. »Kleiner Scherz, Paschie. Ich melde mich.«

19

Der Termin im Sophiahemmet wollte Max auch hinterm Steuer nicht aus dem Kopf gehen. Wie die Mediziner während der laufenden Behandlung mit ihnen umgingen. Dass Paschie sich wiederholt dieser Demütigung aussetzen musste. Axelssons Blick, als er Max um Informationen zu seinen nächsten Angehörigen gebeten hatte.

Ist Ihre Großmutter im Kindbett gestorben? Das legte das Datum natürlich nahe. An dieser Stelle war Axelsson aufmerksam gewesen.

Was hätte ich denn sonst sagen sollen?, dachte Max. Dass wie durch ein Wunder das Kind im Mutterleib überlebt und nur Sekunden, nachdem sie gestorben war, das Licht der Welt erblickt hatte? Dass sie eine sowjetische Spionin wider Willen gewesen war, die ihre Flucht gen Westen mit dem Tod bezahlt hatte? Dass ihr eigener Mann sie auf dem Gewissen hatte?

Kein Mensch würde ihm die Wahrheit glauben.

Max hatte ursprünglich den Mann als seinen Großvater angeben wollen, zu dem die Großmutter geflüchtet war: Carl Borgenstierna. Aber er wusste eben nicht, wie es sich tatsächlich verhielt. Er hatte den Mann, der ihm alles vererbt hatte, ein einziges Mal getroffen, ehe der Alte gestorben war, der Max im Übrigen nicht im Geringsten ähnlich gesehen hatte.

Wir haben einander etwas versprochen, was unmöglich ist, Paschie.

Sie hatten einander versprochen, die Vergangenheit ein für alle Mal ruhen zu lassen. Sich nie wieder damit zu beschäftigen, was Max' Familie – und um ein Haar auch Paschie und ihn selbst – vernichtet hätte. Aber wenn sie jetzt Unterstützung wollten, um ein Kind zu bekommen, mussten sie sich wieder alledem zuwenden, was damals über sie hereingebrochen war.

Großvater: unbekannt.

Als Max vom Nynäsvägen in Richtung der Vierten Kriegsmarineflotille in Berga einbog, versuchte er, sich auf das bevorstehende Treffen zu konzentrieren. Er rief sich in Erinnerung, was Sarah ihm geschrieben hatte: dass der Staatssekretär aus dem Verteidigungsministerium federführend über den Rettungseinsatz entscheiden werde. Ihm war klar, dass niemand – weder Schweden, die NATO noch Russland – dies als Einsatz der schwedischen Streitkräfte bezeichnen wollen würde. Trotzdem war das hier doch beinahe absurd.

Das Blaulicht zweier Streifenwagen war das Erste, was Max sah, als er kurz hinter Berga den Blinker setzte. Sie standen direkt vor dem Wachhäuschen. Max ließ seinen Wagen auf dem Besucherparkplatz stehen und lief zu Fuß auf den Eingang zu. Er ballte die linke Faust, die wieder angefangen hatte zu zittern. Ein Mann saß mit gesenktem Kopf auf der Rückbank einer Streife. Er sah aus wie ein Chauffeur. Max warf einen Blick zurück zum Gästeparkplatz und entdeckte das Fahrzeug, mit dem der Mann vermutlich hergekommen war. Ein blauer Volvo. *Aus dem Verteidigungsministerium?*

»Hier ist abgesperrt«, rief ein hochgewachsener Polizist in Uniform, der auf Max zugeschossen kam. »Ich muss Sie bitten, wieder zu gehen.«

Er schien nicht aus der benachbarten Wache in Nynäshamn zu stammen.

»Ich habe gleich eine Besprechung mit dem Befehlshaber hier in Berga und mit Vertretern des Verteidigungsministeriums«, erwiderte er.

»Sie müssen leider wieder gehen«, wiederholte der Polizist.

Auf der anderen Seite des Zaunes ging die Tür zum Wachhäuschen auf. Eine junge Frau in brauner Lederjacke kam heraus. Max erkannte sie sofort aus den Fernsehnachrichten wieder. Sofia Karlsson. Rikskrim. Was machte die denn hier? War sie nicht mit diesem Ritualmord beschäftigt?

»Ist sie die Einsatzleitung?«, fragte Max.

»Jetzt wird es aber wirklich ...«

»Sofia?«, rief Max. *»Sofia Karlsson?«*

Die Frau drehte sich um und starrte Max an. Sie sah genauso beherrscht aus wie in den Nachrichten.

»Haben Sie mich nicht verstanden? Sie müssen gehen«, wiederholte der Polizist und machte ein paar Schritte auf ihn zu, doch Max ignorierte ihn.

Sofia näherte sich dem Zaun.

»Ich kümmere mich schon darum«, grollte der Polizist. »Dieser Typ ist gleich verschwunden.«

»Moment«, sagte Sofia. »Max Anger, hab ich recht?«

Dann öffnete sie das Tor im Zaun und trat auf den Wendeplatz.

»Schon in Ordnung, Tom. Gib uns fünf Minuten.«

Der Polizist warf Max noch einen flüchtigen Blick zu und verschwand wieder in Richtung Wachhäuschen.

Sofia sah Max misstrauisch an.

»Was machen Sie hier?«

»Ich soll hier an einer Besprechung teilnehmen.«

»Und worum geht's?«

»Um das Rettungs-U-Boot, das URF.«

Sofia zog die Augenbrauen hoch.

»Sie haben sich nie wieder gemeldet«, sagte sie dann.

»Ich wollte schon anrufen, als ich Sie in den Nachrichten gesehen habe.«

»Was soll das denn für eine Besprechung sein, zu der Sie dazugebeten wurden?«

Max legte die zitternde linke Hand auf den Rücken.

»Ich bin mir nicht sicher, ob das die Polizei interessieren muss.«

»Mich schon.«

»Immerhin ist das hier militärisches Gelände …«

»Okay. Ich sag drinnen Bescheid, dass Sie hier waren. Nett, dass wir uns nach all der Zeit mal persönlich begegnet sind.«

Sofia machte auf dem Absatz kehrt und lief zurück zum Zaun.

»Ist das Torbjörn Lindströms Fahrer, der da im Streifenwagen sitzt?«

Sie blieb abrupt stehen.

»Wie bitte?«

»Wo ist Lindström?«

»Wieso wollen Sie das wissen?«

»Weil ich unter anderem ihn hier treffen soll.«

Sofia Karlsson musterte ihn erneut von Kopf bis Fuß.

»Ich werde Sie später befragen müssen. Hinterlassen Sie Ihre Kontaktdaten bei Ihrem neuen Kumpel Tom.« Sie zeigte hinüber zu dem Kollegen, der neben dem Wachhäuschen stand und sie beobachtete. »Ich melde mich bei Ihnen.«

»Ich muss etwas wirklich Wichtiges mit Lindström besprechen. Es geht um Menschenleben. Ist das sein Wagen, der da drüben steht?«

»Max Anger.« Sofia sah ihn konzentriert an. »Das hier ist mittlerweile ein Tatort.«

20

»Das ist er?«, fragte Sofia.

Auf der anderen Seite der Glasscheibe saß ein großer Mann mit lichtem blonden Haar zusammengesackt auf einem Stuhl.

»Einer der Feinsten hier beim Militär«, sagte der Kollege. »Wir haben ihn zu Hause rausgeklingelt. War schier unmöglich, ihn wach zu kriegen. Musste zuallererst duschen. Hat geschwitzt wie ein Schwein.«

»Was habt ihr mit ihm gemacht?«

»DNA und Fingerabdrücke. Die Befragung wollten wir Ihnen überlassen, wie Sie gesagt haben.«

Sofia nickte und ging zur Tür. Der Mann am Tisch hob den Blick, um zu sehen, wer kam, und richtete sich gerade auf.

»Elias?«, fragte Sofia.

»Ja?«

»Das hier war nicht das erste Mal, dass Sie einspringen und einen unserer Stützpunkte bewachen sollten, oder?«

Elias schüttelte kaum merklich den Kopf.

»Ich war früher Jäger bei der Luftwaffe. Eliteeinheit.«

Von Elite war inzwischen keine Rede mehr. Sie hatte das schon häufiger gesehen, sowohl unter Militärs, bei Polizisten als auch bei Leistungssportlern. Bei Männern, deren Ehrgeiz irgendwann in Angst umschlug und deren Muskeln sich in Fettpolster verwandelten. Männer, immer waren es Männer, die nicht damit zurechtkamen, dass das Leben nicht ganz so verlief, wie sie es sich gedacht hatten. Die nicht gegen die Dunkelheit in ihrem Innern ankamen. Die sich dem Alkohol zuwandten – und Schlimmerem.

Unwillkürlich musste sie an Max Anger denken, dem sie in Berga begegnet war. Als sie die Ermittlungen gegen ihn irgendwann ad acta gelegt hatte, hatte sie ihn sich immer wieder vorgestellt. Dieser Max war anders als der Typ, der ihr jetzt gegenübersaß. Ihn umgab eine angenehme männliche Selbstsicherheit. Eine Stärke, die nicht allein auf Muskelkraft beruhte. Im Vergleich dazu sah Elias Skagerlind regelrecht wie ein Häufchen Elend aus und stank nach Schnaps – trotz der Dusche und des Kaffees, den ihm die Kollegen eingeflößt hatten.

»Also, was ist passiert?«, wollte sie wissen. »Warum waren Sie nicht auf Ihrem Posten?«

Elias schloss die Augen.

»Ich kann's nicht sagen.«

»Mit der Trinkerei kann Ihnen geholfen werden, Elias. Das ist hier gerade unser allergeringstes Problem. Das verstehen Sie doch hoffentlich, oder?«

Er nickte.

»Brauchen Sie Hilfe in Sachen Anwalt?«

»Ich muss mich nicht verteidigen, ich bin selbst schuld«, sagte er und seufzte. »Ich weiß, dass man den Ausweis nie aus dem Blick lassen darf. Ich war besoffen, musste pinkeln. So was hab ich echt noch nie erlebt, hab noch nie einen Filmriss gehabt und auch noch nie so lang geschlafen. Als die Jungs mich geweckt haben ... hab ich erst ewig nichts gehört. Ich geb alles zu und nehm die Strafe auf mich ... *that others may live ...*«

»Moment, Moment«, sagte Sofia.

Elias schlug die Augen wieder auf.

»Was reden Sie denn da?«

»War eins der Mottos von den PJs, unseren Yankee-Fallschirmjäger-Kollegen.«

Sofia warf einen Blick zu der Spiegelscheibe in der Wand. Da war nur das Spiegelbild ihres erschöpften Gesichts. Verdammt, dachte sie, weiß der Kerl nicht mal, warum er hier ist? Wo soll ich denn da anfangen? Es war womöglich moralisch nicht vertretbar oder protokollgemäß, aber sie würde sich damit herausreden können, dass sie davon ausgegangen war, die anderen hätten ihren Job gemacht und Elias in Kenntnis gesetzt.

»Fangen wir noch mal ganz langsam an, Elias. Zuallererst erzählen Sie mir jetzt, was gestern Abend los war. Sie sagen, Sie hätten Ihren Ausweis aus den Augen gelassen. Wo war das?«

»In der Cage Bar. Gamla stan.«

»Da waren Sie den ganzen Abend?«

Elias nickte.

»Und wie sind Sie nach Hause gekommen? Bus? U-Bahn? Taxi?«

Es knisterte, als Elias sich über die Bartstoppeln rieb.

»Ich kann mich nicht erinnern.«

»Aber Sie mussten pinkeln und haben Ihren Ausweis liegen lassen. Wo haben Sie gesessen?«

»Am Tresen.«

»Und wo genau haben Sie Ihren Ausweis liegen lassen?«

»In meiner Jacke. Über dem Barhocker.«

»Das wissen Sie noch? Aber danach nichts mehr?«

»Bis dahin kann ich mich an alles erinnern. Danach stochere ich nur noch im Nebel.«

»Wo ist Ihre Jacke jetzt?«

»Weiß nicht. Zu Hause, nehm ich an.«

Was zur Hölle war hier los? Sie sah erneut zu der Spiegelscheibe, wusste, dass dahinter ihre Bullenkollegen standen und alles mit anhörten. Sie wedelte knapp mit der Hand. *Fahrt zurück und holt die Jacke!*

»War viel los?«

»Nein, gar nicht, sonst hätt ich den Ausweis doch mit aufs Klo genommen, ganz egal wie voll ich war.«

»Und warum haben Sie das nicht gemacht?«

»Weil da sonst niemand mehr war.«

»Sie waren allein?«

»Ja, da waren nur noch ich und der Barkeeper. John.«

»Beschreiben Sie ihn mir.«

»Gut aussehend, sagt nicht viel, spricht kein Schwedisch und kaum Englisch.«

»Wissen Sie, wo er herkommt?«

»Irgendwo aus Südeuropa.«

»Geht das auch genauer?«

Erst in diesem Moment wachte Elias Skagerlind vollends auf. Er schluckte.

»Was ist denn eigentlich passiert?«

»Ich hätte gern, dass Sie mir diesen John so genau wie möglich beschreiben«, wiederholte Sofia.

»Kann ich vielleicht doch einen Anwalt haben?«

Sofia schlug mit der Faust auf den Tisch, und Elias zuckte zusammen.

»Verschwenden Sie jetzt nicht unsere Zeit. Jede Minute, die wir hier drin sitzen, machen Sie es nur noch schlimmer. Ist er Italiener? Spanier? Holländer? Wir müssen ihn finden.«

»Ich würd fast sagen, Deutscher oder Tscheche oder so was in der Art.«

Sofia seufzte.

»Wie sieht er aus?«

»Gute fünfzig, groß, breite Schultern, durchtrainiert. Kurzes dunkles Haar. Ziemlich hohe Stimme.«

»Damit kann ich nicht arbeiten. Keine besonderen Kennzeichen?«

»Eine Sache ist echt komisch. Er hat immer was um den Hals. Auch wenn's da drin fünfunddreißig Grad warm ist.«

»Haben Sie ihn öfter getroffen?«

»Ja, ich war im Sommer fast jeden Abend dort. Er vielleicht fünf, sechs Mal.«

»Und er hatte immer etwas um den Hals. Warum?«

»Keine Ahnung. Aber einmal, als er sich nach vorn gebeugt hat, konnte ich was sehen.«

Sofia nickte. Bestimmt ein Tattoo. Ein Tribal, wie es auf dem Kontinent vor zehn Jahren hip gewesen war. Oder der Name einer Freundin, der eines schönen Tages klar geworden war, dass sie noch etwas Besseres finden würde. Entwurzeltes Treibgut aus Mitteleuropa. Damit konnten sie nicht allzu viele ausschließen, aber immerhin.

»Helle oder dunkle Haut?«

»Die Haut ist weiß. Kreideweiß. Ich hab sogar mal einen Witz darüber gemacht. Hab ihn gefragt, ob er eine Sonnenallergie hat.«

Elias brach in Gelächter aus und schüttelte den Kopf über seinen fantastischen Sinn für Humor.

»Was hat er darauf geantwortet?«, hakte Sofia nach.

»Dass er bloß nachts lebt.«

Sofia nickte. Sie fragte sich, was das bedeuten mochte. War das einfach nur eine gewitzte Antwort oder die Wahrheit gewesen? Stockholm war voll von Leuten, die nur nachts aus ihren Löchern krochen.

»Trinken Sie viel, Elias?«

»Ja, leider.«

»Sie sind ein kräftiger Kerl. Vertragen wahrscheinlich eine ganze Menge, oder? Warum haben Sie ausgerechnet gestern so viel mehr als sonst getrunken?«

»Gerade das versteh ich ja nicht – ich glaub, ich hab gar nicht mehr getrunken als sonst.«

Sofia nickte. Sie würden ihm Blut abnehmen müssen. Er konnte sich noch daran erinnern, dass er zur Toilette gegangen war. Danach – Blackout. Dass er so tief geschlafen und sekundenlang nichts gehört hatte, als die Kollegen ihn abholen gekommen waren, konnte darauf hindeuten, dass er betäubt worden war. Aber das würde sie ihm jetzt noch nicht sagen.

»Ist der Ausweis irgendwo aufgetaucht?«, fragte er jetzt. »Oder was soll das alles hier?«

»Sie werden noch ein bisschen hierbleiben müssen, Elias. Denken Sie bitte noch mal genau über Ihre Beziehung zu dem Mann nach und erzählen mir alles, worüber Sie gesprochen haben.«

»Aber … was wird mir denn überhaupt vorgeworfen?«

»Sie stehen unter dem Verdacht der Beihilfe zu einem Mord.«

21

Denis Sinowjew hörte den Luftzug in seinem Rücken, als die schwere Metalltür hinter ihm zufiel und er in den Stollen trat. Dieser war nur einer von vielen, die in den felsigen Boden unter der Stadt gesprengt worden waren, um Denis und seinesgleichen Paroli zu bieten. Der Gedanke drängte sich ihm einfach auf. Die Schweden waren diesbezüglich wirklich beharrlich gewesen. Kein anderes europäisches Land verfügte über mehr Schutzräume. Mehr als fünfundsechzigtausend – plus sieben Millionen Sammelstellen. Angeblich hatte Winston Churchill bei einem Stockholm-Besuch zu Tage Erlander gesagt: »An welchem Krieg wollten Sie bitte schön teilnehmen? Mit all diesen Schutzräumen?«

Dieser Schutzraum lag ein Stück nördlich der Stockholmer Innenstadt in Solna. Die Anlage gehörte einem Schützenverein und war jeden Montag für sie reserviert. Die Neonröhre unter der Decke tauchte die spartanische Einrichtung in gleißend weißes Licht. Am Zugang fischte er seinen Gehörschutz aus der Tasche. Es war inzwischen fast schon Tradition, dass sie sich hier montags nach der Arbeit trafen und bei einem Bierchen ihren Frust abbauten. Irgendwer sorgte für einen Kasten Baltika-Pilsner und Nüsschen. An diesem Montag – nach einem der anstrengendsten, die Denis je erlebt hatte –, war das Bedürfnis größer denn je.

Die Botschaftsangestellten scharten sich um einen Mann, der vor einer der vier Bahnen stand. Als er seine Waffe lud, wurde es mucksmäuschenstill. Denis hörte die Lüftungsanlage unter der Decke selbst durch seinen Gehörschutz summen. Der Schütze hatte die Schießscheibe am äußersten Ende der Bahn aufgehängt. Fünfundzwanzig Meter. Die Waffe, die er in der Hand hielt, eine Neuentwicklung des KBP Instrument Design Bureau in Tula, war legendenumwoben: eine GSh-9 *Alpha protocol.* Neun Millimeter, 18-er Magazin, Halbautomatik.

Der Mann legte den Finger auf den Abzugshebel. Selbst aus drei, vier Metern Entfernung konnte Denis die Kraft der Patrone spüren, die sich durch die Luft drillte. Der Mann pumpte einen Schuss nach dem anderen raus, ohne dass der gestreckte Arm auch nur im Geringsten zitterte. Als er fertig war, nahm er die Schutzbrille ab und drückte auf einen Knopf. Das Murmeln wurde lauter, je näher die Schießscheibe heranfuhr.

Jemand nickte in Denis' Richtung, und der Schütze drehte sich um. Unter seinem Blick richtete Denis sich kerzengerade auf. Von dem Mann hatte er schon einiges gehört, aber er hätte nie damit gerechnet, ihm bei ihrem Afterwork-Treffen persönlich zu begegnen. Als junger Kerl hatte der Mann jener Abteilung angehört, die vor den Olympischen Spielen 1980 in Moskau die mobile Sondereinheit ins Leben gerufen hatte. Bei diesem Elitetrupp war er lange geblieben und hatte an vorderster Front zu denjenigen gehört, die 1991 das lettische Innenministerium gestürmt hatten. Mitte der Neunziger war er in Sankt Petersburg zu Putins Handlanger aufgestiegen und schließlich nach Moskau mitgegangen, als Putin Jelzin abgelöst hatte. Angeblich hatte er persönlich das Motto der Einheit formuliert: *Wir kennen keine Gnade und flehen auch nicht um Gnade.*

Und jetzt stand dieser Mann direkt vor Denis und sah ihn interessiert an.

»Papanow«, stellte er sich vor. »Sie müssen Denis Sinowjew sein.«

Er kannte eine Menge Legenden über Papanow, unter

anderem dass er nicht wollte, dass ihn jemand mit seinem Titel ansprach – außer wenn er Uniform trug, was selten der Fall war.

»Stimmt genau«, antwortete Denis. »Willkommen in Stockholm.«

»Sie und ich, wir haben einiges zu besprechen«, sagte er und lief an Denis vorbei auf den Ausgang zu.

Ehe Denis sich umdrehte und ihm nacheilte, warf er einen Blick auf die Schießscheibe, die jetzt direkt vor den Kollegen hing. Alles, was Denis sehen konnte, war das Loch in der Mitte des aufgezeichneten Spiegels – ein Loch, das durch achtzehn Durchschüsse entstanden war.

22

Vor der Cage Bar am Kornhamnstorg standen zwei Männer und rauchten. Als Sofia Karlsson auf den Eingang zuging, nickten sie ihr zu und schenkten ihr jeweils ein Lächeln, das Dinge versprach, die sie nicht haben wollte. Sie erwiderte die Blicke der Männer mit einem Gefühl, das seit ihrer Begegnung mit Elias Skagerlind auf dem Revier zusehends stärker geworden war: *Geht mir aus dem Weg, Jungs, ganz egal ob ihr angetrunkene Charmeure oder inkompetente Bullenkollegen seid.* Die Raucher machten einen Schritt zur Seite, sodass sie nicht einmal langsamer werden musste, als sie die Tür der Bar aufriss.

Die Musik war unnötig laut. Es waren nur zwei Gäste da, zwei langhaarige Kerle in Jeansjacken, die die Köpfe zusammensteckten, um sich über Tom Pettys »Free Falling« hinweg zu unterhalten.

Der Mann hinterm Tresen schien von ihrer Anwesenheit nicht begeistert zu sein. Anscheinend war sie nicht der Typ Frau, auf den er gehofft hatte. Trotzdem fragte er, was sie trinken wolle.

»Ist das hier Ihre Bar?«

»Für den Moment, ja. Der Chef sitzt hinten.«

Er nickte zu einer Tür.

»Alles gut, ich finde den Weg«, sagte sie.

Das winzige Zimmer, das sich hinter der Tür befand, war heiß und stickig. In einer Ecke war eine kleine Kochnische eingebaut worden, die von schmutzigen Kaffeebechern, Aschenbechern und halb leeren Mariekex-Verpackungen überquoll. An einem Küchentisch saß ein älterer Mann über stapelweise Rechnungen und Bestellscheinen. Er blickte verwundert auf. Seine Augen hinter den Brillengläsern waren rot gesprenkelt.

»Ich heiße Sofia Karlsson und bin von der Polizei«, sagte sie.

Der Mann legte die Brille vor sich auf den Tisch.

»Dem Himmel sei Dank«, sagte er und grinste schief. »Ich hab schon befürchtet, Sie wären von der Bank.«

Sofia zog sich einen Stuhl heran und setzte sich ihm gegenüber. Der Schweiß rann ihr über den Rücken bis hinab zum Steiß.

»Läuft's nicht so gut?«, fragte sie.

Er runzelte die Stirn.

»Mit so einer Bar? Nein, läuft nicht gut.«

»Da muss man schon mal ein Auge zudrücken, was? Damit es weitergeht. Damit die Zahlungsziele erreicht werden.«

Sie nickte in Richtung Rechnungsstapel.

»Worüber wollen Sie sich beschweren? Über einen Silberfisch im Weinglas? Ein bisschen Hasch auf der Herrentoilette?«

Er lehnte sich zurück. Dünn war er, fast schon ausgemergelt, und sah aus wie der Typ Stockholmer, der seit seiner Geburt vor fünfzig Jahren kaum je die Stadtgrenze überquert hatte. Der keine Ausbildung hatte, aber nicht ein einziges Spiel im Söder-Stadion verpasste. Der Akzent sprach Bände. Drei Schachteln gelbe Blend am Tag und eine Wohnung irgendwo in der Hornsgatan.

»Ich brauche eine Liste Ihrer Angestellten. Papiere und Arbeitserlaubnisse haben Sie doch sicher griffbereit?«

»Es geht womöglich schneller, wenn Sie mir direkt sagen, worauf Sie aus sind.«

»Ich suche jemanden namens John. Er hat gestern Nacht hier am Tresen bedient.«

Der Besitzer nickte. Als wüsste er genau, was sie meinte.

»Den such ich auch. Bin schon den ganzen Tag hinter ihm her.«

»Wieso das?«

»Weil in der Kasse nicht allzu viel Geld drin war, als wir heute früh aufgeschlossen haben. Ich hab so ein Gefühl, als hätte er sich aus dem Staub gemacht.«

»Wie kommen Sie darauf?«

Er zuckte mit den Schultern.

»Ich glaub einfach nicht, dass wir ihn hier noch mal zu Gesicht bekommen, wenn ich es so formulieren darf.«

»Wie lange hat er denn für Sie gearbeitet?«

»Zwei Wochen? Ist fünf-, sechsmal kurzfristig eingesprungen. Ich hab den ganzen Sommer lang nur Ärger mit dem Personal gehabt, das schöne Wetter, da wollen die alle raus aus der Stadt und denken sich alle möglichen schlauen Ausreden aus.«

»Und stattdessen heuern Sie Leute an, die Sie nicht kennen und über die Sie nicht das Geringste wissen? Wo wohnt er?«

»Er meinte, er wäre nur vorübergehend hier, auf der Durchreise. Er hatte immer einen Rucksack dabei, wenn er kam oder ging, als hätte er seine gesamte Habe bei sich.«

Was sollte das überhaupt heißen – auf der Durchreise? Von irgendwo in Mitteleuropa? In Stockholm war Endstation, hatte er das nicht gewusst? Sie würde dafür sorgen, dass er für den Rest seines Lebens hierblieb, wenn es sich zeigen sollte, dass er für all das verantwortlich war, was sie draußen in Berga gesehen hatte.

»Also, wo hat er gewohnt?«, fragte sie noch mal. »Bei Ihnen daheim?«

Der Barbesitzer konnte sich ein nervöses Kichern nicht verkneifen.

»In der Jugendherberge. Auf einem der Schiffe unten am Söder Mälarstrand.«

Das würde Sofia überprüfen.

»Irgendwelche Referenzen von früheren Arbeitgebern?«

»Ja, gute. Aus Deutschland.«

»Haben Sie da mal angerufen?«

Er schüttelte den Kopf.

»Aber Sie sind sich sicher, dass er Deutscher ist?«

»Ich bin mir nur sicher, dass er mir Geld schuldet. Und mein Geld krieg ich immer wieder, auch wenn's mal länger dauert.«

»Sie sind ein echt harter Kerl in einer harten Welt, was?«

Der Mann antwortete nicht.

»Kennen Sie Elias Skagerlind?«, fuhr sie fort.

»Wer soll das sein?«

Sofia zückte ein Foto, das sie auf dem Revier gemacht hatten. Legte es zwischen sie beide auf den Tisch. Der Barbesitzer nickte.

»Ja, den kenn ich. Ist ein Stammgast.«

»Er *war* Stammgast«, sagte Sofia. »Der kommt so bald nicht wieder. Die Zeiten werden von Tag zu Tag härter.«

»Haben Sie vor, mir zu erzählen, was das alles soll?«

»Hat John ein schwedisches Handy? Dann bräuchte ich bitte die Nummer.«

Die wusste er auswendig. Sofia schrieb sie sich auf, bezweifelte aber, dass der Mann rangehen würde. Die Nummer gehörte unter Garantie zu einem Prepaidhandy, das inzwischen am Grund des Saltsjön lag.

»Wenn Sie ihn finden, würd ich auch gern ein Wörtchen mit ihm wechseln«, sagte der Barbesitzer.

»Ich versuche, daran zu denken. Unterdessen sollten Sie mit der Gewerbeaufsicht Kontakt aufnehmen. Als proaktive Maßnahme. Erzählen Sie denen, dass Sie gegen alle möglichen Arbeitsgesetze und Bewirtungsauflagen verstoßen haben. Vielleicht denken die dann darüber nach, Sie nicht ganz so hart zu bestrafen. Wenn sie nicht meiner Empfehlung folgen und dieses Drecksloch gleich ganz dichtmachen.«

23

Eine Gruppe japanischer Touristen stand vor dem Schaufenster an der Köpmangatan. Aus irgendeinem Grund schienen sie an Harald Lindbergs Gemälde der kleinen Brücke über den Norrtäljeån interessiert zu sein. Ein gut vierzigjähriger Mann zeigte auf das Schild, das jetzt schon seit über vier Jahren an der Tür hing, sagte etwas auf Japanisch und zuckte mit den Schultern. *Sorry, we're closed.*

Max bog in die Själagårdsgatan ab und lief auf die Tür zu, die zu seiner Wohnung führte. Er stieg die kahle, staubgraue Steintreppe hoch. Obwohl sie schon über zwei Jahre hier wohnten, hatte er erneut das Gefühl, hier nicht zu Hause zu sein. Es war, als wären Paschie und er Gäste in ihrem eigenen Haus.

Den Schlüssel zu der Wohnung hatte er vier Jahre zuvor zusammen mit einem Ordner voller Unterlagen über den kompletten Besitz bekommen, nachdem eine Firma namens Rigus ihn angerufen und mitgeteilt hatte, dass Carl Borgenstierna gestorben sei und ihn als Alleinerben eingesetzt habe. Was damals als Jagd auf einen Mann begonnen hatte, dessen Namen Max' Vater immer voller Hass ausgesprochen hatte, war damit zu Ende gegangen, dass Max alles geerbt hatte, was jener Mann besessen hatte. Alles – bis auf das Familienwappen, das an der Wand im Riddarhuset hing.

Im Grunde bestand das Erbe aus einer Stiftung, der Ostseestiftung, und den Stiftungsstatuten zufolge durfte er den damit einhergehenden Grundbesitz nicht verkaufen: eine sechshundert Quadratmeter große Immobilie mitten in

Gamla stan. Ein Antiquitätengeschäft im Erdgeschoss. Ein Universum aus unbeantworteten Fragen.

Max drehte den Schlüssel herum, schob die Tür auf und trat ein, legte einen Lichtschalter um, und über ihm flammte ein Kristallleuchter auf.

Er und Paschie benutzten bei Weitem nicht sämtliche Räume in der riesigen Wohnung. Die Möbel im Salon und im Schlafzimmer zur Linken waren mit weißen Laken zugedeckt.

Die Wände im Wohnzimmer waren mit brusthohem, dunkel gebeiztem Holz verkleidet. Oberhalb war die Wand mit einer blumengemusterten Webtapete in Mintgrün, Rosa, Silber und Gold tapeziert. Zwischen den Dachbalken war die Decke grau gestrichen und mit violetten Lilien verziert, der Wappenblume der Familie Borgenstierna.

An den Wänden hingen Ölgemälde des Stockholmer Stadshuset und des königlichen Schlosses, des Zarenpalasts Peterhof, eine Innenansicht des Bernsteinzimmers aus dem Katharinenpalast, Porträts alternder Männer mit finsteren Gesichtern, nackte, badende Frauen. Max' Blick blieb am Bild eines Gebäudes am Newa-Ufer hängen. Der Sankt Petersburger Winterpalast. Die Gefühle, die das Gemälde in ihm wachrief, konnte er unmöglich beiseitewischen. Diese Stadt, in der beinahe alles zu Ende gegangen war ... Die Stadt, in der alles begonnen hatte. Die Stadt, die wie ein lebendiger Organismus war. Carl Borgenstiernas Großvater war dort lange vor der Russischen Revolution schwedischer Konsul gewesen.

Er zog die schwere Flügeltür auf, die vom Salon in die Bibliothek führte. In der Mitte des Zimmers stand ein englischer Mahagonischreibtisch, drum herum Berge aus Umzugskisten, die nach der Auflösung des Stiftungssitzes unmittelbar vor Carl Borgenstiernas Tod hierher gebracht worden waren. Max und Paschie hatten nie in die Kartons hineingeschaut. Die Arbeit der Stiftung ruhte noch immer.

Er zog die Jacke aus und warf sie auf einen Kistenstapel. Einzelne Kisten waren mit Jahreszahlen und Stichworten beschriftet, die meisten einfach nur mit *Stiftung*. Auf anderen stand *Leistungsempfänger*, *Vorstand*, *Wallentin*, *Själagårdsgatan* und *Nautica & Antikt*.

Max legte die Füße auf den Schreibtisch. Auf dem Heimweg aus Berga hatte er Sarah angerufen und ihr erzählt, was ihn dort erwartet hatte. Nachdem sie sich kurz mit Charlie beraten hatte, hatte sie ihn zurückgerufen. Es war alles auf Eis gelegt worden, niemand antwortete mehr auf Anrufe, niemand in Berga, niemand aus dem Osteuropa-Asien-Ausschuss, niemand in der Kanzlei des Verteidigungsministeriums. Irgendetwas war da im Busch.

Charlie hatte Sarah erzählt, dass die Norweger und Briten gemeinsam vorgeprescht und tatsächlich in einen Dialog mit einem hochrangigen Offizier der russischen Marine getreten seien, was vielversprechend klang. Dann wieder hatte Paschie von ihrem Telefonat mit der russischen Botschaft in Stockholm erzählt – und von einem Telefonat mit ihrer Cousine Nadja. Nadja zufolge berichteten die staatlichen russischen Medien, die *Kursk* sei entweder mit einem US-amerikanischen U-Boot kollidiert oder beschossen worden – Anschuldigungen, die das Risiko für einen dritten Weltkrieg befeuerten, wenn sie sich denn als wahr erwiesen.

Max griff nach seinem Handy und rief die Nummer des Mannes auf, der sich am Samstagmorgen als Allererster gemeldet hatte.

»Hey, Max«, begrüßte ihn Hein Espen Hovland.

»Danke, dass du mir sofort Bescheid gegeben hast.«

»Was da passiert, ist einfach schrecklich«, fuhr der Norweger fort. »Da wünscht man sich glatt, dass es ein Beben gewesen wäre.«

»Und es weiß immer noch niemand, was die Ursache für das Unglück war.«

»Oder aber man will es verschweigen.«

»Bist du immer noch bei der norwegischen Marine?«, fragte Max.

»Nicht direkt.«

Was alles und nichts bedeuten konnte.

»Können wir offen reden?«

»Ich vertraue dir, Max. Das weißt du. Und ich weiß, dass du mir ebenfalls vertraust.«

»Es scheint fast, als wollten die Russen den Amerikanern die Schuld zuschieben«, sagte Max.

»Was nichts Neues wäre.«

»Aber könnte das wirklich möglich sein?«

Hein Espen seufzte.

»Da oben sind jede Menge U-Boote unterwegs. Nicht nur amerikanische. Auch britische.«

»Ich kann trotzdem nicht glauben, dass es sich um eine Kollision gehandelt haben soll. Diese U-Boote sind dermaßen fortschrittlich ausgerüstet – und ein Beschuss wäre nicht ohne grünes Licht von politischer Seite geschehen. Die USA und England hätten ein solches Signal doch niemals gegeben.«

»Trotz der fortschrittlichen Ausrüstung kann es zu Situationen kommen, in denen sie einander so nahe kommen, dass sie ihre Torpedos auch mal ohne Befehl abfeuern«, erklärte Hein Espen. »Um eine noch größere Katastrophe zu verhindern. Wie etwa einen Frontalzusammenstoß.«

Max nahm Papier und Stift zur Hand und notierte eilig: Notwehr?

»Weit hergeholt, aber möglich. Wenn es wirklich eine Kollision war, muss aber doch mehr als nur ein U-Boot am Grund der Barentssee liegen.«

»Ja, wenn sie wirklich so heftig war, dass sogar die *Kursk* gesunken ist, können wir nur spekulieren, was mit dem anderen U-Boot passiert ist.«

»Eine Limodose, auf die man drauftritt«, sagte Max.

»Was haben wir übersehen?«

Max musste wieder daran denken, was Sarah von ihrer und Charlies Besprechung erzählt hatte: welche eigenartige Wendung das Gespräch genommen hatte, nachdem eine Teilnehmerin, eine gewisse Anastasia Friedenberga, sich skeptisch geäußert hatte. Das Gerücht von neuen Spannungen aufseiten Russlands schien alle verunsichert zu haben; auf einmal war wieder alles ungewiss.

»Wenn die Westmächte die U-Boot-Fahrer nicht um der guten Sache willen retten wollen, warum wollen sie dann so dringend runter zur *Kursk*?«

»Sag du es mir«, erwiderte Hein Espen.

»Vielleicht gar nicht, um irgendetwas herauszufinden, sondern um etwas zu vertuschen? Spuren von irgendwas, was nie hätte passieren dürfen?«

Hein Espen summte leise vor sich hin.

»Könnte schon sein, dass mancherorts darüber nachgedacht wird.«

»Wir bleiben in Kontakt«, sagte Max. »Wenn du mehr hörst, was ich hier nicht in der Zeitung lesen kann, wäre ich dir wirklich dankbar, wenn du mich anrufen könntest.«

Als Paschie nach Hause kam, hieß Max sie an der Tür mit einem Kuss auf die Wange willkommen und nahm ihre Hand, sobald sie sich in der Küche niedergelassen hatten. Nur hier in der Küche, in ihrem Schlafzimmer eine Etage höher und in dem kleinen Zimmer daneben, das sie zum Wohnzimmer erkoren hatten, fühlten sie sich richtig zu Hause.

Die Küche war eine regelrechte Arbeitsküche: genügend Platz, um üppige Abendessen vorzubereiten, dafür nur ein kleiner Küchentisch in der Mitte und drei Sprossenstühle. Paschie saß auf der einen Seite, Max ihr gegenüber. Sie hatten ihren Besuch im Sophiahemmet besprochen; seither herrschte Schweigen. Für den Moment gab es dazu nichts mehr zu sagen. Die Krankenschwester hatte ihnen mit auf den Weg gegeben, dass die Ergebnisse der Blutanalyse in ein paar Tagen da wären. *Probieren Sie es so lange einfach weiter. Und behalten Sie den Eisprung im Blick, den wir ausgelöst haben.*

Max erzählte, was ihm in Berga passiert war.

»Was, glaubst du, ist da vorgefallen?«, wollte Paschie wissen.

»Ich habe irgendwie das Gefühl, dass es was Ernstes ist. Und dass es mit dem Staatssekretär zu tun hat.«

»Wie kommst du darauf?«

»Weil es dieselbe Ermittlerin war, die ich in den Nachrichten zum sogenannten Ritualmord gesehen habe«, antwortete Max.

»Noch ein Mord?«

Max hob die Hände.

»Vielleicht, ja. Aber da ist noch etwas. Die Ermittlerin, die draußen in Berga war, ist dieselbe, die vor vier Jahren hinter mir her war.«

»Und was bedeutet das?«

»Sie wird mich für eine Befragung reinzitieren. Was, wenn sie darauf zu sprechen kommen, was damals passiert ist?«

Paschie sah ihn unverwandt an.

»Ist das denn wahrscheinlich, wenn sie es jetzt mit zwei Morden zu tun haben?«

Max schüttelte den Kopf.

»Keine Ahnung.«

»Meld du dich bei ihnen. Es ist immer besser, wenn du von dir aus den Kontakt suchst.«

Vor vier Jahren hatte Max beschlossen, sich nicht zu melden und stattdessen alles allein durchzuziehen. Doch jetzt war die Situation eine andere, und er wusste insgeheim, dass Paschie recht hatte. Es war immer besser, selbst die Initiative zu ergreifen.

24

Papanow nahm zwei Becher und füllte sie mit dampfend heißem Kaffee. Denis stand hinter ihm in der Mitte des Zimmers und atmete den Geruch des bitteren Filterkaffees ein, der schon viel zu lange in der Kanne gestanden hatte. Er warf einen Blick auf die kleine Münze, eine alte Fünfzig-Öre-Münze, die auf der Wärmeplatte der Kaffeemaschine lag. Die Schweden tranken ihren Kaffee alle so, überall, in abartigen Mengen.

Papanow bewegte sich in diesem Raum, als wäre er schon mal hier gewesen. Und zwar nicht nur ein Mal. Als gehörte er ihm.

Dann drehte er sich zu Denis um und nickte zu dem kleinen Küchentisch.

»Neun Jahre ist es her, dass unser Land in sich zusammengefallen ist. Jetzt sind wir endlich wieder auf dem richtigen Weg. In den vergangenen Jahren haben wir an Boden und Macht verloren. Aber das ist Ihnen sicher bewusst.«

Denis trank einen Schluck Kaffee.

»Die Westmächte haben keine Zeit vertan«, fuhr Papanow fort. »Sie haben ihre Chance gewittert und sind vorgerückt. Grenzen wurden neu gezogen, während wir einfach nur dastehen und zusehen konnten. Unsere Strukturen sind zerschlagen worden, und vielen Russen ist es dabei schlecht ergangen. Präsident Putin ist fest entschlossen, mit Effizienz und Stabilität unsere Ehre und die Gerechtigkeit wiederherzustellen.«

»Ich bin genauso überzeugt wie Sie, dass er in diesen Zeiten der richtige Mann an der Spitze ist«, sagte Denis.

»Sehr gut«, erwiderte Papanow. »Und ich weiß, dass Sie es sind. An Ihrer Überzeugung habe ich keine Zweifel.«

Aber? Denis ahnte, dass zwischen ihnen ein großes Fragezeichen schwebte. Worauf wollte Papanow hinaus? Denis ließ ein bisschen Zeit verstreichen. Er hatte das Gefühl, es war jetzt nicht der richtige Moment, wieder das Wort zu ergreifen, auch wenn Papanow stumm am Tisch saß und an seinem Kaffee nippte.

»Wir müssen unseren Präsidenten unterstützen«, fuhr Papanow nach einer Weile fort. »Die Katastrophe in der Barentssee ist wirklich das Schlimmste, was passieren konnte. Diese Krise wird seine Präsidentschaft auf Jahre definieren, womöglich sogar seine ganze Amtszeit.«

»Das sehe ich ähnlich. Was können wir von Stockholm aus tun?«

»Stockholm war für uns immer schon ein zentraler Ort. Von hier aus steuern wir die gesamte Ostsee. Außer dass sie Boden annektiert und unsere Verbündeten entrechtet haben, führen die Weltmächte – oft unter schwedischer Federführung – seit Jahren einen Propagandakrieg gegen uns und stellen uns bei sämtlichen europäischen Konflikten als den großen Bösewicht dar. Aber das ist nicht das Problem – was andere sagen, kann uns egal sein. Allerdings gibt es inzwischen Leute in unseren eigenen Reihen, die sich Dinge einflüstern lassen, von unserer Linie abweichen und eigene Wege gehen. So etwas ist nie gut.«

Denis nahm noch einen Schluck Kaffee. Spielte Papanow gerade auf ihn selbst an? War *er* es, der von der Linie abgewichen war?

»Sie haben Freunde in der schwedischen Bevölkerung, Denis. Das ist gut. Ein Mensch braucht Freunde. Eine Ihrer Freundinnen arbeitet für eine Organisation, die sich am Propagandakrieg gegen Russland beteiligt. Eine Organisation namens Vektor.«

Paschie? Denis schluckte hektisch. Die dunkel gelockte Schönheit vom Schwarzen Meer. Er hatte in letzter Zeit öfter an sie denken müssen, als gut für ihn war. Irgendwo hinter all den Zweifeln, denen Paschie Ausdruck verlieh, steckte doch immer noch eine wahre Patriotin. Sie hatte ihre ganz eigene Sicht der Dinge, in Sachen Gleichberechtigung und Menschenrechte – Dinge, in denen sie und Denis sich einig waren und in denen das neue Russland noch nicht auf der Höhe der Zeit angekommen war. Trotzdem würde sie nie etwas zum Schaden ihrer Heimat tun.

Wusste Papanow, dass Paschie ihn erst heute angerufen hatte?

»Ich kenne jemanden von Vektor, das stimmt«, sagte Denis. »Paschie Kowalenko. Eine Russin. Sie hat mich heute Vormittag kontaktiert und erzählt, dass Vektor versucht, einen Hilfseinsatz für die verunglückten Männer der *Kursk* zustande zu bringen. Soll ich den Kontakt mit ihr abbrechen?«

»Nein, nein«, sagte Papanow, »ganz im Gegenteil.«

Denis versuchte, aus seinem Gegenüber schlau zu werden, aber dessen Gesichtsausdruck war unmöglich zu deuten. Als Papanow erneut den Kaffeebecher an die Lippen hob, entdeckte Denis einen silbernen Siegelring an dessen Finger. Auf der schwarzen Ringplatte war der russische Adler eingeprägt – allerdings mit einer winzigen Abweichung. Statt des zweiköpfigen Adlers, der für den Blick sowohl nach Ost als auch nach West stand – die russische Nation, die den wahren christlichen Glauben, die Orthodoxie, in alle Richtungen verteidigte –, hatte Papanows Adler nur einen Kopf. Der gen Osten blickte.

»Die *Kursk*-Sache wird ihren Gang gehen. Aber wir wissen ferner, dass die Schweden derzeit nach einer bestimmten Person fahnden. Ich vermute stark, dass die Ermittlerin bei der Suche Vektor um Hilfe bitten wird. Die Kompetenzen, die sie für ihre Ermittlung braucht, findet sie derzeit nur bei dieser Denkfabrik am Valhallavägen, und überdies haben sich ihre Wege schon einmal gekreuzt. Wir müssen diese Ermittlung überwachen. Nutzen Sie also Ihre Kontakte, und sobald Sie etwas hören, was mich interessieren könnte, will ich es augenblicklich erfahren. Haben wir uns verstanden, Denis Sinowjew?«

25

In einem kleinen Besprechungszimmer in den Räumlichkeiten der Rikskrim auf Kungsholmen setzten sie sich zusammen. Es war schon spät am Abend, aber in der Mordkommission ging es noch immer hoch her.

Sofia Karlsson saß Max stumm gegenüber, nahm einen Schluck Wasser und stellte das Glas zurück neben einen Ordner, der wahrscheinlich Unterlagen zu ihrer derzeitigen Ermittlung enthielt, wie er argwöhnte.

Eigentlich hatte Max sich vier Jahre zuvor selbst anzeigen wollen, dann aber zu viel anderes um die Ohren gehabt. Wie es Paschie ging, war wesentlich wichtiger gewesen. Denn wer hätte sich um sie gekümmert – in ihrem Zustand! –, wenn er weggesperrt worden wäre?

Aus Tagen wurden Wochen, dann Monate, und irgendwann beschlich ihn die Vermutung, dass sie ihn ohnehin nicht mehr behelligen würden. Es hätte ja auch gar nichts gebracht, wenn sie ihn vor Gericht gestellt hätten. Als er Sofia Karlsson dann draußen in Berga begegnet war, hatte er sich gefragt, ob ihn die Vergangenheit nun nicht doch wieder einholte.

»Warum haben Sie mich eigentlich nie vorgeladen?«, wollte Max wissen.

Sofia drehte den Kopf, ohne ihn aus dem Blick zu lassen.

»Es hat niemand Anzeige erstattet«, antwortete sie leise. »Das war zwar überraschend, aber es kommt schon mal vor.«

Eine Weile herrschte Schweigen. Zu den Ereignissen von vor vier Jahren gab es nicht mehr allzu viel zu sagen; trotzdem hatte Max das unbestimmte Gefühl, dass die derzeitigen Ermittlungen Sofia gehörig unter Druck setzten.

»Womit kann ich Ihnen also helfen?«, fragte er.

»Warum wollten Sie sich heute Vormittag auf dem Marinestützpunkt Berga mit Torbjörn Lindström treffen?«

»Ist er tot?«

»Im Moment stelle ich hier die Fragen.«

Im Schein der Neonröhre konnte er hauchfeine, helle Haarsträhnen vor ihrem Gesicht ausmachen. Ihre Augen waren rot geädert, der Blick erschöpft. Sie hatte sich das hellbraune Haar zu einem Knoten zusammengebunden, und an ihrem entblößten Hals waren rote Flecken zu sehen, wo sie sich den Nacken massiert hatte.

»Wir arbeiten derzeit daran, eine schwedische Rettungsoperation für die *Kursk*-Besatzung zustande zu bringen«, erklärte er.

Sie zog die schmalen, dunklen Augenbrauen hoch.

»Wir?«

»Vektor. Mein Arbeitgeber.«

»Und wer ist noch alles mit von der Partie?«

»Wir versuchen, diverse Entscheider mit ins Boot zu holen – unter anderem Torbjörn Lindström. Die Zeit wird knapp, und auch jetzt verlieren wir wertvolle Stunden. Ich muss wissen, was mit ihm passiert ist.«

Er nahm einen Schluck Wasser.

»Ist Lindström ermordet worden?«, fragte er dann.

»Warum sollte ihn jemand ermorden wollen?«, gab Sofia zurück.

»Keine Ahnung.«

Max rief sich in Erinnerung, wie sie in den Morgennachrichten ausgesehen hatte. Dass ihr die Presse ständig auf den Fersen war, musste ihr den Job doch zur Hölle machen. Und es würde bestimmt noch schlimmer, sobald durchsickerte, was dem Staatssekretär im Verteidigungsministerium zugestoßen war. Nachdem Sofia so ernst war, konnte es gar nicht anders sein, als dass Lindström ermordet worden war. Zwei Kapitalverbrechen – ein Generaldirektor und ein Staatssekretär – innerhalb weniger Tage.

»Glauben Sie, was mit Lindström passiert ist, steht mit dem sogenannten Ritualmord in Verbindung, wie ihn die Medien getauft haben?«

»Jetzt haben Sie schon wieder gefragt.« Sofia lächelte. »Dabei stelle ich hier die Fragen. Versuchen Sie stattdessen lieber zu antworten. Warum sollte jemand Lindström umbringen wollen?«

»Wenn das hier zu etwas führen soll, müssen Sie die Karten auf den Tisch legen.«

Max deutete mit dem Kinn auf den Ordner.

Sofia schüttelte den Kopf.

»Ich weiß mehr als genug über Sie. Sie sind draußen in den Schären aufgewachsen, wo Sie zu Hause unterrichtet wurden, Ihr Vater ist gestorben, als Sie dreizehn waren, Ihre Mutter gut zehn Jahre später. Nach der Schule sind Sie zum Militär gegangen, Küstenjäger geworden, zum Kampftaucher ausgebildet und zum Offizier befördert worden, haben an Einsätzen in Bosnien teilgenommen, obwohl Sie dort nichts zu suchen hatten. Ihre Ex-Kollegen munkeln, Sie könnten von Tranquilizern abhängig sein. Sie haben den Dienst quittiert, um in einem Büro am Valhallavägen zu sitzen und sicherheitspolitische Themen zu wälzen, dabei ist allen klar, dass Sie in Wahrheit dort die Wände hochgehen. Sie leben mit einer Russin zusammen, die 1996 in Sankt Petersburg entführt wurde, und im Zusammenhang mit dem Tod eines mutmaßlichen russischen Agenten in Stockholm taucht Ihr Name in der Ermittlung auf. Soll ich weitermachen?«

Max zuckte nicht mit der Wimper.

»Ich kenne Torbjörn Lindström nicht und wüsste auch

nicht, warum ihn jemand ermorden sollte. Aber wenn er wirklich tot ist, dann sind das schlechte Nachrichten.«

»Haben Sie oder Vektor irgendwelche Drohungen erhalten?«, fragte Sofia.

Wie kam sie denn darauf?

»Nein.«

»Haben Sie irgendeine Ahnung, ob es eine – sagen wir – Organisation geben könnte, die etwas gegen Ihre und Torbjörns Pläne gehabt hätte?«

Bei der Formulierung »Organisation« zuckte Max zusammen. Spielte sie gerade auf Iwanowitsch an? Eine Splitterorganisation des russischen Nachrichtendienstes GRU. Der erwachende Adler, der sein Gesicht vom Westen abgewandt hatte. Die Leute, die vier Jahre zuvor Paschie verschleppt hatten. Hatten sie sich in Schweden eingenistet? War es das, was Sofia andeuten wollte?

»Ich habe keine Ahnung, welche Organisation sich gegen einen schwedischen Rettungseinsatz in der Barentssee aussprechen sollte«, antwortete er.

Sofia nickte, zog aber die Stirn kraus. Wirkte wenig überrascht angesichts seiner Antwort. Dann nahm sie den Ordner zur Hand, schob ihren Stuhl zurück und stand auf.

»Vielleicht ist es ja reiner Zufall«, sagte sie, »dass ausgerechnet Sie heute in Berga aufgetaucht sind und dass der Mord, den wir am Freitagabend reinbekommen haben, in dem abgelegenen Nest verübt wurde, in dem Sie aufgewachsen sind. Aber wenn Sie diesmal wieder Informationen zurückhalten sollten, die mit einer meiner Ermittlungen zusammenhängen, dann werde ich Sie nicht noch einmal decken.«

26

Paschie hatte sich bereits schlafen gelegt, als Max in die Wohnung zurückkam. Sofia Karlssons Abschiedsworte waren ihm nicht aus dem Kopf gegangen. Beide Tatorte, an denen sie zugange war, standen mit ihm in Verbindung. War das wirklich nur Zufall?

Er setzte sich auf die Bettkante und streichelte Paschies Schulter, während er in Gedanken nach Arholma zurückkehrte.

Er war Morgen für Morgen aus dem Haus oberhalb von Österhamn gelaufen, an der Abzweigung bei Hagas abgebogen und dann an der Mühle und der Kapelle und ein Stück weiter bergab an Brote-Eriks Haus vorbei runter zum Kasholmssundet gerannt. Maj-Lis kam bei Wind und Wetter über den Björköfjärden gerudert. Erst in den letzten Jahren, in denen sie Max unterrichtete, hatte sie sich einen Außenbordmotor geleistet. Ihre Siedlung – Stärbsnäs – lag in unmittelbarer Nachbarschaft von Skeppsmyra, wo der Chef der Einwanderungsbehörde am Wochenende verstümmelt aufgefunden worden war.

Max kam nicht zur Ruhe und stand wieder auf.

In Stärbsnäs war mithilfe des schwedischen Staates und der Ostseestiftung – derselben Stiftung, für die Max jetzt verantwortlich war –, eine estnische Siedlung gegründet worden. Er knipste die Lampe auf dem alten Schreibtisch in der Bibliothek an, setzte sich und starrte wie so oft die Umzugskartons an, die sich um ihn herum stapelten.

Eine der Hilfsmaßnahmen für die Flüchtlinge, die über die

Ostsee gekommen waren, war die Bereitstellung von Wohnraum gewesen. Die meisten von ihnen waren genau wie Maj-Lis Estlandschweden gewesen, die zuvor an der baltischen Nord- und Westküste und auf den Inseln Saaremaa, Suur-Pakri und Ruhnu gelebt hatten. Dort wo sie als Flüchtlinge an Land gegangen waren – wo die Vegetation sie am meisten an ihre Heimat erinnerte, direkt an der Küste –, hatten sie sich niederlassen dürfen.

Maj-Lis hatte ihre Heimat immer *Aiboland* genannt. Seit dem Mittelalter hatten dort schwedischstämmige Esten gewohnt. Sie hatte immer schon Lehrerin werden wollen, doch als sie gerade mal neunzehn gewesen war, hatte sich ihr Leben schlagartig verändert, und sie war unter widrigsten Umständen und mit katastrophalen Folgen übers Meer geflohen.

Max hatte nicht mehr mit ihr gesprochen, seit er zur Armee gegangen war. Sie musste inzwischen an die siebzig sein. Er konnte sich nicht vorstellen, dass sie Stärbsnäs je verlassen hatte – ihre Siedlung am Meer in der Nähe des Familiengrabs in Rumshamn. Inzwischen wohnten dort nur noch wenige; schon während Max' letzter Jahre auf Arholma war die Siedlung mehr oder weniger aufgelöst worden, und nur Maj-Lis und eine Handvoll Bekannter waren dort geblieben.

Wenn sie immer noch da wohnte, hatte sie in den vergangenen Tagen im Vorfeld der Auktion vielleicht etwas Verdächtiges gesehen? Vielleicht wusste sie etwas? Sie gehörte nicht zu den Leuten, die leichtfertig die Polizei alarmierten. Dort draußen blieb man unter sich, besonders wenn man eine Geschichte hatte wie sie. Aber wenn sie etwas gesehen hätte, würde sie Max davon erzählen. Und Max könnte es Sofia Karlsson erzählen.

Durfte er Maj-Lis so spät noch anrufen? Nach so vielen Jahren?

Besser spät als nie.

Es klingelte. Aber niemand nahm ab.

Internierungslager Rinkaby bei Kristianstad, im November 1945

»Wie lange kollaborieren Sie schon mit den Nazis?«, fragte der Polizist.

»Das hab ich doch jetzt schon zigmal gesagt!«

Resigniert hob Ozols die Hände. Der Mann in Schwarz auf der anderen Seite des Klapptischchens saß mit dem Rücken zur kahlen Betonwand ihm gegenüber. Der Raum sah aus wie unzählige andere, die er zuvor zu Gesicht bekommen hatte: ein fensterloses Kabuff, das mithilfe einer viel zu starken Baulampe unter der Decke, die Ozols blendete, sobald er den Blick hob, in einen Vernehmungsraum umfunktioniert worden war.

»Aber Sie haben für die Deutschen gekämpft?«

»Es wollte uns doch sonst niemand Waffen geben! Nicht die Briten, nicht die Amis – und Sie auch nicht!«

»Und deshalb haben Sie sich der SS angeschlossen? Um an Waffen zu kommen?«

»Ich war achtzehn, und wenn dein Volk schon untergehen muss, dann ja wohl besser mit einer Waffe in der Hand, als von einem Tyrannen ermordet zu werden oder in Sibirien zu verhungern!«

»Sie können gehen.«

Ozols' Schultern sackten kaum merklich nach unten, als er den Verschlag verlassen durfte. Seine Kameraden standen nur mit Handtüchern um die Hüften auf dem Flur, der zu den Waschräumen führte. Die jungen Körper waren muskulös. Durchtrainiert. Die Arbeit war hart. Am härtesten war es in den heißen Sommermonaten auf den Feldern dieses sadistischen Großbauern aus der Nähe von Kristianstad.

Nicht viel leichter war es beim Torfstich und im Kalkbruch auf Gotland. Inzwischen wurden sie im Wald eingesetzt, das war nicht ganz so anstrengend.

Das halbe Jahr in schwedischer Kriegsgefangenschaft hatte ihre Kriegswunden geheilt. Allerdings durften sie sich nicht mehr selbst rasieren, seit Fähnrich Tiruma eine Rasierklinge geklaut und sich damit die Pulsadern aufgeschnitten hatte, nachdem er erfahren hatte, dass seine Frau mit den Kindern inzwischen in Deutschland lebte. Mit ihren Stoppelschädeln und den struppigen Bärten sahen sie inzwischen wirklich aus wie Kriegsgefangene. Allerdings nicht wie Gefangene aus einer zivilisierten Zeit. Sondern wie Gefangene aus dem Mittelalter. Jetzt war der Barbier wiedergekommen. Seine Aufgabe bestand darin, sie alle kahl zu scheren, damit die Läuse sich nicht ausbreiteten. Nur Ozols hatte ihm bislang erlaubt, auch Kinn und Wangen zu rasieren, die anderen ließen nicht zu, dass der Barbier ihnen den Bart abnahm, solange sie sich nicht selbst rasieren durften. Aber das würde sich alsbald ändern.

Wir sind stark. Noch ist der Kampf nicht verloren.

Wie lange würde das noch so weitergehen?, fragte sich Ozols. Die sporadischen Verhöre durch die schwarz gekleideten Stockholmer Polizisten. Die Diskussionen auf den Fluren der Macht in der schwedischen Hauptstadt. Unser Schicksal ist doch längst besiegelt, nur dass keiner uns informiert. Warum werden wir bitte wie Kriegsgefangene gehalten – und das länger als alle anderen?

Der Krieg war zu Ende. Japan hatte vor knapp drei Monaten kapituliert, und der Führer war tot. Aber Stalin war immer noch obenauf, er war die Wurzel allen Übels, und bei den Westmächten fürchtete man, er könnte jeden Moment einen dritten Feldzug befehlen. Die Schweden hatten panische Angst vor ihm – von der Regierung über die Lagerleitung bis hin zu diesen Schwarzuniformierten.

Sie stellten Ozols immer wieder die gleichen Fragen. Wie er sich den Nazis habe anschließen können. Seine Antwort wollten sie nicht verstehen. Dass man mit den Deutschen hatte reden können, während die Bolschewiken einfach alles niedergemetzelt hatten, was sich ihnen in den Weg stellte. Die Deutschen waren schlicht und ergreifend das geringere Übel gewesen. Nichts und niemand war schlimmer als das Rote Grauen.

Am schwarzen Brett hing eins dieser Plakate mit dem ganz speziellen Angebot aus der sowjetischen Botschaft in Stockholm.

Mitbürger! Euer Vaterland heißt euch zu Hause willkommen! Es gibt Arbeit für alle! Die diplomatische Vertretung besucht Rinkaby am 24. November.

Na klar. Arbeit für alle. Bis an unser aller Lebensende. In Sibirien.

Ozols riss das Plakat von der Anschlagtafel und knüllte es zusammen. Erst waren ihre Briefe vom schwedischen Geheimdienst zensiert worden – und jetzt das. Sowjetpropaganda. Das war kein gutes Zeichen. Seit er nach Rinkaby gekommen war, hatten sich seine Landsleute an ihn gehalten, er hatte bei internen Streitereien als Schlichter fungiert und die Rolle des Sprechers der Letten eingenommen. Es war an der Zeit, dass er die Initiative ergriff.

Die Schweden haben also ihren Beschluss gefasst. Wir müssen den Widerstand organisieren.

Er schleuderte den Papierball in einen Mülleimer. Dreißigtausend Esten, fünftausend Letten und eine Handvoll Litauer. Letztere hatten es nicht mehr geschafft zu fliehen, ehe die Russen sie eingekesselt hatten. Die Zahl der Deutschen kannte kein Mensch – aber um die scherte sich auch niemand. Die schwedischen Kommunisten wollten sie alle ausweisen, sie ihren Freunden, die in Moskaus Auftrag das Baltikum verwalteten, wie ein Geschenk überreichen,

Zivilisten ebenso wie Soldaten, es spielte keine Rolle. Kein anderes Land hatte baltische Flüchtlinge an die Sowjets ausgeliefert. Aber auf die Schweden mit ihrer sozialdemokratischen Regierung war einfach kein Verlass.

Zornig streifte er sich die Kleider vom Leib. Im Duschraum stand der Wasserdampf derart dicht, dass die Männer einander kaum sehen konnten.

»Kommt alle her«, rief er in den Raum hinein. »Wir haben nur wenige Minuten.«

Die anderen beeilten sich. Die Lagerleitung hatte ihnen verboten, sich in ihrer Muttersprache zu unterhalten. Alles in allem waren sie vierzehn, die meisten von ihnen Angehörige eines kurländischen Panzerbataillons, das hatte kapitulieren müssen. Jeder von ihnen wusste Horrorgeschichten von der Flucht über die Ostsee zu erzählen, doch niemanden hatte es schlimmer getroffen als Normunds. Er war nach allem, was ihm zugestoßen war, hochsensibel und sowohl körperlich als auch seelisch ein Wrack. Er stammte aus derselben Gegend wie Ozols, dort hatten sich viele junge Kerls den Deutschen angeschlossen. Normunds war der Einzige, der den Beschuss seines Flüchtlingsboots durch ein russisches Kriegsschiff überlebt hatte. Er hatte unter einer jungen Frau gekauert, die in die Brust getroffen worden war. Die schwedische Küstenwache hatte das Boot nach Gotland gebracht, und die Soldaten hatten sich die Seele aus dem Leib gespien, als sie an Bord gegangen waren. Das Blut hatte immer noch von der Reling getrieft, obwohl das Boot bereits tagelang auf dem Meer getrieben war. Unter den Leichen hatte Normunds gelegen. Er war erst siebzehn gewesen.

Ozols legte ihm die Hand auf die Schulter, sobald die Männer sich um ihn geschart hatten.

»Heute früh mussten wir schon wieder neue Pfeiler in den Boden schlagen«, sagte einer der Männer. »Sie befehlen uns, einen weiteren Stacheldrahtring um unser eigenes Gefängnis zu ziehen.«

»Ich habe gesehen, dass die Wachen verdoppelt wurden. Sie führen neue Automatikwaffen und haben Hunde dabei.«

»Was geht da vor? Wollen die uns wirklich an die Russen ausliefern?«

»Brüder«, sagte Ozols. »Heute werdet ihr eure Bärte abrasieren.«

»Aber wir haben doch vereinbart, dass wir unseren Protest gegen ...«

»Die Zeit zu protestieren ist vorbei. Jetzt rüsten wir für die Schlacht.«

Die Männer um ihn herum verstummten.

»Wir sind stolz auf unser Volk und unser Land, und wir werden nicht wie die Barbaren in den Krieg ziehen.«

Die anderen nickten.

»Was hast du vor, Ozols? Da draußen sind überall Stacheldraht und Zäune.«

»Dieses Land ist gespalten – auf der einen Seite steht das Volk, auf der anderen stehen die Politiker. Dort draußen jenseits des Stacheldrahts warten ganz gewöhnliche Leute, die für uns Stellung bezogen haben: Journalisten, Fotografen ... Wenn die Schweden dieses Lager betreten und uns holen kommen, ziehen wir uns nackt aus, genau wie jetzt, verbrennen unsere Kluften und ketten uns an den Stacheldraht. Die Bilder würden um die Welt gehen. Das kann Stockholm nicht zulassen.«

»Und wenn das nicht reicht?«

»Dann treten wir in einen Hungerstreik«, antwortete Ozols. »Laut Friedensvertrag dürfen Kranke und Unterernährte nicht deportiert werden.«

»Damit gewinnen wir vielleicht ein bisschen Zeit, aber was, wenn sie uns am Ende trotzdem ausliefern?«

»Wenn es am Ende dorthin führen sollte, bleibt uns nur eins«, sagte Ozols. »Der Selbstmord.«

Alle verstummten.

Nach einer Weile ergriff Normunds als Erster das Wort. »Dann steht der Beschluss, uns auszuliefern?«

»Genau wissen wir es nicht, aber wir sollten uns darauf gefasst machen«, antwortete Ozols. »Kinn hoch, Brüder! Es hat sich noch niemand das Genick gebrochen, nur weil er in der Scheiße gelandet ist.«

Die anderen lachten.

»Nein, aber ersticken kann man darin schon«, murmelte Normunds.

Ozols legte ihm den Arm um die Schultern.

»Hör mir gut zu, Normunds. Lebend kriegen sie uns nicht, das schwöre ich dir. Aber wir müssen auf der Hut sein. Was die Schweden nicht mit Gewalt durchsetzen wollen, setzen sie mit List durch.«

Dienstag, 15. August

27

Vor Per Carpelans Arbeitszimmer rieb sich Sofia die Augen. Sie hatte fast die ganze Nacht lang wach gelegen, und als sie schließlich eingeschlafen war, war sie aus einem Traum hochgeschreckt, in der eine Hand Blut verschmierte und eine Acht an die Wand malte. Der Bleistift, der in Torbjörn Lindströms Auge gedrillt worden war, würde sie für alle Zeit verfolgen.

Sie betrat das Büro ihres Chefs und zog die Tür hinter sich zu. Er sah von der *Arts-&-Culture*-Beilage der *Sunday Times* auf und bedeutete ihr, sich zu setzen. Sie war wie immer pünktlich. Es war exakt halb sieben in der Früh.

»Sie schauen, was es Neues gibt?«, fragte Sofia mit einem Nicken Richtung Zeitungsbeilage, die Carpelan zur Seite gelegt hatte.

Er runzelte die Stirn.

»Wir wollen am Donnerstag für ein langes Wochenende nach London fliegen. Jessica will mit der ganzen Familie ein Musical besuchen. Ich denke über den *König der Löwen* nach. Was meinen Sie?«

»Hakuna matata.« Sofia reckte den Daumen in die Höhe.

Seine Mundwinkel zuckten leicht.

»Haben Sie überhaupt geschlafen?«

»Wie Dornröschen.«

Sie konnte Carpelan ansehen, dass er ihr die Lüge nicht abkaufte.

»Und was hat Dornröschens Unterbewusstsein im Schlaf ausgespuckt?«

»Nicht viel«, sagte sie.

»Nein … Dann geht es Ihnen in etwa so wie mir.«

»Ich hab aber eine Frage. Wie kommt es, dass wir schon von einem Serienmord gesprochen haben, noch bevor der Anruf aus Berga kam? Wenn ich Sie nicht besser kennen würde, würde ich jetzt annehmen, dass Sie oder Tomas Schiller irgendetwas wussten, was Sie mir nicht erzählt haben.«

Carpelan schüttelte leicht den Kopf.

»Wir mussten diese Möglichkeit in Betracht ziehen. Die Ziffer war einfach zu auffällig. Und jetzt sind zwei hochrangige Beamte einem Mord zum Opfer gefallen. Einer dieser Morde wurde überdies auf militärischem Sperrgebiet verübt, was das Ganze umso größer macht als einfach nur die Tat an sich. Es ist ein Angriff auf Schweden.«

»Verstehe«, sagte Sofia. »Bleibt die Ermittlung bei uns?«

»Ja, zumindest fürs Erste. Allerdings weiß ich nicht, wo das alles hinführt, deshalb wollte ich Sie auch heute Morgen sehen, bevor noch mehr über uns hereinbricht und uns die Sache aus der Hand genommen wird. Im Übrigen wahrscheinlich von der Säpo und von unseren Brüdern und Schwestern vom Militär. Ich rechne fest damit, dass heute einer unserer längsten Arbeitstage sein wird und dass noch viele weitere folgen werden.«

»Sie haben das Verteidigungs- und das Außenministerium vergessen«, warf Sofia ein, und Carpelan nickte.

Stimmt, die auch.

»Ich hab in meinem Leben schon eine Menge Abgründe gesehen, aber dieser Teufel will seine Opfer zu Tode ängstigen. Und er will, dass diese Angst sich ausbreitet.«

»Ist ihm ganz gut gelungen.«

Sofia zog ihren Zopf zurecht.

»Dieses Zeichen im Nacken … das Blut an den Wänden … die Ziffer … der Stift …«

»Er will uns irgendetwas mitteilen«, sagte Carpelan. »Wir wissen nur nicht, was.«

»Ich hab so ein Gefühl, dass wir mit der Zeit schon dahinterkommen. Die Frage ist nur, wie viele bis dahin noch sterben müssen.«

Carpelan schob sich die Brille zur Nasenwurzel hoch.

»Was ist mit dem Mann, den wir verhaftet haben? Elias Skagerlind?«

»Ich bin mir ziemlich sicher, dass wir sowohl in der Urin- als auch in der Blutprobe Rückstände illegaler Substanzen finden werden. Die Fahndung nach dem Barkeeper, der in der Nacht von Sonntag auf Montag gearbeitet hat, läuft.«

»Haben wir einen Namen?«

Sofia schüttelte den Kopf.

»Die Cage Bar in Gamla stan war da ein bisschen schlampig … Die Gewerbeaufsicht macht den Laden dicht. Wir wissen nur, dass Elias und der Barbesitzer den Barkeeper John genannt haben. Aber irgendwas sagt mir, dass das nicht sein Taufname war.«

»John?«, fragte Carpelan. »Wie in John Doe? Das ist doch wohl ein Scherz, oder? Haben wir eine Beschreibung?«

»Am Phantombild sind wir dran. Die Täterbeschreibung ist schon an sämtliche Einheiten rausgegangen. Derzeit suchen wir nach einem Typen, der illegal in einer Stockholmer Bar gearbeitet und vermutlich einen Ausweis gestohlen hat. Und der eventuell aus Mitteleuropa stammt und wahrscheinlich ein Tattoo im Nacken hat, das er lieber versteckt. Davon gibt's in Stockholm so einige …«

»Geben Sie mir die Details, und ich sorge dafür, dass die Sache oberste Priorität bekommt«, sagte Carpelan.

Sofia beugte sich nach vorn.

»Etwa fünfzig Jahre alt, breit gebaut, zwischen eins achtzig und eins neunzig groß. Weiß, womöglich Deutscher, hat sich mit den Gästen in der Bar nur holprig auf Englisch unterhalten. Der Besitzer meinte, er hat jedes Mal einen Rucksack dabeigehabt, als würde er seine Habseligkeiten immer mit sich herumtragen.«

»Ein europäischer Herumtreiber mit Halstuch und Rucksack. Mister John …«

Er seufzte.

»Dass diese Angelegenheit für Schiller alleroberste Priorität hat, ist nicht verwunderlich. Er und Lindström waren befreundet, sie haben zusammen studiert und Unihockey gespielt. Ich hab den politischen Druck bislang abfedern können, und ich glaube, diese Woche können wir noch halbwegs unbehelligt arbeiten …«

»Heute ist Dienstag, also noch vier Werktage. Und was dann?«

»Keine Ahnung. Aber Schiller hat auf das Wochenende verwiesen. Am Samstag eröffnet der Regimentskommandeur in Karlskrona die jährliche Rotwildjagd für handverlesene Gäste – eine Jagdgesellschaft aus Militärs, Säpo-Vertretern und Politikern. Da wird geredet. Und am Sonntag wird im Kungsträdgården die Mir2000 eröffnet – eine Art Neustart für die russisch-schwedischen Kulturbeziehungen. Da werden die Reporter unserem Ministerpräsidenten auflauern und ihn mit Fragen nach dem derzeitigen Verhältnis zu Russland löchern. Langer Rede kurzer Sinn: Bis zum Wochenende müssen wir mehr vorweisen können.«

Sofia nickte.

Carpelan zog eine Kladde hervor, die er zuvor auf seinem Schoß versteckt hatte.

»Es kursieren schon jetzt unzählige Theorien und Gerüchte. Wir müssen uns strikt an die Fakten halten und dürfen uns nicht von irgendwelchen politischen Absichten oder dem politischen Druck beeinflussen lassen. Gehen Sie weiterhin allem nach, was Sie nicht eindeutig ausschließen können, aber halten Sie sich an die Tatsachen.«

»Natürlich«, erwiderte Sofia.

Sie konnte nur ahnen, wie die Gespräche verlaufen waren, die Carpelan in der vergangenen Nacht hatte führen müssen. Es war sein Job, den politischen Druck von ihnen fernzuhalten und dafür zu sorgen, dass sie ihren Job machen und weiter ermitteln konnten.

»Fangen wir bei den Fakten an, die wir schon haben: zwei hochrangige Beamte. Beim Tathergang gibt es diverse Ähnlichkeiten, was dafürspricht, dass wir es mit ein und demselben Täter zu tun haben. Was wissen Sie inzwischen über Claes Callmérs Privatleben und seinen Werdegang?«

»Er war ideologisch genauso blau wie Thatcher – offen russlandfeindlich. NATO-Befürworter. Hat sich im Zusammenhang mit dem ersten Golfkrieg als Botschafter in Teheran stärker eingemischt, als es dem Außenministerium recht war. Als Chef der Einwanderungsbehörde war er für eine ganze Reihe Ausweisungen verantwortlich, insofern herrscht kein Mangel, was potenzielle Feinde angeht. Er hat zu viel gearbeitet und zu wenig verdient, um sich irgendeine schlechte Angewohnheit anzueignen oder Luxus anzuhäufen, der Aufmerksamkeit erregt hätte. Keine Skandale – außer eine außereheliche Affäre, die aber schon vor Jahren beendet wurde. Die nehmen wir uns natürlich noch vor, aber daran scheint mir nichts ungewöhnlich zu sein. Und ich sollte wohl erwähnen, dass er beim Personal ungeheuer beliebt war.«

Carpelan nickte.

»Dann stand Callmér erst im Dienst des Außenministeriums, bevor er die Einwanderungsbehörde übernommen hat? Könnte das Ministerium der Zusammenhang zu Lindström sein?«

»Ich hab Seve aus der Analyse gebeten, da mal nachzuforschen. Allerdings hatten die beiden grundverschiedene Arbeitsbereiche, und Lindström war fast zwanzig Jahre jünger als Callmér.«

Carpelan zog ein Dokument aus seiner Kladde und schob es auf Sofia zu.

»Das hier ist gestern Nacht gekommen.«

Es waren Fotos von dem Hakenkreuz, das in Torbjörns Nacken geschnitten worden war.

»Wir sind uns nicht zu hundert Prozent sicher, aber dem Gutachten zufolge ist das hier ein sogenanntes Donnerkreuz, eine Variante des Hakenkreuzes, die von gewissen neonazistischen Organisationen benutzt wird. Unsere Fahnder und Verfassungsschützer bestätigen einhellig, dass diverse Nazigruppierungen zusehends in Kampfbereitschaft stehen – unter anderem an den Rändern der Provinz Stockholm, in Norrtälje und Södertälje.«

Sofia war bekannt, dass in diesen Gegenden der Extremismus regelrecht wucherte. Es hieß sogar, dass neonazistische Gruppierungen in den Besitz von Waffen aus Armeebeständen gelangt seien, deren Kontrolle dem Militär entglitten war. Sie starrte erneut auf das Symbol. Da konnte durchaus etwas dran sein.

»Hat irgendjemand aus dem Verteiler, an den dieses Bild gegangen ist, sich dazu geäußert?«, wollte sie wissen.

»Wenn wir uns bloß an die Fakten halten und die Spekulationen außen vor lassen, können wir zumindest feststellen, dass Claes Callmér aus einer jüdischen Familie stammte und im jüdischen Stockholm gut bekannt war. Die Einwanderungsbehörde hat kürzlich erst einen Anführer der türkisch-nationalistischen Bozkurtlar ausgewiesen, die hier in Schweden in Nazikreisen viele Verbündete haben. Und auch hinter der Auktionsnummer vierzehn, unter der die Truhe aufgerufen worden war, könnte durchaus eine gewisse Symbolik stecken.«

Vierzehn wie in 14 Rising?, dachte Sofia. Dabei handelte es sich um eine der Gruppierungen mit Sitz außerhalb von Norrtälje, die unter Dauerbeobachtung standen. Sofia hatte schon ein paarmal mit ihnen zu tun gehabt. Die Vierzehn stand für den aus vierzehn Worten bestehenden Glaubenssatz weißer Rassisten: *Wir müssen die Existenz unseres Volkes und eine Zukunft für unsere weißen Kinder sicherstellen.*

Die Bozkurtlar wiederum waren eine türkische rechtsextremistische Organisation, die besser bekannt war unter dem Namen Graue Wölfe.

»Und Lindström?«

»Mit einer Jüdin verheiratet. Ist vor der Hochzeit zum Judentum konvertiert.«

»Dann denken wir jetzt also unter anderem in Richtung ZOG«, stellte Sofia fest. »Schwedische Neonazis, die jüdische Entscheider aus dem schwedischen Staatsapparat entfernen wollen, weil sie glauben, dass in Wahrheit sie den Staat steuern und die Regierung nur aus Marionetten besteht?«

»Genau.« Carpelan nickte. »Mit Ihren Neonazis kennen Sie sich ja aus.«

ZOG war die Abkürzung für Zionist Occupation Government, eine im rechtsextremen Lager weitverbreitete Verschwörungstheorie.

»Eine Menge unterschiedlichster Kulturen haben im Lauf der Geschichte das Donnerkreuz benutzt«, wandte Sofia ein. »Was wissen wir über die anderen Markierungen? Das spiegelverkehrte C?«

»Nichts«, gestand Carpelan ein. »Und leider können wir uns den Luxus nicht leisten, uns nur auf diese eine Spur zu fokussieren.«

Carpelan zog ein weiteres Dokument aus seiner Kladde.

»Was meinen Sie zu diesem Treffen in Berga?«, fragte er. »Ist da was dran an den Gerüchten, der Mord an Lindström könnte mit der *Kursk* zusammenhängen?«

»Hatten wir uns nicht darauf geeinigt, bei den Fakten zu bleiben?«, bemerkte Sofia.

»Ja und nein. Zumindest sollten Sie das hier gesehen haben. Erst kam über den offiziellen Weg an die Kollegen aus Norrmalm, die für die ausländischen Vertretungen zuständig sind: eine Beschwerde aus der russischen Botschaft. Dort gehen sie von einer erhöhten Bedrohungslage aus. Anscheinend ist irgendein Witzbold in der vergangenen Nacht dort gewesen und hat *Mörder* an die Fassade gesprayt. Die Vertretung verlangt von den Kollegen jetzt eine Dauerpräsenz des Sondereinsatzkommandos vor der Botschaft. Von der Polizei hat das niemand ernst genommen. Dann rief der Säpo-Chef bei Schiller an. Die Säpo hat wohl von einer gewissen Einreise aus Russland Wind bekommen – ein echtes Schwergewicht mitsamt Gefolge aus Schlipsträgern. Laut Botschaft haben sie dort jetzt eigenmächtig ihre Sicherheit erhöht, nachdem man dem Wunsch nach Rundumbewachung unsererseits nicht nachgekommen ist.«

Carpelan legte eine Pause ein und erlaubte sich ein Lächeln. Sie wussten beide, dass der Ruf nach Dauerbewachung bloß Theater war, eine Nebelkerze, wie sie die Russen gerne mal zündeten, um dann wie in diesem Fall vermehrt Personal nach Stockholm zu holen. Bestimmt war dieses zusätzliche Personal längst angekommen, noch ehe der Antrag auf Polizeischutz überhaupt an die Behörde geschickt worden war.

»Das Schwergewicht heißt Papanow. Er ist offiziell Präsident Putins Gesandter und zuständig für russische Minderheiten und die Wahrung russischer Interessen jenseits der Staatsgrenzen. Bei der Säpo fragen sie sich allerdings, mit welcher Absicht er gekommen ist. Laut zuverlässiger Quellen aus dem lettischen Geheimdienst wird im Baltikum und in Schweden derzeit eine neue Form russischer Aggressivität spürbar, und entsprechend ist die Säpo zu erhöhter Wachsamkeit aufgefordert worden. Dass die Ankunft eines Trupps aus Spezialagenten – und es besteht Einigkeit darin, dass sie genau das sind –, ausgerechnet mit den Morden an

Callmér und Lindström zusammenfällt, zweier hochrangiger schwedischer Beamter, einer davon Russlandkritiker, der andere an einer geplanten Rettungsaktion für die *Kursk* beteiligt, können wir nicht einfach abtun.«

Erst behaupten sie, sie würden bedroht, dachte Sofia. Dann sammeln sie ihre Agenten. Gleichzeitig sinkt die *Kursk* auf den Grund der Barentssee.

»Wenn wir mal von den Markierungen der Leichen absehen«, überlegte sie, »dann gibt es da noch andere, die leichter zu verstehen sind. Eine Neun, dann eine Acht. Das scheint mir derzeit das Konkreteste zu sein, was wir haben.«

Carpelan nickte.

»Wir bleiben in engem Kontakt. Und behalten Sie auch weiterhin alles für sich. Wir treffen uns ab sofort immer morgens um diese Zeit hier.«

»Ich kenne meine Nazis übrigens wirklich besser als meine russischen Agenten. Wenn ich auf der Russlandspur weiterkommen soll, brauche ich Expertenhilfe.«

Carpelan nickte.

»Hab schon gehört, dass Sie Max Anger befragt haben.«

»Er hat mich schon mal am langen Arm verhungern lassen«, sagte Sofia. »Ich weiß nicht, ob ich ihm in dieser Sache vertrauen kann.«

»Wenn ich mich recht an die alte Ermittlung erinnere, dann verfügt dieser Max über genau die speziellen Kenntnisse, die wir jetzt brauchen. Tun Sie, was nötig ist, Sofia. Wir müssen das hier aufklären, bevor der Mörder eine ganze Telefonnummer beisammenhat.«

28

»Ist Max schon unterwegs?«, fragte Sarah, während sie die Fernseher im Besprechungsraum anschaltete.

Paschie war mitten in der Nacht aufgewacht und hatte auf den Wecker geschaut. Halb vier, und in der Bibliothek hatte immer noch Licht gebrannt. Nachdem er von der Polizei nach Hause gekommen war, musste Max die ganze Nacht wach geblieben sein. Paschie war wieder eingeschlafen, und als sie am Morgen die Treppe hinuntergelaufen war, hatte sie auf dem Küchentisch einen Zettel vorgefunden.

»Fahre gleich am Morgen nach Roslagen. Melde mich von dort.«

Paschie wand sich auf ihrem Stuhl und sah Charlie an, um Sarahs stählernem Blick zu entgehen.

»Am besten fangen wir schon mal ohne ihn an«, sagte sie. »Er war gestern Abend noch spät bei der Polizei. Heute Morgen ist er in aller Frühe los – womöglich muss er der Polizei irgendwie helfen. Wir gehen davon aus, dass Lindström tot ist.«

Sarah blickte durchs Fenster auf den Valhallavägen und schüttelte den Kopf. Charlie sah aus, als hätte er ein Gespenst gesehen.

»Das darf doch nicht wahr sein«, murmelte er.

»Wenn es wirklich so ist, dann können wir unsere Pläne begraben«, stellte Sarah fest. Sie hatte den anderen immer noch den Rücken zugewandt.

Eine Weile sagte niemand von ihnen etwas.

»Weißt du, wo Max hingefahren ist?«, fragte Charlie schließlich.

»Ich glaube, in sein Heimatdorf«, antwortete Paschie.

»Der Mord an Callmér«, sagte Sarah. »Dann vermutet die Polizei also eine Verbindung zwischen dem Mord in Skeppsmyra und dem, was in Berga passiert ist?«

Paschie zuckte mit den Schultern.

»Ich weiß es nicht. Er will sich nachher melden.«

»Dann können wir wohl nur abwarten«, sagte Sarah. »Wir setzen uns am Nachmittag noch mal zusammen, sobald Max wieder da ist. Aber gibt es Neuigkeiten über russische Rettungsversuche?«

»Es stürmt wohl dort draußen«, sagte Paschie. »Die Rettungsmaßnahmen mussten wegen schlechten Wetters vertagt werden. Aufgrund der starken Strömungen und des Winkels, in dem die *Kursk* am Meeresboden liegt, konnten die Rettungsfahrzeuge bislang nicht an der *Kursk* andocken.«

Sarah seufzte.

»Okay. Noch irgendwas?«

»Ja, ich hab noch was«, sagte Paschie. »Aus Russland kommen Meldungen, dass die Sonargeräte, die auch die *Kursk* geortet haben, nicht nur ein, sondern gleich *zwei* U-Boote auf dem Grund erfasst hätten.«

29

Max bog vom Skeppsmyravägen ab und folgte dem schmalen Weg, der zur estnischen Siedlung in Stärbsnäs führte. Sein Wagen rumpelte die Fahrrillen entlang, während das lange Gras in der Spurmitte den Unterboden kitzelte. Maj-Lis' Häuschen war ursprünglich ein Bootshaus gewesen, das sie nach und nach umgebaut hatte. Davor hatte sie jahrelang exakt so gelebt, wie sie es aus ihrer Heimat gewohnt war: mit Klohäuschen und Sauna. Die Sauna stand immer noch in ihrem sogenannten Gärtchen, einem schmalen Strandstreifen, den sie sich mit vier Nachbarn teilte. Auch die hatten hier mithilfe der Ostseestiftung eine Hütte beziehen dürfen.

Max war inmitten von Ordnern und Akten am Schreibtisch aufgewacht. Er hatte erneut versucht, Maj-Lis zu erreichen, aber auch diesmal war sie nicht ans Telefon gegangen.

Sowie er ausgestiegen war, sah er hinunter zum Anleger – zu ihrem Anleger. Er wusste immer noch genau, wie es sich angefühlt hatte, dort mit der Angel in der Hand auf dem Holzdeck zu sitzen und die Beine baumeln zu lassen. Tag für Tag, ganz gleich bei welchem Wetter und ob die Sauna beheizt war oder nicht, war Maj-Lis dort zum Ausleger am Ende des Stegs hinuntergelaufen und schwimmen gegangen. Manchmal stellte sie sich auch ins Wasser und schöpfte Regenwasser aus dem Kahn, der am Anleger vertäut war. Wann immer sie dort unten am Steg ins Wasser springe, hatte sie zu ihm gesagt, sei sie den beiden Menschen, die sie am meisten geliebt und die das Meer ihr genommen habe, am nächsten.

Max stieg das Vordertreppchen hinauf. Im Unterschied zu den meisten anderen Häusern in der Gegend war Maj-Lis' Vordertreppe nicht überdacht, bloß ein paar Stufen führten hinauf zu der schmalen Empore auf Höhe der Türschwelle. Rechter Hand stand eine durchgesessene Bank. Hier und da blätterte der gelb-weiße Anstrich ab. Das dünne Türblatt sah verschlissen aus, als hätte der Wind schon seit aller Ewigkeit darübergepeitscht.

Max klopfte. Wartete. Keine Antwort, keine Schritte von drinnen. Er hob den Blick und lächelte, als er das kleine handbemalte Schild entdeckte. *Gute Freunde sind immer willkommen.* Unter dem Schild hing der Schlüssel, wie früher schon. Er nahm ihn vom Haken, schloss auf und betrat die Wohnküche. Auf dem Holzofen standen gespülte Töpfe. Auf dem Küchensofa in der Ecke lagen zwei Ausgaben der *Norrtelje Tidning.* Max checkte die Daten. Vom siebten und achten August. Fünf, sechs Tage alt. An der gegenüberliegenden Wand stand ein Eckschrank mit Gläsern und Geschirr. Eins der Regalbretter sah merkwürdig leer aus, und Max fragte sich, was dort fehlte. Dann fiel es ihm wieder ein. Die drei gerahmten Bilder: das Foto von ihrem Mann Anton und dem gemeinsamen Sohn Taniel, ein Foto von Maj-Lis als kleinem Mädchen in einer Hängematte neben ihrer besten Freundin und schließlich ein Foto von ihm selbst, von Max, das er ihr vor langer Zeit geschenkt hatte. Hin und wieder nahm sie die Fotos herunter, wenn sie Besuch erwartete, um nicht in die Verlegenheit zu kommen, darüber sprechen zu müssen.

Max sah auf die Uhr. Es war jetzt Viertel nach neun. Wo konnte Maj-Lis sein? Er durchquerte den kleinen Wohnbereich und spähte ins Schlafzimmer. Das Mobiliar bestand aus einem Bett, einem Nachttisch und einem Jesusbild, das über dem Kopfende an der Wand hing.

Er sah zu dem Jesusbild empor. Ein düsteres Gemälde

in Schwarz-Weiß, auf dem Gesicht und Hals des Erlösers die einzigen hellen Partien darstellten. Der Hals war qualvoll verzerrt und das Gesicht von Kummer gezeichnet. Genau wie früher weckte das Gemälde bei ihm sofort Unbehagen.

War Maj-Lis mit einem Bekannten zu einem längeren Spaziergang aufgebrochen? Besuchte sie vielleicht das Grab in Rumshamn?

Er ging wieder hinaus und wollte gerade zu seinem Wagen zurückkehren, als er kurzerhand beschloss, durch den Wald nach Rumshamn zu laufen. Das würde schneller gehen, als mit dem Auto über die gewundenen Sträßchen zu fahren. Er ließ den Wagen stehen und hielt auf den Weg in Richtung Friedhof zu.

Bereits nach wenigen Minuten lag Rumshamn vor ihm. Rund um den alten Cholerafriedhof waren Steinbrocken aufgestellt worden. Die weißen Kreuze leuchteten in der Sonne. Mit all den mannslangen Hügeln sah es aus, als hätte man sich nicht die Mühe gemacht, richtige Gräber auszuheben, sondern die Toten einfach auf die Erde gelegt. Er zog das Eisentörchen auf.

Die ältesten Gräber stammten aus dem Jahr 1834. Hinter der größten Ansammlung von Kreuzen steckte der hiesige Seelotse mitsamt Familie, die alle an Diphtherie gestorben waren. Ansonsten lagen hier hauptsächlich Seeleute, die an Cholera gestorben waren. Aber es gab auch Ausnahmen. Diejenigen, die keiner Seuche erlegen waren; die sich die Wellen geholt hatten. Max lief zielsicher auf eines der Gräber zu. *28. September 1944. Anton und Taniel Toom.* Er ging davor in die Hocke. Keine Blumen. Durch eine Schneise im Wald konnte man das Meer glitzern sehen. Ein Stück weiter östlich lag Arholma. Hier war heute niemand gewesen.

Trotzdem gab es Fußspuren rund um das Grab. Unterschiedlich große Fußspuren.

»Max, bist du das?«, hörte er eine Männerstimme. »Schon wieder da?«

Max drehte sich zu der Stimme um. Es war Tore, der alte Estlandschwede, der sich um den Friedhof kümmerte.

»Ja, ich bin's«, sagte Max. »Was meinst du mit *wieder da*?«

»Warst du nicht erst letzte Woche hier? Mit Maj-Lis?«

»Ich war seit bestimmt fünfzehn Jahren nicht mehr hier.«

»Ach, dann hat er nur so ausgesehen wie du. Genauso groß und kräftig. Es hat aber auch heftig geregnet ...«

»Wann war das?«

»Am Donnerstag.«

»Da bist du dir sicher?«

»Ja, warum?«

Max rief sich in Erinnerung, was er zuvor gesehen hatte. Die Zeitungen auf dem Küchensofa, das leere Fotoregal, die Fußspuren.

»Wieso denkst du, das wäre ich gewesen?«

»Maj-Lis ist sonst immer alleine hier. Hin und wieder mit einer Freundin, aber doch meistens alleine. Na, aber das weißt du ja. Der Mann hat sie fast schon geführt – und allzu viele kommen nicht mehr her.«

»Sind sie anschließend zu ihr nach Hause gegangen?«, wollte Max wissen.

»Ja, der Mann hatte den Arm um sie gelegt, deshalb hab ich auch geglaubt, du wärst das gewesen.«

Irgendetwas stimmte da nicht. Maj-Lis hatte zeitlebens allein hier gelebt und körperliche Nähe immer gescheut. Nicht einmal als Max ein kleiner Junge gewesen war, hatte sie zugelassen, dass er sie umarmte.

30

Es klopfte, und Paschie nahm die Füße vom Tisch, kam aber nicht mehr dazu, an die Tür zu laufen, als sie auch schon aufging und Sarah hereinkam.

»Störe ich?«

Paschie schüttelte den Kopf und ließ sich schwer in ihren Stuhl zurückfallen. Sie hatte geahnt, dass entweder Sarah oder Charlie nach der Morgenbesprechung vorbeikommen würde, um unter vier Augen mit ihr zu reden. Sie hätte sich gewünscht, es wäre Charlie gewesen. Sarah durchschaute sie immer sofort.

Sie setzte sich auf die Schreibtischkante und baumelte mit den Beinen, allerdings ein Stück zu nahe bei ihr, als dass die Situation entspannt gewesen wäre. Sarahs ureigener Geruch stieg ihr in die Nase – die Mischung aus zu viel Parfüm, Haarspray, Zigarillorauch und einem Hauch Schweiß. Dafür war es eigentlich noch viel zu früh am Tag. Unter Garantie war sie gestresst.

»Magst du mir nicht erzählen, was hier vor sich geht?«

»Was meinst du?«, fragte Paschie zurück.

»Du weißt genau, was ich meine.«

Paschie sah hinaus auf den Valhallavägen und die Autos, die dort vorbeirauschten.

»Wie läuft's zwischen euch beiden?«

»Sarah, bitte.«

»Ich würde wirklich gern so tun, als hätte euer Privatleben nichts mit mir zu tun, aber du und ich, wir wissen beide, dass es nicht so ist. Wir sind hier eine kleine Familie.«

Familie. Paschie musste schlucken. Wie so oft konnte sie ihre Gefühle vor Sarah nicht verbergen.

»Wir haben ein paar Probleme … wie du weißt.«

Sarah drückte den Rücken durch und seufzte.

»Verstehe.«

»Was passiert mit einem Mann, wenn er erfährt, dass wahrscheinlich das Ende der Fahnenstange erreicht ist?«, fragte Paschie und hob resigniert die Hände.

»Ich bin mir nicht sicher, ob ich die Richtige bin, um dir darauf eine kluge Antwort zu geben. Die Typen, die ich kenne – also, die nicht schwul sind –, kann man im Grunde in zwei Kategorien einteilen. Diejenigen – und das sind meist ältere Männer –, die sagen, dass sie nur eins im Leben bereuen: nämlich dass sie nicht mehr Zeit mit ihren Kindern verbracht haben, als sie kleiner waren, oder dass sie nicht mehr Kinder bekommen haben. Die anderen leben ihr Leben, als wäre es ein Spiel mit zwei Halbzeiten, ein Fußballspiel. In der ersten Halbzeit reißen sie sich beide Beine aus, um die Frau zu erobern, die sie haben wollen, und sie zu schwängern – und in der zweiten Halbzeit, um Reißaus zu nehmen, um von der Frau und den Kindern wegzukommen, die sie in die Welt gesetzt haben. Da spielen sie Golf, gehen jagen, arbeiten rund um die Uhr und kommen erst spätnachts heim, stinken nach Schnaps, schnappen sich die Leine und gehen mit dem Hund raus.«

Paschie entschlüpfte ein Laut – halb Lachen, halb Schluchzen –, sie hätte es selbst nicht genau sagen können.

»Danke, Sarah. Vielleicht bist du trotz allem doch die Richtige für dieses Gespräch.«

»Du hast alles, was ein Mann sich nur wünschen könnte. Und gewisse Frauen im Übrigen auch, wenn ich das hinzufügen darf.«

»Hör bloß auf!«

»Weißt du, was ich glaube? Ich glaube, dass man ein ganz

wunderbares gemeinsames Leben ohne Kinder leben kann.« Sarah sprang von der Tischkante und nahm Paschie in den Arm. »Außerdem ist alles nicht annähernd so schlimm, wie es sich vielleicht im ersten Augenblick anfühlen mag. Wenn du wirklich ein Kind willst, dann gibt's da eine Menge Möglichkeiten. Ich hab auch zwei Kinder, und ich hab nie zugelassen, dass mir ein Mann zu nahe kommt.«

Unter Tränen brachte Paschie ein Lachen zustande.

»Hör endlich auf, verdammt!«

»Wart ihr wieder in der Klinik?«

Paschie nickte.

»Und was sagen sie?«

»Wir haben einen neuen Arzt gekriegt, da geht's ein bisschen durcheinander. Aber die Untersuchungen sind endlich abgeschlossen. So wie es sich gestern angefühlt hat, bin ich mir allerdings gar nicht mehr sicher, ob ich die Ergebnisse hören will.«

»Ihr seid beide ehrgeizige Menschen. Wenn ich euch richtig einschätze, dann findet ihr eine Lösung für euer Problem – was immer das sein mag.«

31

Max lief zu der Briefkastenreihe an der Straße und klappte den von Maj-Lis auf. Voll mit Tageszeitungen. Er zog sie heraus und sah die Daten durch. Die jüngste stammte vom Vortag. Wahrscheinlich war der Briefträger mit der aktuellen Zeitung noch nicht da gewesen. Nach den Zeitungen zu urteilen war Maj-Lis seit Donnerstag nicht mehr hier gewesen. Seit Tore sie gesehen hatte, wie sie vom Grab ihrer Familie fortgeführt worden war. Von einem Mann, der Max ähnlich gesehen hatte.

Er lief zurück in Richtung Gärtchen.

Verdammt, denk nach. Was ist hier vorgefallen?

Hier stimmt doch was nicht …

Das Ruderboot!

Der Anleger hatte nie zuvor so verwaist ausgesehen. Max lief darauf zu. Die alten, ergrauten Tampen hingen immer noch in den Eisenringen, während die losen Seile im Wasser lagen.

Max beugte sich nach unten und zog eins aus dem Wasser. Es war unbeschädigt, nichts wies darauf hin, dass der Wind das Boot losgerissen hätte oder es losgeschnitten worden wäre. Den alten Kahn hätte auch niemand mehr gestohlen. Maj-Lis oder irgendjemand sonst musste ihn losgebunden und aufs Wasser hinausgeschoben haben. Aber wer sollte so was tun? Jemand, der es eilig gehabt hatte? Jemand, der nicht vorhatte, hier noch mal anzulegen?

Er ließ den Tampen los, hielt beide Hände ins Wasser und benetzte Gesicht und Haaransatz.

Dann blickte er über die Bucht in Richtung Arholma – die Insel, auf der er aufgewachsen war. Dorthin hatte er sich für ein paar Wochen mit Paschie zurückgezogen, nachdem der Albtraum in Sankt Petersburg endlich zu Ende gewesen war. Sie hatten eine gute Zeit gehabt, eine Zeit des Kummers, aber auch der Heilung. Anfangs hatte ihnen das stille Leben auf der Insel geholfen, die Wunden zu lecken und sich mit den Ereignissen zu versöhnen, so gut es eben ging. Doch irgendwann hatte sich die Enge auf der Insel bemerkbar gemacht: die Gerüchte, das Misstrauen. Gesellschaftsuntaugliche Sozialbetrüger. Dinge und Menschen, die ihn an all das erinnerten, was er hinter sich lassen wollte.

Trotzdem war hier draußen irgendwas, eine Anziehungskraft, eine Liebe, die einfach nicht verblasste. Die Liebe zu den Felsen, zu den Wäldern, zum Wasser und zum Licht, zu den Erinnerungen, die nur Familien miteinander teilten. Und die jetzt in seinem Inneren weiterlebten.

War Maj-Lis wirklich den ganzen Weg über die Bucht gerudert? Sie sei zäh und hartnäckig wie ein alter Ackergaul, hatte sie oft gesagt, trotzdem hatte er so seine Zweifel, dass sie die ganze Strecke geschafft hätte. Besonders bei starkem Regen und schlechten Witterungsverhältnissen.

Am Nachbaranleger lag ein Aluboot mit einem alten Zweitaktmotor. Max wusste, wie man den in Gang setzte, ob nun mit oder ohne Zündschlüssel. Er lief hinüber, legte ab und setzte zurück in die Bucht.

Er hatte keine Ahnung, wo er suchen sollte, aber er wusste, dass er sie unbedingt finden musste.

32

Die Sonne stand inzwischen hoch am Himmel. Max war am westlichen Ufer Arholmas vor- und zurückgefahren, um das Boot zu suchen, und hatte schließlich den alten Steg am Båkberget angesteuert, wo Maj-Lis immer angelegt hatte, wenn sie zur Schule gekommen war. Das Boot war nirgends zu sehen, und auf der Insel hatte er auch nur eine Handvoll Leute entdecken können.

Er fuhr am Dorfladen und am Tanzboden vorbei weiter zur Norra und hielt kurz am alten Betonausleger der Armee in Skvallerhamn.

Als er die Küste entlang weiter gen Osten nach Ovanskär und Demban fuhr, hoffte er, ein paar alte Inselbewohner zu treffen, die dort hin und wieder ihre Netze ausbrachten. Maj-Lis war mit einigen von ihnen befreundet, und vielleicht hatten die ja etwas mitbekommen? Womöglich gab es eine logische Erklärung? Vielleicht war das Boot leckgeschlagen und an Land gezogen worden?

Das kleine Aluboot schwankte bedrohlich, als die größeren Wellen es erfassten, die von Åland in Richtung Arholma rollten. Max fühlte sich wie in einer Sardinenbüchse, die auf dem offenen Meer über die Reling gefallen war. Weiter hinaus würde er nicht fahren können, also drehte er ab und fuhr zwischen Ovanskär und Arholma hindurch nach Österhamn. Dort lagen ein paar Segelboote und warteten auf besseren Wind, um übers Meer nach Åland zu kommen. Mittlerweile war es fast Mittag. Er hatte noch Zeit, bis es anfangen würde zu dämmern, aber wie stand es eigentlich um das

Benzin? Er warf einen Blick in den Tank. Es wurde allmählich eng, aber noch war genug da, um eine letzte Runde zu drehen und dann zurück über die Bucht zu kommen.

Er steuerte zwischen den Inselchen vor Arholma hindurch. Fuhr langsam. Doch das Boot, das er suchte, war nirgends zu sehen. Blieb nur noch eine Stelle. Dorthin trieben Boote, wenn sie außer Kontrolle gerieten. Sobald der erbarmungslose Nordwind alles in Richtung offenes Meer hinter Arholma zog. *Der Meeresrachen.*

Max steuerte das Aluboot gen Norden. Er fuhr an Viberön und Krokholmen vorbei und näherte sich dem Meeresrachen und Idö, als sein Blick an etwas hängen blieb. Das hatte er befürchtet.

Am schmalen Strand zwischen zwei Felsbrocken lag, wie es aus der Ferne aussah, ein Holzboot und schlug gegen eine Klippe.

Max ging vom Gas, kippte den Außenborder hoch und glitt langsam auf das havarierte Ruderboot zu, streckte sich danach aus und vertäute es an seinem Boot. Kein Zweifel: Es war das Boot, das er gesucht hatte. Die Riemen waren verschwunden, der Anker ebenfalls, nur das Ösfass war noch da und dümpelte achtern im Regenwasser.

Im selben Moment sah er die Ankerleine. Sie war um die Sitzbank geschlungen worden.

Er kletterte hinüber in das Holzboot und zog daran. Auch wenn es nur ein paar Meter bis zum Ufer waren, schien es hier tief zu sein. Als er über die Bootswand blickte, konnte er den Meeresboden nicht erkennen. Der Anker schien dort unten festzusitzen. Er zog fester daran. Dann spürte er, wie sich der Anker löste.

Doch was dann unter der Wasseroberfläche auftauchte, war kein Anker.

Die Leine war um die Füße eines Menschen geschlungen worden.

Maj-Lis.

Tränen brannten in seinen Augen, als er sich nach Maj-Lis' nacktem Körper ausstreckte. Ihr graues Haar klebte auf dem gedunsenen Gesicht. Die Augen starrten ins Leere.

Ihm drehte sich der Magen um, als er den wellenförmigen Schnitt über ihrer Stirn entdeckte.

Und auch im Brustkorb klafften Schnitte. Die Leiche hatte eine Weile im Wasser gelegen, trotzdem bestand kein Zweifel, was der Mörder in ihre Haut geritzt hatte.

Eine Eins und eine Null.

33

»Sofia, die Leichen waren nummeriert, stimmt's?«

Max saß mit dem Handy in der Hand auf Maj-Lis' Küchensofa.

»In den Nachrichten haben sie den Skeppsmyra-Mord einen Ritualmord genannt und irgendwas von Markierungen auf der Leiche gesagt. War das eine Ziffer auf der Stirn? Und bei Torbjörn Lindström haben Sie auch eine Zahl gefunden. Deshalb waren Sie am zweiten Tatort in Berga, oder?«

»Ich wüsste gern, warum Sie das interessiert«, entgegnete Sofia.

»Weil es wieder passiert ist.«

Am anderen Ende der Leitung blieb es still.

»Eine ältere Frau«, fuhr Max fort. »In ihre Brust wurde die Zahl zehn eingeritzt.«

»Wo sind Sie?«, wollte Sofia wissen. »Geben Sie mir die Adresse.«

»Ich kann Ihnen die Koordinaten durchgeben. Sie wurde im Wasser vor Idö versenkt.«

»Und wo stecken Sie gerade?«

»Bei ihr zu Hause.«

»Sie kannten sie?« Sofia wartete auf Max' Antwort. Als die nicht kam, fuhr sie fort: »Bleiben Sie, wo Sie sind. Und fassen Sie nichts an! Wir kommen.«

Er legte auf. Sah zum Eckschrank, in dem die Bilderrahmen durch Abwesenheit glänzten. Hatte sie die Fotos weggeräumt, oder hatte jemand sie mitgenommen? Er lief in ihr Schlafzimmer, wusste, dass dort unter dem Bett eine Bodendiele locker war. Er hatte einmal mitbekommen, wie Maj-Lis die Bilder dort versteckt hatte. Er ging auf die Knie, streckte die Hand unters Bett und ruckelte die Diele los.

Die Bilderrahmen konnte er nicht ertasten, aber etwas anderes lag dort versteckt. Etwas, was er noch nie zuvor gesehen hatte.

Er hielt es sich vors Gesicht.

Ein silbernes Armband. In einem Kettenglied steckte ein winziges Zettelchen fest. Er zog es heraus, stopfte es sich in die Tasche und konzentrierte sich wieder auf den silbern schimmernden Gegenstand.

Mittig auf dem Armband war eine silberne Platte eingelassen, auf der ein Symbol prangte, das weltweit bekannt war.

Max fuhr mit dem Daumen über die Gravur.

Zwei Blitze. Sig-Runen.

Die Abkürzung SS. Er sprach es laut aus: »Schutzstaffel.«

In der Organisation hatten nicht nur Deutsche gedient. Männer aus aller Herren Ländern waren rekrutiert worden.

Nach dem militärischen Ausbau war sie umbenannt und umso berüchtigter geworden.

Als Waffen-SS.

34

Max saß draußen auf dem Anleger und stopfte seinen kleinen Notizblock in die Jackentasche. In aller Eile hatte er aufgeschrieben, was passiert war, seit er auf Björkö angekommen war: genaue Zeitangaben, geografische Positionen, eine kurze Zusammenfassung dessen, was er über Maj-Lis wusste.

Zwei Morde in unmittelbarer Nachbarschaft und in zeitlicher Nähe – hier draußen auf Björkö? Warum sollte jemand Maj-Lis Toom ermorden wollen? Er strich mit der flachen Hand über die breiten Planken, spürte das Kitzeln der Holzsplitter auf seiner Handfläche, Splitter, die sich in seine Sohlen gebohrt hatten, als er noch jünger und seine Haut weicher gewesen war. Sein Blick verharrte auf den grauweißen Tampen, die über den Eisenringen am Anleger hingen. Das Boot lag noch immer draußen in der Bucht, schaukelte gegen die Klippen und war vier Meter tief durch Maj-Lis' Leiche fest am Boden verankert. Max stellte sich vor, wie das Polizeiboot aus Singö sich auf den Weg nach Arholma und zum Meeresrachen machte. Wie sie ihre Leiche bergen und sie in einen schwarzen Plastiksack wickeln würden. Dann würde sie zur Obduktion in eine rechtsmedizinische Institution gebracht. Dabei war die Todesursache klar. Irgendjemand hatte seinen rasenden Zorn an ihr ausgelassen und sie erstochen. Aber vielleicht würden sich die Rechtsmediziner ja darauf konzentrieren, etwas zu finden, was ihren Tod mit den anderen Fällen in Verbindung brachte. Mit dem Direktor der Einwanderungsbehörde, der bei einer Auktion tot aufgefunden worden war. Und mit Staatssekretär Torbjörn Lindström. Und waren da vielleicht noch mehr?

Was in aller Welt hatte Maj-Lis Toom mit diesen Männern gemeinsam?

Während er auf dem Anleger seinen Gedanken nachhing, kam ihm plötzlich wieder das alte, wehmütige Lied in den Sinn, die schönste Melodie der Welt, wie Paschie gesagt hatte. Hier draußen hatte er sie zum ersten Mal gehört. Maj-Lis hatte sie ihm vorgesungen.

Aija zuzu.

Ein Gefühl von Schwerelosigkeit machte sich in ihm breit. Maj-Lis Toom war einer der Lichtblicke in seiner Kindheit gewesen, und jetzt war sie tot, ohne dass er die Gelegenheit gehabt hatte, ihr für alles, was sie getan hatte, zu danken.

Wer immer Maj-Lis dort im Meer versenkt hatte, würde dafür bezahlen.

Ein Volvo hielt vor dem kleinen gelben Häuschen, und Sofia Karlsson stieg aus. Sie ließ den Blick über die Umgebung schweifen, über das Roslagen-Idyll, das sich binnen eines Wimpernschlags in einen Tatort verwandelt hatte.

Sofia trug dieselbe Jeans und dieselbe Jacke wie bei ihrer letzten Begegnung, allerdings hatte sie das T-Shirt gewechselt. Auf dem neuen stand *Miami* neben einer aufgedruckten gelben Palme. Die Stan-Smith-Sneakers hatte sie gegen ein Paar schwere Wanderstiefel getauscht.

Er lief ihr entgegen. Sie nickte ihm mit einer Mischung aus Ernst und Mitgefühl zu.

»Geht es Ihnen gut?«, fragte sie.

Max zuckte mit den Schultern.

»Was haben Sie dort draußen gesehen?«

Max erzählte ihr, dass allem Anschein nach ein Fremder Maj-Lis durch den Wald geführt und dieser Umstand sein Misstrauen geweckt hatte. Wie er nach ihr gesucht und das

Boot schließlich draußen an den Klippen gefunden hatte. Dass der Täter ihr ein Messer ins Herz gerammt und dann ein wellenförmiges Symbol in die Stirn und die Zahl zehn in die Brust geritzt hatte.

»Die Nummer zehn. Was hat das zu bedeuten?«

»Das wissen wir noch nicht.« Sofia drehte sich zum Haus um. »Was haben Sie da drinnen gefunden?«

Max spürte förmlich das Gewicht des Silberarmbands in seiner Tasche. Schloss die Faust darum.

»In ihrem Schlafzimmer habe ich das hier gefunden.«

Sofia runzelte die Stirn, als sie das Armband entgegennahm. Sie hielt es zwischen Zeigefinger und Daumen, zog dann eine Tüte aus ihrer Jackentasche und ließ den Schmuck hineinfallen.

»Warum sind Sie überhaupt hier rausgefahren?«, wollte sie wissen.

»Wegen des *Zufalls*, wie Sie es bei der Befragung genannt haben: dass ich in Berga aufgetaucht bin und dass der erste Mord ausgerechnet hier verübt wurde. Daraufhin hab ich versucht, Maj-Lis zu erreichen. Wollte hören, ob sie irgendwas gesehen hatte. Etwas, was sie der Polizei wahrscheinlich nicht erzählt hätte … mir aber schon. Als sie nicht ans Telefon ging, bin ich kurz entschlossen hergefahren.«

»Was hat sie Ihnen bedeutet?«

»Eine ganze Menge.«

»Wir brauchen Ihre Zeugenaussage und alles, was Sie über sie wissen.«

»Hab ich schon aufgeschrieben.«

Max drückte ihr die zwei Seiten aus seinem Notizblock in die Hand, und Sofia überflog sie eilig.

»Es gibt hier draußen eine rechtsextreme Gruppierung, von der in letzter Zeit aus irgendeinem Grund zusehends die Rede ist«, sagte sie dann. »Die besuchen wir, sobald wir hier fertig sind.«

»Maj-Lis Toom hatte mit Nazis nichts am Hut«, entgegnete Max.

»Ach? Das Armband weist auf das Gegenteil hin. Wir wissen nichts über sie. Wir brauchen mehr Informationen über ihr Leben als das, was hieraus hervorgeht.«

Sie hielt die handbeschriebenen Seiten hoch.

Max nickte.

»Ich muss jetzt allerdings zur Arbeit.«

Er wandte sich zum Gehen.

»Es gibt Gerüchte, die beiden anderen Opfer hätten Verbindungen nach Russland gehabt«, rief Sofia, »und es könnten sich derzeit vermehrt Agenten hier im Land aufhalten.«

Er drehte sich zu ihr um. Sofia hatte sich nicht bewegt.

»Was haben Sie da gesagt?«

»Arbeiten Sie mit mir zusammen. Ich kann Sie als externen Berater hinzuziehen. Der Chef der Rikskrim hat sein Okay schon gegeben. Die Regierung und der Staatssekretär des Justizministeriums sitzen uns im Nacken.«

Max schüttelte den Kopf.

»Ich hab geschworen, mich nie wieder in so was reinziehen zu lassen.«

»*So* viel Gras ist noch nicht über die Sache gewachsen«, sagte Sofia. »Das hier ist Ihre Chance, alles wiedergutzumachen.«

Die Drohung dahinter hatte Max durchaus zur Kenntnis genommen, auch wenn Sofia sie nicht offen ausgesprochen hatte. Natürlich würde jederzeit jemand aus Polizeikreisen die Ereignisse von vor vier Jahren wieder aufrollen können und die Verbrechen aufklären wollen. Vielleicht war es klüger, diesmal keinen Alleingang zu unternehmen.

»In Ordnung«, sagte Max. »Ich kümmere mich um Maj-Lis' Umfeld. Ich melde mich, sobald ich etwas für Sie habe.«

35

Charlie hatte seinen Stammplatz eingenommen, mit Blick über den Strömmen und aufs königliche Schloss. Die ledergebundene Speisekarte des Operakällaren lag schwer in seinen Händen. Die Erinnerungen wogen allerdings umso schwerer. Die Welt war einfach zu klein und das Leben zu kurz, um den Kopf in den Sand zu stecken. Man konnte nicht alles wieder geradebiegen, aber es wurde auch nichts besser, indem man es aussaß.

Dass aber auch ausgerechnet *sie* gestern dort aufgetaucht war!

Im selben Moment, da er sie gesehen hatte, war ihm klar gewesen, dass die Besprechung zumindest für seinen Teil erledigt war. Die Lage war akut. Dass es aber auch immer so verdammt lange dauerte, bis man sich dazu durchrang, das Richtige zu tun!

Ich hätte es schon vor langer Zeit tun müssen.

Es lag nicht an ihr. Das hatte es schon damals nicht, ganz im Gegenteil. Sie war fast schon *zu* gut gewesen. Das hatte ihn in Panik versetzt. Und es versetzte ihn auch jetzt wieder in Panik. Die guten Stunden waren wie ein suchterzeugender Rausch gewesen, die schlechten wiederum wie Besuche in der Hölle. Charlie hatte eine Zeit lang geglaubt, dass sie die Richtige wäre, nach der er sich schon so lang gesehnt hatte. Er wusste, dass sie die eine große Liebe im Leben erlebt hatte, doch der Mann war verschwunden, und dieses Verschwinden hatte eine tiefe Wunde in ihr hinterlassen. Charlie hatte sich immer gefragt, ob es die Erinnerung an jenen anderen war, die es ihr erschwert hatte, sich neu zu verlieben. Vielleicht brauchte sie aber auch nur mehr Zeit als andere? War es richtig gewesen, dass er ihr Verhältnis beendet hatte – oder war er damals einfach nur feige gewesen?

Dann sah er sie ein Stück weiter hinten am Eingang. Sie sah wie immer makellos aus, eine Frau, die genau wusste, wie sie sich modisch und zugleich ihrem Alter gemäß kleidete. Das gelang nicht vielen. Sie versuchte gar nicht erst, so zu tun, als wäre sie kein Jahr gealtert, wie so viele andere gleichaltrige Frauen – und Männer im Übrigen auch. Ihr wäre nie eingefallen, sich die Haare zu färben, sich liften und straffen zu lassen oder auch nur eine Diät zu machen. Dafür war sie zu stolz und ihrer selbst auch zu sicher. Und genau deshalb war sie schöner als alle, die sich um Schönheit bemühten.

Sie gehörte einer anderen Spezies an als all die Damen mit grauem Kurzhaarschnitt, die zu seinen Vorträgen kamen und ein Meer aus Baumwolle vor ihm zu bilden schienen. Dort wo sie herkam, herrschte ein lebensbejahendes Schönheitsideal – auch für ältere Frauen. Und dieses Ideal hatte sie nie abgelegt.

Als er sie jetzt betrachtete, wirkte sie jünger als vor fünfzehn Jahren. Er selbst fühlte sich schwerer und erschöpfter denn je.

»Hallo, Charlie«, sagte Anastasia Friedenberga, sowie sie den Tisch erreicht hatte.

Charlie stand auf, nahm ihre Hand und drückte ihr Küsschen auf beide Wangen.

»Du hast diesen Tisch mit Bedacht ausgewählt«, stellte sie fest und setzte sich. »Von hier aus kann man die Stelle sehen, wo wir uns zuletzt getroffen haben.«

Charlie drehte sich um. Wie hatte er nur so unaufmerksam sein können? Das Grand Hôtel. Man konnte sogar das Fenster erkennen, hinter dem sie gestanden und hinüber zum Schloss und den Kirchen von Gamla stan geblickt hatten. Er hatte seinen Arm um ihre Taille gelegt.

Sie war keine zehn Sekunden da, und schon hatte sie Oberwasser.

»Nur das Beste ist gut genug für dich«, sagte er.

»Du hast dich kein bisschen verändert«, stellte sie fest. »Wie machst du das? Gibt es noch mehr Geheimnisse, die du mir dringend verraten müsstest?«

Geheimnisse? Anastasia hatte offenbar auch dieses Mal vor, das Vorspiel zu überspringen.

»Mein einziges Geheimnis ist inzwischen mein Apfelmost«, sagte er. »Den stelle ich auf Värmdö selbst her.«

»Vielleicht darf ich den ja mal kosten?«

Charlie lächelte.

»Du siehst umwerfend aus. Wie immer.«

»Benimm dich, Charlie. Wir sind nicht mehr jung.«

»Wein?«

Charlie hatte den 1982er Chassagne-Montrachet Premier cru längst bestellt. Er drehte ihr das Etikett zu, damit sie sehen konnte, dass er es nicht vergessen hatte.

Sie nickte.

»Ich habe mich gewundert, als du dich gemeldet hast. Manchmal muss man anscheinend *sehr* lange warten.«

»Ich bin froh, dass du zugesagt hast.«

»Trotzdem weiß ich nicht, was du von mir willst.«

»Ich habe doch bald Geburtstag …«

Charlie erlaubte sich ein Lächeln, und Anastasia brach in Gelächter aus. Dann trank sie einen Schluck Weißwein.

»Und, was haben sie für dich geplant, deine Vektor-Soldaten?«

Charlies Lächeln wurde breiter. Ihre Energie, ihre Kraft war unverändert. Und *Soldaten* – was für eine Wortwahl!

»Eine Überraschungsparty bei mir zu Hause. Allerdings

hab ich's herausgefunden. Versprich mir, dass du keinem davon erzählst.«

»Ich bin gut darin, deine Geheimnisse für mich zu behalten, weißt du nicht mehr?«

Der Montrachet schmeckte mit einem Mal sauer. Wenn es um Anastasia ging, gab es doch immer einen Haken. Meine Geheimnisse sind nur so lange sicher bei dir, dachte er, solange ich tue, was du von mir willst.

»Ist es ein runder Geburtstag?«, fragte sie jetzt. »Ich muss doch wissen, wie würdevoll das Geschenk ausfallen sollte.«

Charlie nickte bedächtig.

»Siebzig?«

»Psst, nicht so laut!«

Er nahm noch einen Schluck Wein.

»Oje, da sind diese jungen, süßen Dinger hier im Service sicher nicht mehr an dir interessiert.«

Anastasia war offenbar immer noch nicht vollends bereit dazu, das Kriegsbeil zu begraben. Er versuchte, sich nichts anmerken zu lassen.

»Und die Mädchen von den Universitäten wahrscheinlich auch nicht. Oder verleihen dir deine Erfahrung und deine Kontakte mehr Charme und Erhabenheit?«

Charlie drehte sich zu den Bedienungen um. Er musste sich zusehends zusammenreißen, um dem Impuls zu widerstehen, nach der Rechnung zu fragen. Das hier war ein Fehler gewesen. Es gelang ihm, eine Bedienung auf sich aufmerksam zu machen, und wandte sich wieder zu Anastasia um.

»Die Zeit holt uns alle ein. Mit einer Ausnahme.«

Er hob das Glas, um ihr erneut zuzuprosten, doch Anastasia ging nicht darauf ein.

»Was willst du, Charlie?«

Er stellte das Glas wieder ab, ohne einen Schluck getrunken zu haben.

»Ich will nicht, dass unser … unser Verhältnis etwas Gutem im Weg steht.«

Anastasia verzog das Gesicht.

»Warum willst du diese Männer unbedingt retten? Du wirst doch auf deine alten Tage nicht noch sentimental? Hast du ernsthaft Mitleid mit ihnen? Und mit ihren putzigen Frauen, die an den Wochenenden jetzt keine Kohlsuppe mehr auftischen können?«

Herr im Himmel, dachte Charlie. Diese Verabredung würde noch in die Geschichte eingehen.

»Du hast Informationen des Nachrichtendiensts erwähnt«, sagte er. »Irgendwas, was mit dem Bombenanschlag im Centrs zu tun hat. Was genau war das?«

»Von welchem Nachrichtendienst redest du? Mit welchem sollte ich denn sprechen?«

»Herrgott noch mal, wir waren jung!«

»Du hast dich wirklich kein bisschen verändert, Charlie.«

»Ich glaube, *du* hast dich nicht verändert.«

»Du weißt genau, was ich will. Das Einzige, was ich je gewollt habe. Wir haben lange genug gelitten und abgewartet. Wir müssen endlich mit dem Westen kooperieren, und zwar so eng, dass wir für alle Zeiten und unwiderruflich unabhängig bleiben. Damit Russland mit seinen U-Booten und Panzern nicht wieder einfach einmarschiert.«

»Und da spielt es dir in die Karten, dass diese Seeleute sterben.«

»Können wir bitte aufhören, über irgendwelche Seeleute zu reden? Da bin ich klüger – mir ist vollkommen klar, dass du eine andere Agenda verfolgst. In der Zwischenzeit könnten wir uns vielleicht damit begnügen, dass du das hier nur tust, um dich aufzuspielen und Vektor als Bastion für Gerechtigkeit und Menschenrechte in der Ostseeregion ins beste Licht zu rücken.«

»Haben Sie schon gewählt?«

Charlie sah zu dem Kellner auf, der ihre Bestellung aufnehmen wollte. Wie lange hatte der schon dort gestanden?

Anastasia grinste triumphierend.

»Für mich das Chateaubriand. Blutig bitte.«

36

Sofia Karlsson ließ Tom Haraldsson und die anderen Kollegen in Uniform in die als Partyraum genutzte Wellblechhütte im Industriegebiet Görla vorgehen. Sie selbst, Leiterin der Voruntersuchung, blieb erst mal draußen und kratzte den Text von der Gegensprechanlage.

Jedem das seine.

So stand es auch über dem Haupttor des KZ Buchenwald. Verdammte Idioten.

Sofia war schon bei so vielen Hausdurchsuchungen von Rechtsextremen dabei gewesen, dass sie nicht überrascht war. Für den perversen Einrichtungsstil brauchte man auch kein gesondertes Briefing. Als sie mit den Kollegen auf dem Industriegelände vorgefahren war, hatte ihr Empfangskomitee aus nicht weniger als fünf Leuten bestanden. Sie hatten wie immer protestiert, aber nachdem sie den Anführer, Sebastian Öberg, auf den Rücksitz einer Streife verfrachtet hatten, waren die anderen widerwillig abgezogen.

Nachdem sie die Räumlichkeiten durchsucht hatten, kam Tom zu Sofia heraus.

»Irgendwas gefunden?«

»Schnaps und Zigaretten, die sicher nicht auf legalem Weg ins Land gekommen sind. Außerdem eine Handvoll Flyer und Zettel, bei denen sie sich auf die Meinungsfreiheit berufen werden. Unter dem Deckenpaneel eine alte Luger, die wahrscheinlich nicht mehr funktioniert. Gehört wohl dem Kerl im Wagen.«

Sofia nickte.

»Gute Arbeit. Und die Symbole? Was sagen die Typen dazu?«

»Tja«, sagte Tom. »Das spiegelverkehrte C und die Wellen kannten sie nicht. Lindströms Donnerkreuz haben sie allerdings kommentiert.«

»Und was haben sie gesagt?«

»Dass man so was mit einem Hakenkreuz doch nicht machen darf. Sie meinten, das wäre Blasphemie. Keine Ahnung, ob das ein Scherz war.«

Sofia unterdrückte ein Seufzen. Dann waren das spiegelverkehrte C auf Callmérs Nacken und das Wellensymbol von Maj-Lis' Leiche also immer noch ein Rätsel. Es würde bestimmt nicht mehr lange dauern, bis der *Expressen* oder das *Aftonbladet* in ihren sensationshungrigen Headlines die Morde mit irgendwelchen Verschwörungstheorien in Verbindung brächte: mit Neonazis höchstwahrscheinlich, auch wenn nur eins der Symbole bislang in die entsprechende Richtung wies. Aber Nazis verkauften sich gut. Außerdem kannte sie ihren Chef, sie wusste, dass Carpelan allmählich Zwischenergebnisse vorweisen musste, selbst wenn sie sich im Nachhinein als irrig erweisen sollten.

»Wir nehmen Sebastian mit auf einen Ausflug nach Stockholm«, beschloss sie.

Dann ließ sie Tom am Eingang stehen und lief auf den Streifenwagen zu, in dem der Anführer der Gruppe auf der Rückbank saß. Sie zog die Tür auf und setzte sich neben ihn.

Sebastians Schädel war kahl rasiert. Er trug schwarze Stiefel, eine schwarze Jogginghose und ein schwarzes Hemd mit Brusttaschen. Auf der Tasche über seinem Herzen stand in weißer Schrift: *Brooklyn 77, no right, no wrong.* Bestimmt ein Geschenk von einem Gesinnungsbruder von der anderen Seite des Atlantiks. Von beiden Mundwinkeln aus verliefen Narben bis hoch zu den Wangenknochen, ein sogenanntes

Chelsea smile – damit markierten die Ultras englischer Fußballclubs gerne mal rivalisierende Hooligans.

»Heil Hitler«, sagte Sofia.

Sebastian reagierte nicht, sondern starrte bloß stumm aus dem Fenster.

Sie sah auf seine Hose hinab. Adidas, mit weißen Streifen. Der Typ war eindeutig zu entspannt.

»Haben normalerweise nicht nur Basketballspieler solche Hosen an?«, fragte sie.

Sebastian antwortete immer noch nicht. Zuckte nicht mit der Wimper.

»Bin ich so unansehnlich, dass Sie mich nicht mal anschauen können?«, fragte Sofia. »Eine weiße Frau. Eigentlich höre ich ziemlich oft, dass ich eine ganz anständige Figur habe. Aber vielleicht stehen Sie ja auf Kerle? Nicht dass das schlimm wäre, immerhin schreiben wir das Jahr 2000, moderne Zeiten und so.«

»Ich nehm an, dass ihr mich mit auf irgendein Revier nehmen wollt. Warum fahren wir dann nicht?«

Langsam drehte er den Kopf in ihre Richtung.

»Gibt es irgendetwas, was Sie mir erzählen möchten?«

»Tut mir leid, Süße. Keine Liebeserklärung. Ich weiß, dass das hart für dich ist. Lieber würdest du auf alle viere runtergehen und jeden von uns mal ranlassen. Endlich mal wieder ordentlich durchgefickt werden. Von echten Männern.«

Sofia rang die Hände. Jetzt bloß nicht die Kontrolle verlieren.

Sie zog das Armband aus der Tasche, das Max ihr in Skeppsmyra gegeben hatte.

»Schickes Schmuckstück, was?«

»Was willst du dafür?«, fragte er.

»Das steht nicht zum Verkauf. Ich will, dass Sie mir etwas darüber erzählen.«

»Fünfundzwanzigtausend, bar auf die Kralle.«

Sofia schüttelte den Kopf.

»Wo kriegt denn Gesindel wie Sie fünfundzwanzigtausend her?«

»Ich bin ein fleißiges Kerlchen.«

»Daran hab ich keinen Zweifel. Unter Garantie beziehen Sie Arbeitslosengeld, Kindergeld und einen Wohngeldzuschuss. Trotzdem sind fünfundzwanzigtausend eine Menge Holz. Sind Sie in letzter Zeit mal auf Björkö gewesen?«

»Was zur Hölle soll ich da?«

Sofia betrachtete sein vernarbtes Gesicht. Wäre dieser Mann allen Ernstes kaltschnäuzig und clever genug, um einen derartigen Mord zu verüben?

»Was können Sie mir über das Armband sagen? Gehört das einem Ihrer Kumpels?«

»Nein, das ist echte Ware. Alt. Original.«

»Und was noch?«

»Eine Rarität. Ist eine Menge wert, wenn man die richtigen Interessenten kennt.«

Er grinste sie breit an.

»Das hat einem SS-Legionär gehört. Von der Form her Baltikum, würd ich sagen. Wahrscheinlich Lettland.«

37

»Ein drittes Mordopfer?«, rief Sarah. »Und sie war deine alte Lehrerin?«

Sie saßen im Vektor-Besprechungsraum. Die letzte Abendsonne schien durchs Fenster. Max hatte soeben seinen Bericht aus Skeppsmyra abgeschlossen.

»Das tut mir sehr leid, Max«, sagte Charlie.

Max nickte, konnte aber für den Moment keine Gefühle äußern.

»Die Polizei hat mich gebeten, als externer Berater zu fungieren«, sagte er. »Anscheinend hat der Fall oberste Prio. Die Regierung mischt sich ein, der Staatssekretär des Justizministeriums ist persönlich involviert. Ich muss die *Kursk* bleiben lassen. Aber ich kann ja Urlaub nehmen.«

Sarah nickte.

»Was immer jetzt eventuell mit der *Kursk* passiert, darum kümmern wir anderen uns. Und du brauchst dafür auch keinen Urlaub zu nehmen. Klar hilfst du der Polizei in so einem wichtigen Fall, wenn sie dich schon ansprechen.«

Paschie wich Max' Blick aus.

»Was wissen sie denn bislang?«, erkundigte sich Charlie.

»Am Abend, bevor ich nach Skeppsmyra gefahren bin, war ich zu einer Befragung dort, und da haben sie unter anderem gefragt, ob wir eine Drohung erhalten hätten.«

»Wie kommen sie denn darauf?«

»Weil ich in Berga aufgetaucht bin und der erste Mord in meiner Heimatgemeinde verübt wurde. Allerdings glaube ich, dass das Zufall war. Ich kann mir einfach keine Verbindung zwischen Maj-Lis und den anderen beiden vorstellen. Und wenn es so eine Verbindung tatsächlich geben sollte, dann hat sie nun wirklich nichts mit mir – oder mit uns – zu tun.«

Charlie lehnte sich nach vorn.

»Dann ist es wirklich reiner Zufall?«

Max wusste nicht, was er darauf erwidern sollte. Er zuckte mit den Schultern.

»Okay. Machen wir mit den anderen Themen weiter?«, fragte Sarah. »Wer fängt an?«

»Ich kann anfangen«, sagte Paschie.

Sie hatte ihm immer noch nicht in die Augen gesehen.

Sie wirkte beherrscht, aber Max spürte, wie beunruhigt und angespannt sie war. Sie machte sich Sorgen, dass das Böse, das sie schon einmal heimgesucht hatte, wieder in ihr Leben eindringen könnte. Hier in Schweden.

»Von russischer Seite wurde heute Morgen verlautbart, dass die schlechten Sichtverhältnisse den Rettungseinsatz erschweren. Aber wir haben einen Präsidenten, der sich trotz allem endlich klar geäußert hat. Er hat sich aus dem Urlaub am Schwarzen Meer zurückgemeldet, nennt die Lage kritisch, aber Russland verfüge über alle Mittel, die es brauche, um die Rettung in Eigenregie durchzuziehen. Kurz nachdem Putin sich zu Wort gemeldet hatte – de facto gerade erst vor ein paar Minuten –, hat Klebanow, der stellvertretende Ministerpräsident, mitgeteilt, dass vom U-Boot kein Lebenszeichen mehr empfangen wird.«

Charlie schlug mit der flachen Hand auf den Tisch.

»Wir hätten sie *gestern* hochholen können!«

»Stimmt, oder sogar schon am Samstag«, sagte Max. »Die Explosion ist jetzt vier Tage her. Kein Mensch überlebt so lange unter solchen Umständen. Wenn es denn eine Explosion war – und darauf deutet alles hin –, muss so ein Rettungseinsatz umgehend eingeleitet werden.«

»Ein Dreifachmord in Stockholm und ein russischer Präsident, der seine eigenen Leute nicht retten will«, fasste Sarah zusammen. »Und wann genau wollen der Ministerpräsident, der Außenminister und der russische Botschafter im Kungsträdgården mit großem Tamtam die Mir2000 eröffnen?«

»Ich hätte nicht gedacht, dass diese Riesenuhr auf dem Platz irgendjemandem entgehen könnte«, murmelte Max und warf einen Blick auf seine Armbanduhr. »Noch vier Tage, achtzehn Stunden und zehn Minuten.«

»Paschie, wann hört dieser August-Fluch auf?«, wollte Sarah wissen.

»Was für eine Erklärung willst du dazu hören?«

»Eine, an die du selbst glaubst.«

»Dem bekanntesten Astrologen des Landes zufolge geht dieses Durcheinander aufgrund der Positionen von Saturn und Uranus bis Mitte September weiter.«

Charlie seufzte.

»Können wir den Aberglauben bitte sein lassen und uns auf konkrete Vorgänge konzentrieren, bei denen wir unser Fachwissen einsetzen und das tun können, was unseren Sponsoren und Kunden nützt?«

»Natürlich«, sagte Max. »Die Geldgeber. An die müssen wir jetzt zuvorderst denken.«

Charlie sah ihn finster an, und Sarah räusperte sich.

»Okay, was können wir denn zur derzeitigen Lage beitragen?«, fragte sie.

»Wir könnten unseren Fokus auf die Angehörigen richten«, schlug Max vor.

Charlie rutschte auf seinem Stuhl herum.

»Vielleicht«, sagte er. »Oder aber wir schicken das URF, um zumindest die Leichen zu bergen.«

Sarah nickte.

»Ja, definitiv. Die Männer müssen hochgeholt werden, auch wenn sie inzwischen tot sind.«

»Und es wird ein rechtliches Nachspiel geben«, warf Max

ein. »Lange, anstrengende und teure Gerichtsverfahren. Dafür werden sie jetzt Hilfe brauchen. Paschie steht doch bereits in Kontakt mit ihnen – und das, Charlie, wird uns eine Menge Goodwill einbringen.«

Max konnte regelrecht spüren, wie Paschies Wärme in seine Richtung ausstrahlte. Genau das hatte sie selbst vorschlagen wollen, aber es war besser, dass es von Max gekommen war.

Charlie sah inzwischen nicht mehr ganz so grimmig aus. Er nickte.

»In Ordnung«, sagte Sarah. »Du und ich, Charlie, wir versuchen morgen, Berga wiederzubeleben, und Paschie, du machst mit der Witwenvereinigung und dem juristischen Nachspiel weiter.«

Sie standen auf, um zu gehen, doch an der Tür zum Besprechungsraum blieb Charlie noch einmal stehen.

»Wer hatte am Samstagmorgen gleich wieder angerufen und von den seismologischen Aktivitäten erzählt?«

»Hein Espen, ein norwegischer Bekannter. Ehemaliger Kampftaucher.«

Charlie nickte.

»Ehemalig, sagst du? Was macht er denn heute?«

»Das hab ich ehrlich gesagt nicht ganz verstanden. Aber ich frag gern noch mal nach, wenn ich das nächste Mal mit ihm spreche.«

»Okay. Gib mir doch bei Gelegenheit mal seine Kontaktdaten.«

»Schick ich dir gleich.«

38

Max strich mit dem Finger durch die feine Staubschicht, die sich auf sämtliche Regale und Bücher in Carl Borgenstiernas Bibliothek gelegt hatte.

Sofia Karlsson hatte ihn um zwei Dinge gebeten: um zusätzliche Informationen über Maj-Lis und um sämtliche Hinweise auf Verbindungen der Mordopfer zu Russland.

Claes Callmér, Torbjörn Lindström und Maj-Lis Toom. Was sollten diese drei gemeinsam haben? Er dachte über die auffällige Inszenierung der Leichen nach, über die Symbole und die Zahl zehn auf Maj-Lis' Brust. Sofia war ihm ausgewichen, als er sich erkundigt hatte, ob es sich bei den Markierungen auf den anderen Leichen ebenfalls um Zahlen handelte. Dann das SS-Armband ... Hatte das hier mit dem Zweiten Weltkrieg zu tun? Der war seit fünfundfünfzig Jahren vorbei. Da war Torbjörn Lindström noch nicht mal auf der Welt gewesen. Andererseits war ein halbes Jahrhundert nicht lang genug, um gewisse Wunden zu heilen, das wusste Max besser als viele andere.

Sofia hatte erwähnt, dass die Spuren nach Russland zu führen schienen. Maj-Lis war während des Zweiten Weltkriegs vor den Russen geflohen. War das vielleicht eine Erklärung?

Max blieb vor dem Regal stehen, an dem ein Schildchen mit der Aufschrift *Schwedische Politik 1940–1950* angebracht war. Er zog ein Buch mit dem Titel *Auf den Spuren des Roten Grauens* heraus und blätterte eine Weile darin. Ein Kapitel handelte davon, wie die schwedischen Behörden schwedische Moskau-Befürworter inhaftiert und in dieselben Internierungslager gesteckt hatten wie ausländische Kriegsgefangene. Er schlug das Quellenverzeichnis im Anhang auf und fand dort den Hinweis auf ein Buch namens *Schwedische Konzentrationslager*. Auch das stand im Regal.

Der Einleitung konnte er entnehmen, dass die ersten Lager 1940 in Långmora und Smedsbo in der Provinz Dalarna errichtet worden waren. In diesen geschlossenen Anstalten landeten Menschen nicht wegen irgendwelcher Untaten, sondern für das, was sie waren: Kommunisten, Gewerkschafter, radikalisierte Sozialdemokraten, deutsche Deserteure und sogenannte Englandfreunde. Sie mussten Zwangsarbeit leisten und wurden von bewaffneten Aufsehern überwacht. Sämtliche sozialdemokratische Regierungen hatten später jedes Dokument über die Lager als geheim deklariert. Ein Staatssekretär hatte sich bei der Planung und Leitung besonders hervorgetan, hatte erst sämtlichen vierzehn Lagern administrativ vorgestanden und sollte später sogar Schwedens Regierungschef werden: Ministerpräsident Tage Erlander.

Max schlug das Buch wieder zu. Sein Blick fiel auf ein anderes mit dem Titel *Unsere Schützlinge* und direkt daneben auf eins namens *Die Auslieferung der Deutschen und Balten 1945/1946*. Er klemmte sich beide unter den Arm. Aus dem Augenwinkel entdeckte er noch ein weiteres Buch, das sein Interesse weckte: *Der große schwedische Verrat*.

An Borgenstiernas Schreibtisch wurde er in der Zeit zurückkatapultiert. *Unsere Schützlinge* bestand aus den Aufzeichnungen einer gewissen Anna Isaksson, die im Herbst 1945 als Hilfsschwester im Bereitschaftslazarett Örebro gearbeitet hatte. Neben ihren eigenen Erinnerungen wurden auch die der internierten Balten geschildert. Deren Anführer war ein gerade mal Zweiundzwanzigjähriger gewesen, »hochgewachsen und für sein Alter über die Maßen vom

Schicksal gezeichnet«, wie Anna ihn beschrieb. Von seiner Internierung in Schweden und davon, was passieren würde, wenn er an die Russen ausgeliefert würde, zeichnete er ein rabenschwarzes Bild. Hilfsschwester Anna schien große Sympathien für die Balten aufzubringen, die während eines mehrwöchigen Hungerstreiks ihrer Pflege anvertraut worden waren. Dem Vorwort zufolge hatte der Anführer ihr seine Aufzeichnungen hinterlassen, ehe man ihn nach Trelleborg gebracht hatte.

Weil den Behörden zufolge die örtlichen Lageraufseher und das Krankenpersonal den Gefangenen zu nahe gekommen waren, hatte Stockholm irgendwann speziell ausgebildete Polizisten entsandt, die nur Schwarzhemden genannt wurden. Als den Patienten erstmals wieder erlaubt worden war, sich frei zu bewegen, ohne ständig Pflegepersonal oder die besagten Schwarzhemden mit ihren scharfen Hunden im Nacken zu haben, hatte Anna eines Morgens die Lucia gegeben.

Ausgemergelt und mit ausdruckslosen Gesichtern hatten die Balten in den Kirchenbänken gesessen. Eine letzte Ölung, ehe sie im Namen des Friedens zur Schlachtbank geführt werden sollten. Zu Iwan, Wanka oder Onkel Wanja – so lauteten die Spitznamen, die für die Russen, Bolschewiken und Kommunisten kursierten. Dabei waren sie sich insgeheim einig, dass sie eher Velu mate entgegengingen, der Herrscherin über das Totenreich aus dem baltischen Volksglauben, als in ein russisches Arbeitslager, in dem ihre Haftzeit so lange andauern würde, bis sie tot umfielen.

Max suchte ein paar Unterlagen aus dem Archiv der Ostseestiftung heraus und verglich sie mit den Fakten, auf die er in den Büchern gestoßen war. Maj-Lis Toom war am 29. September 1944 nach Schweden gekommen – ein Schlepperboot namens *Triin* hatte sie über die Ostsee gebracht. Max sah sich ein Foto des Bootes an. Wer immer an Bord der *Triin* gegangen war, hatte sich gegenüber dem stellvertretenden Hafenmeister in Tallinn ausweisen müssen. Nun waren allerdings die Stunden kurz vor der letzten Überfahrt der *Triin*, als die Sowjets bereits einen undurchdringlichen Ring um das Baltikum geschlossen hatten, denkbar chaotisch verlaufen, und die Befehlsleitung hatte die Lage nicht mehr unter Kontrolle gehabt. Flüchtlinge hatten sich aus lauter Verzweiflung ins Meer gestürzt und waren dem Boot nachgeschwommen, hatten sich an die Tampen geklammert und waren an Bord geklettert. Niemand hätte damals mit Sicherheit sagen können, wer es geschafft hatte und wer womöglich über Bord gegangen war.

Nach drei Tagen auf See bei heftigen Stürmen waren die Flüchtlinge in denkbar schlechtem Zustand gewesen, als sie Österhamn auf Arholma erreichten. Das Boot war vom Wind viel zu weit nördlich bis auf die Höhe von Gävle getrieben worden, ehe er wieder abgeflaut hatte und die Schlepper gen Süden steuern konnten. Aufgrund des schlechten Wetters hatten sie einen ganzen Tag verloren.

Und Maj-Lis hatte noch wesentlich mehr verloren. Dem Protokoll der Erstaufnahme auf Arholma zufolge war die junge Frau während der Fahrt »von einem hysterischen in einen nahezu katatonischen Zustand« verfallen, nachdem sowohl ihr Sohn als auch ihr Mann unterwegs ums Leben gekommen waren. In einem improvisierten Lazarett in der Nähe von Norrtälje war sie in ärztliche Behandlung gekommen, und man hatte sogar versucht, Nachforschungen zu Anton und Taniel anzustellen, allerdings hatten die zu nichts geführt. Niemand hatte über den Sohn und den Mann Auskunft geben können, die über Bord gegangen waren. Maj-Lis hatte in Schweden keine Angehörigen. Sie hatte den Namen einer Freundin aus Kindertagen angegeben, allerdings war die nirgends auffindbar. Wenn sie ebenfalls nach Schweden eingereist war, dann definitiv auf anderem Wege.

Eine SMS riss Max aus seinen Gedanken. Er streckte sich nach seinem Handy und rief die Nachricht auf. Unbekannte Nummer.

»Noch mal Entschuldigung wegen gestern. Wir beide sollten einen Termin machen, um die Laborergebnisse durchzusprechen. Hätten Sie am Donnerstag um 9.10 Uhr Zeit? MfG, Dr. Axelsson.«

»Max, willst du auch was essen?«, rief im nächsten Moment Paschie aus der Küche.

Eilig schickte er ein »Okay« zurück und drehte sich zur Zimmertür um.

»Nein danke. Ich esse später.«

Stunde um Stunde verstrich. Auch in *Der große schwedische Verrat* war ein Foto der *Triin* abgebildet. Ein Blick auf die gehissten Segel – und Max erstarrte. Schlagartig waren seine Hände schweißnass. Er blickte auf seine Linke hinab, die wieder angefangen hatte zu zittern.

Paschie kam in die Bibliothek und trat an den Schreibtisch. Sie hatte ihren schwarz-roten Morgenmantel an.

»Was liest du?«, fragte sie.

»Ich sehe Unterlagen durch, die mit Maj-Lis zu tun haben. Mit ihrer Flucht über die Ostsee. Die Polizei hat mich gebeten, ihr Umfeld zu durchleuchten.«

Paschie nickte. Dann blieb ihr Blick an seiner Hand hängen. Er legte sie eilig in den Schoß.

»Kommst du bald?«, fragte sie.

»Dauert nicht mehr lange. Ich muss nur noch duschen und das alles hier von mir abwaschen.«

»Klingt gut. Dann sehen wir uns oben.«

Nachdem Paschie die Treppe hinauf verschwunden war, verglich Max das Foto der *Triin* mit dem Bild aus dem Archiv der Ostseestiftung. Es war ein und dasselbe Boot – mit einem entscheidenden Unterschied.

Auf dem Foto aus *Der große schwedische Verrat* prangte

auf dem gehissten Segel eine Art Logo: ein Wikingerschiff mit einem Hakenkreuz über dem Segel.

Maj-Lis Toom hatte mit Nazis nichts am Hut. Das hatte er behauptet.

Sofia hatte von Neonazis gesprochen, allerdings war sie da auf dem Holzweg.

Das Symbol stand für eine Organisation, die in den Vierzigern Estlandschweden aus Tallinn evakuiert hatte. Eine Organisation, die mit Zustimmung der schwedischen Regierung und Nazideutschland gegründet worden war. Heinrich Himmler persönlich hatte seinen Segen gegeben.

Die Odalwehr.

Er griff zum Handy. Es klingelte. *Geh ran, Sofia!*

Als die Mailbox ansprang, fluchte er innerlich.

39

Sarahs Haushaltshilfe Carmen, die an zwei Abenden in der Woche noch andere Aufgaben übernahm, war mit den Kindern im Kino. Björn, Sarahs Ältester, war komplett filmverrückt: Nichts machte ihn glücklicher, als mit einem Pappeimer voll Popcorn den Vorführsaal zu betreten.

Björn war eines Frühlingstages von der Schule heimgekommen und hatte sie gefragt, was eigentlich ein Thinktank sei. In der Klasse hatten sie erzählen sollen, was ihre Eltern beruflich machten. Sarah hatte einen Vergleich zum Mittelalter gezogen, weil sie diese Epoche zuvor bereits im Unterricht behandelt hatten: Damals seien Menschen, die über bessere Lebensbedingungen nachdenken wollten, ins Kloster gegangen. Diese Aufgabe übernähmen heutzutage eher Lobbyisten – und eben Thinktanks, hatte sie ihm erklärt.

»Dann bist du eine Art Nonne?«, hatte Björn nachgehakt.

Tja, womöglich. Nur dass mir niemand zuvor gesagt hat, dass man als Chefin eines Thinktanks zölibatär leben muss, hatte sie gedacht.

Bei der Erinnerung an ihr Gespräch und an ihren blitzgescheiten Sohn musste sie schmunzeln. Auch als Erwachsene musste man sich doch zumindest hin und wieder wegträumen dürfen. Nachdem die Kollegen Feierabend gemacht hatten, hatte sie nichts lieber gewollt, als eine fünf Jahre alte Añejados aus der Schublade zu nehmen und zu rauchen. Dass die kleine Kubanerin nicht mehr als 178 Millimeter betrug und ein Ringmaß von 47 Millimetern hatte, machte ihr nichts aus, im Gegenteil, das war genau richtig. Ihr war natürlich klar, was Charlie, die Gebäudeverwaltung und alle anderen Idioten davon halten würden – und was die schwedischen Gesundheitsbehörden dazu sagten. Das war ihr so was von egal. Es machte den Geschmack der Zigarre auf der Zunge umso intensiver.

Sie saß am spaltbreit geöffneten Fenster auf dem Fensterbrett. Draußen senkte sich der Abend auf den Valhallavägen. Eltern stiegen aus Bussen und Autos, hielten ihre Kinder an der Hand, junge Mütter schoben Kinderwagen und zogen die älteren Geschwister hinter sich her. Fußballtrikots, Einkaufstüten. Unter Einsatz des Lebens wurde der letzte freie Parkplatz an der Straße angesteuert. Rentner schlenderten von ihrem Ausflug ins Fältöversten nach Hause. Und dann gab es noch diejenigen, die mit einer Plastiktüte zwischen den Füßen und einer Flasche in der Hand auf einer Parkbank saßen.

Im Warschau ihrer Kindheit hatte auch sie nur mithilfe dessen überlebt, was sie auf der Straße gefunden hatte. An sich war das gar nichts Besonderes – außer in einer speziellen Hinsicht, die den ganzen Unterschied ausmachte: *Freiheit.* Die Freiheit zu tun und zu lassen, was man selbst wollte. Die Freiheit, eigene Fehler zu machen.

Die Freiheit, mit anderen Frauen zu schlafen und eine Zigarre zu rauchen, ohne dass irgendwer einen daran hinderte – das war der Sinn des Lebens. Schwerer war es tatsächlich nicht.

Die schockierenden Ereignisse der letzten Tage hatten ihren Tribut gefordert, und zwar körperlich wie seelisch. Als wären die *Kursk* und der plötzliche Tod von Torbjörn Lindström nicht genug gewesen, hatte sich auch noch Lisette melden müssen. Sie wollte die Kinder treffen. Sarah sackte regelrecht in sich zusammen, als sie an ihr Gespräch mit Paschie dachte – von Frau zu Frau … Sie waren so grundverschieden und einander in vielfacher Hinsicht doch ähnlich.

Paschies trauriger Blick wollte ihr einfach nicht aus dem Kopf gehen. An sie heranzukommen war nicht leicht, und dafür gab es eine ganze Reihe von Gründen. Man musste sich allerdings auch gar nicht ähnlich sein, um Freunde zu werden. Und erst recht musste man sich nicht ähnlich sein, um als Liebespaar zusammenzuleben. Paschie und Max waren doch der beste Beweis dafür. Würden sie ein ganz normales Durchschnittsleben meistern? Als Ehepaar? Als Eltern? Das würde die Zeit zeigen. Allerdings hatten die beiden derzeit Probleme, so viel war klar. War Max erneut drauf und dran, sich in eine Sache zu stürzen, die ihn komplett vereinnahmen würde?

August, dachte sie. Was war nur verkehrt mit diesem Monat?

Sie nahm ihr Handy zur Hand und überflog erneut Lisettes SMS. Sie wollte sich mit der ganzen Familie zum Mittagessen in der Stadt treffen.

Was habe ich eigentlich zu verlieren?, dachte sie und schickte ihre Antwort ab. Das Tyresö Centrum sollte es sein, in der Nähe der Schule. Dann schob sie das Handy beiseite, paffte weiter ihre Zigarre und wandte sich erneut der Außenwelt zu.

Im selben Moment leuchtete das grüne Lämpchen an ihrem Festnetztelefon auf. Nach Büroschluss waren die Telefone bei Vektor auf lautlos gestellt. Wer rief denn jetzt noch an?

»Ich hab's erst bei dir zu Hause versucht«, sagte Charlie. »Aber da hat sich niemand gemeldet. Bist du wirklich noch im Büro?«

»Ich genieße hier ein bisschen Quality Time.«

Sarah drückte die Zigarre in dem schweren Kristallaschenbecher aus, den Max ihr mal geschenkt hatte.

»Ist etwas passiert?«

»Das Pentagon hat eine Mitteilung rausgegeben«, antwortete Charlie. »Eines der zwei US-U-Boote, die die *Kursk* ausspioniert haben, hat nicht wie vereinbart Funkkontakt zur amerikanischen Einsatzzentrale aufgenommen.«

Sarah schloss die Augen. Ihr fiel wieder ein, was Paschie gesagt hatte, bevor sie die Morgenbesprechung beendet hatten. *Es kommen Meldungen, dass nicht nur ein, sondern zwei U-Boote auf dem Grund lägen.*

»Was hat das zu bedeuten, was meinst du?«, fragte sie.

»Weiß nicht, aber dass immer mehr Gerüchte die Runde machen, es könnte eine Kollision gegeben haben, beunruhigt mich über alle Maßen.«

»*Casus belli*«, wiederholte Sarah. »Was für ein schöner Ausdruck, mit dem ihr da um euch geworfen habt, du und deine Freunde.«

Sie hoffte, Charlie würde beim Stichwort *Freunde* ein bisschen mehr preisgeben. Dass er mit seinen privaten Kontakten – und vor allem mit dieser Anastasia Friedenberga – so heimlichtuerisch war, ärgerte sie immer noch.

Charlie lachte.

»Da gibt es eine Sache, über die ich mit dir reden will«, fuhr er fort. »In der Besprechung war dafür der falsche Zeitpunkt, aber diese Centrs-Sache, die ihr euch angesehen habt … Was genau ist da eigentlich passiert? Habe ich da irgendetwas verpasst?«

Sarah war zusehends irritiert. Charlie hatte einfach das Thema gewechselt.

»Das Einkaufszentrum in Riga? Da ist eine Bombe hochgegangen, zur besten Einkaufszeit.«

»Gab es Opfer?«

»Ja, ich glaube, einer ist gestorben, ziemlich viele wurden verletzt. Hauptsächlich Russen. In dem Stadtteil wohnen überwiegend Russen. Unter den Verletzten war aber auch eine Norwegerin, nur deshalb ist wohl größer darüber berichtet worden.«

»Und ist schon jemand verhaftet worden?«

»Nein. Die Parteien schieben sich gegenseitig die Schuld zu. Aus Moskau hört man das Übliche: dass es die Nationalisten waren, die es auf die russische Bevölkerung abgesehen haben. In den lettischen Zeitungen wird das Gegenteil behauptet. Dass Russland hinter dem Attentat steckt, weil so nämlich bewiesen wäre, dass die russische Bevölkerung in Gefahr schwebt, und man die Präsenz entsprechend verstärken muss. Darauf hat doch diese Frau bei der Besprechung auch abgezielt, oder nicht?«

»Anastasia?«, sagte Charlie. »Ja, womöglich.«

»Wer war sie überhaupt?«

Es wurde still in der Leitung. Erst nach einer Weile ergriff Charlie wieder das Wort: »Lange Geschichte. Erzähl ich dir ein andermal.«

Er wollte wirklich nicht darüber sprechen. Und er klang traurig, was ungewöhnlich für ihn war.

»Alles in Ordnung?«, fragte Sarah.

»Wir sollten uns die Sache in Riga noch mal vornehmen«, erwiderte er. »Wir müssen alles wissen. Was war das für eine Bombe? Wovon geht die Polizei derzeit aus? Haben sie schon einen Hauptverdächtigen?«

Sarah schüttelte den Kopf. Charlie war über ihre Steilvorlage hinweggegangen, wollte offenbar nicht erzählen, was ihm so schwer auf der Seele lag. Er wollte über Anastasia einfach nicht reden, zumindest nicht im Augenblick.

»Okay«, sagte sie. »Ich sehe mal, was ich herausbekomme.«

40

»Und, was steht drin?«

Sofia nickte auf den Haufen Abendzeitungen hinab, der zwischen ihnen auf dem Schreibtisch lag. Es war inzwischen nach halb elf. Sie konnte Carpelan ansehen, dass sein Tag genauso lang gewesen war wie ihrer, und er war noch nicht vorüber.

»Alles, was wir haben – außer ein kleines Detail. Dafür jede Menge drum herum.« Carpelan verzog teils resigniert, teils wütend das Gesicht. »Ich weiß, dass Sie diese Zeitungen nicht lesen, aber den Luxus kann ich mir nicht erlauben.«

»Nur ein Grund von vielen, warum ich Ihren Job echt nicht haben will.«

»Schade, er wird nämlich demnächst vielleicht frei. Sie würden viertausend mehr im Monat verdienen.«

»Brutto oder netto?«

Carpelan lachte.

Selbst angesichts des schlimmsten Schlamassels musste man einen Moment finden, um lachen zu können, hatte ihr Vater sie gelehrt. Sonst ging man zugrunde. *Wenn du bis zum Hals in der Scheiße sitzt, kannst du zumindest noch singen.*

»Kriege ich eine kurze Zusammenfassung?«

»Dass Torbjörn Lindström, Staatssekretär im Verteidigungsministerium, ermordet wurde, ist inzwischen raus. Ein Serienmörder mit politischer Agenda gehe in Stockholm um. Die Polizei sei ratlos. Es könnte gar nicht schlimmer sein, Sofia.«

»Das Detail, das sie noch nicht kennen, ist also unser drittes Opfer, Maj-Lis Toom?«

»Noch haben sie es nicht, nein. Wir müssen der Sache schleunigst auf den Grund gehen.«

»Sollte das jetzt ein Witz werden?«

Carpelan gab ein müdes Schnauben von sich, als ihm klar wurde, was er da gerade gesagt hatte.

Er seufzte.

»Okay, okay.«

Er nahm die Schultern zurück und lehnte sich dann über den Schreibtisch.

»Maj-Lis war Nummer zehn. Callmér Nummer neun. Lindström Nummer acht. Was schließen wir daraus?«

»Es wird noch etwas dauern, bis wir die Bestätigung haben, aber ich nehme an, dass sie dort schon ein bisschen länger im Wasser gelegen hat. Sie war also das erste Opfer.«

»Dann wurde das erste Opfer mit einer Zehn markiert?«, hakte Carpelan nach.

Sofia nickte.

»Wir müssen hier ganz offensichtlich in anderen Bahnen denken als sonst. Wäre Maj-Lis dem Mörder nur zufällig im Weg gewesen, hätte er sich nicht die Mühe machen und sie draußen auf dem Meer verstecken müssen.«

Carpelan atmete tief ein.

»Wir haben es also mit jemandem zu tun, der eine Liste abarbeitet. Und der Mord an Maj-Lis war Teil dieser Liste.«

»Dass er ausgerechnet mit ihr begonnen hat, ist außerdem Teil der Geschichte, die er uns erzählen will«, sagte Sofia.

»Und wie viele Kapitel hat diese Geschichte?«

»Er fängt bei zehn an und rechnet runter«, sagte Sofia. »Er liefert uns seine Botschaft häppchenweise, sodass wir das große Ganze erst verstehen, wenn er fertig ist.«

Carpelan schüttelte den Kopf.

»Je nachdem, ob er bis eins oder null runterzählt, gibt es

also sieben oder acht Seelen, die wir noch retten müssen. Aber wir haben keine Ahnung, wer das sein soll. Wie können wir Menschen beschützen, die wir nicht kennen?«

»Tja, das Dilemma des Terrorismus«, sagte Sofia.

Carpelan presste sich die Brille auf den Nasenrücken.

»Solange wir seine Beweggründe nicht kennen, stochern wir im Nebel. Wir müssen uns seine Logik zu eigen machen.«

»Könnte es nicht doch irgendwie mit Russland zusammenhängen?«, fragte Sofia. »Sie haben es doch selbst erwähnt: Torbjörn Lindström ist in Berga ermordet worden, wo er über die *Kursk*-Katastrophe beratschlagen sollte. Callmér hat sich über viele Jahre als Sowjet- und Russlandkritiker hervorgetan. Maj-Lis Toom kam als Flüchtling aus der damaligen Sowjetunion.«

»Diesbezüglich glaube ich gar nichts. Ich weiß nur, dass das hier größer ist als alles, womit wir es bislang zu tun hatten. Wenn wir in dieser Mordermittlung versagen, verlieren wir beide unseren Job.«

»Max Anger hat zugesagt, uns bei den Ermittlungen zu helfen.«

Carpelan nickte.

»Gut. Aber das erzählen wir lieber nicht der Säpo und Schiller. Zumindest noch nicht.«

»Darüber zerbrechen Sie sich Ihren Kopf, ich kümmere mich einzig und allein darum, dass wir diesen Fall lösen.«

Irgendjemand lachte draußen auf dem Gang. Es waren also doch noch nicht alle nach Hause gegangen.

»Wie läuft's mit dem *König der Löwen*?«

»Haben Sie eine Ahnung, wie teuer die Tickets sind? Was glauben die eigentlich in den Londoner Theatern, was ein einfacher Polizist in Schweden verdient?«

»Tja, ist schon kriminell.« Sie stand auf. »Ich kümmere mich jetzt mal um dieses Phantombild. Vielleicht erkennt unser Gast, Öberg, der Anführer der 14 Rising, den Mann darauf wieder.«

»Prima. Und stellen Sie sicher, dass das Phantombild landesweit rausgeht. Wir müssen herausfinden, ob unser Mister John der Mörder ist oder einfach nur irgendein Hehler, der den Ausweis weiterverhökert hat. Ach, und – Sofia?«

Sie blieb an der Tür stehen.

»Dieser Skinhead, Öberg, hat sich außer einem Verstoß gegen das Waffengesetz wahrscheinlich nichts weiter zuschulden kommen lassen. Keine Ahnung, ob die Staatsanwaltschaft ihn wegen dieser alten Knarre festsetzen kann, aber ich versuch's trotzdem, damit wir ihn zumindest noch ein bisschen hierbehalten können. Könnte uns in die Karten spielen, wenn man bedenkt, was in den Zeitungen gemutmaßt wird.«

Solange dort spekuliert wurde, mussten sie beweisen, dass sie ihre Arbeit machten. Sie nickte.

Auf dem Weg nach draußen sah sie, dass sie einen Anruf von Max Anger verpasst hatte.

41

Paschie schob die Badezimmertür ins Schloss. Max war soeben aus der Dusche gestiegen und wandte ihr mit einem Handtuch um die Hüften den Rücken zu. Nach all den Stunden am Schreibtisch sahen seine Schultern und der Nacken genauso starr und steif aus wie der Strandkiesel in der gefliesten Duschecke.

Er drehte sich zu ihr um. Hinter ihrem Rücken hatte Paschie die Hände immer noch auf die Türklinke gelegt.

»Was ist?«, fragte Max.

»Ich weiß, was du heute Nachmittag bei der Besprechung für mich getan hast.«

Er legte ihr die Hände um die Taille und zog sie an sich.

»Das ist jetzt das Wichtigste – dass wir uns um die Angehörigen kümmern. Abgesehen davon muss *ich* Danke sagen.«

»Ach ja?« Paschie strich ihm über die Härchen um den Nabel und auf der Brust. »Du bist gestern nicht mehr ins Bett gekommen.«

Ihre Hände wanderten nach unten. Griffen nach dem Knoten im Handtuch.

»Aber das alles ist mir gerade egal«, sagte sie.

Paschie küsste ihn am Hals, und er schob die Hände unter ihren schwarz-roten Morgenmantel.

Als der Klingelton an ihr Ohr drang, zuckten beide zusammen. Hätte das Handy nicht zusätzlich vibriert, hätten sie darüber hinweghören können, aber so erzeugten die Vibrationen auf dem gefliesten Badewannenrand ein regelrechtes Kreischen.

»Wer ruft denn so spät noch an?«, wollte Paschie wissen.

»Ist doch egal. Da kann ich zurückrufen.«

Paschie streckte sich nach dem Handy und starrte auf das blinkende Display.

»Wer ist Sofia Karlsson?«

»Die Polizistin, von der ich erzählt hab.«

»Eine *Frau*?«

»Drück sie einfach weg.«

»Verdammt, Max.«

Paschie zog ihren Morgenmantel gerade, atmete schwer aus und schüttelte dann den Kopf. Drückte ihm das Handy in die Hand und wandte sich zur Tür.

»Morgen ist die letzte Gelegenheit für diesen Monat. Wehe, wenn dir da was in die Quere kommt.«

42

Das unbehandelte Kiefernholz in der Hütte erinnerte Kandinski an jenen Ort, den er für alle Zeiten aus seinem Gedächtnis hatte verbannen wollen. Trotzdem sah er alles wieder vor sich: den weinrot-schwarzen Stoff der Umhänge, die über den Boden streiften und kleine Staubwölkchen aufwirbelten, wo sie zu Boden fielen. Die bleichen, fetten Leiber dieser heiligen Männer. Der Dunst, der von ihren Schultern aufstieg. Ihre großen, schweißnassen Hände. Das Zischen des Wassers auf dem angeheizten Aggregat. Die lateinischen Worte.

De cetero me non peccaturum. Amen.

Die Schreie aus der Sauna im Keller des Kinderheims hallten von Neuem in seinem Kopf wider. Er selbst war es gewesen, der geschrien hatte, damals, als seine Stimme noch hell und dünn gewesen war, als sich ihm vor Kummer die Kehle zugeschnürt hatte und ihm die Tränen gekommen waren. Er hielt sich die Ohren zu und atmete ein paarmal tief durch. Der Hass loderte noch immer ungemindert in seinem Inneren.

Nur indem ich Rache übe, kann ich die Stimmen ersticken.

Er betrachtete die Gegenstände, die auf dem großen Esstisch in der Jagdhütte vor ihm lagen. Jeder einzelne war mit Bedacht ausgewählt worden, um eine ganz bestimmte Rolle in seinem Plan zu spielen, den er vier Jahre lang geschmiedet hatte, um endlich für Gerechtigkeit zu sorgen. Er nahm die Liste zur Hand, die er in einer Plastikhülle aufbewahrte, und überflog erneut die Namen. Drei davon waren inzwischen mit schwarzem Filzstift durchgestrichen. Mit jedem Namen kam er seinem Ziel näher. Doch mit jedem Namen erhöhte er auch seinen Einsatz, ging ein größeres Risiko ein.

Er konzentrierte sich wieder auf den nächsten Namen auf seiner Liste.

Wass.

Er war sich mittlerweile sicher, dass die Polizei seine Spur bis in die Bar in Gamla stan verfolgt hatte und mit einer Täterbeschreibung rausgegangen war. Insofern war es an der Zeit, sein Äußeres zu verändern. Er warf einen langen Blick auf den schweren, metallenen Koffer, der in der Ecke stand.

Noch habt ihr keine Ahnung, was schon bald Schockwellen durch ganz Schweden und die gesamte restliche Welt jagen wird.

Er zog den soliden, luftdichten Plastikbehälter aus dem Rucksack, nahm den Deckel ab und den feucht umwickelten Gegenstand heraus. Als er das Frotteetuch abzog, stieg ihm ein schwach ätzender Geruch in die Nase. Unwillkürlich musste er lächeln.

Er sprach die russischen Worte laut aus, die er als Kind gelernt hatte: »Streck die Hand aus, Kamerad. Es wird dir stets ein Pionier zur Rettung kommen.« Mit einem trockenen, sauberen Lappen wischte er die klare Lösung ab und trug dann ein bisschen Fettsalbe auf. Als er fertig war, legte er alles zurück in den Behälter und drückte den Deckel wieder zu.

Dann nahm er die Bilder zur Hand, die er aus dem Haus in Skeppsmyra mitgenommen hatte. Das erste zeigte eine alte Fotografie aus der Heimat, auf der die Frau als junges Mädchen neben einer Freundin in einer Hängematte saß. Das zweite war ein Foto des Sohnes, Taniel, und des Vaters, Anton. Auf dem dritten war ein kleiner Junge zu sehen; es war deutlich jünger als die anderen beiden Bilder. Irgendwo in Roslagen aufgenommen.

Bei dem Gedanken daran, was ihm alles verwehrt geblieben war, brodelte erneut die Wut in ihm hoch.

Das zweite Bild war falsch.

Das dritte unwichtig.

Alle drei mussten vernichtet werden.

Er griff nach dem Benzinkanister und schlüpfte ins Bad. Dort bewaffnete er sich mit einer Schere und seinem Rasierapparat, schnitt sich die Haare und rasierte sich die Augenbrauen ab. Rieb sich mit Selbstbräuner ein. Probierte zwei verschiedene blonde Perücken aus.

Dann zog er sich aus und warf seine Kleidung mitsamt den Fotos in die Badewanne. Kippte Benzin darüber und schnippte ein brennendes Streichholz hinterher.

Im Badezimmerspiegel betrachtete er seine eigene Verwandlung. Ein weiterer Schritt weg von Straße und Knast.

Aus der Gosse zum Erlöser.

Er legte die Rechte auf das achtkantige Bild aus schwarzer Tinte, das seine rechte Brust zierte. *Unser Licht und unsere Wärme, die du uns Verlorene immer beschützt.* Um den Nabel kringelte sich die schwarze Schlange, *die du uns von der Wiege zur Bahre geleitest und alles Leben mit allem Toten verknüpfst.* Er fuhr sich mit der Hand übers Kinn und weiter über den Hals mit dem Ring aus tätowierten, nach unten weisenden Pfeilen, Symbolen seiner Auferstehung.

Er schlug mehrmals zu, hörte aber auf, als der Schwindel zu heftig wurde. Dann legte er die Hand auf das Hakenkreuz auf seiner Brust.

Ich habe geschworen, Rache zu üben.

Flammen schlugen aus der Badewanne, und er spürte die Wärme auf der Haut, schlug beide Hände vors Gesicht und schloss die Augen.

Auge um Auge, Zahn um Zahn.

43

Langsam bewegte sich Sofia Karlsson von ihrem Wagen auf die kleine Hütte in der Schrebergartensiedlung Zinken zu. Sie hatte Max' Nachricht abgehört und versucht zurückzurufen, und als sie ihn nicht erreicht hatte, ein paar Kollegen gebeten, den Hinweisen zur Odalwehr nachzugehen, die Max ihr gegeben hatte. Anschließend war sie hierhergefahren. Sie hatte versprochen vorbeizukommen, aber es war wesentlich später geworden, als sie gehofft hatte.

Sie fand es ganz furchtbar, ihn zu enttäuschen.

Die Tür der Hütte war abgeschlossen. Sie spähte durch die weiße Spitzengardine. Gut, er war da, genau wie er gesagt hatte. Er ließ immer die kleine Lampe auf dem Küchentisch brennen, wenn sie vorbeikommen wollte.

Sie zog die knarzende Tür zur Werkstatt auf und schaltete das Licht an. Erschauderte kurz beim Anblick all der Sachen, die ihr Vater einfach nicht loswerden konnte. Gartenhandschuhe und -scheren und anderes Gartengerät auf dem Pflanztisch. Das Kubb-Spiel, die Bocciakugeln, das Sprungseil. Das Dreirad, ein Puppenhaus, Hula-Hoop-Reifen, ein Fußball. Die kleinen Gummistiefel. Seit sie zuletzt hier gewesen war, waren noch mehr Sachen dazugekommen. Eine kleine Plastik-Feuerwache mit Fisher-Price-Schriftzug. Eine Brio-Holzeisenbahn. Zeug, das die Nachbarn aus der Siedlung verschenkten, weil die eigenen Kinder oder Enkel nicht mehr damit spielten, und das irgendeines Tages den Enkeln, auf die er immer noch hoffte, Freude machen sollte.

Papa, wir müssen nach vorn blicken.

Sie nahm den Schlüssel vom Nagel hinter einem Spatengriff. Knipste das Licht wieder aus und eilte zurück zur Hütte. Schloss die Tür auf und trat ein.

Das Schnarchen ihres Vaters kam ihr vor, als würde es auf- und niederwogen. Leise ging sie auf ihn zu. Er hatte sich vollständig bekleidet hingelegt, in seinem Blaumann und der warmen, rot karierten Holzfällerjacke, schlief mit halb offenem Mund, den Kopf auf einem winzigen, viereckigen roten Kissen. Das gerade, spitze Kinn war auf die Brust und auf das Kreuzworträtsel der *Dagens Nyheter* gesunken. Der Bleistift war auf den Boden gerollt – ein Zimmermannsbleistift, der eigentlich viel zu grob und stumpf für die kleinen Quadrate in dem Kreuzworträtsel war, für seine dicken Finger, für die müden Gedanken. Der kleine CD-Spieler in der Ecke lief so leise, dass man die Musik fast nicht hörte. Er drückte immer auf Repeat, sodass die Musik die ganze Nacht lang lief. Heute Nacht war es Gene Kellys *Song and Dance Man*.

Sie zog die Decke ein Stück hoch und strich ihm ein paar Strähnen aus dem Gesicht, die ihm über die Augen gerutscht waren. Lauschte eine Weile seinem ruhigen Atem.

Du hast auf mich gewartet, Papa. Willst du das wirklich für immer tun?

Sie drückte ihm einen Kuss auf die Stirn und verließ die Hütte.

Als sie wieder draußen in der lautlosen Nacht stand, kam auch das Geräusch zurück. Gleichmäßig, unaufhörlich, nicht wie der Takt eines Musikstücks oder der stille Rhythmus von Papas Atmung.

Es war die Schachuhr, die in ihrem Kopf tickte. Die der Mörder in Gang gesetzt hatte. Der nächste Zug würde ihrer sein müssen.

Bereitschaftslazarett Örebro, im Dezember 1945

Normunds' Puls betrug inzwischen nur noch siebenunddreißig Schläge pro Minute. Sowie sie angekommen waren, war er in ein separates Zimmer gebracht worden, wo er Medikamente verabreicht bekam, weil er ebenso wenig wie die anderen den Hungerstreik abbrechen würde. Ozols war es gelungen, eine Nachricht an seine Brüder in den anderen schwedischen Lagern hinauszuschmuggeln, und der Hungerstreik dauerte jetzt schon eine geschlagene Woche an. Niemand hatte bisher das Versprechen gebrochen, das sie einander gegeben hatten.

Die Ärzte, die sich draußen im Hof versammelten, schworen einander darauf ein, dass sie alle durchbringen würden. Die Leiterin der Pflegekräfte, Wass, hatte soeben angekündigt, dass eine neue Kommission aus Stockholm anreisen und sie alle erneut befragen werde. Warum sie noch einmal eine Stockholmer Delegation empfangen sollten, war indes nicht klar.

Der lettische Priester, der sie vor dem Transport besucht hatte, hatte ihm die Wahrheit anvertraut. Die schwedische Regierung hatte den Auslieferungsantrag bereits am 2. Juni erhalten – da war Ozols gerade einmal ein paar Wochen im Lager gewesen. Das war inzwischen mehr als ein halbes Jahr her. Sie hatten Moskau so gut wie umgehend geantwortet, dass sie dem Begehren stattgeben würden. Gleichzeitig hatte die Regierung eine geheime Pressekonferenz abgehalten und die Medienvertreter darauf eingeschworen, Stillschweigen zu bewahren. Dann war die Nachricht im November in mehreren Lokalzeitungen veröffentlicht worden, woraufhin auch die Hauptstadtzeitungen alles publik gemacht hatten.

Insofern wäre die neuerliche Debatte mit der neuen Delegation zwecklos, letzten Endes wären sie ja doch an den Regierungsbeschluss gebunden. Solange die Gefangenen nicht beweisen konnten, dass sie nicht über die Ostsee gekommen waren, hatten sie keinen Anspruch auf Asyl oder auf Entlassung. Sie würden auch weiterhin als sowjetische Staatsbürger betrachtet werden, und die Sowjets gehörten nun mal zu den Siegermächten.

Politiker und Journalisten. Im Verrat vereint.

Ihr Schicksal war also besiegelt.

Ozols hatte seine Brüder davon in Kenntnis gesetzt, dass sämtliche Maßnahmen des Personals unter Wass' Leitung ihnen bloß falsche Hoffnungen machen und sie entzweien sollten. Nachts werde man ihnen Lügenmärchen von einem Kameraden erzählen, der den Hungerstreik abgebrochen habe und sich gerade den Bauch mit Hausmannskost vollschlage. Alles nur, um ihren Willen zu brechen.

In den vergangenen Tagen hatte er an nichts anderes mehr denken können als an Essen. Alle anderen Gefühlsregungen – Liebe, Sehnsucht und Zorn – waren im selben Maß verschwunden, wie das Fleisch von ihren Körpern geschmolzen war. Wenn ihm schwindlig geworden war, hatte Ozols ein Salzkörnchen gelutscht, um seinen Körper zu beruhigen. In ein paar Tagen würden die Magensäfte aufhören zu fließen, er würde nur weiter stark bleiben müssen und hungern. Zu verhungern war kein schwieriger Tod. Man musste ihn lediglich aushalten.

Wenn einer von ihnen ohnmächtig wurde, bekam er Spritzen mit Herzmedikamenten. Sie hatten trainiert, nachts wach zu bleiben, was eine enorme mentale Anstrengung erforderte, aber wenn sie im Lazarett einschliefen, liefen sie Gefahr, zwangsernährt zu werden, und sobald sie wieder anfingen zu essen, würden sie sterben – sie würden für gesund erklärt und ausgeliefert werden, sobald sie wieder bei Kräften wären. Aber wenn er wider Erwarten nicht hier in Schweden krepieren sollte, dachte Ozols, dann war die derzeitige Übung eben die Vorbereitung darauf, was in Sibirien auf sie wartete.

Zwei Männer hoben ihn auf ein Bett auf Rollen und schoben ihn in die Station. Eine Hilfsschwester kam auf ihn zu. Hübsch, jung, mit einem teuer aussehenden Mantel über den Schultern. Sie streifte ihn ab, setzte sich ans Fußende und fing an, ihm die Stiefel aufzuschnüren.

»Nein«, sagte Ozols.

Sie ignorierte ihn und machte weiter. Als sie begann, seine Füße zu waschen, kamen ihm die Tränen.

»Nicht«, sagte Ozols wieder und stemmte sich auf die Ellbogen hoch, um sie besser sehen zu können.

Ihre Blicke begegneten sich.

»Zwei lettische Brüder aus einem anderen Lager haben sich das Leben genommen, kaum dass sie hier angekommen waren«, sagte sie. »Das war vor zwei Tagen. Wir hatten ein paar scharfe Gegenstände in den Schubladen oder in irgendeinem Schrank liegen lassen. Ein Mann hat sich ein Messer ins Herz gerammt, der andere hat sich den Bauch aufgeschlitzt. Es ist ganz fürchterlich.«

Ozols schloss die Augen. Ihm war schlagartig schwindlig geworden. Jetzt hatten schon mindestens drei seiner Brüder Selbstmord begangen.

»Wer bist du?«, fragte Ozols. »Wie kommt es, dass du Lettisch sprichst?«

»Ich bin auch ein Flüchtling, genau wie du. Ich bin auf Snikera außerhalb von Riga zur Welt gekommen und mit meinen Eltern vor knapp zwei Jahren geflüchtet. Du kannst Anna zu mir sagen, allerdings heiße ich erst so, seit ich hier in Schweden bin. Eigentlich dürfen Balten hier nicht arbeiten, und wenn Oberschwester Wass erfährt …«

»Snikera?«, unterbrach Ozols sie.

Seine Stimme war kaum mehr als ein Wispern. Er ließ sich zurück aufs Bett sinken. Wurde in die Vergangenheit zurückkatapultiert. Zu den Tagen im Tallinner Hafen. Die letzte Fahrt mit der *Triin*. Wie er von den Schleppern auf Arholma verraten worden war. Das Wiedersehen in Skeppsmyra, das der Anfang vom Ende gewesen war. Rebeka, die ebenfalls auf Snikera aufgewachsen war. Der Sohn, den er nie kennengelernt hatte.

»Ich kannte mal jemanden, der von Snikera stammte«, sagte er. »Eine Frau in deinem Alter.«

Anna sah ihn aufmerksam an. Sie hatte die schönsten braunen Augen, die er je gesehen hatte. War er gestorben und die Frau ein Engel? Sie strich ihm über die Stirn.

»Schhhh«, machte sie. »Versuch, dich auszuruhen. Du bist der Anführer unserer Brüder. Wir brauchen dich.«

Und zum ersten Mal seit Langem verspürte Ozols keinen Hunger mehr. Anna streichelte seine Stirn, seine Wangen. Solange sie hier wäre, würde ihm nichts Schlimmes zustoßen.

Leise stimmte sie ein Lied für ihn an, eins aus ihrer Heimat. Als der Schlaf kam, sträubte er sich nicht. Die Worte und die Melodie versetzten ihn zurück in die Wälder seiner Kindheit, zu den perlenden Bächen im Pokaini.

Aija, zuzu, lacu berni, aija, zuzu.

Mittwoch, 16. August

44

»Als Exsoldat hast du gelernt, deinen Einsatz vorab genau zu kalkulieren«, sagte Sarah.

Max blickte von seinem Vollkornbrot mit Leberwurst und Essiggurke auf. Sie saßen im Außenbereich der Valhallabäckerei an einem Zweiertisch. Das Café war wie immer, wenn die Sonne schien, bis auf den letzten Tisch besetzt. Ein Grüppchen junger Mütter saß direkt neben ihnen, und die Kinderwagen bildeten eine Art Wall zur Straße.

»Die Schlacht um die *Kursk* haben wir verloren. Ich verstehe natürlich, dass das, was mit Maj-Lis passiert ist, an dir nagt – und dass du der Polizei helfen musst. Aber Paschie braucht dich derzeit auch, und diese Schlacht ist noch nicht verloren. Du musst für sie da sein.«

Max nickte, und dann platzte es aus ihm heraus, ehe er sich auf die Zunge beißen konnte: »Paschie geht ungern zum Arzt. Stattdessen war sie beim Schamanen.«

»Dann geh du auch hin, wenn sie das will. Geh mit ihr zum Yoga, oder meldet euch zu einem dieser Vorbereitungskurse an. Wenn es das ist, was sie braucht, dann musst du mitziehen.«

»Habt ihr das auch so gemacht? Habt ihr auch zusammen atmen geübt?«

»Ich und Lisette?«, gab Sarah zurück. »Wir haben uns in Kopenhagen zusammen hingesetzt und einen Katalog durchgeblättert, einen Spermien-Katalog. Dann haben wir gekifft, uns besoffen und miteinander geschlafen. Anschließend durfte ich diese verdammten Kaulquappen *neun Monate lang* austragen. Zwei Mal! Das Schlimmste, was mir je passiert ist. Und das Beste, was ich je gemacht habe.«

Die Mamis am Nachbartisch waren verstummt und spähten zu ihnen herüber. Sarah sah ein, dass sie ein bisschen zu dick aufgetragen hatte, zuckte aber trotzdem nur mit den Schultern. Dann fing sie an, in ihrer Handtasche zu wühlen.

»Ich weiß schon, dass ich Lisette irgendwie verzeihen muss, wenn ich je wieder zur Normalität zurückkehren will. Ich *weiß*, dass es so ist.« Sie sah von ihrer Handtasche auf. In ihrem Blick lag eine neue Schärfe. »Aber wer schafft so was bitte? Schaffst du das? Verzeihen und weitermachen, als wäre nichts geschehen?«

Max hing für einen Moment seinen Gedanken nach, ehe er antwortete.

»Es gibt gewisse Dinge, die können bloß die Götter verzeihen. Nur bin ich eben ein normaler Mensch.«

Sarah nickte.

»Ich hab jedenfalls zugestimmt, dass sie mich und die Kinder sehen kann. Wir gehen Mittagessen.«

Dann legte sie einen Zeitungsartikel auf den Tisch, einen Ausdruck aus dem *Baltic Report*, einer Onlinezeitung, die täglich Nachrichten aus dem gesamten Baltikum veröffentlichte.

»Als wir in dieser lachhaften Besprechung saßen, hat dieser Panther – Anastasia Friedenberga – den Bombenanschlag auf das Centrs erwähnt. Sie meinte, das wäre das Paradebeispiel für die alte russische Herangehensweise, die sie dort jetzt wiederbeleben, und ein unmissverständliches Zeichen dafür, dass der Kalte Krieg wieder zurück ist.«

»Womöglich liegt sie damit nicht ganz falsch«, murmelte Max.

»Allerdings haben wir jetzt fast zehn Jahre Annäherung und Offenheit zwischen Russland und dem Westen erlebt – warum sollten sie dann auf einmal ihre Strategie ändern?

Sich verbarrikadieren und wieder mit so einem Mist anfangen?«

»Sie haben einen neuen Präsidenten. Du weißt selbst, was der uns vor vier Jahren geschickt hat.«

Sarah nickte. Das Schreiben mit dem Bußgeldbescheid an Vektor und dem Einreiseverbot nach Russland würden sie alle nie vergessen. Ein Einreiseverbot, das nach wie vor Bestand hatte. Einer der Männer, die das Schreiben unterzeichnet hatten, war damals Vorsitzender des Komitees für Auslandsbeziehungen im Sankt Petersburger Rathaus gewesen: Wladimir Putin. Derselbe damals noch unbekannte junge Mann, der jetzt am Neujahrstag triumphal neben Jelzin gestanden und verkündet hatte, dass er die Führung des größten Staatengebildes dieser Erde übernehmen werde. Seit mittlerweile hundert Tagen war er Präsident der Russischen Föderation.

»Ich habe versucht, so viel wie möglich über das Centrs herauszufinden. Aber vielleicht könntest du ja noch ein bisschen tiefer graben? Anastasia Friedenberga meint, der Anschlag gehe auf das Konto russischer Agenten, und Charlie will, dass wir uns genauer mit der Sache auseinandersetzen.«

»Wer ist diese Anastasia überhaupt?«, fragte Max.

Sarah schob sich eine Haarsträhne aus der Stirn.

»Gute Frage. Sie hat irgendeine persönliche Verbindung zu Charlie, allerdings will er nicht darüber reden. Sie arbeitet in der lettischen Botschaft, aber noch interessanter ist, dass sie im Führungsgremium der Vilnius-Gruppe sitzt, die den sofortigen NATO-Beitritt einer ganzen Reihe osteuropäischer Länder vorantreibt, unter anderem der baltischen Staaten. Und sie erwähnt andauernd Geheimdienstinformanten.«

Max nahm an, dass es sich bei den Informanten, auf die sich Anastasia bezog, um Leute vom DISS handelte, vom *Defence Intelligence and Security Service*, der dem lettischen Verteidigungsministerium unterstellt war. Von allen nachrichtendienstlichen Institutionen der früheren Sowjetunion wurde ausgerechnet der DISS von russischer Seite am heftigsten mit Schmutz beworfen. Der DISS bestand aus einer kleinen Einheit hart arbeitender Sicherheitsexperten, die tagtäglich mit der gleichen manischen Motivation zur Arbeit gingen wie die Leute des israelischen Mossad während des Sechstagekriegs. Für alles machten sie die Russen verantwortlich. Und die Russen machten sie für alles verantwortlich.

»Wie seid ihr bei der Besprechung überhaupt auf das Centrs gekommen?«, wollte Max nun wissen.

»Anastasia hat gefragt, ob wir allen Ernstes ein Regime unterstützen wollen, das so brutal gegen die eigene Bevölkerung vorgeht – und ihren Quellen zufolge auch mit einer neuen Aggressivität gegen die Nachbarländer. Schweden wäre im Übrigen eines davon.«

»Und sie hat den Anschlag im Centrs als Beispiel für diese neue Aggressivität angeführt? Warum sollte bitte schön Russland hinter einem Bombenanschlag stecken, der hauptsächlich Russen getroffen hat?«

»Um einen Grund zu haben, die Front zu verlegen und verlorenen Boden gutzumachen. Das ist tatsächlich nicht undenkbar. Und im selben Atemzug wird irgendein hoher Funktionär, der sich um die Interessen der russischen Minoritäten kümmern soll, auf unbestimmte Zeit nach Stockholm versetzt. Ich glaube, Charlie könnte Angst haben, dass irgendwas im Busch ist und etwas unter dem Radar passiert, während alle bloß in Richtung nördliches Eismeer schauen und sich den Kopf darüber zerbrechen, was mit den hundert russischen Seeleuten auf dem Meeresboden passiert.«

Mit derlei Winkelzügen hatten die Russen auch schon in der Vergangenheit geglänzt. Es wäre zweifelsohne hintertrieben, aber beileibe nicht undenkbar, gerade mit einem ehemaligen KGB-Mann an der Staatsspitze.

»Sie warten also, bis die ganze Welt in die andere Richtung sieht? Und bis sie überdies das Mitleid der Welt auf ihrer Seite haben?«

»So was in der Art«, sagte Sarah.

»Okay. Ich setze das Centrs auf die Liste der Dinge, die ich überprüfen muss.«

»Wie sieht denn der Rest der Liste für heute aus?«

Max trank seinen letzten Schluck Kaffee.

»Symbole«, antwortete er dann. »Polizeiarbeit.«

»Okay. Ich bin am Nachmittag unterwegs und organisiere den großen Tag morgen.«

»Charlies Siebzigsten? Was ist denn jetzt der Plan?«

»Wir fahren zu ihm raus und überraschen ihn auf Värmdö. Das Catering ist schon bestellt, nur Sachen, die Charlie gerne mag.«

»Was er allerdings am wenigsten mögen wird, ist jede Form von Aufmerksamkeit an seinem Geburtstag.«

»Ja, ich weiß, aber das können wir doch nicht zulassen, oder? Siebzig, meine Güte, das ist doch was! Zum Teufel mit Beziehungsproblemen und internationalen Krisen. Wir *brauchen* ein Fest!«

Max lachte.

»Da hast du recht.«

45

Paschie und Malin Marklund saßen nebeneinander auf einer cognacbraunen Bank in einem Café am Götgatsbacken, nicht weit entfernt von der Södermalmsskolan, wo Malin arbeitete.

»Ola ist ein Engel, wirklich, und er war in diesen anstrengenden Jahren eine echte Stütze«, sagte Malin. »Trotzdem kann ich nicht umhin, hier und da mal einen Blick zu riskieren.«

Paschie betrachtete die anderen Gäste.

»Auf wen?«, fragte sie. »Etwa den mit Bart?«

Malin nahm den Typen mit dem orangefarbenen Beanie, dem grünen Kurztrench, hochgekrempelter Jeans und Vollbart ins Visier.

»Nein, Bart war noch nie mein Ding. Verstehe gar nicht, warum Männer gern so viele Haare im Gesicht haben.«

»Ach, das kann echt schick sein. Und sexy.«

»Und wie sieht Max mit Bart aus?«

Paschie lächelte.

»Er lässt sich keinen stehen.«

Malin nahm einen Schluck Limonade.

»Dann tagträumst du manchmal von einem Bartträger? Von dem da vielleicht?« Sie nickte hinüber zum Press-Stopp-Tresen, der sich den Ladenraum mit dem Café teilte. »Der sieht doch gut aus.«

Ein Mann in einem dunkelgrauen Anzug stand dort am Zeitschriftenregal und sah sich Fotomagazine an. Zwischen seinen blank polierten schwarzen Schuhen stand eine Aktentasche aus ochsenblutrotem Leder.

»Gebildet, kunstinteressiert, sicher weit gereist«, kommentierte Paschie. »So stellst du ihn dir vor?«

»Ich weiß nicht. Zu Hause wird's einfach manchmal ein bisschen zu viel Bio und Forschung. Ich liebe Ola, aber hin und wieder träume ich davon, mich komplett irre zu verlieben, auf diese Art, bei der man den Verstand verliert. Ich weiß, dass ich so was nicht denken sollte. Du nimmst es mir hoffentlich nicht übel?«

»Natürlich nicht«, sagte Paschie.

Das Handy, das zwischen ihnen auf dem Tisch lag, fing an zu summen. Malin warf einen Blick auf das Display.

»Sag, dass er bärtig ist.«

»Mist, da muss ich wirklich rangehen.«

Paschie nahm den Anruf entgegen.

»Hallo, Denis«, sagte sie auf Russisch.

Dann stand sie auf und warf Malin einen entschuldigenden Blick zu.

»Tut mir leid, dass ich mich nicht früher zurückgemeldet habe«, sagte er. »Ich hab schon verstanden, dass es wichtig war, aber ich hatte einfach zu viel um die Ohren.«

»In der Botschaft muss es dieser Tage hoch hergehen.«

»Sie ahnen es nicht.«

»Was haben sie denn bei Ihrer Besprechung dazu gesagt? Haben Sie ihnen von unserer Initiative erzählt?«

»Ja, hab ich.«

»Und? Wie ist der Vorschlag angekommen?«

»Wissen Sie was, Paschie? Ich hab den ganzen Tag lang Termine. Was würden Sie zu einem späten Abendessen mit mir sagen? Da kann ich es Ihnen besser erklären. Ich hab einen Tisch im Gondolen um halb neun. Sehen wir uns dort?«

Paschie wusste nicht, was sie sagen sollte. Sollte das ein Date sein, oder handelte es sich hier um ein rein berufliches Zusammentreffen? Sie ahnte, dass sie das selbst würde herausfinden müssen.

Malin hatte sie nicht aus dem Blick gelassen und grinste verschmitzt. Dann rieb sie sich über das Kinn. *Bartträger!*

Paschie winkte ab und kehrte ihr den Rücken zu. Ihr Blick blieb an dem gut gekleideten Mann bei den Zeitschriften hängen. Sie musste an Max denken, an ihren gestrigen Vorstoß im Bad. An die Polizistin, die ihnen einen Strich durch die Rechnung gemacht hatte. Und daran, was sie zu ihm gesagt hatte, als sie aus dem Bad gestürmt war. Dass heute Abend die letzte Gelegenheit für diesen Monat war.

»Tut mir leid«, sagte sie. »Ich hab heute Abend schon eine andere Verpflichtung.«

»Ach, schade. Ich hätte mich wirklich sehr gefreut, dich wiederzusehen.«

Aha, jetzt war also Klartext angesagt. Paschie fühlte sich geschmeichelt und verärgert zugleich. *Was für eine dreiste Anmache.* Die Rettungsaktion war so gut wie abgeblasen, die Seeleute aller Wahrscheinlichkeit nach tot. Gleichzeitig wollte dieser Denis aus der russischen Botschaft sie zu einem Date überreden. Sollte er sich seine verdammten Infos doch sonst wo hinstecken.

»Tut mir leid. Vielleicht ein andermal.«

Im Hintergrund hörte sie, wie jemand ihn ansprach.

»Wann immer du Zeit hast«, sagte er noch. »Und vielleicht überlegst du es dir heute Abend ja noch anders.«

Damit legte er auf. Paschie schüttelte den Kopf. Dann schob sie das Handy in die Tasche und setzte sich wieder zu Malin.

»Schlechte Nachrichten?«, fragte Malin.

»Ich glaub, der wollte mich gerade anbaggern.«

46

»Sofia? *Hola, qué tal?* Thornéus hier. Wie läuft's bei dir?«

Sofia musste ein Gähnen unterdrücken. Sie hatte keine drei Stunden geschlafen. Wie so oft war ihr Schlaf während einer wichtigen Ermittlung oberflächlich, und sobald sie etwas störte, war sie schlagartig hellwach. Sie hatte den Bericht über die Odalwehr gleich am Morgen gelesen, als sie zur Arbeit gekommen war – eine spannende Lektion in Geschichte. Allerdings fiel es ihr schwer zu erkennen, was das alles mit ihrem Fall zu tun haben sollte.

»Muy bien«, antwortete sie wenig überzeugend. »Und selbst? Hast du Neuigkeiten für mich?«

»Ja, endlich haben wir im Labor etwas gefunden.«

Sie griff nach ihrem Notizblock. Darauf wartete sie jetzt schon seit Tagen.

»Schieß los.«

»Du ahnst es: Zu allererst haben wir die Fußabdrücke gesichert – Größe vierundvierzig. Allerdings hat die Überprüfung sämtlicher Hersteller in der Datenbank keinen einzigen Treffer ergeben.«

Schuhe ein und desselben Herstellers vom selben Modell und in derselben Größe waren, wenn sie frisch aus der Fabrik kamen, samt und sonders identisch. Erst wenn sie getragen wurden, entstanden Abschleifungen und andere Abnutzungsspuren, die je nach Träger einzigartig waren. Deshalb waren sie für die Spurensicherung auch so wichtig. Dass sie für die Sohle keinen Treffer erzielt hatten, war ungewöhnlich.

»Aber so schnell hast du die Flinte nicht ins Korn geworfen«, schlussfolgerte sie.

»Nein. Nur sind die Schuhe definitiv nicht aus Schweden. Womöglich nicht mal von diesem Planeten.«

»Also ein Außerirdischer«, stellte sie fest. »Wie ärgerlich.«

»Ich denke mal, die Schuhe können wir vergessen. Aber ich hab noch etwas anderes – etwas noch viel Wertvolleres. Fingerabdrücke und DNA.«

Sofia zuckte zusammen.

»Willst du mich auf den Arm nehmen? Hast du nicht gesagt, dass wir es mit einem gewissenhaften Täter zu tun haben?«

»Stimmt, er hat wirklich kaum Spuren hinterlassen. Aber jeder macht Fehler, wie du weißt. In unserem Fall hat es ein bisschen gedauert, aber jetzt haben wir zwei Fingerabdrücke gefunden – einen auf der Dolle des Ruderboots, den anderen auf einem Bauteil der Truhe von der Auktion. Beides nur Teilabdrücke, und Fakt ist auch, dass sie zu den schwierigsten gehören, die wir bislang hatten.«

»Aber zu irgendeinem Schluss seid ihr gekommen?«

»Es ist ein und derselbe Täter«, sagte Thornéus. »Aber auch hier haben wir keinen Treffer.«

Sofia nickte und machte sich eine Notiz. Genau wie sie befürchtet hatte: Der Mörder war polizeilich nicht bekannt.

»Und die DNA?«

»Stammt von einer winzigen Blutspur aus Berga, die wir nicht dem Opfer zuordnen konnten. Sie befand sich unter der Plastikfolie auf dem Tisch in dem Lagerraum, in dem Lindström gefunden wurde. Wir haben sie analysiert – mit dem gleichen Ergebnis: kein Treffer. Wir können natürlich nicht mit Sicherheit sagen, dass das Blut von derselben Person stammt wie die Fingerabdrücke, aber wir können hiermit die Personen ausschließen, von denen wir Vergleichsproben haben: Elias Skagerlind und Sebastian Öberg.«

Sofia stellte ihren Becher unter die Kaffeemaschine, drückte auf den Knopf, und die Maschine fing an zu dröhnen. Sollten wir ernsthaft so viel Glück gehabt haben?, fragte sie sich, während der Becher mit Kaffee volllief. Auf Berga war der kleine Verschlag mit Baupappe ausgelegt gewesen, der Tisch mit Plastikfolie, und anschließend war alles penibel gereinigt worden. Trotzdem hatten die Techniker etwas gefunden.

Selbst wenn ihm ein Fehler unterlaufen war, sprach doch vieles dafür, dass der Täter sich akkurat vorbereitet und auch schon zuvor Morde verübt hatte. Hatten sie es mit einem Auftragskiller zu tun? Dann wiederum gab es davon nicht allzu viele. Noch während der Kaffee in ihren Becher lief, kam ihr ein Gedanke, den sie lieber gar nicht denken wollte: dass nämlich Auftragskiller fast immer im Auftrag von Staaten handelten.

47

»Vielleicht finden Sie ja Gefallen daran, für eine Weile nicht pendeln zu müssen, Robin«, sagte Sarah und nickte in Richtung Schloss Edsberg, das hinter ihnen lag.

Charlie und sie hatten im Verteidigungsministerium angerufen und versucht, mit Robin Molander Kontakt aufzunehmen. Nach einer Weile hatten sie dort in Erfahrung gebracht, dass der Büroleiter krankgeschrieben und zu Hause am Edsviken in Sollentuna war. Jetzt stand er neben ihnen, richtete den Blick auf die lang gezogene Bucht und zerpflückte ein paar Scheiben Toast, die er den Kanadagänsen am Ufer hinwarf.

»Was mit Torbjörn passiert ist, ist fürchterlich«, sagte Charlie.

Robin Molander seufzte.

»Es lässt mich nicht mehr los. Es geht mir in einer Tour im Kopf herum. Was, wenn er aufgrund des Meetings umgebracht wurde, das wir geplant hatten? Können Sie sich vorstellen, durch welche Hölle seine Frau und Kinder gerade gehen?«

Charlie schüttelte den Kopf.

Wie der Pitcher in einem Baseballspiel schleuderte Molander das letzte Stück Brot aufs Wasser hinaus. Dann drehte er sich wieder zu Sarah und Charlie um.

»Worüber wollten Sie denn nun mit mir sprechen?«

»Wie wir erfahren haben, wurde der Einsatz des URF in der Barentssee abgeblasen«, sagte Sarah.

Mit einem Nicken schlenderte Molander in Richtung der alten Dampferbrücke am Ostufer der Bucht. Sarah und Charlie folgten ihm.

»Wir fragen uns, ob wir nicht trotzdem versuchen sollten hinzukommen«, sagte Charlie. »Und wenn es nur wäre, um die Leichen zu bergen. Genau wie bei Torbjörn Lindström gibt es auch dort trauernde Angehörige, die unsere Hilfe benötigen und demnächst Entschädigungsforderungen an den russischen Staat stellen müssen, damit sie ihr Leben weiterhin bestreiten können. Und die Familien brauchen ein Grab, an dem sie trauern können.«

Sarah legte eine Hand auf Robins Arm.

»Sie wissen selbst, dass die russischen Vorstöße, an die *Kursk* anzudocken, zwecklos sind. Ihre Ausrüstung ist zu alt und marode. Ohne Hilfe wird es nicht funktionieren.«

Molander blieb stehen und sah in Richtung Park. Dort hatte sich eine Vorschulklasse versammelt. Drei Erzieherinnen hatten alle Hände voll zu tun, die Dreijährigen in neongelben Westen um eine Picknickdecke zu scharen.

»Ich weiß, es klingt furchtbar, wenn ich das jetzt sage, aber auf gewisse Weise kam sein Tod durchaus gelegen«, sagte Molander.

»Gelegen?«, hakte Sarah nach. »Wie meinen Sie das?«

»Es hat unseren Plänen ein sofortiges Ende gesetzt. Und uns womöglich vor etwas viel Schlimmerem bewahrt, was uns noch härtere Kritik aus den eigenen Reihen beschert hätte.«

»Sie hatten vor, Menschenleben zu retten«, wandte Charlie ein. »Wofür sollten Sie da bitte kritisiert worden sein?«

»Unser oberster Chef …« Molander stockte. »Ich sollte das eigentlich gar nicht erzählen.«

Er ging weiter über den Kiesweg, der am Wasser entlangführte.

Charlie streckte eine Hand aus und legte sie sanft auf Molanders Arm.

»Wir kennen uns jetzt schon so lange – Sie können sich auf uns verlassen.«

Molander wand sich aus Charlies Griff.

»Mit dieser Sache will niemand mehr etwas zu tun haben. Wir ziehen uns da gerade komplett raus.«

»Sie wissen, dass wir nicht nur unsere Kontakte und unsere Zeit mit in den Ring geworfen haben, sondern auch emotional involviert sind«, sagte Charlie. »Was haben Sie gehört? Ich finde, wir haben es verdient zu erfahren, was hier vor sich geht.«

Molander fuhr sich mit der Hand über den Nacken.

»Es sieht ganz danach aus, als wäre die Behauptung der Russen, dass eine Kollision den Untergang verursacht hätte, nicht ganz unbegründet.«

Charlie sah Sarah an. Er schien nicht zu wissen, was er darauf erwidern sollte.

»Wir haben Berichte gehört, dass das russische Sonar am Meeresboden nicht nur ein U-Boot, sondern gleich zwei erfasst hätte«, sagte sie. »Außerdem hat das Pentagon verlautbaren lassen, dass eins seiner U-Boote, die *Toledo* oder die *Memphis*, sich nicht rechtzeitig im Marinehauptquartier zurückgemeldet hat.«

Molander nickte.

»Das russische Sonar hat ein U-Boot am Meeresboden registriert, kurz bevor es sich langsam von dort zurückgezogen hat«, sagte er. »Ein paar Funkamateure haben überdies mit angehört, wie ein U-Boot den nordnorwegischen Flottenstützpunkt Tromsø um Erlaubnis angefunkt hat, außerplanmäßig die Werft anzulaufen. Die norwegische Botschaft hat anscheinend den Russen mitgeteilt, es soll sich dabei um akute Reparaturen handeln – und wir haben russische Satellitenbilder von Tromsø gesehen. Darauf ist ein U-Boot mit erheblichen Schäden am Rumpf zu erkennen. Sogar die Identität können wir mittlerweile bestätigen. Es handelt sich ohne jeden Zweifel um die USS *Memphis*.«

48

Paschie warf ihre Handtasche im Büro ein wenig zu nachlässig in die Ecke und zuckte bei dem Aufprall zusammen. War da gerade etwas kaputtgegangen? Das Handy? Na, wenn schon.

Denis' unverhohlener Flirt hatte sie wütend gemacht und hallte noch immer in ihr nach. Die *Kursk*-Katastrophe drohte die Welt in einen neuen Krieg zu stürzen, und Max war drauf und dran, kopfüber in eine Mordermittlung hineingezogen zu werden. Und was hatte im selben Moment ihr Kontaktmann aus der russischen Botschaft im Sinn? Sie ins Bett zu kriegen? Und wie ich noch vorbeikomme! Ich nehme all meine Spritzen und Kanülen mit und schenke dir meinen aufgeschwemmten Körper. Weil ich an Informationen kommen will. Wie ein sowjetischer Romeo-Agent.

Sie griff sich an die Stirn. Oder hatte sie überreagiert? Womöglich war Denis gar nicht darauf aus gewesen? Vielleicht handelte es sich ja trotz allem nur um ein Gespräch, das sie besser unter vier Augen bei einem Abendessen statt am Telefon führten?

Auf jeden Fall wollte sie einfach nur ihren Job machen. Bei ihrer gestrigen Besprechung hatte Max ihr die Möglichkeit eröffnet, sich auf die Frauen zu konzentrieren, die mittlerweile aller Wahrscheinlichkeit nach zu Witwen geworden waren und denen ein Leben bevorstand, in dem sie mit einer dermaßen kläglichen Rente zurechtkommen mussten, dass es nicht mal mehr reichte, um den Kindern genügend zu essen zu kaufen. Paschie hatte derlei Geschichten schon häufig gehört: die angestrengten Versuche, einen neuen Mann kennenzulernen, was die meisten als einzigen Ausweg ansahen; Männer, die diese Frauen vielleicht sogar wollten, nicht aber deren Kinder, sodass die Beziehungen alsbald destruktive Züge annahmen. Trotzdem war das noch nicht das Worst-Case-Szenario. Viele entschieden sich einfach dafür zu verschwinden – entweder in eine süßlich-schweißtreibende Wodkahölle. Oder aber sie kramten die alte Dienstwaffe des verstorbenen Gatten hervor und setzten sie sich an die Schläfe, während die Kinder schliefen. Und was wurde dann aus denen? Die früheren Sowjetgefängnisse waren voll von Kindern, die als Kleberschnüffler groß geworden waren und Tätowierungen am ganzen Körper trugen, die sie einander mit Messerklingen und erhitzter Tinte eingeritzt hatten.

In gewisser Weise gehörte auch sie selbst dazu. Ihre Mutter hatte sie allein großgezogen, nachdem ihr Vater eines Tages vom KGB abgeholt worden und nie mehr zurückgekommen war. Als Kind hatte sie sich immer gefragt, was denn der Geheimdienst von einem Fischer gewollt hatte. Sie hatte nie in Erfahrung gebracht, wie die Anklage gelautet hatte. Doch alle wussten, dass das auch gar keine Rolle spielte. Wenn man verhaftet wurde, war man schuldig und gab am besten sofort alles zu.

Sie wischte mit der Hand über den Schreibtisch und schleuderte sämtliche Papiere zu Boden. Dann watete sie durch das Durcheinander, das sie angerichtet hatte, förderte ihr Adressbuch zutage und blätterte zur ersten Person, die sie anrufen wollte. Greta Hammar, die Stockholmer Frauenbeauftragte.

»Hier ist Paschie Kowalenko von Vektor. Ich nehme an, Sie haben gehört, was mit dem Atom-U-Boot *Kursk* passiert ist?«

Greta hustete sich erst mal aus.

»Ja, wirklich schrecklich.«

»Hundertzehn russische Seeleute hinterlassen trauernde Familien, die nicht den Hauch einer Chance haben, mithilfe der Kompensationszahlungen des Militärs zu überleben.«

»Es gab Klopfgeräusche, hat es geheißen. In den ersten vierundzwanzig Stunden haben sie da unten also noch gelebt. Die armen Teufel. Sind sie jetzt alle tot?«

»Das ist noch nicht bestätigt, aber wir müssen davon ausgehen. Und deshalb wollen wir auch im Lauf des heutigen Tages zweihundertfünfzigtausend Kronen zusammenkriegen, um den Witwen eine Klage auf Entschädigung gegen den russischen Staat zu ermöglichen. Wir wissen, was ansonsten mit diesen Frauen und Kindern geschieht, wenn sie keine Hilfe erhalten. Da können wir nicht einfach zusehen und das alles geschehen lassen. Das sind Frauen wie Sie und ich, Greta.«

»Wie viel brauchen Sie von mir?«

»Zehntausend aufwärts wäre fantastisch. Und vielleicht Ihren Anruf bei drei weiteren Organisationen aus Ihrem Netzwerk, die wiederum das Gleiche tun könnten. Es soll alles in trockenen Tüchern sein, noch bevor wir heute Feierabend machen.«

»Ich bin dabei, kein Thema.«

»Danke, Greta.«

»Ich hab zu danken«, sagte sie. »Bleiben Sie genau so, wie Sie sind.«

49

Max stopfte die Kopien, die er erstellt hatte, und die Bücher aus der Stockholmer Stadtbibliothek in seine Tasche und lief nach draußen. Er hatte mehr gefunden als gehofft. Er lief in Richtung U-Bahn, um nach Kungsholmen zu fahren. Als er die Hand in die Tasche schob, um seine Monatskarte herauszuholen, ertastete er noch etwas anderes. Das Zettelchen aus dem Kettenglied des SS-Armbands, das er zu Hause bei Maj-Lis Toom gefunden hatte. Er strich mit den Fingerspitzen über das trockene, spröde Papier. Es sah aus wie eine alte Quittung oder eine Gepäckadresse. Lateinische Buchstaben. Eine Sprache, die er nicht verstand. Ganz unten standen zwei Namen, einmal als Unterschrift, einmal lesbar.

Raimonds Cilpa. Rebeka Meija.

Das Papier war mit der Zeit vergilbt. Ganz oben schien eine Adresse zu stehen.

Warum war dieser Zettel zusammen mit dem Armband unter Maj-Lis' Bett versteckt gewesen?

Dass sie gestorben war, war noch nicht bis zu den Medien durchgesickert. Vielleicht wäre es ja vermeidbar? Immerhin war sie keine Person des öffentlichen Interesses. Maj-Lis' Tod war nicht weiter weltbewegend.

Als er am U-Bahnhof Rådhuset wieder ins Tageslicht trat, nahm er das Handy zur Hand und rief Sarah an.

»Wie läuft's mit der Wiederbelebung in Berga?«, fragte er.

»Gar nichts läuft«, entgegnete Sarah. »Schweden zieht sich aus der *Kursk*-Sache zurück. Ich hab Gerüchte gehört, der CIA-Chef George Tenet hätte ein Treffen in Bulgarien abgebrochen, um nach Moskau zu fliegen. Weiß der Teufel, was als Nächstes passiert.«

Max schüttelte den Kopf.

»Und was sagt Charlie dazu?«

»Nach dem Treffen mit Molander haben wir unsere Lagebesprechung abgeblasen. Charlie ist nach Hause in seinen Garten gefahren, schmollt und ist beleidigt, weil er nicht zeigen konnte, dass er mindestens so tapfer ist wie der Matador aus *Ferdinand, der Stier*. Ich selbst hab unterdessen herausgefunden, dass das Schiff, das die Briten und Norweger aus Aberdeen via Trondheim zur *Kursk* bringen soll, *Seaway Eagle* heißt und die Reederei Straume Shipping. Schon mal gehört?«

»*Straume* Shipping?«

»Ja, so hab ich es mir sagen lassen.«

»Vielleicht ist es ja Zufall, aber der Ort im Vestlandet, aus dem Hein Espen stammt, heißt auch Straume.«

»Es könnte also seine Firma sein?«

»Das kann ich checken.«

»Okay. Kommst du später rein?«

»Ich bin gerade auf dem Weg zur Polizei, hab eben den Fachsaal eins der Stadtbibliothek auf links gedreht und diverse Universitätsinstitute angerufen. Ich glaube, mit den Symbolen bin ich ein Stück weitergekommen.«

»Paschie hat inzwischen Großes geleistet. Sie hat zugunsten der WORM bereits mehr als fünfhunderttausend Kronen gesammelt. An einem einzigen Tag! Wenn in der Folge dieser U-Boot-Katastrophe auch nur ein bisschen Sternenstaub auf Vektor abfärbt, dann einzig und allein ihretwegen.«

Max ertappte sich bei einem Lächeln, als er die Tür zum Polizeirevier aufzog. Das konnte kein Zufall sein. Er kramte das Handy wieder hervor, wählte die Nummer und landete auf der Mailbox.

»Hallo, dies ist der Anschluss von Hein Espen, bitte hinterlassen Sie eine Nachricht nach dem Piep. Hi, this is Hein Espen, please leave a message after the beep.«

Wie gut, dass eine Therapie oder ein guter Ratschlag letztlich doch zu einem guten Ergebnis geführt hatte. Allen, die Hein Espen kannten – bis zu seinem Unfall der beste Taucher der norwegischen Marine –, musste klar gewesen sein, dass er nach seiner Krankschreibung nicht zu seinem alten Arbeitgeber hatte zurückkehren können. Genauso klar war aber auch, dass er sein Aufgabengebiet nicht komplett über den Haufen werfen konnte. Er gehörte unter die Wasseroberfläche. Oder an Bord eines Schiffes, auf dem er Leute anleitete, die unter die Wasseroberfläche gehörten.

Endlich dämmerte Max auch, wie ausgerechnet Hein Espen als Erster von der Katastrophe gehört haben konnte und weshalb er nicht hatte sagen wollen, wo er gerade steckte. Unter Garantie war er als externer Unternehmer von der norwegischen Marine um Hilfe gebeten worden, sowie die *Kursk* den Meeresgrund auch nur touchiert hatte.

Max beschloss, ihm eine SMS zu schreiben.

»Straume Shipping. Wen willst du damit an der Nase herumführen? Viel Glück, und melde dich, sobald du kannst! Max.«

Jemand räusperte sich, und Max blickte auf. Sofia stand direkt vor ihm.

»Guten Tag.« Max schob das Handy in die Tasche.

»Tag?« Sofia warf einen Blick auf die große weiße Wanduhr über dem Empfang. »Die meisten würden wohl eher *Abend* dazu sagen.«

Sofia sprach kurz mit dem Wachmann und nahm ein Besucherschildchen entgegen, das Max sich an die Brust heftete. Im Aufzug nach oben in die Räumlichkeiten der Mordkommission nickte Sofia ihm zu.

»Ich habe mich über die Odalwehr schlaugemacht, von

der Sie am Telefon gesprochen haben. Danke für eine Lektion in schwedischer Geschichte. Was haben Sie sonst noch gefunden?«

»Eine Zeitschrift namens *Sign Systems Journal*, die vom Institut für Semiotik an der Universität Tartu in Estland herausgegeben wird. Ich habe einen Telefontermin mit der Professorin ausgemacht. Womöglich kann sie uns mit Ihren Symbolen weiterhelfen.«

»Okay, gut. Noch was?«, fragte Sofia.

»Das hier. Das lag unter dem SS-Armband bei Maj-Lis.«

Mit hochgezogenen Augenbrauen nahm Sofia den Zettel entgegen.

»Haben Sie Beweismittel unterschlagen?«

»War nicht meine Absicht. Der Zettel hat in dem Armband festgesteckt. Nachdem ich es in die Tasche geschoben hatte, habe ich ganz einfach nicht mehr daran gedacht. In der oberen rechten Ecke steht eine Adresse, die allerdings kaum noch lesbar ist. Der erste Buchstabe in der zweiten Zeile ist fast komplett abgerieben. Aber ich würde alle meine Ersparnisse darauf setzen, dass da Riga steht. Dass dieser Wisch von einer Rigaer Adresse stammt.«

Sofia nickte.

»Wir haben inzwischen herausgefunden, dass das Armband höchstwahrscheinlich einem lettischen Legionär gehört hat, der im Zweiten Weltkrieg für die Nazis gekämpft hat. Und jetzt ein Zettel mit einer Rigaer Adresse? Beides aus dem Haus einer alten Dame? Vielleicht hat das nichts zu bedeuten, Max, und ich bin nun wirklich keine Expertin auf diesem Gebiet. Aber reden wir hier im Zusammenhang mit Maj-Lis Toom nicht vom *falschen* Land? Lettland? War sie nicht Estlandschwedin?«

»Legionäre gab's im ganzen Baltikum. Die Letten galten allerdings als besonders loyal. Sie haben auch den Hafen von Tallinn bewirtschaftet, von dem aus Maj-Lis' Familie geflohen ist. Und ich würde sagen, es waren auch Letten, die dort vor Ort die Odalwehr gebildet haben. Unbestechlich und treu ergeben.«

»Und wer durfte noch mal außer Landes?«, wollte Sofia wissen.

»Alle, die nachweisen konnten, dass sie zu mindestens fünfundzwanzig Prozent schwedischstämmig waren. Die haben von der Odalwehr Mitgliedsausweise bekommen, und nur mit so einem Ausweis durfte man das besetzte Estland verlassen.«

»Warum ausgerechnet schwedischstämmig?«

»Die schwedische Regierung stand wohl in regem Kontakt zu den Deutschen. Da sind alle möglichen Abkommen geschlossen worden. Außerdem hatten die Deutschen ein Auge auf Schweden, weil das schwedische Volk als besonders reinrassig und arisch galt. Deshalb haben sie sich auch auf einen Handel eingelassen: schwedischstämmige Flüchtlinge gegen schwedischen Schnaps für die deutschen Soldaten.«

Er sah Sofia an, die den Kopf schüttelte.

»Von der Odalwehr in Tallinn heißt es, sie hätte Jagd auf jeden Tropfen schwedischen Blutes gemacht.«

50

Mit einem Becher Kaffee in der Hand saß Paschie an ihrem kleinen Küchentisch. Sie hatte bislang nicht einen Schluck getrunken. Ihr gingen all die Dinge durch den Kopf, die sie getan hatte. All die Richtlinien, die sie befolgt hatte. Die Gewichtzunahme, das rigorose Training – nicht zu hart, schließlich durfte sie sich nicht überanstrengen oder den Körper überstrapazieren. Vierhundert Milligramm Folsäure am Tag. Die Hormone, die sie sich spritzte, hatten dazu geführt, dass sich die eigene Hormonproduktion komplett verabschiedet hatte. Sie hasste ihren Schweißgeruch, diesen Vorboten der Menopause, die immer näher rückte, je länger sie es versuchten. Ihre Launenhaftigkeit, die Max in die Flucht schlug und bei ihr die Frage aufwarf, wer sie überhaupt war.

Am Nachmittag, kurz bevor sie Vektor verlassen hatte, hatte sie die vorläufigen Ergebnisse der letzten Untersuchung bekommen. Es war genau, wie sie befürchtet hatte. Die Unterkühlung und die schwere Infektion, die sie erlitten hatte, hatten der Gebärmutter geschadet. Eine Überdosierung von nichtsteroidalen Entzündungshemmern im Sankt Petersburger Krankenhaus hatte ihr Übriges getan. Aber es hätte durchaus noch schlimmer kommen können. Im medizinischen Sinne, so Dr. Axelsson, war sie subfertil. Sie war eingeschränkt empfängnisfähig. Immerhin nicht unfruchtbar.

Aber was hätte sie denn noch tun sollen? Sie war zum Schamanen gegangen. Sie hatte Healing-Sessions gebucht und sich akupunktieren lassen, hatte von einem chinesischen Heiler Nahrungsergänzungsmittel bekommen, hatte es mit Ayurveda, Homöopathie, speziellen Diäten und mit Naturmedizin versucht. Ihre Freizeit und ihr Sparvermögen waren samt und sonders für diese eine Sache draufgegangen. Ihre gemeinsame Lebensinvestition.

Und du musst nur eines tun: kommen.

Paschie sah erneut auf die Uhr. Sie musste an ihren Stellungskrieg vom Vorabend denken – erst dieses lauernde Herumschleichen um Max, der im Arbeitszimmer tief in seine Bücher versunken gewesen war. Dann der Zwischenfall im Bad. Ihre Botschaft war doch nicht misszuverstehen gewesen. Gestern Abend wäre *die* Gelegenheit gewesen. Heute war sie sozusagen auf Nachspielzeit, aber die lief im Handumdrehen ab. Es war jetzt fünf nach acht, und er hatte sich immer noch nicht gemeldet.

Wo steckst du, Max, verdammt?

Sie glaubte, die Antwort zu kennen. Sie hatten einander ein Versprechen gegeben, und es war nicht das erste Mal, dass Paschie das Gefühl hatte, als würde dieses Versprechen all dem entgegenstehen, was sie aus ihren Leben machen wollten. Sie hatte ihm geschworen, ihm nie im Weg zu stehen. Das Gleiche hatte er ihr geschworen. Und sie hatten sich darauf geeinigt, einen Schlussstrich unter die Vergangenheit zu ziehen und noch mal von vorn anzufangen.

Wir haben einander etwas versprochen, was unmöglich ist.

Auf ihrem Handy war eine SMS eingegangen. Als sie danach griff, machte sie sich schon auf eine von Max' typischen Ausflüchten gefasst. Doch die SMS war nicht von ihm.

»Hast du es dir noch mal überlegt? Ich hab den Tisch noch, 20.30, Gondolen.«

Sie trat vor den Spiegel im Flur. Schickte eine knappe SMS an Max mit der Frage, wann er nach Hause komme.

Dann betrachtete sie ihr Spiegelbild. Ihren Blick. Und ahnte, dass es keinen Zweck hätte zu warten.

Sie klickte sich zurück zu der Nachricht, die sie bekommen hatte.

»Okay«, tippte sie mit dem Daumen in die kleinen Tasten.

Sie nahm ihren Mantel vom Kleiderbügel, drückte die Klinke der Wohnungstür nach unten und ging.

51

»Hier gehen wir rein?«, fragte Max.

Sie waren einen Flur entlanggegangen und an diversen Tischen vorbeigekommen, an denen die Mitarbeiter der einzigen landesweit zuständigen Mordkommission im schwedischen Polizeiapparat saßen. Einige hatten ihnen nachgesehen, doch Sofia hatte ihn niemandem vorgestellt. Nach weiteren zehn, zwanzig Metern war Sofia stehen geblieben, hatte ihren Ausweis an einen Scanner gehalten und die Tür zu einem Besprechungsraum aufgedrückt. Auf dem Tisch standen zwischen Aktendeckeln ein Laptop und ein Tischtelefon.

»Den Raum buchen wir stundenweise«, erklärte sie. »Wie in einem dieser versifften Hotels in der Stadt.«

Max trat ein, zog einen Stuhl vom Tisch weg und setzte sich. Er drehte sich zu Sofia um, als sie aus ihrer Lederjacke schlüpfte. Als sie sich streckte, um die Jacke aufzuhängen, war ihr Bauchnabel zu sehen. Sie fing Max' Blick auf und stopfte sich das T-Shirt in den Hosenbund.

Max gab ihr die Nummer des estnischen Instituts.

»Sie heißt Marju Bohl.«

»Alles klar, dann ruf ich sie jetzt an«, sagte Sofia und setzte sich ebenfalls. Sie schaltete das Telefon auf Lautsprecher und schob den Apparat in die Tischmitte.

»Ja? Hier ist Marju Bohl?«, sagte eine Frau auf Englisch.

»Frau Professorin, hier ist Sofia Karlsson von der Polizei Stockholm. Mein Anruf wurde Ihnen angekündigt.« Sofias Englisch war makellos. Sie hatte einen amerikanischen Akzent. »Ich habe mir sagen lassen, dass Sie eine der renommiertesten Spezialisten Europas in Sachen Symbole sind. Ich bin in einer laufenden Polizeiermittlung auf Ihre Hilfe angewiesen. Haben Sie Zugang zu einem Computer mit einer funktionierenden E-Mail-Adresse?«

»Ja«, antwortete Marju Bohl. »Warum?«

»Wenn es in Ordnung wäre, würde ich Ihnen ein paar Fotos mailen, zu denen ich gern Ihre Einschätzung hören würde. Allerdings muss ich Sie warnen. Es ist kein schöner Anblick.«

Marju Bohl nannte ihr die E-Mail-Adresse, und Sofia schickte die Bilder.

»Sind sie schon da?«, fragte sie nach einer Weile.

»Ich klicke sie gerade auf.«

Dann hörten sie, wie Marju scharf einatmete.

»Über diese Symbole konnten wir bislang nicht viel in Erfahrung bringen«, sagte Sofia.

»Sie sind tatsächlich ungewöhnlich«, bestätigte Marju nach einer kurzen Pause. »Womöglich finden Sie eine Erklärung in einem Buch mit dem Titel *The Emblem in Scandinavia and the Baltic.* Dort sind die Ähnlichkeiten und Unterschiede zwischen Symbolen unserer Kulturen beschrieben. Ich weiß, dass das Buch in der Stockholmer Unibibliothek steht.«

»Okay, danke, ich schicke einen Kollegen hin, der es besorgen soll«, sagte Sofia. »Was können Sie uns über die Bilder sagen, die ich Ihnen gemailt habe?«

»Die sind nicht so leicht zu deuten. Besonders nicht, wenn man die grässlichen Umstände in Betracht zieht. Aber zumindest scheint mir recht klar zu sein, auf welche Gruppierung sie alle hindeuten. Es sind ursprünglich religiöse Symbole, aber ich vermute mal, dass sie in diesem Fall nicht mit religiösen Absichten eingesetzt wurden. Daher würde ich sie eher nationalistisch nennen. Allerdings sind sie wirklich äußerst ungewöhnlich und sehr alt.«

»Haben Sie sie schon früher mal auf menschlichen Körpern gesehen?«

»Ich habe schon davon gehört, dass sie in Tätowierungen vorkamen. Was wir hier vor uns sehen, sind Symbole aus diversen Ländern entlang der östlichen Ostseeküste, dem heutigen Polen sowie Weißrussland. Sie dürften entweder aus dem Romuva oder Dievturi stammen – das sind einfach gesagt vorchristliche baltische Religionen.«

»Werden diese Religionen immer noch praktiziert?«

»Im Unterschied zu anderen europäischen Ländern ist der Paganismus in unserer Region nie ausgestorben. Es gibt immer noch aktive Anhänger, vor allem in Lettland und Litauen, aber auch in anderen Ländern mit größeren Einwanderer-Communitys, beispielsweise in den USA.«

»Und was zeichnet sie aus?«

»Im Grunde könnte man sie als Naturreligionen bezeichnen, allerdings mit folkloristischem Einschlag: Man glaubt an die Magie und die mystischen Kräfte des Waldes, des Wassers, sämtlicher Naturelemente, der Sonne, des Windes, der Erde.«

Sofia machte sich auch dazu Notizen.

»Könnten Sie mir etwas über die einzelnen Markierungen auf den Leichen sagen, also eine nach der anderen?«

»Auf dem ersten Bild, das ich runtergeladen habe, haben wir ein *ugunskrusts*, ein Donnerkreuz, das über einem Nackenwirbel eingeritzt wurde. Es symbolisiert Perkun, die oberste kosmische Gottheit der alten Mythologie, den Gewittergott oder Himmelsschmied, der übers Firmament reitet und auf die Sonne einschlägt, bis diese weint. Er zieht sogar gegen den Teufel und andere Unwesen ins Feld. Sein Emblem, das Donnerkreuz, ist eine Variante des Hakenkreuzes, und zwar eine, die weit in der Zeit zurückreicht und wesentlich älter ist als das Hakenkreuz Adolf Hitlers. Schon vor dem Zweiten Weltkrieg war das Hakenkreuz in Lettland weit verbreitet. In der lettischen Kultur wird es tatsächlich eher selten mit Nazismus assoziiert.«

Marju verstummte. Sie konnten hören, wie sie auf ihrer Tastatur tippte.

»Eine Sache ist allerdings auffällig.«

»Und die wäre?«, hakte Sofia nach.

»Es muss unerhört schwer sein, diese Variante des Hakenkreuzes in Haut einzuritzen. Das spricht für außerordentliche Konzentration und Zielstrebigkeit.«

»Okay. Und die anderen Symbole?«

»Der Mann mit dem – wie es aussieht – spiegelverkehrten C unter dem Adamsapfel. Dieses Zeichen haben seit der Eisenzeit Männer auf der Kleidung oder auf Schwertgriffen getragen. Es soll unter anderem Krieger und Waisen schützen. Es ist das Zeichen des Mondgottes Meness. Der Gott des Mondes, Meness, und Sonnengöttin Saule waren Mann und Frau, doch dem Mythos zufolge soll Meness sich in Ausrine verliebt haben – den Morgenstern in weiblicher Gestalt. Für seine Untreue hat Perkun Meness bestraft, indem er ihn entzweigeschlagen hat.«

Sofia warf Max einen vielsagenden Blick zu. Endlich etwas, was in eine bestimmte Richtung wies. Wie der alte Mondgott war Claes Callmér in zwei Teile gehackt worden. Sein Adamsapfel war mit dem spiegelverkehrten C markiert worden. Genau wie Meness, der Mondgott, war er seiner Frau untreu gewesen.

»Und das Dritte?«, fragte Sofia.

»Das wellenförmige Zeichen auf dem Frauenkörper ist das Symbol von Mara, der Erdmutter, der Mutter aller Mütter, der Mutter alles Materiellen und der Elemente. Sie ist natürlich eng verbunden mit der Geburt, Kinder kommen dem Glauben zufolge durch ihre Pforte auf die Welt. Sie ist Beschützerin der Frauen, besonders der Mütter und Kinder. Außerdem wird sie mit dem Meer assoziiert.«

»Dann sind alle drei, um es zusammenzufassen, Symbole für baltische Gottheiten?«, fragte Sofia nach.

»Ja, definitiv. Kein Zweifel«, antwortete Marju.

»Sind diese Symbole in der Neuzeit in politischen Zusammenhängen verwendet worden?«

»Soweit ich weiß, nein, aber es gibt andere Symbole aus demselben Volksglauben, die inzwischen politisch besetzt sind. Das Zeichen für den Morgenstern – ein achtzackiger Stern – ist beispielsweise Symbol des dritten nationalen Erwachens in Lettland geworden. Eine Variante davon ist das Auseklis- oder Lietuvens-Kreuz, das heutzutage bei gewissen jungen Männern ein beliebtes Tattoo-Motiv ist. Lietuvens wäre in etwa das Äquivalent zum Teufel im christlichen Glauben: ein Dämon, der Mensch und Tier in der Nacht heimsucht und quält und im Schlaf paralysiert.«

»Und was ist das dritte nationale Erwachen?«, erkundigte sich Sofia.

»Ein romantisierter Nationalismus, der sich nach der Singenden Revolution, die 1991 in die Unabhängigkeit von der Sowjetunion mündete, in der lettischen Bevölkerung breitgemacht hat. Es gibt natürlich auch extreme Ausprägungen.«

»Auch hier auf unserer Seite gibt es extremistische Strömungen«, sagte Sofia. »Wissen Sie, ob diese Symbole in der Vergangenheit schon einmal in Leichen eingeritzt wurden?«

»Nein, davon habe ich noch nie gehört. Und wenn Sie mich fragen, wäre das auch höchst absonderlich, weil die baltische Mythologie genau wie die heidnischen Glaubensgemeinschaften im Grunde sehr friedfertig ist und die Kehrseite, das Böse, missen lässt, das in fast allen anderen Religionen angelegt zu sein scheint.«

»Und in welchem Zusammenhang haben Sie von diesen Symbolen als Tattoos gehört?«, hakte Sofia nach.

»Zufällig ist das noch nicht lange her – deshalb war ich auch so überrascht, als ich gesehen habe, was Sie mir geschickt haben.«

Stirnrunzelnd sah Sofia von ihren Notizen auf. Max umrundete den Tisch und ging neben ihr in die Hocke.

»Nicht lange her – was genau soll das heißen?«

»In der vergangenen Woche, da waren zwei Leute vom DISS hier zu Besuch.«

Sofia sah zu Max und schüttelte den Kopf. *Verstehen Sie das?* Max nickte. Er hatte verstanden. Er bedeutete ihr fortzufahren.

»Stand der Besuch ebenfalls im Zusammenhang mit einer polizeilichen Ermittlung?«, fragte sie.

»Ja, ganz genau. Sie machten keinen besonders beschwingten Eindruck, aber das ist ja auch nicht verwunderlich, wenn man bedenkt, was da im Centrs passiert ist.«

»Wie meinen Sie das?«, fragte Sofia.

»Frau Professorin, hier spricht Max Anger, Sofias Kollege.« Er beugte sich über Sofias Schulter. »Wissen Sie noch, wie die Kollegen hießen, die Sie nach den Symbolen gefragt haben?«

»Einer hieß Ludmars Kaldenis. Ich kann mal schauen, ob ich seine Nummer noch habe.«

»Danke, die Nummer vom DISS haben wir«, sagte Max.

Nachdem sie sich bei der Professorin bedankt und aufgelegt hatte, sah Sofia ihn mit großen Augen an.

»Wir haben endlich eine Spur«, stellte Max fest.

»Und die wäre?«

»Vor einer guten Woche ist in Riga in einem Einkaufszentrum, im Centrs, eine Bombe explodiert. Die lettische Polizei spricht von einem Terroranschlag, der gegen die russische Bevölkerung gerichtet war. Was die Drahtzieher angeht, gehen die Vermutungen auseinander: lettische Nationalisten oder die Russen selbst.«

»Und Sie glauben, dass es zwischen einem Bombenanschlag auf ein Einkaufszentrum in Riga und unseren Morden eine Verbindung geben könnte?«

»Das müssen wir jetzt herausfinden.«

52

Als Paschie aus dem Aufzug stieg, wurde sie von einem in Schwarz-Weiß gekleideten Mann willkommen geheißen, der ihr den Mantel abnahm. Hier war sie noch nie gewesen, war nur mal unten entlanggelaufen und hatte sich über dieses Restaurant dort oben hoch über der Straße gewundert. Aus den großen Panoramafenstern sah Stockholm im grellrosa Abendlicht hell erleuchtet aus. Wirklich eine schöne Stadt. Besonders an einem Spätsommerabend wie diesem.

Der Mann führte sie zu dem Tisch, der auf den Namen Sinowjew reserviert war, ein Tisch am Fenster mit Aussicht über den Saltsjön und Djurgården. Am gegenüberliegenden Ufer kreiselten noch immer die bunten Fahrgeschäfte von Gröna Lund.

Denis blickte auf, als sie sich näherte. Er trug wie immer einen Anzug. Er setzte seine Lesebrille ab und legte ein Blatt Papier zur Seite. Dann stand er auf, nahm ihre Hand und hauchte ihr drei Küsschen auf die Wangen.

»Paschie«, sagte er. »Ich bin wirklich froh, dass es geklappt hat. Schön, dass ich mal nicht allein in der Botschaft essen muss.«

Paschie setzte sich ihm gegenüber.

»Wird es einsam, fürs Heimatland zu arbeiten?«

»Manchmal«, antwortete Denis. »Vermisst du das nie?«

»Die Einsamkeit?«

Denis lächelte.

»Nein, das Heimatland. Das Russische.«

Paschie sah aus dem Fenster zu den Schiffen hinüber,

die wie Perlen auf einer Schnur am Stadsgårdskajen vertäut waren, und auf das Monstrum, das gerade inmitten der Mündung hereinfuhr. Die Wahrheit war: Sie vermisste es. Dass sie mit Leuten reden konnte, die sie verstanden, in ihrer Muttersprache. Aber das wollte sie ihm lieber nicht erzählen.

»Wie ist die Stimmung in der Botschaft?«, fragte sie.

»Der neu erwachte russische Stolz ist am Samstagvormittag mit der *Kursk* in die Tiefe gesunken.«

»Warum hat es überhaupt so lange gedauert, bis sie bei dem U-Boot waren? Warum haben die Behörden ewig nicht gesehen, was für eine Katastrophe sich da anbahnte?«

»Aus demselben Grund.«

»Stolz?« Paschie ächzte. »*Da* hatten wir noch eine Chance – in den ersten vierundzwanzig Stunden! Die ganze Welt hätte uns zur Seite gestanden. Wir hatten die Möglichkeit, diese Männer zu retten, die da unten in einer verdammten Konservenbüchse langsam erstickt sind. Wir hatten die Möglichkeit, sie hochzuholen und mit ihren Familien zusammenzuführen. Aus der Katastrophe hätte ein Triumph für Putin werden können! Warum haben wir das nicht getan?«

Denis nickte.

»Ich hatte gehofft, ich könnte noch eine Vorspeise bestellen, ehe du mich attackieren würdest. Ich habe mich geirrt.« Er winkte einem Kellner. »Aber ich finde es gut, dass du *wir* sagst, Paschie. Und nicht *ihr.*«

Paschie wandte sich ab. Erst in diesem Moment war ihr klar geworden, dass sie die Finger im Schoß ineinandergekrallt hatte, wie sie es oft bei solchen Unterhaltungen machte.

»Ich kann als Vorspeise das Toast Skagen und als Hauptgang den Wallenbergare empfehlen. Und zu trinken?«, fragte Denis. »Wir trinken Wein, oder?«

Paschie sah den offenen Medizinschrank in ihrem Bad vor sich, die Döschen mit den Einnahme- und Warnhinweisen der Apotheke. Die Haut über ihrem Bauch zwickte. Morgen früh die nächste Spritze. Dass die Seeleute gestorben waren, war nicht Denis' Schuld. Immerhin arbeitete er bloß in der russischen Botschaft hier in Stockholm. *Don't shoot the piano player.*

»Ja, wir trinken Wein«, sagte sie.

»In Ordnung, wenn ich einen aussuche?«

Paschie nickte.

»Verzeihung, ich wollte nicht …«

Doch Denis winkte angesichts ihrer Entschuldigung bereits ab. Der Kellner kam und füllte ihre Gläser.

»Ich musste heute einkaufen gehen. Mein Kühlschrank war leer, nicht mal ein Stück Zwieback fürs Frühstück. In dem kleinen Laden in der Nähe der Botschaft kennen sie uns inzwischen. An der Fischtheke bin ich nicht mal bedient worden. Der Verkäufer hat mich einfach ignoriert und andere aufgerufen, obwohl die in der Schlange hinter mir standen. Irgendwann bin ich gegangen. Weißt du, was er gesagt hat?«

»Ich kann es mir denken«, sagte Paschie. »Irgendwas über die Barentssee.«

Denis nickte.

»Auf einmal sind wir wieder die Bösen. Ich dachte eigentlich, diese Zeiten wären vorbei.« Er hob sein Glas. »Auf dich, Paschie Kowalenko.«

Paschie nahm einen großen Schluck Wein. Er legte sich wie eine beruhigende Decke auf ihren Magen. Die Bauchschmerzen, die sie früher am Tag gehabt hatte, klangen allmählich ab. Sie trank noch einen Schluck, ehe sie das Glas beiseitestellte. Denis sah sie unverwandt an. Sie spürte die Energie in seinem Blick. Und beschloss, den Stier bei den Hörnern zu packen.

»Deine Frau … Ich habe ihren Namen vergessen, aber wir haben uns mal getroffen. Du hast sie mir in der Russischen Schule vorgestellt.«

»Julia«, sagte Denis. »Sie ist wieder in Moskau. Sie hält es nicht aus, lange von dort weg zu sein. Durch und durch Moskowiterin. Für sie gibt es nur eine Stadt.«

Paschie lächelte.

»Da kann ich verstehen, wenn es manchmal einsam wird.«

»Aber das ist es heute Abend nicht – dank dir. Du solltest das öfter machen.«

»Mit dir Abendessen gehen?«

Er lachte, und seine weißen Zähne blitzten auf. Die mussten gebleicht sein. Im Oberkiefer hatte er einen Goldzahn.

»Die Kinder in der Russischen Schule unterrichten, meinte ich. Eduard redet immer noch davon.«

Paschie hatte als Teil der Vorbereitungen auf das Mir2000-Projekt vor den älteren Schülern einen Vortrag über die Kinderrechtskonvention der Vereinten Nationen gehalten. Sie hatte sich den Kopf darüber zerbrochen, wie sie das Thema altersgemäß und unterhaltsam genug aufbereiten sollte. Am Ende hatte sie den Schülern immer wieder neue Aufgaben gestellt, hatte einzelne Themen aus dem Übereinkommen herausgepickt, die dann frei umgesetzt und der Klasse vorgetragen werden sollten – in Form eines Tanzes, eines Liedes, einer Zeichnung. Was die Kinder da zustande gebracht hatten, hatte sie zutiefst berührt. Ihnen hatte nichts im Wege gestanden, nichts, was ihrer Freude und ihrer Liebenswürdigkeit Abbruch getan hätte. Auf ihnen, auf den russischen Kindern, ruhte alle Hoffnung.

»Ich habe gehört, es gebe Sicherheitsbedenken«, sagte Paschie jetzt. »Bist du nicht auch für Sicherheitsfragen in der Botschaft verantwortlich?«

»Seit dem vergangenen Jahr, das stimmt, und es gibt tatsächlich Gründe, unsere Maßnahmen neu auszurichten. Nicht nur in unserem eigenen, sondern auch im Interesse aller Russen.«

»Wie lauten denn die Interessen aller Russen?«, hakte sie nach und nahm noch einen Schluck Wein.

Als Denis bemerkte, dass ihr Glas fast leer war, schenkte er ihr nach.

»Das sind so einige, Paschie. Das weißt du.«

»Haben sie irgendetwas mit der Frage zu tun, die ich dir am Telefon gestellt habe?«

»Ich nehme doch an, die Frage hat sich erledigt?«

Paschie versuchte zu ergründen, was er wusste und was nicht. Sein Schwedisch war perfekt, er verfolgte die Berichterstattung in den Medien und hatte gute Kontakte zu den schwedischen Behörden. Natürlich wusste er, dass der Staatssekretär des Verteidigungsministers ermordet worden und dass der Versuch, einen schwedischen Rettungseinsatz in die Wege zu leiten, gescheitert war.

»Schweden kann immer noch Unterstützung anbieten. Der Wille ist immer noch da. Mit eurer Hilfe könnten wir die Operation erneut auf die Tagesordnung setzen. Eine schnelle Bergung der Leichen und eine gerechte Entschädigung der Angehörigen könnten den Schaden minimieren, den das Meinungsbild weltweit genommen hat.«

»Richtig, ja, das Meinungsbild. Allerdings ist das derzeit nicht unser größtes Problem.«

»Ich habe eine Spendenaktion ins Leben gerufen, Denis. Allein am heutigen Tag habe ich mehr als eine halbe Million Kronen gesammelt, die an eine Frauenrechtsorganisation gehen sollen, damit diese eine Klage gegen die russische Marine anstrengen kann. Es könnte sein, dass wir in entgegengesetzten Lagern landen, insofern finde ich es nur fair, dass du es von mir persönlich erfährst.«

»Wisst ihr bei Vektor schon, wer Torbjörn Lindström ermordet hat?«, fragte Denis.

Paschie verkleckerte ein paar Tropfen Wein. Weshalb wollte er das wissen?

»Nein, und die Polizei weiß es anscheinend auch noch nicht.«

Unwillkürlich tauchte Max' Bild vor ihr auf, der sich irgendwo mit Sofia Karlsson beratschlagte, dieser Polizistin, die für die Mordfälle zuständig war. Sie wischte das Bild beiseite.

»Es wird demnächst wohl offiziell, aber nachdem du so offen und unverblümt mit mir sprichst, sollte auch ich offen reden: Russland wird das Hilfsangebot der NATO akzeptieren. Ein Bergungsschiff aus Norwegen mit norwegischen und britischen Tauchern ist bereits unterwegs.«

Denis feuerte sein breitestes selbstgefälliges Lächeln ab, und Paschie ließ das Glas sinken.

Dann hatten sie sich zu guter Letzt durchgerungen, die Hilfe der Westmächte anzunehmen? Warum jetzt? Warum nicht schon früher?

Die Nachricht löste bei ihr eine Mischung aus gesteigertem Frust und enormer Erleichterung aus. Vielleicht lag die Verzögerung ja daran, dass sie erst noch gewisse Fahrzeuge und Waffen hatten abziehen müssen, die aufseiten der NATO besser niemand aus der Nähe sehen sollte?

Denis streckte sich über den Tisch und nahm Paschies Hand.

»Womöglich sind wir trotz allem doch nicht so böse?«, sagte er.

Dann ließ er ihre Hand wieder los und hob sein Glas.

»Auf all die Überraschungen, die uns noch bevorstehen.«

Paschie warf erneut einen Blick nach draußen auf die schöne Aussicht. Sie betrachtete den riesigen Luxuskreuzer, der inmitten des Saltsjön lag – unbewegt und gänzlich unberührt von den gekräuselten Wellen, die die Djurgårdsfähren zum Schaukeln brachten, die zwischen Gamla stan und Djurgården hin- und herpendelten. Die *Seas of the World*, groß wie eine Stadt innerhalb der Stadt.

»Außer mit der Mir2000 und der Spendenaktion … Womit

beschäftigt ihr euch momentan eigentlich noch bei Vektor?«, fragte Denis.

Dass er sich nach dem Mord an Lindström erkundigt hatte, wollte ihr nicht aus dem Kopf gehen. Vielleicht konnte sie dieses Abendessen ja nutzen, um im Umkehrschluss mehr aus ihm herauszubekommen? Denis war aalglatt, ihr gleichzeitig aber auch wohlgesinnt. Sie rieb sich über die Hand, die er berührt hatte. Ein bisschen *zu* wohlgesinnt.

Was hatte Max gleich wieder von den Ermittlungen erzählt? Und davon, dass in der Botschaft eine erhöhte Sicherheitswarnstufe galt? Von den Gerüchten, dass in der Ostseeregion vermehrt Agenten eingesetzt würden? Von der Sache, die Sarah und Max sich in Charlies Auftrag näher ansehen sollten?

Sie würde es darauf ankommen lassen.

»Wir sind gebeten worden, uns die Umstände rund um den Bombenanschlag auf die Shoppingmall Centrs in Riga näher anzuschauen. Weißt du etwas darüber?«

»Vorletzte Woche war das«, sagte Denis.

Sein Gesichtsausdruck veränderte sich. Paschie war sich nicht einmal sicher gewesen, was sie mit der Frage bezwecken wollte, stellte jetzt aber fest, dass sich das Kräfteverhältnis in ihrer Unterhaltung verschoben hatte. Jetzt war es Denis, der überrascht aussah.

»Lettische Extremisten – oder Nazis, um es so zu sagen, wie es ist –, haben zur Hauptgeschäftszeit einen Sprengsatz gezündet, inmitten russischer Hausfrauen, die für ihre Lieben zu Hause einkaufen waren. In einem Zuhause, das immer schwieriger aufrechtzuerhalten ist, weil das lettische Regime die Rechte der russischen Bevölkerung zusehends einschränkt, die im Übrigen keine Minderheit, sondern die Mehrheit im Land darstellt.«

»Weißt du, ob es Verdächtige gibt?«, wollte Paschie wissen.

Denis trank sein Weinglas leer.

»In den baltischen Staaten werden zurzeit diverse führende Ämter neu besetzt. Jeder hohe Posten mit russischer Herkunft wird ausgemustert und durch einen Esten, Letten oder Litauer ersetzt. Unter anderem auch im Gefängniswesen. In diesen Gefängnissen sitzen einige der gefährlichsten Männer der Welt ein, die den Großteil ihres Lebens hinter Schloss und Riegel verbracht haben und nur das Gesetz der Straße kennen – und vielleicht noch die Regeln, die unter Gefängnisinsassen herrschen. Die neuen Justizbeamten lassen sie laufen, und das nicht, weil aus ihnen reuige, einsichtige Mitbürger geworden wären, die nach der Freilassung ein stinkreiches, verhunztes Leben führen und noch Großes leisten werden. Sondern einzig und allein, weil sie *Esten, Letten* und *Litauer* sind. Für viele von ihnen ist Rache die einzige Antriebskraft. Eine Rache, die sich gegen die Russen richtet. Es dürfte kaum jemanden überraschen, wenn sich herausstellen sollte, dass der Drahtzieher hinter dem Anschlag aufs Centrs gerade erst kürzlich aus dem Gefängnis entlassen wurde.«

»Wir müssen verzeihen können, wenn wir vorwärtsgehen wollen, Denis. Das gilt für uns alle.«

»Gewisse Dinge kann man nicht verzeihen – nicht mal als Frau mit einem so großen Herzen, wie du es hast.«

Der Kellner räumte ihre Vorspeisenteller ab und stellte eine neue Flasche Wein auf den Tisch. Diesmal einen roten.

»Aber ich bin froh, dass ihr euch mit dem Centrs beschäftigt«, fuhr Denis fort. »Denn das ist ein perfektes Beispiel dafür, was unsere Landsleute ertragen müssen. Wir sollten einander helfen, unseren russischen Brüdern und Schwestern Gerechtigkeit widerfahren zu lassen und die Täter vor Gericht zu bringen.«

Er hob das Glas, und Paschie stieß mit ihm an.

53

»Schauen Sie sich das hier an«, sagte Max und schob ein Schwarz-Weiß-Bild zu Sofia rüber.

Sie hatten beim DISS in Riga angerufen. Dort hatte ein Angestellter ihnen verraten, dass Kaldenis bis Freitagvormittag nicht erreichbar sei. Doch er hatte einen Gesprächstermin für sie reserviert. Sofia hatte einen Kollegen gebeten, alles über den Bombenanschlag im Centrs herauszusuchen. Während sie auf die Rechercheergebnisse warteten, hatten sie sich einigen Artikeln über die Flucht der Balten über die Ostsee gewidmet und Dokumente gesichtet, aus denen hervorging, was einer Vielzahl der Flüchtlinge widerfahren war. Nämlich die Internierung.

Das Foto, das Max Sofia hingehalten hatte, stammte aus dem Jahr 1946 und zeigte einen blonden, nackten Mann, der von zwei schwedischen Polizeikräften in schwarzer Montur davongeschleppt wurde. Die Füße schleiften über den nassen Boden, und die Zehen hinterließen dünne Rillen im Lehm und Schotter. Rund um die schwarz gekleideten Polizisten und dem Nackten standen weitere gut zwanzig Uniformierte mit bajonettbesetzten Gewehren. Sie alle folgten mit dem Blick dem Mann, der vom Lagergelände auf einen Bus zugeschleift wurde, der ihn nach Trelleborg und an Bord der S/S *Beloostrov* bringen würde.

»Ich hatte von all dem keine Ahnung«, sagte Sofia.

»Das wird einem auch nicht gerade in der Schule erzählt«, bestätigte Max.

»Wie konnten wir damals so etwas tun?«

»Druck vonseiten den Sowjets ... und die öffentliche Meinung in Schweden war zu der Zeit ja auch nicht gerade einhellig. Ich hab einen Artikel aus der *Ny Tid* gefunden, der die Ankunft dieser Männer beschreibt – als Import baltischer Faschisten in braunen Hemden ... Der Vorläufer unserer heutigen Linkspartei hat eben keinen Spaß verstanden mit Nazikollaborateuren. Sämtliche siebenunddreißigtausend Flüchtlinge aus dem Baltikum sollten ursprünglich sofort ausgeliefert werden.«

»Aber warum?«

»Weil sie offiziell sowjetische Staatsbürger waren und die Sowjets eine der Siegermächte im Zweiten Weltkrieg. Sie hatten Europa von den Nazis befreit, und jetzt sollten die baltischen Flüchtlinge dem Besatzungsabkommen zufolge repatriiert werden.«

»Wie viele sind denn ausgeliefert worden?«

»Einhundertsechsundvierzig. Nur dass die Insassen der Internierungslager der Ansicht waren, ihre Heimatländer existierten gar nicht mehr. Sie traten in einen Hungerstreik, der über Wochen andauerte.«

Sofia erschauderte.

»Haben wir uns jemals bei den Balten entschuldigt?«, wollte sie wissen.

»Ja, kürzlich erst, bei einem Empfang des Königs hier im Stockholmer Schloss. Da hat die damalige Außenministerin Margaretha af Ugglas den Beschluss zur Baltenauslieferung als einen Fehler bezeichnet.«

Max reichte ihr einen Artikel über die Entschuldigung bei den Balten. Darin wies der Journalist darauf hin, dass ausgewählte Staaten, unter anderem die USA und Großbritannien, die sowjetische Annektierung der baltischen Staaten nie anerkannt hätten. Schweden indes hatte dies getan und an seiner Linie lange festgehalten. Während seines Besuchs in Tallinn war Außenminister Sten Andersson bei vier Gelegenheiten gefragt worden, ob Estland ein besetztes Land sei. Jedes einzelne Mal hatte er geantwortet, dass er Estland als Teil der Sowjetunion ansehe. Das war 1989 gewesen. Gerade mal elf Jahre her.

Sofia schüttelte den Kopf.

»Haben Sie eigentlich Hunger?«

Max hatte in den letzten Tagen kaum etwas gegessen.

»Ja.« Er warf einen flüchtigen Blick auf sein Handy.

Es war schon spät geworden. Und Paschie hatte ihm eine SMS geschrieben. *»Wann kommst du nach Hause?«*

»Das Hotelrestaurant gegenüber nimmt nur noch eine Viertelstunde lang Bestellungen auf«, sagte Sofia. »Was meinen Sie?«

Max musste an Paschie denken und daran, was am Vorabend im Bad vorgefallen war. Wie das Handy den Moment zunichtegemacht und was sie daraufhin zu ihm gesagt hatte. *Morgen ist definitiv die letzte Gelegenheit für diesen Monat. Wehe, wenn dir da etwas in die Quere kommt.* Irgendwas war doch immer, zumindest sah es so aus. Die Fertilitätstests, der Schamane, die Mordermittlung, die *Kursk*-Katastrophe, die Sammlung für die Witwen. Allmählich wurde es eng in ihrem Alltag angesichts all dieser Hürden …

»Bin dabei«, sagte er. »Gehen wir etwas essen.«

Als sie gerade das Restaurant betreten hatten, sagte Sofia: »Ich muss mich noch eben schnell frisch machen.«

»Ich auch.«

»Die Toiletten im Erdgeschoss werden derzeit saniert«, teilte ihnen der Kellner mit. »Aber Sie dürfen gern die Toiletten im Tagungsstockwerk benutzen. An der Rezeption sagen sie Ihnen, wo Sie hinmüssen.«

Max zuckte mit den Schultern und eilte zurück in die Lobby, Sofia dicht auf den Fersen.

»Aber ein Zimmer müssen wir nicht auch noch nehmen?«, witzelte sie, während er die Schlüsselkarte für den Aufzug entgegennahm.

Max grinste sie an.

Zurück im Restaurant führte derselbe Kellner sie an einen freien Tisch. Nachdem sie ihre Bestellung aufgegeben hatten, tippte Sofia kurz etwas in ihr Handy.

»Wie geht es Ihnen eigentlich gerade?«, wollte Max wissen.

»Muss endlich nicht mehr pinkeln.« Sie sah von ihrem Handy auf. »Warum fragen Sie?«

»Das meinte ich nicht«, sagte Max.

»Ganz okay ... Ich habe Hunger.« Sie legte das Telefon beiseite. »Warum sitzt jemand wie Sie überhaupt in einem Büro? Und hat eine Visitenkarte, auf der *Analyst* steht?«

»Sie finden, der *Analyst* steht mir nicht?«

»Analysten sind schmächtige Typen, die die Schule nicht verlassen wollen. Die sich in der Oberstufe an die Wand pressen, sobald jemand wie Sie an ihnen vorbeigeht.«

»Seien Sie nicht so voreingenommen. Das ist in Ihrem Job nicht gut.«

»Schon klar. Aber trotzdem. Warum? Warum Russland, warum Vektor?«

»Ich dachte, Sie kennen meinen Lebenslauf?«

»Ja schon, aber diese ganze Sache ... Fühlt sich das irgendwie richtig an? Glauben Sie, dass wir jemals in Ruhe und Frieden mit unserem mächtigen Nachbarn im Osten zusammenleben können?«

»Seit dem Mauerfall versuchen wir doch, unser politisches System in Russland zu installieren. Der Westen hat den Kalten Krieg gewonnen, und die Friedensverträge hat auf russischer Seite ein Präsident unterzeichnet, der besoffen und pleite war und einfach nur verhindern wollte, dass die Union in tausend Stücke zerbricht.«

»Waren unsere Bedingungen denn so schlecht?«

»Gute Frage. Und die Frage, die Russland sich derzeit stellt, ist die gleiche, die sich auch China, ganz Afrika und andere Teile der Welt stellen: Sieht der Westen überhaupt, dass wir anders ticken? Dass wir eine andere Kultur und überhaupt eine andere Geschichte haben? Wenn wir die Westbedingungen nicht akzeptieren, die Bedingungen all dieser Organisationen – Weltbank, UNO, EU, NATO –, wird der Westen dann je in Frieden mit uns zusammenleben wollen?«

»Was glauben Sie?«

»Ich glaube, dass es wichtig ist, was ich und Vektor leisten.«

»Um den Frieden zu sichern?«

Max nickte.

»Nichts ist schlimmer als Krieg.«

Sofia sah an Max vorbei in die weitläufige Lobby. Dann senkte sie die Stimme.

»Ich werde das Gefühl nicht los, dass ... Sobald ich mich auch nur ein bisschen entspanne, wie gerade drüben in der Lobby, als wir so gelacht haben, oder wenn ich nach Hause in meine Wohnung komme, ist es, als würde in meinem Kopf eine Uhr runterticken. Mein Chef meint, unser Täter drückt mit jedem neuen Opfer den Knopf einer Schachuhr. Wenn von uns nicht bald der nächste Zug kommt, dann ist er wieder dran und setzt dieses verdammte Ticken wieder in Gang.«

»Gibt's denn jemanden zu Hause, der Ihnen dabei helfen könnte, den Job nach Feierabend zu vergessen?«

»Gab's mal. Ist aber Geschichte. Ich bin in solchen Sachen nicht besonders gut. Und ehrlich gesagt macht ein Fall wie dieser alles nur noch schlimmer.«

Max nickte.

»Aber ich habe meinen Papa«, fuhr Sofia fort. »Wir haben beide eine besondere Vorliebe für alte amerikanische Musik oder besser gesagt Filmmusik. Wir suchen nach alten Aufnahmen und spielen sie uns vor.«

Sie lächelte schief.

»Dann ist er Musiker?«

»Nein, gar nicht. Er war Lehrer für Handarbeit und Werken. Die Musik war immer Mamas Ding …«

»*War*?«, hakte Max nach.

Sofia atmete tief durch.

»Sie ist gestorben. Sie hat fächerübergreifend zu den Themen Musik und Lernen geforscht. Musik als Medizin der Zukunft. Hat ihre Thesen unter anderem in *Forskning & Framsteg* publiziert.«

Bei der Erinnerung an ihre Mutter musste Sofia lächeln.

»Die beiden waren total verschieden, krass. Sie die verdammte Hippiebraut … Aber wir haben sie vergöttert.«

»Was ist passiert?«

Sofia nahm einen Schluck Wasser Die Eiswürfel klirrten, als sie das Glas zurückstellte.

»Sie ist eines Abends, da war ich fünfzehn, an eine Skinhead-Gang geraten. Sie wollten sie nicht umbringen oder so, nur ein bisschen Ärger machen. Allerdings waren sie besoffen, und das Ganze ist aus dem Ruder gelaufen. Sie ist an der Slussen ins Wasser gestürzt und runter in ein Ablaufrohr gesaugt worden. Sie ist nie gefunden worden.«

»Verdammt«, sagte Max. »Das tut mir wahnsinnig leid, ich hätte nicht …«

»Nein, nein, kein Thema. Jetzt wissen Sie, was meine Kollegen auch wissen. Warum ich das tue, was ich tue. Warum ich mich jeden Tag wieder mit so einer Scheiße beschäftige. Ich hab alles gelesen, was es zum Thema Rechtsextremismus zu lesen gibt, als würde ich so irgendwann eine logische Erklärung dafür finden, was mit Mama passiert ist. Ich hab mir an der Polizeischule beide Beine ausgerissen, war eine Zeit lang bei der Terrorabwehr, hab dann einen ordentlichen

Job im Stockholmer Stadtzentrum bei der Rikskrim gekriegt. Es gibt nicht viele, die mehr über Neonazis wissen als ich. Glauben Sie, dass ich damit einer Erklärung für Mamas Tod näher gekommen wäre? Oder dass ich mich irgendwie mit dem Schicksal versöhnt hätte?«

Max schüttelte den Kopf. Aber was sie erzählt hatte, erinnerte ihn in vielerlei Hinsicht an sich und sein eigenes Leben.

»Wissen Sie denn, warum es ausgerechnet Ihre Mutter getroffen hat?«

»Weil sie zufällig zur falschen Zeit am falschen Ort aufgetaucht ist. Weil sie zufällig aus Mexiko stammte und ihre Haut eine Nuance dunkler war. Aber hauptsächlich wohl, weil die sich unten am Anleger ein paar Flaschen Brännvin Special reingekippt hatten, kurz bevor Mama dort vorbeispaziert kam.«

Max verspürte wieder einen leichten Schwindel. Dann war also auch Sofia ein Opfer sinnloser Gewalt. Ein Opfer verquerer Glatzköpfe, die sich von einer schwachsinnigen Ideologie zu schierem Wahnsinn hinreißen ließen.

»Sie hat amerikanische Filmmusik geliebt«, fuhr Sofia fort. »Und hat das weltbeste Frühstück zubereitet. So behalte ich sie in Erinnerung.«

Max lehnte sich nach vorn.

»Wir kriegen diesen Teufel«, sagte er. »Und schalten die Schachuhr in Ihrem Kopf ab.«

54

Wass.

Er lag vor Kandinski auf einem Bett aus Fichtenreisig. Hände und Füße waren gefesselt. Das Panzerband hatte er ihm mehrmals um den Kopf gewickelt. Die Augen hatte er freigelassen. Er wollte, dass der Mann sich keinen Millimeter rührte und keinen Mucks von sich gab. Aber er sollte alles mit ansehen.

Er hatte das gedämpfte, erbärmliche Winseln des Mannes über sich ergehen lassen, als er ihm die Sonnen in die Stirn und die Ziffer in die Brust geschnitten hatte. Das Zappeln und Winden hatte dazu geführt, dass die Kreise nicht perfekt rund und auch die wellenförmigen Strahlen aus deren Mitte missglückt waren. Dabei würde all das deutlich erkennbar sein müssen – auch nach dem, was ihm als Nächstes bevorstand. Die Markierungen sollten bis auf die Knochen zu sehen sein, nachdem Haut und Fleisch geschmolzen waren. Den Boden hatte er mit Birkenreisig und Farnblättern ausgelegt.

So entledigen wir uns also all dessen, was überflüssig ist. Sowohl bei euch als auch bei uns selbst.

Schon bald würden sämtliche Blicke der Welt genau dorthin gerichtet sein, wo er sie haben wollte. Die Wahrheit, die er der Welt offenbarte, wollte die Welt nicht hören. Dabei trug er sie in einer Sprache vor, die alle verstanden. In der einzigen Sprache, in der auch er selbst namentlich angesprochen worden war. In der Sprache der Gewalt.

Der Mann auf dem Reisigbett sah zu, wie der Kanister in

Kandinskis Hand in die Höhe wanderte. Er fing an zu zittern, zu beben, wand sich hin und her, versuchte vergebens, die Hände freizubekommen. In diesem Augenblick existierte nichts weiter als die blanke Angst. Die Angst vor dem Tod, dieser verzweifelte menschliche Überlebensinstinkt. In einem solchen Moment hatte der Mensch rein gar nichts Heiliges mehr, was ihn veranlasst hätte, an die Familie, das Kollektiv, das Heimatland zu denken. Dieser Mann wollte nur noch dem eigenen Tod entrinnen, wie ein Tier, das in die Falle des Jägers getappt war.

Kandinski ignorierte Wass' flehenden Blick, warf das Streichholz nach vorn, und es landete auf dessen Brust. Begleitet von dem Knistern des sich entzündenden Benzins und dem Kreischen des Mannes trat er über die Schwelle nach draußen.

Dort kippte er den letzten Rest Benzin über die Felge eines alten Fahrrads, die er mit trockenen Zweigen umwickelt am Zaun befestigt hatte. Dann setzte er auch den Kranz in Brand, schob die Felge mit Schwung an, sodass die Flammen herumkreiselten, immer schön rund in einer gleichmäßigen Bewegung und um die Wette mit den Flammen, die inzwischen aus dem Fenster der Hütte schlugen.

Bevor er sich ins Auto setzte, warf er noch einen letzten Blick zurück auf sein Werk. Das herumwirbelnde, brennende Rad am Zaunpfosten erleuchtete das Namensschild am Briefkasten der Familie.

Für Kandinski war der brennende Körper dort drinnen weder Mensch, Sohn noch Vater. Er war nur ein Schritt auf dem Weg. Eine Nummer.

Örebro, im Dezember 1945

Eine Heilige in einem weißen Gewand trat an sein Bett. Sie trug einen Kerzenkranz auf dem Kopf und wurde von ebenfalls weiß gekleideten Mädchen begleitet.

Er wog fünfundvierzig Kilo und konnte nicht mehr auf eigenen Beinen stehen. Er, Ozols, der breitschultrig wie Herkules war und in den Bars rund um den Tallinner Hafen nie auch nur eine einzige Schlägerei verloren hatte.

Wenn die Heilige nicht Anna gewesen wäre, hätte er sich gewünscht, er wäre tot und all das, was er gerade erblickte, eine Art jenseitiges Possenspiel.

Lucia. Du bist ein Wunder.

Sie hatte dafür gesorgt, dass sie mehr Zeit bekommen hatten, in der sie niemand störte. Obwohl er so schwach gewesen war, war es verzweifelt, berauschend, animalisch gewesen. Dass Ozols schließlich beschlossen hatte, den Hungerstreik nach zwanzig Tagen abzubrechen, lag an dem neuen Lebensfunken, den der Kontakt mit Anna in ihm entzündet hatte. Es waren inzwischen schon genug Brüder gestorben. Er würde überleben müssen, um ihren Kampf weiterzuführen. Das Feuer, das Anna in ihm entfacht hatte, und die feste Überzeugung, Anführer ihres Widerstandskampfes zu sein, würden ihn weitertragen, was immer passieren mochte.

Widerwillig hatte er seine Brüder dazu aufgefordert, den Schweden eine letzte Chance zu geben. Doch die neue Ärztekommission hatte sich als zwecklos erwiesen, genau wie er befürchtet hatte. Anfangs hatten sie sie ganz behutsam gefüttert, erst mit Brei, und als sie dann ein wenig zu Kräften gekommen waren, mit Süßigkeiten und gutem Essen. Es würde in ihrer Geschichte keine weiteren Wendungen mehr geben. Sie waren Schweine, die gemästet wurden, ehe es zur Schlachtbank ging.

Nach außen hatte Ozols versucht, die Stimmung hochzuhalten, doch insgeheim wusste er, dass er sich verändert hatte, und das nicht nur körperlich. Mit dem Versprechen, das er seinen Brüdern gegeben hatte, die gestorben waren, war auch in ihm etwas gestorben und durch eine neue Kälte ersetzt worden.

Ich werde kämpfen bis zu meinem letzten Atemzug, für Aestien, das vereinte Baltikum. Um dieses Ziel zu erreichen, muss ich meine Stärke wiedererlangen.

Im Januar sollte es so weit sein. Die *Beloostrov* lag in Trelleborg und wartete auf sie. Die Schweden hatten sich in der letzten Zeit zusehends besorgt um ihre Gesundheit gezeigt. Um zu verhindern, dass noch einer der kranken Insassen abhandenkam, hatten sie einen weiteren Stacheldrahtring um das Lazarett gezogen. Und einen Alarm in den Fenstern installiert. Anscheinend waren sie besorgt, dass noch mehr von ihnen sterben könnten. Bestimmt hatten sie Stalin eine bestimmte Anzahl von Seelen versprochen.

Wenn man bedachte, wie lange sie schon von der Auslieferung wussten, wollte ihr Plan umso gründlicher durchdacht sein. Ozols fragte sich, wie der letzte Akt wohl ausgehen würde. Ihre letzte Schlacht auf schwedischem Boden. Mit den Deutschen waren die Schweden brutal und hasserfüllt umgegangen, hatten Männer mit gebrochenen Armen und Beinen ausgeliefert, Männer, die den Verstand verloren hatten, Männer mit aufgeschlitzten Pulsadern. Und wenn selbst die Polizei nichts mehr hatte ausrichten können, hatte die Feuerwehr Wasserwerfer eingesetzt.

Was werden sie mit uns machen? Die Sowjets verfügen über Atombomben. Die Schweden haben Todesangst. Niemand ist so hinterhältig und gefährlich wie einer, der Angst hat, niemals.

Seine Brüder waren allesamt vorbereitet. Hatten Wassergläser zerschlagen und die Scherben versteckt, wo niemand sie finden konnte. Sie hatten Konservendosendeckel präpariert.

Während der endlosen Stunden, in denen er zwischen Bewusstlosigkeit und Wachsein hin- und hergeglitten war, hatte er sich den Ort ausgemalt, an den er gehen würde, sollte Wanja ihm in Riga auch nur einen einzigen Tag in Freiheit gewähren, ehe der Transport weiter ins Land der Eisbären führte.

In seinem Traum hatte er den Mann mit dem kleinen Bündel im Arm gesehen, genau wie Rebeka ihn beschrieben hatte. Er war jung, in ein knöchellanges schwarz-weinrotes Gewand gekleidet, mit einem schwarzen Pileolus auf dem Kopf. Ein Repräsentant des Christentums. Ozols hatte in seinem ganzen Leben nie zu Jesus Christus gebetet. Über dem Portal zum Kinderheim der Jesuiten in Riga waren zwei Sätze eingraviert gewesen.

Mein Herz ward heiß in mir. Während ich träumte, brannte das Feuer.

Ozols drehte sich der Magen um, als er es wieder vor sich sah.

Die Szene lief in seinem Kopf immer wieder neu ab. Und er hatte keine Hoffnung mehr, dass es je aufhören würde, ihn zu quälen.

Er hatte viel an sie gedacht, an Rebeka. Wenn er darüber nachdachte, was ihre Landsleute hier in den schwedischen Lagern hatten durchmachen müssen, war ihre Tat wohl die erbärmlichste von allen gewesen. Kein Verrat war je schlimmer gewesen als ihrer. Sein eigen Fleisch und Blut aufzugeben. Ihm in Skeppsmyra den Rücken zu kehren und ihn so dem langsamen, qualvollen Tod auszuliefern. Ihr eigenes Land zu verraten.

Dafür würde sie mit dem Leben bezahlen.

Rache war der einzige Trost, den er noch hatte.

Das Einzige, was dir je etwas bedeutet hat, Rebeka, war etwas, was du nicht mitnehmen konntest. Und dem wirst du nie entfliehen können.

Als Ozols die Tränen von Annas Wangen wischte, nachdem er ihr seine Geschichte erzählt hatte, hatte er sehen können, wie sein Hass auch in ihr Wurzeln geschlagen hatte.

Gemeinsam hatten sie ein Schreiben formuliert, das an die schwedische Regierung gehen sollte. Ozols hatte es diktiert, und Anna hatte es übersetzt und auf Schwedisch niedergeschrieben. Die Eingangsworte lauteten: »Ich erhebe Anklage gegen Schweden.«

Es war kein letzter Hilferuf. Es war eine Warnung vor dem, was eines Tages die Folge wäre.

Donnerstag, 17. August

55

Als Denis die Tür zu seinem Arbeitszimmer in der Botschaft aufmachte, hatte er ein ungutes Gefühl. Er kannte dieses Gefühl, gejagt zu werden, in den vergangenen Tagen hatte er es öfter verspürt.

Hinter seinem Schreibtisch saß Papanow.

»Wie war das Abendessen?«

Die russische Machtzentrale hatte ihre Augen und Ohren tatsächlich noch immer überall. Denis war der dritte Mann in der Stockholmer Vertretung und gehörte mitnichten der vertrauenswürdigen Elite an, die von dieser Art Aufmerksamkeit verschont blieb. Wenn er Einwände erhöbe, würde Papanow ihm garantiert vorhalten, dass sie hier in Stockholm für den Moment besonderen Schutzes bedürften und sämtliche Maßnahmen Denis' eigener Sicherheit dienten. Wer hätte schon sagen können, ob es sich um Schutz- oder Misstrauensmaßnahmen handelte? Denis hatte nie gelernt, beides voneinander zu unterscheiden.

»Ausgezeichnet, danke der Nachfrage«, sagte er. »Ich kann den eingelegten Hering und den Wallenbergare im Gondolen sehr empfehlen.«

Papanow lächelte matt.

Verdammt, keine Reaktion. Denis hatte die verkehrte Vorspeise genannt, um zu sehen, ob sein Beschatter ebenfalls im Restaurant gesessen oder ihn nur bis zur Tür verfolgt hatte. Denn das hätte womöglich den Unterschied ausmachen können zwischen Sorge und Misstrauen. Doch Papanow hatte wie üblich nicht mit der Wimper gezuckt.

»War sie froh, als sie gehört hat, dass wir die Hilfe der Engländer und Norweger angenommen haben?«

Während des Abendessens mit Paschie hatte er immer wieder an Papanows eigenartigen Auftrag denken müssen. Und das hatte widerstreitende Gefühle bei ihm in Gang gesetzt. Einerseits war er, was den Dienst für sein Land anging, unerschütterlich überzeugt. Andererseits hatte er Sympathien für Paschie entwickelt, die er nicht so leicht beiseitewischen konnte. Ihre Hand in seiner hatte sich ganz zart angefühlt. Er hatte keine Ahnung, wohin sich – wenn er selbst entscheiden könnte – diese Gefühle entwickeln sollten. Aber er wollte auch unter keinen Umständen, dass sie dabei Schaden nahm.

»Ja, das kann man wohl sagen«, antwortete Denis. »Diese Frau hat das Herz am rechten Fleck.«

Papanow zog die Augenbrauen in die Höhe. Nahm eine andere Sitzhaltung ein.

»Sie wissen, was sie in Kamtschatka über das Herz einer Frau sagen?«

Denis sah den Mann auf dem Schreibtischstuhl irritiert an. Wie alt war dieser Kerl überhaupt? Es schien fast, als hätte er mehr als bloß ein Leben gelebt und mehr als nur diese eine Welt gesehen. Denis hatte keine Ahnung, was seine russischen Brüder in dieser abgelegensten aller Regionen über das Herz einer Frau sagten. Er schüttelte den Kopf.

»Wenn es kalt wird, reißen sie es sich heraus und legen es in den Wärmeschrank.«

Denis hatte keinen Schimmer, was der Mann ihm damit sagen wollte. Es war, als hätte er in einer anderen Sprache gesprochen.

»Paschie hat erzählt, sie würden Spenden zugunsten der Witwen sammeln«, sagte er.

Papanow verzog leicht das Gesicht. *Und was noch?*

»Und sie hat erwähnt, dass sie bei Vektor über den Centrs-

Anschlag diskutiert haben und ihn unter die Lupe nehmen wollen.«

Endlich eine Reaktion. Papanow nahm ihn scharf ins Visier.

»Sehr gut«, sagte er. »Das ist ja großartig. Dann könnten sie uns tatsächlich von Nutzen sein.«

»Darf ich fragen, inwiefern?«

Papanow stand auf und kam auf Denis zu. Legte ihm eine Hand auf die Schulter. Denis spürte, wie er unter dem Gewicht ein paar Zentimeter nach unten sackte. Der Adler auf Papanows Siegelring schien ihn regelrecht anzustarren, als hätte er seine nächste Beute erspäht.

»Bleiben Sie an ihr dran, Denis Sinowjew. Und verfolgen Sie weiter, was Vektor treibt. Ich melde mich wieder bei Ihnen.«

56

»Hast du immer noch deine gepackte Tasche irgendwo stehen?«, fragte Anastasia.

Charlie Knutsson drehte sich zu ihrer Seite des Betts. Ihr überraschendes Eingeständnis am Vorabend war ihm wie eine Szene aus einem Traum vorgekommen. Dieses Bild würde er nie vergessen – wie sie urplötzlich vor ihm gestanden hatte, im roten Schein der Taxirückleuchten, während die Reifen auf dem Kies durchgedreht hatten, ehe es wieder in die Stadt zurückgekehrt war. In ihrer ganzen natürlichen Schönheit hatte sie vor ihm gestanden, als wäre es immer schon selbstverständlich gewesen, dass sie eines Tages zu ihm zurückkehren würde.

Die Zeit heile keine Wunden, sagte sie immer. Das könnten nur Menschen tun, indem sie handelten. Und die Art der Handlungen definiere den Charakter eines Menschen.

Dass sie überhaupt hier aufgetaucht war, kam angesichts ihres letzten Zusammentreffens einer Hundertachtziggradwende gleich. Und dass sie obendrein das Bett mit ihm hatte teilen wollen, hätte er sich nicht mal in seinen kühnsten Träumen vorgestellt. Dass der Liebesakt – in ihrem Alter! – derart überwältigend sein würde, ebenso schwindelerregend und animalisch wie damals, als sie jung gewesen waren, hätte er nie zu hoffen gewagt. Ob es tatsächlich Wunden gewesen waren, die sie hatte schließen wollen, indem sie einfach so hier aufgetaucht war, wusste er nicht, aber auf ihn hatte die Nacht ohne jeden Zweifel eine heilende Wirkung gehabt.

Durch die dünnen weißen Gardinen fiel gleißend gelbes Sonnenlicht auf ihren Körper. Natürlich hatte sie sich verändert, aber diese magischen Zellen oder Prozesse, die eine Frau schön machten, waren bei Anastasia Friedenberga immer noch aktiv, so viel war sicher. Ihr Teint hatte sich dezent verändert, ihre Stimme eine andere Stimmlage angenommen, die Haut war nicht mehr so straff, aber die Weichheit, die Linien und ihr Duft waren noch schöner, als er sie in Erinnerung gehabt hatte.

»Vielleicht bin ich ja inzwischen angekommen?«, erwiderte er. »Können wir nicht einfach im Hier und Jetzt bleiben? Du und ich?«

Sie rutschte näher an ihn heran, legte ihm eine Hand auf die Brust.

»Dann gefällt dir das hier? Ich hab doch gesagt, ich muss wissen, wie alt du wirst, um einzuschätzen, wie würdig mein Geschenk an dich sein soll.«

»Erwähn bloß nicht meinen Geburtstag!«

»Siebzig zu werden ist nicht so schlimm, wie du vielleicht glaubst. Frag mich, ich weiß darüber Bescheid.«

»Dir glaubt ohnehin keiner, dass du siebzig bist.«

Sie hob ihren Finger an seine Unterlippe und tippte leicht dagegen.

»War es nicht immer schon so? Dass gewisse Leute mir nicht geglaubt haben?«

Charlie schüttelte den Kopf. Es hatte Momente gegeben, da war er nicht stark genug gewesen, um ihr zu glauben. Vielleicht war es ja diese Kleingläubigkeit gewesen, die ihrer Beziehung ein verfrühtes Ende gesetzt hatte – und das auf so unschöne Weise.

»Und du?«, sagte er. »Ziehst du zurück ins Baltikum, wenn du alt wirst? Oder willst du hierbleiben?«

Anastasia spielte mit den Härchen auf seiner Brust. Er konnte ihre scharfen Fingernägel spüren, die ihm gerade erst wenige Stunden zuvor den Rücken zerkratzt hatten.

»Ich weiß nicht, ob irgendeins der Länder, die ich mal geliebt habe, noch da ist … Das ist alles so unendlich lange her.«

Charlie lächelte.

»Du hast immer noch nicht die Waffen gestreckt, Tasenka. Mich täuschst du nicht so leicht.«

Die Hand auf seiner Brust hielt inne. Mit einem Mal war ihr Blick verschlossen.

»Ich hab vergessen, dass du mich immer so genannt hast. Es gab nicht viele in meinem Leben, die das getan haben.«

»Du hast mir mal erzählt, dass du als Kind so genannt worden bist«, sagte Charlie. »Von deiner Freundin. Habt ihr eigentlich je wieder den Kontakt zueinander aufgenommen?«

Sie setzte sich auf. Ihr Blick wanderte zum Fenster und hinaus in den Garten.

»Wir haben uns nie wiedergesehen«, sagte Anastasia.

Charlie strich ihr über den Rücken, zog sie behutsam an sich.

»Womöglich ist es noch nicht zu spät für ein Wiedersehen?«

Charlie lächelte sie an, doch Anastasia erwiderte sein Lächeln nicht. Trotzdem legte sie sich wieder hin und lehnte den Kopf an seine Brust.

»Nicht immer läuft es so, wie wir es uns vorstellen, Charlie.«

»Dass du hergekommen bist, ist doch der Gegenbeweis. Genau so hab ich es mir vorgestellt.«

»Wie war das mit den alten Hunden und den Kunststückchen …«, murmelte sie. »Ich hab die Tasche in deiner Garderobe gesehen. Du hattest die Tür nicht ordentlich zugeschoben. Wann fährst du weg?«

»Bald«, sagte er und weihte sie in seine Pläne ein.

»Du willst allen Ernstes dort hoch, verdammt.«

Charlie wusste, dass sein Geheimnis bei Anastasia sicher war. Sie hatte ihn bei ihrer Verabredung im Operakällaren wieder daran erinnert.

»Ich bin nicht lange weg«, sagte er.

»Aber warum? Was glaubst du denn, was du da ausrichten kannst?«

Charlie strich ihr mit der Hand über die Wange.

»Wissen deine Kollegen, was du ausgeheckt hast?«

»Nein. Die sind bloß enttäuscht, wenn auch nicht verwundert, wenn sie herausfinden, dass ich lieber weggefahren bin. Ich hab nun wirklich kein Geheimnis daraus gemacht, dass ich meinem Siebzigsten wenig begeistert entgegensehe.«

»Siebzig ist nicht so schlimm, wie du denkst. Noch steckt doch einiges in dir«, sagte Anastasia und schob sich wieder über ihn.

57

Kandinski hatte seinen Wagen an einer Bushaltestelle auf Ingarö kurz vor Stockholm geparkt. Nachdem sie das Telefonat beendet hatten, hatte er die Sonnenblende heruntergeklappt und den Deckel über dem kleinen Spiegel zur Seite geschoben. Er strich sich über die rasierten Brauen, stellte sicher, dass die Perücke richtig saß und die Abdeckcreme das Tattoo an seinem Hals überdeckte.

Als er sich im Spiegel ansah, musste er lächeln. Er war jetzt ein anderer.

Als er die neuen Informationen erhalten hatte, war er nicht mal verärgert gewesen. Stattdessen hatte fast augenblicklich ein neuer Plan Form angenommen, was ihm nur umso mehr Entschlossenheit und Befriedigung beschert hatte. Endlich würde er in die nächste Phase eintreten. Der Schrecken würde eine neue Dimension erreichen.

Die Uniform, die er benötigen würde, lag sicher verwahrt in der Hütte, in seiner Basis. Es war kein großer Umweg. Er freute sich regelrecht darauf, sie anzulegen – den robusten grauen Wollstoff in strengem Schnitt, die Embleme und Aufnäher, die von Rang, Kompetenz und Erfahrung sprachen. Das Gefühl wäre berauschend. Er würde weitermachen, unverdrossen und ohne Unterlass und so lange, bis die Polizei ihm Einhalt gebot.

Er nahm den Straßenatlas Nordeuropa aus dem Handschuhfach, blätterte zu der entsprechenden Seite und überschlug im Kopf die Strecke.

Bis Trondheim würde er neuneinhalb Stunden brauchen.

Er durfte keine Minute mehr verlieren.

58

Dr. Rutger Axelsson zog die Manschette des Blutdruckmessgeräts von Max' linkem Oberarm.

Er rieb sich den Bizeps.

»Ihr Blutdruck ist verhältnismäßig hoch. Ist das schon länger so?«, fragte Axelsson, während er auf seiner Tastatur tippte.

»Ich habe meinen Blutdruck nicht regelmäßig messen lassen.«

»Okay …« Der Arzt tippte noch kurz weiter und drehte sich dann um. »Wir müssen uns über die Benzodiazepine unterhalten.«

»Die habe ich vor einem guten Jahr abgesetzt. In meinem Blut können nicht mal mehr Restspuren gewesen sein.«

»Das stimmt, da war nichts«, sagte Axelsson. »Was hat das mit Ihnen gemacht?«

»Wie meinen Sie das?«

»Bemerken Sie einen Unterschied in Ihrem Verhalten, seit Sie sie nicht mehr nehmen?«

Max krempelte den Ärmel wieder runter.

»Nein.«

»Und Ihre Umgebung? Ihre Freunde? Würden die mir die gleiche Antwort geben?«

Max rutschte auf seinem Stuhl hin und her. Er hatte den rothaarigen Arzt mit seiner überheblichen Art und den albernen Zottelkoteletten schon bei ihrer ersten Begegnung nicht ausstehen können. Er war unsensibel, leicht konfus und schien in einem fort die falschen Themen anzuschneiden.

»Wir wissen beide, warum ich hier sitze«, entgegnete Max. »Was soll das verdammt noch mal mit den Benzodiazepinen zu tun haben?«

»Aggressivität, Gefühlskälte, Züge von Misstrauen und Gemeinheit?«

Kälte? Gemeinheit?, schoss es Max durch den Kopf. Paschie war am Vorabend noch später als er zu Hause gewesen, und ihr Atem auf dem Kissen hatte nach Alkohol gerochen. Am Morgen hatte er sie auf die Stirn geküsst und war vorsichtig aus dem Bett gestiegen, um sie nicht zu wecken.

»Hat Paschie so was erwähnt?«

Der Arzt schüttelte den Kopf.

»Wenn Sie beide wieder zusammen hier sind, reden wir ganz offen. Was Sie und ich heute unter vier Augen besprechen, fällt unter die ärztliche Schweigepflicht. Was irgendjemand sonst gesagt haben könnte, spielt hier keine Rolle. Ich frage mich nur, warum Sie das Medikament ursprünglich verschrieben bekommen haben. Alprazolam ist keine Kleinigkeit.«

»Was haben die Proben denn bitte ergeben, dass wir jetzt darüber reden?«, gab Max zurück. »Wollen Sie wissen, welche traumatischen Erlebnisse ich hatte? Hilft das Paschie, schwanger zu werden?«

»Hilft das *uns*, schwanger zu werden, meinen Sie wohl?«

Wieder warf der Arzt ihm diesen oberlehrerhaften Blick zu.

»Nein, tut es nicht«, fuhr er dann fort. »Und ich bin auch kein Psychiater, ich bin also an Ihren Traumata nicht interessiert. Allerdings haben wir in Ihren Blutwerten eine Abweichung gefunden, der wir auf den Grund gehen müssen.«

Max spürte einen Stich in der Brust.

»Eine Abweichung?«

»Sie scheinen die Veranlagung zu einer Erbkrankheit zu haben, und die könnte durchaus schon früher diagnostiziert worden sein. Sie *sollte* sogar schon früher diagnostiziert worden sein, wenn man Ihren Werdegang als Elitesoldat bedenkt und dass Sie sicher strenge Tests durchlaufen haben. Deshalb frage ich mich auch, ob der Arzt, der Ihnen das Alprazolam verschrieben hat, diese Entscheidung womöglich aufgrund von früheren, leichten Symptomen getroffen haben könnte, die bei Ihnen eine gewisse Unruhe oder Ängste hervorgerufen und die Benzodiazepine notwendig gemacht haben.«

»Sie meinen, unser Hausarzt in Norrtälje könnte das gemacht haben, ohne mich von dieser Krankheit in Kenntnis zu setzen?«

Max legte die rechte Hand auf die zitternde linke.

»Das wäre für einen Mediziner ein denkbar fragwürdiges Verhalten. Aber diverse Details aus Ihrer Vita sprechen dafür – und auch in Ihrem Gesundheitsfragebogen gibt es ein paar ungewöhnliche Aspekte.«

»Konzentrieren wir uns auf die derzeitige Lage«, murmelte Max.

»In Ordnung. Sie haben einen zu hohen Blutdruck, was ein Symptom sein könnte. Haben Sie sich in letzter Zeit irgendwie anders gefühlt – waren Sie eher beunruhigt oder wegen irgendwas verängstigt?«

Die Linke zitterte nicht mehr, und Max wischte sich den Schweiß an den Hosenbeinen ab.

»Sie haben in Ihrem Gesundheitsfragebogen angegeben, dass Ihr Vater früh gestorben ist«, fuhr der Arzt fort. »Darf ich fragen … ob er sich das Leben genommen hat?«

»Nein, hat er nicht.«

»Hat er je irgendeine Erkrankung erwähnt?«

Der Schwindel war zurück.

»Mein Vater ist bei einem Autounfall ums Leben gekommen. Weil nichts darauf hindeutete, dass es sich um ein Verbrechen gehandelt haben könnte, wurde er nicht obduziert.«

»Das ist bedauerlich – aus medizinischer Sicht –, weil wir

so Sicherheit gehabt hätten«, sagte Axelsson. »Viele Patienten verbergen die Symptome hinter Alkohol oder angstdämpfenden Medikamenten, bis es irgendwann nicht mehr geht … und sie Suizid begehen, bevor die Krankheit vollends ausbricht.«

»Mein Vater hat sich nicht umgebracht. Können Sie das vielleicht endlich einsehen, oder soll ich nachhelfen?«

Der Arzt riss die Augen auf, und Max hob die Hand zu einer Geste der Entschuldigung.

»Sind Sie beim selben Arzt gewesen, Sie und Ihr Vater?«

Max musste kurz nachdenken. Der Arzt in Norrtälje, der ihm als Erster die Benzodiazepine verschrieben hatte, war tatsächlich derselbe, zu dem auch Jakob, sein Vater, gegangen war. Als Max zuletzt vor fünf Jahren bei ihm gewesen war, hatte der Mann kurz vor der Pensionierung gestanden.

Er nickte.

»Von welcher Erbkrankheit reden wir hier überhaupt?«

»Sie haben die Veranlagung zu einer frontotemporalen Demenz. Dieser Form liegt eine Mutation mit unvollständiger Penetranz zugrunde, was bedeutet, dass sich trotz der Anlage die Krankheit nicht in jedem Fall manifestiert. Trotzdem kann sie an die nächste Generation weitervererbt werden. Wenn sich die Krankheit bei Ihnen tatsächlich manifestieren sollte, dann sollten Sie wissen, dass einige der einflussreichsten Männer der Geschichte ebenfalls demenzkrank waren: Roosevelt, Kekkonen, Stalin … Die Diagnose muss nicht das Ende bedeuten.«

Schlagartig hörten das Schwitzen und der Schwindel auf. Sein Atem fühlte sich flach und leicht an.

»Und wenn sich diese Krankheit bei mir manifestiert, wie Sie sagen …?«

»Dann degenerieren die Nervenzellen. Für gewöhnlich im Stirn-, manchmal auch in den Schläfenlappen. Im Unterschied zur Alzheimererkrankung wird das Erinnerungs- und

Lernvermögen nicht beeinträchtigt. Allerdings verändert sich die Persönlichkeit: die Konzentrations- und Urteilsfähigkeit, die Impulskontrolle. Es kann zu plötzlichen Wutausbrüchen kommen, wobei man sich zugleich abgestumpft fühlt. Das empathische Vermögen wird schleichend schlechter. Im späteren Verlauf kann es zu einer reduzierten Gesichtsmotorik und zu Sprachverödung kommen.«

»Und wie merkt man, dass die Krankheit ausgebrochen ist?«

»Üblicherweise treten die ersten Symptome im mittleren Alter auf, sind aber schwer zu deuten und werden oftmals mit depressiven Verstimmungen verwechselt.«

»Darüber muss ich nachdenken.«

Max hielt sich an der Stuhllehne fest, als er aufstand.

»Ich bin nicht verpflichtet, Paschie zu informieren, dass Sie diese Erbanlage tragen. Aber ich würde Ihnen doch empfehlen, mit ihr darüber zu reden, solange Sie versuchen, ein Kind zu bekommen.«

Max wandte sich zur Tür.

»Mach ich.«

59

Vom Sophiahemmet lief Max den Valhallavägen entlang zu Vektor und ging das Gespräch mit Dr. Axelsson im Kopf noch einmal durch.

Seine Großmutter väterlicherseits war Russin gewesen, die gegen ihren Willen verheiratet worden war. Eine Frau, die ein Doppelleben geführt hatte – einerseits mit Carl Borgenstierna, andererseits mit ihrem Ehemann, einem russischen Spion, der unter dem Spitznamen Kormoran bekannt gewesen war und alles im Leben – auch die Frauen – mit Stalin geteilt hatte. Mit Stalin, jenem Ungeheuer, dessen Intellekt durch die Demenzerkrankung zerfressen worden war, die ihm die Fähigkeit zu Mitgefühl geraubt und ihn misstrauisch gegen jede einzelne Person in seinem Umfeld gemacht hatte. Dieser Umstand hatte sich in einem Regime niedergeschlagen, das auf Denunziantentum, sogenannten Säuberungen und Völkermord fußte.

Vor seinem inneren Auge sah er erneut die Bilder aus dem Hangar vor den Toren Sankt Petersburgs, in dem er Paschie aus dem Kerker des Kormorans gerettet hatte. Und wieder hörte er die Worte des alten Mannes, die er ihm entgegengeschleudert hatte, kurz bevor Max ihn erschossen hatte: *»Ich kenne dieses Feuer in deinem Blick. Die Kraft hat eine Generation übersprungen.«*

Der Gesundheitsfragebogen. Das Feld, das er nicht hatte ausfüllen können.

Großvater: unbekannt.

Während er an der Kungliga musikhögskolan vorbeilief,

hämmerte jeder Schritt auf dem Asphalt in seinen Schläfen.

Du hast jetzt keine Zeit, darüber nachzudenken.

Er blieb stehen und zog sein Handy aus der Tasche. Paschie hatte sich immer noch nicht gemeldet. Schlief sie immer noch? Er schrieb ihr eine SMS.

»Sehen wir uns im Büro?«

Es dauerte bloß ein paar Sekunden, ehe die Antwort kam.

»Bleibe heute zu Hause. Wir sehen uns später, wenn wir zu Charlie fahren.«

In seinem Arbeitszimmer bei Vektor setzte Max sich an den Laptop und versuchte, seine Grübeleien beiseitezuschieben. In der Inbox lag eine E-Mail eines Mitarbeiters der Auslandsabteilung der Rikskrim, die Sofia Karlsson an ihn weitergeleitet hatte. Das Centrs lag in Rigas historischer Altstadt. Nach der Unabhängigkeit Lettlands im Jahr 1991 war es von Grund auf saniert worden und das beliebteste Einkaufszentrum der Stadt. Es beherbergte mehrere Restaurants und Bars und ein modernes Fitnessstudio. Im Erdgeschoss des fünfstöckigen Gebäudes gab es einen Supermarkt und davor eine Postfiliale. Genau dort zwischen den Paketen waren um kurz nach fünf Uhr am Nachmittag zwei Bomben unmittelbar nacheinander detoniert, während der Supermarkt voller Kundschaft gewesen war. Auf den Bildern vom Tatort war die zerstörerische Kraft nur zu deutlich zu erkennen: Zwischenwände und Lebensmittelregale waren umgerissen worden, und ein Feuer hatte das komplette Inventar in geschmolzene, verkohlte Unförmigkeit verwandelt. Max sah vor sich, wie Menschen mit blutenden Gesichtern und der schieren Verzweiflung im Blick Verletzte mit Brand- und Schnittwunden und gebrochenen Knochen nach draußen trugen. Die örtlichen Polizeikräfte hatten anfangs einen Revierkampf verfeindeter Rigaer Gangs nicht ausgeschlossen, allerdings ließen erste Hinweise auf ein politisches Tatmotiv schließen. Der Anschlag war nur einer von einer ganzen Reihe, die seit der Unabhängigkeit von der Sowjetunion alle drei baltischen Staaten erschüttert hatte. Lettische Zeitungen sprachen indes vom schlimmsten Anschlag seit 1991. Eine Person war ums Leben gekommen, fünfunddreißig waren verletzt worden, viele davon schwer. Es war von einem Terroranschlag die Rede, auch wenn bislang nicht klar war, welche Gruppierung dahintersteckte. Fragen, die auf ultranationalistische Bewegungen oder eine russische Beteiligung abzielten, wurden einhellig kommentarlos abgeschmettert.

Marju Bohl, die Professorin für Semiotik von der Universität Tartu, hatte ihnen erzählt, dass Ludmars Kaldenis vom DISS sich bei ihr nach einem Mann erkundigt habe, der Tätowierungen von Symbolen alter baltischer Gottheiten am Leib trug. Tätowierungen, die den Markierungen der schwedischen Mordopfer glichen. Und Elias Skagerlind hatte erwähnt, dass der Mann aus der Cage Bar immer ein Halstuch getragen hatte. Hatte er damit eine solche Tätowierung verdeckt? Konnte das der Mann sein, nach dem die Polizei in Riga fahndete? War er inzwischen in Schweden eingereist?

60

Sarah hatte sich für den neu eröffneten Italiener Mare-Monte Il Forno im Tyresö Centrum entschieden. Sie hatte die Kinder pünktlich abgeholt, um sicherzugehen, dass sie vor Lisette in dem Lokal eintrafen. Sollte die doch auf sie zukommen und sie begrüßen und nicht umgekehrt. Die Mittagspause in der Schule war verhältnismäßig früh angesetzt, sodass sie die ersten Gäste waren. Sie saßen in einer ledergepolsterten Nische und knabberten Grissini. Mit jedem Bissen flackerte Sarahs Blick zwischen Björn und Lisa hin und her, und sie befürchtete schon, den größten Fehler ihres Lebens begangen zu haben. Was würde dieses Treffen in den jungen Kindergehirnen für Spuren hinterlassen? Eine Scheidung musste nicht notwendigerweise das lebensumwälzende Unglück sein, wofür viele sie hielten. Wichtig war, wie die Erwachsenen mit der Trennung umgingen – und nicht zuletzt mit der gemeinsamen Verantwortung für die Kinder. Allerdings hatte Lisette sich bis jetzt diesbezüglich katastrophal verhalten. Wenn alle Stricke rissen, könnte sich Sarah zumindest damit trösten, dass sie am Abend mit ihren Freunden und Kollegen zusammensitzen und Charlie Knutssons Siebzigsten feiern würde, dass sie zumindest *versucht* hätte, eine vernünftige, beherrschte Erwachsene zu sein, und die Größe besessen hatte, Lisettes Wunsch nach einem Treffen nachzukommen. Dass sie versucht hatte, ihr zu vergeben, um weitermachen zu können. Um der Kinder willen. Blieb nur abzuwarten, wie Lisette Hansen sich verhalten würde. Wenn sie denn überhaupt auftauchte.

Als hinter ihr ein Glöckchen klingelte, drehte Sarah sich etwas zu hastig in Richtung der Eingangstür um. Das hatte sie schon zweimal gemacht, um zu sehen, wer hereinkam. Diesmal war sie es wirklich. Statt eines Business-Outfits trug Lisette ein kakifarbenes Hosenkleid, hohe braune Stiefel und Lederbänder um die Handgelenke. Von beiden Händen baumelten Stoffbeutel mit eingestickten Pfauenmotiven. Sie hatte sich die Haare wachsen lassen und zu einem Pferdeschwanz zusammengebunden. Ihr Gesicht und die Arme waren braun gebrannt, hatten die gleiche Farbe wie die gestampfte Erde, die sie inzwischen ihre Heimat nannte.

Was ihr die ganze Zeit vollkommen unbegreiflich gewesen war, stand ihr mit einem Mal klar vor Augen. Sie fühlte sich, als würde ihr ein Skalpell durch den Bauch schneiden. Ihre Gefühle waren immer noch da, trotz allem – trotz all dem, was passiert war.

Mit einem Lächeln im Gesicht kam Lisette auf sie zu.

»Mama, ist sie das?«, fragte Lisa.

Sarah nickte und nahm ihre Hand.

»Ja, das ist sie. Das ist Lisette.«

Björn, der auf der Sitzbank der Kinder ganz außen gesessen hatte, sprang auf und lief auf sie zu. Ein undefinierbares Gefühl machte sich in Sarah breit. Sie musste wegsehen, als Björn seine Arme um Lisettes Taille schlang und sie umarmte.

In der Nische saßen Sarah und Lisette nebeneinander, die Kinder gegenüber. Sie hatten ein wenig in ihrer Lasagne gestochert, und Lisette hatte den Kindern von ihrem Leben in Afrika erzählt. Dann hatte sie die beiden über die Schule ausgefragt.

Ein Telefon klingelte, und Lisette zog ihr Handy aus der Tasche. Sie sah flüchtig aufs Display, legte das Handy dann mit dem Display nach unten wieder weg und lächelte Sarah entschuldigend an.

War er das?, schoss es Sarah durch den Kopf. Ihr Typ? Oder irgendein Stockholmer Bekannter? Ein früherer gemeinsamer Freund? Eine andere Frau? Sie musste sich eingestehen, dass sie von Lisette mittlerweile nichts mehr wusste, und ein Gefühl ergriff von ihr Besitz, das für sie ebenso unerwartet wie widersprüchlich war: Ich habe kein Recht mehr, solche Fragen zu stellen. Trotzdem hätte sie nichts lieber tun wollen, als das Handy zu nehmen und durch die Kontakte und Anruflisten zu scrollen.

Sie sah auf die Uhr.

»Die Kinder müssen in einer Viertelstunde zurück in der Schule sein«, stellte sie fest.

»Verstehe«, erwiderte Lisette und wandte sich an die beiden. »Dann ist es jetzt Zeit für die Geschenke!«

Lisas Beutel enthielt ein Kleid mit einem Muster aus Monden und Wellen, das Lisette »Shades of Blue« nannte. Lisa hielt es vor sich, und zu Sarahs großer Überraschung schien es die richtige Größe zu sein. Im Beutel lag noch ein weiteres Geschenk. Lisa schob ihren kurzen Arm hinein und zog eine handgefertigte, gold-braun bemalte Trommel hervor.

»Die haben Mädchen aus einem Vorort von Windhoek gebaut. Sie sammeln Styropor und Zeitungen in den Straßen, weichen es ein, pressen es aus und drücken es dann in Form, und am Ende bemalen sie es. Diese Mädchen sind nicht älter als du, Lisa.«

Lisa lächelte verträumt. *Windhoek*. Das musste für sie klingen wie Nangijala. Sie tastete vorsichtig über die Trommel, als wäre sie aus zartem Glas. Dann tippte sie mit den Fingerspitzen auf die obenauf gespannte Haut. Lachte, als sie das Trommeln hörte.

Björn hatte eine Weste und eine dazu passende Fliege bekommen, beides mit einem übereinanderliegenden Streifen- und Karomuster in Schwarz, Weiß und Grau, darauf grüne Blumenstängel und kirschrote Blütenblätter. Er legte sich die Fliege sofort um, sprang von der Sitzbank und stolperte mit ausgestreckter Hand vorwärts, als hielte er einen unsichtbaren Gehstock. »Jetzt bin ich ein alter Mann …«, grummelte er mit verstellter Altmännerstimme, und Lisa brach in Gelächter aus, wie immer, wenn er für sie Theater spielte.

Lisette erhaschte einen Blick auf die lächelnde Sarah, die jetzt tief durchatmete und erneut auf die Uhr sah.

»Da ist womöglich noch etwas in dem Beutel«, sagte Lisette.

Björn kam wieder an den Tisch und durchwühlte den Beutel. Dann zog er eine weiße Maske mit gelben Augen, einer blauen Nase und rotem Mund heraus. Um die Maske herum waren Drähte geschlungen, die aussahen wie Luftschlangen in sämtlichen Farben des Regenbogens. Fasziniert sah er die Maske an und blickte zu Lisette auf.

»Die trägt man, wenn man einen Regentanz aufführt«, erklärte sie.

»Du meinst wohl, einen Taschengeldtanz«, entgegnete Björn, setzte sich die Maske auf und fing sofort an, vor ihnen auf- und abzutänzeln.

Diesmal konnte Sarah nicht länger an sich halten und lachte laut auf. *Mein kleiner Einstein!* Lisette sah sie erneut aufmerksam an. Wie lange würden sie das hier noch durchziehen, ohne ein Wort miteinander zu wechseln? Aber womöglich funktionierte es so, wenn man sich um der Kinder willen am Riemen riss. Man hielt den Mund und ging auf Nummer sicher. Solange man nichts sagte, konnte man einander auch nicht verletzen. Obwohl keine von ihnen sich auch nur einen Millimeter gerührt hatte, seit sie sich nebeneinandergesetzt hatten, fühlte es sich trotzdem so an, als wären sie einander nähergekommen. Sarah meinte fast,

Lisettes Schwingungen wahrzunehmen, und die setzten auch ihrerseits Schwingungen frei. Wenn sie jetzt nicht bald aufbrächen, würden sie hier sitzen bleiben, bis die Schule für heute zu Ende wäre. Und was dann?

»Ich frag mal nach der Rechnung«, sagte Sarah und versuchte, die Bedienung auf sich aufmerksam zu machen.

»Lauft ihr nur«, sagte Lisette. »Ich kümmere mich darum.«

»Nein, das geht auf mich, du hast doch nur Wasser getrunken.«

»Bitte, ich *will* das gern übernehmen.«

Sarah dämmerte, dass sie sich getäuscht hatte. Diesmal ging es nicht darum, wer von ihnen mehr Geld verdiente.

»Danke«, sagte sie. »Und die Geschenke für die Kinder sind wirklich toll.«

Lisette sah erst zu den beiden hinüber, dann zu Sarah.

»Danke, dass ich euch wiedersehen durfte.«

»Wie lange bist du hier?«

»In zwei Wochen fliege ich wieder zurück. Vielleicht können wir uns ja noch mal treffen.«

Sarah zeigte zur Uhr, und Lisette stand auf und half den Kindern, die Geschenke wieder in die Beutel zu verpacken.

»Mama, darf ich die mit in die Schule nehmen und den anderen zeigen?«, fragte Björn.

Sarah nickte.

»Aber jetzt kommt, wir müssen los.«

Sie wandte sich noch einmal zu Lisette um.

»Danke noch mal.«

»Gerne. Und, Sarah – denkst du darüber nach? Du kannst mich ja anrufen.«

Mit einem Strahlen im Gesicht sahen Björn und Lisa sie an, und Sarah seufzte.

»Am Samstag ist Familientag in der Stockholmer Touristinfo«, sagte sie. »Da gibt's eine Ausstellung mit unterschiedlichen Objekten, die Kinder gestaltet haben, zum Thema Mir2000, einem neuen gemeinsamen Projekt von …«

»Um wie viel Uhr?«, fiel Lisette ihr ins Wort. »Da bin ich gerne mit dabei.«

61

»Haben Sie Sofia irgendwo gesehen?«

Per Carpelan blickte auf. Seve von der Analyse stand in der Bürotür.

Carpelan hatte das ungute Gefühl, dass sein langes London-Wochenende mit der Familie in Gefahr sein könnte. Die Tickets für den *König der Löwen* waren gekauft, das Taxi nach Arlanda bestellt.

»Nein«, antwortete er. »Wieso?«

»Ich denke mal, das hier wollen Sie bestimmt auch direkt hören.«

Seve betrat das Büro und zog die Tür hinter sich zu.

»Die Auslandsabteilung hat einen Treffer gelandet.«

»Bei den Fingerabdrücken und der DNA?«

Seve nickte.

»Schießen Sie los«, sagte Carpelan.

»Der Mann, den wir suchen, ist international zur Fahndung ausgeschrieben. Wird mehrerer Politikermorde in der ganzen Welt beschuldigt. Der lettischen Terrorabwehr DISS zufolge wurde er zuletzt im Centrs-Einkaufszentrum gesehen – unmittelbar vor dem Bombenanschlag.«

Scheiße, dachte Carpelan. Er musste sich zusammenreißen, um ruhig und beherrscht zu bleiben.

»Und weiter?«

»Er heißt Goga Golubkin und ist russischer Staatsbürger.«

»Und was ist das für einer?«

Er konnte es regelrecht am Atemgeräusch des Kollegen hören, noch bevor der es laut ausgesprochen hatte. *Jetzt sind wir es los.* Ihre Abteilung würde die Angelegenheit an diejenigen abtreten müssen, die immer die Lorbeeren einheimsten – und die Sonderbudgets. Wenn er jetzt die Stadt verließe und Urlaub mit der Familie machte, würde er höchstwahrscheinlich keinen Job mehr haben, wenn er zurückkäme.

»Er ist Agent in einer sogenannten mobilen Sondereinheit …«

Als Carpelan wenig später wieder allein im Büro saß, dämmerte ihm, dass sein schlimmster Albtraum wahr zu werden drohte. Es hätte keinen Zweck mehr, mit irgendwas anderem weiterzumachen – weder ermittlungstechnisch noch privat. Dann waren sie also tatsächlich wieder auf der Russlandspur – und das war in dieser grässlichen Mordermittlung der Worst Case. Ein russischer Agent, der hochrangige Schweden umbrachte und nach dem wegen ähnlicher Taten in anderen Ländern gefahndet wurde. Er hatte dem Kollegen das Versprechen abgenommen, diese jüngste Nachricht fürs Erste unter Verschluss zu behalten. Er griff zum Handy und rief Sofia an. Wenn das hier bei der Polizei und beim Militär die Runde machte und bis zu den Medien durchsickerte … *Herr im Himmel.*

Bei dem Gedanken wurde ihm schlecht.

62

Auf der Treppe, die zur U-Bahn führte, vibrierte Max' Handy in der Tasche. Es war Sofia Karlsson.

»Wir haben einen Treffer«, sagte sie ohne Vorrede.

»Der Täter ist also polizeilich bekannt?«

Sofia Karlsson atmete ein paarmal flach ein und wieder aus.

»Max, das hier muss unter uns bleiben, okay?«

»Geht klar.«

»Wir haben es mit einem russischen Agenten namens Goga Golubkin zu tun. Wir konnten seine Fingerabdrücke und seine DNA an den Tatorten sichern.«

Jemand rempelte Max von hinten an. Er war mitten auf der Treppe stehen geblieben. Gestresste Pendler quetschten sich rechts und links an ihm vorbei.

»Max? Sind Sie noch dran?«

»Das kann nicht sein.«

»Wir haben eine so gut wie hundertprozentige Übereinstimmung. Wir halten die Nachricht derzeit unter Verschluss, eigentlich darf ich kein Wort darüber verlieren.«

»So ein Mann ...«

Max sah sich um, nicht dass ihm jemand folgte, aber hinter ihm schien alle Welt bloß in Richtung der Busse an der Slussen zu laufen.

»So ein Mann würde nie im Leben so vorgehen, Sofia. Die Polizei würde nie im Leben Spuren finden. Er würde auch keine Symbole hinterlassen, die Sie deuten müssten – ganz zu schweigen von einem ganzen Kunstwerk.«

»Goga Golubkin wurde im Einkaufszentrum Centrs in Riga gesehen«, fuhr Sofia langsam fort.

Von den Bussen war ein lautes Zischen zu hören, bevor sie sich in Bewegung setzten. Überall roch es nach Zigaretten, sowohl nach dem süßlich warmen Rauch brennenden Tabaks als auch nach dem modrigen Muff der Kippen in den Pfützen. Die Zimmer, in denen sich sein Vater aufgehalten hatte, hatten auch immer so gerochen. Der Rauch hatte in den Kleidern seines Vaters und in den Möbeln gesteckt, auf denen er gesessen hatte. Max hatte ihn noch Jahre nach dessen Tod riechen können.

Er überquerte die Straße, lief zum Stadsgårdskajen und von dort den Hügel hinauf zum Parkplatz an der Skeppsbron, wo er sein Auto abgestellt hatte. Er hielt das Handy immer noch ans Ohr gepresst, aber alles, was er hören konnte, waren Sofias leise, abwartende Atemzüge. Von den großen Finnlandfähren strömten ihm Passagiere entgegen, die Rollkoffer hinter sich herzogen wie tote Hunde an der Leine, das Rattern der Rädchen auf dem Asphalt ein vorüberziehender Orkan.

Sein Vater war weder infolge des Rauchens noch durch einen Suizid gestorben. Das Auto, das ungebremst in die Felswand gekracht war, als Max gerade mal dreizehn gewesen war, hatte nicht von allein aufgehört zu funktionieren. Ein Mechaniker hatte die Bremsen manipuliert. Es war das Werk eines russischen Agenten gewesen. Und jetzt hatten sie es wieder mit einem zu tun.

»Ich muss zu einer Besprechung«, sagte Sofia schließlich. »Wir telefonieren später.«

»Richten Sie Ihren Kollegen aus, dass ein russischer Agent diese Leute vergiftet hätte, ohne auch nur den Hauch einer Spur zu hinterlassen. Sie wären einen qualvollen Tod gestorben, ohne im Geringsten zu ahnen, dass sie vergiftet worden wären. Es wäre nichts zu finden gewesen. Und Sie hätten ihn *niemals* aufgespürt.«

63

Paschie lehnte bereits am Wagen, als Max näher kam. Sie musterte ihn von Kopf bis Fuß, und Max fragte sich, wie viel des Mahlstroms aus Gedanken und Gefühlen, die in ihm wüteten, sie ihm ansehen konnte.

»Ich wollte dich heute Morgen nicht wecken«, sagte er.

Sie nickte bloß und sah zu einer Sturmmöwe, die sich auf einem der abgerundeten Poller am Kai niederließ: mit dem glitzernden Wasser dahinter ein perfektes Postkartenmotiv.

»Tut mir leid, dass es so spät geworden ist«, sagte er.

»Ich hatte keine Lust mehr, rumzusitzen und auf einen Mann zu warten, der nie nach Hause kommt«, erwiderte sie.

»Das verstehe ich.«

»Es lief doch so gut, Max. Du hast wieder angefangen, mit Feliz und den anderen aus dem Club zu trainieren, und hast Hilfe bei all dem bekommen, was du mit dir herumträgst.«

Was ich mit mir herumtrage? Er hatte Dr. Axelsson versprochen, Paschie alles zu erzählen. Allerdings war jetzt nicht der beste Moment dafür.

»Du bist inzwischen voll in diese Mordsache verwickelt, oder?«

Sie sah ihn mit diesem Blick an, mit dem sie immer bis in seine geheimsten Winkel vordrang.

»Tut mir leid, aber ich muss der Polizei bei dieser Angelegenheit helfen.«

Paschie drehte sich weg.

»Ich hab die Testergebnisse bekommen.«

Max nickte.

»Und was steht drin?«

»Es sind die Infektion und die anschließende Behandlung in Russland. Klinisch gesehen bin ich nicht völlig unfruchtbar, und das ist ja immerhin was. Der Arzt will keine Prognose abgeben, aber die Wahrscheinlichkeit, dass ich schwanger werde, ist nicht wahnsinnig hoch. Deshalb sind die Tage rund um den Eisprung auch so besonders wichtig.«

Er legte ihr eine Hand auf den Arm, den sie vor dem Bauch verschränkt hatte.

»Hast du Schmerzen?«

»Heute ist es ein bisschen schlimmer als sonst. Könnte am Wein liegen, den ich gestern getrunken habe. Aber ich weiß ehrlich gesagt nicht, ob ich mit dieser Behandlung weitermachen kann. Mein ganzer Körper fühlt sich an wie ein Wasserballon.«

Max zog sie an sich.

»Ich werde jeden verdammten Tag daran erinnert«, murmelte sie an seiner Brust, »was dieses Schwein mit mir gemacht hat. Damit werden wir für den Rest unseres Lebens klarkommen müssen.«

»Wir können die Zeit nicht zurückdrehen, wir können nur nach vorne blicken.«

Sie schob ihn von sich weg.

»Dass du ihn umgebracht hast, ist wirklich das Einzige, was da halbwegs tröstlich ist.«

»Paschie!«

»Ist doch wahr. Und das sagt eigentlich alles über meinen verdammten Zustand.«

Mehrere Leute steuerten auf das Auto direkt neben ihnen zu. Max nahm Paschies Hand und machte die Beifahrertür für sie auf. Setzte sich hinters Lenkrad.

»Ich bin immer noch stinksauer auf dich«, sagte Paschie und rieb sich die Augen.

Max nickte.

»Ich hab gehört, du hast gestern mit deiner Sammlung für die WORM Großes geleistet. Alle reden davon.«

»Das Militär muss bezahlen.«

Max drehte den Zündschlüssel herum und fuhr rückwärts aus der Parklücke.

Wenn diese genetische Mutation richtig zuschlägt und die Krankheit irgendwann ausbricht, merke ich das dann überhaupt?, schoss es ihm durch den Kopf. Bemerkt ein Demenzpatient, dass sich die eigene Persönlichkeit verändert? Oder ist das wie mit dem Blutdruck? Man hat keine Ahnung – bis eine Ader platzt?

Er bog über den Stadsgården in Richtung Värmdö ab. Bis sie die Auffahrt zu Charlies Haus erreichten, sagte keiner von ihnen ein Wort.

»Du hast nicht mal gefragt, wo ich gestern war.«

Max sah flüchtig zu ihr hinüber. Darauf hatte er keinen Gedanken verschwendet.

Er stellte das Auto auf der Auffahrt ab. Zog die Handbremse und sah Paschie an.

Sie schnitt ihm das Wort ab, ehe er überhaupt etwas sagen konnte. »Sarah ist schon da.« Dann schob sie die Beifahrertür auf und stieg aus.

64

Mit einem riesigen Picknickkorb in den Händen stand Sarah vor Charlies hellgrau lackierter Eingangstür.

»Okay, alle bereit? Sobald er aufmacht, singen wir.«

Sie drückte auf die Klingel. Als die drinnen verklungen war, war kein Mucks mehr zu hören. Sarah versuchte es erneut. Mit dem gleichen Ergebnis.

»Halt mal«, sagte sie, drückte Max den Korb in die Hand und lief ums Haus herum zur Rückseite, wo der Strömma kanal vorbeifloss. Max und Paschie schlenderten ihr nach. Doch auch zwischen den Apfelbäumen, Stachelbeer- und Himbeersträuchern war Charlie nirgends zu sehen. Sarah steuerte den Gartenschuppen an. Dort drinnen hatte Charlie einen Ersatzschlüssel unter einem Blumentopf in der Ecke versteckt. Hinter den Fenstern war immer noch keine Bewegung zu sehen. Sowie Sarah wieder da war, schob sie den Schlüssel ins Schloss.

Auf dem Teppich in der Diele lag ein Blatt Papier. Arbeitsaufträge für die Putzhilfe. Er selbst werde kommende Woche zurück sein. Hatte er sich tatsächlich aus dem Staub gemacht? Ohne ihnen Bescheid zu geben?

»Verdammt, Charlie!«, sagte Sarah.

Max runzelte die Stirn. Ihm war ein Duft in die Nase gestiegen. Entweder waren sie nicht allein, oder aber es war kürzlich erst jemand hier gewesen. Er stand reglos in der Diele und lauschte, während Sarah und Paschie sich in der Küche und im Wohnzimmer umsahen. Aus dem ersten Stock meinte er ein leises Surren zu hören.

Kurz entschlossen stellte er den Korb ab und lief nach oben in Charlies Schlafzimmer. Atmete tief ein. Erahnte ein Frauenparfüm. Aber da war noch etwas anderes. In der Fensternische mit Blick über den Garten stand ein Strauß Blumen in einer Vase. Er lief darauf zu und las, was auf der Karte stand.

Alles Gute zum runden Geburtstag! Deine Tasenka.

Das Bett war ungemacht. Nein, nicht bloß ungemacht. Da lagen zwei Decken und vier Kissen.

Charlie?, dachte Max und grinste in sich hinein. Hast du etwa eine Freundin?

Charlie K hatte allem Anschein nach Besseres zu tun gehabt, als mit seinen Kollegen zu picknicken. Ihre Annahme, er habe an seinem siebzigsten Geburtstag garantiert keine Pläne, war ganz offensichtlich bescheuert gewesen – und zu glauben, er habe keine anderen Freunde, die Pläne für ihn schmiedeten, erst recht. Max wollte schon wieder zu den anderen nach unten gehen, als er an Charlies Kleiderschrank vorbeikam und erneut das Surren hörte.

Er zog die Schranktür auf. Am Boden stand ein Faxgerät, auf dem soeben ein neues Fax einging. Max lehnte sich nach vorn und musterte den Apparat. Ein Netzkabel führte nach hinten und verschwand unter der Rückwand. Max strich mit der Hand darüber, drückte vorsichtig – und im nächsten Moment schwang sie nach hinten. Eine Geheimtür.

Hinter der Tür lag eine Art Arbeitszimmer mitsamt Schreibtisch, Aktenschrank und einem Waffentresor.

Max schlüpfte hinein. Auf dem Tisch lagen Unterlagen in ordentlichen Stapeln. Aus norwegischen, britischen und US-amerikanischen Quellen. Sie schienen allesamt von dem Militärmanöver in der Barentssee zu handeln.

Erst jetzt fiel ihm wieder ein, worum Charlie ihn gebeten hatte. Um Hein Espens Kontaktdaten – die Max ihm auch sofort geschickt hatte.

Er drehte sich um. Hinter ihm beugten sich Sarah und Paschie in den Kleiderschrank.

»Was ist das denn, verdammt?«, fragte Sarah, als sie sich zu der Geheimtür vorgearbeitet hatten.

»Ein geheimes Büro«, antwortete Max.

»Ich weiß ja nicht, ob wir gerade gegen irgendwelche Regeln verstoßen, aber irgendwie hab ich das gleiche Gefühl wie damals, als ich in Borgenstiernas geheimes Zimmer eingedrungen bin und all diese Fotos gesehen habe …«

»Von meiner Großmutter«, ergänzte Max.

»Ja. Du weißt schon, dieses Gefühl, wenn man erst glaubt, eine Person zu kennen, und dann mit einem Mal erfährt, dass man keinen Schimmer hatte. Als würde sich der Boden unter einem auftun.«

»Da draußen steht eine Vase mit Blumen«, sagte Max. »Mit einem Kärtchen von einer gewissen Tasenka.«

»Tasenka?«, hakte Paschie nach. »Eine Russin?«

Max kannte nur eine einzige Person, die Tasenka hieß, aber dabei konnte es sich unmöglich um dieselbe Frau handeln.

Sarah schüttelte den Kopf.

»Hier stimmt so einiges nicht«, murmelte sie.

Das Zimmer und all das, was dort auf dem Schreibtisch lag, legten die Vermutung nahe, dass Charlie auch noch für andere gearbeitet hatte. Wenn er auf welche Weise auch immer mit dem Geheimdienst eines anderen Landes zusammengearbeitet hatte – was bedeutete das dann für Vektor?

Hatten die Russen am Ende doch recht? Dass Vektor der geheime Zweig eines westlichen Nachrichtendienstes war?

65

Als Sofia Karlsson Carpelans Büro betrat, war das Erste, worauf ihr Blick fiel, ein kleiner beigefarbener Rollkoffer, der neben dem Schreibtisch stand.

»Bleiben etwa morgen beim *König der Löwen* Plätze frei?«, fragte sie.

»Nur einer«, antwortete Carpelan. »Jessica ist mit den Kindern geflogen. Sie hat mir nicht mal die Gelegenheit gegeben, ihnen eine gute Reise zu wünschen.«

»Das tut mir leid«, sagte Sofia. »Ich weiß, dass Sie sich alle auf die Reise gefreut haben.«

»Ist einfach kein günstiger Zeitpunkt für einen Wochenendtrip. Was hätte ich denn tun sollen, verdammt?«

»So ist das, wenn man Chef bei der Polizei ist. Was für ein Treffen soll das übrigens sein, bei dem Sie mich dabeihaben wollen?«

Carpelans Gesichtsausdruck war unmöglich zu deuten.

»Sie sollen Staatssekretär Schiller treffen.«

»Ist er hier?«, fragte Sofia.

»Ja, er wartet drüben auf uns.«

Carpelan zeigte in Richtung des Flurs mit den Besprechungsräumen, und Sofia hob resigniert die Hände.

»Aber bevor wir rübergehen, will ich Ihnen noch etwas erzählen. Wir sind auf einen Hinweis gestoßen, der in eine andere Richtung als nach Russland weist. Max und ich sind mit den Symbolen ein gutes Stück weitergekommen ... und dass unser Mörder tatsächlich ein russischer Agent sein soll, will er einfach nicht glauben.«

Carpelan stand auf.

»Wir haben einen Treffer bei den Fingerabdrücken und einen bei der DNA, und beide weisen auf einen russischen Agenten hin. Wenn Sie irgendwelche Zweifel haben, behalten Sie die fürs Erste für sich.«

Fürs Erste? Was sollte das denn heißen? Carpelan wirkte fast schon nervös, was ungewöhnlich für ihn war. Oder teilte er ihre und Max' Zweifel, durfte es aber nicht zugeben?

Unter welchem Druck standen er und Tomas Schiller? Und von wie weit oben kam dieser Druck?

Tomas Schiller streckte sich gerade nach der Pumpthermoskanne, als sie den Besprechungsraum betraten.

»Willkommen«, sagte er.

Als er Kaffee in eine Tasse füllte, rutschte der Ärmel seines eng geschnittenen Anzugs ein Stück nach oben. Seine schmale marineblaue Krawatte war mit einem doppelten Windsorknoten gebunden.

In ihrer rechten Jeanstasche vibrierte Sofias Handy. Schiller sah sie aus eisig hellblauen Augen hinter runden Brillengläsern an. Jetzt war wohl nicht der richtige Moment, um das Gespräch entgegenzunehmen.

Sie setzte sich und drehte sich vom Papierkorb weg, aus dem alter Kaffeesatz, ausgemusterte Snusbeutelchen und Orangenschalen quollen.

»Wir haben also international um Schützenhilfe gebeten?«, fragte Schiller.

»Ja«, antwortete Carpelan. »Einer meiner Mitarbeiter hat mir heute Morgen mitgeteilt, dass die Fingerabdrücke und Blutspuren von einem gewissen Goga Golubkin stammen, einem russischen Staatsbürger, nach dem international gefahndet wird und der jüngst erst bei Ermittlungen in Lettland aufgetaucht ist. Die Letten glauben, dass Golubkin ein Agent der mobilen Sondereinheit sein könnte.«

Schiller strich sich über den blonden Seitenscheitel.

»Dann stellt er eine Bedrohung für die innere Sicherheit dar?«, hakte er nach.

Carpelan schüttelte den Kopf.

»Das können wir derzeit noch nicht sagen. Es könnte sich auch um einen sogenannten Wilden handeln – einen Agenten, der auf eigene Faust unterwegs ist. Wir haben beschlossen, die Information derzeit noch nicht an andere Behörden weiterzugeben.«

»Gut so«, sagte Schiller. »Ich weiß Ihre Umsicht zu schätzen. Ich könnte dafür sorgen, dass die Säpo und die Armee informiert werden – natürlich erst sobald und in einem Maß, wie wir es für nötig halten.«

Sofia rutschte auf ihrem Stuhl herum und nickte dem Staatssekretär zu.

»So ein Treffer ist für die weiteren Ermittlungen und die potenziellen Antworten auf unsere Fragen natürlich richtungsweisend ... wirft aber gleichzeitig auch eine Reihe anderer Fragen auf.«

»Die da wären?«, gab Schiller zurück.

»Dass unser Tatverdächtiger ein ausgebildeter Agent sein soll, erklärt einerseits, wie er davonkommen und untertauchen konnte. Wie er Elias Skagerlinds Ausweis fälschen und sich damit in den Wachposten eines unserer Militärstützpunkte einschleichen konnte.«

Carpelans skeptischer Blick erinnerte sie wieder daran, was er vor der Besprechung zu ihr gesagt hatte: dass sie ihre Zweifel für sich behalten möge. Sie beschloss, stattdessen Fragen zu stellen.

»Wie stimmt das andererseits aber mit dem überein, was wir sonst noch bei der Ermittlung zutage gefördert haben? Mit dem Tathergang, der Auswahl der Opfer, einem möglichen Motiv und gewissen widersprüchlichen Details, die wir an den Tatorten vorgefunden haben?«

»Nehmen wir uns doch eins nach dem anderen vor«, schlug Schiller vor. »Fangen Sie mit dem Tathergang an.«

»Sämtliche Taten zeichnen sich durch eine gewisse Ritualität aus: die Nummerierung der Opfer, die Symbole ... Das widerspricht der Art und Weise, wie ein Profi in staatlichem Auftrag vorgehen würde.«

Schiller runzelte die hohe Stirn.

»Worauf wollen Sie hinaus?«

Ihr Handy klingelte erneut. Sofia zog es aus der Tasche. Zwei verpasste Anrufe. Doch diesmal war es nicht Max, der versucht hatte, sie zu erreichen, sondern der Kriminaltechniker Benjamin Thornéus. Er hatte überdies eine SMS geschickt.

»Sofia, ruf mich an, so schnell du kannst!«

Carpelan warf ihr einen tadelnden Blick zu, und Sofia schob sich das Handy auf den Schoß. Dann räusperte sie sich.

»Ich will darauf hinaus, dass man wesentlich schneller und einfacher einen Mord verüben könnte als so, wie wir es hier vor uns sehen ... und dabei auch bedeutend weniger Spuren hinterließe.«

»Sofern man seine Mordermittlerin nicht auf eine falsche Fährte locken will«, entgegnete Schiller.

Sofia musste sich schwer zusammenreißen.

»Es ist nicht das erste Mal, dass jemand mit einer militärischen Ausbildung sich derlei Methoden bedient, um die Polizei in die Irre zu führen«, fuhr Schiller ungerührt fort. »Bei den westlichen Nachrichtendiensten wäre so etwas ungewöhnlich, aber woanders ...«

»Allerdings ist der Täter doch recht weit gegangen«, mischte Carpelan sich ein. »Finden Sie nicht auch?«

Schiller antwortete nicht und starrte ungerührt Sofia an.

»Okay«, sagte sie. »Nehmen wir also an, dieser Goga hat all diese Dinge getan, um uns zu verwirren. Warum dann jedes Mal diese dramatische Inszenierung? Es kommt mir fast so vor, als wollte er uns damit eine Geschichte erzählen. Soll *das* uns verwirren?«

»Oder ...?«, kam es von Schiller.

»Oder die Spuren in Form von Fingerabdrücken und DNA? Wie kann man einerseits einen Tatort dermaßen sauber und ordentlich hinterlassen und dann doch Spuren legen?«

»Wir haben eine annähernd hundertprozentige Übereinstimmung«, rief Schiller ihr ins Gedächtnis. »Es *ist* unser Mann. Bilden Sie sich bloß nichts anderes ein.«

Beunruhigt sah Carpelan zwischen Sofia und Schiller hin und her.

Das Handy in ihrem Schoß begann erneut zu vibrieren. Sie warf einen flüchtigen Blick auf das Display. *Benjamin Thornéus.* Die erleuchteten Buchstaben schrien förmlich nach ihr. Was war denn bitte so wichtig, dass er mehrmals hintereinander anrief und SMS schrieb?

Carpelan räusperte sich.

»Wissen Sie im Justizministerium irgendetwas, was das Ganze erhellen könnte?«

»Vielleicht ja alles, was wir sehen?«

»Was meinen Sie?«, fragte Sofia verwirrt.

»Vielleicht ist ja alles, was wir sehen, eine bewusste Täuschung?«

Die beiden Männer wechselten einen Blick, als wüssten sie beide, wohin dieser Gedanke führen würde. Sofia hatte das Gefühl, die Einzige zu sein, die auf der Leitung stand. Oder spielte ihr Chef gerade ein Spielchen mit Schiller?

»Die russische Spur war von Beginn an eine von vielen in unserer Ermittlung«, sagte Carpelan.

Ja, und warum wohl?, dachte Sofia. Sie versuchte, Carpelans Blick aufzufangen, um herauszufinden, was er im Sinn hatte, doch er sah nur den Staatssekretär an.

»Ich muss wohl nicht eigens betonen, dass auch weiterhin Geheimhaltung gilt«, sagte Schiller. »Wir sind von einer erhöhten russischen Aggression und von der Einreise einer gewissen Person zu einem auffallend frühen Zeitpunkt in Kenntnis gesetzt worden.«

Sofia ahnte, dass er auf den Gesandten aus Moskau, Papanow, anspielte, über den sie mit Carpelan schon zu Beginn ihrer Ermittlungsarbeit gesprochen hatte. Die erhöhten Sicherheitsmaßnahmen, die vonseiten der russischen Botschaft in Norrmalm eingefordert worden waren. Trotzdem kam sie nicht umhin, sich zu wundern, wann genau Schiller zu seiner sogenannten Kenntnis gelangt war. Noch früher? Sie schob den Gedanken beiseite und ergriff wieder das Wort.

»Als wir Callmér und Lindström näher unter die Lupe genommen haben, um nach einem Motiv zu suchen, das auf sie beide zutreffen könnte, haben wir nichts gefunden, was die Russlandspur erhärtet hätte«, sagte sie. »Deshalb haben wir auch Alternativen abgewägt.«

»Vielleicht hätten Sie noch tiefer graben müssen?«, warf Schiller ein.

Sofia wäre am liebsten aufgestanden und gegangen. Sollte dieses Collegeboy-Arschloch doch mal selbst ein Jahr bei der Polizei verbringen. Er hatte während dieser Besprechung bislang nichts anderes getan, als sie vorzuführen.

»Das machen wir natürlich noch«, sagte Carpelan. »Nachdem wir jetzt ja einen DNA-Treffer haben, können wir die anderen Ermittlungsrichtungen vernachlässigen.«

Ihr Handy regte sich erneut, und Sofia senkte den Blick. Wieder eine SMS von Thornéus.

»Ruf sofort an. Schlechte Nachrichten.«

Was war denn jetzt wieder passiert?

»Aus Sicht der Regierung ist es von äußerster Relevanz, in Erfahrung zu bringen, ob all dies wirklich auf einen Mann zurückgeht, der einer russischen Spezialeinheit angehört«, sagte Schiller. »Alles andere ist jetzt sekundär. Wir müssen wissen, ob wir es mit einem einsamen Wilden zu tun haben oder mit einer Organisation, und dann im nächsten Schritt entscheiden, ob wir der Gefährdung einiger weniger Mitbürger gegenüberstehen oder es mit einer Bedrohung für ganz Schweden zu tun haben.«

66

Später im Bett lauschte Max Paschies ruhigen Atemzügen. Nach einer Weile knipste er die kleine Leselampe am Kopfende an. Gerade noch war sie die pure Leidenschaft gewesen, jetzt schlief sie tief und fest. Sie hatte ihn daran erinnert, dass sie noch immer verärgert war, doch die Entschlossenheit, es vor Ablauf der fruchtbaren Tage zumindest noch mal zu versuchen, hatte offenbar schwerer gewogen.

Er hatte versucht, Charlie zu erreichen, bevor sie ins Bett gegangen waren, doch das Handy ihres Vorstandsvorsitzenden war nach wie vor abgestellt. Aus dem Bad hatte Max ihm noch eine Nachricht geschickt und ihn um Rückruf gebeten. Zurück im Schlafzimmer, hatte er sich mit der Hand auf Paschies Hüfte auf die Bettkante gesetzt und auf eine Antwort gewartet.

Warum richtete man sich bitte ein Büro hinter einem Kleiderschrank ein? Warum verschwand man an seinem siebzigsten Geburtstag, ohne seine engsten Mitarbeiter zu informieren?

Ihm war klar, dass er nicht würde einschlafen können. Also lief er die Treppe nach unten und rief im Boxclub an.

»Ja, ich bin noch eine Weile hier«, sagte Feliz. »Willst du auf ein Ründchen vorbeikommen?«

»Ich bin in einer Viertelstunde da.«

Als Feliz ihm die Tür zum Boxclub Narva an der Frejgatan aufmachte, sah er Max misstrauisch an. Obwohl Feliz einen Kopf kleiner war, war der ehemalige puertoricanische

Junior-Landesmeister sehnig, stark, stahlhart und insofern ein perfekter Sparringspartner auf Augenhöhe.

»Du siehst aus, als hättest du nächtelang nicht geschlafen.«

»Ach ja?«, sagte Max.

»Du kannst nicht trainieren, wenn du nicht schläfst, das weißt du genau.«

»Sollen wir uns gleich hier an der Tür prügeln oder im Ring?«

Feliz schenkte ihm ein breites, freundliches Lächeln.

»So ist das also? Dann zieh dir deine Boxhandschuhe an. Ich hol dich so was von auf den Boden der Tatsachen zurück.«

Nach vierzig Minuten kauerten beide in ihrer jeweiligen Ecke des Rings. Feliz hatte unzählige Treffer gelandet, und Max tat jeder Zentimeter seines Körpers weh. Wäre ein Punktrichter da gewesen, hätte der jetzt definitiv den Arm des Stolzes San Juans nach oben gerissen. Max war ihm an Schnelligkeit und Technik unterlegen, hatte das aber mit Reichweite, Muskelmasse und Hartnäckigkeit halbwegs wieder wettgemacht. Zu ihrer beider Füßen sammelte sich der Schweiß in Pfützen.

»Du bist echt zäh wie ein Ochse, Rospigg.«

Max lachte.

»Eine letzte Runde?«

Feliz schüttelte den Kopf.

»Noch eine Runde, und einer von uns würde ernsthaft Schaden nehmen. Wogegen bin ich heute Abend überhaupt angetreten?«

»Hast du in San Juan nie einen schwedischen Küstenjäger getroffen?«

Diesmal musste Feliz laut lachen.

»Küstenjäger sind hier schon öfter aufgekreuzt. Allerdings hat sich das hier gerade angefühlt, als würde ich gegen einen Dämon kämpfen. Was ist los mit dir?«

Max musste an das Gespräch denken, das er und Sofia Karlsson mit der Professorin von der Uni Tartu geführt hatten. Der Dämon … *Lietuvens*, hatte er nicht so geheißen? Der Dämon, der Mensch und Tier in der Nacht heimsuchte. Der sie im Schlaf paralysierte.

Dann dachte er an seine Erbanlagen väterlicherseits, die gerade seine Nervenzellen im Stirnlappen zersetzten.

»Das willst du gar nicht wissen, Feliz.«

»Okay, wie du meinst.« Er kam schwankend auf die Beine, durchquerte den Ring und gab Max die Hand. »Pass auf dich auf. Wir sehen uns.«

Feliz schaltete die Lampen in der alten Boxhalle aus, sobald Max die Eingangstür aufgezogen und hinaus in die Dunkelheit verschwunden war. Er konnte die Arme kaum noch bewegen, hätte die Tür beinahe nicht aufgekriegt. Er holte tief Luft und überquerte langsam und auf milchsäuretauben Beinen die Norrtullsgatan. Durch den Innenhof des Behindertenwohnheims an der Frejgatan erreichte er die Surbrunnsgatan und bog in einen großen Hinterhof, der von Bauzäunen gesäumt war, die von langwierigen Renovierungsarbeiten zeugten.

Von hinten waren schnelle Schritte zu hören, doch nach dem harten Sparring mit Feliz war er zu langsam und sah nur noch einen schwarzen Schatten, ehe er mit einem schweren Gegenstand zu Boden geschlagen wurde.

Für einen Moment begriff er gar nichts. Seine Wange und der Mund waren blutüberströmt und voller Schotter, und schwarze Konturen tanzten vor seinen Augen. Dann dämmerte ihm, dass er durch Tritte in den Leib wieder und wieder auf den Asphalt aufschlug. Erst da kam der Schmerz, und er rang nach Luft.

Irgendwie gelang es ihm, sich auf den Rücken zu drehen. Er blickte in den Himmel. Die Sterne leuchteten so hell und klar wie nur im August. Es fiel ihm zusehends schwer zu atmen.

Er presste die Hände flach auf den Boden und schob sich nach oben, glaubte noch, ein paar schwarze Umrisse verschwinden zu sehen. Im nächsten Moment kreischten Bremsen, und ein Wagen blieb so nah neben ihm stehen, dass Max nur die Hand hätte ausstrecken müssen und ihn hätte berühren können. Stattdessen kippte er rücklings zu Boden.

Eine Autotür wurde aufgestoßen. Aufgeregte Stimmen.

Dann wurde alles um ihn herum schwarz.

67

Sofia spürte Schillers Blick noch immer auf sich, als sie sich in eine der kleinen Kabinen zurückzog, in denen sie vertrauliche Telefonate führten.

»Ich bin draußen auf Ingarö«, teilte Thornéus ihr mit. »Die Feuerwehr war zuerst vor Ort. Sie sind zu einer brennenden Sommerhütte gerufen worden, haben sie aber zunächst kontrolliert runterbrennen lassen. Dann haben sie die Polizei alarmiert. Sie haben's erst bei dir versucht, und ein Kollege meinte, du wärst beschäftigt, aber du würdest mich bestimmt vor Ort haben wollen. Sobald ich hier angekommen war, hab ich versucht, dich zu erreichen, weil ich mir dachte, du würdest es sicher als Erste wissen wollen.«

»Scheiße, sag jetzt nicht, dass wir noch einen haben.«

Seit sie die verpassten Anrufe gesehen hatte, war Sofia mulmig gewesen.

»Eine komplett verkohlte Leiche. Das Opfer ist mit Benzin übergossen und dann angezündet worden.«

»Herr im Himmel«, sagte Sofia. »Gibt's Markierungen?«

»Ja. Die Haut ist komplett verbrannt, aber man kann auf Höhe der Stirn eine eingeritzte Sieben im Schädel erkennen. Daneben irgendwas, was aussieht wie Sonnen … und auf dem Brustkorb ähnliche Symbole. Wahrscheinlich zur Sicherheit – für den Fall, dass wir die Markierungen auf der Leiche nicht finden würden –, hat der Täter draußen an den Zaunpfosten auch noch ein brennendes Rad gehängt. Und daneben hängt der Briefkasten am Zaun – mit einer Sieben. Wir brauchen wohl kaum auf die Spurenanalyse zu warten, um sicher zu sein, dass unser Mörder erneut zugeschlagen hat.«

»Wie heißt der Tote, weißt du das?«

»Der Mann wurde noch nicht identifiziert, aber der Familienname auf dem Briefkasten lautet Wass.«

Örebro, im Januar 1946

Ozols schreckte aus dem Schlaf, als die Tür aufgerissen wurde und ein riesiger Schäferhund nach vorn preschte. Das Kläffen war so laut, dass es im Krankenzimmer von den Wänden widerhallte. Noch ehe ihm überhaupt klar war, was gerade passierte, wimmelte es in dem Verschlag von schwarz gekleideten Polizisten. Jeweils zu dritt bezogen sie vor den Krankenbetten Position.

In aller Seelenruhe setzte er sich auf und sah ihnen in die Augen.

Dann ist es jetzt also so weit. Auf ins Tal des Totenschattens. Ich habe keine Angst.

Um ihn herum zerrten die Schwarzhemden seine Brüder an Armen und Beinen aus den Betten. Ozols setzte die Füße auf den Boden und stand bedächtig auf. Er hatte immer noch weiche Knie, aber zumindest in Teilen hatte er seine alte Kraft wiedererlangt.

»Geht ihr voraus?«, sagte er zu ihnen.

Obwohl sie seine Sprache nicht verstanden, ahnten sie wohl, was er meinte, und gemeinsam – mit Ozols in der Mitte, der von einer menschlichen Mauer aus sechs Einsatzkräften umringt war –, machten sie sich auf den Weg aus dem Bereitschaftslazarett Örebro. Im Unterschied zu den anderen leistete Ozols keinen Widerstand, sodass sie ihm ein letztes bisschen Würde zugestanden und ihn ohne Fesseln gehen ließen.

Draußen auf dem Hof standen die Ärzte schon bereit – all diejenigen, die ihnen bis vor Kurzem noch hoch und heilig geschworen hatten, sie würden sie niemals ausliefern. Am Rand stand Oberschwester Wass, die sämtliche Anweisungen der Stockholmer Obrigkeit sklavisch ausgeführt hatte. Ozols spuckte vor ihnen zu Boden.

Ganz außen stand Anna. Ihr Gesicht war zu einer Grimasse verzerrt, die Ozols nie vergessen würde. Sie war nicht die Einzige, die weinte, aber ihre Tränen schienen sie regelrecht auszuhöhlen. Er nickte ihr zu.

Bleib stark. Wir sehen uns wieder.

Ein Kommandant der schwarzen Polizeikräfte zählte durch, bevor sie in die Busse verfrachtet wurden. Ozols konnte ihm ansehen, dass etwas nicht stimmte. Er sah sich um, zählte selbst nach und ging im Kopf die Namen seiner Brüder durch. Dann folgte er dem suchenden Blick des Polizisten.

Auf der anderen Seite des Stacheldrahtzaunes lag der provisorische Friedhof, den die Schweden für sie angelegt hatten. Die schmalen, schiefen weißen Kreuze, die die Gräber markierten, in denen diejenigen von ihnen lagen, die den Hungerstreik nicht überlebt hatten.

Aus dem eingezäunten Bereich war ein durchdringender Laut zu hören. Zwei schwarz gekleidete Männer standen über einem Stück Holz, das am Boden lag. Einer von ihnen hob das Holz an, der andere streckte den Arm in das Loch darunter und zog Normunds heraus. Er zitterte am ganzen Leib und sah eher aus wie ein Tier als wie ein Mensch.

Ozols wusste, welche Grauen Normunds auf seiner Flucht nach Schweden durchlitten hatte. Und er erinnerte sich an das Versprechen, das er ihm gegeben hatte, als die anderen gestorben waren.

Normunds hatte ihm gesagt, dass er nicht mit nach Russland gehen werde. Er hatte Geschichten darüber gehört, was dort mit den Männern geschah, die nicht stark genug waren, um dem Straflager standzuhalten, die »abwesend« genannt wurden, die im arktischen Winter in langer Unterwäsche nur mehr umhertaumelten, weil ihre Seelen den Körper längst verlassen hatten, die hinter Mülltonnen die Ratten jagten oder nach entsorgten Fischhäuten wühlten, die sie auslutschen konnten … Normunds wollte so nicht werden.

Doch als Ozols ihn dort im eisernen Klammergriff der schwedischen Polizisten sah, war Normunds bereits so geworden. Hier in Schweden. Durch die Internierung in einem schwedischen Lager.

Die Polizisten schleppten ihn in Richtung der wartenden Busse. Im nächsten Augenblick ließ er etwas aus seinem Hemdsärmel gleiten, und Ozols war für einen Moment geblendet, als die Wintersonne auf der scharfkantigen Spiegelscherbe reflektierte.

Der Polizist, der hinter Normunds herging, hatte den Gegenstand ebenfalls gesehen, griff nach dessen Handgelenk und entwand ihm die Scherbe.

Um Ozols herum waren die Blicke der Aufseher auf Normunds gerichtet. Er packte die Gelegenheit beim Schopf, stürmte vom Bus weg und stürzte auf seinen Landsmann zu, rammte den Polizisten, der sich die Scherbe gegriffen hatte, und schickte ihn zu Boden. Sein Kollege ließ Normunds los, um nach dem Schlagstock zu greifen, war aber nicht schnell genug, ehe Ozols ihn auch schon niederschlug.

Dann legte Ozols seine Hand an Normunds' Wange und sah ihm in die Augen. Normunds zitterte am ganzen Körper, schloss die Augen – und nickte.

Tu es.

Mit der freien Hand führte Ozols die Spiegelscherbe an Normunds Halsschlagader, und nur den Bruchteil einer Sekunde, bevor ein Polizist ihn zurückreißen konnte, presste er die scharfe Kante in Normunds' Hals, bis das Blut ihm entgegenrauschte und den Schnee am Boden rot färbte.

Freitag, 18. August

68

Aus dem Haufen grauer Asche schlängelte sich weißer Rauch hinauf ins Morgengrauen. Sofia war über die Überreste des verdreckten Bodens durch das Sommerhaus einer Familie gestapft, das inzwischen kein Sommerhaus mehr war. Einen Tatort nannten es die Kollegen – dieselben, die zwischen sämtlichen Ecken des Grundstücks, den Streifenwagen und dem weißen Zelt hin- und herwanderten, das die Spurensicherung aufgestellt hatte. Sie selbst stand jetzt draußen am Zaun, der den Weg säumte, und betrachtete alles aus einiger Entfernung. Für sie sah es nicht aus wie ein Tatort. Sondern wie ein vorzeitliches Krematorium.

Carpelan schob sich aus seinem Wagen und kam auf sie zu. Dann stieg von der Rückbank auch der Staatssekretär des Justizministeriums, Tomas Schiller, aus.

»Wie geht es Ihnen?«, fragte Carpelan, als er bei ihr angekommen war.

»Mir geht's gut«, antwortete Sofia. »Was man von Familie Wass nicht gerade behaupten kann.«

»Was soll das bitte darstellen?«

Carpelan zeigte auf das Rad, das immer noch am Zaunpfosten hing.

»Das ist die Felge eines handelsüblichen Fahrrads. Sechsundzwanzig Zoll, wenn ich es richtig sehe.«

Trotz der Augustwärme an diesem frühen Morgen fröstelte Carpelan leicht.

»Worum geht es hier? Soweit ich es mitbekommen habe,

war er ein ganz durchschnittlicher Mann und kein höherer Beamter?«

»Sind wir uns wenigstens einig – also, zumindest wir beide –, dass hier nicht der russische Staat dahintersteckt? Ich hab wirklich keine Lust, noch mehr kostbare Zeit zu vertrödeln.«

Carpelan warf einen flüchtigen Blick über die Schulter. Schiller unterhielt sich mit dem Spurentechniker, Thornéus.

»Die Spurensicherung hat anscheinend auch hier Fingerabdrücke und DNA sichergestellt«, wandte er ein.

»Goga Golubkin?« Sofia schüttelte den Kopf. »Warum sollte ein russischer Agent so etwas tun?«

Carpelan kam ein Stück näher.

»Okay«, sagte er leise. »Was haben Sie und Max herausgefunden?«

»Wir haben mit einer Professorin für Semiotik im estnischen Tartu gesprochen. Sie hat uns einiges über diese Symbole hier erzählt.« Sie zeigte auf das Rad. »Das hier entspricht den Markierungen, die wir drinnen auf der Leiche gefunden haben. Ich nehme an, auch dies ist ein altes Symbol aus der baltischen Mythologie, das Zeichen für einen Sonnengott oder so.«

»Für einen Sonnengott? Und warum sollte die Familie Wass den Zorn eines Sonnengottes erregt haben?«

»Das weiß ich nicht.«

Carpelan spähte erneut zu den anderen hinüber.

»Ich fürchte, uns läuft die Zeit davon. Was wissen Sie – also, was weiß ich noch nicht? Warum haben Sie eine estnische Professorin kontaktiert?«

»Wir haben die Symbolspur weiterverfolgt. Und das Institut für Semiotik der Uni Tartu ist in dieser Hinsicht führend.«

»Und warum sind Sie nicht an eine Uni in den USA oder in England herangetreten?«

»Bei Maj-Lis Toom haben wir ein altes Naziarmband gefunden, das aller Wahrscheinlichkeit nach einem lettischen Legionär gehört hat – einem Letten, der sich im Zweiten Weltkrieg auf die Seite der Nazis geschlagen hat.«

»Ich weiß, was ein Legionär ist, Sofia.«

»Das Armband wiederum hat uns zu einer semi-geheimen Organisation geführt, die in Schweden während des Zweiten Weltkriegs als Odalwehr bekannt war und mit dem Segen der schwedischen Regierung und Nazideutschlands agierte. Maj-Lis Toom ist aus Estland nach Schweden geflüchtet. Die Odalwehr hat schwedischstämmige Flüchtlinge hierhergeholt, während andere keine Ausreiseerlaubnis bekamen und interniert und hingerichtet wurden.«

»Können wir bitte wieder in die Gegenwart zurückkehren?«

Carpelan wand sich sichtlich, und sein Blick flackerte zwischen ihr und den Kollegen im Hintergrund hin und her.

»Die Organisation wurde von schwedischer Seite vom C-Büro gesteuert.«

Sofia nickte in Tomas Schillers Richtung.

»Vom C-Büro?«, fragte Carpelan. »Dem Vorgänger der Säpo?«

»Richtig. Auf der anderen Seite standen lettische Nazis. Und sie alle hatten einen Freibrief von Heinrich Himmler höchstpersönlich.«

»Du lieber Gott«, murmelte Carpelan. »Aber wie bringen Sie das mit unserem Fall in Verbindung?«

Er zeigte auf das heruntergebrannte Haus.

»Die estnische Professorin hat uns erzählt, dass die alten baltischen Symbole seit einiger Zeit wieder vermehrt verwendet werden, unter anderem im Zuge des sogenannten dritten nationalen Erwachens, sprich: von Nationalisten.«

Schiller und Thornéus kamen auf sie zu, und Carpelan wandte sich um und ging ihnen entgegen. Allerdings warf er ihr noch einen letzten Blick zu.

»Okay«, sagte er. »Machen Sie dort weiter, wo Sie und Max Anger aufgehört haben, und erstatten Sie mir Bericht, sobald Sie auf etwas stoßen.«

Im Hinblick darauf, wie schnell die letzten Tage verstrichen waren und wie wenig sie geschlafen hatte, fühlte es sich wie eine Ewigkeit an, seit sie und Max in Tartu an der Uni angerufen hatten. Außerdem stimmte da doch etwas nicht im Verhalten ihres Chefs – und hinsichtlich dieses Spielchens, das er allem Anschein nach mit dem Staatssekretär spielen musste. Wie lange ahnte er wohl schon, dass hier etwas faul war? Von Anfang an?

Das C-Büro. Der Vorgänger der Säpo.

Sofia wollte sich das Ausmaß dieses Spielchens, in das Carpelan verstrickt war, einfach nicht erschließen. Dass sie nicht die Einzige war, die ahnte, dass auf den Fluren der Macht irgendetwas Merkwürdiges vor sich ging, war ihr hingegen klar.

69

Charlie Knutsson schlug die Augen auf. Die Bettwäsche im Radisson Blu Royal Garden fühlte sich herrlich weich an. Er war hundemüde gewesen, als er im Hotel angekommen war, obwohl es noch gar nicht besonders spät gewesen war. Noch während der CNN-Nachrichten war er eingeschlafen.

Jetzt leuchtete die Morgensonne durch die feinen weißen Hotelgardinen. Er streckte sich nach seinem Handy auf dem Nachttisch. Du liebes bisschen, sechsunddreißig verpasste Anrufe! Zweiundzwanzig SMS! Er klickte eine nach der anderen an. Die meisten waren Geburtstagsgrüße, aber gleich vier stammten von Sarah. Die jüngste lautete: *»Charlie, wir machen uns Sorgen, dass dir etwas passiert sein könnte. Kannst du dich bitte so schnell wie möglich bei mir oder im Büro melden?«*

Warum waren sie denn derart besorgt? Er hatte Sarah doch gesagt, dass er seinen Geburtstag nicht feiern wollte.

Seine Gedanken wanderten zurück zu den Ereignissen der letzten Woche. Die Meldung, die er aus London erhalten hatte. Die Besorgnis angesichts des großen russischen Manövers. Das Stress-Signal, das sie aufgefangen hatten.

Am Sonntag hatte er getan, worum sie ihn gebeten hatten. Er hatte das Heft in die Hand genommen und Berga und das Verteidigungsministerium ins Boot geholt, ehe ihm ein anderer zuvorkam. Zum Glück war es zu keinem schwedischen Einsatz gekommen. Unter gar keinen Umständen durfte ein schwedisches Rettungsteam dort hinunter zum Meeresboden tauchen und die Schäden an der *Kursk* in Augenschein nehmen, sonst stand das sensible Abkommen zwischen den beiden Präsidenten Clinton und Putin vor dem Aus.

War Sarah ihm auf die Spur gekommen?

Es war zu unser aller Bestem, dachte er. Ich hatte unser aller Ziel im Blick. Es tut mir leid, dass ich dich nicht einweihen konnte. Am besten hielt er sich eine Weile bedeckt gegenüber Sarah und Max. Bis alles vorbei war.

Er zog die Gardinen zur Seite und genoss für einen Moment die schöne Aussicht über die Nidelva und Trondheim. Hier fühlte sich alles so viel ruhiger an. Hier rückte ihnen niemand mit einer Verbrecherjagd oder mit Presseanfragen zu Leibe – nicht mal eine alte Geliebte, die einem bei seinen Plänen erst einen Knüppel zwischen die Beine warf und im nächsten Moment in sein Bett krabbelte. Mit den Jahren sollte man so was doch ernster nehmen, dachte er. Womöglich tat der Umgang mit jemandem wie Anastasia Friedenberga dem Herzen eines alten Mannes gar nicht mehr gut. Trotzdem schlich sich ein Lächeln auf sein Gesicht, das Blut schoss ihm in den Schritt, und er wurde steif, sobald er an ihre jüngste Begegnung zurückdachte.

Im großen Spiegel über dem Schreibtisch in seinem Superior-Zimmer erhaschte er einen Blick auf sein Spiegelbild. *Du bist jetzt hochoffiziell ein alter Mann, Charlie-Boy.* Im dritten und letzten Lebensabschnitt. Er würde dafür sorgen, dass er diesen Lebensabschnitt nutzte, so gut es ging.

Das Treffen mit seinem Kontakt sollte in einer Stunde unten in der Lobby stattfinden. Bis dahin würde er gerade noch duschen und frühstücken können – und sich dann umziehen, für ein paar Tage auf See.

Vielleicht war es Sarah gegenüber rücksichtslos, aber Charlie wollte kein Risiko eingehen. Irgendwann würde sie schon akzeptieren, dass er sich an seinem Ehrentag ein paar extra Freiheiten genehmigt hatte.

Man wurde schließlich nur ein Mal im Leben siebzig.

70

Nachdem er Åre und die norwegische Grenze hinter sich gelassen hatte, hatte Kandinski eine Pause einlegen müssen. Die Hütte auf Ingarö war inzwischen unter Garantie bis auf die Grundmauern abgebrannt, und mit den Flammen war das Leben eines weiteren schwedischen Staatsbürgers erloschen.

Der Nächste auf der Liste war ein alter Mann, der dort drinnen sein teures Hotelfrühstück aß. Erneut breitete sich Wärme in Kandinski aus. Das war das Beste an seinem Rachefeldzug: dass niemand ihn kommen sah.

An der Schuld all dieser Leute bestand nicht der geringste Zweifel, auch wenn sie selbst sich dessen nicht einmal bewusst waren. Und genau solche Leute konnten sich weder verteidigen noch andere vorwarnen. Für sie kam jede Hilfe zu spät.

Kandinski ging im Kopf die Anweisungen durch, die er übers Handy erhalten hatte. Den Wagen abstellen. Sämtliche Sachen darin liegen lassen. Um den Wagen und sein Gepäck würde sich jemand anderes kümmern.

Der schwere Koffer im Kofferraum musste strikt nach Plan rund um die Uhr bewacht werden. Eigentlich war Kandinski dazu ausersehen, in regelmäßigen Abständen sicherzustellen, dass die Uhr immer noch wie gehabt tickte. Die neuen Instruktionen zu seinem hiesigen Einsatz waren bloß eine Ausnahme. Doch Kandinski hatte keinen Zweifel: Er wusste genau, dass der Mann, der ihn angerufen hatte, niemals übereilt oder unbedacht handelte. Der Koffer würde auch ohne ihn in Sicherheit sein.

Derselbe Mann, der ihm die neuen Anweisungen gegeben hatte, hatte auch vorab auf der *Seaway Eagle* angerufen und sich als Kapitän ersten Ranges Scharow vom Oberkommando der Nordflotte in Sseweromorsk ausgegeben. Kandinski würde also keine Schwierigkeiten haben, an Bord zu kommen und den nächsten Schritt in Angriff zu nehmen.

Nummer sechs.

Er klappte die Sonnenblende nach unten und beäugte sich ein letztes Mal in dem eingebauten kleinen Spiegel. Schob Uniformkragen und Mütze zurecht. Als er zufrieden mit sich war, drückte er die Tür auf und stieg aus.

71

Durch den Türrahmen zum oberen Zimmer in seinem Elternhaus auf Arholma sah Max, wie Josephine Anger auf der Bettkante saß. Sie hatte ihm den Rücken zugewandt und starrte mit leerem Blick vor dem dunkel gebeizten Kleiderschrank zu Boden. Sie trug ein hellblau-weißes Nachthemd und schien die Hände zu ringen. Nach einer Weile drehte sie sich um und sah zur Tür. Sie war komplett ruhig, das Gesicht damals noch nicht kummerverzerrt. Das war noch vor den Runzeln und den dunklen Augenringen, dem Alkohol und dem Krebs. Bevor er sich auf die Suche nach der Wahrheit gemacht hatte. Damals war sie im selben Alter gewesen, wie Paschie jetzt war. Bildschön, entspannt, bereit, dem Tag entgegenzutreten, frei von jeder Sorge.

»Einige der einflussreichsten Männer der Geschichte waren demenzkrank: Roosevelt, Kekkonen, Stalin«, sagte sie. »Die Diagnose muss nicht das Ende bedeuten.«

Max riss die Augen auf. Sein Rücken war komplett ausgekühlt. Er lag auf einer harten, glatten Unterlage. Unter seinem Kopf spürte er etwas Weiches.

Das kalte Licht der Neonröhre über ihm brannte sich wie Lava in seine Netzhaut. Lag er auf einem OP-Tisch? Er erschauderte, versuchte, sich hochzustemmen, doch ein Brennen in der Magengegend zwang ihn, sich wieder hinzulegen. Der Schmerz breitete sich im ganzen Körper aus. Am schlimmsten war es auf Brusthöhe und im Gesicht. Als Nächstes spürte er ein schmerzhaftes Pochen in der Stirn.

Womit hatten sie ihn niedergeschlagen? Mit einem Eisenrohr?

Er drehte den Kopf zur Seite und versuchte zu erkennen, wo er sich befand. Doch im selben Moment war der Schwindel zurück – und das schlimmer als seit Langem. Er durfte sich nicht bewegen. Schloss die Augen.

Eine Stimme sprach auf ihn ein. Max verstand nicht, was da gesagt wurde, es klang wie ein fremdartiges Geräusch. Der Mann sprach weiter, und erst nach einer Weile dämmerte ihm, welche Sprache das war. Russisch.

Jemand berührte ihn mit der Hand, und Max schlug erneut die Augen auf. Ein junger Mann in schwarzer Lederjacke und mit kurz geschorenem blonden Haar packte ihn unter den Achseln und half ihm auf. Max verzog das Gesicht. Er musste sich mit den Händen auf beide Knie stützen, um sich aufrecht zu halten, während die Füße in der Luft baumelten. Anscheinend saß er auf einem Tisch.

Ein zweiter Mann mit einer ähnlichen Jacke, aber dunklerem Haar trat mit einem dampfenden Becher in der Hand auf ihn zu. Max nahm den Becher entgegen, dann bekam er noch eine Decke um die Schultern gelegt.

»Lasst uns allein«, sagte die Stimme.

Die beiden jungen Männer verschwanden. Max folgte ihnen mit dem Blick, registrierte die Betonwände, die sie umgaben. Die Decke bestand aus buckligem Fels. Er befand sich in einer Kaverne oder Höhle. Der Mann, der gesprochen hatte, war nirgends zu sehen. Er musste irgendwo stehen, wo das Licht nicht hinreichte.

»Sie sprechen Russisch«, sagte Max.

»Sie auch, Max Anger.«

»Wo bin ich hier?«

»Solna.«

Zehn Minuten vom Boxclub entfernt. Er versuchte, sich durch den Nebel hindurch daran zu erinnern, was passiert war, nachdem er sich von Feliz verabschiedet hatte. Irgendjemand hatte ihn niedergeschlagen und auf ihn eingetreten. Dann hatte neben ihm ein Wagen mit quietschenden Bremsen gestoppt.

»Sie haben mich gerettet.«

»Sie brauchten offenkundig Hilfe«, entgegnete der Mann.

»Wer waren diese Leute?«

»Sie waren maskiert. Und sind geflüchtet, bevor wir einander vorstellen konnten.«

Der Mann trat aus dem Schatten. Elegante Frisur, locker sitzende, teure Klamotten, in denen ein extrem durchtrainierter Körper steckte.

»Mein Name ist Papanow«, sagte er.

Max strich sich mit der Hand über die Stirn, tastete über die Schwellung. Diesem Namen war er doch schon mal begegnet …

»Wie viel Uhr ist es?«, fragte er.

»Früh am Morgen. Sie sind erstversorgt worden und haben geschlafen. Für alles Weitere sollten Sie einen Arzt aufsuchen.«

»Okay, danke für die Hilfe. Kann ich jetzt gehen?«

Außer Blut und Magensäure schmeckte Max noch etwas anderes auf der Zunge. Was hatten sie ihm gegeben? Er nahm einen Schluck von dem dampfend heißen Getränk. Russischer Tee. *Tschai.*

Papanow setzte sich neben Max auf den Tisch.

»Wir müssen uns ein bisschen unterhalten.«

»Vielleicht müssten Sie mir zuallererst mal erklären, warum wir uns in einer Kaverne in Solna befinden … in einem Schutzraum.«

»Sie waren in Kontakt mit der schwedischen Polizei, mit einer gewissen Sofia Karlsson, die bei der Kriminalpolizei für Kapitalverbrechen zuständig ist.«

Max antwortete nicht.

»Sie redet mit ihrem Chef und der wiederum mit ausgewählten Repräsentanten anderer Polizeieinheiten und des Militärnachrichtendienstes. Worüber da geredet wird, wissen Sie, oder?«

»Woher sollte ich das wissen?«

»Kommen Sie, Max. Wir haben Ihnen das Leben gerettet. Und wir lassen Sie gehen, sobald wir das hier besprochen haben. Ein bisschen Respekt und Dankbarkeit sind doch wohl nicht zu viel verlangt?«

Max ahnte, dass er hätte entsetzt sein müssen, doch er war es nicht. Er war seelenruhig. Papanow strahlte keinerlei Bedrohung aus. Aber vielleicht lag das auch nur an Max' schlechtem Zustand.

»Okay, ich nehme an, sie reden über Sie«, sagte Max.

»Das glaube ich nicht«, entgegnete Papanow. »Allerdings glaube ich, dass sie über einen meiner Mitarbeiter reden, über einen Mann namens Goga Golubkin.«

»Nie gehört.«

»Nein, und Sie werden ihn auch nie persönlich kennenlernen. Und das wird Sofia Karlsson ebenso wenig.«

»Sie sollten die Polizei nicht unterschätzen. Nach ihm wird international gefahndet, und die Meldung ist landesweit an sämtliche Dienststellen gegangen. Sein Phantombild liegt inzwischen in jedem Streifenwagen in diesem Land.«

»Dass er oder irgendein anderer Russe hinter den Morden hier in Schweden stecken sollte, ist genauso abwegig wie die Annahme, dass wir hinter dem Anschlag in Riga stecken, bei dem unsere eigenen Schwestern und Brüder zu Schaden gekommen sind. Es ist geradezu eine Beleidigung.«

Der Anschlag in Riga? Auf das Centrs? Max behielt seine Überlegungen für sich. Er hoffte, dass er bei seinem Telefonat mit dem DISS erfahren würde, worüber Papanow gerade sprach.

»Sie haben Ihre Vermutungen«, sagte er. »Und das schwedische Rechtswesen scheint seine eigenen Vermutungen anzustellen.«

Papanow knöpfte seine Jacke auf und zog einen Umschlag aus der Innentasche.

»Haben Sie dieses Phantombild schon einmal gesehen?«

Max schüttelte den Kopf. Papanow hatte ihm ein Blatt Papier mit einer Zeichnung in die Hand gedrückt. Der Mann auf dem Bild hatte halblanges Haar, eine krumme Nase und einen Dreitagebart.

In einem Infokasten unter dem Porträt stand, dass er kein Schwedisch spreche und nur gebrochenes Englisch, eins achtzig groß sei, braunes, lockiges, inzwischen allerdings kurz geschorenes Haar habe und auffällig oft ein Halstuch oder etwas Ähnliches um den Hals trage. Und an den Füßen Schuhe in Größe 44.

»Zu welchem Schluss kommen Sie, Max?«

Max sah ihn irritiert an. Ihm gefiel ganz und gar nicht, wie Papanow mit ihm redete. Als wären sie alte Bekannte. Er sah wieder auf das Phantombild oder vielmehr auf den Infotext darunter, weil der deutlich mehr aussagte als die Allerweltszeichnung.

»Es gibt da einiges, was nicht zusammenpasst«, sagte Max. »Zum Beispiel dass jemand wie Goga kein Schwedisch sprechen soll.«

Papanow nickte.

Max würde gar nicht erst sämtliche Details aufzählen müssen, die hier nicht zusammenpassten. Dreitagebart, Locken, die potenzielle Tätowierung am Hals.

Papanow zog ein zweites Bild aus der Tasche.

»Das ist Goga Golubkin.«

Goga war blond, deutlich kleiner, breit wie ein Panzer, markante Gesichtszüge, stahlharter Blick.

»Und Vierziger Schuhe«, sagte Papanow. »Man sollte meinen, dass Interpol und die schwedische Polizei zumindest diesen Unterschied bemerkt hätten.«

»Fußspuren können leicht um ein, zwei, drei Größen abweichen. Die Polizei hat überdies DNA und Fingerabdrücke gesichert, die sie ihm zuordnen konnten. Das reicht, um ihn für etliche Jahre hinter Gitter zu bringen.«

Papanow drehte das Blatt um. Auf der Rückseite befand sich ein weiteres Bild.

»Das hier ist dieselbe Person nach der Bombenexplosion im Centrs. Es ist nicht ganz einfach, ihn darauf zu erkennen, aber sehen Sie dieses fleischfarbene Teil hier – neben der zerfetzten Tiefkühltruhe? Das ist sein Bauch, nachdem die Haut runtergerissen wurde. Was da heraushängt, ist der Darm. Das Schwarze hier oben ist sein verbranntes Gesicht.«

Max schluckte trocken.

»Sie wollen, dass ich das mit zu Sofia Karlsson nehme. Ist es das? Sie wollen von dem Verdacht freigesprochen werden?«

»Ich weiß, dass in den Zeitungen ein enormes Tamtam gemacht wird um das neue Russland und die vermeintliche Bedrohung, die von uns ausgehen soll.« Papanow nahm Max das Foto aus der Hand. »Aber das alles geht uns gelinde gesagt am Arsch vorbei. Ihr dürft euch gerne weiter fürchten. Für mich geht es um etwas komplett anderes.«

»Und das wäre?«

»Sie werden die Sache nicht ruhen lassen, bis der Mörder gefasst ist, nicht wahr? Und Sie haben Ihre Gründe dafür. Gleichzeitig wissen Sie genau, dass die Polizei auf dem falschen Dampfer ist.«

Meine Gründe?, schoss es Max durch den Kopf. Hatte Papanow Maj-Lis gekannt? Wusste er, wo sich Charlie befand? Und ob Charlie in Gefahr war? Trotzdem beschloss er, all das, was ihm wichtig war, nicht weiter zu erwähnen. Immerhin konnte das hier eine Falle sein.

»Warum glauben Sie, dass die Polizei nichts ausrichten kann?«, fragte er stattdessen.

»Nicht nur in Russland und Lettland wird die Polizei politisch gesteuert.«

»Sie können Schweden nicht mit Russland oder Lettland vergleichen.«

»Arbeiten Sie mit uns zusammen, Max. Wir können Ihnen Ressourcen zur Verfügung stellen. Wir können das Schwein ausfindig machen, das meinen alten Freund und Ihre ehemalige Lehrerin auf dem Gewissen hat. Und wenn wir das geschafft haben, wird er auf Knien darum flehen, seine lebenslange Haftstrafe in einem schwedischen Gefängnis absitzen zu dürfen.«

Max sah Papanow in die Augen. Er meinte es ernst.

»Danke noch mal«, sagte er. »Aber ich arbeite wirklich lieber allein. Trotzdem bin ich überzeugt, dass wir uns noch einmal begegnen und Sie mich in der Zwischenzeit im Blick behalten werden.«

Papanow lächelte.

»Stimmt«, sagte er. »Sie scheinen Schutz zu brauchen.«

Max verzog das Gesicht, als er von der Tischkante rutschte und sich auf beide Beine stellte. Er hatte immer noch den Jogginganzug an, den er am Vorabend nach dem Boxtraining angezogen hatte. Die Jacke war blutverschmiert. Er tastete die Taschen nach seinen persönlichen Habseligkeiten ab. Fand seine Uhr, die Schlüssel, das Handy. Nichts fehlte. Allerdings steckte in der Jackentasche ein kleines, quaderförmiges Päckchen, das zuvor nicht da gewesen war.

»Ich hab Ihre Medikamente dort reingelegt«, sagte Papanow. »Eine Dosis haben wir Ihnen schon verabreicht. Ich hoffe, es ist das richtige Präparat.«

Der Geschmack auf der Zunge, dachte Max. Er nickte Papanow zu und wandte sich in Richtung Ausgang. Als er gerade die Tür aufschieben wollte, hörte er noch einmal dessen Stimme.

»Auf der Innenseite der Schachtel steht eine Telefonnummer, unter der Sie mich immer erreichen können.«

72

Die frühmorgendlichen Pendler im Zug aus Märsta versuchten sichtlich, an Max vorbeizustarren. Er war am Bahnhof Solna zugestiegen, der nur ein kurzes Stück vom Ballongberget entfernt lag. Kurz nachdem der Zug sich in Bewegung gesetzt hatte, hatte Max sein Spiegelbild im dunklen Fenster gesehen. In seinem Haar klebte getrocknetes Blut wie eine Art Haargel, mit dem die Strähnen in alle Richtungen standen. Unter dem rechten Auge prangte ein riesiger blauer Fleck, und die Wange war geschwollen. Sein Kinn war aufgeschürft.

Das Ruckeln und Holpern des Zuges machte die Schmerzen nicht besser. Er wollte lieber gar nicht darüber nachdenken, wie er unter den Klamotten aussah. Besonders der Brustkorb und ein Schlüsselbein taten bestialisch weh. Besser, er setzte sich gar nicht erst hin. Womöglich würde er sonst nicht mehr hochkommen.

Das kleine Päckchen steckte noch immer in seiner Jackentasche. Er zog es hervor und starrte darauf hinab. *Alprazolam.* Der metallische Geschmack im Mund war ihm sofort bekannt vorgekommen. Genau wie das ruhige Körpergefühl. Zwei Tabletten fehlten in der Blisterverpackung. Die doppelte empfohlene Tagesdosierung. Die volle Wucht des traumatischen Schocks und die Schmerzen würden ihm für den kompletten Rest des Tages erspart bleiben. Er drückte eine dritte blaue, konvexe Pille aus der Verpackung und schluckte sie hinunter. Nicht nur drängte sie die Magensäure zurück; eine neuerliche Woge betäubender Wärme rollte über ihn hinweg. Er sah auf, erhaschte einen Blick auf einen Mann, der ihn anstarrte. Der Mann drehte sich zum Fenster. Dahinter ging gerade die Sonne über Karlberg auf.

Wie ein Schlafwandler durchquerte Max den Hauptbahnhof, ließ Blicke und gemurmelte Kommentare an sich abperlen. Menschen wichen ihm aus, sobald er auf sie zulief. Niemand versuchte, ihn daran zu hindern, sich durch die Absperrung zur Roten Linie zu mogeln. Als er in die U-Bahn gestiegen war, lehnte er sich an eine Trennwand, schlief augenblicklich ein und wachte erst wieder auf, als der Zug abbremste und die anderen Fahrgäste versuchten, sich an ihm vorbeizuquetschen, ohne ihm allzu nahe zu kommen.

Am Karlaplan stieg er aus. Er nahm den erstbesten Ausgang und kam prompt auf der falschen Seite des Valhallavägen ans Tageslicht. Er lief in Richtung Banérgatan, als ihm ein Schild an der Gustav Adolfskyrkan ins Auge fiel: *»Die Botschaft der Republik Lettland präsentiert den weltberühmten Latvian National Choir – Konzertmatinée, Freitag, den 18. August.«* Er blickte hinüber zum Park, der den gleichen Namen wie die Kirche trug. Das Kirchenportal stand offen, und aus der Kirche war Chorgesang zu hören.

Seine Schläfen schmerzten, und seine Rippen brannten. Vor der Kirche stand ein Aufsteller mit Programmblättern. Er nahm sich eins, schlug es auf und fand gleich auf Seite eins den Namen des ersten Stücks, das der Chor singen sollte. Spürte, wie sein Puls in die Höhe schoss.

Er blätterte um. Eine Liste der Beteiligten. Männernamen, die auf S, und Frauennamen, die auf A endeten. Dann fand er den Namen, nach dem er gesucht hatte. *Anastasia Friedenberga.* Die Frau, die allem Anschein nach eine ganz besondere Beziehung zu Charlie Knutsson pflegte.

Die Blumenvase am Fenster in Charlies Haus auf Värmdö.

Tasenka.

Über den ungewöhnlichen Namen hatte er sich den Kopf

zerbrochen. Er hatte schon einmal von einer Person namens Tasenka gehört, doch der Gedankensprung war schlicht zu weit gewesen. Er hatte sich einfach nicht vorstellen können, dass es sich um ein und dieselbe Frau handelte.

Das Foto, das aus Maj-Lis' Haus verschwunden war. Das Bild von ihr und ihrer Sandkastenfreundin in der Hängematte.

Diese Sandkastenfreundin hatte ebenfalls Tasenka geheißen.

Und Tasenka war die russische Koseform von Anastasia.

In diesem Moment fiel ihm auch das ruhige Lied der Spieluhr bei den Marklunds wieder ein. Paschie hatte ihn gefragt, ob er die Melodie schon mal gehört habe – ihrer Meinung nach die schönste Melodie der Welt. Er hatte Ja gesagt. Und er hatte sie tatsächlich schon einmal gehört – bei Maj-Lis Toom. Ihre Freundin hatte ihr das Lied beigebracht.

Aija zuzu.

Und genau das würden sie hier singen. Allerdings waren die Stücke auf dem Programmblatt alle lettisch …

Reden wir hier nicht vom falschen Land? War Maj-Lis nicht Estlandschwedin?

Das hatte Sofia Karlsson ganz zu Anfang gesagt. Es hatte wie eine flüchtige Bemerkung geklungen, und Max hatte sie als Nichtigkeit abgetan, weil Sofia anscheinend nicht wahnsinnig viel über ihre östlichen Nachbarländer wusste. Mittlerweile sah es eher so aus, als hätte da ihre Intuition gesprochen, und was sie gesagt hatte, war in höchstem Maße relevant.

Bei der Ermittlung im Mordfall Maj-Lis Toom stimmte tatsächlich etwas nicht. Es ging wirklich um das falsche Land.

Um Lettland.

Aber Maj-Lis und Anastasia?

Er drehte sich um, schlenderte los und verfiel nach und

nach in einen vorsichtigen Laufschritt. Biss die Zähne zusammen. Jeder Schritt fühlte sich wie ein Messerstich an.

Im Büro brannte nirgends Licht, und der Alarm war aktiviert. Max schaltete ihn ab und eilte in das Arbeitszimmer, das er sich mit Paschie teilte, riss sich die schmutzigen, blutigen Klamotten vom Leib, griff nach den Wechselsachen, die er in seinem Schrank aufbewahrte, und lief ins Bad.

Bei voller Beleuchtung betrachtete er sich im Spiegel. Sein Oberkörper war in Farbverläufen wie italienischer Marmor blau-schwarz-lila verfärbt. Er tastete vorsichtig über die Schwellung oberhalb des Wangenknochens – was ihm Schmerzen bis hinunter in die Wirbelsäule jagte.

Er stieg in die Dusche und ließ eiskaltes Wasser an sich hinablaufen. Erst allmählich kehrten seine Lebensgeister zurück.

Papanow hatte mit ihm gesprochen, als wären sie alte Bekannte. Er hatte ihm sein Medikament von damals besorgt. Exakt das richtige Präparat. Wie hatte er wissen können, welche Benzodiazepine Max früher genommen hatte? Wusste er auch von der Erbkrankheit?

Einige der einflussreichsten Männer der Geschichte waren ebenfalls demenzkrank.

Das hier war ein Katz-und-Maus-Spiel. Und er war nicht die Katze.

Zurück im Arbeitszimmer überflog Max die Ordnerrücken im Regal. Bei einem mit der Aufschrift *1996* blieb er hängen, zog ihn hervor, blätterte bis ganz nach hinten. Da war er, der Brief aus der Sankt Petersburger Stadtverwaltung, der sie davon in Kenntnis setzte, dass sie sich der verbotenen nachrichtendienstlichen Tätigkeit schuldig gemacht hätten und daher bis auf Weiteres ein Einreiseverbot in die Russische Föderation über sie verhängt werde. Unterzeichnet war er vom Chef des Komitees für Auslandsbeziehungen im Sankt Petersburger Rathaus, Wladimir Wladimirowitsch Putin. Neben dem Namen des Mannes, der inzwischen zum Präsidenten gewählt worden war, stand ein weiterer Name, der bei ihnen damals nicht annähernd so viel Aufsehen erregt hatte, der mittlerweile aber umso mehr Fragen aufwarf. Es war der Kommandant der städtischen mobilen Sondereinsatztruppe.

Michail Papanow.

Diese Sankt Petersburger Elitetruppe hatte gerade erst vor wenigen Monaten ihrem Ruf alle Unehre gemacht, als sie in Aldi, einem Stadtteil der tschetschenischen Hauptstadt Grosny, eine *tschistka* durchgeführt hatte. Mindestens sechzig Zivilisten waren massakriert, sechs Frauen brutal vergewaltigt worden. Als die russischen Behörden sich nicht imstande gesehen hatten, die Verantwortlichen zu identifizieren und zur Rechenschaft zu ziehen, hatte sich der Europäische Gerichtshof in Straßburg der Sache angenommen und bereitete derzeit eine Klage wegen des Verstoßes gegen die europäische Menschenrechtskonvention vor.

Max griff zum Telefon und wählte seine eigene Festnetznummer. Schloss die Augen, als Paschie ranging.

»Ich bin überfallen worden«, eröffnete er ihr. »Und ich glaube, du könntest ebenfalls in Gefahr sein.«

»Wie bitte? Bist du okay?«

»Ja, aber die wissen alles über uns – auch wo wir wohnen. Vielleicht sind sie auch hinter dir her. Kannst du irgendwo hinfahren? Wo du in Sicherheit bist?«

»Ich muss dich sehen – ich komme ins Büro.«

»Nein, komm bloß nicht hierher! Ich kann hier nicht bleiben.«

»Max, du klingst ...«

»Wir reden später. Kannst du bitte irgendwo hinfahren?«

»Ich könnte zu Malin und Ola ...«

»Gut, mach das. Ich ruf dich nachher wieder an.«

Als Max wieder die Gustav Adolfskyrkan erreichte, kam ihm eine Frau entgegen. Sie sah ihn alarmiert, aber nicht annähernd so entsetzt an wie die Leute, denen er auf dem Weg ins Büro begegnet war.

»Das Konzert ist fast zu Ende«, sagte sie.

Er hob die Hand.

»Schon okay, ich will auch nur ganz kurz zuhören.«

Er setzte sich in die hinterste Kirchenbank. Auf dem Mittelgang lag ein roter Teppichläufer. Vorn stand der lettische Chor. Vor den Sängern in der ersten Reihe standen auf einem langen Holztisch mehrere gefüllte Gläser. Aus dem weichen, vielstimmigen Gesang und dem zarten Singen der Gläser entstand ein Klangteppich, der mit nichts eine Ähnlichkeit hatte, was Max je im Leben gehört hatte.

Reglos saß er in seiner Bank und ließ sich von der Musik umspülen, während er in seinem wild hämmernden Schädel das Puzzle Stück für Stück zu einem Gesamtbild zusammenfügte. Endlich wusste er, wie alles zusammenhing.

Maj-Lis Toom. Das alte Naziarmband. Das Centrs-Einkaufszentrum. Die baltischen Göttersymbole. Die Russen fahndeten nach demselben Mann wie die schwedische Polizei: nach einem Mann, der seine Opfer mit Göttersymbolen und Zahlen markierte.

Als die Musik verklungen war, stand Max auf. Er schob sich aus der Bankreihe zur Außenwand und schlenderte auf den Altar zu. Zwischen den Leuten, die an dem Chorkonzert beteiligt gewesen waren, entdeckte er ein bekanntes Gesicht. Die Frau wurde von zwei großen Männern in dunklen Anzügen und Mikros in den Ohren begleitet – Säpo-Sicherheitsleute. Die Frau war niemand Geringeres als die schwedische Justizministerin, die selbst lettischstämmig war. Während Max nach vorn drängte, wurde sie in Richtung Kirchentür eskortiert. Hatte er nicht kürzlich erst einen Artikel über sie gelesen? Wurde sie nicht aktuell als Kandidatin für einen hohen UN-Posten gehandelt?

Die Frau, nach der er Ausschau hielt, überreichte dem Dirigenten und einigen Sängern – bestimmt den Solisten – gerade Blumen. Er konnte ihr ansehen, dass sie ein paar Tränen verdrückt hatte. Hinter ihnen schob sich das Publikum aus den Bankreihen, und allmählich leerte sich die Kirche, während die Frau jetzt mit einem Priester und ein paar anderen Gemeindemitgliedern plauderte. Einer zuckte leicht zusammen, als Max auf sie zutrat, und alle drehten sich zu ihm um.

»Tasenka?«

Sie sah ihn wie versteinert an.

»Ist das jemand, den du kennst, Anastasia?«, fragte der Mann, der ihn als Erster hatte kommen sehen.

Für einen Moment war ihm, als könnte er in ihrem Gesicht das kleine Mädchen aus der Hängematte von Maj-Lis Tooms Foto erkennen.

»Ist schon in Ordnung«, sagte sie.

»Wir müssen uns unterhalten. Unter vier Augen.«

Anastasia nickte und machte ein paar Schritte zur Seite. Am Eingang zur Sakristei blieb sie stehen und drehte sich um.

»Wer sind Sie?«

»*Aija zuzu*«, sagte Max. »Wird dieses Lied in Estland gesungen?«

Anastasia sah ihn verwundert an.

»Warum fragen Sie?«

»Als ich klein war, hat es mir jemand hin und wieder vorgesungen. Und dieser Jemand hat behauptet, es stamme aus ihrer estnischen Heimat.«

»Das Lied ist lettisch. Die Esten haben andere Lieder, die in einer Sprache gesungen werden, die mit unserer nicht mal verwandt ist. Kennen wir uns, Herr …?«

»Anger. Max Anger. Ich arbeite bei Vektor – eine Organisation, mit der Sie vertraut sein dürften. Die Frau, die mir das Lied vorgesungen hat, hat mir auch erzählt, dass eine Freundin aus ihrer Kindheit es ihr beigebracht habe. Sie war Estlandschwedin und hieß Maj-Lis Toom. Kannten Sie sie?«

Anastasia schloss einen Moment lang die Augen.

»*Hieß*, sagten Sie? *Kannten?* Was wollen Sie damit andeuten?«

»Dass sie gestorben ist. Sie wurde ermordet, und ich muss wissen, warum. Bevor noch mehr Menschen das gleiche Schicksal droht.«

Max fing die ältere Frau gerade rechtzeitig auf, ehe sie mit dem Kopf auf dem Steinboden der Kirche aufgeschlagen wäre. Ein Kirchenbediensteter eilte herbei, schloss die Tür zur Sakristei auf, half Anastasia auf einen Stuhl und brachte ihr ein Glas Wasser.

Als sie wieder halbwegs bei Kräften war, bat sie den Mann, sie und Max allein zu lassen.

Max setzte sich ihr gegenüber auf einen Stuhl und lehnte sich vor.

»Waren Sie die Freundin, die Maj-Lis das Lied beigebracht hat?«, fragte er.

Anastasia nahm einen Schluck Wasser.

»Ja. Wir sind auf derselben kleinen Insel aufgewachsen und wurden getrennt, als ich mit meinen Eltern fliehen musste.«

»Aber Sie sind in Lettland aufgewachsen? Heißt das, Maj-Lis Toom war gar nicht Estlandschwedin?«

Anastasia nickte.

»Sie hatte einfach nicht dieselben Möglichkeiten wie ich. Ihre Mutter war schwer krank, sodass sie sich gezwungen sah, auf eigene Faust rauszukommen. Was sie durchmachen musste …« Anastasia blinzelte die Tränen weg. »Unsere

Freundschaft ist nie wieder so geworden, wie sie vorher gewesen war.«

»Ich würde mich mit Ihnen gern länger über sie unterhalten. Aber im Moment gibt es noch eine andere Sache, die ich dringend wissen muss. Wo ist Charlie?«

Anastasia führte erneut das Glas an die Lippen und nahm einen Schluck.

»Sie waren gestern Nacht bei ihm. Ich habe die Blumen gesehen, die Sie ihm geschenkt haben, und Ihren Namen auf dem Kärtchen. Ich habe von Ihrer Besprechung gehört – und davon, wie Sie mit Charlie umgesprungen sind. Es war wohl ziemlich offensichtlich, dass Sie beide sich schon länger kennen.«

Max sah Anastasia an. Sie schien unter einer Art Schock zu stehen.

»Ich muss wissen, wo Charlie jetzt steckt«, wiederholte er. »Wissen Sie irgendwas?«

Anastasia schüttelte den Kopf.

»Keine Ahnung, wo er ist. Aber er ist ein integrer Mann. Wenn er wollte, dass Sie wüssten, wo er sich derzeit befindet, hätte er sich gemeldet.«

73

Paschie knipste ihre Nachttischlampe an. Max hatte so nachdrücklich geklungen, so aufgewühlt und gleichzeitig wahnsinnig geschwächt … Warum in aller Welt sollte sie sich irgendwo verstecken? Sie war mitten in der Nacht aufgewacht und hatte gesehen, dass Max nicht neben ihr lag, hatte wach gelegen, und ihr war alles Mögliche durch den Kopf gegangen. All diese Gedanken fühlten sich inzwischen selbstsüchtig an. Wer hatte ihn überfallen?

Sie schlüpfte in ihren Morgenmantel und griff gleichzeitig nach ihrem Handy. Rief eine bestimmte Nummer auf und hielt sich das Gerät ans Ohr.

»Hallo – und Entschuldigung, dass ich so früh anrufe. Aber ich frage mich gerade, ob ich rüberkommen und eine Weile bei dir bleiben könnte.«

Am anderen Ende blieb es still.

»Hallo?«

»Das kommt ein bisschen überraschend«, sagte der Mann auf Schwedisch mit leichtem Akzent. »Aber du bist natürlich herzlich willkommen.«

Entsetzt starrte Paschie auf das Display. Sie hatte die letzte Nummer aufrufen wollen, sah aber erst jetzt, dass sie aus Versehen eine Nummer tiefer in der Liste erwischt hatte.

»Bitte entschuldige, Denis«, sagte sie auf Russisch. Ihre Wangen glühten. *Verdammt!* »Ich hab mich verwählt.«

»Es gehört eigentlich zum guten Ton, dass man so etwas nicht zugibt. Du darfst doch nicht auf diese Art mit den Gefühlen anderer Leute spielen, Paschie Kowalenko.«

Paschie wusste nicht, ob sie lachen oder weinen sollte.

»Du weißt aber auch immer, was man sagen darf und was nicht, Denis. Bitte verzeih, ich hatte einen echt beschissenen Morgen. Eigentlich wollte ich meine Freundin Malin Marklund anrufen, hab aber aus Versehen die falsche Nummer in der Liste aufgerufen.«

»Für einen Moment hab ich gehofft, du würdest mich vermissen.«

»Es war ein wirklich netter Abend – danke noch mal für das gute Essen und den Wein.«

»Ich glaube fast, jetzt wird es mir schwerfallen, noch mal einzuschlafen. Das wirst du irgendwie wiedergutmachen müssen.«

»Ich komme nicht zu dir.«

»Dann lass mich dich noch mal zum Abendessen ausführen. Jetzt da du ohnehin von zu Hause wegmusst.«

Paschie wollte schon auflegen. Sie musste endlich tun, was Max gesagt hatte. Andererseits konnte sie ihrem Kontakt aus der russischen Botschaft doch nicht einfach den Hörer aufknallen.

»Lass mich darüber nachdenken. Ich melde mich.«

»Mein Handy ist immer an.«

Sie legte auf und lief ins Badezimmer. Seit sie aufgewacht war, war ihr kalt gewesen, mittlerweile war sie richtig durchgefroren. Sie warf den halben Inhalt ihres Medizinschranks in ihren großen Kulturbeutel und zog den Reißverschluss zu. Atmete tief aus und warf einen Blick in den Spiegel. Sah für eine Sekunde Denis vor sich, wie er sich mit einem breiten Grinsen im Gesicht unter seiner Decke umdrehte und den Kopf auf seinen muskulösen Oberarm legte. Sie stellte sich die Wärme unter seiner Decke vor. Schüttelte den Kopf, um den Gedanken zu vertreiben. Griff wieder zu ihrem Handy und wählte die Nummer, die sie von Anfang an hatte wählen wollen.

»Malin, Paschie hier. Es ist was passiert ... Kann ich rüberkommen?«

»Na klar! Soll ich dich abholen?«

»Nein, schon in Ordnung. Ich ruf mir jetzt sofort ein Taxi.«

Denis Sinowjew legte die gestrige *Iswestija* auf dem Küchentisch zusammen. Er war wie immer früh aufgestanden, hatte einen Kaffee getrunken und dann beschlossen, endlich einmal wieder Nachrichten aus der Heimat zu lesen.

Jetzt griff er zum Handy. Dachte kurz darüber nach, mit welcher smarten Formulierung er Paschie doch noch überreden könnte vorbeizukommen. Es war inzwischen zwei Monate her, dass Julia Stockholm den Rücken gekehrt hatte und nach Moskau geflogen war. *Nur den Sommer über*, hatte ihre Abmachung gelautet, aber Denis hatte das unbestimmte Gefühl, es könnte auch wesentlich länger werden. Doch seine Sehnsucht galt nicht ihr, und er war davon überzeugt, dass Julia ihn ebenso wenig vermisste. Der Einzige, den sie beide noch liebten, war ihr gemeinsamer Sohn, Eduard.

Denis' Finger wischte über den kleinen Knopf. Einmal leicht drücken, und er wäre wieder mit Paschie verbunden. Er musste erneut an ihr Abendessen im Gondolen denken. Er hatte den Taxifahrer gebeten, die Skeppsbron zu nehmen, um Paschie nach Hause zu bringen. Als er ausgestiegen war, um sich von ihr zu verabschieden, hatte er sich zusammenreißen müssen, um sie nicht zu küssen.

Statt seinem ersten Impuls zu folgen, rief er sich seine Anweisungen ins Gedächtnis. Papanow würde es mitbekommen, wenn er sich nicht an ihre Vereinbarung hielte. Und was dann passierte, wollte Denis sich nicht einmal vorstellen. Schließlich rief er eine andere Nummer an.

»Telefonauskunft«, meldete sich eine Frauenstimme.

»Hallo, ich bräuchte bitte Telefonnummer und Adresse von Malin Marklund in Stockholm.«

»Einen kleinen Augenblick bitte … Unter dem Namen habe ich hier achtzehn Personen.«

Denis erinnerte sich wieder daran, was Paschie gesagt hatte. Dass sie *rüberkommen* wollte.

»Und wie viele davon in der Innenstadt?«

»Das haben wir gleich … Da wären's sechs.«

»Okay, können Sie mir bitte die Adressen vorlesen?«

74

In der kleinen Kaffeeküche bei Vektor füllte Sarah dampfenden Kaffee in einen großen Becher und drückte ihn Max in die Hand, der rittlings auf einem Stuhl saß.

»Und wer, glaubst du, hat dich überfallen?«

»Ich nehme an, das waren die Russen selbst.«

»Und anschließend sind sie dir dann zur Rettung gekommen? Warum sollten sie das tun?«

»So wickeln sie einen ein und werben dich an. Erst die Drohgebärde, der Schmerz – und dann Hilfe. Alles perfekt inszeniert und von irgendeinem klugen Kopf eingetütet.«

»Von einem wie Papanow? Putins Kumpel?«

Max nickte. Er hatte Sarah von dem Brief erzählt, den er früher am Morgen herausgesucht hatte. Den sowohl Papanow als auch Putin unterschrieben hatten.

»Und Anastasia war die Sandkastenfreundin von Maj-Lis? Was hat das zu bedeuten, verdammt?«

»Es bedeutet, dass Maj-Lis aus Lettland geflohen ist und nicht aus Estland«, antwortete Max. »Sofia hatte recht, es war das falsche Land.«

»Anastasia ist eine umtriebige Frau, die in allen möglichen Gremien mitmischt. Hab ich dir erzählt, dass sie auch die Lobbygruppe leitet, die den NATO-Beitritt der baltischen Staaten vorantreibt?«

Max nickte. Es fühlte sich an, als würde sein Gehirn lose in seinem Schädel schwimmen und immer wieder gegen den Knochen rumpeln. Seine Schläfen taten höllisch weh, und wieder wurde ihm schwindlig.

»Sie wollen eine Mauer aus NATO-Soldaten entlang der Grenze zu Russland errichten. Das ist alles, worauf diese Frau abzielt. Und wenn man die wichtigen Verlautbarungen unserer derzeitigen Regierung mit der neuen außenpolitischen Ausrichtung liest, scheint die schwedische Agenda die gleiche zu sein wie die von Anastasia. Und die ist ganz klar antirussisch.«

»Schwedens sicherheitspolitische Priorität ist die EU-Erweiterung«, sagte Max. »Der sogenannte Norden soll endlich auch das Baltikum umfassen. Nur dass die schwedische Regierung nicht sagt – was aber alle wissen –, dass eine EU-Mitgliedschaft für diese Länder gleichzeitig den NATO-Beitritt bedeutet.«

»Hast du dich schlaugemacht?«

»Wenn du wüsstest, was meine Chefin alles von mir verlangt!«

Sarah grinste schief und trank einen Schluck Kaffee.

»Du solltest vielleicht doch in die Notaufnahme gehen, Max.«

»Sollte ich verdammt noch mal nicht. Ich muss unseren Telefontermin mit dem DISS einhalten. Papanow hat mir Bilder von Goga Golubkin gezeigt, von dem Mann, nach dem sie in Lettland fahnden, der aber im Centrs in Stücke gerissen wurde.«

Sarah zog die Augenbrauen hoch, sodass sie einen durchgehenden Bogen bildeten.

»Charlie hat ausdrücklich darum gebeten, dass wir uns um das Centrs kümmern.«

Max nickte.

»Und Charlie-Boy wird uns eine Menge Fragen beantworten müssen.«

75

»Ein Gefängnispsychologe aus einer ehemals sowjetischen Einrichtung hat sich bei der Polizei gemeldet, nachdem er gelesen hatte, hinter dem Centrs-Anschlag könnten Rechtsextremisten stecken«, erzählte Ludmars Kaldenis vom DISS in Riga. »Und als der Polizei klar wurde, was das womöglich hieß, haben sie uns kontaktiert.«

Sie hatten Max fünf Minuten gewährt. Sie saßen in Sarahs Arbeitszimmer, und wortlos lauschte sie der Stimme aus dem Lautsprecher.

»Und die Symbole?«, fragte Max.

»Der Psychologe hatte zu einem ihrer gefährlichsten Insassen über Jahre eine engere Beziehung aufgebaut. Der Mann war von Kopf bis Fuß tätowiert – mit komplett unbegreiflichen Mustern. Er heißt Zagars, Oto Zagars, war hinter Gittern nur unter dem Namen Kandinski bekannt. Nach dem berühmten Künstler. War wohl mit dem Stift wie mit der Nadel ein großes Talent.«

»Und warum genau hat sich der Psychologe gemeldet?«

»Er hatte sich für Kandinskis Entlassung ausgesprochen, fürchtet aber wohl inzwischen, hereingelegt worden zu sein.«

»Wie, hereingelegt?«

»Die politische Agenda fordert mittlerweile – im Gegensatz zum früheren Sowjetregime –, dass unter lettischer Leitung sogar Langzeitinhaftierte rehabilitiert werden können. So sind sie auch auf Kandinski gekommen. In den letzten vier Jahren vor seiner Entlassung hat er sich vorbildlich verhalten, hat die Gefängnisbibliothek besucht und vor seinen Mitinsassen Vorträge über lettische Geschichte gehalten. Und er hat plötzlich auch wieder Besuch empfangen dürfen, was zuvor in seiner langen Gefängnishistorie nie möglich gewesen war … und wir reden hier alles in allem von fünfunddreißig Jahren.«

»Erzählen Sie uns etwas über Kandinskis Umfeld«, bat Max. »Wie kommt es, dass Sie ihn als gefährlichsten Insassen bezeichnet haben?«

»Wir reden von einem Mann, der bei seiner ersten Haftentlassung vor fünfundzwanzig Jahren an seinem allerersten Abend in Freiheit einer Familie in einem Rigaer Vorort einen Hausbesuch abgestattet hat. Erst hat er der Dame des Hauses im Schlaf die Kehle durchgeschnitten. Als der Mann aufwachte, weil Blut auf ihn spritzte, schleifte Kandinski ihn ins Gästezimmer, wo die erwachsenen Kinder, die gerade zu Besuch waren, mit ihren Kindern schliefen. Er fesselte den Mann an einen Stuhl, sodass er zusehen musste, wie er einen Bauch nach dem anderen aufschlitzte. Als Kandinski fertig war, hat er den Mann mit bloßen Fäusten totgeschlagen.«

Sarah schüttelte entsetzt den Kopf.

»Und Sie vermuten, dass er auch hinter dem Centrs-Anschlag steckt?«, hakte Max nach.

»Während alle anderen in Panik die Flucht ergriffen haben, war ein Mann gegen den Strom unterwegs. Wir können es uns auch nicht recht erklären. Allerdings haben wir aus dem Gefängnis Fotos angefordert und sie mit den Bildern von den Überwachungskameras abgeglichen. Die Körpergröße stimmt. Trotzdem haben wir ihn nicht identifizieren können, weil er sein Gesicht verdeckt hatte. Wir würden uns wirklich gerne mit ihm unterhalten.«

Max musste an die Fotos denken, die Papanow ihm gezeigt hatte. Die angeblich Goga Golubkin darstellten, nachdem neben ihm zwei Bomben hochgegangen waren. War der

Mann auf den Überwachungsbildern in dieses brennende Inferno gelaufen, um irgendwie an den russischen Agenten heranzukommen? Und wenn es wirklich Kandinski gewesen war – was hatte er dort vorgehabt?

Max beschloss, darüber fürs Erste nicht nachzudenken, und zog stattdessen den Zettel aus der Innentasche, den er daheim bei Maj-Lis gefunden hatte. Er starrte auf die halb unleserliche Rigaer Adresse.

»Wie hieß der Mann, dessen Familie Kandinski vor fünfundzwanzig Jahren abgeschlachtet hat?«, fragte er.

Sein Finger schwebte über dem Namen, als Ludmars antwortete: »Raimonds Cilpa.«

Es war einer der zwei Namen auf dem Zettel.

»Und wer war das?«

»Der Leiter des Jesuiten-Kinderheims, in dem Kandinski aufgewachsen war.«

Max nickte. Die fünf Minuten waren fast vorbei.

»Könnten Sie uns ein Bild von Kandinski schicken?«, fragte er.

»Natürlich.«

Max diktierte Kaldenis die Faxnummer und bedankte sich für das Gespräch. Dann lehnte er sich mit noch immer hämmernden Schläfen in seinem Stuhl zurück. Er brauchte dringend mehr Kaffee.

»Was war das gerade – das mit dem Kinderheimleiter?«, fragte Sarah nach. »Und was für ein Zettel ist das?«

Max hielt ihn in die Höhe.

»Den hab ich bei Maj-Lis zu Hause gefunden.«

»Und warum war der bei ihr?«, fragte Sarah.

»Ich weiß es nicht. Noch nicht.«

»Eine Rigaer Adresse?«, hakte sie nach und sah von dem Zettel auf zu Max. »Glaubst du, dass er unser Mörder ist? Kandinski?«

Max nickte.

»Es spricht einiges dafür.«

Er drehte sich zum Faxgerät um, das erst schrill piepste und dann störrisch losruckelte. Max legte den Finger unters Ausgabefach.

Als er Kandinskis Foto endlich in der Hand hielt, drehte er sich zu Sarah um.

»Es stimmt mit der Täterbeschreibung der Polizei überein. Kandinski ist der Mann, den wir suchen.«

76

Ola Marklund war schon vor einer Weile auf sein Fahrrad gesprungen und in Richtung Frescati-Campus verschwunden, während Malin bei der Arbeit angerufen und sich krankgemeldet hatte.

Die beiden Freundinnen hatten sich mit einer Decke über den Beinen und mit einem großen Becher Chai mit warmer, aufgeschäumter Milch in Händen auf das große Laura-Ashley-Sofa gekuschelt. Paschie hatte zunächst keinen Ton gesagt, als sie angekommen war. Malin kannte ihre und Max' Historie nicht, wusste nicht, was vier Jahre zuvor passiert war und was gerade wieder an die Oberfläche zu steigen schien. Es war falsch, all das vor ihr geheim zu halten, dann wieder konnte sie ihr schlecht alles erzählen.

»Danke, dass ich hier sein darf. Ich will euch wirklich nicht zur Last fallen.«

»Tust du nicht. Ist irgendwas mit Max?«

»Ja«, sagte Paschie. »Ich weiß nicht ganz genau, was, aber anscheinend sind wir zu Hause nicht mehr sicher.«

»Du lieber Gott, warum denn das?«

Max war überfallen worden. Sie hatte einen Verdacht, wer hinter dem Überfall steckte und warum Max in eine derart gewaltsame Situation geraten war. *Diese verdammte Polizeiermittlung.* Es war wirklich, als wären sie beide verflucht. Als wäre die Vergangenheit eine Kraft, der sie sich nie würden entziehen können.

Paschie schüttelte den Kopf.

»Keine Ahnung«, sagte sie. »Aber ich will im Moment

einfach nicht zu Hause sein. Dort fühle ich mich nicht mehr sicher.«

Malin nahm einen Schluck Tee, ohne Paschie auch nur für eine Sekunde aus den Augen zu lassen.

»Ist denn bei der Untersuchung im Sophiahemmet noch etwas herausgekommen?«, fragte sie.

»Ich hab meine Ergebnisse bekommen. Eine Mischung aus guten und weniger guten Nachrichten. Aber im Augenblick fühlt es sich alles andere als sicher an, dass wir uns ein Kind anschaffen.«

Malin zuckte zusammen, und Paschie schloss die Augen, als ihr klar wurde, was sie gesagt hatte. *Dass wir uns ein Kind anschaffen.* Sie hatte es gesagt, als wäre es der lächerlichste Gedanke überhaupt. Zudem hatte sie das *wir* betont, als wären Paschie Kowalenko und Max Anger das unmöglichste Paar überhaupt.

Malin nahm Paschies Hand.

Sie musste ernsthaft darüber nachdenken, wann jemand zuletzt ihre Hand genommen hatte. Denis, im Gondolen. Sie legte ihre freie Hand auf die von Malin und drückte sie leicht.

»Wir haben uns nie über deinen Termin beim Schamanen unterhalten«, sagte Malin. »Aber wer dich besser kennt, kann sehen, dass du dich seither anders verhältst. Was ist da eigentlich passiert?«

Paschie seufzte tief, als sie an den Tag in der vergangenen Woche zurückdachte. Der Mann, den sie getroffen hatte, war nur auf Durchreise in Stockholm gewesen und stammte eigentlich aus der entlegenen Altai-Region.

Das Treffen war anfangs nicht annähernd so verlaufen, wie sie es sich vorgestellt hatte. Der Schamane war weder in Tierfelle gehüllt, noch hatte er irgendwo draußen in der Wildnis gekauert. Er hatte ein Doppelzimmer im Royal Viking gebucht – und allein das hatte sich schon grundfalsch angefühlt. Das Hotel lag direkt am Hauptbahnhof im hektischsten Viertel der Stadt. Es war ein stinknormales Hotelzimmer mit grauem Teppichboden, einem frisch bezogenen Doppelbett und einem Schreibtisch aus hellem Holz in der Ecke.

Als Paschie das Zimmer betreten hatte, hatte sie sich betrogen gefühlt und war kurz panisch geworden.

Der Schamane trug einen schwarzen, winddichten Overall und stellte sich als Robert vor. Nicht mal der Name stimmte mit Paschies Vorstellungen von Schamanen überein.

Er hatte ein schmales, längliches Gesicht mit einem flaumigen Bart. Das Haar war rabenschwarz, halblang und strähnig und zu einem Mittelscheitel gekämmt. Die Augen waren eisblau.

Robert bat sie, sich aufs Bett zu legen, doch Paschie blieb lieber auf der Bettkante sitzen. Schweigend ließ er sich neben ihr nieder; was sich für sie wie eine halbe Stunde angefühlt hatte, war wohl nicht länger als eine halbe Minute gewesen. Doch in seiner Nähe hatte Paschie sich unwohl gefühlt. So nah nebeneinander saß man sonst nur mit seinem Partner oder einem engen Freund.

Nach einer Weile hatte er gesagt: »Wie lange spürst du diese Schwellung schon?«

Wie konnte er davon wissen? Sie hatte vorab keine Silbe über ihr Problem verraten.

»Wenn es bequemer für dich ist, kannst du dich gerne hinlegen. Das reduziert den Druck auf den Bauch.«

»Danke«, sagte Paschie. »Ich bleibe lieber sitzen.«

»Die Entzündungen hast du vor drei, vier Jahren bekommen?«

Paschie nickte. Sie starrte auf ihre Hände, versuchte, das Zittern zu unterdrücken. Verschränkte die Finger.

»Sie geben dir zu viele Hormone.«

Paschie nickte wieder. Robert bewegte die Hand an Paschies Körperkontur entlang, und obwohl er dabei Abstand hielt, fühlte es sich an, als würde er sie berühren. Das Zittern ihrer Hände griff auf ihren ganzen Körper über. Sie schloss die Augen und spannte alles an, um das Zittern und die Zuckungen zu unterdrücken, die sie erschütterten.

Von der Schädeldecke breitete sich über ihre Kiefer und das Kinn, den Hals und die Brust eine Hitze aus, die in ihren ganzen Körper sickerte, bis ihr Bauch regelrecht zu brennen schien. Als die Session vorbei war, hatte sie einen Zustand totaler Entspannung erreicht.

»Deine Geister sind stark«, sagte er. »Nichts hindert deinen Körper daran, ein Kind zu empfangen.«

Paschie sah in Roberts ausdrucksloses Gesicht. Sie fühlte sich tatsächlich leichter als noch vor wenigen Momenten, hatte allerdings nicht das geringste Gefühl dafür, wie lange ihre Sitzung gedauert hatte. In ihrem Kopf war sie glasklar. Sie wusste, dass das, was Robert gesagt hatte, der Wahrheit entsprach. Sie hatte es immer gewusst.

»Dann ist nichts mit mir verkehrt?«, hakte sie nach.

Robert schüttelte den Kopf.

»Verurteile weder dich selbst noch ihn. Der Wille der Seele ist nicht leicht zu deuten.«

Und dann hatte er etwas gesagt, was sie nie mehr vergessen würde. Was nachts in ihr arbeitete, worauf sie herumbrütete und woran sie an jedem Morgen denken musste, sobald sie aufwachte.

Malin hatte mit ihr Blickkontakt gehalten.

Nein, dachte Paschie.

»Das hab ich nicht mal Max erzählt.«

Ihre Freundin nickte stumm.

Im selben Moment klingelte es an der Tür. Malin schlug die Decke zurück und stand auf.

»Wer kann das sein?«, fragte sie. »Hat Ola den Schlüssel vergessen?«

Paschie hörte, wie sie die Wohnungstür aufmachte. Sie erschauderte, erinnerte sich wieder an Max' Warnung und wollte gerade aufspringen, um Malin zurückzurufen, riss sich dann aber zusammen.

»Hallo«, sagte eine Männerstimme. »Ich habe hier eine Lieferung für Paschie Kowalenko.«

Ich bin nicht hier.

Dann dämmerte ihr, dass auch Max ihr etwas geschickt haben könnte. Sie stellte den Becher beiseite, schlug nun ihrerseits die Decke zurück und lief durch den Flur zur Eingangstür.

An der Tür stand ein Fahrradkurier mit dem Logo der russischen Post auf der Brust. Die Kurierfirma, die sie auch bei Vektor beauftragten. Sie trat auf ihn zu, unterschrieb und nahm ein großes Kuvert entgegen.

»Danke«, sagte der junge Mann und lief eilig die Treppe hinunter.

Paschie starrte auf den steifen Pappumschlag.

»Aus dem Büro?«, fragte Malin.

Ein Absender war nirgends vermerkt. Auf dem Kuvert stand nichts weiter als ihr Name.

In dem Umschlag lagen Fotografien.

Auf der ersten beugte sich Max über einen Hotelrezeptionstresen und redete mit einem Mann. Hinter ihm stand eine junge, hübsche Frau in einer eng sitzenden Jeans und einer braunen Lederjacke. Die Kamera war auf Max' Gesicht fokussiert. Er lächelte sein bestes Smartass-Lächeln. Und reckte den Daumen nach oben.

Auf dem nächsten Foto konnte sie sehen, wie Max und die Frau in einen Aufzug stiegen, während der Rezeptionist sich nach vorn beugte und ihnen nachsah, als hätten sie irgendetwas liegen gelassen, könnten ihn aber nicht mehr rufen hören, weil sie es zu eilig hatten zu verschwinden. In ein Zimmer.

Auf dem dritten Foto saßen die beiden an einem Tisch im Hotelrestaurant: dicht nebeneinander und in ein vertrauliches Gespräch vertieft.

Malin machte einen Schritt auf sie zu.

»Was ist das?«, fragte sie.

Max ist gestern Nacht nicht heimgekommen.

Fotos und Umschlag glitten Paschie aus den Händen und fielen zu Boden. Die Fotos segelten durch den Flur und blieben mit dem Bild nach oben liegen.

Malin schlug die Hand vor den Mund.

In Paschies Kopf hallten die letzten Worte des Schamanen wider.

77

Sarah kam mit frischem Kaffee in Max' Arbeitszimmer.

»Hat Charlie sich immer noch nicht gemeldet?«, fragte er und nahm seinen Becher entgegen.

»Nein«, antwortete Sarah. »Ich habe zig Nachrichten auf seiner Mailbox hinterlassen. Wo steckt er bloß?«

Max trank einen Schluck, und die Anspannung ließ ganz leicht nach.

Dann klingelte sein Handy.

»Hallo, Sofia«, sagte er.

»Der Mörder hat wieder zugeschlagen.«

Schlagartig waren die Kopfschmerzen zurück und schraubten sich in seine Schläfen.

»Und wo?«

»Auf Ingarö.«

»Ingarö?« Max sah zu Sarah hinüber, die die Hand vor den Mund schlug.

Ingarö lag auf der anderen Seite des schmalen Kanals hinter Charlies Haus, maximal ein paar Hundert Meter entfernt.

»Was haben Sie gefunden?«, fragte er.

»Ein niedergebranntes Haus. Ein Toter, markiert mit einer Sieben. Und Sonnensymbole.«

»Wer ist der Tote?«

Sarah ließ sich auf den Stuhl neben Max fallen und hatte beide Hände vors Gesicht geschlagen.

»Verheiratet, zwei Söhne. Stinknormaler Job als Chef eines kleinen Unternehmens, das Wärmepumpen verkauft.

Nullachtfünfzehn-Leben. Bislang habe ich nichts gefunden, was als Motiv dienen könnte.«

Max sah Sarah an und schüttelte den Kopf.

Sie atmete tief aus, lehnte sich in ihrem Stuhl zurück und schloss die Augen.

»Glauben Sie immer noch, dass da ein russischer Agent sein Unwesen treibt?«, fragte Max.

»Was die anderen glauben, interessiert mich nicht. Sie und ich, wir müssen da weitermachen, wo wir aufgehört haben.«

»Wie hieß der Mann?«

»Steve Wass.«

Wass?, schoss es Max durch den Kopf. Hatte er diesen Namen nicht kürzlich erst gelesen – in der Bibliothek in seiner Wohnung in Gamla stan?

Beatrice Wass. Die Oberschwester aus dem Bereitschaftslazarett Örebro. *Unsere Schützlinge.* Sie hatte die prosowjetische Propaganda, an der ihrer schwedischen Regierung so gelegen gewesen war, eins zu eins an die baltischen Flüchtlinge weitergegeben. Sie hatte Scheinmanöver inszeniert, um sie zu entzweien und um sie dazu zu bringen, den Hungerstreik abzubrechen. Sie hatte die Zwangsernährung der Internierten während der Nacht überwacht.

Das konnte doch kein Zufall sein.

»Könnten Sie in Erfahrung bringen, ob es in dieser Familie auf Ingarö eine Beatrice Wass gibt?«, fragte Max.

»Warum sollte ich … Woran denken Sie gerade?«

»Versuchen Sie es bitte. Ich erzähl es Ihnen später.«

»Okay … Moment noch.«

Sie tippte etwas auf ihrer Tastatur.

»Ich komme gleich bei Ihnen vorbei«, sagte sie dann.

Er hörte, wie ein Stuhl umkippte, als sie aufstand.

»Beatrice Wass war Steves Mutter«, fuhr sie leise fort.

»Sie ist vor sechs Jahren gestorben. Woher konnten Sie das wissen, verdammt noch mal?«

»Weil wir es hier mit einem Rachefeldzug zu tun haben. Hier rächt sich jemand für Sünden aus der Vergangenheit.«

78

»Herrgott im Himmel«, sagte Sarah, als Max aufgelegt hatte. »Noch ein Mord? Für einen Moment habe ich befürchtet, es wäre Charlie.«

Unwillkürlich musste Max an das Geheimbüro hinter dem Kleiderschrank und an die norwegischen Dokumente auf dem Schreibtisch denken.

»Charlie hat mich vor ein paar Tagen etwas gefragt ...«

»Was?«

»Ob er Hein Espens Kontaktdaten bekommen könnte.«

»Und die hast du ihm gegeben?«

»Na klar«, sagte Max.

»Und jetzt glaubst du, er könnte bei ihm sein?«

»Hein Espens Schiff, die *Seaway Eagle*, ist für die Bergungsaktion in der Barentssee angefordert worden. Bestimmt sind sie schon unterwegs.«

»Aber da würde Charlie doch nicht mit dabei sein wollen?«

»Wenn wir bedenken, was wir bei ihm zu Hause gefunden haben, scheint es doch ganz so, als würde er die *Kursk*-Sache nicht einfach auf sich beruhen lassen, oder? Sofia dürfte jeden Moment hier sein. Könntest du in Berga anfragen, wo sich das Schiff momentan befindet? Ich versuche nachher, Hein Espen zu erreichen, allerdings wird er wohl kaum per Handy erreichbar sein, wenn sie inzwischen auf See sind.«

Kaum dass Sarah in ihr Arbeitszimmer geeilt war, klingelte es an der Tür zu den Vektor-Büros.

Das ging ja schnell, dachte Max und lief zum Eingang.

Doch an der Tür stand nicht Sarah, sondern ein Mann mit kurz geschorenem dunklen Haar in der Kluft eines Fahrradkuriers der russischen Post.

»Max Anger?«, fragte er.

Max nahm einen grau-beigefarbenen Pappumschlag entgegen.

»Hier bitte unterschreiben.«

Mit dem Kuvert in der Hand kehrte er in sein Büro zurück. Er setzte sich an den Schreibtisch, kramte einen Brieföffner aus der Schreibtischschublade und riss den Umschlag auf. Fotos.

Max nahm das erste zur Hand. Paschie, die ins Abendrot über dem Saltsjön blickte. Mit verträumter Miene sah sie hinüber zum anderen Ufer in Richtung Skansen und Gröna Lund mit seinen Fahrgeschäften. Ein Mann, den man – von den Händen einmal abgesehen – auf dem Bild nicht erkennen konnte, nahm ihr den Mantel ab.

Auf dem nächsten Bild saß sie an einem Tisch am Fenster mit derselben herrlichen Aussicht über Stockholm. In ihrer Hand hielt sie ein Glas Weißwein. Sie schenkte dem Mann, dem sie zuprostete, ihr hinreißendstes Lächeln.

Auf dem nächsten Foto lächelte sie nicht mehr nur, sondern lachte. War leicht errötet. Diesmal hielt sie kein Weinglas in der Hand, sondern hatte den Arm über den Tisch ausgestreckt, und der Mann hielt ihre Hand. Er trug einen schicken, dunklen Anzug und eine modisch schmale Krawatte. Er sah gut aus.

Das Hämmern in seinen Schläfen wurde stärker. Der Schmerz, den er tief in seiner Brust vergraben hatte, seit er aufgewacht war, wanderte in Richtung Bauch.

Auf dem vierten Foto stand Paschie auf der Straße und umarmte den Mann.

Und auf dem letzten stiegen die beiden in ein Taxi.

Das war also dein Abend in der Stadt, dachte Max. Als du

so spät heimgekommen bist, dass ich nicht mal mehr wach geworden bin. Als dein Atem auf dem Kissen nach Alkohol roch.

»Du hast nicht mal gefragt, wo ich gestern war.«

Paschies Worte hallten in seinem Kopf wider. Er hatte wirklich keinen Gedanken daran verschwendet. Er hatte noch etwas darauf erwidert wollen, doch dann waren sie bei Charlie zu Hause angekommen, und Sarah hatte schon auf sie gewartet.

Wer war er? Max wusste, dass Paschie gewisse Dinge vermisste, die er ihr nie würde geben können. Er mochte es sich kaum selbst eingestehen. Aber Paschie so glücklich mit einem anderen Mann zusammen zu sehen tat einfach nur weh.

Er warf die Fotos in den Rollschrank unter seinem Schreibtisch. Dieses ungute Gefühl zwischen Paschie und ihm war wie ein Krebsgeschwür angewachsen.

Aber wer hatte diese Fotos überhaupt gemacht? Und warum? *Verdammt!*

Er durfte jetzt nicht darüber nachdenken, nicht bis sie den Mörder dingfest gemacht hatten. Ausgerechnet jetzt schien es doch, als hätten sie endlich seine Fährte aufgenommen.

Er streckte sich nach dem Buch *Unsere Schützlinge*, das neben dem Bildschirm lag – die Aufzeichnungen der Hilfsschwester Anna Isaksson. Beatrice Wass' Sohn war ermordet worden. Ganz hinten im Buch befand sich ein Namensregister. Max blätterte zum Buchstaben W. Und dort stand sie.

Wass, Beatrice: S. 31–33, 55–57, 90, 111–115, 267–269.

Die Oberschwester aus dem Bereitschaftslazarett Örebro, in dem die Balten ihre letzten Tage in Schweden verbracht hatten, wurde als eine dominante, gefühlskalte, ja sadistische Person geschildert.

Max blätterte zurück zum Kapitel über das Lager Rinkaby in Skåne, wo die Balten, über die Anna Isaksson in ihrem

Buch geschrieben hatte, interniert gewesen waren, ehe sie nach Örebro ins Lazarett gekommen waren. Er fand Fotos von Schlafsälen, in denen die Gefangenen regelrecht übereinandergestapelt in Viererstockbetten geschlafen hatten. Sie hatten reihum durchgetauscht, weil über der obersten Pritsche so wenig Platz bis zur Decke gewesen war, dass man mit der Nase das Ablaufrohr streifte, das quer unter der Decke verlief. Die Anlage war umzäunt und mit Stacheldraht gesichert, und in den Wachtürmen standen schwarz gekleidete, mit Gewehren bewaffnete Männer, die jeder Bewegung der im Hof umherlaufenden Menschen mit dem Gewehrlauf folgten. Am Zaun patrouillierten Wachen mit Schäferhunden. Ein ebenfalls stacheldrahtbewehrter Gang führte zur Essensausgabe.

Im Bildteil fand er zudem Fotos von den Leibern junger Männer, deren Haut milchweiß aussah, als hätte jemand das Blut aus ihnen herausgesaugt. Rippen und Schlüsselbeine standen hervor, als wollten sie sich durch die Haut bohren und den Körper sprengen, sodass nur noch ein Häufchen Knochen, Knorpel und Mark übrig bliebe. Der einzige Hinweis darauf, dass diese Männer noch am Leben waren, waren ihre Bärte. Eine Rasur wurde ihnen verweigert, weil Suizidgefahr bestand.

Wie hatte das passieren können? Auf schwedischem Boden?

Die Internierten hatten bloß Briefe lesen oder schreiben dürfen, die im Auftrag des Stockholmer C-Büros zensiert worden waren. Der Lagerchef in Rinkaby hatte einem alten Grafengeschlecht angehört und war bekennender Deutschlandfreund gewesen – bis zu einer Berlin-Reise, in deren Folge er seine Meinung geändert hatte. Sein Stellvertreter hatte Leo Marcus geheißen; von ihm zeichneten die Aussagen der Internierten ein düsteres Bild. Leo hatte während des Krieges und nach Errichtung des Lagers seinen eigentlichen

Beruf als Architekt auf Eis gelegt und in der Lagerleitung angefangen. Er setzte jeder Ausübung politisch-ideologischer und religiöser Handlungen ein Ende: keine Versammlungen mehr, keine offenen Glaubensäußerungen. Wenn die Gefangenen beten wollten, ob nun zu einer christlichen oder heidnischen Gottheit, mussten sie dies in aller Heimlichkeit unter der Decke tun. Die Internierten protestierten dagegen. Es war allgemein bekannt, dass Leo Marcus selbst tief gläubig war und regelmäßig von Rinkaby nach Kristianstad fuhr, um in die Synagoge zu gehen.

Doch dies war nur eine von vielen kranken Ironien im Kriegsirrsinn. Ein früherer Nazisympathisant von blauem Blut, der einen Juden zum Lagerkommandanten eines schwedischen Konzentrationslagers gemacht hatte.

Max legte das Buch beiseite, als Sofia sein Büro betrat.

»Ihre Chefin hat mich reingelassen«, erklärte sie – und zuckte zusammen, als sie Max ins Gesicht sah. »Was ist denn mit Ihnen passiert?«

»Ich bin überfallen worden. Auf dem Heimweg vom Boxclub.«

»Haben Sie Anzeige erstattet?«

Max schüttelte den Kopf.

»Ich bin in einem Bunker in Solna wieder zu mir gekommen. Bei den echten russischen Agenten.«

Sofia ließ sich vor seinem Schreibtisch nieder und warf das Buch über Symbole, *The Emblem in Scandinavia and the Baltic*, das Marju Bohl ihnen empfohlen hatten, zu Max rüber.

»Papanow?«

»Ich glaube, er will, dass wir zusammenarbeiten.«

»Wie kommt er denn darauf?«

»Weil er nach demselben Mann sucht wie wir. Nur dass dieser Mann nicht Goga Golubkin ist.«

»Das glaube ich auch nicht. Allerdings haben wir Blutspuren gesichert, die Golubkin mit den Morden in Verbindung bringen. Wie können wir da also sicher sein?«

»Wir können uns sicher sein, weil Goga Golubkin tot ist. Papanow hat mir Bilder gezeigt. Er ist bei dem Anschlag im Centrs in Riga in Stücke gerissen worden. Sie hatten übrigens recht: In den Ermittlungen ist schon die ganze Zeit vom falschen Land die Rede gewesen. Ich habe eine Frau aus der lettischen Botschaft getroffen, die Maj-Lis Toom kannte. Meine alte Lehrerin stammte allem Anschein nach in Wahrheit aus Lettland.«

»Und Papanow will den Mörder finden, um sich für den Tod seines Agenten zu rächen?«

»Ehrlich gestanden weiß ich nicht, was er will. Aber so könnte es durchaus sein.«

Sofia beugte sich vor.

»Dass Maj-Lis jetzt aus Lettland stammen soll – verändert das irgendwas?«

»Das verändert alles«, sagte Max. »Sie muss sich durch die Kontrollen der Odalwehr geschummelt haben, um an Bord eines Schiffes nach Schweden zu gelangen. Wie besprochen habe ich mit dem DISS telefoniert. Erinnern Sie sich noch an den Zettel, den ich bei Maj-Lis zu Hause gefunden habe und der von einem gewissen Cilpa unterschrieben war?«

Sofia nickte.

»Und wer war das?«

»Er war Heimleiter des Kinderheims, in dem unser Mann aufgewachsen ist.«

Max schob das Fax vom DISS mit Kandinskis Bild zu Sofia hinüber.

»Das ist der Mann von unserem Phantombild«, stellte sie fest. »Kandinski – so heißt er?«

»Offensichtlich kann er ziemlich gut zeichnen und gewisse Symbole tätowieren … Nach ihm wird im Zusammenhang mit dem Bombenattentat in Riga gefahndet. Und er ist in der Vergangenheit bereits wegen Mordes verurteilt worden.«

Sofia sah Max an.

»Ich bin froh, dass Sie an dieser Spur drangeblieben sind. Aber wie sind Sie auf Beatrice Wass gekommen, die Mutter unseres jüngsten Opfers?«

Max erzählte ihr, worauf er in seinem Buch gestoßen war.

»War nicht schon mal vom Judentum die Rede – haben Sie nicht deshalb diese Neonazigruppierungen durchleuchtet?«

»Ja«, antwortete Sofia.

»Anscheinend war der Lagerkommandant in Rinkaby jüdischer Abstammung.«

»Wie hieß er?«

»Leo Marcus.«

Sofia schüttelte fassungslos den Kopf.

»Unser erstes Opfer, der Chef der Einwanderungsbehörde, hat den Kontakt zu seinen Eltern abgebrochen und einen neuen Namen angenommen. Claes Callmér kam in einem Krankenhaus in Kristianstad zur Welt – als Claes Marcus.«

Max nickte.

»Dann sind die Verbrechen nicht von unseren Opfern selbst, sondern von deren Vorgängergeneration verübt worden.«

Sofia starrte auf das Buch *Unsere Schützlinge* hinab, das neben dem Buch über Symbole auf dem Schreibtisch lag. Sie biss sich auf die Lippe.

»Wie viele Balten sind eigentlich in den schwedischen Lagern gestorben?«

»Sieben haben sich das Leben genommen, als die Auslieferung beschlossen wurde. Mindestens drei, die auf die *Beloostrov* gebracht wurden, sind bei Ankunft im sowjetischen Zielhafen hingerichtet worden. Aber es könnte da natürlich eine Dunkelziffer geben.«

»Aber zehn sind belegt«, sagte Sofia. »Kann das Zufall sein?«

Max drückte den Rücken durch.

»Zumindest bestätigt es das, was wir uns schon gedacht haben: dass der Mörder von zehn runterzählt.«

»Zehn Schweden werden hingerichtet, einer für jeden toten Balten ...«

Sie fuhren herum, als Sarah an die Tür klopfte und eintrat.

»Das Schiff ist vorgestern in Aberdeen ausgelaufen und liegt zurzeit noch in Trondheim.«

»Was denn für ein Schiff?«, wollte Sofia wissen.

Max erzählte ihr, dass sie versucht hatten, mit ihrem Vorstandsvorsitzenden Charlie Knutsson Kontakt aufzunehmen, und dass sie annahmen, er könnte auf dem Weg in die Barentssee sein.

»Wann haben Sie zuletzt von ihm gehört?«

»Vor zwei Tagen«, antwortete Max. »Normalerweise meldet er sich regelmäßig. Er ist gestern siebzig geworden, und wir wollten ihn zu Hause überraschen. Wenn man bedenkt, was gerade alles passiert, fühlt es sich nicht sonderlich gut an, dass wir nicht an ihn herankommen.«

Sarah warf einen Blick auf *Unsere Schützlinge.*

»Mir kommt gerade ein grässlicher Gedanke«, murmelte sie.

Sofia gebot ihr mit erhobener Hand Einhalt. Dann sah sie zwischen Max und Sarah hin und her.

»Schon okay«, sagte er. »Sarah war bei mir, als Sie angerufen und von Wass erzählt haben. Nur ihretwegen sind wir mit unserer Recherche so schnell weitergekommen. Sarah hat unter anderem eine Frau aus der lettischen Botschaft durchleuchtet, die ich schon mal erwähnt habe – Anastasia Friedenberga. Das hat uns auf die Baltenspur gebracht. Sie können ihr vertrauen.«

Sofia nickte und blickte wieder zu Sarah, die hörbar schluckte.

»Steht in dem Buch auch jemand namens Knutsson?«

Max zuckte zusammen. Was Sarah da andeutete, lag ebenso offensichtlich auf der Hand, wie es wehtat. Er schlug das Namensregister auf und suchte nach dem Buchstaben K.

Knutsson, Gerhard: S. 164–166.

Noch während er zu Seite 164 zurückblätterte, glitt ihm das Buch aus den Händen und knallte auf den Schreibtisch. Eilig nahm er es wieder hoch und fing an zu lesen.

Sarah und Sofia starrten ihn an.

Bei der Überschrift fing sein Herz an zu rasen.

Gerhard Knutsson, der Sklaventreiber.

Gerhard Knutsson war ein schonischer Bauer gewesen, der große Ländereien in der Gegend rund um Kristianstad besessen hatte. Er hatte Internierte aus dem nahe gelegenen Rinkaby in den heißesten Sommerwochen von frühmorgens bis spätabends auf den Feldern schuften lassen. Sie waren die ganze Zeit von schwarz gekleideten, bewaffneten Einsatzkräften aus Stockholm bewacht worden – von sogenannten Schwarzhemden, die von niemand Geringerem als vom C-Büro befehligt wurden.

Scheiße.

»Wie hieß Charlies Vater mit Vornamen?«

»Jerker? Jeremy? Gert? Sag nicht, dass du jemanden gefunden hast?«

»Hier steht ein Gerhard Knutsson«, sagte Max, und Sarah schloss die Augen.

»Verdammt, so was hab ich befürchtet.«

»Wir müssen sofort mit Hein Espen Kontakt aufnehmen«, stellte Max fest.

Er wählte dessen Nummer und schaltete das Telefon auf Lautsprecher. Sarah und Sofia standen links und rechts von ihm und beugten sich über den Schreibtisch. Wenn die Infos aus Berga stimmten, wäre es kein Problem, ihn in Trondheim übers Handy zu erreichen.

»Danke für deine SMS«, sagte Hein Espen, als er ranging. »Tut mir leid, dass ich mich noch nicht wieder zurückmelden konnte.«

»Kein Thema«, sagte Max. »Ich sitze hier gerade mit der Vektor-Chefin Sarah Hansen und mit Sofia Karlsson von der Stockholmer Rikskrim zusammen. Wir müssen dir ein paar Fragen stellen.«

Hein Espen blieb kurz still.

»Jederzeit«, sagte er dann. »Was kann ich für euch tun?«

»Ich hab deine Kontaktdaten an unseren Vorstandsvorsitzenden, Charlie Knutsson, weitergegeben, aber den können wir jetzt schon seit bald zwei Tagen nicht erreichen und machen uns Sorgen, dass etwas passiert sein könnte.«

»Ich habe mir schon gedacht, dass es darum geht«, sagte Hein Espen. »Aber da kann ich euch beruhigen. Ja, er hat mich angerufen, und ja, er ist an Bord meines Schiffes. Ich habe ihn persönlich in seinem Hotel in Trondheim abgeholt, bevor wir abgelegt haben. Ein großartiger Mann, ein Philosoph. Er meinte, er hätte sich für seinen Siebzigsten ein ganz spezielles Erlebnis gewünscht.«

Max atmete tief aus. Endlich wussten sie, wo Charlie sich befand und dass er zumindest fürs Erste in Sicherheit war. Dass er Hein Espen den Philosophen nicht ganz abkaufte und Charlie sich selbst ein spezielles Geburtstagsgeschenk habe machen wollen, musste jedoch warten.

»Dann hast du also Touristen mit an Bord?«

Hein Espen brach in Gelächter aus.

»Ja, kann man so sagen. Wir haben dem Schiff ein kleines Facelift beschert. Es gibt sogar ein Spa!«

»Ich hoffe, es lohnt sich für dich.«

»Hast du eine Ahnung! Hier geht es zu wie auf der Arche Noah.«

»Was meinst du damit?«

»Wir sind von Anfragen schier überrannt worden.«

Max schluckte.

»Du hast gerade erwähnt, ihr hättet abgelegt. Wann habt ihr Trondheim verlassen?«

»Vor zwanzig Minuten.«

»Und welche Nationalitäten hat Noah mit an Bord?«

»Alle möglichen. Welche interessiert dich denn am meisten?«

»Balten«, sagte Max. »Und Russen.«

»Keine Balten. Aber ein Russe ist dabei.«

Max beschrieb ihm das Phantombild, mit dem die Polizei rausgegangen war.

»Nein, das ist er nicht. Unser Typ ist blond und trägt Uniform.«

»Hast du den Namen? Das wäre wirklich wichtig.«

»Natürlich. Warte kurz.«

Es wurde so still im Hörer, dass Max schon befürchtete, die *Seaway Eagle* wäre mittlerweile so weit von der norwegischen Küste entfernt, dass sie keinen Handyempfang mehr hätte.

Doch dann war Hein Espen wieder dran.

»Da haben wir ihn doch«, sagte er, »unseren russischen Passagier. Er heißt Goga Golubkin.«

79

Der Flug nach Trondheim dauerte bloß siebzig Minuten. Der Flieger geriet in eine Wolkenbank und fing an zu schwanken. Max sah zu Sofia, die neben ihm saß und den Blick starr auf ihren Vordersitz gerichtet hatte. Ihr Chef hatte bei der Flugsicherheit und bei der Flughafenpolizei angerufen und durchgesetzt, dass sie ihre Dienstwaffe mit an Bord nehmen durfte.

Nach dem Telefonat mit Hein Espen hatte er noch einen weiteren Anruf getätigt und seine Freunde von der norwegischen Marine angerufen. Sie schuldeten ihm noch einen Gefallen. Von ihnen würden sie Hilfe beim Weitertransport kriegen und direkt auf der Landebahn in Trondheim abgeholt werden. Damit die anderen Passagiere keine Fragen stellten, würden er und Sofia als Erste aussteigen.

Auf dem Weg nach Arlanda hatte Sofia Max erzählt, was Tomas Schiller mit einem selbstverliebten Grinsen bei ihrem Treffen gesagt hatte.

Vielleicht hätten Sie noch tiefer graben müssen?

War das reines Glück oder doch Kompetenz gewesen? Jedenfalls hatte Schiller recht gehabt: tiefer im Sinne von zurück in die Elterngeneration.

Hier rächt sich jemand für Sünden aus der Vergangenheit.

Wie würde die Politik reagieren, wenn sie es tatsächlich mit einem Rachefeldzug für die Baltenauslieferung zu tun hätten? Mit dem womöglich dunkelsten, beschämendsten Kapitel in der Geschichte des Landes?

Doch es gab immer noch einiges, was nicht zusammenpasste.

Eine Menge Indizien wiesen in Kandinskis Richtung, aber warum verübte ausgerechnet er die Taten? Er war nicht alt genug, um selbst miterlebt zu haben, was sich in Schweden Mitte der Vierziger zugetragen hatte. Was genau verband ihn mit jenen Männern und jener Frau, die er bislang getötet hatte?

Und was war mit Maj-Lis? Es hatte fast den Eindruck, als hätte sie hinsichtlich ihrer Herkunft alle belogen. Trotzdem verstand Max immer noch nicht, wie sie in das Gesamtbild passte.

Was aber am verwirrendsten war, waren die Russen. Die Fingerabdrücke und die Blutspuren, die sie gefunden hatten. Die russische Botschaft hatte eine dauerhafte Bewachung durch eine Spezialeinheit angefordert, und als dies abgelehnt worden war, hatte die Säpo prompt Wind davon bekommen, dass ein ordentliches Schwergewicht mitsamt Gefolge in Schweden eingereist war. Aber was genau hatte Papanow in Schweden zu suchen?

Max lehnte den Kopf an die Kopfstütze, doch statt die Augen zuzumachen, starrte er auf das Paneel mit dem Leselicht und den Luftventilen über ihm. Die Lämpchen brannten, und das grelle Licht tat ihm im Hinterkopf weh – ein Schmerz, den er mithilfe von Alprazolam hätte bekämpfen können. Trotzdem fühlte sich sein Kopf inzwischen klarer an – trotz der Prügel, trotz des Schlafmangels. Er fühlte sich nicht unbedingt ruhiger oder weniger aggressiv, beileibe nicht, sein Energielevel war das gleiche wie zuvor. Aber im Kopf war er klarer. Hatte dieser hochnäsige Arzt am Ende doch recht gehabt? Hatte er früher schon Benzodiazepine bekommen, weil er einen Hirnschaden hatte?

Auf seinem Klapptisch lag das Buch über Symbole, das sie mitgenommen hatten. Er blätterte darin herum, erst zerstreut, dann zusehends konzentriert. Bei einer Seite mit einer detaillierten Illustration zuckte er zusammen, und ihm stellten sich die Härchen auf den Armen auf.

»Sehen Sie sich das an«, sagte er zu Sofia. »Das ist das Lietuvens-Kreuz, von dem Marju Bohl gesprochen hat, und in dieser Version ist es über jeder der acht Zacken mit weiteren Symbolen versehen. Hier drunter steht, das Kreuz stehe für *die Vorbereitung des Individuums auf den Tod.* Von Mara, der Mutter alles Materiellen und der Elemente« – Max zeigte auf ein wellenförmiges Symbol über der ersten Zacke –, »bis zum *Austras koks*, dem ›Baum des Ostens‹.« Er fuhr mit dem Finger einmal herum bis zur letzten Zacke. »Wenn man dem Stern gegen den Uhrzeigersinn folgt, sind das reihum doch die Symbole, die wir auf unseren Mordopfern gefunden haben.«

»Sie glauben, er verwendet dieses Kreuz wie eine Art Karte? Wie einen Mörder-Kompass?«

Sofia folgte Max' Fingerzeig mit dem Blick, während er der Reihe nach auf die Symbole für den Mondgott Meness, der entzweigeschlagen worden war und das spiegelverkehrte C als Zeichen trug, den Donnergott Perkun mit seinem Donnerkreuz und Sonnengöttin Saule und die Sonnen zeigte.

»Von Mara, deren Symbol wir bei Maj-Lis gefunden haben, bis Saule oder vielmehr den Sonnen, die wir bei Wass erkannt haben«, murmelte sie. »Dann sind wir also jetzt dort angekommen?«

»Ja, was Sie bei Wass gefunden haben, war eine Art Walpurgisfeuer. Ein alljährlicher Ritus, bei dem die überzähligen Äste und Zweige verbrannt werden und der seit Anbeginn mit einer alten Sonnengottheit assoziiert wird.«

Sofia nickte.

»Und diese Schritte hier fehlen uns noch?«

Sofia zeigte auf die Symbole, die die rechte Hälfte des Kreuzes zierten: die Symbole für Laima, das Schicksal; den

Erntegott Jumis; Zalktis, das Sinnbild für Reichtum und Wohlergehen; und schließlich das *Austras koks,* der Baum des Ostens.

»Aber die Schritte reichen nicht. Das Kreuz hat acht Zacken mit entsprechenden Symbolen, keine zehn.«

»Vielleicht steigert er sich gegen Ende«, argwöhnte Max, »und tötet gleich mehrere auf einmal?«

»Was steht denn in dem Buch über die nächsten Symbole?«

»Laima, die Göttin des Glücks und Schicksals. Ihr werden Opfer dargebracht, in Badehäusern oder in der Sauna, wo früher auch Geburten stattfanden.«

Sofia streckte sich nach dem Buch aus.

»Und das Nächste?«

Sie fuhr mit dem Finger zu einem Symbol, das sie bislang komplett ignoriert hatten. Es saß genau in der Mitte.

»Das ist das Zeichen für Dievs, den Himmelsgott und mächtigsten aller Götter. Wenn er wütend wird, bricht der Himmel über die Menschen herein, und die Erde tut sich unter unseren Füßen auf.«

80

Von der Brücke der *Seaway Eagle* blickte Hein Espen zum Horizont. Das Meer lag ruhig vor ihnen, aber er wusste, dass der Wind zunehmen würde, je weiter sie in den Norden vorstießen. Seit er den Auftrag erhalten hatte, war ihm klar gewesen, dass diese Fahrt ereignisreich werden dürfte. Ein Team aus Tauchern der norwegischen Marine und Rettungskräften aus Großbritannien, das er an den Ort der *Kursk*-Katastrophe bringen sollte – das war eine heikle, sensible Aufgabe. Störungen wie diejenige, auf die Max Anger angespielt hatte, konnte er da wirklich nicht brauchen. Der russische Gast hatte sich als Vertreter der russischen Seestreitkräfte ausgewiesen. Dass die russische Marine einen Beobachter mit an Bord haben wollte, war nicht weiter bemerkenswert, aber seit dem Telefonat mit Max nagte das Gefühl an ihm, dass hier irgendetwas nicht stimmte.

Er wandte sich zu seinem nautischen Offizier um, der gerade erst seinen Kontrollgang an Bord beendet hatte.

»War alles in Ordnung?«

»Die Stimmung ist gut. Anscheinend läuft die Sauna schon auf neunzig Grad, ich hab fröhliche Stimmen von dort gehört.«

»Es könnte sein, dass wir ein Problem an Bord haben … Wenn irgendetwas vorfallen sollte, wenn die Motoren zicken oder unter den Gästen ein Streit entsteht, will ich das sofort wissen.«

»Irgendwer, den ich besonders im Blick behalten soll?«

»Goga Golubkin, den Russen.«

Der Offizier nickte.

»Außerdem kriegen wir Besuch«, fuhr Hein Espen fort.

»Was? Wir legen doch nicht mehr an, bis …«

»Machen Sie sich über die Details keine Gedanken«, sagte Hein Espen. »Ich kümmere mich darum.«

Seine Gedanken wanderten zu ihrem russischen Gast.

»Sie haben seine Papiere gründlich kontrolliert?«

»Natürlich. War alles in Ordnung«, sagte der Offizier.

»Und Sie haben sich auch bei den russischen Behörden rückversichert?«

»Ja, ich bin von einem Kapitän ersten Ranges des Nordflottenstützpunkts Seweromorsk angerufen worden. Er meinte, Golubkin werde als Beobachter mitfahren. Die Angaben stimmten alle, als er an Bord kam.«

»Haben Sie den Namen und die Kontaktdaten des Kapitäns aus Seweromorsk?«

»Ja, sicher.«

»Gut. Geben Sie sie mir. Und holen Sie Charlie Knutsson aus Kabine dreiunddreißig. Bitten Sie ihn, hier auf die Brücke zu kommen, damit er mit mir die schöne Aussicht genießen kann. Und dann will ich einen meiner Taucher hier vor der Tür.«

81

Der Flugbegleiter kam nach vorn zur ersten Reihe, sowie die Reifen auf dem Trondheimer Asphalt aufgesetzt hatten und der Pilot die Reverser aktiviert hatte.

»Wenn Sie jetzt Ihr Handgepäck nehmen und mit mir mitkommen würden?«

Max und Sofia standen auf und folgten dem Mann nach vorne zum Ausstieg. Sobald das Flugzeug stehen geblieben war, entriegelte er die Tür und drückte sie auf. Kalter Wind schlug ihnen entgegen, als sie die Treppe hinunterliefen. Auf der Landebahn stand ein Wagen bereit, auf dessen Tür Max ein bekanntes Emblem entdeckte: ein grüner Kranz mit einer Krone obenauf. In der Mitte prangten auf schwarzem Grund zwei goldfarbene Buchstaben. *HV*.

»Willkommen in Norwegen. Mein Name ist Kristian Loen von der Einsatztruppe Ryke.«

Er trug einen waldgrün-sandfarben gefleckten Tarnanzug. Seine Waffe hing quer über der Brust, damit er sie selbst in voller Kampfmontur leicht anlegen konnte.

»Ich habe die Order, Sie zum Hubschrauber der Luftwaffenschwadron 339 zu bringen, der ein Stück weiter dort drüben bereitsteht.«

»Danke.« Max schüttelte dem Norweger die Hand. »Wir müssen uns beeilen.«

Während sie auf den Wagen zueilten, fuhr Loen fort: »Wir stehen mit der *Seaway Eagle* in Kontakt und empfangen minütlich Position, Kurs und Geschwindigkeit. Hein Espen hat die Maschinen gedrosselt, um es uns leichter zu machen.

Er lässt grüßen – es stünden genug kalte Ringnes im Kühlschrank –, und er freut sich darauf, Sie zu sehen.«

Max öffnete die Autotür und hielt sie für Sofia auf.

»Wunderbar. Dann mal los.«

82

Sarah parkte direkt vor der Vordertreppe zum Haupteingang der Stadtbibliothek. Sämtliche gelben Linien an der Bordsteinkante und Halteverbotsschilder waren ihr egal.

Sie hatte *Unsere Schützlinge* quergelesen – ein eigenartiges Buch: schludrig aus Aufzeichnungen, Anekdoten und Fotos zusammengestellt und inhaltlich provokant, beinahe wütend.

Wie vielen war dieser Abschnitt der schwedischen Geschichte eigentlich ein Begriff?, fragte sie sich. Und konnte es tatsächlich sein, dass Menschen, die mit jener Zeit irgendwie in Verbindung standen, jetzt – nach so vielen Jahren – kaltblütig ermordet wurden?

Vor allem bei der letzten Frage lief ihr der Schweiß über den Rücken, während sie über die breite Vordertreppe hinauf zum Eingang lief. Sie hatte das Buch unter ganz bestimmten Vorzeichen überflogen: im Hinblick auf ihre Hypothese, dass die Opfer aufgrund von Verbrechen ihrer Eltern ausgewählt worden waren. Und es schien alles zu stimmen. Claes Callmérs Vater war Lagerkommandant in Rinkaby gewesen. Torbjörn Lindströms Vater Arvid war Chef des Stockholmer Sonderkommandos, der sogenannten Schwarzhemden, gewesen. Arvid hatte sich persönlich eines widerspenstigen Letten namens Ivars angenommen, der sich noch im Hafen von Trelleborg geweigert hatte, aus dem Bus auszusteigen. Sobald Arvid ihn jedoch an Bord des sowjetischen Dampfers *Beloostrov* schleppen wollte, hatte Ivars sich einen angespitzten Bleistift durchs Auge und ins Gehirn gerammt, sodass Arvid nur mehr den leblosen Leib aus dem Bus schleifen konnte. Die Pressefotografen hatten dafür gesorgt, dass das Bild von Ivars mit dem Bleistift im Auge für alle Ewigkeit dokumentiert worden war: als womöglich grauenerregendstes – und bedeutsamstes – Bild jener Zeit.

Arvids Sohn Torbjörn Lindström hatte das gleiche Schicksal ereilt: Ein Bleistift war ihm durchs Auge ins Hirn gedrillt worden.

Auge um Auge, Zahn um Zahn.

Es war der schiere Irrsinn.

Sarah quetschte sich durch die schweren Flügeltüren, betrat die Bibliothek und steuerte sofort den Informationsschalter an. Selbst wenn Max' Theorie so gut wie belegt war, gab es immer noch eine Handvoll offener Fragen.

Als sie endlich an der Reihe war, gab sie sich alle Mühe, ganz ruhig und freundlich zu klingen.

»Könnten Sie mir vielleicht helfen – es geht um ein Buch mit dem Titel *Unsere Schützlinge* von Anna Isaksson?«

Die Bibliothekarin sah im Computer nach.

»Das haben wir hier, ja. Was möchten Sie denn genau wissen?«

»Zum Beispiel, wer es herausgegeben hat. Und hat die Autorin noch andere Bücher geschrieben? Darf ich vielleicht mit draufschauen?«

Sie zeigte auf den Bildschirm der Bibliothekarin.

»Ich hab hier nur die Infos, die Sie auch an unseren Besuchercomputern dort drüben aufrufen können. Aber klar, schauen Sie, hier.« Sie drehte den Bildschirm ein Stück in Sarahs Richtung. »Das Buch ist 1992 erschienen … in einem Verlag, von dem ich noch nie gehört habe.«

Sie tippte erneut etwas ein.

»Und es scheint das einzige Buch zu sein, das wir aus diesem Verlag haben. Sieht so aus, als stünde eine Art gemeinnütziger Verein aus Örebro dahinter. Ob es den allerdings noch gibt, weiß ich leider nicht. Es gibt noch eine Reihe Bücher von Autorinnen mit dem gleichen Namen, aber das sind andere Genres: Kinderbücher, Bücher über Kinderpsychologie ... Insofern glaube ich kaum, dass es ein und dieselbe Autorin ist.«

»Und was heißt das da?«

Sie zeigte auf einen Namen, der unter dem Titel aufgeführt war.

Die Frau lächelte sie an.

»Das ist die einzige Info, die Sie an den Besuchercomputern nicht einsehen können. Aber so viel kann ich Ihnen verraten: Das Buch ist nicht direkt der Dauerbrenner hier in der Ausleihe. Es ist ein einziges Mal ausgeliehen worden. Und zwar von dieser Person.«

Sarah lehnte sich ein Stück nach vorne und zuckte zusammen, als sie sah, was dort geschrieben stand.

»Ah, okay. Danke.«

Bedächtig wandte sie sich um. Der Name der Person, die das Buch als Einzige ausgeliehen hatte, lautete Schiller, Hanna Schiller. War das bloß ein Wahnsinnszufall?

Sie lief über die Eingangstreppe raus an die frische Luft. Zog ihr Handy aus der Tasche, rief die Auskunft an und bat darum, direkt weiterverbunden zu werden. Es klingelte ein paarmal, dann meldete sich eine Frau.

»Hallo«, sagte Sarah. »Ich rufe von der Stadtbibliothek an. Spreche ich mit Hanna Schiller?«

»Ja?«

»Wir sind leider wahnsinnig spät dran mit der Bearbeitung nicht zurückgebrachter Bücher. Sie haben sich doch den Titel *Unsere Schützlinge* ausgeliehen? Ein Buch über die Baltenauslieferung?«

»Nein, ganz sicher nicht, das muss ein Fehler sein.«

»Hätten Sie vielleicht Ihre Ausleihkarte griffbereit?«

»Was? Nein, hab ich nicht. Keine Ahnung, wo die ist.«

»Könnte es sein, dass jemand anderes auf Ihre Karte Bücher bei uns ausleiht? Ein Familienmitglied? Ihr Mann Tomas vielleicht?«

Hanna zögerte kurz, ehe sie antwortete. Sarah hoffte inständig, dass die Frau den Köder geschluckt hatte.

»Das weiß ich ehrlich gesagt nicht«, antwortete sie schließlich. »Da müsste ich ihn fragen, aber er ist im Augenblick nicht zu Hause.«

War das wirklich möglich?, dachte Sarah, als sie aufgelegt hatte. Tomas Schiller – ihr Mann im Justizministerium. Der Staatssekretär, der Polizeichef spielte.

83

Charlie saß in der Kabine an seinem kleinen Schreibtisch. Draußen rollten Wellen vorüber, und trotzdem schwankte die *Seaway Eagle* kaum. Er hatte sich beim Schreiben eine Pause gegönnt und tippte mit den Fingerkuppen die kleine verchromte Kugel an, die an einer dünnen Kette vom Schirm der Bordlampe baumelte. Die Kugel fühlte sich kalt an.

Was würden sie dort unten am Meeresboden finden, wenn sie ankämen? Was immer die Havarie der *Kursk* verursacht hatte, musste für alle Zeiten ein Geheimnis bleiben. So lautete der Auftrag, darauf hatten sich die Beteiligten geeinigt. Der gesunde Menschenverstand hatte über die Torheit gesiegt, auch wenn die Wahrheit so mit Füßen getreten wurde.

Bei dem Gedanken daran, welche Katastrophe sie hatten abwenden können, wurde ihm schwindlig.

A few good knowing men.

Die Kontakte, die er während seiner Zeit an der Universität Oxford geknüpft hatte, hatten sich nach all der Zeit noch immer als belastbar erwiesen. Ihre Loyalität war unerschütterlich. Sie alle hatten es für notwendig erachtet, dass die NATO das russische Manöver überwachte. Es wäre komplett unverantwortlich gewesen, es nicht zu tun. Allerdings würde darüber in Schweden nicht offen gesprochen werden dürfen, nicht einmal mit den Freunden von Vektor.

Es tat ihm unendlich leid, dass er sie hinters Licht führte. Aber eines Tages würden sie ihn verstehen. Dieser neue Hochgeschwindigkeitstorpedo *Schkwal* war die eine Sache; wovor Lebed sie gewarnt hatte, eine ganz andere. Alte nichtstrategische Nuklearwaffen, die per Hand transportiert und versteckt werden konnten. Die mit an Bord eines U-Boots genommen werden konnten. Anscheinend hatte der britische Geheimdienst Wind davon bekommen, dass sich womöglich genau solche Waffen an Bord der U-Boote befanden, die an dem großen Manöver teilnehmen sollten. Niemand hätte sagen können, warum – und niemand hatte mit Sicherheit gewusst, ob das Gerücht stimmte.

Charlie betrachtete das Blatt vor sich auf dem Schreibtisch. Er wusste nicht einmal selbst genau, was er aufschreiben wollte, aber gewisse Dinge mussten endlich gesagt werden. Ungeklärte Fragen, Gefühle, die er nicht in die richtigen Bahnen hatte lenken können, Erinnerungen aus einer Zeit, die er verdrängt hatte. Er fühlte sich unendlich sentimental. Nicht dass es ihn sonderlich belastet hätte. In der Wehmut hatte er immer schon einen gewissen Trost gefunden.

Niemand sollte seinen siebzigsten Geburtstag allein verbringen. So war es doch. Aber wenn es nun mal nicht anders ging – warum nicht die Ruhe genießen, die mit der Einsamkeit einherging? Warum nicht zurückblicken und das Leben aus einer Perspektive betrachten, die den Alten vorbehalten war? Dies zu tun und gleichzeitig auf einem riesigen Schiff zu sitzen, das langsam übers Meer tuckerte, Teil einer Friedensmission zu sein – das war nur wenigen vergönnt. Besonders wenn es sich um einen stolzen Vertreter des großen schwedischen Siebzig-plus-Vereins handelte.

Er musste an eine Geschichte denken, die er mal gehört hatte, über alte Indianer, die sich bei langen Wanderungen regelmäßig auf den Boden setzten, damit die Seele wieder zu ihnen aufschließen konnte. Genau dieses Gefühl hatte er jetzt auch – nach all den Umwegen, die er im Zuge der *Kursk*-Affäre und Anastasias Rückkehr in sein Leben eingeschlagen hatte. Da konnten sie doch wohl ein, zwei Tage auf ihn warten. Damit seine Seele ihn wieder einholte.

Er drehte den Kopf, als es an der Tür klopfte, ließ die kleine Kugel los, legte den Füller auf den Tisch – wie der Zufall wollte, genau über der Zeile, in die er immer wieder ihren Namen geschrieben hatte.

Tasenka.

Er schob den Stuhl zurück und trat an die Tür, um aufzumachen.

84

Jeder Muskel in Paschies Körper war zum Zerreißen angespannt. Sie wusste nicht, wie lange sie auf Malins Sofa gesessen und die blau-weiß gestreifte Tapete angestarrt hatte. Malin hatte sie mit ihren Gedanken allein lassen wollen.

Sie konnte sich Geräusche, Bilder, Geschmäcker – einfach alles in Erinnerung rufen, was mit ihrem Leben mit Max zu tun hatte. Wie sie einander begegnet waren. Das erste Mal, als sie im Oktiabrskaja-Hotel in Sankt Petersburg miteinander geschlafen hatten. Die alte Frau, die dort gesessen und geschlafen hatte, als Paschie nach ihrem Zimmerschlüssel hatte fragen wollen. Sie wusste noch genau, wie die Alte sie angesehen hatte. *Ich weiß, was du für eine bist!* Sie und Max hatten darüber gelacht, als sie den langen, orange-braunen Flur entlanggelaufen waren, vorbei an all den kleinen Bildern der erleuchteten Brücken der Stadt. Paschie war wie im Rausch auf ihre Zimmertür zugestürmt, als wären sie nicht auf einem Hotelflur unterwegs, sondern irgendwo draußen im Weltall. Erst als sie die Tür hinter sich geschlossen hatten, hatten sie beide aufgehört zu lachen. Da war es ernst geworden.

Sie wusste auch noch, wie sie sich gefühlt hatte, als sie das erste Mal nach Stockholm gereist war, als sie Sarah und Charlie getroffen hatte – und andere Leute aus dem Westen, die so viel mehr von der Welt wussten als sie selbst, die bloß ihre tatarische Unbeholfenheit und Sturheit vor der unbekannten Umwelt beschützen würde. Und wie sie alle schier ehrfürchtig gewesen waren, weil sie so viel Eifer, Wissbegierde und Toleranz für ihre Gemeinschaft an den Tag gelegt hatte.

Das war in einem anderen Leben gewesen.

Wie ein Film liefen die Bilder vor ihrem inneren Auge ab. Wie sie damals im Vasapark auf Schlittschuhen vorwärtsgestrauchelt war und versucht hatte, Max klarzumachen, dass man keine verdammte Eisprinzessin war, nur weil man aus Russland stammte. Wie sie anfangs versucht hatte, Max davon zu überzeugen, die Suche nach seinen Wurzeln und nach den genauen Umständen des mysteriösen Todes seines Vaters einzustellen. Wie sie ihn davon überzeugt hatte, die Pillen abzusetzen, die ihn zeitweilig einfach nur benebelt hatten. Wie sie dann aber eingesehen hatte, dass er manchmal eben benebelt sein musste.

Sie wusste noch genau, wie sie in Sankt Petersburg dem Teufel in die Falle gegangen war und Max alles getan hatte, um sie zu retten. Und beinahe zu spät gekommen wäre.

Sie hatte nie geglaubt, dass sie überhaupt fähig war zu lieben. Hatte nie von einem Mann aus einem anderen Land fantasiert. Und sie hatte sich geschworen, sich nie mit einem Mann einzulassen, der einen anderen Menschen getötet hatte und es jederzeit wieder tun würde, wenn niemand ihn aufhielte.

Max hatte für sie getötet.

Sie hatte all diese Aspekte an ihm zu gleichen Teilen geliebt und gehasst. Aber dass er sie mit einer anderen Frau betrog …

Das ist verdammt noch mal das Einzige, was du nie tun darfst.

Malin kam, um nach ihr zu sehen, und warf ihr einen flehentlichen Blick zu. Erst da dämmerte Paschie, dass sie immer noch die Fotos festhielt, die der Fahrradkurier gebracht hatte. Würde Ola nicht auch bald nach Hause kommen? Sie konnte nicht weiter hier herumsitzen wie all diese x-beliebigen, lächerlich betrogenen Frauen und nicht wissen, wohin mit sich selbst. Sie stopfte die Fotos zurück in den Umschlag.

»Vielleicht gibt es dafür eine Erklärung, Paschie.«

Ja, vielleicht. Um sie herum ging irgendwas komplett Unkontrollierbares vor sich, und Paschie war beileibe nicht in alles eingeweiht, das war ihr klar. Die Fotos mochten genauso gut eine Falle sein. Sie hatte sich darauf konzentriert, was sie selbst in dem ganzen Durcheinander bewerkstelligen konnte. Die Frauen der WORM sollten mehr Hilfe bekommen, als sie es sich je erträumt hätten.

Im selben Moment dämmerte ihr, dass nicht nur die Träume jener russischen Seemannswitwen zerplatzt waren. Auch ihr Traum war gerade wie eine Seifenblase zerplatzt.

Vielleicht gab es ja wirklich eine Erklärung, warum Max mit dieser hübschen schwedischen Schlampe in einem Hotel gewesen war. Warum jemand sich die Mühe gemacht und sie fotografiert und die Bilder dann Paschie zugespielt hatte. Und wie jemand hatte wissen können, dass sie sich hier bei Malin und Ola verschanzt hatte. Genau wie es eine Erklärung geben würde, warum Max nicht auf die einfachsten Fragen antworten wollte, die ihm der Arzt im Sophiahemmet stellte.

Sicher gab es eine Erklärung für alles. Nur bedeutete das nicht, dass man sie auch akzeptieren musste.

Das Einzige, was sie bereute, war, dass sie versucht hatte, sich selbst zu beschwichtigen, es sei womöglich doch nicht so, wie sie es tief im Innern bereits gespürt hatte.

Der Wille der Seele ist nicht leicht zu deuten.

Sie brachte nicht länger die Selbstbeherrschung auf, um ihn nicht zu verurteilen. Und sie konnte hier nicht länger sitzen bleiben und warten und das Opfer spielen.

85

Hein Espen ließ den Radarschirm nicht aus den Augen und folgte der kreiselnden grünen Linie, die Überwasserfahrzeuge und andere Objekte im näheren Umkreis anzeigte. Er dachte noch immer darüber nach, was Max ihm am Telefon erzählt hatte und was wohl als Nächstes passieren würde. Ein Schiff auf offenem Meer war kein guter Ort für einen gewaltsamen Konflikt.

Sein Auftraggeber hatte ausdrücklich betont, dass es sich hierbei nicht um einen militärischen, sondern um einen humanitären Einsatz handelte. Ein Konflikt an Bord würde einen Skandal heraufbeschwören und umso mehr Unruhe in die ohnehin schon angespannten internationalen Beziehungen bringen. Daher waren auch keinerlei Waffen an Bord erlaubt.

Genau darauf sollte doch auch der russische Beobachter achten? Genau deshalb war Goga Golubkin doch mit an Bord gelassen worden? Sofern es denn wirklich Goga Golubkin war. Normalerweise saß Max Anger in derlei Angelegenheiten keinen falschen Behauptungen auf.

Er kehrte der Kommandobrücke den Rücken, als hinter ihm nach einem forschen Anklopfen die Tür aufgeschoben wurde. Es war der nautische Offizier.

»Charlie Knutsson ist nicht in seiner Kabine. Habe ich die Erlaubnis, mich in sämtlichen Außenbereichen und auch ohne ausdrückliches Einverständnis in den Kabinen der anderen Passagiere umzusehen?«

Hein Espen nickte stumm und sah wieder zum Horizont.

86

Der breit gebaute Russe mit dem merkwürdig orangebraunen Teint und dem blonden Haar hatte einen netten, geselligen Eindruck gemacht. Charlie hatte die Einladung, auf ein Gläschen mit rüber in dessen Kabine zu kommen, dankend angenommen. Bei solchen Gelegenheiten gehörte es zum guten Ton, Ja zu sagen. Dies hier war eine Friedensmission, und da galt es, mit gutem Beispiel voranzugehen.

Der Mann war Mitte fünfzig und kannte sich mit Wodka aus. Er hatte ihm einen eisgekühlten Imperial angeboten, und Charlie hatte erneut diese magische Wandlung durchlaufen: Mit dem Wodka auf der Zunge war auch sein eingerostetes Russisch wieder in Gang gekommen. Sie hatten sich in einer Mischung aus Russisch und Englisch unterhalten und nicht nur darüber geredet, was ihnen bevorstehen mochte, sobald sie hinaus auf die Barentssee kämen, sondern über alles Mögliche.

In der Doppelkabine hatten sie einander auf den Bettkanten gegenübergesessen. Goga Golubkin trug die Uniform der russischen Marine. Das Einzige, was vom normalen Erscheinungsbild abwich, war das dünne Halstuch um seinen Hals.

Nach vier Schnäpsen hatte Goga erzählt, er habe die Besatzung gebeten, augenblicklich die Sauna einzufeuern, und gleich den ersten Saunagang gebucht.

Charlie hatte die Einladung, ihn in die Sauna zu begleiten, dankend angenommen. Jetzt stand er im kleinen Umkleideraum, von dem man außer in die Sauna auch auf einen Balkon mit zwei Liegestühlen hoch über Deck hinaustreten konnte.

Die Wärme, die durch die Saunatür drang, war drückend; die Besatzung hatte die Sauna ordentlich eingeheizt. Charlie zog seine Unterwäsche aus, hängte sie an einen Haken neben seine Manchesterhose, das Hemd und den Tweedblazer, nahm eins der zusammengelegten Handtücher aus dem Regal und schlang es sich um die Hüften. Er wollte gerade die Tür zur Sauna aufziehen, als er sich wieder daran erinnerte, was Goga ihm mitgegeben hatte: eine Plastiktüte, in der eine traditionelle heruntergekühlte russische Saunamütze lag. Die Russen kennen sich eben auch mit der Sauna aus, dachte er noch.

Er sprengte ein wenig kaltes Wasser aus dem Eimer über Boden und Wände, setzte sich dann auf die oberste Bank und lehnte sich an. Er warf einen Blick auf das Thermometer; es zeigte bereits über neunzig Grad. Es dauerte nicht lange, ehe ihm der Schweiß aus allen Poren troff und die kahlen Stellen an seinem Schädel anfingen zu brennen. Er nahm die feuchte Saunamütze aus der Tüte. Ein stechender Geruch stieg davon auf, und ein winziger Riss in der Nagelhaut brannte leicht. Die Mütze bestand aus grauer Wolle und sah aus wie ein Relikt aus dem Mittelalter. Er setzte sie auf.

Augenblicklich fühlte es sich an, als würde sein Hirn in Flammen stehen. Er atmete hektisch ein und bekam heißen Wasserdampf in die Lunge. Erst glaubte er, er müsste sich übergeben, dann blieb ihm schlagartig die Luft weg. Er versuchte noch, sich die Mütze wieder vom Kopf zu ziehen, konnte aber die Arme nicht mehr heben.

Dann ging die Saunatür auf. Goga stellte sich vor ihn hin – mit nacktem Oberkörper.

Was hat das zu bedeuten?

Er war übersät mit Tätowierungen, mit aufsehenerregenden Zeichen. In den Händen hielt er einen Hammer und zwei Keile.

Noch ehe Charlie reagieren konnte, schlug Goga beide

Keile in die Saunawand in Charlies Rücken und befestigte zwei Ringe daran. Charlie versuchte, sich zu retten – versuchte, Widerstand zu leisten. Doch die beißende Säure auf seiner Kopfhaut raubte ihm alle Kraft. Dann verlor er das Bewusstsein.

Von den Schmerzen wachte er wieder auf. Der Gestank verbrannten Fleisches stieg ihm in die Nase. Er versuchte, sich zu befreien, doch die Hände waren an die glutheißen Eisenringe gefesselt. Goga stemmte sich mit seinem ganzen Gewicht in eine Eisenstange, die ein Mal in Charlies Brust brannte. Die Schmerzen raubten ihm fast den Verstand.

Die Qualen breiteten sich in seinem Körper aus, und er drohte erneut das Bewusstsein zu verlieren. Goga legte das Brandeisen zurück auf den Saunaofen. Auf seinem Rücken prangte ein riesiger achtzackiger Stern, und über jeder Zacke war ein weiteres Symbol eintätowiert. Charlie schluckte schwer, sein ganzer Leib pumpte heftig. Er blickte nach unten auf seine Brust, auf das tief eingebrannte, blutrote Symbol, einen nach unten weisenden Pfeil, und auf das Blut, das hinab in Richtung Nabel strömte.

Der Mann, der jetzt mit dem Rücken zu ihm dastand, sagte etwas in einer ihm fremden Sprache. Dann drehte Goga sich erneut um, setzte das Brandeisen auf Charlies Stirn und stemmte sich von Neuem mit ganzer Kraft dagegen.

87

Wieder warf Max einen Blick auf seine Taucheruhr. Sie waren exakt siebzehn Minuten zuvor vom Hubschrauberlandeplatz Trondheim gestartet, als Kristian Loen, der neben dem Piloten saß, ihn über sein Headset ansprach.

»Die *Seaway Eagle* kommt in Sicht. Das Schiff hat die Motoren abgestellt. Es ist verhältnismäßig ruhig draußen, Landung in den nächsten fünf Minuten.«

Er sah durchs Fenster gen Westen übers Meer. Meinte, den gelben Rumpf der *Seaway Eagle*, die rote Wasserlinie und den weißen Oberbau zu erkennen. Immer noch keine Nachricht von Charlie.

Er nahm das Headset ab und signalisierte Sofia Karlsson, es ihm gleichzutun. Dann rief er ihr über den ohrenbetäubenden Lärm der Hubschrauberrotoren zu: »Wenn wir landen, laufen wir direkt zum Kapitän und verschaffen uns ein Bild von der Lage an Bord.«

Sofia nickte und zog ihre Pistole.

Im Handumdrehen schloss der Hubschrauber zu dem schwankenden Schiff auf. Max sah zu dem gelben Kran und der Spezialfracht auf dem Achterdeck: das Mini-U-Boot *LR5* der Royal Navy, das hier und da auch als Unterwasserheli bezeichnet wurde. Es war bekanntermaßen leicht manövrierbar, bewegte sich mit enormer Präzision fast schwerelos sowohl seit- als auch tiefwärts. Ein großes Begleitschiff wie die *Seaway Eagle* sorgte überdies für genügend Windschatten, um das Rettungs-U-Boot unter die Wasseroberfläche zu bringen. Im Bug verfügte das *LR5* über potentes Werkzeug, mit dessen Hilfe die Außenhülle eines U-Boots aufgeschnitten werden konnte, über Hochleistungsscheinwerfer und -kameras, die selbst bei Dunkelheit und schlechter Sicht weit unter der Wasseroberfläche klarkamen. Sobald es in Position gebracht war, konnte es an jedes größere U-Boot andocken; wenn sie erst einmal bis unten vorgedrungen wären, würden die Taucher die Lage einschätzen können. Normalerweise nahmen sie Sauerstoff und eine medizinische Notfallausrüstung mit hinunter, um bis zu sechzehn Mann pro Tauchgang zu evakuieren.

In ihrem Fall wären es sechzehn Leichen.

Die Briten, überlegte Max. Hein Espens Privatunternehmen und die britische Flotte ... War das dein Werk, Charlie? Hast du nach dem missglückten Vorstoß mit Berga und den schwedischen Behörden deine alten Londoner Kontakte aktiviert?

Das hättest du uns doch wohl erzählen können, verdammt!

Ein geheimes Büro mit Dokumenten über die *Kursk* auf dem Schreibtisch ... englischsprachige Korrespondenz mit Leuten, die auf die eine oder andere Art mit der NATO zusammenarbeiteten ... Was für Geheimnisse hatten noch in dem Geheimzimmer gelegen? Womöglich Habseligkeiten von Charlies Vater, dem Sklaventreiber? Aus einer Zeit, da er Flüchtlinge aus Kurland unter unmenschlichen Bedingungen auf seinen Ländereien hatte schuften lassen?

War all das, was Charlie als Kind hatte mit ansehen müssen, der wahre Grund, warum er sich politisch engagierte und versuchte, Gerechtigkeit zu üben?

Der norwegische Militärhubschrauber flog einen weiten Bogen über dem Schiff. Direkt vor der Fensterfront der Kommandobrücke befand sich der Landeplatz, der mit einem großen H markiert war.

Max stieg als Erster aus, sowie der Hubschrauber sicher auf der Plattform stand. Er und Sofia duckten sich unter den tosenden Rotorblättern weg. In der Tür zur Brücke stand

Hein Espen bereit, um sie willkommen zu heißen und eilig die Tür hinter ihnen zuzudrücken. Kristian Loen und sein Hubschrauberpilot blieben draußen auf der Plattform.

»Gut, dich wiederzusehen«, sagte er und klopfte Max auf den Rücken. »Wenn es nur andere Umstände wären! Ich habe einen kompletten Lock-down verhängt, sämtliche Gäste und die britischen Rettungskräfte haben vorübergehend Ausgangsverbot und wurden in ihre Kabinen gesperrt.«

»Und die zwei, nach denen wir suchen?«, fragte Max.

»Sind verschwunden.«

»Wie können sie auf einem Schiff verschwinden, verdammt?«

»Meine Leute suchen sämtliche Decks ab. Es gibt ein paar Räumlichkeiten, zu denen wir uns noch keinen Zutritt verschaffen konnten, aber wir arbeiten daran.«

»Was sind das für Räumlichkeiten?«

»Der untere Frachtraum, ein paar schwer zugängliche Umgänge im Maschinenraum bei den Öl- und Dieseltanks. Und dann wären da noch die Umkleiden, der Fitnessraum und die Sauna. Die liegen hinter einer Brandschutztür, die entweder klemmt oder aber von innen verriegelt wurde ... was ein schlechtes Zeichen sein könnte.«

»Die Sauna«, sagte Max und wirbelte zu Sofia herum. »Erinnern Sie sich an die Illustration? Das Schicksalssymbol? Der Tradition zufolge wurden Laima in der Sauna Opfer dargebracht.«

Sofia nickte.

»Wo liegt die Sauna?«, fragte Max.

»Backbords auf dem Oberdeck.«

»Gibt's noch andere Wege als durch diese Brandschutztür, um dort hinzukommen?«, wollte Sofia wissen.

»Ein kleiner Balkon auf der Außenseite.«

»Wir teilen uns auf. Ihr versucht es weiter von innen. Max, Sie und ich nehmen den Weg über den Balkon.«

88

Kandinski machte einen Schritt nach hinten. Der Sohn des Sklaventreibers hatte mittlerweile vollends das Bewusstsein verloren. Die Säure, die sich durch die Poren auf der Kopfhaut fraß, hatte sich durch den Schädel bis ins Hirn vorgearbeitet. In Kombination mit den Schmerzen, die die drei nach unten weisenden Pfeile auf Stirn, Brust und Bauch verursachten, hatten Körper und Geist ihren Dienst quittiert. Das Einzige, was in der hundert Grad heißen Sauna noch übrig war, die einzige, letzte Spur seines Opfers, die hier noch zu spüren war, war Velis, dessen Schatten. Der würde noch einige Zeit brauchen, bis er sich ganz aus dem Leib löste und hinab ins Reich der Toten verschwände, wo Lietuvens dann die Seele in Empfang nähme und Charlie Knutsson bei all jenen willkommen hieße, die auf Ewigkeit und ohne Rast und Ruh im Tal des Todes umherwanderten.

Er ließ das Brandeisen zu Boden fallen und zog sein Messer aus dem Hosenbund. Jetzt müsste er nur noch die Zahl einritzen. Dann wäre es vollbracht.

Von der Brandschutztür kam ein dumpfes Klopfen. Er machte die Tür zur Sauna auf und schlüpfte in den kleinen Umkleideraum. Von der anderen Seite waren Stimmen zu hören, dort versuchten sie mit aller Gewalt, die schwere Stahltür aufzustemmen. Außerdem war da noch ein gedämpftes Motorendröhnen. Er zog die Tür zu dem kleinen Balkon auf und beugte sich übers Geländer. Sah zum Vorderdeck, wo ein grüner Militärhubschrauber stand. Der war gerade erst gelandet, die Rotorblätter drehten sich noch, allerdings immer langsamer.

Was hatte das zu bedeuten?

Das Donnern von der Tür wich einem schmerzhaft gellenden Kreischen. War das eine Flex?

Ich muss ihn fertig markieren. Ich muss ihn nummerieren.

Es war nur noch eine Frage von Sekunden, ehe sie die Tür aufbekämen. Wenn das dort auf der anderen Seite Soldaten wären, hätte er keine Chance.

Er schob das Messer zurück in den Hosenbund, zog Hemd und Uniformjacke über den verschwitzen Oberkörper und trat erneut hinaus auf den Balkon.

89

Max und Sofia rannten an der Reling entlang übers Deck der *Seaway Eagle*. Als sie die Stelle erreichten, die Hein Espen ihnen beschrieben hatte, entdeckte Max ein Seil, das von einem Geländer am Oberdeck baumelte. Er stürzte darauf zu, aber dort war niemand – doch über Kopf entdeckte er den kleinen Balkon. Die Balkontür stand offen.

Dann hörte er das Rasseln von Ketten und drehte sich nach achtern um.

»Sofia, er ist bei den Rettungsbooten!«

Kandinski riss mit aller Kraft an der Sicherungsleine, und das Rettungsboot schoss nach unten.

Er klammerte sich fest, während das Boot sich mit Luft füllte. Dann schlug es hart auf den Wellen auf, sodass sein Kopf nach hinten gerissen wurde. Als das Boot endlich stabil im Wasser lag, fuhr er sich mit der Hand über den schmerzenden Nacken. Irgendjemand rief von oben, und Kandinski blickte auf.

Eine Frau stand an der Reling.

Sie hatte eine Pistole auf ihn gerichtet.

Der Mann, den Sofia Karlsson ins Visier nahm, erinnerte kein bisschen an ihr Phantombild. Er musste geschminkt und verkleidet sein.

Sie stand auf einem norwegischen Schiff – immer noch in norwegischen Gewässern – und hatte ihre Dienstwaffe auf einen Mann in einer russischen Uniform gerichtet. Auf einen Mann, der vielleicht Goga Golubkin war, vielleicht aber auch dieser Kandinski, wie ihn die Kollegen in Riga genannt hatten. Sie waren anlässlich einer internationalen Krise zu einem humanitären Einsatz unterwegs …

Durfte sie da wirklich schießen?

Der Mann drehte sich um und zog inmitten des orangefarbenen Kunststoffs einen Deckel hoch.

Und startete einen Motor!

»Was mach ich denn jetzt?«, kreischte sie.

Max konnte nicht mal mehr antworten, als sie ein Geräusch von oben hörten. Eine Tür schlug auf, und ein Mann stürzte heraus, beugte sich übers Balkongeländer und kotzte. Hinter ihm war Hein Espens Stimme zu hören.

»Los, den Heli! Er muss sofort ins Krankenhaus, jetzt auf der Stelle!«

»Er muss mit«, rief Max in Sofias Richtung. »Das Bein erwischen Sie nicht – schießen Sie ihm in die Schulter!«

Sofia legte beide Hände um ihre Sig Sauer und lehnte sich gegen die Reling. Der Mann saß vornübergebeugt da und versuchte, den Motor anzulassen. Seine Schulter war teils von der hohen Bootswand verdeckt. Kein einfacher Schuss.

Im selben Augenblick, da sie den Abzug betätigte, sah sie im Augenwinkel, wie Max über die Reling ins Wasser hechtete.

90

Max trat wie ein Wilder mit den Beinen und ackerte mit den Armen, um so schnell wie möglich wieder an die Wasseroberfläche zu kommen. Er schob sämtliche Überlegungen beiseite, was der Mann vom Balkon in der Sauna gesehen haben könnte, und versuchte, sich auf jenen winzigen Hoffnungsschimmer zu konzentrieren, der in ihm aufgeglimmt war, als er Hein Espens Stimme gehört hatte.

»Er muss sofort ins Krankenhaus!«

Er machte ein paar schnelle Schwimmzüge in Richtung des orangefarbenen Rettungsbootes, dessen Motor immer noch nicht lief. Wenn der Mann im Boot tatsächlich ein russischer Agent wäre, würde er mit einer solchen Situation umgehen können. Er wäre ausgebildet und ausgerüstet, um sich in einer derart hoffnungslosen Lage das Leben zu nehmen. Es lag jetzt einzig und allein daran, ob Sofia getroffen hatte oder nicht.

Die Außenwand des Rettungsbootes ragte hoch über den Wellen auf, und er musste mächtig treten, um Oberkörper und Hüfte aus dem Wasser zu stemmen. Sowie er die Finger um die Oberkante gelegt hatte, schloss sich eine Faust um sein Handgelenk. Im nächsten Moment sah Max das Gesicht des Mannes – und die freie Hand, die in hohem Bogen auf ihn zuraste. Mit einem langen, aufblitzenden Messer in der Faust.

Vom Deck des Schiffes in seinem Rücken wurde ein weiterer Schuss abgefeuert. Der Mann zuckte zurück, verfehlte Max' Unterarm, die Pulsadern, riss aber trotzdem eine Wunde in die Oberseite seines Arms.

Mit aller Kraft stemmte er sich gegen die Achselhöhle des Mannes. Die Finger um sein Handgelenk lockerten sich, und mit einem beherzten Griff in die robuste Uniform gelang es Max, sich in das Boot hinaufzuziehen.

Auf dem Bootsboden fielen sie übereinander. Der Mann kroch rückwärts von Max weg, presste sich die Hand auf eine Wunde über der rechten Brust. Blut pulsierte stoßweise zwischen seinen Fingern hervor. In der anderen Hand hielt er noch immer das Messer. Sein Gesicht war schmerzverzerrt. Vornübergebeugt machte Max ein paar behände Schritte auf ihn zu und trat ihm das Messer aus der Hand. Ein weiterer Tritt unter das Kinn des Mannes, seine Zähne schlugen hart aufeinander, und er krachte rücklings gegen den Bootsmotor. Der Kopf ruckte nach hinten, kippte zur Seite. Ein Kranz aus Tätowierungen wurde am Hals sichtbar.

Währenddessen startete der Hubschrauber vom Landeplatz am Bug der *Seaway Eagle.*

Aus dem Augenwinkel sah Max, dass noch ein Rettungsboot zu Wasser gelassen wurde. Darin saßen Hein Espen und sein Team aus norwegischen Kampftauchern.

91

Im Kontrollraum auf der Brücke legte Sofia Max einen Verband um den verletzten linken Arm. Er hatte seine nassen Kleider abgelegt, sich eine Decke über die nackten Schultern gezogen und trug eine Jogginghose, die er sich von einem der norwegischen Taucher geliehen hatte.

Hein Espen stand mit einem Headset auf dem Kopf vor ihm und lauschte der Stimme am anderen Ende der Leitung. Er hatte seinen Maschinisten äußerste Kraft befohlen. Die *Seaway Eagle* hatte nach der vorübergehenden Störung wieder Kurs auf ihr Ziel in der Barentssee aufgenommen.

»Okay, verstanden«, sagte er jetzt und nahm das Headset ab. Dann wandte er sich an Max und Sofia. »Sie wollen nicht, dass ihr in Norwegen bleibt. Kristian Loen hat die Order erhalten, euch beide auf schwedisches Territorium zurückzufliegen. Er bringt euch und den Gefangenen direkt nach Kungsholmen in Stockholm. Charlie Knutsson ist am Flugplatz Trondheim in einen Rettungshubschrauber verladen worden, der in diesen Minuten auf dem Weg zur Intensivstation des Karolinska ist. Es ist noch zu früh, um sagen zu können, ob er überlebt.«

92

»Fahren Sie jetzt nach Hause?«, fragte Sofia.

Nachdem der Hubschrauber vor dem Hauptgebäude der Rikspolisen gelandet war, hatten Mitarbeiter des schwedischen Geheimdiensts unter höchster Diskretion und Eile Kandinski in Empfang genommen und in Sicherungsverwahrung verbracht. Max hatte angenommen, dass Sofia protestieren würde, weil ihr das Heft aus der Hand genommen worden war, zumindest vorübergehend, doch sie war klug genug, um zu wissen, dass Kandinski nicht nur ein mutmaßlicher Serienmörder war. Er war derzeit zudem ein mutmaßlicher russischer Agent – und ehe dieser Verdacht nicht ausgeräumt wäre, würde er nicht in ihren Verantwortungsbereich fallen.

Charlie Knutssons Zustand war immer noch kritisch, und man hatte ihnen mitgeteilt, dass er bis auf Weiteres keinen Besuch haben dürfe. Max dachte darüber nach, trotzdem ins Karolinska zu fahren und dort auf irgendeinem Flur Wache zu halten. Nicht dass es irgendwie geholfen hätte. Aber es hätte sich richtig angefühlt.

Er malte sich aus, wie Sofias Wiedersehen mit ihren Kollegen aussehen würde – bewundernde Blicke, High-Fives, Glückwünsche, Lobeshymnen ihres Chefs Per Carpelan. Max wollte nicht mit ihr mitfahren. Er war bloß der externe Berater gewesen. Der unsichtbare Agent. Und für den gab es keinen Dank, keine Belohnung.

Er reckte das Kinn nach vorn. In den vergangenen vierundzwanzig Stunden war er in zwei gewaltsame Auseinandersetzungen geraten, hatte Verletzungen davongetragen und kaum geschlafen. Aber jetzt nach Hause fahren? Genau davor hatte er Paschie gewarnt, und sie war zu ihrer Freundin gefahren. War sie immer noch dort? Bei den Marklunds? Er musste wieder an den Umschlag denken, den der Fahrradkurier gebracht hatte. Die Fotos, auf denen sie mit einem Fremden zusammengesessen und so schön ausgesehen hatte. Nein, nicht nur schön. Sie hatte *glücklich* ausgesehen.

»Heute Abend können wir ohnehin nicht mehr viel ausrichten«, sagte er.

Sofia sah ihn erstaunt an.

»Wir *haben* ihn, Max. Kapieren Sie das immer noch nicht? Es ist bei Weitem noch nicht alles aufgeklärt, aber vielleicht sollten wir unseren Sieg begießen?«

Das Bild von Charlie, wie Hein Espen ihn beschrieben hatte, wollte ihm nicht aus dem Kopf gehen. Solange er nicht wusste, ob er seinem Freund wirklich das Leben gerettet hatte, hatte er auch keinen Grund zu feiern.

»Ein andermal«, sagte er und machte sich auf den Weg in Richtung U-Bahn.

93

Sarah kam aus dem Bad und kehrte an den kleinen Tisch in der Kaffeeküche bei Vektor zurück, wo Max sich hingesetzt hatte. Sie hatte sich das verlaufene Make-up abgewaschen.

Noch war Charlie nicht über den Berg. Aber er war in besten Händen.

»Dann war Tomas Schiller der Einzige, der sich das Buch aus der Stadtbibliothek ausgeliehen hatte?«, fragte Max.

Sarah nickte.

»Etwas ist faul im Staate Schweden«, murmelte sie, doch Max ging über die Shakespeare-Anspielung hinweg.

»Unsere Theorie hat also auch auf Lindström zugetroffen?«, hakte er nach, und Sarah nickte.

»Sein Vater war der Chef der sogenannten Schwarzhemden, einer Spezialeinheit des C-Büros.«

»Und Maj-Lis?«

»Da bin ich leider nicht weitergekommen. Ich verstehe immer noch nicht, wie sie – und im Übrigen auch Kandinski – ins Bild passt.«

Max ahnte, dass irgendwo eine Verbindung bestand: durch das SS-Armband, den Adresszettel aus Riga, das Flüchtlingsschiff *Triin*, das unter dem Schutz des C-Büros und der Nazis über die Ostsee gesegelt war. Maj-Lis war ein Teil dieser Geschichte, die auf irgendeine Weise sämtlichen Morden zugrunde lag. Aber wenn es sich wirklich um Rache für Untaten aus jener Zeit handelte, welche Untat hatte sie dann begangen? Sie war doch selbst ein Flüchtling gewesen?

Sarah hielt ein Blatt Papier in die Höhe.

»Hast du das hier schon gelesen? Das hab ich aus *Unsere Schützlinge* kopiert, eine Art Klageschrift gegen Schweden.«

Sie hielt Max das Blatt unter die Nase. Der Brief war auf Schwedisch und in einer altmodischen Handschrift verfasst.

Ich erhebe Anklage gegen Schweden.

Weil Schweden hinter Begriffen wie Humanität und Mitmenschlichkeit eine Untat verheimlicht, die noch grausamer ist als die Verbrechen der Bolschewiki und Nazis.

Weil Schweden Männer nicht hat sterben lassen.

Weil Schweden uns neun Monate lang belogen und mit Scheinermittlungen und leerem Gerede hinters Licht geführt hat.

Weil Schweden uns hinter Stacheldraht gesperrt hat – uns, die wir bis dahin bereits die Repressalien nicht weniger als zweier Besatzungsmächte erlitten hatten.

Weil Schweden sich für die eigenen Missetaten während des Krieges freigekauft hat, indem es uns an den Russen verkaufte.

Weil Schweden für die Ermordung unserer Brüder verantwortlich ist, deren Unzahl wir noch immer nicht kennen.

Weil die Verwüstung unserer Heimatländer nur mit der Todeswaffe verglichen werden kann, die die Amerikaner über Japan gezündet haben.

Für all dies werdet ihr büßen.

Ein Lette bleibt für alle Zeiten Lette.

Gott segne das Baltikum.

»Hat diese Klage wirklich jemand so erhoben? Das hätte man doch mitbekommen.«

Sarah zuckte mit den Schultern.

»Die Schrift ist mit einem Männernamen unterzeichnet«,

stellte Max fest. »Ludwigs Ozols. Allerdings sieht das hier nicht aus wie eine Männerschrift.«

»Vielleicht hat er von einer Frau Hilfe bekommen?«, schlug Sarah vor.

»Von einer, die Schwedisch konnte«, murmelte Max. »Sagt dir der Name Ludwigs Ozols etwas?«

»Ja, tut er – das war einer der Gefangenen aus diesem Buch.«

Max streckte sich danach, fing von hinten an zu blättern und blieb beim Nachwort hängen, wo ihm der Name Ozols regelrecht ins Auge sprang.

Ludwigs Ozols war von anderen lettischen Legionären als Anführer beschrieben worden, als fast schon legendenumwobene Persönlichkeit und Nationalheld. Er hatte in Naziuniform Großes im Kampf gegen die Russen geleistet, während sein Herz in all der Zeit für jenes Land geschlagen hatte, von dem die Legionäre geträumt hatten: ein Land, von dem sie abends am Feuer sangen. *Aestien*, das Land, das nie existiert hatte, das es aber eines fernen Tages geben würde. Ein Land, von dem Menschen jenseits der Ostsee seit den Zeiten der Römer geträumt hatten. Ein starkes großbaltisches Reich, das dem gelobten Land entsprach, von dem in den uralten Versen die Rede war. Doch der Russe hatte der vereinten baltischen Nation im Weg gestanden. Die Legionäre hatten auf die Unterstützung des Westens gehofft, waren dann aber nach Ende des Krieges den Friedensverhandlungen zum Opfer gefallen. Als Europa unter den Siegermächten aufgeteilt worden war, hatte auf die Balten niemand mehr gehört.

Max musste wieder daran denken, was die Professorin aus Tartu über die Symbole erzählt hatte, die gewisse Männer sich inzwischen tätowieren ließen. Das dritte nationale Erwachen. Das Kreuz mit den Göttersymbolen, das er auf dem Rücken des Mörders wiedererkannt hatte.

Die Karte des Mörders.

Ludwigs Ozols war an Bord des sowjetischen Dampfers *Beloostrov* verschleppt worden. Er hatte Jahre im sibirischen Kolyma verbracht – im berüchtigtsten aller Gulags, den der Schriftsteller Alexander Solschenizyn einmal den »Kältepol der Grausamkeit« genannt hatte.

Ludwigs Ozols hatte dort oben also überlebt, in diesem eisigen Höllenloch, in einem Klima, das ebenso lebensfeindlich war wie das der Antarktis?

Er sah von den Buchseiten auf.

»Hast du das Nachwort gelesen?«

Sarah nickte.

»Was diesen Ludwigs Ozols angeht, trifft so einiges zu«, sagte Max.

»Aber kann er wirklich noch am Leben sein?«

»Wenn man bedenkt, was er durchmachen musste, klingt es unwahrscheinlich. Und wenn doch, dann ist er inzwischen steinalt.«

Er nahm das Symbolbuch zur Hand, die Illustration, die er Sofia Karlsson im Flugzeug nach Trondheim gezeigt hatte. »Das hier ist der Marschplan, dem unser Mörder folgt.«

»Und diese Symbole sind alle mit dem alten baltischen Glauben verknüpft?«

»Ja, allerdings dreht es sich dabei inzwischen eher um Nationalismus als um Religion. Aber die Taten stimmen auf den Punkt.«

Sarah zeigte auf das Zeichen über der fünften Zacke, das Symbol für Laima.

»Dann hat er dieses Symbol hier … Charlie eingebrannt?«

»Ja«, antwortete Max. »Drei nach unten weisende Pfeilspitzen. Das Zeichen für Schicksal.«

Sie schluckte trocken, versuchte, den Gedanken abzuschütteln.

»Drei Schritte fehlen also noch, wenn man dem Kreuz folgt«, stellte sie fest.

Max nickte.

»Nur sitzt Kandinski jetzt hinter Schloss und Riegel.«

»Wo ist eigentlich Paschie?«

Max schluckte.

»Ich hab sie angerufen, bevor ich nach Trondheim geflogen bin«, sagte er. »Sie ist bei Freunden, in Sicherheit.«

94

Als Sofia Karlsson den Vernehmungsraum betrat, sah sie Kandinski ganz bewusst nicht länger als notwendig an. Sie rechnete nicht damit, dass sie erfahren würde, was ihre Kollegen von der Säpo in den vergangenen Stunden mit dem Inhaftierten angestellt, was sie ihm für Fragen gestellt und welche Verhörmethoden sie angewendet hatten. Bei einem war sie sich allerdings sicher: Sie hatten herausgefunden, dass er kein russischer Agent namens Goga Golubkin war und die Kollegen folglich auch nicht für den Fall verantwortlich waren.

Die Schusswunde in der Schulter war sicher brutal schmerzhaft, aber nicht lebensbedrohlich gewesen. Unter Garantie würde trotzdem irgendjemand Einwände erheben, dass sie ihn unmittelbar nach der Erstversorgung in der Notaufnahme verhörten. Aber es war genau, wie Carpelan gesagt hatte: Wenn sie es mit einem Serienmörder zu tun hatten, der sich hochrangige Beamte vornahm, konnten sie bei der Polizei auch mal ein Auge zudrücken.

Sie setzte sich Kandinski genau gegenüber. Er sah sie an, zeigte aber keinerlei Gefühlsregung. In seiner bemalten Hülle – mit dem Kranz aus Tätowierungen, die über dem Kragen seines T-Shirts zu sehen waren, seit sie ihm die russische Uniform abgenommen hatten –, wirkte er komplett beherrscht. Sie hatte Fotos von seinem nackten Körper dabei, von dem Stern auf seinem Rücken, mit den Göttersymbolen über den Zacken, die genau so aussahen wie in dem Symbolbuch. Er hatte schmale braune Augen, der Blick wirkte leicht verschleiert, sei es infolge des Missbrauchs irgendwelcher Substanzen, sei es aufgrund seines harten Lebenswandels. Er war Anfang fünfzig, auch wenn er körperlich jünger wirkte, weil er so durchtrainiert war. Der Zeichner hatte anhand von Elias' Zeugenaussage mit dem Phantombild wirklich einen guten Job gemacht. Kein Zweifel, dass dies hier derselbe Mann war, nach dem sie seit dem Mord in Berga gefahndet hatten.

Sie wusste, dass ihr Chef auf der anderen Seite des Spionspiegels stand und die Vernehmung mit ansah. Der Ordnung halber drückte sie den Knopf auf dem Rekorder.

»Sollen wir mit der Feststellung Ihres Namens anfangen?«, schlug Sofia auf Englisch vor. »Ich nehme an, dass wir John ausschließen können.«

Kandinski zuckte nicht mit der Wimper.

»Sie sind mit dem Stift und der Nadel echt talentiert, wenn ich es richtig verstanden habe. Sie können auch antworten, indem Sie etwas aufmalen. Das machen wir für Sie möglich, Kandinski.«

Der Mann legte nicht die geringste Reaktion an den Tag.

»Möchten Sie, dass ich Sie Oto Zagars nenne?«, fragte Sofia und versuchte es mit dem Namen, den sie von Ludmars Kaldenis vom DISS in Riga erhalten hatte.

Der Mann sagte immer noch keinen Ton.

»Als Sie an Bord der *Seaway Eagle* gegangen sind, haben Sie sich als Goga Golubkin ausgewiesen. Ist das Ihr richtiger Name?«

Wieder das Gleiche. Keine Reaktion.

Sofia beschlich das Gefühl, dass es unendlich so weitergehen könnte. Er würde kein Wort von sich geben, ehe ihn jemand unter Zwang dazu brächte. Gewalt wäre das Einzige, was ihn zum Sprechen bewegen würde.

Sie beschloss, ihm trotzdem die Fragen zu stellen, die sie vorbereitet hatte – und wenn nur, um sie für ihren späteren Ermittlungsbericht zu dokumentieren.

»Nach Angaben der Polizei sind Sie mit einem Taxi aus dem Stadtzentrum zum Trondheimer Hafen gelangt. Wir haben aber einen Zeugen, demzufolge Sie mit einem eigenen Fahrzeug zum Hotel Radisson gekommen sind. Das Auto ist, nachdem Sie ausgestiegen waren, abgeholt worden und wird derzeit von der Polizei gesucht. Verraten Sie mir, was damit passiert ist?«

Keine Antwort.

»Können Sie mir sagen, wer es abgeholt hat? Für unsere weiteren Ermittlungen ist es höchst relevant, dass wir Zugang dazu bekommen. Wenn Sie nichts zu verbergen haben, wird es Ihnen sicher leichtfallen, uns zu verraten, wo es sich befindet.«

Kandinski lächelte vage, sagte aber immer noch nichts.

95

Die Sonne war bereits aufgegangen, als Max nach Hause kam. Seine Rippen schmerzten, als er seine Jacke an die Garderobe hängte. Paschies Bomberjacke war nicht dort, wo sie sein sollte, und in der Wohnung war es totenstill. Dann war sie also immer noch bei den Marklunds.

Er ging in die Küche und machte den Oberschrank über dem Kühlschrank auf, nahm eine Flasche Whisky heraus und goss sich ein ordentliches Glas ein. Als er damit ins Schlafzimmer schlenderte, waren dort sämtliche Kommodenschubladen herausgezogen. Er lief darauf zu. Wie lange hatte sie denn vor, bei den Marklunds zu bleiben? Die Unterwäscheschublade war komplett leer.

Irgendwas stimmte hier doch nicht. Er holte sein Handy hervor, rief ihre Nummer auf, landete auf der Mailbox.

Auf dem ungemachten Bett lag ein brauner Pappumschlag. Er sah aus wie derjenige, den er zu Vektor geliefert bekommen hatte. Er stellte das Glas auf dem Nachttisch ab und zog den Umschlag auf.

Auf dem obersten Foto sah er sich selbst, wie er sich in einer Hotellobby über den Tresen beugte. Hinter ihm stand Sofia in ihrer eng sitzenden Jeans und der braunen Lederjacke. Er lächelte und reckte den Daumen nach oben. Auf dem nächsten Bild stiegen sie gemeinsam in einen Aufzug. Max erinnerte sich noch daran, wie sie miteinander gescherzt hatten.

Sahen wir wirklich so aus?, fragte er sich.

Auf dem letzten Foto saßen er und Sofia nebeneinander

am Tisch des Amaranten-Restaurants und steckten die Köpfe zusammen.

Herrgott, Paschie. Da will uns irgendwer auseinanderbringen.

Irgendein strategisches Genie mit einem Talent für Manipulation.

Max griff nach dem Glas und kippte den Whisky hinunter.

Papanow.

Kolyma, Sibirien, im Februar 1952

Ozols sah durch das Gitter im Dach zum schwarzen Himmel empor. Die Nacht war sternenklar, und die Temperaturen waren auf unter dreißig Grad minus gesunken. Er hatte den Überblick verloren, wie oft die Wachen ihn jetzt schon in diesen Käfig gesteckt hatten. Diesmal hatte er immerhin seine Hose anbehalten dürfen. Mit dem stinkenden Russen, mit dem er sich den Quadratmeter frostbedeckten Bodens und die Wände teilte, waren sie weniger entgegenkommend gewesen.

Sie saßen, wie man es in der Isolierzelle immer tat, mit ineinander verhakten Ellbogen Rücken an Rücken am Boden. Sie bewegten sich wie eine Einheit durch die Nacht, standen gemeinsam auf, traten auf der Stelle, schlangen sich die Arme um den Leib, um sich zu wärmen, und hockten sich dann wieder Rücken an Rücken hin. Ozols musste seinen Mitgefangenen mehrmals bitten, sich nicht zu schnell zu bewegen. Der Körper wollte sich schneller bewegen, aber in dieser Kälte verlor man so viel zu viel Energie. Und wenn man dem Schlaf nachgab, wachte man nicht wieder auf.

Diesmal bestand Ozols' Vergehen darin, dass er sich in seiner Eigenschaft als Lagerbaukonstrukteur geweigert hatte, eine neue Unterkunft in der Tundra zu planen. Er weigerte sich bereits seit dem Zeitpunkt, da die Mannschaft erkannt hatte, dass es unmöglich wäre, Pfeiler in den Boden zu rammen – nicht aufgrund des Permafrosts, sondern weil der Boden dort voll mit Schädeln war. Am Nachmittag, nachdem Ozols in den Käfig hatte klettern dürfen, hatte er mehrere Explosionen gehört. Jetzt rückten sie also dem neuen Baugrund mit Dynamit zu Leibe. So wollte der Lagerkommandant das Problem lösen. Damit waren die Überreste jener Männer, die im Lager ihr Leben gelassen hatten, zu Bröseln und Staub verwandelt worden.

Sechs Jahre waren inzwischen vergangen, seit die *Beloostrov* ihn aus Schweden fortgebracht hatte. Er war wegen antisowjetischer Umtriebe als Anführer der baltischen Aufständischen noch in schwedischer Internierungshaft verurteilt und mit Hunderten anderer Gefangener in einen Güterzug verfrachtet worden. Zu dem entlegenen Areal selbst hatten sie quer durch die Wildnis zu Fuß gehen müssen. Die erste Fuhre mit Baumaterial und Werkzeug hatten Pferde geschleppt, damit sie dort überhaupt erst einmal die Grube sichern konnten, wo man jüngst auf Gold gestoßen war. Von den fünfhundert Mann, die zusammen mit Ozols im Winter 1946 durch den Schnee gewandert waren, war nur die Hälfte am Zielort angekommen. Die andere Hälfte hatten sie mit Seilen an die Pferdewagen geknotet und als Proviant mitgeschleppt.

Allein seine Körperkraft und Führungsstärke hatten ihm das Überleben gesichert. Seine freie Zeit hatte er damit zugebracht, sowjetische Wissenschaftsmagazine zu lesen, Artikel über technische Errungenschaften, die sein Gehirn am Leben erhielten.

Dieser Winter hatte sich als ebenso hart wie der von 1946 erwiesen. Ihre Arbeitsschichten waren von Jahr zu Jahr und mit jedem neuen Lagerkommandanten, der seine Erfolgsberichte nach Moskau zu Stalin schicken wollte, länger geworden. Der Russe, der seinen haarigen Rücken gegen seinen presste, war im Käfig gelandet, weil er sich geweigert hatte, die gefrorene Leiche seines Kameraden durch ein Loch im Eis zu schieben – eine Begräbnismethode, die immer gängiger geworden war, je weniger Dynamit ihnen zur Verfügung stand.

Die Fingerspitzen des Russen waren bereits schwarz

geworden. Es war das letzte Stadium einer ernsten Hypothermie: Das Gewebe starb ab, und die Finger verwandelten sich in Vogelklauen. Der Mann war gerade mal zwei Jahre im Lager, trotzdem waren seine Tage schon jetzt gezählt.

»Die musst du amputieren«, sagte Ozols.

»Amputieren?« Der Russe lachte ihn aus. »Du glaubst doch wohl nicht allen Ernstes, dass irgendein Arzt hier eine scharfe Klinge verschleißen will? Und du weißt vielleicht, was mit uns Feinden des Volkes passiert, wenn wir keine Hände mehr haben, mit denen wir arbeiten können.«

Das Gleiche passiert, wenn du zulässt, dass sich die Verwesung ausbreitet, dachte Ozols. Du stirbst.

Während sie die neuen Gebäude errichtet hatten, hatte Ozols bemerkt, dass die Haut über den Fingern seiner linken Hand dicker geworden war. Er hatte irgendwo im Schnee seinen Handschuh verloren und argwöhnte, dass diese Hautveränderung womöglich ein erstes Anzeichen von Hypothermie sein könnte. Er war gezwungen, etwas dagegen zu unternehmen, bevor ihm das gleiche Schicksal drohte wie dem Russen hinter ihm.

Zwei Tage später erhielt Ozols die Erlaubnis der Wachen, den *nemetski* zu besuchen, den Deutschen, den neuen Arzt, der rund um den Jahreswechsel hierher deportiert worden war. Nach dem Frühstück ging er um die Essensbaracke herum und am Brennholzschuppen vorbei zur Krankenstation auf der Rückseite des Gebäudes.

Ozols hatte den kleinen, hohläugigen Mann mit der Trotzki-Brille auf der Nase bislang immer allein in der Essensbaracke und im Schlafsaal umherwandern sehen. Es wurde gemunkelt, er sei nicht nur Arzt, sondern auch ein herausragender Wissenschaftler. Er hatte für die Russen an irgendeiner brandgefährlichen Waffe gearbeitet, und um zu verhindern, dass er sich in den Westen absetzte, hatte man ihn hierher gebracht, ans Ende der Welt. Mit einem alten Nazi wollte hier niemand reden, und wenn er allein bliebe, würde er nicht lange durchhalten.

»Was meinen Sie, Doktor?«, fragte Ozols.

Er saß auf einem Hocker und hatte die Hände flach auf ein kleines Tischchen gelegt, sodass sie von einer starken Lampe angestrahlt wurden.

»Ozols?«, fragte der Deutsche. »Ist das ein lettischer Name?«

»Lettland eins«, antwortete Ozols. »Waffen-SS, fünfzehnte Division.«

Der Arzt zog die Augenbrauen hoch.

»Sie haben sich hier länger gehalten als die allermeisten.«

»Wie sind Sie hergekommen, Doktor? Angeblich sind Sie Wissenschaftler.«

Der Arzt nickte.

»Stimmt, das war ich. Inzwischen bin ich hier nur noch ein einfacher Feldscher.«

»Waffentechnik?«

»Atomphysik. Nach dem Krieg hab ich den Russen meine Dienste angeboten. Der größte Fehler meines Lebens.«

Die Gerüchte stimmten also.

»Wie lange hab ich noch?«, wollte Ozols wissen.

»Wie lange *wollen* Sie denn noch?«

»Länger als Stalin.«

Der Arzt schüttelte den Kopf.

»Wenn man den Russen glaubt, ist er ein Gott, ein Unsterblicher.«

»Erlauben Sie mir, dass ich daran zweifle. Wie lange wollen Sie leben, Deutscher?«

Bei der Art und Weise, wie Ozols die Nationalität betonte, sah der Arzt ihn ratlos an.

»Was meinen Sie?«

»Ich gebe Ihnen höchstens zwei Monate. Bis dahin hat

der Capo hier im Schlafsaal, der selbst die dreckigste Order der Wachen ausführt, dafür gesorgt, dass Ihre Zeit hier auf Erden vorbei ist. Es gibt nichts, was sie mehr hassen als Nazis. Ohne einen Beschützer haben die einen wie Sie in null Komma nichts entsorgt.«

»Und wie soll ich an so einen Beschützer kommen?«, fragte der Arzt.

»Es gibt hier nur eine Person, die dazu sowohl willens als auch imstande wäre.«

»Lettland eins.«

»Richtig«, sagte Ozols.

Er knöpfte sein Hemd auf und zog einen Artikel hervor, den er aus dem Schlafsaal mitgenommen hatte, und schob ihn dem Arzt hin.

»Eine mechanische Prothese?«, fragte der. »Ich weiß, was das ist – aber wie sollte ich hier an so was rankommen?«

»Ein führender Atomphysiker wie Sie wird doch bestimmt einen Weg finden, wenn das eigene Überleben davon abhängt.«

Der Arzt überflog den Artikel.

»Möglich«, sagte er nach einer Weile. »Aber sicher erlauben sie mir nicht, dass ich die Amputation vornehme.«

»Ich weiß«, sagte Ozols. »In dem Artikel steht, dass genau an der richtigen Stelle amputiert werden muss, wenn die Prothese funktionieren soll.«

»Ja, das stimmt, damit die Muskeln mit der Mechanik verknüpft werden können.«

»Nehmen Sie Ihren Stift.«

»Wie bitte?«

»Nehmen Sie Ihren Stift.« Ozols deutete mit dem Kinn auf den Kugelschreiber, der aus der Brusttasche des Deutschen ragte. »Ziehen Sie eine Linie über meinen linken Arm, dort wo die Amputation erfolgen müsste.«

Der Arzt zog den Kuli aus der Tasche.

»Meinen Sie das ernst?«, fragte er.

»So werden Sie in der Essensbaracke sitzen können, wo Sie wollen, und nachts durchschlafen. Ziehen Sie die Linie.«

Als der Deutsche getan hatte wie geheißen, verließ Ozols das Krankenzimmer. Den Artikel ließ er liegen. Er lief um die Ecke, blieb beim Holzschuppen stehen und sah sich auf dem Vorplatz um.

Ich habe geschworen zurückzukehren. Zu Anna und zu meinem Sohn. Ich habe geschworen, meine Brüder zu rächen.

Sobald niemand hinsah, zog er den Jackenärmel über dem linken Arm hoch und legte den Unterarm auf den Hackklotz. Fixierte die Linie, die der Arzt gezogen hatte.

Und hob die Axt über den Kopf.

Samstag, 19. August

96

Sofia Karlsson saß an ihrem Schreibtisch bei der Rikskrim und wartete darauf, dass sie den Mann, den sie wegen mehrfachen Mordes in Gewahrsam genommen hatten, mit den Taten in Verbindung bringen konnten – durch einen DNA-Test. Den Mann, der sein Grundrecht in Anspruch nahm und jede Aussage verweigerte. Sie hatte sogar einen der Ermittler gebeten, die Autorin des Buches *Unsere Schützlinge* ausfindig zu machen, dessen Inhalt die Erklärung für seine Taten zu liefern schien. Doch auch das brauchte Zeit. Dass es aber so verdammt schwer sein sollte, eine Frau namens Anna Isaksson aus der Gegend um Örebro zu finden, konnte sie nicht verstehen.

Die Ratte auf dem Seil, dachte sie wieder. Sie hatte das Gefühl, dass sie nicht die Erste wäre, die von den DNA-Testergebnissen hörte. Sie wussten alle, wie ernst die Lage war – dass sie es mit einer ungeheuerlichen Tat zu tun hatten. Natürlich musste unter diesen Umständen die Regierung ausführlicher und schneller informiert werden, als es sonst der Fall gewesen wäre, trotzdem fühlte sich irgendetwas daran merkwürdig an. Irgendwas war da faul. Fast als hätte hier ein Alleinherrscher das Sagen, als würde eine gewisse Person bei dieser Inszenierung die Strippen ziehen, nur dass diese Person nicht hier in der Dienststelle, sondern im Ministerium saß. Und womöglich Tomas Schiller hieß. Max hatte angerufen und erzählt, was Sarah herausgefunden hatte: dass ein und derselbe Schiller das Buch *Unsere Schützlinge* aus der Stadtbibliothek ausgeliehen hatte. Der

Mann schien echt überall seine Finger drin zu haben. Vielleicht hatte er daher die gleichen Schlüsse gezogen wie Max und Sarah und sie selbst? Aber warum dann die Heimlichtuerei?

Sie war am Vorabend nach einem Bierchen mit den Kollegen noch zu ihrem Vater rausgefahren und hatte ihm erzählt, wie die anderen sie gefeiert hatten. Wie sie von ihr wie über einen Star gesprochen hatten, der Ergebnisse lieferte, während andere sich immer noch im Kreis drehten. Sie war es gewesen, die den Mann dingfest gemacht hatte, nach dem im ganzen Land gefahndet worden war. Ihr Vater war so stolz gewesen wie nie zuvor. Sie glaubte nicht, dass sie ihm etwas hätte erzählen können, was ihn glücklicher gemacht hätte.

Doch, natürlich. Für Papa spielte es keine Rolle, welchen grässlichen Teufel sie hinter Gitter brachte. Sich einen anständigen Kerl zu angeln – das war das Problem. Er wäre noch glücklicher gewesen, wenn er endlich hätte hören dürfen, dass jemand ihr einen Antrag gemacht hatte.

Als sie nach vier Stunden Tiefschlaf ins Büro zurückgekehrt war, war sofort klar, dass ihr Heldenmoment nur von kurzer Dauer gewesen war. Die Sache war noch lange nicht ausgestanden. Sicher, ihr Verdächtiger befand sich hinter Schloss und Riegel, aber solange sie kein Ergebnis aus dem Labor hatten, konnten sie ihn nicht mit den Morden an Callmér, Lindström, Toom und Wass und dem Mordversuch an Knutsson in Verbindung bringen.

Sie sah auf, als die Tür zum Büro ihres Chefs geöffnet wurde. Carpelan hatte einen Aktenkoffer in der Hand und eine dünne Sommerjacke über dem Arm. Er war *unterwegs*. Sie stand auf, und er nickte ihr zu.

»Kommen Sie mit.«

Auf halbem Weg den Flur entlang in Richtung Treppenhaus fragte sie: »Wo fahren wir hin?«

»Wir sind ins Ministerium beordert worden.«

»Was ist hier eigentlich los?«

»Da wirft uns jemand den Fehdehandschuh hin, Sofia. Ab jetzt wird es schnell gehen. Aber ich bin gut vorbereitet. Spielen Sie einfach mit, indem Sie Sie selbst sind, und ich werfe ihnen den Köder hin.«

Zwanzig Minuten später saßen sie im Justizministerium in einem Besprechungsraum mit Tomas Schiller zusammen. Sofia hatte das Gefühl, unter seinem Blick zu schrumpfen.

Und wieder war es der Mann aus dem Ministerium, der das Wort ergriff.

»Sind alle informiert, worum es hier geht?«

»Nein«, antwortete Carpelan. »Sofia nicht.«

»Wir haben die Ergebnisse aus dem Labor bekommen«, erklärte Schiller. »Der Mann, den Sie so heldenhaft mithilfe des norwegischen Militärs festnehmen konnten, ist nicht Goga Golubkin.«

Sag ich doch die ganze Zeit, dachte Sofia, hielt aber den Mund.

»Und das bedeutet«, fuhr er fort, »dass wir ihn mit keiner der Taten in Verbindung bringen können. Höchstens mit einer. Mit Charlie Knutsson.«

»Also, daran gibt es doch wohl keinen Zweifel, dass er Charlie Knutsson auf dem Schiff angegriffen hat?«, hakte Sofia nach.

»Haben Sie irgendwelche Zeugenaussagen über die Geschehnisse in der Sauna?«, entgegnete Schiller.

»Entschuldigung?« Sofia versuchte verzweifelt, aus dem Mann schlau zu werden. »Nein, haben wir nicht.«

»Okay, also keine Zeugen. Hatten Sie schon Gelegenheit, Knutsson untersuchen zu lassen?«

»Sie meinen, ich soll einen Rechtsmediziner oder Kriminaltechniker auf die Intensivstation schicken, die Behandlung lebensbedrohlicher Verletzungen abbrechen lassen und zusehen, dass wir irgendwas finden, um diesen Verbrecher einfahren zu lassen?«

»Nur die Ruhe«, sagte Carpelan. »Wir stehen hier alle unter Strom. Wir versuchen doch auch nur, Fortschritte zu erzielen, nicht wahr, Freunde?«

Tomas Schiller nickte.

Freunde? Sie starrte ihren Chef an. Meinte er das ernst, oder spielte er schon wieder irgendein Spielchen?

»Nachdem sich die Untersuchung der Tat auf der *Seaway Eagle* verzögern wird«, sagte Schiller, »können wir zum jetzigen Zeitpunkt nur beweisen, dass dieser Mann einen Militärausweis gestohlen hat.«

Noch ehe Sofia etwas erwidern konnte, ging ihr Chef dazwischen: »Vollkommen richtig. Allerdings sind wir mit den Indizien inzwischen doch ein ganzes Stück weiter. Wie Sie wissen, hatte Sofia noch eine andere Spur verfolgt, die ins Baltikum führte, bevor wir die Info bekamen, dass DNA vom Tatort mit der eines russischen Agenten übereinstimmen sollte. Auf diese Spur konzentrieren wir uns jetzt wieder. Dass der Mann, den wir festgenommen haben, nicht Goga Golubkin ist, spricht dafür, dass wir auf dem richtigen Weg waren. Diese russische Agentensache war eine falsche Fährte.«

Jetzt redete er endlich Klartext. *Endlich.* Per Carpelan war niemand, den man einfach herumkommandierte. Sofia fand, dass er dem Staatssekretär ohnehin schon viel zu viel zugestanden hatte.

»Eine Spur, die ins Baltikum führt?«, fragte Tomas Schiller.

Sofia hätte nicht sagen können, ob er wirklich überrascht war oder nur so tat.

»Um es kurz zu machen, gehen wir davon aus, dass wir es mit einem gewissen Oto Zagars zu tun haben, mit einem der gefährlichsten Männer Lettlands, nach dem seit dem Centrs-Anschlag sowohl international als auch durch die

Antiterroreinheit in Riga gefahndet wird. Er ist in Nationalistenkreisen als Kandinski bekannt. Ist schon früher wegen Mordes verurteilt worden.«

Carpelan klappte seinen Aktenkoffer auf und warf Schiller eine Klarsichthülle hin – das Material, erkannte Sofia, das sie für ihn zusammengestellt hatte, mit dem Vermerk »Oto Zagars/Kandinski« und einem Bild aus der Rigaer Gefängnishaft, das ganz zuoberst lag.

Sie versuchte, sich ein Grinsen zu verkneifen. Ihr ungutes Gefühl, ausgebootet zu werden und ihre Arbeit umsonst getan zu haben, war endlich verflogen. Ihr Chef hatte Schiller in die Schranken verwiesen.

»Nun stecke ich nicht ganz so tief in den Ermittlungen wie Sie«, murmelte Schiller. »Aber erklären Sie mir, wie wir binnen kürzester Zeit die DNA ein und desselben Mannes an verschiedenen Tatorten sicherstellen konnten, wenn er nicht der Täter war?«

»Können wir noch nicht«, antwortete Sofia.

Sie hatte keine Lust, ihm die unterschiedlichen denkbaren Szenarien darzulegen, die sie gerade im Kopf durchspielte.

»Nein, gut, dann bin ich ja nicht der Einzige, der keine Ahnung hat«, sagte Schiller. »Die Spurensicherung hat die DNA dieses Golubkin an den Tatorten sichern können, und keiner weiß, wo der Mann steckt. Trotzdem glauben wir, den Mann verhaftet zu haben, der die Morde verübt hat. Und dass dieser Mann überdies Verbindungen zum baltischen Rechtsextremismus hat. Habe ich das korrekt zusammengefasst?«

Sofia hörte selbst, wie verquer sich das anhörte. Aber das war ihr egal. Je weniger Einblick dieser Mann hatte, umso besser für sie.

»Klingt nach einer prima Zusammenfassung«, sagte sie.

»Aus Sicht der Regierung muss ich wohl kaum eigens betonen, wie erleichtert wir wären, wenn wir es tatsächlich nicht mit einem russischen Agenten zu tun hätten.«

Jetzt hast du dich verraten, dachte Sofia und warf Carpelan einen Seitenblick zu. Er nickte. *Es läuft genau nach Plan.* Es war an der Zeit für ihn, den Köder auszulegen.

»Eine Sache sollten Sie noch wissen, Tomas. Oto Zagars ist in einem Auto nach Trondheim gefahren, das spurlos verschwunden zu sein scheint. Wir fahnden mit Hochdruck danach. Ein roter Opel. Wir haben allen Grund zu der Annahme, dass die Antwort auf die Fragen, die wir uns gegenwärtig stellen, in diesem Wagen zu finden sind. Das ist derzeit unsere oberste Priorität.«

Zurück in Carpelans Wagen drehte Sofia sich zu ihrem Chef um.

»Danke, dass Sie sich dort drinnen vor mich und die Ermittlung gestellt haben.«

»Das war das Mindeste, was ich tun konnte.«

»Ich würde in Schillers Büro jetzt wirklich gerne Mäuschen spielen.«

Carpelan zog die Augenbrauen hoch.

»Ich hab eine Order ausgegeben, die für uns alles entscheiden wird«, sagte er mit neuer Ernsthaftigkeit in der Stimme. »Ich will nur, dass Sie Bescheid wissen: Wenn ich untergehe, gehen Sie mit unter.«

»Ehrensache, das wissen Sie doch. Worum geht's?«

»Manchmal kommt man im Leben an einen Punkt, an dem man Maßnahmen ergreifen muss, die man nie für nötig gehalten hätte. Ich kenne diesen Geruch – dort oben ist etwas gewaltig faul. Und deshalb hab ich vertraulich Kontakt mit einem Richter aufgenommen und einen richterlichen Beschluss erwirkt.«

»Was denn für einen Beschluss?«

»Einen Beschluss, der uns erlaubt, tatsächlich Mäuschen zu spielen und Tomas Schillers Telefon abzuhören.«

»Hakuna matata, Chef!«, rief Sofia. »Man sollte zweimal

darüber nachdenken, Ihnen ein langes Wochenende in London zu vermiesen!«

Mit einem Lächeln auf den Lippen ließ Carpelan den Wagen an.

97

Papanow hörte sich geduldig an, was der Mann am Telefon zu berichten wusste. Als er fertig war, sagte Papanow auf Schwedisch: »Ich will ihn selbst verhören. Nur er und ich. Niemand, der zusieht oder zuhört.«

»Das ist leider unmöglich«, sagte der Mann am anderen Ende der Leitung.

»Ich kriege es aus ihm heraus, glauben Sie mir. Geben Sie mir eine halbe Stunde, und ich weiß, wo dieses Auto hingekommen ist. Ich muss Ihnen doch wohl nicht noch mal sagen, wie wichtig es ist, dass wir es finden?«

»Leider vollkommen ausgeschlossen. Aber das Auto finden wir.«

»Sie machen einen großen Fehler. Vergessen Sie nicht, dass ich Ihnen meine Hilfe angeboten habe. Und Sie haben abgelehnt.«

Er legte auf. Es war genau wie er befürchtet hatte. Die Schweden klammerten sich einfach zu sehr an ihre Regeln. Aber in einer solchen Situation musste man improvisieren. Und alle Mittel zulassen.

Er lief zur Tür und bat seine Männer herein. Sie bauten sich in einer Reihe vor ihm auf. Hände auf dem Rücken, gerader Blick.

»Okay, es geht los. Plan B. Ihr wisst, wessen hübsches Gesicht ich hier vor mir sehen will, noch bevor heute die Sonne untergeht. Enttäuscht mich nicht. Und immer daran denken: Über uns stehen nur die Sterne.«

98

Jenseits der Glastür kam ein Arzt den grau-weißen Flur entlang, und Max stand auf, ein wenig zu hastig, und wieder schoss ihm der Schmerz in die Rippen. Er tippte Sarah auf die Schulter, und sie sah von ihrem Handy auf.

»Charlies Kopfverletzungen rühren von einer Substanz her, die ganz ähnlich bei sogenannten Säureattacken verwendet wird«, erklärte der Arzt. »Diese Säure ist hochaggressiv, die Schmerzen dürften ihn nahezu paralysiert haben. Die Säure hat nicht nur die Kopfhaut zerfressen, sondern ist auch in die Schädeldecke eingedrungen und in ein Auge gesickert, und es ist unsicher, ob er auf dem Auge je wieder wird sehen können. Ich muss Ihnen leider noch mal sagen, dass die Verletzungen nach wie vor lebensbedrohlich sind. Sollte er je wieder zu Kräften kommen, wird er über einen komplizierten gesichtschirurgischen Eingriff und eine Hauttransplantation nachdenken müssen, um das Gesicht womöglich wiederherzustellen ... Außerdem ist er an drei Stellen gebrandmarkt worden. Nach unten weisende Pfeile – einer auf der Stirn, einer auf der Brust und einer über dem Nabel.«

Max nickte. Das Symbol der Göttin über das Schicksal, Laima, die überdies mit Geburten, Hochzeiten und dem Tod assoziiert wurde. Er ballte die Fäuste und versuchte, die Bilder aus seinem Kopf zu verscheuchen.

Sarah wischte sich die Tränen aus dem Gesicht, und Max zog sie an sich.

»Das Äußere kann man richten«, sagte er. »Es wird einige Zeit dauern, aber das kriegen wir hin.«

Dann wandte er sich an den Arzt.

»Keine Schnittverletzungen?«

»Nein, Schnittverletzungen hat er keine.«

»Und auch keine anderen Markierungen am Körper?«

»Außer den Pfeilen? Nein.«

»Wird er es überleben?«

Der Arzt schüttelte leicht den Kopf.

»Das ist sehr schwer zu sagen. Wie ich schon erwähnt habe: Wir wissen immer noch nicht, was für eine Säure eingesetzt wurde. Sein Körper kämpft gegen starke Entzündungen an. Der Zustand ist nach wie vor kritisch.«

»Okay«, sagte Max. »Was müssen wir dort drinnen beachten?«

»Desinfizieren Sie sich gründlich. Ziehen Sie Schutzanzüge an, berühren Sie ihn nicht. Der Kopf ist bandagiert, aber ein Auge kann er aufmachen, und er kann sprechen. Er ist stark geschwächt, und ich muss Sie bitten, ihn nicht aufzuregen. Er braucht Zuwendung und Ruhe, um wieder gesund zu werden.«

Max nickte.

Sie betraten die kleine Kammer vor der Schleusentür, schrubbten sich Hände und Arme mit Desinfektionsmittel sauber, legten Schutzanzüge an und betraten dann die Schleuse.

Während sie darauf warteten, dass die Tür zur anderen Seite aufging und sie in das Zimmer entließ, in dem Charlie lag, sahen sie einander an. In ihren weißen Overalls sahen sie aus wie Kriminaltechniker. Für Max war es nicht das erste Mal. Vier Jahre zuvor hatte er das Gleiche schon einmal erlebt. Da hatte Paschie in Verbände gewickelt im Krankenhaus gelegen.

Sie setzten sich nebeneinander an Charlies Bett auf die Seite, auf der er sie sehen konnte. Als Max Charlies Blick auffing, lag etwas darin, was er schon einmal gesehen hatte –

sowohl bei Menschen als auch bei Tieren. Der unbedingte Wille, am Leben zu bleiben.

Er beugte sich ein Stück vor, ehe ihm die Worte des Arztes wieder in den Sinn kamen. *Berühren Sie ihn nicht.*

»Können wir dir etwas Gutes tun?«

Mit leise zischender Stimme, in der nichts mehr von Charlies alter Stärke lag, antwortete er: »Kündigt meine Mitgliedschaft im Sturebadet.«

Max brach in Gelächter aus. Diesen Mann, der nie auch nur ansatzweise von seinem Stil abwich, musste man einfach lieben.

»Verdammt, Charlie!«, wisperte Sarah.

»Was für ein Siebzigster, oder?«, krächzte er.

»Du wirst das hier durchstehen und wieder gesund«, sagte Max.

»Sitzt er wenigstens hinter Gittern?«

Max nickte.

»Warst du das?«

»Ja, aber nicht allein.«

»Das sollte man auch nie sein. Danke, dass du mir zu Hilfe geeilt bist.«

»Du hättest das Gleiche für mich getan.«

Charlie blinzelte ein paarmal.

»Ich kann nicht annähernd so viel wie du.«

»Was hattest du auf diesem verdammten Schiff überhaupt zu suchen?«, wollte Sarah wissen.

»Wie habt ihr mich dort gefunden?«

»Du hast mich nach Hein Espens Kontaktdaten gefragt«, sagte Max.

Charlie nickte.

»Das nächste Mal muss ich geschickter sein.«

»Ich hab Anastasia Friedenberga getroffen, die meinte, du wärst am Donnerstag gegen Mittag abgereist. Allerdings wusste sie nicht, wohin.«

»So hat sie es gesagt?«, wisperte Charlie.

»Was meinst du damit?«, hakte Sarah nach. »Das sie es *so* gesagt hat?«

»Ich hab's ihr doch erzählt.«

Max rief sich den Morgen in der Gustav Adolfskyrkan in Erinnerung. Er war auf Anastasia zugegangen, und sie war erst verwundert gewesen, weil er sie nach *Aija zuzu* gefragt hatte. Dann war sie zusammengebrochen, als er ihr von Maj-Lis erzählt hatte, hatte mit Tränen im Gesicht und einem Glas Wasser in der Hand, das ihr jemand freundlicherweise geholt hatte, in der Sakristei auf einem Stuhl gekauert.

Sie hatte ihm etwas vorgespielt.

»Wir wissen, dass sie bei dir war, bevor du abgereist bist«, sagte er. »Kannst du dich noch an irgendetwas erinnern, was sie gesagt hat? Worüber ihr gesprochen habt – außer über deine Reise nach Trondheim?«

Charlie schloss das gesunde Auge. Er konnte nicht mehr. Max fürchtete schon, ihn zu sehr strapaziert zu haben.

»Wie steht ihr überhaupt zueinander, du und diese Frau?«, wollte Sarah wissen. »Zuerst seid ihr die ärgsten Feinde, und von einem Moment auf den anderen krabbelt sie in dein Bett.«

Charlie fing Sarahs Blick auf.

»Sie ist eine Frau, die genau weiß, was sie will«, sagte er. »Und sie überschreitet dafür jede Grenze.«

99

Sofia starrte vor sich hin. Sie sah weder den Bildschirm noch irgendetwas anderes. Als wäre sie komplett weggetreten. Sie wusste nicht mehr, wann sie zuletzt geweint hatte. Oder gelacht. Oder, doch, klar, das wusste sie. Als sie und Max im Hotel Amaranten erst auf Umwegen die Toilette gefunden hatten. *Aber ein Zimmer müssen wir nicht auch noch nehmen?* Hatte sie das wirklich gesagt?

Vielleicht ein zu deutlicher Wink mit dem Zaunpfahl.

Max war ein Mann, der seine Zeche zahlte. Der durch seine Handlungen demonstrierte, wer er war. Wenn sie an ihn dachte, hatte Sofia gemischte Gefühle – und hoffte inständig, dass sie sich wirklich auf ihn verlassen konnte. Denn genau das tat sie gerade.

Als Russlandexperte hatte er ihr als eine Art externer Berater zur Seite gestanden. Er hatte sich für die Ermittlung als unschätzbar wertvoll erwiesen. Doch jetzt da der Täter gefasst war, wusste sie nicht, ob sie ihn weiter würde miteinbeziehen dürfen.

Aber das war noch nicht alles.

Sie hatte noch immer die Musik aus der Gartenlaube im Ohr, in der sie mit Papa gesessen und ein bisschen gefeiert hatte. Fred Astaires weiche, warme Stimme.

I'm putting all my eggs in one basket.

I'm betting everything I've got on you.

Sie sah Max mit freiem Oberkörper vor sich, als sie ihm den Verband um den verletzten Arm gewickelt hatte.

Sie lief zum Klo, stellte den Wasserhahn an, wusch sich

das Gesicht, rieb sich die Augen und fuhr sich mit beiden Händen durchs Haar. Papas andauernde Fragerei. Wann triffst du endlich den Richtigen?

Verdammt, reiß dich zusammen.

Das Handy vibrierte in ihrer Jeanstasche. Unbekannte Nummer. Eine Vorwahl, die sie nicht zuordnen konnte. Sie nahm den Anruf entgegen.

»Hier ist Oberst Stefan Borg, Regimentskommandeur KA-2.«

»Was kann ich für Sie tun?«, fragte Sofia.

»Vielleicht haben Sie es schon gehört … Unsere alljährliche Rotwildjagd für eine Reihe geladener Gäste ist heute eröffnet worden.«

Sie erinnerte sich dunkel daran, dass Per Carpelan erwähnt hatte, bis zu dieser Jagd unten in Skåne und bis zur Eröffnung der Mir2000 sei es noch eine Woche.

»Ja, gehört hab ich davon«, sagte sie.

»Tja, also, jemand aus der Jagdgesellschaft hat da eine beunruhigende Entdeckung gemacht. Als ich die Polizei angerufen habe, bin ich direkt zu Ihnen durchgestellt worden.«

Sofia war schlagartig hellwach. Sie sah sich im Spiegel über dem Waschbecken an. Schüttelte den Kopf.

»Was haben Sie entdeckt?«

»In einem unserer Hochsitze sind mit einem Messer merkwürdige Symbole ins Holz geschnitzt worden und neben die Symbole die Zahl fünf. Nach allem, was man derzeit in der Zeitung liest und im Fernsehen sieht, sind die Teilnehmer, die den Fund gemacht haben, natürlich nervös geworden und umgehend ins Regiment zurückgekehrt. Ich habe eine Patrouille losgeschickt, um die Gegend abzusuchen. Sie haben das Areal durchkämmt und festgestellt, dass von einem Pumpenhaus in der Nähe in gerader Linie zu dem Hochsitz Gestrüpp entfernt worden ist. Und im Pumpenhaus selbst haben sie gewisse Gerätschaften gefunden …«

»Was für Gerätschaften?«

Sie eilte zurück in ihr Arbeitszimmer. Wir haben ihn doch?, schoss es ihr durch den Kopf.

»Ein Messer und ein Brandeisen. Soweit wir das beurteilen können, weist dieses Brandeisen das gleiche Symbol auf, das auch in den Hochsitz eingeritzt wurde.«

Das klang gerade so, als würde Kandinski dahinterstecken.

»Können Sie mir das Symbol beschreiben?«

Sie wühlte durch die Unterlagen auf ihrem Schreibtisch.

»Es sieht aus wie zwei gekippte, überkreuzte Ls.«

Sofia starrte auf das Foto von Kandinskis Rücken. Das nächste Symbol in der Reihe. Es war das Zeichen, das Max dem Erntegott Jumis zugeordnet hatte. Es sah genau so aus, wie der Oberst es beschrieben hatte. Die Nummer fünf.

»Wer hätte denn in dem Hochsitz sitzen sollen?«, fragte Sofia.

»Ich selbst und ein gewisser Stig Ahlström.«

»Was hat Ihr Vater beruflich gemacht?«

»Was hat denn das mit ...«

»Was hat er beruflich gemacht?«

»Er war ebenfalls Regimentskommandeur, in Kristianstad, bevor das Regiment dort aufgelöst wurde.«

Kristianstad, dachte Sofia. Internierungslager Rinkaby. Jumis' Symbol. Die Zahl fünf. Zwei Opfer. Damit wären sie alles in allem bei sieben.

»Was hat das alles zu bedeuten?«, wollte der Oberst wissen.

»Bleiben Sie irgendwo, wo Sie sicher sind, bis meine Kollegen kommen.«

Sofia rief sofort in Karlskrona an und orderte zwei Streifen zur KA-2. Als sie aufgelegt hatte, starrte sie auf das Handy in ihrer Hand. Dann rief sie Max Angers Namen auf. Sie hatte das Gefühl, sie würde auch diesmal wieder seine Hilfe brauchen.

100

Max grüßte den Wachmann, zeigte seinen Ausweis vor und fuhr mit dem Aufzug hinauf zur Mordkommission. Dort lief er schnurstracks auf Sofia Karlssons Büro zu. Sie beugte sich gerade über ein paar Dokumente auf ihrem Schreibtisch, drehte sich aber zu ihm um, als er neben ihr stand.

Auf dem Weg vom Krankenhaus hierher waren die Kopfschmerzen zurückgekommen. Die linke Hand zitterte, war kalt und schwitzig, und er verbarg sie im Griff seiner rechten Hand hinter dem Rücken.

»Was ist das?«, fragte er.

Sie nahm eines der Dokumente in die Hand.

»Gustav Borg. Seinerzeit jüngster Regimentskommandeur aller Zeiten aus Kristianstad. Für seine Kompromisslosigkeit bekannt. Der Sohn sollte heute bei der jährlichen Rotwildjagd des Regiments dabei sein, und zwar zusammen mit einem gewissen …« Sofia nahm ein anderes Blatt zur Hand. »Stig Ahlström, Sohn von Ivar Ahlström, einem guten Freund des alten Regimentskommandeurs aus Kristianstad. Ivar lebt nicht mehr, hat aber bei der Küstenwache Furusund in Roslagen gearbeitet. Ist mal wegen Schnapsschmuggels verurteilt worden. Die Ahlströms sind sogenannter Reederadel, aber ich nehm an, Sie wissen längst, worauf ich hinauswill.«

»Ivar Ahlström?«, murmelte Max. »Die frühere Reederfamilie auf Arholma?«

Sofia nickte.

»Anscheinend hat Ivar Ahlström sich in den Vierzigern

auch irgendetwas zuschulden kommen lassen. Jedenfalls wollte Sohn Stig weder mit dem Vater noch mit dem Rest der Familie irgendwas zu tun haben. Er hat sein ganzes Erwachsenenleben lang unten in Skåne gelebt.«

»Schnapsschmuggel, ja?«, hakte Max nach. »Der alte Ahlström war so was wie der Diktator von Arholma. Er muss mit der Odalwehr kollaboriert haben.«

»In dem Hochsitz waren das Jumis-Symbol und die Ziffer fünf eingeritzt.«

»Kandinski hätte sie beide in einem Rutsch erledigt und sie mit ein und demselben Zeichen versehen. Damit wären wir bei sieben Opfern. Bleiben noch drei.«

»Glauben Sie, dass jemand anderes für Kandinski eingesprungen wäre?«, fragte Sofia. »Zumindest Hilfe muss er nachweislich gehabt haben.«

Max schüttelte den Kopf.

»Anastasia Friedenberga hat mir dreist ins Gesicht gelogen. Ich war bei Charlie im Krankenhaus, und er meinte, sie hätte gewusst, dass er unterwegs zur *Seaway Eagle* war. Hätte sie nicht gelogen, hätten wir ihn womöglich rechtzeitig gefunden, bevor Kandinski sich über ihn hergemacht hat.«

»Könnte es sein, dass sie mit Kandinski zusammenarbeitet?«

»Wenn man Charlie glauben will, dann ist bei dieser Frau alles möglich.«

»Wie war's bei ihm im Krankenhaus?«

»Immer noch übel.«

Sofia räusperte sich.

»Haben Sie nicht erzählt, dass der Kollege vom DISS erwähnt hat, Kandinski hätte im Gefängnis Besuch bekommen?«, fragte sie.

»Verdammt, Sie haben recht!«

Gemeinsam eilten sie hinüber in den Besprechungsraum.

Max wählte die Rigaer Nummer und wartete angespannt darauf, dass die Verbindung zustande kam.

Geh endlich ran, dachte Max. Wir haben nicht Zeit bis morgen!

Sofia rückte ein Stück näher an Max heran, sobald die Stimme des Ermittlers zu hören war.

»Sie haben uns erzählt, Kandinski habe sich in den letzten vier Jahren seiner Haft vorbildlich verhalten und erstmals Besuch empfangen dürfen«, sagte Max. »Wer war dieser Besuch?«

»Warum wollen Sie das wissen?«, fragte Kaldenis.

»Weil ich glaube, dass er nicht allein arbeitet.«

»Die Info liegt uns vor …«

»War es eine Frau?«, unterbrach Max ihn.

»Nein, ein älterer Mann. Nach dem fahnden wir im Übrigen auch. Seinen Namen haben wir allerdings nicht. Im Gefängnis hat er sich mit einem gefälschten Pass ausgewiesen.«

»Aber wenn Sie nach ihm fahnden, heißt das dann, Sie haben ein Bild von ihm?«

»Ja, haben wir.«

»Dürfte ich Sie bitten, mir das Bild an diese Nummer hier zu faxen?«

Er diktierte ihm die Faxnummer von Sofias Rikskrim-Anschluss.

»In Ordnung, wird gemacht. Aber versprechen Sie mir im Gegenzug eins«, sagte Kaldenis. »Wenn Sie ihn irgendwo ausfindig machen, will ich der Erste sein, der es erfährt.«

101

Kandinski saß in einem schwarzen Kastenwagen zwischen zwei mit Schutzwesten und Automatikgewehren bewaffneten Polizisten. Auf der Bank gegenüber saßen zwei weitere Polizisten in gleicher Montur. Sie hatten gesagt, sie würden ihn in Sicherungsverwahrung nehmen. Um seiner selbst willen. Dort würden sie wahrscheinlich auch mit den Verhören weitermachen.

Er biss sich so fest auf die Lippe, bis er Blut schmeckte. Wie hatten sie ihn auf dem Schiff bloß aufgespürt? Wer hatte seine Tarnung durchschaut und herausgefunden, wo er gewesen war? Sie hatten ihren Plan doch tausendmal abgeklopft.

Er betrachtete die Männer, die ihn bewachten. Sie waren allesamt groß, breit gebaut, wie schwedische Polizisten nun mal waren. Aber was wussten sie schon von echtem Kampfgeist? Was wussten sie vom Tod? Hatten sie schon mal mit angesehen, wie das Leben aus einem Menschen herausgesickert war? Wie der Schatten immer noch eine Weile dablieb, während die Seele den Körper bereits verlassen hatte? Groß, gepanzert – das alles hatte nichts zu bedeuten. Er würde sie jederzeit zu Tode ängstigen und schockieren können. Nur dass er sich im Augenblick einer zu großen technischen Überlegenheit gegenübersah. Er würde der Dinge harren und auf seinen Moment warten.

Als Kandinski in den Transporter gestiegen war, hatten andere Wagen sowohl vor als auch hinter ihnen gestanden, als würden sie gleich wie ein Zug mit mehreren Waggons durch die Tiefgarage fahren. Anfangs waren sie noch recht gemächlich unterwegs gewesen. Er nahm an, dass der Hubschrauber aus Norwegen ihn direkt ins Polizeihauptquartier mitten im Stockholmer Stadtzentrum gebracht hatte.

Er wusste, dass heute Samstag war, und während er auf der Sitzbank in Handschellen dasaß, dachte er darüber nach, was für den heutigen und morgigen Tag geplant war.

Jemand hatte sich um seinen roten Opel und den Gegenstand im Kofferraum gekümmert. Inzwischen herrschte garantiert hektisches Treiben vor alledem, was morgen bevorstand. Absperrungen, Stände und Buden würden errichtet und die Hauptbühne in Ordnung gebracht werden. Die *Kungsträdgården Park och Evenemang AB* war von der Stadt beauftragt worden, sich um die Veranstaltungsmeile zu kümmern. Dabei mussten sie sich an strenge Auflagen und Gesetze halten. Auch wenn die Säpo rund um das Event sicher hoch alarmiert wäre, erschwerte die Rechtslage in Schweden hinreichende Background-Kontrollen. Sie wussten genau, was sie zu tun hatten, und die Säpo hatte weder das Recht noch die Kapazitäten, einen freien Unternehmer, der eigens für die Veranstaltung gebucht worden war, eingehend zu durchleuchten – geschweige denn all die unterbezahlten und ahnungslosen Hilfskräfte, die aus allen Winkeln dieses bunten europäischen Kontinents stammten. Verglichen mit dem Vordringen in das Wachhäuschen in Berga wäre es kinderleicht.

Er musste daran denken, was ihm über Kolyma erzählt worden war. *Die Straße der Knochen*. Die Erde, die dort härter gewesen war als der Asphalt im Kungsträdgården.

Für gewisse Dinge gab es keine Vergebung.

Und nur eine Möglichkeit, um zu sühnen.

Er schloss die Augen. Rief sich das letzte Symbol in Erinnerung, das er in der Mitte des Kreuzes auf dem Rücken trug.

Dievs.

Du bist das Dach über unseren Köpfen, die Erde unter unseren Füßen.

Dein Zorn wird uns alle vernichten.

Unter dem Pult des Tontechnikers, exakt gegenüber der Bühne, gerade mal gut dreißig Meter von der Bühnenkante entfernt und inmitten eines Meeres aus Zuschauern. Dort würde er stehen.

Der Koffer. Der sie alle blenden würde.

Und die schwedisch-russischen Beziehungen würden neu definiert werden.

Die Nachwelt wird uns alle gleich beurteilen. Seit so vielen Jahren haben wir unser Geheimnis für uns behalten. Morgen werden wir endlich unseren Sieg feiern.

102

Mit dem Handy am Ohr schob Sarah die Tür zu Vektor auf.

»Dann sehen wir uns bei der Touristinformation an der Ecke Hamngatan und Kungsträdgården gegenüber vom NK«, sagte sie gerade. »Und es ist wirklich okay für dich, die Kinder mit reinzunehmen?«

»Absolut«, antwortete Lisette. »In der Zwischenzeit machst du deine Arbeit, und wir sehen uns später dort. Ich freu mich drauf!«

Sarah verabschiedete sich von ihr, legte auf und schob das Handy langsam zurück in die Handtasche. Lisette hatte sich wirklich verändert. Aber was Sarah verwunderte, war nicht das Wohlwollen oder die Hilfe, die sie ihr anbot. Da war eine neue Freundschaftlichkeit in ihrer Stimme … oder war die einfach nur wiedererwacht? War es auch damals schon so gewesen, wenn sie sich unterhalten hatten? Vor den Vorwürfen, der Negativität? Bevor sie angefangen hatten, einander zu Hause aus dem Weg zu gehen, als würden sie beide ein T-Shirt mit dem Aufdruck *Das ist alles deine Schuld* tragen?

Du hast mich verlassen. Wir hatten Probleme, ja, aber statt zu versuchen, sie zu lösen, bist du einfach nach Afrika verschwunden. Mit einem Mann.

Seit jenem Tag war Sarah nicht ein einziges Mal im Fitnessstudio gewesen. Den Jahresbeitrag bezahlte sie immer noch, und insgeheim glaubte sie, ihre Unfähigkeit, wieder in Form zu kommen, mochte einer der Gründe gewesen sein, warum Lisette sie damals sitzengelassen hatte. Lisette hatte sie nicht mehr begehrt, und sie hatte ganz offen formuliert, dass für sie eine Beziehung vorbei war, sobald es mit dem Sex vorbei war. Eltern kleiner Kinder waren Experten darin, sich einzureden, dass es so nicht wäre, aber die Geschichte der Menschheit quoll förmlich über mit Gegenbeweisen. Sie hatte es damals mit einer Zeitbombe verglichen: Die Schaumzucker- und Schokokeksphasen, die mit der Schwangerschaft einhergegangen waren, machten sich bei Sarah noch heute allmorgendlich bemerkbar, wenn sie sich ihre Strumpfhose überstreifte. Und zwischen die Speckröllchen über ihrem weichen Bauch stahlen sich sowohl Fussel als auch die Krümel der Brötchen, die sie im Bett verputzte. Sarah kniff sich vor dem Spiegel in den Bauch. Sie mochte diese Speckröllchen nicht, und sie verschwanden nicht mal mehr dann, wenn sie so gut es ging den Bauch einzog. Aber bis jetzt hatte sie sich darüber keine großen Gedanken machen können. Es gab außer ihr selbst ohnehin niemanden, der dort unten nach dem Rechten sah.

In ihrem Arbeitszimmer zog sie den kleinen Übersichtsplan über die Trainingseinheiten ihres Fitnessstudios aus der obersten Schreibtischschublade. Vielleicht sollte sie am Nachmittag zum Spinning gehen?

Am Freitag hatte sie Max und Sofia Karlsson bei den Ermittlungen unterstützt, aber heute würde sie sich endlich wieder den Dingen zuwenden, die sie selbst beschäftigten. Bei dem Gedanken an ihren Besuch bei Charlie und an die Aussage des Arztes wurde ihr jedoch ganz anders. Was sie in diesem merkwürdigen Zimmerchen hinter Charlies Kleiderschrank in seinem Haus auf Värmdö entdeckt hatten, ging ihr einfach nicht mehr aus dem Kopf – ebenso wenig wie all die Gerüchte, die um den Untergang der *Kursk* kursierten. Was genau hatte Charlie da vorgehabt? Und für wen hatte er gearbeitet?

Der Büroleiter im Verteidigungsministerium, Molander, hatte erzählt, dass ein US-amerikanisches U-Boot in Nordnorwegen zu Reparaturzwecken gedockt worden sei und es sich dabei um dasselbe U-Boot handele, das zuvor Berichten zufolge aus der Barentssee verschwunden war – die USS *Memphis*. Er hatte sogar erwähnt, dass die Russen Bildbeweise dafür hätten. Sarah hatte sich daraufhin mit dem norwegischen Vardø in Verbindung gesetzt und sie gebeten, ihr sämtliche Informationen über die seismischen Bewegungen zukommen zu lassen, damit sie diese einem Stockholmer Experten vorlegen konnte. Als sie die Unterlagen durchsah, die sie bekommen hatte, stellte sie jedoch fest, dass sie den Experten nicht würde zurate ziehen müssen. Auf dem Deckblatt zu dem Ausdruck der seismografischen Daten stand, dass der erste registrierte Ausschlag nicht länger als Explosion gewertet werde, sondern kurz und knapp als »geringfügiges Vorkommnis«.

Sie legte die Unterlagen beiseite und rief die Webseite der russischen Nachrichtenagentur TASS auf. Sie erschauderte, als sie die aktuelle Hauptmeldung entdeckte.

Die Seaway Eagle *mit norwegischen Tauchern und dem britischen Rettungs-U-Boot* LR5 *an Bord ist am Unglücksort eingetroffen.*

Mittlerweile liegen physische Beweise für ein weiteres U-Boot vor: Russische Taucher haben das Wrackteil eines fremden Fahrzeugs gehoben.

Präsident Putin hat erneut eine Stunde lang mit Präsident Clinton telefoniert.

Sarah klickte die russische Seite zu und rief mehrere US-amerikanische und norwegische Nachrichtenseiten auf. In einer Meldung eines US-amerikanischen Fernsehsenders wurde erwähnt, dass die norwegische Botschaft in Moskau den russischen Behörden Informationen übergeben habe, die den Grund geliefert haben mochten anzunehmen, das amerikanische U-Boot habe wegen akuter Reparaturarbeiten Hilfe angefordert. Dort behauptete man allerdings auch, das

Personal in der norwegischen Botschaft sei der russischen Sprache nicht hinreichend mächtig gewesen und habe wohl die russischen Worte für *Vorräte* und *Reparaturen* verwechselt. Der tatsächliche Grund, warum das amerikanische U-Boot sich in Nordnorwegen aufhalte, sei einzig und allein die Ergänzung des Nahrungsmittel- und Trinkwasservorrats.

Sarah schob den Stuhl ein Stück vom Tisch zurück. Sie hatten Vorräte gemeint, aber Reparaturen gesagt? Das war doch das Dümmste, was sie je gehört hatte.

Was geht da vor sich, verdammt?, dachte sie. Stimmt das, was die Russen sagen? Versuchte die NATO, dort irgendetwas zu vertuschen?

103

Als sie zurück im Besprechungsraum waren, nahm Max sofort Anna Isakssons Buch zur Hand und fing an, darin zu blättern.

»Über die Autorin steht da nicht viel drin«, stellte er fest. »Haben Sie irgendetwas über sie herausfinden können?«

»Mein Kollege hat nicht viel gefunden, nein. Kein Treffer im Telefonbuch, keine Rechnungen – nicht mal für Strom oder Wasser. Allerdings gibt es einen Eintrag im Melderegister. Ein Häuschen im Grünen.«

»Haben Sie die Kirchenbücher überprüft?«

Sofia lächelte schief.

»Sie ist nirgends beerdigt worden, wenn Sie das meinen.«

»Und das Krankenhaus, in dem sie gearbeitet hat?«

»Örebro war kein Krankenhaus im üblichen Sinn. Als die ersten Flüchtlinge nach Schweden kamen, haben die schwedischen Behörden Vorbereitungen für den Kriegsfall getroffen, unter anderem hat das damalige Gesundheitsamt sofort Lazarette für Flüchtlinge errichten lassen. In Örebro hat man dafür eine Schule umfunktioniert. Was anscheinend für eine Menge Probleme gesorgt hat – die Eltern sind auf die Barrikaden gegangen. Die meisten waren der Ansicht, die Flüchtlinge hätten durchaus anderweitig untergebracht werden können.«

»Ist das nicht immer so?«, fragte Max. »Was wissen wir noch?«

»Im Nationalarchiv gibt es bloß Aufzeichnungen darüber, dass aus dem Lazarett nach Kriegsende wieder die Engelbrektsskolan wurde. Am 31. Dezember 1945 wurde das Lazarett dichtgemacht, und direkt im neuen Halbjahr nach Neujahr wurde wieder unterrichtet. Bis dahin waren dort mehr als vierzigtausend Belegungstage verzeichnet. Die Patienten kamen und gingen und wurden hin- und herverlegt. Einige sind dort auch gestorben und dann beerdigt worden, aber wir wissen bis heute nicht genau, wo sämtliche Gräber liegen. Da wurde über Nacht Personal rekrutiert, das aber genauso schnell wieder verschwand. Rotes Kreuz, Ehrenamtliche ... Es war das reinste Chaos.«

»Und der Name Anna Isaksson? Der taucht sonst nirgends auf?«

»Nein. Wir haben sämtliche Krankenhäuser in der Region Örebro abgeklappert: die Uniklinik, das Lazarett Karlskrona, Lindesberg ... Aber dort war weder zuvor noch später eine Anna Isaksson angestellt.«

»Dann war sie vielleicht gar nicht wirklich Schwesternhelferin?«

»Nein, vermutlich nicht. Zumindest hat sie in Friedenszeiten nicht als solche gearbeitet. Sie kann genauso gut Lehrerin oder Jazzsängerin gewesen sein.«

»Vielleicht war sie es, die die Klageschrift gegen Schweden geschrieben hat?«

»Ja, vielleicht war sie auch Juristin.«

Sie zwinkerte ihm zu.

»Und das Finanzamt? Irgendwelche anderen Einkünfte?«

»Nichts seit 1945.«

»Dann wette ich auf die Jazzsängerin.«

Ein Klopfen an der Tür zum Besprechungsraum unterbrach sie. Sofia ging auf den Kollegen zu und nahm ein Dokument entgegen, warf einen kurzen Blick darauf, nickte und kehrte an den Tisch zurück.

»Ein Fax vom DISS. Das hier ist der Mann, der Kandinski im Gefängnis besucht hat. Unter falschem Namen.«

Als Max das Gesicht sah, fiel für ihn alles an seinen Platz.

Der erste Besuch hatte vier Jahre zuvor stattgefunden. Mit Kandinskis Entlassung früher im Jahr waren die Besuche obsolet geworden. Im Hinblick darauf, was er alles mitgemacht hatte, war es unfassbar, dass er überhaupt noch am Leben war. Der Anführer des Baltenaufstands im Internierungslager Rinkaby. Derselbe Mann, der stellvertretender Hafenmeister in Tallinn und mitverantwortlich für die Aktivitäten der Odalwehr gewesen war.

Schnaps für Menschen.

Die Jagd nach jedem Tropfen schwedischen Blutes.

»Das ist Ludwigs Ozols«, stellte er fest. »Auch wenn der Altersunterschied zwischen den Bildern gewaltig ist, handelt es sich ohne jeden Zweifel um ein und denselben Mann.«

Sofia nickte.

»Fahren wir.«

Sie nahm die Autoschlüssel vom Tisch.

»Wohin denn?«

»Zu dem Häuschen, das laut Grundbuchamt auf Anna Isakssons Namen eingetragen ist. Sie ist die stärkste Verbindung zu Ozols, die wir derzeit haben.«

104

Kandinski schlug die Augen auf, als der Transporter von der Autobahn abbog und deutlich gemächlicher über schmalere, gewundene Wege fuhr. Dann schienen die Männer über die Funksender in ihren Helmen einen Befehl zu empfangen. Sie sahen einander an, bis einer von ihnen nickte und antwortete.

Der Transporter bremste und kam zum Halten.

Waren sie da? Kandinski versuchte, den Blick des Mannes aufzufangen, der ihm direkt gegenübersaß, doch der schüttelte bloß den Kopf und hob die Hand. *Bleiben Sie sitzen.*

Wieder ein Funkspruch. Wie auf Kommando entsicherten sie ihre Automatikwaffen. Dann fuhr der Transporter plötzlich rückwärts, nicht als würde er einen Parkplatz verlassen, sondern mit Vollgas. Nach zehn, zwanzig Metern stieg der Fahrer auf die Bremse.

Einer der Beamten schob eine Klappe beiseite, um mit ihm zu sprechen, die Waffe schussbereit in der Hand. Er zeigte auf etwas, was sich ein Stück vor ihnen auf der Straße befinden musste, und redete weiter auf Schwedisch auf den Fahrer ein. Dann schob er die Luke wieder zu, drehte sich zu den Kollegen um und bedeutete ihnen mit einer Geste, sitzen zu bleiben.

Mit der Waffe vor der Brust riss er die Schiebetür auf und stieg aus. Dann war zu hören, wie er irgendetwas nach vorne rief. Kandinski beugte sich vor, sah aber nur den Rücken des Polizisten und wie er wütend gestikulierte, irgendwer möge etwas aus dem Weg räumen.

Mit einem Mal wurde es still. Kandinski spürte regelrecht, wie sich unter den anderen Polizisten Unruhe breitmachte. Sie wechselten Blicke, umklammerten ihre Waffen.

Dann kam der Mann zurück, aber etwas hatte sich verändert.

Seine Waffe war weg. Hinter ihm stand ein Mann in einem neongelben Overall mit Reflektoren und einem weißen Bauhelm auf dem Kopf. Das Gesicht war von einer schwarzen Sturmhaube verdeckt. Seine Waffe – eine Makarow, wie Kandinski auf den ersten Blick erkannte –, lag im Nacken des Polizisten auf.

Was war da passiert? Ihre Organisation war winzig. Hatten sie wirklich eine solche Art Widerstand mobilisiert? Kandinskis Gedanken wanderten zu dem Mann, mit dem er den Plan geschmiedet hatte. War es ihm wirklich geglückt, ihm zu Hilfe zu kommen? Die Hoffnung bescherte ihm neuen Mut. Der Mann war schlicht und ergreifend ein Genie. Eine Legende.

»Release him«, sagte der Straßenarbeiter und nickte in Kandinskis Richtung.

Der Polizist nickte seinen Kollegen zu.

Ein Lächeln breitete sich auf Kandinskis Gesicht aus. Sowie ihm einer der Polizisten die Handfesseln abgenommen hatte, schleuderte Kandinski ihn gegen die Transporterwand, packte ihn am Hals und lachte ihm dröhnend ins Gesicht.

»No«, sagte der Mann draußen.

Kandinski spuckte dem Polizisten ins Gesicht und ließ los. Dann schob er sich an den Männern an der Transportertür vorbei und setzte beide Füße auf den frischen, pechschwarzen Asphalt. Um sie herum standen Verkehrskegel und mobile Verkehrsschilder, und eine riesige gelbe Asphaltwalze stand quer auf der Straße und versperrte den Weg. Sie waren umzingelt von maskierten, in Overalls gekleideten

Arbeitern, die ihre Automatikgewehre auf Kandinski richteten.

»Ruki werçh!«

Der russische Befehl überraschte ihn. Langsam nahm Kandinski die Hände hoch.

105

Ein Stück abseits des Riksväg 51 in einem Waldgebiet in der Nähe des Naturschutzgebiets Kvismaren und etwa gleich weit entfernt von Kumla und Örebro saß Papanow in einer Jagdhütte. Die Hütte war auf eine Frau registriert, auf einen falschen Namen. Sie war verhältnismäßig groß, unter dem Vordach waren mehrere Haken angebracht und noch immer funktionstüchtige Winden, die stabil genug waren, um einen Elch hinaufzuziehen. Darunter befanden sich mehrere Abflüsse.

Seine Männer hatten den Transport vereitelt, genau wie er es ihnen befohlen hatte. Er hatte den Schweden seine Hilfe angeboten, aber sie hatten ja ablehnen müssen.

Der Mann, nach dem sie seit der Explosion im Centrs in Riga suchten, saß jetzt gefesselt auf einem Holzstuhl, der am Boden festgeschraubt worden war. Hände und Füße waren unter der Sitzfläche mit Handschellen fixiert. Um es ihm so angenehm wie nur möglich zu machen, hatten die Männer ein Feuer gemacht und ihn direkt daneben postiert. Inzwischen war es beim schwedischen, lettischen wie auch beim russischen Nachrichtendienst ein offenes Geheimnis, dass der Mann ein Faible für Feuer hatte. Als kleines Gastgeschenk hatten sie ihm die schwedische Gefängniskluft abgenommen und in die Flammen geworfen. Jetzt saß er nackt da und sinnierte über seine Reinkarnation – vom elternlosen Gesindel und Mörder zum großen Visionär, der sich ein Fantasieland ausgemalt hatte, das auf Hirngespinsten aus alten Versen beruhte. Eine Lebensgeschichte, die alsbald ein Ende finden würde. Die Geschichte, nein, das Märchen von einem Land, das nie existieren würde.

»Wenn ich die Schweden richtig verstanden habe, dann warst du bisher nicht sonderlich redselig, Kandinski«, sagte Papanow. »Vielleicht hätten sie es mal auf Russisch probieren sollen? Wir wissen schließlich beide, dass du den Großteil deines Lebens im Gefängnis Russisch geredet hast.«

Kandinski schwieg.

»Ich kann verstehen, dass du enttäuscht bist. Meine Männer haben mir erzählt, wie verblüfft du ausgesehen hast, als sie dich geholt haben. Du hast wohl gedacht, irgendjemand wäre dir zu Hilfe gekommen? Aber wer hätte das sein sollen? Wer sind deine Komplizen?«

Papanow wartete gar nicht erst auf die Antwort, sondern wandte sich zu einer Tasche um, die auf dem Tisch stand, nahm eine große Spritze heraus und zog aus einer Ampulle eine Flüssigkeit auf. Drehte sich wieder zu Kandinski um. Legte die Spritze vor dessen Füße.

Kandinski fixierte die Spritze.

»Ich weiß, du hasst Spritzen. Ich weiß auch, dass du es als junger Häftling gehasst hast, als die Älteren dich vergewaltigt und dir dann Augen auf den Hintern tätowiert haben, um dich als Freiwild zu markieren. Ich weiß, was Raimonds Cilpa und seine kranken Mitarbeiter dir als Kind im Rigaer Jesuitenheim angetan haben – und ehrlich gesagt war das einzig Gute, was du in deinem erbärmlichen Leben zustande gebracht hast, die Rache, die du ihm aufgetischt hast. Ich weiß genau, warum du bist, wie du bist, Kandinski. Aber ich sag dir eins: Nichts, was du bislang erlebt hast, hat dich darauf vorbereitet, was dir hier und jetzt bevorsteht, wenn du nicht alles erzählst, was ich hören will.«

Papanow konnte Kandinski ansehen, dass sich etwas verändert hatte; dass er allmählich Angst bekam. Trotzdem sagte er nichts.

Papanow wandte sich wieder zu dem Tisch um und griff nach einer Gasmaske. Die setzte er Kandinski auf und nahm den Schlauch in die Hand, der aus dem Mundstück der Maske ragte. Er hatte bereits zuvor dafür gesorgt, dass der Schlauch luftdicht verschlossen war.

Es dauerte nicht länger als ein paar Sekunden, bis Kandinskis Hände unter der Sitzfläche anfingen zu zucken. Er riss an den Handfesseln, so fest er konnte. Nach einer weiteren Sekunde begann sein ganzer Körper zu zucken, und die Dielen ächzten unter den Schrauben, mit denen die Stuhlbeine am Boden befestigt waren. Wie jeder andere, der sich je in dieser Lage befunden hatte, brach sich Kandinski bei dem Versuch, sich zu befreien, Knochen in beiden Handgelenken, und der vakuumähnliche Druck in seinem Kopf steigerte sich allmählich bis zu dem Punkt, da es sich anfühlte, als würden ihm gleich die Augen aus den Höhlen springen.

»Tief einatmen.«

Papanow wusste, dass sein Befehl und das darauffolgende Lachen sich für Kandinski anfühlen mussten, als kämen sie aus immer weiterer Ferne. Jetzt stürzte er in einen schwarzen Abgrund, und es war Zeit, ihn zurückzuholen, damit er kapierte, dass er nur vorübergehend auf der anderen Seite gewesen, dann aber von den Toten wiederauferstanden war.

Papanow nahm ihm die Maske ab. Gab ihm ein paar Sekunden, um zu begreifen, dass er immer noch lebte. Dann jagte er ihm die Spritze in den Oberschenkel, drückte die Flüssigkeit in den Muskel. Ließ die Spritze einfach stecken.

Nach einer Weile atmete Kandinski wieder einigermaßen normal.

»Sollen wir uns jetzt unterhalten, oder willst du das Gleiche noch mal machen?«

Kandinski starrte ihn an.

»Was willst du?«, fauchte er. »Du scherst dich doch einen Scheißdreck um ein paar tote Schweden.«

»Da hast du verdammt recht. Aber du hast einen Fehler gemacht. Bei dem Bombenanschlag, den du und deine Fanatiker im Centrs verübt habt, habt ihr einen russischen Agenten umgebracht. Meinen Agenten. Goga Golubkin.«

»Bring du mich um. So wären wir quitt.«

Papanow lachte. Dann trat er an den Kamin. Legte eine der Fackeln ins Feuer, die an der Wand lehnten. Als sie brannte, drehte er sich um und hielt sie Kandinski an den Kopf.

Der Schrei gellte durch die Jagdhütte und wurde wie eine Flipperkugel zwischen den Wänden hin- und hergeworfen. Papanow atmete den Gestank verbrannter Haare und Haut ein und wartete kurz, ehe er nach einem Wassereimer griff und ihn über Kandinski auskippte.

Die Kopfhaut war versengt und wund. Papanow setzte ihm die Gasmaske wieder auf.

Er nahm sie erst wieder ab, als Kandinski am ganzen Leib Zuckungen hatte. Dann lief er einmal um den Stuhl herum und baute sich vor ihm auf.

»Warum ausgerechnet Golubkin?«, wollte er wissen.

Kandinski schüttelte den Kopf.

»Von wem kam der Auftrag?«

»Da kam ein Mann zu mir ins Gefängnis.«

»Wer?«, fragte Papanow. »Ist er jetzt hier in Schweden?«

Kandinski nickte, und Papanow riss die Augen auf. Damit hatte er nicht gerechnet.

»Und hat er auch dein Auto geholt?«

Wieder ein Nicken.

»Und in dem Auto liegt der Koffer?«

»Ja«, antwortete Kandinski.

»Habt ihr wirklich geglaubt, ihr würdet damit davonkommen? Indem ihr eine Fährte legt, sodass es aussieht, als würde ein russischer Agent ein paar Schweden umbringen, an denen ihr Rache üben wollt?«

Kandinski schüttelte den Kopf. Papanow hätte nicht sagen

können, ob vor Erschöpfung oder weil sie so naiv gewesen waren. Aber das spielte auch keine Rolle mehr. Er sah es glasklar vor sich. Es war nicht der Mann, der jetzt vor ihm kauerte, der die entscheidenden Strippen gezogen hatte.

»Wo ist das Auto jetzt?«

»Das weiß ich nicht. Ich schwöre, ich weiß es nicht.«

»Und wo *glaubst* du, dass es ist?«

»Am Stadsgårdskajen in Stockholm. Dort liegt ein größeres Schiff …«

Klang spezifisch genug und somit glaubwürdig.

»Okay«, sagte Papanow. »Dann stelle ich dir jetzt eine letzte Frage. Dies ist deine letzte Chance. Wie heißt der Mann?«

Er stellte sich direkt neben Kandinski und beugte sich über ihn.

»Ozols«, flüsterte er. »Ludwigs Ozols.«

Papanow drehte sich zu dem Tischchen um und nahm einen weiteren Gegenstand in die Hand. Das Letzte, was er noch brauchte. Dann stellte er sich wieder vor Kandinski, dessen Kinn auf die tätowierte Brust gesunken war.

Papanow fasste ihn am Kinn und suchte Kandinskis leeren Blick. Dann richtete er seine zweifarbige GSh-18 *Alpha protocol* zwischen dessen Augen.

»Es gibt nichts Verabscheuungswürdigeres als jemanden, der einen meiner Männer tötet.«

106

Paschie sah sich unter den Wartenden um. Es waren diverse Landsleute darunter, das war ihr klar. Und es war auch nicht zu übersehen. Andere stammten aus dem Land, in dem sie versucht hatte, heimisch zu werden. Sie fühlte sich beiden gleichermaßen verbunden. Und sie wusste, dass sie eines Tages von der gegenüberliegenden Seite aus das Gleiche empfinden würde, wenn sie auf dem Weg zurück nach Stockholm und sich nicht sicher wäre, ob sie nun nach Hause reiste oder von zu Hause fort.

Von Malins Wohnung aus war sie nach Hause gefahren und hatte ihre Tasche gepackt. Sie war ins Bad gegangen und hatte den Medizinschrank aufgemacht, sämtliche Schachteln herausgenommen, die Dosen, Cremes, Ampullen, Spritzen, hatte alles in eine Tüte geworfen und dann im Müllschacht entsorgt. Mit der Tüte, die nach unten in den Container im Keller gerutscht war, waren auch die Schmerzen verschwunden, und mit einem Mal hatte sie etwas verspürt, was sie schon lange nicht mehr empfunden hatte.

Das Gefühl, frei zu sein.

Auf dem Weg nach Arlanda war das Taxi am Kungsträdgården vorbeigekommen. Dort saßen überall Touristen und genossen die spätsommerliche Abendsonne. In nächster Nähe wurde die Absperrung für die bevorstehende Veranstaltung aufgebaut. An der Hauptbühne dahinter wurden letzte Arbeiten vorgenommen. Buden und Stände wurden errichtet. Das Veranstaltungslogo hing bereits über der Bühne und entlang der Absperrungen.

Mir2000. Der Neustart für die schwedisch-russischen Beziehungen.

Paschie musste an die Schulkinder denken, mit denen sie gearbeitet hatte, all die großartigen Ausstellungsstücke, die sie gestaltet hatten und die heute Abend in der Stockholmer Touristinfo ausgestellt würden. Wie gerne sie sich das angeschaut hätte.

Die riesige Uhr hatte sie wieder daran erinnert, dass die Eröffnung unmittelbar bevorstand, auf die sie selbst so intensiv hingearbeitet hatte.

Noch siebzehn Stunden und vier Minuten.

Sie hatte sich ein Hotelzimmer am Flughafen genommen, bis Mittag geschlafen und war dann im Flughafen umhergewandert.

Um sie herum griffen die Leute zu ihren Taschen und stellten sich in die Schlange, als eine Frau ans Mikrofon ging. »Der Aeroflot-Flug AFL 2523 nach Sankt Petersburg ist jetzt bereit zum Boarding.«

Paschie war nicht mehr in Sankt Petersburg gewesen, seit sie per Rettungshubschrauber aus der Amerikanischen Klinik nach Stockholm verlegt worden war. Allerdings hatte sie auch heute nicht vor, den Fuß auf dortigen Boden zu setzen. Sie würde in Pulkowo zwei Stunden warten und dann einen Anschlussflug nehmen, und wenn sie landete, würden Menschen auf sie warten, denen sie helfen konnte, Menschen, die sie mit offenen Armen willkommen heißen würden.

Sie warf einen langen Blick zurück in den Gang, der zwischen den Boutiquen und Lokalen verlief, als hoffte sie, dass von dort jemand gelaufen käme wie am Ende jeder x-beliebigen amerikanischen Schmonzette. Doch da war niemand. Es war einfach nur ein letzter Blick zurück ins Nichts.

Sie zog das Handy aus der Tasche, um es auszustellen. War überrascht, dass sie anscheinend mehrere Anrufe überhört hatte. Alle von ein und derselben Person, die außerdem eine SMS geschickt hatte.

»Es ist anders, als du glaubst! Irgendwer versucht, uns auseinanderzubringen! Ich würde dich nie betrügen! Ruf mich an! Max.«

Sie schaltete das Gerät aus, nahm die Tasche vom Boden und stellte sich ebenfalls in die Schlange.

107

Paschie ging nicht ans Telefon. Wo steckte sie bloß?

Wir sind beide in eine Falle getappt.

Das alles konnte er ihr doch nicht per SMS erklären. Er musste sie ans Telefon kriegen und mit ihr sprechen.

Ein Bild sagt mehr als tausend Worte, schoss es ihm durch den Kopf. Manchmal sagte es auch das Verkehrte. Aber Bilder logen nicht.

Auch wenn wir dabei gute Absichten haben, haben wir Geheimnisse voreinander, Paschie, Geheimnisse, die wir nicht haben sollten.

Sofia starrte unverwandt auf die Fahrspur und steuerte aus der Stockholmer Innenstadt hinaus auf die E18 nach Örebro. Max steckte sein Handy weg.

Nach einer Weile beendete der Polizeifunk die Stille.

»Wir haben gerade einen Unfall reingekriegt, Riksväg 15 zwischen Örebro und Kumla auf Höhe Almbro. Vollsperrung auf dem Riksväg 15.«

»Verdammt, genau dort wollen wir hin«, brummte Sofia. »Da liegt irgendwo eine Straßenkarte. Könnten Sie mal schauen, ob's noch einen anderen Weg gibt?«

Max kramte aus dem Durcheinander im Handschuhfach eine Straßenkarte hervor. Suchte in der Gegend um Örebro.

»Wo genau fahren wir hin?«

»Irgendwo hinter Hidingsta ans Ufer des Rysjön.«

»Da hab ich's, am Rand des Naturschutzgebiets Kvismaren. Da führen nur ein paar Waldwege hindurch. Sicher, dass es die richtige Adresse ist? Dort draußen wohnt doch außer ein paar Elchen keine Seele!«

Sofia schüttelte den Kopf.

»Es ist die richtige Adresse. Sicher, dass Sie die Karte lesen können?«

Im selben Moment klingelte Sofias Handy.

»Chef?«, sagte sie und hob es ans Ohr.

Per Carpelan klang aufgeregt, aber bestimmt. Max konnte Sofia ansehen, dass etwas passiert war.

»Was war das gerade, verdammt?«

Sofia stieg hart auf die Bremse, und Max musste sich gegen das Handschuhfach stemmen, um nicht nach vorne geschleudert zu werden.

Als das Auto mitten auf dem schmalen Sträßchen zum Halt gekommen war, sagte Sofia: »Ich bin im Augenblick gerade in der Gegend, Per.«

Carpelan zögerte kurz, ehe er weitersprach. Als Sofia den Anruf beendet hatte, sah sie mit Grauen im Blick zu Max hinüber.

»Das auf dem Riksväg 15 war kein Unfall. Der Gefangenentransport ist überfallen worden. Sie haben Kandinski mit vorgehaltener Waffe befreit.«

Um sie herum standen hohe Nadelbäume. Sie befanden sich inmitten eines Urwalds, über dem gerade die Sonne unterging. Die Russen vom Ballongberget in Solna hatten ernst gemacht. Sie waren tatsächlich hinter demselben Mann her gewesen wie die Schweden. Aber warum?

»Denken Sie gerade das Gleiche wie ich? Dass *sie* es waren?«, fragte Sofia.

Sie. Die Unsichtbaren. Die sich unbemerkt in jeder Umgebung zu bewegen wussten, wo sie gerade von Nutzen waren. *Jedweder Einsatz zu jeder Zeit an jedem Ort*, lautete eines ihrer bekanntesten Mottos. Diesmal waren sie auf offener Straße mit Waffengewalt vorgegangen, in einem fremden

Land. Um einen Gefangenen zu kidnappen? Einen lettischen Nationalisten mit einem lebenslangen Strafregister? Einen Mann, der Schweden ermordet hatte, um sich für den Verrat zu rächen, den die Schweden in den Vierzigern an den Balten verübt hatten?

Was konnte dermaßen wichtig für sie sein, dass sie zu solch drastischen Maßnahmen griffen?

Was haben wir übersehen?

»Carpelan meint, wir sollen uns da verdammt noch mal raushalten«, sagte Sofia. »Was machen wir denn jetzt?«

»Hier können wir jedenfalls nicht stehen bleiben und abwarten. Was immer das hier zu bedeuten hat – wir sind ganz nah dran. Wir müssen weitermachen.«

Sofia nickte. Legte den ersten Gang ein und fuhr weiter.

108

Das letzte Stück zum Haus liefen sie zu Fuß. Max wusste intuitiv, dass hier etwas nicht stimmte. Als er das Gebäude im Dämmerlicht vor sich sah, hatte er eher das Gefühl, als wären hier Tiere zu Hause … oder vielmehr Menschen, die Jagd auf sie machten.

Sie verließen den Weg und schlugen sich durchs Unterholz. Suchten Deckung hinter einem dicken Baumstamm, duckten sich, nahmen das Haus in Augenschein. Sofia zückte ihre Sig Sauer, zog den Schlitten bis zum Anschlag zurück und ließ ihn vorschnellen.

»Da waren frische Reifenspuren auf dem Waldweg«, flüsterte sie. »Aber hier ist niemand.«

Max nickte. Wer immer hier gewesen war, hatte sich mit Sicherheit erst kürzlich aus dem Staub gemacht. Er richtete sich gerade auf und bedeutete ihr mit einer Geste weiterzugehen.

Die Jagdhütte lag inzwischen im Dunkeln. Vor den wenigen Fenstern, die sie sehen konnten, waren die Fensterläden verschlossen. Max schlich auf die Eingangstür zu und drückte die Klinke nach unten. Sie war offen. Sofia blieb dicht hinter ihm und hob die Waffe in den Anschlag.

Dann schlüpften sie in die Hütte. Drinnen war es rabenschwarz. Mucksmäuschenstill. Und es stank verbrannt. Dann glimmte an der Rückwand schwach etwas auf. Die Feuerstelle? Irgendwer war gerade noch hier gewesen. Versteckte er sich immer noch hier in der Dunkelheit?

Max fischte sein Handy hervor und suchte mithilfe des

schwach beleuchteten Displays den Lichtschalter an der Wand.

Das Erste, was er sah, nachdem sich seine Augen an das Deckenlicht gewöhnt hatten, war eine Art Achteck auf der rechten Brust, von dessen Ecken tintenschwarze Linien zur Mitte hin verliefen. Links über dem Herzen prangte ein riesiges Hakenkreuz. Dann erkannte er ein wellenförmiges Tattoo, das wie eine Schlange quer über den Bauch verlief. Um den Hals lag ein Kranz aus nach unten weisenden Pfeilen. Was vom Kopf noch übrig war, war verbrannt. Ein Einschuss in der Stirn. Der Hinterkopf war in weiten Teilen weggesprengt worden, Gewebe war in hohem Bogen über den Boden hinter dem Stuhl verteilt, an den der Mann gefesselt worden war. Eilig umrundete Max den Stuhl und betrachtete den Rücken. Das Lietuvens-Kreuz mit denselben Symbolen in derselben Reihenfolge wie in ihrem Symbolbuch.

Max erkannte ihn von ihrer Begegnung im Rettungsboot kaum wieder.

Maj-Lis Tooms Mörder. Charlies Folterknecht. Der würde niemanden mehr umbringen. Max kam nicht umhin, eine gewisse Genugtuung zu empfinden. Auf brutale, erleichternde Art war hier Gerechtigkeit geübt worden.

»Das ist er, nicht wahr?«, fragte er sicherheitshalber.

»Ja, das ist er«, antwortete Sofia. »Das ist Kandinski.«

109

Im hinteren Teil der Jagdhütte fanden sie Kleidungsstücke, Schminke, ein Haarteil, Visaunterlagen, falsche Pässe sowie eine Laminiermaschine, die für den gefälschten Militärausweis verwendet worden war.

Max und Sofia standen nebeneinander an dem großen Esstisch, auf dem sich die Gegenstände häuften. Ganz in der Mitte stand ein Plastikgefäß. Sofia streifte sich ein Paar weiße Latexhandschuhe über, zog den Deckel ab und wickelte den Gegenstand aus, der in dem Behälter lag.

»Jetzt haben wir endlich auch eine Antwort auf die Frage, die uns die ganze Zeit Kopfzerbrechen bereitet hat«, sagte sie. »So sind Goga Golubkins Fingerabdrücke verteilt worden.«

In ein Tuch gewickelt hatte eine abgehackte Hand in dem Plastikbehälter gelegen, in einer halb offenen Haltung, als hätte sie gerade erst etwas fallen gelassen.

»In Formalin eingelegt«, stellte sie fest. »Damit sie nicht schrumpelt und anfängt zu verwesen. Mit ein bisschen Fettcreme auf den Fingern kann man mit dieser Hand ganz wunderbare Fingerabdrücke hinterlassen.«

Vorsichtig legte Sofia das Tuch zurück und drückte den Deckel fest. Dann zog sie sich die Latexhandschuhe von den Fingern und hob mithilfe einer Pinzette ein Dokument vom Tisch hoch. Auf der einen Seite waren die gleichen Symbole abgedruckt, die sich auch auf dem Rücken des Mörders befanden: das achtzackige Lietuvens-Kreuz mitsamt den nationalistischen Symbolen, die sorgfältig durchnummeriert worden waren. Auf der Rückseite stand eine Liste mit den Namen derjenigen, die sterben sollten – ebenfalls nummeriert in absteigender Reihenfolge von zehn bis eins.

»Zehn Schweden hätten sterben müssen«, sagte Max. »Sie hatten recht.«

»Wenn wir ihn auf der *Seaway Eagle* nicht erwischt hätten, wäre er heute bei dieser Jagd gewesen und hätte zwei weitere Männer getötet. Den Regimentskommandeur Borg und Ahlström.«

Max zeigte auf die letzten Namen auf der Liste.

»Stellen Sie sich vor, er wäre so weit gekommen!«

Die beiden Nachnamen, die dort standen, waren wirklich jedem ein Begriff, der sich mit schwedischer Politik zur Zeit des Zweiten Weltkriegs auch nur entfernt auskannte. Die zwei Personen, die mit dem Zeichen für Zalktis hätten markiert werden sollen – mit der Schlange, die Reichtum und Wohlstand symbolisierte –, waren die Nachkommen des früheren schwedischen Außenministers und dessen Staatssekretärs. Als zehntes und letztes Opfer, für das die Eins und der Baum des Ostens vorgesehen gewesen wären, stand einer der bekanntesten Namen der schwedischen Geschichte.

Der des einstigen Parteivorsitzenden der Sozialdemokraten und Regierungschefs.

Wenn die Nachfahren der höchstrangigen schwedischen Staatsmänner ermordet worden wären, wäre das Land in seinen Grundfesten erschüttert worden. Genau das war die Absicht gewesen. Und genau das hatten sie abwenden können, sofern jetzt nicht jemand anders den Plan weiterverfolgte.

»Herr im Himmel, Max«, ächzte Sofia. »Können Sie sich vorstellen, welches Chaos da ausgebrochen wäre?«

Max nickte matt.

Die Nachnamen auf der Liste standen für Männer, die als Väter des schwedischen Wohlfahrtsstaats betrachtet wurden, die Schweden repräsentierten wie Ikea oder der Volvo Amazon.

Wäre es so weit gekommen – wären auch ihre Kinder ermordet worden –, hätten die Medien jenes dunkle Kapitel schwedischer Geschichte regelrecht ausgeschlachtet, jedes schmutzige Detail, jedes einzelne Opfer, jeden Verrat, der begangen worden war, um den Frieden zu wahren. Es hätte eine tiefe Wunde in die Gesellschaft gerissen und Schwedens Rolle auf internationalem Parkett komplett unterhöhlt.

Die Zeit heilte eben doch nicht alle Wunden.

Als sie wieder draußen im Freien standen, atmete Max tief durch. Dann setzte er sich vor die Hütte auf den Waldboden und lehnte den Kopf an die Wand. Mit dem Handy am Ohr drehte Sofia vor ihm langsam ihre Kreise.

Was sie in der Jagdhütte zu sehen bekommen hatten, hatte auch den letzten Zweifel ausgeräumt. Hinter den Morden steckte das Bedürfnis, den Verrat der Schweden an den Balten ans Licht der Öffentlichkeit zu zerren. Kandinski hatte gewollt, dass die Welt endlich erführe, was die Schweden getan und dass sie noch lang nicht genug für ihre Verbrechen gesühnt hatten.

110

Am Eingang zur Stockholmer Touristinfo im Kungsträdgården hielt Björn Hansen seine kleine Schwester an der Hand. Sie hatten beide die Sachen angezogen, die Lisette ihnen geschenkt hatte: er in Schwarz-Weiß-Grau und der wilden Mischung aus Streifen- und Karomustern auf Fliege und Weste. Lisa in ihrem Kleid namens »Shades of Blue«. Die Sachen passten perfekt, genau wie Sarah vermutet hatte. Es war fast, als hätte Lisette aktuelle Fotos der Kinder bei sich gehabt, als sie in Windhoek zur Schneiderin gegangen war, um die Kleidungsstücke anfertigen zu lassen.

Gemeinsam liefen sie die Treppe hoch, und mit jeder Stufe nahm der Sturm der Gefühle in Sarah an Stärke zu – mit jedem fröhlichen Hüpfer, den ihre Kinder auf die Ausstellung zumachten. Es war das erste Mal seit einer Ewigkeit, dass sie wie eine Einheit, wie eine Familie unterwegs waren – zu viert.

Sie schlenderten zwischen den Ausstellungsstücken hin und her und sahen sich an, was Kinder von beiden Seiten der Ostsee gezeichnet und gemalt hatten. Bilder von Stränden, Wellen, graue Fabriken, die durch Schornsteine schwarzen Rauch ausspuckten. Kurze Bildbeschreibungen zu den Themen Natur und Biologie – über Fische, die in einem Meer mit einem nahezu toten Meeresgrund lebten. Sie sahen sich Fotos von Schulgebäuden an, von Schulhöfen, Sportplätzen, Spielplätzen.

Aus den Lautsprechern war Chormusik zu hören. Dann kamen sie an eine Wandtafel, auf der die Kinder Texte und Zeichnungen zum Thema Kinderrechte aufgebracht hatten.

Das müsste Paschie jetzt sehen, dachte Sarah. Sie hatte bei all dem mitgearbeitet. Wo sie wohl gerade steckte?

»Entschuldigt mich ganz kurz«, sagte Sarah und entfernte sich ein Stück von den anderen.

Sie kramte ihr Handy heraus und rief Paschie an.

Keine Antwort.

Als sie das Handy gerade wieder in die Tasche schob, entdeckte sie ihren alten Freund Peter Tillberg von der *Dagens Nyheter*. Er unterhielt sich mit einem anderen Besucher. Als der Mann den Kopf leicht drehte, streifte er Sarah mit dem Blick.

Er trug einen schimmernd dunkelgrauen Anzug und darunter ein schwarzes Polohemd. Das Hemd spannte über seiner breiten Brust. Er hatte kurz geschnittenes Haar und einen vermeintlich neutralen Ausdruck im Gesicht, wäre da nicht der eisige Blick gewesen, den er ihr zugeworfen hatte.

Sarah drehte sich weg und eilte zurück zu Lisette und den Kindern. Im selben Moment fiel ihr Max' Warnung wieder ein, dass jemand hier in Schweden war, jemand von derselben Organisation, in deren Visier sie vier Jahre zuvor geraten waren. Kein Zweifel, dass der Mann, mit dem Tillberg sich unterhielt, Russe war.

War das Papanow?

Schlagartig wollte sie nur noch eins: sie von hier wegbringen.

»He, Sarah!«, hörte sie von hinten. Peter Tillberg hatte zu ihr aufgeschlossen. »Hast du eine Minute Zeit?«

Sarah sah zu den Kindern und Lisette. Björn zog Lisette am Arm, wollte ihr unbedingt etwas zeigen. Dann verschwanden die drei hinter einem Schaukasten.

»Danke für deine Hilfe neulich«, sagte sie.

»Keine Ursache. Bist du mit Anastasia Friedenberga weitergekommen?«

Nein, bin ich nicht, verdammt, dachte Sarah. Dann wiederum wollte sie das, was mit Charlie passiert war, nicht mit einem Außenstehenden besprechen – erst recht nicht mit einem Journalisten.

»Wer war denn der Mann, mit dem du dich gerade unterhalten hast?«

»Jemand aus der russischen Botschaft. Soll ich euch miteinander bekannt machen?«

Sarah schüttelte den Kopf.

»Ich hab gehört, ihr habt zusammen mit Berga versucht, das URF in die Barentssee zu bringen«, fuhr Peter fort. »Schade, dass es nicht geklappt hat.«

»Schade ist es um die russischen Seeleute und ihre Angehörigen. Wenn du irgendetwas schreiben willst, dann schreib darüber, wie das russische Militär diese Angehörigen behandelt. Wir haben ein Hilfsprogramm ins Leben gerufen, das ihnen beim juristischen Nachspiel und beim Rechtsstreit um Kompensationszahlungen zugutekommt.«

»Hm«, kam es von Peter, und Sarah war sofort klar, dass er daran nicht interessiert war. So etwas hatte keinen Nachrichtenwert. War nicht sensationell genug.

»Die Nachrichtenagentur TASS hat gerade gemeldet, die Russen hätten zugegeben, dass ein Torpedo an Bord der *Kursk* explodiert wäre und das Unglück verursacht hätte. Eine verdammt gefährliche, alte Technik, die sie dort verwenden, um ihre Übungsraketen abzufeuern. Im Westen macht man das schon lang nicht mehr so. Anscheinend wird jetzt über eine größere internationale Operation nachgedacht, um diese alten, gefährlichen Waffen aus Russland ein für alle Mal zu entsorgen.«

Sofort stand Sarah wieder die Diskussion vor Augen, die sie zu Beginn dieser Höllenwoche geführt hatten: über General Lebeds Äußerung vor laufender Kamera in *CBS 60 Minutes*. Nur darauf waren sie aus gewesen – auf mehr Gelder aus dem Westen. Sarah zuckte mit den Schultern.

»Tja, dann war es das wohl?«

»Ihr habt in den letzten Tagen nicht zufällig noch eine andere sensible Anfrage bekommen?«, hakte Peter nach.

»Was sollte das für eine Anfrage gewesen sein?«

Peter nickte in Richtung einer Ecke, wo sie ungestört reden konnten. Sie stellten sich vor das Panoramafenster mit Blick auf den Kungsträdgården, wo die Vorbereitungen für die Mir2000-Eröffnung in vollem Gange waren.

»Ich hab ein paar verdammt merkwürdige Anrufe gekriegt«, sagte Peter. »Jemand, der meinte, er hätte keine andere Wahl mehr, als an die Presse zu gehen.«

»Aha?«

»Also hab ich einen Artikel geschrieben. Bin dann aber für den Follow-up-Artikel von meinem Redaktionsleiter zurückgepfiffen worden.«

»Und was hat das mit mir oder Vektor zu tun?«

»Kannst du dich an den Artikel noch erinnern – von voriger Woche? Da ging es um ein mysteriöses Signal, das in der russischen Botschaft registriert wurde.«

Ihr stellten sich die Nackenhaare auf. Natürlich erinnerte sie sich noch – daran war irgendetwas komisch gewesen. Sie hatte das Ganze als reine Spekulation abgetan. Als das Flottenmanöver in der Barentssee losgegangen war, waren die Mutmaßungen nur so ins Kraut geschossen. Doch bei dem Ernst in Peters Blick und Stimme wurde ihr schlagartig mulmig. Jetzt erinnerte sie sich auch wieder daran, warum sie den Artikel so eigenartig gefunden hatte.

»Bei der FRA kann es kein Leck geben«, sagte sie.

Peter räusperte sich. Ein guter Journalist gab seine Quellen niemals preis.

»Ich hab den Artikel als Nonsens abgetan«, sagte Sarah.

»Da warst du nicht die Einzige.«

»Worum ging es gleich wieder genau?«

»Um ein sogenanntes Stress-Signal. Du weißt, was das heißt.«

Sämtliche Sowjetbotschaften waren mit einer Anlage ausgestattet gewesen, die sogenannte Stress-Signale empfangen konnten: Sobald die Lage in einem Land angespannt zu werden drohte, wurde so die jeweilige Auslandsvertretung in Alarmbereitschaft versetzt.

»Aber hier in Stockholm? Am Wochenende? Könnte das mit der *Kursk* zu tun gehabt haben?«

»Nachdem die *Kursk* inzwischen am Meeresgrund liegt, ist das wohl eher unwahrscheinlich. Kein Mensch weiß, was das für ein Signal gewesen sein soll. Aber vor irgendetwas warnt es.«

Sarah fluchte innerlich. Für einen kurzen Augenblick hatte sie ein Gefühl von Normalität mit ihrer Familie erleben dürfen. Doch inzwischen wollte sie nur noch zurück ins Büro, obwohl es Samstagabend war. Sie musste an Charlie denken, ärgerte sich, weil sie ihn nicht anrufen und alles mit ihm besprechen konnte. Dachte an den *casus belli.* Die eigenartige Kammer hinter Charlies Kleiderschrank. Die Unterlagen aus London und Washington. Dann dieser norwegische Einsatz. Die vermeintliche Kollision der *Kursk* mit der USS *Memphis.* Ein langes Telefonat der beiden Präsidenten. Russland, das zu guter Letzt verlautbart hatte, ein explodierter Torpedo hätte die Havarie der *Kursk* verursacht, während gleichzeitig aus dem Westen neue finanzielle Hilfen ausgelobt wurden, um beim Abbau der alten, gefährlichen Waffen zu helfen.

Ein Stress-Signal …

»Okay, was hat deine Quelle noch gesagt? Wenn wir uns das näher ansehen sollen, brauchen wir zusätzliche Infos, um die Suche einzugrenzen.«

Der Journalist verzog das Gesicht und sah sich verstohlen um.

»Meine Quelle meinte, dass dieses Signal auf einen bestimmten Zeitpunkt runterzählt.«

»Und welchen?«

»Konnte er nicht genau sagen«, erwiderte Peter. »Aber irgendwann im Laufe des morgigen Tages.«

111

Dass jemand noch die Kraft aufbrachte zu lügen, nachdem man ihm gezeigt hatte, wie es auf der anderen Seite aussah, war wirklich selten, dachte Papanow. Und Kandinski war keine Ausnahme gewesen.

Am Stadsgårdskajen war es ruhig. Papanow hatte sein eng sitzendes Sakko ausgezogen und die Hemdsärmel hochgekrempelt. Sie hatten Kandinskis Auto umgekrempelt, aber nichts gefunden. Wonach Papanow suchte, war nicht in dem Wagen gewesen.

Die Sachen, die er in der Jagdhütte zurückgelassen hatte, würden die schwedische Polizei fürs Erste in Atem halten. Aber nicht für immer. Auch sie fahndeten nach dem Wagen. Er war ihnen zwar derzeit noch einen Schritt voraus, aber es würde nicht mehr lange dauern, bis auch sie darauf stoßen würden, jetzt da das Auto mitten in der Stadt stand, direkt vor ihrer Nase. Wenn sie es bald fänden und zu dem gleichen Ergebnis kämen – dass nichts von Wert darin lag –, wäre das alles andere als gut. Besser, sie fischten weiter im Trüben. So würde er seinen Vorsprung behalten.

»Max Anger«, flüsterte er in Richtung der gekräuselten schwarzen Wellen. »Wenn wir uns jetzt nicht endlich zusammenraufen, wird das katastrophale Folgen haben.«

Nur – wie katastrophal? Zwei Männer, die sich im Gulag begegnet waren. Denen Jahrzehnte geraubt worden waren. Hass kannte keine Grenzen. Zusammengenommen mussten die Fähigkeiten und Kenntnisse der beiden verheerend sein. Die Informationen, die in den alten Sowjetlagern unter

Insassen kursiert hatten, waren kaum kontrollierbar gewesen. Glück im Unglück, dass nur so wenige überlebt hatten. Und jetzt hatten sie wieder das gleiche Problem: In den ehemals sowjetischen Gefängnissen überall in der zerfallenden Union, in denen die Nachfahren der Gulagveteranen ihre langen Haftstrafen verbüßten, wurden Staatsgeheimnisse ausgetauscht, ohne dass irgendjemand es kontrollieren oder darüber wachen konnte. Oder aber es wachten Vertreter der neuen Staatengebilde darüber, die selbst nicht mehr viel für Mütterchen Russland übrighatten.

Wie schlimm würde es werden?

Papanow drehte sich zu dem Mann um, der stumm auf seinen Befehl gewartet hatte.

»Steck es in Brand.«

112

Es war bereits spät in der Nacht, als Sofia und Max wieder nach Stockholm zurückfuhren. Sofia schob eine CD in den Rekorder, ein altes amerikanisches Musical. Anscheinend musste sie den Kopf freibekommen.

»Hören Sie nur so was?«, fragte Max.

Sofia warf ihm einen flüchtigen Blick zu.

»Stört es Sie?«

»Nein. Aber vielleicht sollten Sie mal was ausprobieren, was Ihre Mutter nicht gehört hat?«

Sofia schüttelte den Kopf und starrte wieder auf die Straße.

Max hing seinen Gedanken nach und sah aus dem Fenster, während die Lichter der Großstadt vor ihnen auftauchten und endlich die Augustnacht erhellten.

Der August-Fluch, schoss es ihm durch den Kopf. Wann ging er endlich zu Ende?

Seit Max die Jagdhütte und den Toten in Augenschein genommen hatte, war er sich sicher, dass dies Papanows Werk gewesen war. Papanow hatte Kandinski am Ende doch aufgespürt und den Gefangenentransport aufgehalten. Dann hatten sie ihn in sein eigenes Versteck gebracht – nur warum? Hatten sie der schwedischen Polizei bloß demonstrieren wollen, dass Kandinski der Schuldige war? Um den Verdacht gegen jedweden russischen Agenten zu zerstreuen?

Allerdings passte das nicht zusammen. Die Schweden anzuhalten und zu bedrohen – das feuerte doch die Gerüchte um eine erhöhte russische Aggressivität nur zusätzlich an?

Und es trug nicht gerade zur Verbesserung ihres Verhältnisses bei. Aber worum war es dann gegangen?

Warum war Papanow in Schweden?

Er hatte ihm versichert, Goga Golubkin sei bei dem Anschlag im Centrs ums Leben gekommen, und Max hatte geglaubt, dass sein Aufenthalt mit etwas so Banalem wie der Rache für den ermordeten Agenten zusammenhing.

Aber hatte Kaldenis vom DISS nicht erzählt, dass auf den Überwachungskameras zu sehen gewesen sei, wie Kandinski gegen den Strom mitten hinein in das brennende Einkaufszentrum gelaufen war, nachdem die Bomben explodiert waren? War er hineingelaufen, um sicherzustellen, dass Golubkin – das eigentliche Ziel des Anschlags – wirklich ums Leben gekommen war? War er hineingelaufen, weil er Golubkins Hand hatte abhacken und in einen Plastikbehälter packen wollen, um damit später falsche Fingerabdrücke an Mordschauplätzen zu hinterlassen? Oder hatte Golubkin noch etwas anderes bei sich gehabt? Irgendetwas, wonach Papanow jetzt suchte?

Was dort in der Jagdhütte passiert war, hatte Kandinski nicht zum Schweigen bringen sollen. Im Gegenteil. Er hatte endlich reden sollen.

Welches Geheimnis hatte Papanow in Kandinskis letzten Momenten aus ihm herausgefoltert? Nur darum ging es hier.

Sein Handy klingelte. Es war Sarah.

»Wo bist du?«, fragte sie.

Max erzählte ihr, was zwischen Kumla und Örebro im Wald geschehen war.

Sie atmete ein paarmal tief durch.

»Ich bin fast im Büro. Ich hab von Tillberg von der *DN* ein paar neue Informationen gekriegt, die mir einen Schrecken eingejagt haben. Kannst du dich noch an einen Artikel aus der vergangenen Woche erinnern – über ein Stress-Signal, das die russische Botschaft empfangen hat?«

»Ja«, antwortete Max. »Worum ging es da?«

»Das weiß kein Mensch, aber irgendjemand weiß wohl zumindest, dass dieses Signal verdammt beunruhigend ist, und weil er sich nirgends Gehör verschaffen konnte, hat er sich in seiner Not an die Presse gewandt. Er meint, das Warnsignal sei eine Art Countdown bis irgendwann im Laufe des morgigen Tages.«

»Hat Tillberg einen Namen genannt?«, fragte Max.

»Nein, er weigert sich, seine Quellen zu nennen. Aber ich bin noch auf etwas anderes gestoßen, was dich und Sofia interessieren könnte. Im Zusammenhang damit, wo ihr gerade herkommt. Mir sind Charlie und diese Frau nicht mehr aus dem Kopf gegangen.«

Sie hat mir direkt ins Gesicht gelogen, dachte Max. Anastasia Friedenberga.

»Worum geht's?«

»Rate mal, wo sie zur Schule gegangen ist.«

»Wo?«

»Auf die Engelbrektsskolan.«

»In Örebro?«

»Ganz genau, in *Örebro.* Auf die Schule, die für ein halbes Jahr zum Lazarett umfunktioniert wurde. Und jetzt hör dir das an: Ihr Vater ist früh gestorben, die Mutter hat noch mal geheiratet. Einen gewissen Kent Isaksson. Er war Jäger. Hat Jagdgesellschaften im heutigen Naturschutzgebiet Kvismaren angeführt.«

»Du willst damit sagen, Anastasia Friedenberga ist Anna Isaksson?«

Neben ihm fuhr Sofia zu ihm herum.

Max schloss die Augen. Sie hatten sich im Lazarett kennengelernt, Anastasia und Ludwigs Ozols. Die gleiche Herkunft. Und die gleiche Antriebskraft: der fanatische Kampf für die Unabhängigkeit. Ein Kampf, den sie immer noch führten. Die Vilnius-Gruppe. Eine Frau aus der Botschaft, die mit extremen Nationalisten zusammenarbeitete? Mit verurteilten Mördern und ehemaligen Nazilegionären? Ein Bombenanschlag in Riga, um das Thema wieder auf die Tagesordnung zu setzen, um einen russischen Agenten zu töten und etwas aus dessen Besitz an sich zu nehmen. Anschließend hatten sie alles in ihrer Macht Stehende getan, um den Russen die Schuld an dem Anschlag in die Schuhe zu schieben und es so zu inszenieren, als wären sie für all das verantwortlich.

»Sie hat die Klageschrift gegen Schweden geschrieben«, schlussfolgerte Max. »Anastasia weiß, wo Ludwigs Ozols steckt.«

113

Per Carpelan saß allein in seinem Büro auf Kungsholmen. Sofia hatte ihn angerufen. Was sie ihm über den Fund in der Jagdhütte erzählt hatte, war bedrohlich und erhellend gleichermaßen. Die Polizisten, die mit vorgehaltenen Waffen bedroht worden waren, waren nach Stockholm zurückgekehrt und sofort zu einer Krisensitzung zusammengerufen worden. Die Suche nach den Kidnappern war auf dem Schreibtisch des Säpo-Chefs gelandet, weil alles nach russischer Beteiligung aussah. Ihr Gefangener war gefoltert und hingerichtet worden, vermutlich von denselben Leuten, die ihn verschleppt hatten. Irgendwer hatte das Heft aufs Allergröbste selbst in die Hand genommen und zugleich alle Beweise liegen lassen, die sie als Ermittler benötigten, um Kandinski mit den Morden in Verbindung zu bringen. Sie hatten Golubkins Hand gefunden und würden damit nachweisen können, dass die Fingerabdrücke daher stammten. Im Gefrierfach des Kühlschranks in der Jagdhütte hatte die Spurensicherung überdies die Erklärung für den DNA-Treffer gefunden: in Form eines Plastikröhrchens, das tiefgefrorenes Blut von Golubkin enthielt. Insofern konnten sie das meiste jetzt erklären.

Und doch wieder nicht.

Vor ihm auf dem Tisch lagen die Tonbänder mit den Mitschnitten der Telefonate, die Tomas Schiller geführt hatte, und zwar jede Menge davon. Obwohl es Samstag war, hatte der Staatssekretär allem Anschein nach einen hektischen Tag gehabt.

Er drückte auf Play, um sich das letzte aus dem Justizministerium ausgehende Telefonat anzuhören.

»Ich muss hoffentlich nicht erst erwähnen, was es für Folgen haben wird, wenn das rauskommt?«, sagte eine Frau. *»Vergessen Sie nicht, dass alles, was Sie erfahren haben, von Anfang an von mir kam. Und jetzt bitte ich Sie inständig, mir genau zuzuhören. Die Sondierungsgespräche für den Gipfel in Prag sollen demnächst beginnen. Die Sicherheit unserer Länder hängt davon ab, dass sie schleunigst in die NATO aufgenommen werden. Und auch um die Sicherheitslage Ihres Landes wäre es bedeutend besser bestellt, wenn die NATO-Grenzen weiter in Richtung Moskau verschoben würden und von Ihnen wegrückten.«*

»Das ist natürlich richtig«, erwiderte Schiller. *»Und da ist auch niemand anderer Meinung. Aber mit dieser Mordserie …«*

»In der Sache ist noch nichts sicher«, fauchte sie. *»Soll mein Volk etwa noch einmal leiden müssen, nur weil ein, zwei irregeleitete Brüder den falschen Weg eingeschlagen und diese Wahnsinnstaten verübt haben? Wir können doch nicht alle dafür bestraft werden! Nicht noch mal!«*

»Wie lange wollen Sie denn bitte noch damit ankommen, was da vor Urzeiten passiert ist?«

»Es ist und bleibt das schwärzeste Kapitel in Ihrer Geschichte … und nicht zuletzt in der Geschichte Ihrer Organisation.«

»Was wollen Sie verdammt noch mal damit sagen?«, gab Schiller zurück.

»Sie wissen doch wohl, was das C-Büro in den Vierzigern getrieben hat – oder sind Sie zu jung und zu dumm? Das Ganze lief ohne Regierungsauftrag – die Zusammenarbeit mit den Nazis, der Austausch von Menschen gegen Schnaps an alkoholisierte Besatzer, die sich an unseren Schwestern und Müttern vergriffen haben! Und ein und dasselbe C-Büro hat seine

schwarzen Teufel geschickt, um auf schwedischem Boden Konzentrationslager zu errichten und mutige Männer zu internieren, die dann wie Sklaven gehalten wurden. Stacheldraht und Wachen, die Tag und Nacht mit Schäferhunden und scharfen Waffen patrouillierten! Ich weiß, wer Ihre Chefs sind, Tomas, und wer deren Vorgänger waren. Wie Sie diese Situation handhaben, wird über Ihre weitere Karriere entscheiden. Sie wollen doch wohl nicht, dass all das nach draußen dringt, verdammt? Doch wohl nicht ausgerechnet jetzt?«

Am anderen Ende blieb Schiller eine Weile still. Schien fast erst wieder Atem schöpfen zu müssen.

»Zwei Sachen kommen in den nächsten Tagen zusammen«, fuhr die Frau fort. *»Mir2000 wird morgen im Kungsträdgården zu Wasser gelassen – ein neues Austauschprojekt mit Russland. Das ist eine Riesensache, da werden Tausende Besucher erwartet. In der Woche darauf soll der neue UN-Flüchtlingskommissar berufen werden. Das ist einer der richtig hohen Posten bei der UN – und eine Prestigesache, die für das Land, aus dem der Kommissar stammt, Einflussmöglichkeiten in einer ganzen Reihe von Fragen mit sich bringt. Der Ministerpräsident hat sich ausdrücklich gewünscht, dass der Posten an die schwedische Kandidatin gehen soll. Und die kennen wir beide.«*

»Meine Chefin«, murmelte Schiller.

»Ich sehe, Sie verstehen mich. Tun Sie also, was ich Ihnen gesagt habe. Denn sollten die Schandtaten rund um die Baltenauslieferung wieder ans Licht kommen, könnt ihr Mir2000 in die Tonne treten und vergessen, dass ein Schwede jemals einen der wichtigsten UNO-Posten bekommt.«

Carpelan stellte den Rekorder ab und überflog seine Notizen. Das Gespräch aus Schillers Büro war an eine Festnetznummer in Stockholm gegangen.

Odengatan 5.

Die lettische Botschaft.

Berlin, im Oktober 1994

Das Auto hielt vor dem Restaurant im Prenzlauer Berg – einem Stadtteil, der vor der Wiedervereinigung im sowjetischen Sektor gelegen hatte. Ozols zog die Tür auf und ließ den Blick über die schweren lackierten Holztische schweifen, die hellblauen Paneele, die unzähligen Kuckucksuhren und kleinen Männer- und Frauenfigürchen aus Holz. Die Blumensträußchen, die dem Lokal seinen nationalromantischen Flair verliehen. Als er die ältere Bedienung in Tracht entdeckte, glaubte Ozols für einen Augenblick, in einer Zeitmaschine angereist zu sein statt in einem normalen Berliner Taxi.

Genau wie er es erwartet hatte, saß der Mann, mit dem er sich hier treffen wollte, allein in einer Ecke: mit dem Rücken zur Wand und den Blick in den offenen Raum gerichtet. Von ihm abgesehen war das Lokal leer, es war noch zu früh, um zu Mittag zu essen. Aber vielleicht hielt er sich immer noch an die Routinen und den Tagesablauf, den sie in Kolyma verinnerlicht hatten, auch wenn seither etliche Jahre vergangen waren.

Der Mann hatte von dem riesigen Fleischklops auf seinem Teller aufgesehen, sowie das Glöckchen über der Tür Ozols' Ankunft vermeldet hatte. Als er erkannte, wer dort im Eingang stand, ließ er Messer und Gabel fallen.

Ozols ging auf ihn zu.

»Du bist wirklich nicht leicht aufzuspüren, Nemetski.«

»Du lebst? Ist das denn die Möglichkeit?« Der alte Arzt stand auf und breitete die Arme aus. »Komm her, mein Freund!«

Ozols nahm den Deutschen in den Arm. Er war immer noch genauso dürr und schlaksig wie damals. Mittlerweile ein alter Mann, genau wie Ozols selbst.

Er setzte sich zu ihm und bestellte ein Bier.

»Wie lange warst du dort?«, wollte der Arzt wissen.

»Weit über Chruschtschows Amnestie hinaus. Alles in allem fünfunddreißig Jahre.«

»Fünfunddreißig Jahre? Du bist echt nicht totzukriegen, was?« Er stieß mit Ozols an und nahm einen großen Schluck. »Und ich hab geglaubt, dass nach der Amnestie die Gruben nicht mehr von politischen Gefangenen, sondern von Freiwilligen betrieben worden wären?«

»Von Freiwilligen und verurteilten Kapitalverbrechern. Unser gemeinsamer Freund und ich sind noch im Zug in einen Streit geraten. Es war das reine Chaos, es wollten fast zweihunderttausend auf einmal dort weg. Und er hatte nicht vergessen, dass ich mich seinem Befehl widersetzt hatte. Da war ich gezwungen zu handeln.«

»Der Capo, ja?«

»Er hat es einfach nicht ertragen können, dass ich immer noch am Leben war. Am Ende lief es auf er oder ich hinaus, ich wurde verurteilt und zurückgeschickt. Ich war zwar kein Volksverräter mehr, aber immer noch in Kolyma.«

Nemetski seufzte schwer und schüttelte den Kopf.

»Und anschließend?«

»Bin ich nach Lettland zurückgekehrt. Ich hab versucht, Kontakt zu meinem Sohn aufzunehmen, und es stellte sich heraus, dass er in meine Fußstapfen getreten war, wenn du verstehst, was ich meine. Obwohl wir uns nie begegnet waren. Aber inzwischen weiß ich, wo er sitzt. Ich will ihn besuchen, auch wenn es unendlich spät ist. Er ist kein kleiner Junge mehr, Doktor. Er ist inzwischen im mittleren Alter.«

Der Arzt winkte der Bedienung.

»Ich brauch jetzt was Starkes. Du?«

Ozols nickte.

»Zwei Doornkaat!«

Die Bedienung stellte zwei kleine Schnapsgläser vor sie auf den Tisch, und der Arzt hob sein Glas.

»Ich hab dir mein Leben zu verdanken. Das hat dich viele Jahre gekostet, mein Freund.«

»Ich bin hier, um dir einen Vorschlag zu machen, wie du die Rechnung begleichen kannst.«

Der Arzt schluckte den Schnaps hinunter und verzog das Gesicht.

»Ich hab's geahnt. Worum geht's?«

»Sie hätten dich niemals gehen lassen, wenn sie dich nicht für eine ganz spezielle Sache gebraucht hätten. Dass du hier und heute in dieser Kneipe sitzt und frei bist, ist ehrlich gesagt verwunderlicher, als dass ich hier bin.«

»Was meinst du damit?«

Ozols konnte die Angst im Blick des Arztes flackern sehen.

»Der schlimmste Fehler deines Lebens«, sagte Ozols und spielte damit darauf an, was der Arzt bei ihrer ersten Begegnung erwähnt hatte. »Ich habe eins und eins zusammengezählt: deine Erzählungen, deine überraschende Freilassung und alles, was ich mir angelesen und von anderen Gefangenen erfahren habe. Du ahnst nicht, was für Informationen im Lager kursieren. Du hast deine Fähigkeiten an den sowjetischen Nachrichtendienst verkauft, und du warst die treibende Kraft hinter der RA-115. Einer grausamen Waffe.«

»Nicht alle Menschen sind so stark wie du, Ozols. Ich weiß, was ich getan habe, um zu überleben, und ich bin nicht gerade stolz darauf. Aber ich sag dir eins: In jeder Stunde meines Lebens, damals wie heute, hab ich die Russen mehr gehasst als alles andere. Wenn es irgendwas gäbe, was ich tun könnte, um sie zur Rechenschaft zu ziehen, würde ich es tun. Ich würde *alles* tun. Auch wenn Jelzin gerade urplötzlich der neue beste Freund Deutschlands ist.«

»Diese Freundschaft ist nicht von langer Dauer«, unkte Ozols. »Da kann Wanja nicht aus seiner Haut.«

Der Arzt nickte.

»Also, was hast du geplant, Ozols?«

»Die Waffe, die du mit der GRU entwickelt hast, war so unberechenbar und gefährlich, dass die beiden Supermächte beschlossen haben, sie zu verbieten. Du beherrschst die Technik, auf der das Ganze beruht, und du weißt, wie man sie scharfmacht.«

»Mal angenommen, es wäre so. Wie sollte man an eine solche Waffe kommen?«

»Du weißt, dass ich imstande war, mir im Lager nicht nur Feinde, sondern auch Freunde zu machen. In meinen letzten Jahren in Kolyma hab ich mich mit einem Bulgaren angefreundet, der mit Waffen gehandelt hat. Ich hab ihm ein paar Dienste erwiesen, und im Gegenzug hat er mich nach unserer Entlassung kontaktiert und mir erzählt, dass eine der Waffen, nach der ich suche, Mitte der Achtziger in Schweden deponiert wurde. Ich hab noch eine alte Freundin in Stockholm. Wir haben die Waffe lokalisiert.«

Der Arzt sah Ozols scharf an.

»Du bist dir aber bewusst, welche Konsequenzen das hätte, was du hier andeutest?«

»Es würde zu einem dritten Weltkrieg führen, ja. Zu dem unausweichlichen Krieg, der nötig ist, um mein Volk zu rehabilitieren und Aestien zu errichten – das großbaltische Reich, über das mein und dein Volk seit dem Ersten Weltkrieg gesprochen haben, das dann aber Hitler und Stalin zunichtegemacht haben. Es wird kein besserer Moment mehr kommen als jetzt, da Russland am Boden liegt. Wir müssen die Gelegenheit nutzen und unsere Unabhängigkeit für alle Zeiten zementieren.«

»Dann willst du, dass ich dir erkläre, wie man die Waffe sicher transportiert? Und wie man sie aktiviert?«

Ozols nickte. Dann streckte er die Hand über den Tisch. Der Arzt schlug ein.

»Ich hätte nie gedacht, dass dieser Tag mal kommen würde«, sagte Nemetski. »Dass ich die Chance hätte, dir etwas zurückzugeben.«

»In Schweden wird sie hochgehen«, erklärte Ozols. »Dann breitet es sich bis zu Onkel Wanja und den Schweinen in Moskau aus. Bevor ich meinen letzten Atemzug tue, will ich ihre Rücken brennen sehen.«

Sonntag, 20. August

114

Papanow saß in seiner provisorischen Kommandozentrale in dem Bunker in Solna. Auf einem grünlich leuchtenden Bildschirm konnte er Bewegungen im Wasser nachvollziehen, die unmöglich zu deuten gewesen wären, hätte er nicht einen Kollegen in der Barentssee gehabt, der das Geschehen über den Knopf im Ohr für ihn kommentierte.

»Eine ferngesteuerte Kamera taucht jetzt von der Seaway Eagle *aus in Richtung* Kursk, *um die äußere Hülle zu inspizieren.«*

»Der erste norwegische Taucher nähert sich jetzt dem U-Boot.«

»Das Ausstiegsluk ist geflutet.«

»Keine Leichen gefunden.«

»Es dauert jetzt ein paar Minuten, bis die Innentür des Ausstiegsluks geöffnet werden kann.«

»Ich warte«, antwortete Papanow.

Er sah auf die Uhr. Es war kurz nach halb sieben Stockholmer Zeit. Noch fünfeinhalb Stunden, dann wäre alles vorbei. Auf die eine oder andere Weise.

»Die Norweger öffnen jetzt die Innentür.«

»Die Abteilung ist geflutet. Ich wiederhole: Die Abteilung ist geflutet.«

»Die Evakuierungskräfte erklären den Tod der kompletten Besatzung.«

»Leichen zu bergen ist nicht ihr Auftrag. Der Einsatz wird abgebrochen.«

»Ich höre gerade, dass ein Vertreter der russischen Marine

alle hundertachtzehn Mann der Kursk *noch heute offiziell für tot erklären soll.«*

Papanow zog den Stecker aus dem Ohr, lehnte sich zum Bildschirm vor und schaltete ihn ab. Genau damit hatte er gerechnet. Alles andere wäre ein Wunder gewesen.

Ruhe in Frieden, Kamerad Ljomkin.

Er rief sich ihr Gespräch vom frühen Morgen des ersten Manövertags ins Gedächtnis. Vor dem Unglück.

»Sie haben 1984 an einer geheimen U-Boot-Operation in der Ostsee teilgenommen. Sie haben damals Order erhalten, einen Schlüssel bei sich zu führen.«

»Ich verteidige ihn noch immer mit meinem Leben.«

Jetzt da Papanow wusste, dass jenes Leben, das den Schlüssel verteidigt hatte, ausgelöscht war und sämtliche Versuche, die Männer rechtzeitig zu retten, fehlgeschlagen waren, blieb nur noch eins.

Die Menschen um ihn herum mochten sich vielleicht keine größere Katastrophe ausmalen können als diejenige, die seine Brüder im Nördlichen Eismeer ereilt hatte. Aber was ihnen bevorstand, hatte eine ganz andere Dimension. Ein Gegenstand, der in Schweden über Jahre sicher versteckt gewesen war, war einem Feind in die Hände gefallen, den sich hier niemand auch nur im Entferntesten vorstellen konnte. Wenn das eingebaute Signal nicht gewesen wäre, das in der Botschaft in Stockholm vor gut einer Woche Alarm geschlagen hatte, hätten sie die Katastrophe niemals erahnen können, ehe es zu spät gewesen wäre.

Aber so weit würde es nicht kommen.

General Lebeds Äußerungen im amerikanischen Fernsehen. Seine Untergangsprognose, die sie in den Augen der Welt wie die letzten Idioten hatte dastehen lassen. Trotzdem hatte Papanow, seit er von dem Attentat im Rigaer Centrs gehört hatte, das mulmige Gefühl gehabt, Lebed könnte am Ende doch recht behalten.

Die perfekte Waffe in der Hand von Terroristen.

Ljomkin war einer von zwei Agenten gewesen, die an der heimlichen Operation 1984 teilgenommen hatten. Der andere war Goga Golubkin gewesen.

Jetzt waren beide tot.

Und das Stress-Signal funkte immer noch.

Er griff zu seinem Handy und rief die Nummer der russischen Botschaft auf.

»Denis Sinowjew«, sagte Papanow. »Als Sicherheitsbeauftragter der russischen Vertretung in Stockholm haben Sie hiermit den Auftrag, sämtliche Termine des Botschafters für heute abzusagen und ihn an einen sicheren Ort zu bringen, der so weit wie nur möglich von der Stockholmer Innenstadt entfernt liegt. Wiederholen und bestätigen Sie bitte, was ich gesagt habe.«

115

Erneut saß Max im Besprechungsraum der Rikskrim, der zu seinem und Sofias Gemeinschaftsbüro geworden war. Die Müdigkeit war schier überwältigend, und immer häufiger fiel ihm das Kinn auf die Brust. Eigentlich hatte er vorgehabt, nach Hause zu fahren und zu schlafen, doch dann hatte Sarah angerufen und ihnen eröffnet, dass Anastasia Friedenberga und Anna Isaksson ein und dieselbe Person waren. Sofia hatte augenblicklich Kollegen zur lettischen Botschaft geschickt, doch angesichts der Regeln und Gesetze, die einen ausländischen Diplomaten schützten, hatten sie dort nicht einfach reinmarschieren und sie festnehmen können.

Max zuckte zusammen, als es an der Tür klopfte. Erst sah er zu Sofia, die stumm dasaß und auf ihrem Laptop tippte. Dann auf die Uhr. Es war fünf vor sieben am Morgen.

In der Tür stand Per Carpelan, der Chef der Rikskrim, und zögerte kurz, ehe er ein paar Schritte in den Raum trat.

»Charlie Knutsson ist in der vergangenen Nacht seinen Verletzungen erlegen«, sagte er. »Es tut mir wahnsinnig leid, Max.«

Schlagartig bekam Max keine Luft mehr. Er sprang auf und rannte an Carpelan vorbei hinaus auf den Flur.

»Max!«, rief Sofia ihm nach.

Es klang, als käme ihre Stimme aus weiter Ferne. Er schaffte es bis zur Herrentoilette, stellte sich dort vor den Spiegel am Waschbecken und zerrte die Schachtel mit dem Alprazolam aus der Tasche.

Irgendjemand legte ihm die Hand auf den Arm. Es war Sofia. Er hatte nicht einmal mitbekommen, dass sie ihm gefolgt war.

»Max, es wird nicht besser davon, wenn Sie …«

Er riss die Verpackung auf, und die Blisterstreifen mit den blauen Tabletten flogen im hohen Bogen über das Waschbecken. Er starrte auf die Nummer hinab, die mit Füller auf die Innenseite der Lasche geschrieben worden war.

»Wessen Telefonnummer ist das?«, fragte Sofia.

Sie sah ihn im Spiegel an.

Das ist die Nummer eines Mannes, der uns die ganze Zeit einen Schritt voraus war, dachte er. Der Einzige, der eine Ahnung zu haben scheint, was hier eigentlich vor sich geht.

Jetzt tauchte auch Carpelan in der Tür auf.

»Ich muss Ihnen noch etwas erzählen«, sagte er.

Max ballte die Faust um die Pappschachtel. Ein metallischer Geschmack breitete sich auf seiner Zunge aus, und die Rippen taten ihm weh. Ihm hatte nicht gefallen, wie Papanow mit ihm gesprochen hatte – als wären sie alte Bekannte, als spielten sie im selben Team.

»Sie wissen genau, dass die Polizei auf dem falschen Dampfer ist. Arbeiten Sie mit uns zusammen, Max. Wir können Ihnen Ressourcen zur Verfügung stellen.«

»Ich hab einen Telefonmitschnitt bekommen, den Sie sich anhören sollten«, fuhr Carpelan fort. »Ich glaube, Sie könnten uns helfen zu verstehen, worum es da geht.«

»Was denn für einen Telefonmitschnitt?«

»Ein Telefonat, das Tomas Schiller gerade erst geführt hat … mit jemandem aus der russischen Botschaft.«

Max nickte. Dann stopfte er die kaputte Schachtel in die Gesäßtasche und ging ihm nach.

Zurück im Büro drückte Carpelan auf eine Taste an seinem Computer, um ihn aus dem Standby-Modus zu wecken.

Der Cursor zeigte an, wo er die Aufnahme angehalten hatte, und er drückte auf Play.

»Ich muss Ihnen leider mitteilen, dass der Botschafter erkrankt ist und seine Termine heute nicht wahrnehmen kann.«

Der Mann sprach fließend Schwedisch, hatte aber einen leichten russischen Einschlag. Es war nicht Papanows Stimme.

»Was sagen Sie da?« Tomas Schiller klang mit einem Mal schrill. *»Aber das geht doch nicht – nicht heute, Denis! Ausgerechnet heute ist verdammt noch mal das ... Wir arbeiten seit einem ganzen Jahr darauf zu. Heute soll das Projekt vom Stapel gelassen werden. Die monatelange Vorbereitung ... Was soll ich denn dem Ministerpräsidenten sagen? Spritzen Sie dem Botschafter Kortison oder Adrenalin oder was weiß ich – es geht doch nur um eine Stunde seiner kostbaren Zeit!«*

»Es tut mir leid. Ich weiß, dass es ein schlechter Zeitpunkt ist.«

»Sie wollen mich auf den Arm nehmen!«

Für einen Moment herrschte unangenehme Stille. Dann ergriff Schiller wieder das Wort.

»Wenn der Botschafter nicht um Punkt zwölf im Kungsträdgården erscheint, wird das ganze Mir2000-Projekt in einem Fiasko enden. Können Sie sich wirklich noch so ein Fiasko leisten?«

»Diese letzte Bemerkung hab ich jetzt nicht gehört«, murmelte der Russe. *»Noch einmal: Es tut mir sehr leid.«*

Dann war das Gespräch beendet.

»Mit wem hat Schiller da gesprochen?«

»Mit Denis Sinowjew«, antwortete Carpelan. »Dem dritten Mann in der Hackordnung der Botschaft. Unter anderem für die Sicherheit des Personals zuständig.«

Er klickte ein anderes Programm an und rief ein Foto von Denis auf.

Dieses weltgewandte, charmante Lächeln, die eleganten Klamotten. Mit diesem Mann hatte Paschie im Gondolen zu Abend gegessen. Max hatte es wirklich komplett falsch interpretiert. Sie war beruflich dort gewesen, im Auftrag von Sarah, von Vektor. Wie immer war sie gewissenhaft ihrer Arbeit nachgegangen.

Max wandte sich zum Fenster um, zog das Rollo hoch und ließ die Morgensonne herein.

»Mir2000?«, murmelte er.

»Hier, hier sind ein paar Bilder vom Kungsträdgården von gestern Nachmittag. Im Laufe des Tages werden dort mehrere Tausend Besucher erwartet.«

Max sah sich die Fotos nicht einmal an. Er wusste genau, worum es ging. Das war bei Vektor Paschies Baby gewesen. *Bessere humanitäre Hilfe und ein Neustart für eine stärkere kulturelle Zusammenarbeit zwischen Schweden und Russland.*

Er rief sich in Erinnerung, was Sarah ihm am Telefon erzählt hatte: das Stress-Signal und der beunruhigte Informant dieses Reporters. Das Signal zählte auf einen bestimmten Zeitpunkt runter und würde irgendwann im Laufe des Tages aufhören zu senden. Und nun hatte der Sicherheitsbeauftragte der russischen Botschaft mitgeteilt, dass der Botschafter überraschend nicht bei der Eröffnung im Kungsträdgården dabei sein könne. Papanow hatte aus Kandinski Informationen herausgefoltert, ehe er ihn erschossen hatte. Und Kandinskis Auto war immer noch verschwunden.

»Sofia«, sagte Max. »Als wir uns im Flieger nach Trondheim das Lietuvens-Kreuz angesehen haben, haben Sie mich etwas gefragt: was passieren würde, wenn die zehn Morde verübt wären. Und Sie haben auf das Symbol in der Mitte des Kreuzes gezeigt.«

»Ja, ich erinnere mich«, sagte Sofia. »Das Dievs-Symbol.«

»Das mächtigste von allen. Dievs' Zorn bringt den Himmel über den Menschen zum Einsturz, und der Boden öffnet sich unter unseren Füßen. Wir haben falschgelegen, Sofia. Die zehn Schweden, die ermordet werden sollten, waren bloß das Vorspiel.«

116

Die Streife fuhr mit Vollgas und Blaulicht, allerdings ohne Sirene, von Kungsholmen zum Kungsträdgården.

»*Wir haben mit dem Ministerium gesprochen, Per*«, antwortete eine Stimme aus dem Funkgerät in Carpelans Hand. »*Der Staatssekretär ist in hellem Aufruhr. Er ist jetzt unterwegs und wird mit Ihnen reden wollen, sobald Sie dort auftauchen.*«

»Darauf freu ich mich schon. Danke für die Vorwarnung.«

Carpelan drehte sich zu Max und Sofia um.

»Ich hoffe inständig, Sie haben recht, Max. Sonst darf ich heute noch meine Sachen packen.«

»Bis hierher passt alles: *Mir* ist das russische Wort für *Erde*, aber es steht eben auch für die *Welt* und für *Frieden*. Der Legende von Dievs zufolge bricht die Erde ein, sobald sein Zorn geweckt wird, und aus der Unterwelt lodern Höllenfeuer. Das hier soll der Schlusspunkt des Rachefeldzugs werden.«

»Wie ungemein praktisch, dass da der russische Botschafter unpässlich ist«, kommentierte Carpelan.

»Glauben Sie, dass Papanow das aus Kandinski rausgepresst hat?«, wollte Sofia wissen. »Und dass er es war, der in der Botschaft Alarm geschlagen hat?«

Max nickte.

»Das würde auch erklären, warum wir die ganze Zeit hinterherhinken – und warum Papanow überhaupt hier ist. Warum er so extreme Maßnahmen ergreift. Es geht gar nicht um Rache für einen toten Agenten. Und er musste auch gar nicht an Kandinski herankommen. Es geht um etwas ganz anderes – etwas, was mit dem letzten Schritt in ihrem Plan zusammenhängt.«

»Und was soll das sein?«

»Ich hoffe, dass wir es erkennen, sobald wir vor Ort sind.«

So früh am Sonntagmorgen waren noch nicht allzu viele Menschen im Kungsträdgården unterwegs. Ein paar Frühaufsteher mit ihren Hunden. Ein paar beschwingte Nachtclubbesucher, die aus einem McDonald's herauswankten und sich nach Taxis umsahen, um endlich nach Hause zu kommen und ihren Rausch auszuschlafen.

Als die Polizei erschien, die Hundestaffel und die Sondereinsatztruppe, war von Ruhe keine Rede mehr.

Ein Mann im Anzug stürmte auf Carpelan zu.

»Ist das Schiller?«, fragte Max.

Sofia nickte. Schiller fing sofort an, hitzig auf Carpelan einzureden und wild zu gestikulieren.

Dann war aus Sofias Handfunkgerät ein Funkspruch zu hören. Sie drehte am Lautstärkeknopf. Max sah, wie Carpelan sich vom Staatssekretär abwandte und das Gleiche tat.

»Sie haben einen verdächtigen Gegenstand gefunden«, teilte Sofia ihm mit. »Wir evakuieren den Kungsträdgården. Rosenbad ist informiert. Die Säpo bringt den Ministerpräsidenten in Sicherheit. Jeder ohne Bombenschutzanzug verlässt sofort das Gelände.«

117

Sie waren zurück in Carpelans Büro bei der Rikskrim. Tomas Schillers Handy war beschlagnahmt worden, er selbst saß im Vernehmungsraum. Er hatte mitten im Satz aufgehört zu sprechen, als Carpelan ihn am Arm gepackt und zu einem Polizeiwagen geschleppt hatte. Seit sie auf der Wache angekommen waren, hatte der Staatssekretär kein Wort mehr gesagt und nur mehr stumm vor sich hin gestarrt.

Carpelan gegenüber hatte der Leiter des Sprengkommandos Platz genommen, das als Einziges im Kungsträdgården geblieben war.

»Wir haben einen Koffer unter dem Tonpult gefunden«, erklärte er.

»Beschreiben Sie uns, wie er aussah«, bat Max.

Der Bombenexperte sah Max irritiert an.

»Max Anger«, stellte Carpelan ihn vor. »Er ist Berater bei den Ermittlungen. Russlandexperte mit militärischem Background, gehört einer Institution namens Vektor an. Max hat uns auch gewarnt, dass im Kungsträdgården eine Bombe deponiert sein könnte.«

»Das Ding sieht aus wie ein ganz normaler Koffer, älteres Modell, gerilltes Metallgehäuse, schwarze Stahlbänder.«

Max nickte.

»Und was steckt drin?«, wollte Carpelan wissen.

»Kann ich noch nicht sagen, weil wir uns noch nicht rangetraut haben«, antwortete der Bombenexperte. »Der Koffer ist mit einer – wie wir es in diesem Zusammenhang nennen – *booby trap* versehen.«

»Oder einer *molnija*«, warf Max ein. »Russisch für *Blitz.*«

»Es ist ein *russischer* Koffer?«, kam es von Carpelan.

Max wusste, wie sensibel die Lage war. Nichts wäre besser geeignet, um Panik zu verbreiten. Er nahm sich vor, seine schlimmsten Befürchtungen für sich zu behalten.

»Ja, ich nehme an, dass es sich um einen russischen Koffer handelt«, sagte er. »Eine *molnija* ist eine russische *booby trap*: eine Sprengvorrichtung, die außen an den Sprengstoffbehälter angebracht wird, damit ihn kein Unbefugter öffnen kann. Der russische Geheimdienst hat während des Kalten Krieges in mehreren westlichen Ländern, auch in Schweden, in solchen Koffern Waffen, Dechiffrierungsgeräte, Sprengladungen und so weiter in der Erde vergraben oder hinter Mauern deponiert. Sie alle waren mit einer *molnija* versehen und konnten nur von einer Person oder einigen wenigen entsichert und geöffnet werden.«

»Und was passiert, wenn man so was öffnet, ohne zu wissen, wie?«, fragte Carpelan.

»Vor zwei Jahren wurde ein solcher *molnija*-geschützter Behälter in der Schweiz gefunden, außerhalb von Bern. Sie haben einen Wasserwerfer darauf gerichtet, und er ist explodiert. Der komplette Inhalt war vernichtet. Wären in der Nähe Menschen anwesend gewesen, hätten sie die Explosion nicht überlebt.«

»Wasser ist in unserem Fall nicht zu empfehlen«, warf der Bombenexperte ein.

»Warum nicht?«, fragte Carpelan.

»Die Schweizer hatten sich zuvor versichert, dass der Behälter keinen größeren Sprengsatz enthielt«, erklärte Max. »Aber in unserem Fall vermute ich mal, dass wir das nicht ausschließen können.«

»Stimmt genau«, sagte der Bombenexperte.

»Wenn ich also richtig verstanden habe«, sagte Carpelan, »haben wir es mit einer Bombe zu tun, die wir nicht entschärfen können, weil eine separate Sprengladung davorgeschaltet ist?«

Max nickte. *Genau richtig.*

»Können wir denn irgendetwas darüber sagen, wie die Bombe in dem Behälter gezündet wird?«, wollte Carpelan wissen.

»Sie haben vielleicht schon von dem Stress-Signal gehört, das in der russischen Botschaft registriert wurde?«, fragte Max. »Vektor hat erfahren, dass da gewissermaßen ein Countdown läuft.«

»Okay«, sagte Carpelan. »Wir sperren rund um den Berzelii-Park bis zum Dramaten und hinunter zum Strömmen alles ab. In Richtung Westen bis hoch zum Sergels torg.«

Eine Sprengkraft, die ein Drittel der Hiroshima-Bombe betrug. Um eine Großstadt wie Stockholm würde eine Sperrzone über Knivsta im Norden und Järna im Süden errichtet werden müssen.

Carpelan sah Max an und biss sich auf die Unterlippe.

»Wie viel Zeit haben wir noch?«

»Ich weiß es nicht. Aber wir dürfen keine Minute mehr verlieren.«

118

Tomas Schiller blickte auf, als Max den Vernehmungsraum betrat. Er hatte sein Hemd aufgeknöpft und die Krawatte gelockert. Die Augen waren stark gerötet.

»Was geht hier vor?«, fauchte er. »Und wer zum Teufel sind Sie?«

Max setzte sich neben Schiller, der sofort zum Spionspiegel schaute.

»Da steht niemand auf der anderen Seite, Tomas.«

»Haben Sie eine Ahnung, wen Sie hier vor sich haben?«, blaffte Schiller ihn an. »Für wen arbeiten Sie? Das Militär?«

»Sie wollen wie Ihre großen Vorbilder sein, nicht wahr? Wie all die Männer, von denen Sie gelesen haben und die Sie bewundern. Die Staatssekretäre im Auswärtigen Amt, all diese supersmarten Politikprofis, die sich um die Drecksarbeit gekümmert und Schweden aus dem Krieg herausgehalten haben.«

»Ich hab nichts falsch gemacht. Sie haben kein Recht, mich hier festzuhalten.«

»Wer hätte gedacht, dass die Baltenauslieferung nach dem Zweiten Weltkrieg uns noch mal derart ins Kreuz schlagen würde? Sie wollten um jeden Preis verhindern, dass die Geschichte ans Tageslicht käme. Und da war es besser, eine Mordermittlung zu sabotieren, als die Wahrheit einzugestehen? Ich hoffe nur, Sie haben überzeugende Gründe dafür.«

Schiller schüttelte den Kopf.

»Sie wussten, worum es hier ging, als Sie sich mit dem

Bibliotheksausweis Ihrer Frau *Unsere Schützlinge* ausgeliehen haben, nicht wahr?«

Immer noch keine Antwort.

Max legte die rechte Hand auf Schillers Schulter. Drückte ihm den Daumen unters Schlüsselbein. Nicht zu fest, aber doch fest genug, dass Schiller schmerzhaft das Gesicht verzog. Dann beugte er sich vor und flüsterte Schiller ins Ohr: »Es wird Zeit, die Karten auf den Tisch zu legen. Fünf Menschen sind bereits gestorben, und wenn Sie jetzt nicht reden, müssen noch unzählige mehr sterben.«

»Was haben Sie im Kungsträdgården gefunden?«

Max flüsterte ihm zu, was er vermutete, und Schiller schlug die Augen nieder.

»Wenn Sie uns jetzt alles erzählen, was Sie wissen, haben wir noch eine winzige Chance, alles wieder geradezubiegen. Aber die Zeit läuft.«

Tomas Schiller nickte und fing an zu erzählen.

119

Nach fünfzehn Minuten mit Schiller im Vernehmungsraum hatte Max alles gehört, was er wissen musste. Und er hatte dem Staatssekretär ein Versprechen abgenommen.

Denn auf normalem Wege war an Anastasia Friedenberga offenbar nicht heranzukommen.

Er erinnerte sich noch gut an Charlie Knutssons letzte Worte.

Sie überschreitet jede Grenze.

Max versuchte, sich in ihre Lage zu versetzen. Wie würde er selbst vorgehen, wenn er sie wäre? Wenn sein Ziel in greifbarer Nähe läge? Wenn man gewisse Privilegien hatte wie beispielsweise diplomatische Immunität, dann nutzte man die auch aus. Sofias Kollegen von der Fahndung hatten berichtet, dass sie in der botschaftseigenen Wohnung übernachtet hatte. In das Gebäude würden sie nicht eindringen dürfen. Deshalb würden sie sie herauslocken müssen.

Die Nachricht, die sie von Staatssekretär Schillers Handy verschickt hatten, las sich folgendermaßen: *»Wir müssen uns dringend treffen, Café Nero an der Roslagsgatan. Zu Fuß von der Botschaft erreichbar. Kann heute unter keinen Umständen zu Ihnen kommen.«*

Max hatte Sofia und Carpelan davon in Kenntnis gesetzt, was als Nächstes passieren würde. Die beiden saßen ein Stück von dem Café entfernt in Sofias Privatauto, waren aber bereit, auf Max' Kommando jederzeit zuzugreifen. Sofia hatte im Café angerufen, den Wirt instruiert und ihm versichert, dass das Ganze in wenigen Minuten vorüber wäre.

Max hockte mit der linken Schulter zum Eingang des großzügigen, inzwischen geräumten Innenraumes des Cafés, als Anastasia Friedenberga mit langen Schritten darauf zueilte. Sie blieb verblüfft stehen, sowie sie den leeren Raum betrat. Obwohl sie Max' Anwesenheit hinter sich zu spüren schien, drehte sie sich nicht um, sondern hob nur ganz langsam die Hand in Richtung ihrer Handtasche.

Max stand auf. Im selben Moment, da sie sich zu ihm umdrehte, packte er sie an beiden Armen und warf sie zu Boden.

»Sie?«, rief sie.

Als Max sichergestellt hatte, dass sie keine Waffe bei sich trug, wand er ihr die Handtasche aus der Hand, drehte sich nach hinten um und verriegelte die Eingangstür.

»Setzen Sie sich hin«, sagte er.

»Wer sind Sie wirklich, Max Anger?«, fragte sie. *»Kto vi?«*, wiederholte sie auf Russisch.

»Ich bin genau der, für den ich mich ausgebe, was man von Ihnen ja nicht gerade behaupten kann, Anastasia. Aber für Sie ist das Spiel jetzt aus.«

Er nahm sein Handy zur Hand und schickte Sofia eine SMS: Sie könne jetzt kommen und vor dem Café auf sie warten.

»Dort draußen stehen gleich zwei Kollegen der Mordkommission für Sie bereit, um Sie festzunehmen und zu vernehmen. Mit aller Wahrscheinlichkeit werden Sie angeklagt und wegen Beihilfe zu mehreren Morden und der Vorbereitung eines Terroranschlags zu vielen Jahren Haft verurteilt.«

»Mord? Terroranschlag?«, kreischte sie. »Ich habe mir nichts zuschulden kommen lassen!«

»Sparen Sie sich das für die Polizei und die Staatsanwaltschaft auf. Wir zwei haben noch ein Hühnchen miteinander zu rupfen. Danach überlasse ich Sie der Polizei. Wenn man bedenkt, dass aufgrund Ihrer Hirngespinste fünf Menschen sterben mussten, hoffe ich, dass sie Sie nicht allzu freundlich behandeln.«

»Wovon reden Sie?«

Anastasia versuchte noch immer, den Schein zu wahren. Um all das zu erreichen, was sie erreicht hatte, musste man eine stahlharte, intelligente Frau sein – aber Max war nicht weiter verwundert. Die Frau musste hochintelligent sein, nachdem sie sie alle an der Nase herumgeführt hatte – inklusive Charlie Knutsson.

»Sie haben es nicht ertragen, dass Ihnen der Mann, den Sie geliebt haben, weggenommen wurde, nicht wahr, Tasenka? Der Mann, den Sie gepflegt hatten. Dessen Geschichte tief in Ihnen und in Ihrer Sehnsucht nach Ihrem Heimatland widerhallte. Sie wollten, dass Sie beide als Mann und Frau in einem freien Lettland, in einem freien großbaltischen Reich leben konnten.«

Anastasia schnaubte.

»Ich werde Ihre Fantastereien um mein Privatleben mit keinem Wort kommentieren. Aber den Traum von meiner Heimat habe ich niemals aufgegeben. Ich bin Sprecherin einer Gruppierung, die ...«

»Ich weiß«, fiel Max ihr ins Wort. »Und ich weiß darüber hinaus, dass Sie mich angelogen haben, als Sie sagten, Sie wüssten nicht, wohin Charlie unterwegs war. Sie haben ihn in den sicheren Tod geschickt, indem Sie mir nicht die Wahrheit gesagt haben. Ich weiß, dass Sie mit Kandinski Kontakt hatten, nachdem Ludwigs Ozols nach Schweden zurückgekehrt war. Ich weiß, dass Sie ihm geholfen haben, den Sprengsatz im Centrs zu legen. Und dass es Ihnen gelungen ist, die Welt glauben zu machen, es wäre eine russische Provokation gewesen. Ich weiß, dass Kandinski einem russischen Agenten namens Goga Golubkin etwas gestohlen hat und das jetzt zu einer akuten Krise führt, die unendlich viel mehr Menschenleben bedroht, als Sie mit Ihrem geisteskranken Rachedurst je rechtfertigen könnten.«

Anastasia schüttelte den Kopf, konnte sich aber gleichzeitig ein Lächeln nicht verkneifen.

»Ich habe keine Ahnung, wovon Sie reden.«

Sie schien sich auch nicht länger darum zu scheren, ob Max ihr Glauben schenkte oder nicht.

»Nur eine Sache verstehe ich immer noch nicht«, fuhr er fort. »Warum Maj-Lis Toom? Ihre Sandkastenfreundin?«

Anastasia brach in Gelächter aus.

»Sie haben wirklich keinen Schimmer von der ganzen Sache.«

Ihre Stimme hatte sich verändert, als wäre sie sich absolut sicher, dass sie alles im Griff hatte.

»Sie haben sie als Kind vergöttert, nicht wahr? Und umgekehrt? Wenn es so war, dann waren Sie der einzige Mensch auf dieser Erde, den diese Frau jemals geliebt hat. Als ich noch jung und gerade erst hier in Schweden angekommen war, hab ich alles getan, um denen zu helfen, die für unsere Sache gekämpft haben, für unser Land – all die Brüder und Schwestern! Die Frau, die Sie Maj-Lis Toom nennen, war in Wahrheit jemand ganz anderes. Sie war eine lettische Verräterin. Hat ihr Leben lang gelogen. Hat ihre Familie, hat ihr eigenes Kind einfach zurückgelassen!«

»Nein, hat sie nicht. Ihr Sohn Taniel und der Vater sind während der Überfahrt nach Schweden ums Leben gekommen.«

»Sind sie nicht!«

Anastasia donnerte die Faust auf den Tisch. Ihre Fingerknöchel waren weiß.

»Ihr richtiger Name war Rebeka Meija, und sie hat ihren einzigen Sohn in einem Kinderheim in Riga zurückgelassen – in einem Höllenloch, geleitet von Jesuiten, die samt und sonders pädophil waren und den Kindern Dinge angetan haben, die Sie sich gar nicht vorstellen können!«

Das Armband. Der Zettel, der darin gesteckt hatte. Die

Namen Rebeka Meija und Raimonds Cilpa. Der Leiter des Kinderheims, den Kandinski umgebracht hatte.

Konnte das wirklich wahr sein?

»Da saß sie auf Björkö mit ihrem Männerhass und suhlte sich in Mitleid. Sie hat mir einen Brief geschrieben. Darin hat sie mir erzählt, was sie alles getan hat, um ihre eigene Haut zu retten. Nachdem sie sich nach Schweden durchgemogelt hatte, hätte es eine Sache gegeben, *eine einzige Sache*, die sie für ihr Land und ihre Schwestern und Brüder hätte tun können. Nämlich das Leben desjenigen Mannes retten, den sie betrogen hatte. Das Leben eines Mannes, der tapferer als alle anderen für unser Land gekämpft hat. Als sie ihm den Rücken kehrte, kehrte sie auch dem lettischen Volk den Rücken. *Um ihre eigene Haut zu retten!*«

Anastasia war wie verwandelt. Sie hatte jedes Wort herausgekreischt. Doch die Puzzleteile, die zuvor noch nicht gepasst hatten, waren jetzt endlich an ihren Platz gefallen und veränderten alles, woran er sein Leben lang geglaubt und weswegen er sich anfangs überhaupt in dieses Durcheinander eingemischt hatte.

Er sah das Foto aus Maj-Lis' Haus vor sich: zwei kleine Mädchen, die nebeneinander in einer Hängematte saßen. Beste Freundinnen. Tasenka.

Maj-Lis Tooms Leben war eine Lüge gewesen. Sie hatte Max und allen anderen etwas vorgespielt.

»Sie hat den Mann nicht gerettet, den sie betrogen hatte?«, hakte Max nach. »Ludwigs Ozols?«

»Ja, Ludwigs Ozols.«

Er hätte es von Anfang an sehen müssen. Mara, die Mutter aller Mütter. Sie war das erste Opfer gewesen. Und endlich verstand Max auch den Grund.

»Maj-Lis hatte keinen Sohn, der Taniel hieß«, sagte er. »Sie hatte einen Sohn namens Oto. Oto Zagars. Kandinski.«

Anastasia nickte und schien regelrecht in sich zusammenzusacken, als ihr dämmerte, dass Max jetzt alles durchschaut hatte.

»Fünfunddreißig Jahre im hintersten Sibirien, Max. Ludwigs hat alles gegeben, um zu überleben. Er hat Lager errichtet für Tausende Menschen, die nicht so stark waren wie er, die von den Schweden verraten und von Stalin weggesperrt wurden. Er selbst ist dort gelandet, weil Rebeka – oder Maj-Lis, wie Sie sie nennen –, nicht zulassen wollte, dass auch er Teil ihrer Lebenslüge werden würde. Der Vater ihres eigenen Sohnes!«

Der letzte Satz ging in einem Schluchzer unter. Diese Frau war von ihrem Hass gänzlich zerfressen. Doch Maj-Lis war kein bisschen besser gewesen. Zwei Frauen, die in jungen Jahren zwischen Ideologien, Politik und Krieg zerrieben worden waren.

»Irgendwann muss doch ein Schlussstrich gezogen werden, Anastasia. Wir können doch nicht zulassen, dass der Hass siegt.«

»Wir werden niemals unsere Waffen niederlegen.«

»Wo steckt Ozols jetzt? Lassen Sie nicht zu, dass noch mehr unschuldige Menschen sterben. Ich weiß, dass er sich hier in Stockholm aufhält.«

»Fünfzig Jahre lang hat er sich nach seinem Sohn gesehnt und hat sich nur dessentwegen ans Leben geklammert. Und als er ihn am Ende aufgespürt hatte – was glauben Sie, wo er da war?«

Max musste an die Geschichte denken, die er über Kandinskis Zeit im Kinderheim und in sowjetischen Gefängnissen gehört hatte. Er sah den tätowierten Körper vor sich – wie er nackt und gefoltert und mit einem Einschussloch im Kopf in der Jagdhütte gekauert hatte.

Endlich hatte er alles verstanden. Und er hatte genug gehört. Anastasia würde ihm niemals verraten, wo Ozols steckte. Die Konsequenzen interessierten sie nicht. Sie war nicht auf Frieden aus – Anastasia wollte Krieg. Max musste wieder daran denken, was Sarah über ihre erste Begegnung mit Anastasia erzählt hatte. *Casus belli.* Ein Ereignis, das als Grund für eine Kriegserklärung diente. Was immer ihnen jetzt Grässliches bevorstand, war genau, was sie hatte herbeiführen *wollen.* Für sie war Versöhnung ein Ding der Unmöglichkeit.

Es war an der Zeit, sie der Polizei zu übergeben.

Er sah auf die Handtasche hinab, die auf seinem Schoß lag.

Wir werden niemals unsere Waffen niederlegen.

Er legte die Hand an den Verschluss.

Anastasia stürzte sich auf ihn, versuchte, ihm in den Hals zu beißen und ihm gleichzeitig die Handtasche zu entreißen. Er warf sich zur Seite, und Anastasia hechtete ihm nach, drillte die Fingernägel in seine Wangen. Max wand sich los und stieß sie von sich weg, sodass sie mit dem Rücken gegen die Tischkante krachte und laut stöhnend zu Boden ging. Sie wand sich vor Schmerzen.

Max rappelte sich auf und zog die Handtasche auf. Wühlte zwischen Schlüsseln, einer Geldbörse, Handy, Puderdose und Lippenstift.

Keine Waffe.

Ganz zuunterst erwischte er ein Stück Papier. Er zog es heraus. Der Fahrschein für eine Kreuzfahrt. Das Schiff würde in ein paar Stunden aus Stockholm auslaufen.

Der riesige Luxuskreuzer, der draußen auf dem Saltsjön ankerte.

Die *Seas of the World.*

120

Noch während Sofia das Gespräch beendete, bog der Wagen bereits in Richtung Skeppsbron ab. Sie drehte sich zu Max um.

»Ein Polizeiboot holt uns am Kai ab. Wir kommen über eine Strickleiter an Bord. Der Kapitän ist informiert, und sie zögern die Abfahrt hinaus, bis wir grünes Licht geben.«

Max nickte.

Er zog Anastasias Handy aus der Jackentasche, klickte sich durch ihre Kontakte, suchte nach Ozols Namen. Nichts. Er rief ihre SMS auf.

Die letzte stammte von einer unbekannten Handynummer. Sie war auf Lettisch verfasst, und das Einzige, was Max verstand, waren *Sky Bar* und *Seas of the World.*

Die Nachricht war vor zwei Stunden eingegangen. Max sah sofort nach, ob Anastasia darauf geantwortet hatte. Hatte sie nicht. Konnte Ozols mitbekommen haben, dass ihr etwas zugestoßen war? Wenn sie nicht bald auftauchte, würde er garantiert den Kopf einziehen.

Sobald der Wagen abgebremst hatte, rannten sie hinunter zu dem bereitliegenden Boot.

Unterwegs überholten sie eine Djurgårdsfähre, auf der es von Passagieren nur so wimmelte. Die Schlange am Fährterminal war wesentlich länger als sonst. Es war ein schön sonniger, warmer Augusttag, und nachdem die Gegend rund um den Kungsträdgården abgesperrt worden war, war es kein Wunder, dass die Fähren zum Djurgården besonders ausgelastet waren.

Vor ihnen ragte das riesige Kreuzfahrtschiff wie ein Hochhaus über dem Wasser auf. Sowie sie angekommen waren, kletterten sie eilig die Strickleiter hoch. Oben an der Luke wurden sie von einem Wachmann in Empfang genommen, der sie darüber informierte, dass die meisten Passagiere sich auf einem der Decks oder hinter den großen Panoramafenstern um die Schiffsrestaurants und -cafés aufhielten und ein paar letzte Fotos von der schwedischen Hauptstadt schossen. Alles in allem waren viertausend Passagiere an Bord. Der Anruf der Polizei war so kurzfristig eingegangen, dass sie nicht die Möglichkeit gehabt hatten, das Schiff nach dem Mann abzusuchen, den Max zu finden hoffte. Ludwigs Ozols und Anastasia Friedenberga hatten Kabine 105 gebucht, allerdings war die derzeit verwaist.

Sie liefen eine Treppe hinauf zum sogenannten Promenadendeck. Max stieß die Tür auf. Vor ihnen lag ein Korridor, wie sie ihn ebenso gut in einem größeren Einkaufszentrum hätten vorfinden können. Ein Gewimmel aus Menschen, die meisten etwa so alt wie Ludwigs Ozols, zwischen siebzig und achtzig.

»Wie sollen wir ihn hier je finden, verdammt?«, fragte Sofia.

Max ließ den Blick über die endlose Reihe aus Luxusboutiquen und Restaurants schweifen und entdeckte einen Übersichtsplan. Er stellte sich davor und ging die Stockwerke durch: vom Oberdeck bis hinunter zu den Maschinenräumen. Zwei Swimmingpools mit Wasserrutschen, eine Kletterwand, Schlittschuhbahn, Basketballfeld, Wege entlang der beiden Längsseiten des Schiffes, auf denen die Passagiere joggen gehen oder skaten konnten. Auf einem der unteren Decks befand sich ein Hörsaal für zweitausend Personen. Kabine 105, eine der größeren an Bord, befand sich verhältnismäßig weit oben auf der Backbordseite.

Über ihnen schien die Sonne durch die gewölbte Glasdecke des Shoppingbereichs. Die Decke ruhte auf einem ellipsenförmigen Stahlträger, der wiederum von zwölf Säulen gestützt wurde. Zwischen den einzelnen Glaselementen verliefen dünne Metallschienen, die dem Ganzen eine filigrane, grazile Wirkung verliehen. Es eilte.

»Max«, sagte Sofia leise und zeigte auf eine Markierung in der Übersicht. Die Sky Bar.

Max nickte und studierte die unterschiedlichen Wege, die zu der Bar führten. Unter Garantie saß Ozols so, dass er alles im Blick hatte, sowohl Feinde, die ihn verfolgten, als auch die triumphale Ankunft seiner Liebsten, nachdem diese den letzten Teil ihres gemeinsamen Plans in die Tat umgesetzt hatte.

Und sie konnten nicht ausschließen, dass Ozols bewaffnet war.

Sie steuerten das Restaurant an, das direkt unterhalb der Sky Bar lag. Es war bis auf den letzten Platz besetzt mit Passagieren, die ihre Weiterreise mit einem Brunch einläuteten, der auf langen Tafeln aufgetischt worden war. Kellner in weißen Hemden und mit schwarzen Fliegen schenkten entlang der Tische dampfenden Kaffee nach und trugen eilig frisch nachgefüllte Aufschnitt- und Bacon-Platten ans Büfett. Als Max die Schwingtür entdeckte, durch die sie herauskamen, rannte er darauf zu und drückte sie auf. Ein Mann, der gerade auf dem Weg nach draußen gewesen war, kam aus dem Tritt, und Tomatensaft schwappte aus seiner Kanne über den Boden.

»Verdammt noch mal …«

Doch Max und Sofia liefen einfach weiter. An der Längsseite führte eine Treppe nach oben. Die Muskeln in Oberschenkeln und Waden brannten, und das Herz hämmerte gegen die Rippen, als Max die Stufen förmlich hinaufflog.

Auf dem oberen Treppenabsatz blieb er stehen und versuchte, seinen Herzschlag wieder einigermaßen zu beruhigen. *Wir sind ganz nah dran.*

Dann drehte er sich zu Sofia um. »Bereit?«

Sie zog die Waffe aus dem Holster, verbarg sie aber unter ihrem Jackenaufschlag.

Dann traten sie hinaus aufs oberste Deck. Die Aussicht auf Stockholm war atemberaubend.

Sofia zupfte Max am Ärmel und zeigte in Richtung Kungsträdgården. Dort konnte Max ein sich langsam drehendes Licht mitten auf dem offenen Platz erkennen. Die Digitaluhr, die herunterzählte, wie lange es noch bis zur Eröffnung des Mir2000-Projekts dauerte.

Er hatte sofort begriffen, was Sofia meinte.

Noch eine Stunde zwanzig.

Ein Stress-Signal, das in der russischen Botschaft aufgefangen worden war.

Ein Countdown.

Ein Koffer mit einer *booby trap*, den das Sprengstoffkommando sichergestellt hatte.

Teufel auch. Das herunterzählende Stress-Signal war die ganze Zeit direkt vor unserer Nase.

Er warf einen flüchtigen Blick auf die Uhr.

In einer Stunde zwanzig wäre es exakt zwölf Uhr. Da würden der Außenminister und der Ministerpräsident vor Tausenden Stockholmern die neue Ära der schwedisch-russischen Zusammenarbeit einläuten.

Der perfekte Anschlagsort für Terroristen. Mit der perfekten Waffe.

»Die Bombe geht genau zu dem Zeitpunkt hoch, wenn der Ministerpräsident auf der Hauptbühne die Veranstaltung eröffnet«, sagte er.

Sofia zupfte ihn erneut am Ärmel und wies in Richtung Bar. Mit dem Rücken zu ihnen saß dort ein Mann. Er trug einen beigefarbenen Anzug aus grobem Leinen. Max erkannte das markante Profil, das weiße Haar und das dunkle, stabile Brillengestell sofort wieder. Er war alt geworden, aber er war immer noch derselbe wie auf dem Foto, das sie vom Rigaer DISS bekommen hatten.

Ozols.

»Hier, nehmen Sie das«, sagte Sofia leise und drückte ihm ihre Handschellen in die Hand. »Wissen Sie, wie die funktionieren?«

Max nickte.

»Gut. Ich will, dass wir ihn keine Sekunde lang aus den Augen lassen.«

Langsam gingen sie nach vorn in Richtung des Tresens. Als sie auf Ozols' Höhe waren, schlüpfte Sofia hinter eine Trennwand, die die Bar vom offenen Deck abschirmte, damit dort draußen gleich möglichst keine Massenpanik entstand. Dann zog sie ihre Sig Sauer unter der Jacke hervor und richtete sie auf den Alten.

Max lief noch ein Stück weiter. Der alte Mann folgte ihm mit dem Blick und zog leicht die Augenbrauen in die Höhe, als er aus dem Augenwinkel Sofias Waffe entdeckte. Dann griff er zu seinem Glas und nahm einen Schluck eines klaren, eisgekühlten Getränks.

»Wer sind Sie? Und Ihre Freundin?«

»Wir wissen alles, Ozols. Anastasia ist in Polizeigewahrsam, sie hat uns alles erzählt.«

Bedächtig stellte Ozols sein Glas wieder ab. Seine freie linke Hand lag reglos auf seinem Knie. An beiden Händen trug er Lederhandschuhe.

»Ich weiß wirklich nicht, warum Sie mich so giftig anreden«, sagte er auf Schwedisch mit starkem Akzent. »Das kann ich nicht gutheißen.«

»Sie konnten auch keine Entschuldigung gutheißen«, entgegnete Max. »Sie konnten auch nicht wie Ihre Brüder einen Schlussstrich unter die Geschichte ziehen und nach vorn blicken. Sie mussten für jeden Bruder, der sich das Leben nahm oder erschossen wurde, als er an Bord der *Beloostrov* ging, einen Schweden ermorden – alles in allem zehn, die sorgfältig anhand von Verbrechen ausgewählt wurden, die in den Vierzigern verübt worden waren. Einer für jeden der zehn Legionäre, die damals gestorben sind.«

Ozols starrte Max durch die dicken Brillengläser an.

»Sie scheinen zu wissen, wer ich bin. Sollten Sie da nicht ein bisschen Anstand zeigen und mir sagen, wer Sie sind?«

»Wer ich bin, spielt keine Rolle«, entgegnete Max.

Ozols trank noch einen Schluck, ohne Max aus den Augen zu lassen.

»Die Fotos«, sagte er dann. »Sie sind der Junge, den Rebeka so ins Herz geschlossen hatte. Ich hätte es sehen müssen. Und Oto warnen.«

»Dafür ist es jetzt zu spät. Haben Sie wirklich geglaubt, Sie würden damit durchkommen, was Sie mit Goga Golubkin gemacht haben? Er war kein schöner Anblick mehr, nachdem die Russen mit ihm fertig waren.«

Ozols nickte.

»Die Russen«, sagte er und biss die Zähne zusammen. »Das ist nie ein schöner Anblick.«

»Sie haben ihn dazu gebracht, seine eigene Mutter zu ermorden, was letzten Endes nur dazu geführt hat, dass er selbst ermordet wurde. Haben Sie das gewollt – dass sein Leben so endet? Aber vielleicht war er ja nur ein nützliches Werkzeug für Sie und Anastasia.«

»Otos Schicksal war schon besiegelt, noch bevor sein Leben überhaupt angefangen hatte. Dafür hatte Rebeka Sorge getragen. Oto ist ein Märtyrer im Kampf für Aestien. Ich habe seinem Leben zu guter Letzt einen Sinn verliehen.«

»Aestien?«, wiederholte Max. »Glauben Sie allen Ernstes, dass dieses Land aus Ihren sinnlosen Gewalttaten entstehen kann?«

Ozols hatte sich an den perfekten Platz gesetzt, um zuzusehen, was sich auf Stockholms zentralstem Platz abspielte.

»Sinnlos?«, fragte er. »Welche Nation wäre denn jemals ohne Gewalt entstanden? Das russische Reich? Ihr Land etwa? Glauben Sie das wirklich?«

»Sie konnten sich nicht damit zufriedengeben, für Ihre toten Kameraden zehn Schweden hinzurichten. Sie wollten mehr, Sie wollten gewinnen. Und zwar mit Abstand.«

»Der Platz dort unten ist leer«, murmelte Ozols mit Blick auf den Kungsträdgården. »Ist das Ihr Werk?«

Max machte ein paar Schritte auf Ozols zu und stellte sich direkt vor ihn. Dann zog er die Handschellen hervor.

Ozols streckte ihm beide Hände entgegen.

»Bitte«, sagte er. »Ich habe nichts zu verbergen. Sie können also Ihrer Kollegin sagen, dass sie die Waffe wieder runternehmen kann.«

Max schloss die Handschellen um die Handgelenke des Mannes. Ein Arm war dicker als der andere. Sofia schob ihre Waffe zurück ins Holster.

»Wie öffnet man den Koffer?«

»Dafür ist es inzwischen zu spät.«

»Ich kann nicht zulassen, dass das passiert.«

Ozols schüttelte den Kopf. Max wusste, dass er es ihnen nie verraten würde. Stattdessen fing er an, Ozols' Jacke und Hosentaschen abzusuchen. Der Alte hatte keine Waffe bei sich. Das Einzige, was Max fand, war eine Schlüsselkarte. Die hielt er Ozols vors Gesicht und zog nun seinerseits eine Waffe.

»Stehen Sie auf«, sagte er. »Wir gehen in Ihre Kabine.«

Max schob ihn vor sich her in Richtung der Treppe, die vom Oberdeck nach unten führte. Sofia folgte mit einigem Abstand.

Max konnte sehen, wie sie sich in einem fort umblickte, um sicherzustellen, dass Ozols nirgends Helfer hatte. Doch obwohl sie so vorsichtig vorgingen, war nicht zu übersehen, dass sie den Alten vor sich her bugsierten. Andere Passagiere wichen beunruhigt zur Seite aus, während sie auf das Treppenhaus zusteuerten.

Hier sind zu viele Leute, schoss es Max durch den Kopf. Trotzdem mussten sie auf schnellstem Wege die Kabine erreichen.

Sie liefen längs an dem gläsernen Dach entlang, das Max zuvor auf dem Shoppingdeck von unten gesehen hatte. Ozols nestelte an seinem linken Arm, als wollte er einen Manschettenknopf öffnen, und mit einem Mal riss er den Arm nach hinten. Sein Handschuh fiel mit einem dumpfen Geräusch zu Boden, und Ozols wirbelte herum. Noch ehe Max reagieren konnte, hämmerte ihm der harte Stahl der Handschellen ins Gesicht, die nun lose von Ozols' rechtem Handgelenk baumelten.

Max taumelte ein paar unsichere Schritte zurück, um das Gleichgewicht wiederzuerlangen. Spürte, wie ihm Blut über die Wange lief. Er starrte auf die Hand hinab, die am Boden lag. Eine Prothese.

Ozols hatte sofort die Gelegenheit genutzt und war losgerannt.

Und jetzt reagierten auch die anderen Passagiere. Der Weg nach vorn war von umgeworfenen Sonnenstühlen und Leuten versperrt, die im Zugang zum Treppenhaus Schutz suchten. Ozols warf einen schnellen Blick über die Schulter und erkannte, dass er weder vor noch zurück würde flüchten können. Stattdessen packte er die Reling, die vor dem darunterliegenden Glasdach verlief, hechtete hinüber und landete auf dem Glas.

Zum Teufel!

Max sprang ihm über das Geländer und auf das Glasdach nach und folgte ihm, so gut es ging, indem er vorsichtig einen Fuß vor den anderen setzte, als wäre er auf ganz dünnem Eis unterwegs.

»Stehen bleiben!«, schrie Sofia.

Doch Ozols lief weiter. Er hatte inzwischen fast die Mitte des Glastunnels erreicht.

»Gehen Sie von dem Glas runter!«, dröhnte es durch die Lautsprecheranlage des Schiffes. *»Gehen Sie sofort da runter!«*

Vorsichtig lief Max weiter hinter Ozols her. Er bewegte sich schneller und geschmeidiger als der alte Mann, auch wenn Ozols keine Sekunde innehielt. Er lief über den höchsten Punkt des gewölbten Dachs und hielt den Blick fest auf das Geländer auf der anderen Seite geheftet.

Als Max Ozols gerade so mit den Fingerspitzen an der Schulter erreichen konnte, blieb der abrupt stehen, beugte die Knie und sprang mit beiden Füßen fest auf. Einmal. Zweimal. Max wich ein Stück zurück, spürte den Glasboden unter seinen Füßen erzittern und blieb stocksteif stehen, hielt komplett still und streckte die Arme zu beiden Seiten aus, um die Schwingungen auszugleichen.

Was hat er vor, verdammt?

Auf Ozols' Lippen breitete sich ein Lächeln aus, als es knackte.

»Max! Runter vom Glas!«

Jenseits des Geländers hatte Sofia die Pistole auf sie beide gerichtet und schüttelte hektisch den Kopf.

Ein Kreischen aus dem Lautsprecher versetzte die Passagiere nur in umso größere Panik. Max sah, wie Sofia versuchte, die Menschen zu beruhigen, die an ihr vorbeirannten, aber nichts schien zu helfen.

Ozols sprang erneut in die Luft. Mit demselben wilden Blick wie zuvor.

Das Knacksen wurde lauter.

War das hier das Ende? Für einen Mann, der alles verloren und am Ende doch gewonnen hatte? Wenn sein Plan zuletzt funktionierte, spielte es keine Rolle mehr, ob er selbst überlebte.

Im nächsten Moment stürzte er sich auf Max.

Eine der Metallschienen, die die einzelnen Glasscheiben zusammenhielten, schnitt Max scharf in den Rücken. Das Knirschen hörte sich immer bedrohlicher an, und Max sah nach unten. Vier Stockwerke tief unter ihnen standen Leute mit offenen Mündern und starrten zu den beiden ringenden Männern empor. Dann ließen sie fallen, was immer sie in den Händen gehalten hatten, und brachten sich in Sicherheit.

»Max! Vom Glas runter, sofort!«

Im selben Moment zerbarst es.

121

Ludwigs Ozols fuchtelte wild mit Armen und Beinen. Als er unten auf dem Marmorboden zwischen den Boutiquen aufschlug, war kein Klatschen zu hören, eher ein dumpfer Aufprall, auf den Totenstille folgte. Die Stille hielt ein paar Sekunden an. Dann prasselte ein Regen aus Glassplittern lautstark auf ihn herab.

Max kniete auf dem Stahlträger, der ihm das Leben gerettet hatte, und stemmte sich mit Händen und Füßen gegen die nächstliegenden Metallschienen, die sich unter seinem Gewicht gefährlich bogen. Dann drehte er sich auf den Bauch und schob sich vorsichtig an den Verstrebungen entlang, bis er das Geländer erreicht hatte.

Sofia zog ihn zu sich rüber.

»Scheiße, sind Sie okay?«

Max atmete schwer aus und warf einen letzten Blick hinab in die Tiefe.

»Wir müssen in seine Kabine.«

Sie schob sich durch die Menschenmasse zur Treppe und weiter bis zu dem Deck, auf dem die Kabine 105 lag. Zumindest hier gab es keine hysterisch kreischenden Leute – nur einen langen Korridor mit verschlossenen Türen. Als sie die Kabine erreicht hatten, zog Max die Schlüsselkarte hervor.

»Was, wenn die Tür auch mit einem Sprengsatz versehen ist?«, fragte Sofia. »Vielleicht sollten wir auf die Sprengstoffexperten warten.«

»Keine Zeit«, stellte Max nüchtern fest und legte die Karte auf den Scanner.

Als sie das leise Klicken des Schlosses hörten, sah Max Sofia an und nickte.

Dann betraten sie die Kabine. Rechts neben der Tür stand ein korallenrotes Sofa. Zur Linken stand ein Schreibtisch mit einem Kirschholzüberbau. Stühle, ein Fernseher, ein Doppelbett. Zwei Fenster mit weißen Vorhängen. Auf dem Bett eine Tagesdecke mit dem typisch nordischen Flaggenkreuz, wie es auch die schwedische Flagge aufwies – allerdings prangte hier ein schwarzes Kreuz auf weißem Grund. Das großbaltische Reich – ein Land, das sich bereits aufgelöst hatte, noch ehe es zwischen den beiden Weltkriegen gegründet werden konnte.

Das Herz hämmerte in seiner Brust. Sie hatten es beinahe geschafft, die Gefahr abzuwenden. Gleichzeitig war die Katastrophe zum Greifen nah. Noch gut fünfzig Minuten, bis es zwölf Uhr wäre.

Sofia zog einen alten Rucksack unter dem Schreibtisch hervor, machte ihn auf und nahm eine Messingschatulle heraus.

»Was kann das sein?«, fragte sie.

»Halt, Sofia. Nichts anfassen!«

Verdammt!

Er angelte das abgerissene Stück von der Alprazolam-Schachtel aus der Tasche. Sah den Fingerring des Mannes vor sich, den Adler, der sich trotzig vom Westen abwandte und den Hals gen Osten verdrehte.

Iwanowitsch.

Hatte Papanow die ganze Zeit Bescheid gewusst? War dieser Koffer der Grund, warum er nach Schweden gekommen war?

Wir haben keine Wahl.

Er griff zum Handy und wählte die Nummer.

»Sie wussten über die Gefahr von Anfang an Bescheid«, sagte er.

»Sie hätten mit uns zusammenarbeiten sollen«, entgegnete Papanow. »Jetzt läuft uns die Zeit davon.«

»Der Koffer steht im Kungsträdgården. Er ist mit einer *molnija* versehen. Wie geht er auf?«

»Tun Sie es nicht!«

»Es gibt immer einen Mann und einen Vertreter, der die *molnija* und die Bombe dahinter entschärfen kann. Ich nehme an, Goga Golubkin war einer davon. Sind Sie der andere?«

»Nein. Der andere hat seinen letzten Atemzug in der Barentssee gemacht.«

Dann stimmte es also, was Charlie gehört hatte. Dass es eine Verbindung zwischen diesen gefürchteten Koffern und der *Kursk* gegeben hatte.

Allerdings war kein Koffer an Bord des U-Boots gewesen. Sondern der Mann, der ihn hätte entschärfen können. Der Back-up.

Max schlug mit der Hand hart gegen die Schranktür. So durfte die Sache einfach nicht zu Ende gehen. Es musste noch einen anderen Weg geben.

»Was ist in dem Koffer?«

»Sehen Sie zu, dass Sie so weit wie möglich wegkommen!«

»Ich werde jetzt nicht abhauen und mich verstecken. Ich habe Ozols gefunden. Und ich hab seine Sachen.«

Am anderen Ende der Leitung war das Klackern einer Tastatur zu hören. Nach einer kurzen Pause war Papanow zurück.

»Okay«, sagte er. »Es gibt eine letzte Möglichkeit. Wenn Sie meinen Instruktionen ganz genau folgen – aber für das hier gibt es eine Bedingung meinerseits.«

»Schießen Sie los«, sagte Max und sah Sofia an. »Wie lautet Ihre Bedingung?«

Als Max das Gespräch beendet hatte und sämtliche Gegenstände exakt nach Papanows Anweisung in den Rucksack gelegt hatte, sagte er zu Sofia: »Rufen Sie das Polizeiboot an. Sie sollen uns in drei Minuten unten an der Strickleiter abholen.«

122

Max und Sofia rannten die Skeppsbron entlang, so schnell sie nur konnten. Am Fuß der Strömbron drängten sich die Menschen gleich mehrere Reihen tief. Sie reckten die Hälse, quetschten sich aneinander vorbei, hielten Kameras über Kopf, als erwarteten sie, dass dort gleich irgendein Promi oder Mitglied des Königshauses auftauchte. Was hatte die Öffentlichkeit mitbekommen – außer dass Straßen gesperrt worden waren und der Verkehr umgeleitet wurde?

Max und Sofia schoben sich an der Menge vorbei. Sowie sie die erstbeste Polizeiuniform entdeckten, lief Sofia umso schneller, stürzte auf den Kollegen zu und zeigte auf Max. Der Polizist hielt das Absperrband für sie beide hoch und ließ sie passieren.

Sie rannten am Denkmal für Karl XII. vorbei und hinter den Absperrungsgittern herum, die mit Mir2000-Bannern geschmückt waren. Max warf einen flüchtigen Blick auf die große Countdown-Uhr mitten im Kungsträdgården.

Noch dreiundzwanzig Minuten.

Der offene Platz vor ihnen war komplett verwaist. Max hatte diesen zentralsten aller Stockholmer Plätze noch nie so gesehen. Hier war keine Menschenseele mehr unterwegs gewesen, seit er und Sofia am Vormittag über die Brücke nach Gamla stan gefahren waren.

Als sie sich dem Tonpult näherten, entdeckte Max ein Fahrzeug, das aussah wie ein Panzer. Seine Gedanken wanderten zu dem Bombenexperten, den er am Morgen in Carpelans Büro getroffen hatte, allerdings waren hier nirgends

Männer in zu großen, weiten Raumanzügen zu sehen. Und es schob auch niemand die Luke des Panzers auf. Hier war kein Mensch mehr. Alle waren Papanows Anweisung gefolgt. Er wollte unbehelligt bleiben.

Noch einundzwanzig Minuten.

Sie krochen unter das Podium, und Max streifte sich den Rucksack von der Schulter.

Mitten unter dem Podium lag der Koffer.

Dann störte ein Motorengeräusch die Stille. Max beugte sich nach unten, um in Richtung St. Jacobs kyrka und zum Bühneneingang der Oper zu schauen. Dort entdeckte er einen schwarzen Transporter, der näher kam. Er postierte sich exakt an der Stelle, die sie vereinbart hatten. Die Schiebetür wurde von innen geöffnet, und acht Männer in schwarzer Kampfmontur mit Sturmhauben sprangen heraus. Als Letzter stieg Papanow aus. Er trug eine schwarze Bomberjacke. Er sah sich um, und sowie er das Podium entdeckte, kam er auf Max und Sofia zugerannt.

Die Männer in Schwarz bildeten einen menschlichen Schutzschild rund um den Aufbau. Einer der Rücken drehte sich leicht zur Seite, um Papanow durchzulassen. Der beugte sich nach unten, ging neben ihnen in die Hocke, nickte Sofia zu und befahl dann Max: »Nehmen Sie die Kiste heraus.«

Max zog den Rucksack auf und tat wie geheißen.

Papanow schob die zwei Schnallen auf, die den Deckel gehalten hatten. In der Kiste lag ein Zettel mit einer langen Zahlenreihe. Papanow legte ihn vor sich auf den Boden.

Er nickte kaum merklich und murmelte in sich hinein. Irgendetwas hatte er dieser kryptischen Zahlenreihe entnommen.

Seine Arme zitterten, als er den Koffer am Griff leicht anhob.

»Halten Sie den in genau dieser Position«, trug er ihnen auf.

Max und Sofia griffen nach ihrer jeweiligen Seite des Koffers. Max wunderte sich über das Gewicht. Es fühlte sich an, als wöge er so viel wie ein erwachsener Mensch.

Papanow kontrollierte erneut den Zettel. Sah auf seine Armbanduhr. Max riskierte einen Blick. Papanow hatte seine Uhr ebenfalls auf Countdown gestellt. *Noch achtzehn Minuten.*

Aufmerksam studierte er jetzt Griff und Schnallen. Legte die rechte Hand an den Griff. Schloss die Finger fest darum. Sah Max und Sofia an.

»Sie halten ihn fest, ja?«

Sie nickten.

»Glauben Sie an Gott, Max?«, fragte Papanow. »In dem Fall sollten Sie ihn jetzt um Vergebung für all unsere Sünden bitten.«

»Ich glaube nicht an Gott.«

Papanow nickte.

»Ich auch nicht.«

Mit einem heftigen Ruck drehte er den Griff nach links, sodass er im rechten Winkel nach oben zeigte, und ließ dann sofort los, als hätte er sich daran verbrannt.

Er wich ein Stück zurück und atmete aus. Sah Max erneut an und nickte.

»Sie können den Koffer jetzt abstellen.«

Papanow legte die Fingerkuppen auf die beiden Knöpfe unter dem Kofferschloss.

»Was den Uhrzeiger- und Gegenuhrzeigersinn angeht, war ich nie besonders gut. Die Chancen stehen da fifty-fifty. Hoffen wir auf das Beste.«

Max versuchte, ihm anzusehen, ob das ein Scherz gewesen war oder nicht, doch wie immer gab Papanow nichts preis.

Er drückte die Schnallen auf. Der Koffer war entriegelt.

Siebzehn Minuten.

Langsam hob Papanow den Deckel an und schob ihn hoch, bis er senkrecht einrastete.

Das Erste, was Max sah, war das rot blinkende Uhrwerk in der hinteren Mitte – die Bestätigung dessen, was sie befürchtet hatten.

Sie hatten noch sechzehn Minuten.

Dann wurde sein Blick von dem Gegenstand angezogen, der den Inhalt des Koffers hauptsächlich ausmachte: zwei konische Metallbehälter, die mit den Hälsen zueinander zeigten und durch ein Rohr mit zwei schwarzen Markierungen verbunden waren.

Die Bombe, die Himmel und Erde zum Einsturz bringen würde.

Der Reisekoffer der Terroristen.

Papanow griff erneut zu der Messingkiste. Dort wo der Zettel mit der chiffrierten Anleitung zur Entschärfung der *molnija* gelegen hatte, lag obendrein ein Schlüssel. Der um Goga Golubkins Hals gehangen hatte.

Papanow schob eine Klappe im Gehäuse der Uhr zur Seite. Darunter kam ein roter Knopf zum Vorschein, über dem ein blaues Lämpchen brannte.

Dann schob er auf der anderen Seite eine identische Klappe auf. Dahinter lag ein Schloss.

Fünfzehn Minuten.

Papanow schob den Schlüssel hinein.

Nichts passierte.

Max sah zu Sofia, die die Augen geschlossen und die Hände verschränkt hatte. Das Hämmern seines Herzens war schier ohrenbetäubend. Es waren noch so viele Fragen offen. Er hatte immer noch nicht mit Paschie sprechen können. Er wusste nicht mal, wo sie steckte. Das hier durfte nicht so zu Ende gehen.

Mit äußerster Vorsicht drehte Papanow den Schlüssel um neunzig Grad gegen den Uhrzeigersinn.

Das blaue Lämpchen erlosch.

Die Uhr blieb stehen.

Papanow legte den Zettel und den Schlüssel zurück in die Kiste. Schob diese in den Rucksack und schulterte ihn. Dann klappte er den Koffer zu.

Er sah Max an. Nickte. Auf seiner Stirn standen Schweißperlen. Dann kroch er unter dem Podium hervor.

Max starrte den Koffer an, der vor ihm lag – wenn auch nur für einen Augenblick. Im nächsten Moment krochen zwei schwarz gekleidete Männer näher, packten den Koffer und trugen ihn vorsichtig hinaus.

Max und Sofia ließen sie gewähren.

Als die beiden zu guter Letzt ebenfalls unter dem Podium hervorkrabbelten, verschwand der schwarze Transporter gerade hinter der Jacobs kyrka.

So schnell, wie sie gekommen waren, waren sie auch wieder verschwunden.

Max sah zum Himmel empor, und sein Blick blieb an dem Banner über der Hauptbühne hängen. Die Augustsonne brannte wie heiße Tränen.

Er überquerte langsam den verwaisten Platz.

123

Die komplette Besatzung der Abteilungen sechs, sieben und acht hat sich in Abteilung neun geflüchtet. Es sind dreiundzwanzig Mann hier. Uns geht es schlecht, der Sauerstoff geht zur Neige ... Der Druck in der Abteilung steigt. Den Ausstieg würden wir aufgrund des hydrostatischen Drucks nicht überleben. Wir werden wohl keinen weiteren Tag schaffen. Wir sind jetzt alle hier in Abteilung neun versammelt. Darauf haben wir uns geeinigt. Keiner von uns kann nach oben aussteigen.

Es ist zu dunkel, um zu schreiben. Es fühlt sich nicht so an, als gäbe es noch Hoffnung auf Rettung. Hoffen wir nur, dass jemand dies hier liest. Hier die Liste der Besatzungsmitglieder aus den anderen Abteilungen, die sich jetzt in Abteilung neun befinden und versuchen wollen auszusteigen. Grüße an alle, kein Grund zur Besorgnis.

/Kapitän Ljomkin

Paschie stand ganz hinten im Saal zwischen einem Mann und einer Frau an der Wand und presste sich die Hand auf den Bauch, um ihn zu beruhigen.

Der Mann neben ihr war muskelbepackt und hatte eine große Narbe am Hals. Er war zwar noch immer nicht in die russische Anwaltskammer aufgenommen worden, trotzdem hatte Paschie sich für ihn entschieden, weil sie genau wusste, dass sie sich auf ihn verlassen konnte. Ilja war Max' Freund und hatte vier Jahre zuvor in Sankt Petersburg bei ihrer Befreiung geholfen. Er würde noch ein paar Jahre an der Universität bleiben, jobbte aber schon jetzt neben dem Studium in einer renommierten Moskauer Anwaltskanzlei, die das Mandat der WORM für die Klage gegen den russischen Staat übernommen hatte.

Die Frau daneben war Paschies Cousine Nadja.

Nadja hatte ihr von Kapitän Ljomkins Aufzeichnungen erzählt, von seinen letzten Worten und Gedanken im Leben. Der Brief war Ljomkins Witwe am Telefon verlesen worden, und sie hatte sich alles aufgeschrieben. Niemand glaubte daran, dass sie den Brief je in Händen halten würde. Anscheinend enthielt er auch noch andere Informationen, die die Behörden lieber nicht öffentlich machen wollten.

Eine gute Woche lang hatte die Welt den Atem angehalten, weil sich in dem U-Boot womöglich noch Überlebende befinden mochten. Doch den offiziellen Verlautbarungen zufolge, die tags zuvor veröffentlicht worden waren, waren bereits wenige Stunden nach dem Unglück alle Besatzungsmitglieder tot gewesen. Das Klopfen, das man registriert zu haben glaubte, hatte sich dem Bericht zufolge als Geräusch irgendeines Maschinenteils entpuppt, das dort unten noch eine Weile vor sich hin getickt hatte.

Sie waren gemeinsam mit etwa fünfhundert weiteren Angehörigen zum Offiziersclub des Marinestützpunkts Widjajewo und Kulturzentrum der Oblast Murmansk gereist. Über ihnen hingen schwere Regenwolken, und auf dem rissigen Asphalt vor dem türkis-weißen Gebäude standen Pfützen. Die Atmosphäre im Raum schlug um, sowie draußen eine Wagenkolonne vorfuhr. Da Widjajewo in militärischem Sperrgebiet lag, waren keine ausländischen Medien zugelassen worden. Einzig der russische Sender ORT war zur Stelle.

Wladimir Putin, Präsident der Russischen Föderation, war ganz in Schwarz gekleidet: in einen schwarzen Anzug und ein schwarzes, bis zum Hals zugeknöpftes Hemd. Er betrat allein die Bühne und stellte sich vor einen schwarzen Vorhang an ein Rednerpult, das kaum mehr als seine Gürtelschnalle verdeckte.

Paschie war überrascht, wie ihr neuer, junger Präsident im echten Leben aussah. Er war nicht sonderlich groß und auch nicht annähernd so muskulös, wie er auf gewissen Bildern ausgesehen hatte, im Gegenteil, er sah klein und fast schmächtig aus. Und vor allem *jung*.

Als er sein Publikum ansprach, klang er anfangs ganz anders, als die Regierungschefs dieses Landes bislang geklungen hatten. Ob es an seiner Persönlichkeit oder am Ernst der Lage lag, hätte sie nicht sagen können, aber zumindest eingangs versuchte er zu reden, als wäre er einer von ihnen. Offenbar machte auch ihm der Anlass zu schaffen.

Nach einer Weile – als spürte er den wachsenden Groll, der im Raum schwelte –, setzte er schließlich doch die Maske auf, die ihn vor dem Zorn beschützte. Analytisch schilderte er die Hürden, die sie bei der Feststellung der Ursachen für die Katastrophe würden nehmen müssen, und beteuerte mit einem Nachdruck, den Paschie ihm nicht abkaufte, er werde alles tun, um die Verantwortlichen zur Rechenschaft zu ziehen. Sein Blick und die Körpersprache besagten das Gegenteil.

Die Wahrheit würde für alle Zeiten am Grund der Barentssee verborgen bleiben.

Der Präsident verhaspelte sich kurz in seinen vorbereiteten Formulierungen und musste erneut ansetzen, als Buhrufe, Pfiffe und Zwischenrufe ihn übertönten. Sein Volk begehrte gegen ihn auf – Frauen, denen Tränen übers Gesicht liefen. Sie schrien ihn an, schütteten ihre Anklagen über ihm aus, schleuderten ihm ihre Trauer und ihren Hass entgegen. Unzählige Fragen an den jungen Präsidenten, an diesen neuen Staatschef standen im Raum.

Er versuchte, seine Autorität zu demonstrieren, indem er wiederholt die Faust reckte, und als jemand dazwischenrief, dass die Witwen derzeit gerade mal tausend Rubel als Entschädigung zu erwarten hätten – umgerechnet fünfundzwanzig US-Dollar –, versprach er den Angehörigen umgehend eine Sonderzahlung in Höhe des zehnfachen Jahressolds, umgerechnet rund siebentausend Dollar. Ilja drückte Paschies Hand, zuckte in seiner ureigenen Art die Achsel und warf ihr einen vielsagenden Blick zu. *Schon mal ein guter Anfang. Aber eben auch erst der Anfang.*

Der Präsident wirkte zusehends frustriert angesichts der Proteste, die trotz seiner Zugeständnisse nicht abebbten. Und mit einem Mal war Paschie leicht übel. Sie würde sich hinsetzen müssen.

Was in diesem Raum um sie herum geschah, fühlte sich nicht nach einem Sieg an, im Gegenteil. Ein solcher Gegenwind ließ niemanden unberührt. Wladimir Putin würde über kurz oder lang entweder in die Knie gehen oder den Hardliner geben. Sie fragte sich, was das für Folgen für die weiteren Entwicklungen in Sachen Transparenz und Demokratie in diesem Land haben mochte.

Bis der Präsident dem Vizeministerpräsidenten Klebanow das Wort erteilt hatte und von großen Männern in schwarzen Lederjacken aus dem Saal eskortiert worden war, herrschte regelrecht Lynchstimmung. Paschie hatte das untrügliche Gefühl, dass es mit der Offenheit, die in den letzten Jahren angestrebt worden war, im Nu vorbei sein könnte.

Klebanow versicherte seinem Publikum, dass sowohl die *Kursk* als auch die Leichen der Besatzungsmitglieder samt und sonders geborgen würden. Doch auch das besänftigte die Angehörigen nicht.

Eine Frau mit kurzen blonden Haaren drängte sich nach

vorn und kreischte Klebanow an. Ihre durchdringende Stimme übertönte die Proteste der anderen, und schlagartig war alle Aufmerksamkeit auf sie selbst und den Vizepremier gerichtet, der verzweifelt versuchte, die Frau zu beruhigen.

»Wie lange müssen wir das noch ertragen?«, schrie sie. *»Dort unten liegen sie in dieser Blechbüchse – für fünfzig Dollar im Monat! Haben Sie Kinder? Ich glaube nicht!«*

Wachen und Flottenoffiziere umringten die Frau, dann drängte sich eine zierliche Person in Zivil – in einem beigefarbenen Mantel – zwischen den Wachen hindurch, um zu der schreienden Frau vorzudringen. Paschie sah mit an, wie die Frau in Beige eine Spritze zückte. Sie hielt sie hinter den Rücken der kreischenden Frau und versuchte, unter deren Kleidung zu kommen, während die Wachen sie an beiden Armen festhielten. Sie wehrte sich nach Leibeskräften. Zur Bühne und an Klebanow gerichtet schrie sie noch: *»Legen Sie Ihre Orden ab!«*

Im nächsten Moment stöhnte sie laut auf und sackte hintüber, wurde aber sofort von den Männern, die sie umringt hatten, aufgefangen. Eilig brachten sie sie aus dem Saal.

Sowie Paschie gesehen hatte, was diese mysteriöse Frau mit der Spritze getan hatte, zupfte sie ihre Freunde am Ärmel.

»Kommt«, sagte sie. »Mir ist schlecht, ich muss raus hier.«

124

»Die größten Erfolge in unserem Job feiern wir in aller Stille. Das wissen Sie, Sofia. Dafür, dass wir diesen Dreck zu den Akten legen können, wird es kein Fest geben.«

Sofia nickte ihrem Chef zu. Sie waren zurück in den Räumlichkeiten der Rikskrim. Jetzt galt es nur mehr, den Fall abzuwickeln. Es würde eine Weile dauern.

Sie fühlte sich komplett ausgelaugt, wollte nichts mehr als über die Straße ins Hotel Amaranten laufen und sich dort ein Zimmer nehmen. Nur dass derjenige, mit dem sie ihren Erfolg gern gefeiert hätte, nicht ihr gehörte. Und ihr auch nie gehören würde.

Sie hatte keine Ahnung, ob ihr Chef ahnte, was in ihr vorging; was sie aber sicher wusste, war, dass er versuchte, sie zu beschwichtigen. Er hatte es ihr schon zuvor gesagt: Es war an der Zeit, mit anderen Dingen weiterzumachen. Und für sie war dies gleich in mehrfacher Hinsicht wahr.

»Was hat Schiller erzählt?«, fragte sie.

»Er wird sich für einiges verantworten müssen. Ich glaube nicht, dass er uns in Zukunft noch allzu oft in die Quere kommt.«

Carpelan erlaubte sich ein Lächeln, das Sofia nicht erwidern mochte.

»Er hat erzählt, dass zu seiner Zeit im Außenministerium, als Schweden die Balten offiziell um Vergebung bitten sollte, einer der geladenen Gäste aus Lettland nicht erschienen ist, stattdessen aber einen Brief geschickt hat. Einen Brief, der einer Anklage und Drohung gleichkam.«

»Die gleiche Anklage wahrscheinlich, die auch in *Unsere Schützlinge* abgedruckt wurde, das zwei Jahre zuvor erschienen war«, sagte Sofia, »damals als Anastasia Friedenberga erfahren hatte, dass Ludwigs Ozols die Jahre in Sibirien überlebt hatte und jetzt einen Racheplan schmiedete. Aber als lettische Diplomatin konnte sie das Buch schlecht unter ihrem richtigen Namen herausbringen.«

»Nachdem die Zeremonie rund um die offizielle Entschuldigung bei den Balten im Schloss und in Anwesenheit des Königs und des Außenministers stattfinden sollte, nahm die Säpo die Drohung damals ernst. Allerdings wurde sie bloß im kleinen Kreis rund um Schiller diskutiert.«

Sofia nickte. Was sie von Anfang an geargwöhnt hatte – seit sie mit dem ersten Mord konfrontiert worden waren –, hatte sich endlich bewahrheitet. Der Staatssekretär im Justizministerium war von mehreren Beteiligten informiert worden: von der MUST – dem militärischen Geheimdienst –, dem zivilen Nachrichtendienst FRA, der dem Verteidigungsministerium unterstellt war, und vonseiten der Polizei durch die Säpo. Gleich mit dem ersten Mord hatten dort sämtliche Alarme geschrillt. Womit Ozols bereits 1994 konkret gedroht hatte, schien mit einem Mal in die Tat umgesetzt zu werden.

»Ich glaube, Schiller hat wirklich getan, was seiner Überzeugung nach das Beste für Schweden war«, erklärte Carpelan, »nämlich um jeden Preis zu vertuschen, dass es noch immer Kräfte gibt, die aufgrund der schwedischen Haltung gegen Ende des Zweiten Weltkriegs so viel Hass geschürt haben, dass sie bereit sind, dafür zu töten. Was Schweden damals getan hat, hat für viele den Tod bedeutet.«

»Und wie liefen die ersten Vernehmungen mit Anastasia?«, fragte sie. »Redet sie endlich?«

»Ja, sie hat erzählt, dass Ozols im Arbeitslager in Sibirien mit einem Wissenschaftler in Kontakt gekommen ist, der an der Entwicklung der Kofferbomben maßgeblich beteiligt war. Anscheinend war dieser Wissenschaftler von derselben Organisation verraten worden, für die er gearbeitet hatte. Indem er Ozols erklärte, wie die Koffer funktionierten, hat er auf seine Art Rache geübt.«

»Wow«, sagte Sofia. »Und das alles soll ich in meinen Bericht schreiben?«

»Nein.« Carpelan lächelte resigniert. »Ich trage all das persönlich in der Staatskanzlei vor. Aber Sie und Max, Sie dürfen wohl mit einem Besuch beim Ministerpräsidenten rechnen. Sie sind richtige Helden.«

Sofia nickte, brachte aber noch immer kein Lächeln zustande, mit dem sie Carpelans Lächeln hätte erwidern können.

Der Rollkoffer, den er vor seinem geplanten langen Wochenende in London gepackt hatte, stand immer noch neben seinem Schreibtisch. Die Kulturbeilage der *Sunday Times* mit der Anzeige für den *König der Löwen* lag obenauf.

»Ist Ihre Familie eigentlich schon wieder zurück?«, fragte sie.

»Ich fahre nachher zum Flughafen und hole sie ab. Allerdings erwarte ich in der Ankunftshalle keine Jubelrufe.«

Sie selbst würde den Abend mit ihrem Vater in der Schrebergartenhütte am Zinkens väg verbringen. Dort würde sie zumindest ein bisschen bejubelt, auch wenn sie ihm bei Weitem nicht alles würde erzählen dürfen.

»Sie könnten ja stattdessen *Circle of Life* singen«, schlug sie vor. »Das würde zumindest nach all dem hier passen.«

»Hauen Sie schon ab, Sofia«, sagte er. »Und hakuna matata.«

125

Sarah war den Essingeleden entlanggefahren, und ihre Gedanken wollten nicht mehr zur Ruhe kommen. Sie trat das Gaspedal durch, um sie zu verscheuchen. Um nicht mehr an Charlie denken zu müssen. An seinen entstellten Schädel. An die Person, die sie angerufen hatte, um ihr mitzuteilen, dass ihr Vorstandsvorsitzender, Freund und Mentor gestorben war. Daran, dass sie nie wieder mit ihm würde reden können. Nie wieder den Arm um seine Schultern legen und den Hauch seines Paco Rabanne würde einatmen können.

Ohne Charlie fehlte ihr selbst und auch Vektor der Dreh- und Angelpunkt. An den man sich wenn nötig anlehnen konnte. Sie hatte sich noch nie im Leben so einsam gefühlt.

Sie wollte nur noch nach Hause. Zu ihren Kindern.

Der Motor heulte auf, und sie fuhr wesentlich schneller, als erlaubt war. In weniger als fünfundzwanzig Minuten hatte sie Tyresö Centrum hinter sich gelassen und war auf dem Weg über die schmalen Sträßchen hinunter zur Südseite der Halbinsel und zu ihrem schönen Haus am Ufer des Kalvfjärden.

Dort stellte sie den Wagen ab und lief ein paar lange Schritte auf die Haustür zu, klingelte, um ihre Ankunft anzukündigen, und schob den Schlüssel ins Schloss.

»Hallo?«

Drinnen war es mucksmäuschenstill. Lisettes Jacke hing an einem Haken im Flur. Sarah ging in die Küche. Aus drei pastellfarbenen Plastikbechern mit Kakaoresten ragten

Strohhalme. Auf dem Tisch lagen Lisettes Handy und ihr Portemonnaie.

Unwillkürlich musste Sarah daran denken, wie ihre Gefühle durcheinandergeraten waren, als im Tyresö Centrum beim Italiener Lisettes Handy geklingelt hatte. Sie hatte sich sofort gefragt, wer der Anrufer gewesen war. Und war niedergeschlagen gewesen, weil sie nicht mehr das Recht hatte, danach zu fragen.

Sie streckte die Hand nach dem Handy aus und rief die Anrufliste auf. Lisette hatte dreimal versucht, sie zu erreichen. Das waren die einzigen Anrufe, die sie getätigt hatte. Der Anruf, der während jenes Mittagessens eingegangen war, tauchte lediglich mit einer Nummer, nicht unter einem abgespeicherten Namen auf. Insofern konnte er von weiß der Himmel wem gekommen oder womöglich sogar ein Werbeanruf gewesen sein.

Sarah klappte das Portemonnaie auf – was sie insgeheim beschämend, unwürdig und in jeder Hinsicht grundverkehrt fand. Unter Kreditkarten und diversen Zetteln steckten Fotos von Lisa und Björn, von Lisette selbst mit Kunden bei einer Wanderung durch die Savanne sowie zwischen Dünen in der Kalahari mit einem Gewehr an der Seite.

Sarah blinzelte die Tränen weg. Sie verabscheute sich dafür, konnte aber nicht anders, als sich auch das nächste Foto anzusehen.

Ein Mann, der den Arm um eine Frau gelegt hatte. Inzwischen liefen ihr die Tränen übers Gesicht. Es handelte sich um denselben Mann, von dem sie auch damals vor ihrem furchtbaren Streit ein Foto gefunden hatte. Vor jenem Streit, der mit Lisettes Auszug geendet hatte. Der Mann war verheiratet, das Paar auf dem Bild war eindeutig ein Ehepaar. Es mussten Freunde von Lisette sein.

Sie hatte Sarah nicht für einen Mann verlassen. Wie hatte sie nur so falschliegen können? Hatte Lisette das mit dem

Mann nur gesagt, um ihr eins auszuwischen? Oder um ihr die schmerzhafte Wahrheit zu ersparen?

Sie konnte sich nicht mehr daran erinnern. Was war damals überhaupt passiert? Was hatte sie auseinandergebracht?

Das letzte Foto war von Sarah. Sie hatten auf dem Sofa gelegen und sich einen Film angesehen, und auf dem Bild blickte sie Lisette nach, die während der Werbepause in die Küche gegangen war, um etwas zu holen. Ihr Gesicht sah aus wie das eines jungen Mädchens. Das Lächeln war das natürlichste auf der ganzen Welt. Sie konnte sich an den Abend erinnern, als wäre es gestern gewesen.

Sarah richtete sich gerade auf und legte das Portemonnaie zurück.

Im Schlafzimmer war das Erste, was sie sah, Lisettes schwarz-weißes Hosenkleid, das über dem Stuhl neben dem Bett lag und ihre sportliche Figur und den gebräunten Teint so gut betont hatte. Auf dem Boden lagen ein Brettspiel, Spielsteine und Kärtchen. *Der Stern von Afrika.*

Die Deckenlampe war ausgeschaltet, aber eine der Nachttischlampen am Kopfende des Bettes brannte und warf goldwarmes Licht auf die ineinander verschlungenen Körper, die sich unter der Decke zusammenkuschelten.

Sarah setzte sich auf die Bettkante und wischte sich die Tränen aus dem Gesicht. Lisette lag auf dem Rücken und hatte die Arme wie eine Jesusfigur ausgestreckt, und in jedem Arm schlief ein Kind. In der perfekten, geborgenen Stille, von der sie sich immer gewünscht hatte, dass ihre Kinder sie erleben dürften. Sarah legte eine Hand auf Lisettes Hüfte und spürte ihre Körperwärme.

126

Als Sofia Karlsson die Tür zu der Schrebergartenhütte aufzog, schlugen ihr Bratgeruch und der Klang von Frankie Avalons »Bobby Sox to Stockings« entgegen.

»Perfektes Timing!«, rief ihr Vater.

Er stand mit einer Schürze über dem Bauch in der kleinen Kochecke und bugsierte Spiegeleier auf zwei Teller mit angebratener Fleischwurst und Bratkartoffeln.

»Ich hab's schon im Radio gehört. Ihr habt eine Menge Menschenleben gerettet.«

Er nahm sie fest in den Arm.

»Du brauchst mir gar nichts zu erzählen. Du ahnst ja nicht, wie stolz ich auf dich bin!«

»Danke, Papa«, sagte Sofia. »Und ich hab einen Bärenhunger.«

»Hast du Bier mitgebracht?«

Sofia nickte und angelte zwei Dosen Bier aus einer Seven-Eleven-Tüte.

»Ah, Falcon Bayersk! Gutes Stöffchen!«

»Ich hab auch noch was anderes mitgebracht«, sagte sie.

»Ach ja?«

Neugierig lächelte er sie an.

Sie schaltete die Musik aus und nahm die CD aus dem CD-Spieler, kramte die *Absolute-Music-33*-Compilation aus der Tüte und legte sie auf. Drückte auf Play.

»Was ist das denn?«, fragte ihr Vater.

Sofia drehte die CD-Hülle um und überflog die Rückseite.

»Das ist ›Cartoon Heroes‹ von Aqua«, antwortete sie.

»Klingt vollkommen irrsinnig.«

Sofia musste lachen. Dann machte sie ein paar Schritte auf ihren Vater zu.

»Vielleicht gewöhnen wir uns ja daran? Ich glaube, Mama hätte es gefallen.«

»Du glaubst, *das da* hätte Mama gefallen?«

»Es ist jetzt über achtzehn Jahre her. Damals ist uns ihre alte Musik immer auf die Nerven gegangen. Ich glaube, es würde ihr gefallen, wenn wir nach vorn blicken würden. Wenn wir uns nicht länger an sie klammern würden.«

127

Im Schlafzimmer roch es nach vertrockneten Blumen. Die Sonne hatte die ganze Zeit durch das Fenster zum Garten geschienen. Es war seit Tagen niemand mehr hier gewesen. Max betrachtete das ungemachte Bett. Zwei Decken, die übereinanderlagen. Auf den Kissen konnte er immer noch die Abdrücke ihrer Köpfe erkennen. Max ging zu der Vase auf dem Fensterbrett und drehte das Kärtchen um, das an einem der welken Stängel hing.

Alles Gute zum runden Geburtstag! Deine Tasenka.

Er zog die Schranktür sperrangelweit auf und warf einen Blick auf das Faxgerät, das Charlie aus dem geheimen Büro geholt und direkt hinter die Tür auf den Schrankboden gestellt hatte. Dann schlüpfte er zum zweiten Mal in das geheime Zimmer.

Der Waffenschrank war unverschlossen. War Charlie klar gewesen, dass er sich in Gefahr befand, hatte er sicherstellen wollen, dass er schnell zur Waffe greifen konnte? Oder war er einfach nur nachlässig gewesen? So viele Fragen, auf die Max nie eine Antwort erhalten würde. In dem Waffenschrank lag, genau wie Max vermutet hatte, ein Jagdgewehr mit dazugehöriger Munition. Die war bei Charlie zu erwarten gewesen. Deutlich schwieriger zu erklären war die Walther PPK.

Ob die Polizei diesen Raum noch durchsucht?, fragte sich Max. Im Zuge der Ermittlungen? Charlie war gestorben, und der Polizei waren inzwischen sowohl Täter als auch Motiv bekannt. Da wäre es jetzt doch vorbei? Oder würden sie sich genauer für Charlies Leben und Arbeit interessieren und auch Vektor unter die Lupe nehmen?

Auf dem Schreibtisch lag ein Stapel mit Unterlagen.

Der staatlichen Untersuchungskommission der Russischen Föderation zufolge rührte die Detonation an Bord von einer Kollision mit einem »externen Massenelement« her, das bis dato nicht identifiziert werden konnte, schätzungsweise aber eine Verdrängung von 700–800 t aufwies und mit 6 kn (schneller als die Kursk*) auf 20–25 m Tiefe fuhr. Die* Pjotr Weliki*, die das Objekt als Erste am Meeresboden ortete, sichtete überdies eine grün-weiße Signalboje. Die Signalbojen der Nordflotte sind rot-weiß. Weder die Kommission noch die russischen Behörden sind bislang mit dieser Information an die Öffentlichkeit gegangen. Unseren eigenen Informanten zufolge konnte bestätigt werden, dass Sicht- und Kommunikationsgeräte der* Kursk *zum Zeitpunkt des Unglücks ausgefahren waren.*

Max ließ das Papier wieder auf den Schreibtisch fallen. Warum hatte Charlie mit dieser Art Insider- oder vielmehr geheimer Information hier in seiner Kammer gehockt? Mit einer Walther PPK im Waffenschrank?

Das letzte Detail aus dem Dokument war bemerkenswert. Warum in aller Welt hatte ein U-Boot, das auf hundert Metern Tiefe lag, Periskop und Kommunikationsmasten ausgefahren? Bedeutete das nicht, dass sie drauf und dran gewesen waren aufzutauchen, als das Unglück passierte? Um mit irgendjemandem Kontakt aufzunehmen? Unten am Meeresboden hätten sie lediglich mithilfe eines plumpen, schwerfälligen Niedrigstfrequenzsystems kommunizieren können, während in Richtung Wasseroberfläche auch höhere Frequenzen und eine stabile Unterwassertelefonie möglich waren. War die *Kursk* aufgetaucht, um einen Anruf entgegenzunehmen?

Worum war es da gegangen? Und von wem war der Anruf gekommen?

Er rief sich ins Gedächtnis, was Papanow gesagt hatte.

»Der Back-up für die Kofferbombe hat seinen letzten Atemzug in der Barentssee gemacht.«

Hatte Papanow Kontakt mit der *Kursk* gehabt? Hatte er sie dazu gebracht, unmittelbar vor der Katastrophe aufzutauchen, um ein Gespräch zu führen?

Nicht nur russische Seeleute waren dort am Grund des Meeres gestorben.

Sondern auch die Wahrheit.

Vielleicht hatte deshalb niemand auf die Rettung der Männer gedrängt?

Das Dokument war mit *Charlie Knutsson* unterzeichnet und an eine anonyme englische Faxnummer gefaxt worden. Vermutlich in London.

Charlie-Boy. Wer warst du wirklich?

MI6? Britischer Auslandsgeheimdienst?

Max' Gedanken wanderten zurück zu ihren Besprechungen bei Vektor, zu ihrem Versuch, Berga und das URF zu mobilisieren. Wie Charlie ihn um Hein Espens Kontaktdaten gebeten hatte. Wie er sie seinem Vorstandsvorsitzenden ohne zu zögern gegeben hatte. Wie schnell Charlie angebissen hatte, als es hieß, Berga könne die Leichen bergen. Als das nicht geklappt hatte, hatte er mit Hein Espen Kontakt aufgenommen. Er hatte alle Hebel in Bewegung gesetzt, nur um unbedingt an die Unglücksstelle zu kommen.

Wir haben ihnen bei einer Vertuschungsaktion geholfen.

Neben dem Papier auf dem Schreibtisch lag ein weiteres Fax. Es stammte von Peter Tillberg, dem *Dagens-Nyheter*-Journalisten. Auf dem Deckblatt stand als Betreff: *»Wie vereinbart Artikel zur Ansicht zwecks Faktencheck.«*

Max legte das Deckblatt beiseite.

»Verlässlichen Quellen zufolge hat die russische Botschaft in Stockholm ein mysteriöses Signal empfangen …«

Tillbergs Quelle war niemand von der FRA. Es war Charlie gewesen.

Bis sämtliche Unterlagen vom Schreibtisch, der Inhalt des Aktenschranks und der Waffenschrank in Max' Kofferraum lagen, war es dunkel geworden. Er setzte sich ans Steuer, um zurück nach Stockholm zu fahren, als sein Handy auf dem Beifahrersitz anfing zu vibrieren. Eine unbekannte Nummer. Er hob das Telefon ans Ohr.

»Deshalb war er hier gewesen?«, fragte der Ministerpräsident, nachdem Max ihm von den Vorkommnissen erzählt hatte, die letztlich zur Evakuierung des Kungsträdgården geführt hatten.

Der schwarze Transporter war aus der Innenstadt direkt zum Flughafen Barkaby gefahren, wo eine Hercules mit offener Laderampe auf der Startbahn bereitgestanden hatte. Papanows Wagen hatte ohne abzubremsen an Bord fahren können. Eine gute Stunde später war das Flugzeug an einem Zielort gelandet, den Max nicht kannte – den niemand außer Papanow und seinen Männern kannte.

Max nahm an, dass es sich dabei nicht um einen der offiziellen Luftwaffenlandeplätze in Kaliningrad oder außerhalb von Sankt Petersburg handelte. Aber das behielt er für sich.

»Und dieser Koffer, der jahrzehntelang irgendwo hier in Schweden gelegen hat«, fuhr der Ministerpräsident fort. »Wer hat ihn jetzt?«

Eine paramilitärische Organisation namens Iwanowitsch, dachte Max. Die wie eine unsichtbare Hydra in der russischen Administration ein- und ausgeht.

»Wir können nur hoffen, dass wir nie einen Grund dafür haben werden, das herauszufinden«, sagte er stattdessen.

»Nach meinem Gespräch mit Per Carpelan ist mir klar geworden, dass wir einiges verändern müssen«, sagte der Ministerpräsident. »Neue Zeiten erfordern neue Methoden. Eine neue Art der Zusammenarbeit bei Polizei, Sicherheitskräften und Militär und in den Grauzonen dazwischen. Ich hoffe, dass wir so etwas nie wieder erleben müssen, aber wenn doch, dann wüsste ich es zu schätzen, dass jemand wie Sie mit dabei wäre.«

War das gerade ein Jobangebot gewesen? Das mulmige Gefühl, das ihn bei den Entdeckungen in Charlies Haus beschlichen hatte, war immer noch da. Max selbst hatte nie das Bedürfnis gehabt, sich in die Angelegenheiten anderer Länder einzumischen. Er hatte immer nur Schweden dienen wollen.

Ihm fiel wieder ein, was sein Vater einmal gesagt hatte.

»Es gibt Dinge, die man unter allen Umständen verteidigen oder bekämpfen muss«, sagte Max. »Zu jeder Zeit, in jeder Lage, um jeden Preis.«

Riga, im April 1996

Kandinski wurde von zwei Bewachern über den Flur zum Besuchsraum geführt. Sie hielten ihn an beiden Armen so fest, dass er sich leicht vornüberbeugen musste. Ozols kannte diese Haltung nur zu gut. Genau so waren auch in der früheren Sowjetunion Gefangene fixiert worden, und anscheinend taten sie es immer noch so, auch wenn die Zeiten der Schreckensunion mittlerweile vorbei waren.

Zusammengenommen hatten die Männer, die innerhalb dieser Mauern saßen, mehr als dreitausend Menschenleben auf dem Gewissen. Im Schnitt fünf pro Gefangenem. Aber nicht alle von ihnen waren Mörder. Es gab auch Kannibalen, Pädophile, Terroristen. Ab sechs Uhr in der Früh durften sie sechzehn Stunden lang nicht mehr auf ihren Betten sitzen. Kameras überwachten die Einhaltung der Regeln. Viertelstündlich wurden die Zellen kontrolliert. Dem Gefängnispersonal schien es schwerzufallen, sie als *Menschen* zu bezeichnen. Sie bevorzugten *Hunde.*

Die meisten hier würden nie wieder rauskommen. Allerdings verhieß die neue politische Lage ein wenig Hoffnung. Und genau darauf zielte Ozols ab.

Kandinski wurde ihm gegenüber am leeren Tisch auf einen Stuhl gedrückt.

Ozols schluckte trocken. Von dem kleinen Segelboot, das ihn über die Ostsee gebracht hatte, via Internierung und Hungerstreik in Schweden und dem langen Weg über die Straße der Knochen in Sibirien war er schlussendlich hierhergekommen: Auge in Auge mit dem Menschen, den er bislang nur in seinen Träumen gesehen hatte.

Wenn es stimmte, was er gehört hatte, dann hatten sie sich

gänzlich unabhängig voneinander in ein und dieselbe Richtung entwickelt. Hatten dieselben Verse gelesen. Dieselben Gedanken gedacht. Dieselben Schlüsse gezogen.

Das Universum hatte ihrem Willen nach Wiedervereinigung und Wiedergutmachung nachgegeben.

Das war fast schon zu viel.

Kandinski war kein kleiner Junge mehr, er war ein erwachsener Mann. Stark und von Narben übersät, genau wie er selbst. Mit Tintenbildern um den Hals. Einem kahl rasierten Schädel. Für solche wie sie hatte sich nicht viel verändert. Kandinski war lediglich ein Glied in der langen Reihe lettischer Männer, denen das Leben gestohlen worden war.

»Ich hab gehört, dass du malst«, sagte Ozols.

Kandinski hob den Kopf. Ein benebelter, fast schläfriger Blick.

»Ich bin gekommen, um dir von der Welt dort draußen zu erzählen«, fuhr Ozols fort. »Von der Welt, die einmal unsere war und es wieder werden könnte.«

Kandinski schnaubte.

»Unsere?«

»Ich weiß, wer du bist und welche Chancen du hast. Chancen für dich selbst und für Aestien.«

Bei diesen Worten passierte etwas; in Kandinskis Blick loderte etwas auf.

»Ich weiß, wer hier drinnen deine Brüder und wer draußen die Feinde sind. Für dich ist die Zeit gekommen, aufzustehen und als Krieger deine Rolle in der Geschichte einzunehmen. Du trägst unser Erbe auf deiner Haut.«

»Wer bist du?«

»Ich habe während des Zweiten Weltkriegs in der Hoffnung, die Unabhängigkeit unseres Landes gegen die Russen zu verteidigen, als Legionär Seite an Seite mit den Deutschen gekämpft. Nachdem die Schweden uns verraten hatten, hab ich in Sibirien meine Strafe abgeleistet. Dich zu treffen hat mich all diese Jahre am Leben erhalten. Und unterdessen habe ich einen Plan geschmiedet, wie wir Gerechtigkeit üben können.«

»Warum ich?«

»Weil du mein Sohn bist.«

Epilog

7. September

In einem verschlissenen grauen Flügelhemd lag Paschie in Murmansk auf dem Krankenhausbett und wartete darauf, dass der Arzt wiederkäme.

Zwei Wochen lang hatten sie, Nadja und Ilja mit Angehörigen der Seeleute und Vertretern des Staates zusammengesessen. Doch in den letzten Tagen war es Paschie immer schlechter gegangen, allerdings nicht so, wie es zuvor wegen der Medikamente gewesen war, sodass sie die Verhandlungen letzten Endes den anderen hatte überlassen müssen. Irgendwann hatte Nadja sie überreden können, einen Arzt aufzusuchen.

Nach der Untersuchung hatte der Arzt ihr endlich sagen können, was Sache war. Dann hatte er sie allein gelassen, um ihr Zeit zu geben, in Ruhe darüber nachzudenken. Paschie hatte sich an die letzten Wochen in Stockholm erinnert. Der Schamane hatte recht gehabt. Allerdings hatte er nur bekräftigt, was sie selbst bereits die ganze Zeit über geahnt hatte. Dass ihr körperlich nichts fehlte.

Sie rief sich jenen Abend in Erinnerung, als sie von Värmdö wieder heimgefahren waren, nachdem Charlie Knutsson verschwunden war. Da hatten sie das letzte Mal miteinander geschlafen. Anschließend hatte Max in den

Boxclub gehen wollen und war auf dem Heimweg überfallen worden. Danach war alles nur noch drunter und drüber gegangen. Die Drohungen, die Morde, die Fotos.

Als sie Max die SMS schrieb, liefen ihr Tränen übers Gesicht. Aber nicht nur aus Trauer. Aus Trauer – und zugleich aus einer neuen Art von Genugtuung.

Der Arzt kam wieder, trat an ihr Bett und legte ihr die Hand auf den Arm.

»Haben Sie sich entschieden?«, fragte er.

Paschie sah hinab auf die kurze Nachricht, die sie soeben nach Schweden geschickt hatte. Die letzten Worte des Schamanen hallten erneut klar und deutlich in ihr wider.

Sie sah zu dem Arzt empor.

»Ja, ich habe mich entschieden.«

*

»Es ist dein Wille, Herr, dass aller Glanz des Lebens,
Alle Herrlichkeit der Welt zu Staub zerfällt.
Mein' Grabes Ort erinnern ist vergebens,
Nicht mal der Name bleibt auf dieser Welt.
Von allem Flüchtigen bleibt Gott allein,
und seine Diener ruft er heim.«

Max stand neben Tore auf dem Friedhof von Rumshamn. Vor dem Familiengrab hatte Tore den Psalm verlesen – vor jenem Grab, in dem Maj-Lis Toom nun mit zwei Menschen wiedervereinigt war, die es in Wahrheit nie gegeben hatte, mit Mann und Sohn, die sie erfunden hatte. Als er fertig war, gab er Max mit einem Nicken zu verstehen, dass er jetzt etwas auf den Sarg vor ihnen werfen möge.

Max ging in die Hocke und legte den Zettel aus dem Rigaer Kinderheim auf den Sargdeckel. Er wollte, dass sie, Rebeka Meija, die einzige Habseligkeit mit ins Grab nehmen sollte, die sie zeitlebens mit ihrem echten Sohn verbunden hatte. Den Zettel, der sie an den schwersten Moment in ihrem Leben erinnert hatte, der für sie selbst und so viele andere unendliches Leid nach sich gezogen hatte.

Alles, was man im Leben tat, hatte Konsequenzen. Maj-Lis war das erste Opfer gewesen. Im Unterschied zu den anderen war sie für ihre Missetat persönlich verantwortlich gewesen. Und dafür hatte sie mit dem Tod büßen müssen.

Tore sah ihn an und runzelte die Stirn, als wunderte er sich, ob das denn alles war.

Ja, das war alles, dachte Max. Die Rechtsmediziner hatten ihre Leiche lange genug unter Verschluss gehalten. Es war endlich an der Zeit gewesen, dass sie zur letzten Ruhe gebettet würde. Und es war an der Zeit, einen Schlussstrich unter die Ereignisse zu ziehen und wieder nach vorn zu blicken.

Er nickte Tore zu, der anfing, Erde auf den Sarg zu schaufeln, wandte sich um und schlenderte durchs Heidelbeerreisig und über den Waldweg hinunter zu Maj-Lis' alter Hütte und bis ans Ende des Bootsstegs.

Sein Handy klingelte.

»Wir müssen uns über ein paar Dinge unterhalten«, sagte er.

»Ich will dir erst erzählen, was der Schamane gesagt hat«, entgegnete Paschie. »Er meinte, der Fehler liegt nicht bei mir. Und er hatte recht.«

Max nickte.

»Verstehe«, murmelte er.

»Er hat auch gesagt, dass ich dich nicht verurteilen darf und dass der Wille einer Seele nicht leicht zu verstehen ist. Und er sagte, dass in dir etwas anwächst – etwas, wovor du mich bewahren willst.«

»Ich habe eine Erbkrankheit«, eröffnete er ihr. »Von meinem Großvater … Aber das erzähle ich dir alles …«

»Es spielt keine Rolle mehr«, unterbrach Paschie ihn.

»Ich komme nicht zurück. Unsere Versuche sind Geschichte, deine verzweifelte Gangsterjagd ist Geschichte, die *Kursk*-Katastrophe ist Geschichte. Dieser ganze verdammte August-Fluch ist Geschichte.«

»Du bleibst in Russland?«

»Ich hab den Leiter eines Gulag-Museums kennengelernt. Er hat mir Namenslisten gezeigt – Leute, die am Bau des Weißmeer-Ostsee-Kanals beteiligt waren. Hoffentlich finde ich hier endlich heraus, was meinem Vater zugestoßen ist.«

Sie schwiegen beide für einen Moment, lauschten dem Atem des jeweils anderen. Paschie war des gleichen Geistes Kind wie er, keiner von ihnen konnte das, was geschehen war, vergessen oder eine Ungerechtigkeit einfach der Vergangenheit anheimgeben. Sie hatten einander viele Dinge versprochen, und das Wichtigste war, dass sie einander nie im Weg stehen wollten.

Max' Blick blieb an Arholma hängen, der Insel, die dort jenseits des Wassers lag. Was Paschie ihm eröffnet hatte, musste er erst einmal sacken lassen. Und mit der Nachricht zusammenbringen, die sie ihm früher am Morgen geschickt hatte. Die Nachricht, in der sie ihm die Neuigkeit und die Entscheidung mitgeteilt hatte, die sie gefällt hatte.

»Nur eins davon ist Geschichte«, erwiderte er nach einer Weile. »Der August-Fluch. Alles andere ist immer noch nicht vorbei.«

Nachwort

Ich möchte mich von ganzem Herzen bei meinem Agenten bedanken, Joakim Hansson von der Nordin Agency, bei meiner Verlegerin, Karin Linge Nordh, und bei meinem Lektor, John Häggblom.

Danke, dass ihr an meine Ideen glaubt und mir mit Knowhow, Herz und Seele zur Seite steht.

Teile dieser Geschichte haben ihren Ursprung in realen Ereignissen. Meine Romanfiguren, ihre Ansichten, Persönlichkeiten und Lebensumstände sind jedoch frei erfunden. Eventuelle Ähnlichkeiten mit realen Personen sind nicht beabsichtigt.

Gewisse Namen und Bezeichnungen habe ich vereinfacht, indem ich beispielsweise die diakritischen Zeichen des Lettischen weggelassen habe.

Die einleitenden Verse zu diesem Buch stammen aus den *Dainas*, traditionellen Volksliedern und Gedichten hauptsächlich lettischen Ursprungs.

Die Klageschrift gegen Schweden ist von einer ähnlichen Schrift inspiriert, die ich in Valentin Silamkelis' Buch *Baltutlämningen* (dt.: »Die Baltenauslieferung«) gefunden habe, das ich im Übrigen wärmstens empfehle.

Die Aufzeichnungen des Kapitänleutnants der *Kursk* habe ich so wirklichkeitstreu wie nur möglich wiedergegeben, allerdings habe ich aus Pietätsgründen sowohl seinen als auch die Namen von Angehörigen der *Kursk*-Besatzungsmitglieder verändert.

Die Liedverse im Epilog stammen von der Schautafel vor dem Cholerafriedhof Rumshamn auf Björkö in Roslagen.